Das Buch

»Das Haus, in dem ich wohne, steht auf einem der zahllosen Hügel, die die Stadt umschließen. Auch dem Haus gegenüber, durch ein weites Tal von ihm getrennt, erhebt sich eine Hügelkette. All das war unberührt, als ich vor dreizehn Jahren das erste Mal nach Jerusalem kam...« Seit damals ist viel geschehen in Israel, es hat der Sechs-Tage-Krieg stattgefunden, und jetzt – Ende September 1973 – kündigt sich erneut eine kriegerische Auseinandersetzung mit den arabischen Nachbarn an. Die Ich-Erzählerin hat in der »Stadt aller Städte« eine neue Heimat gefunden. Doch immer wieder kommt ihr die Erinnerung an ihre Kindheit in Berlin, an die »kleine Ferienreise« ans Schwarze Meer und an jene Zeit, als sie mit dem Begriff »Halbjüdin« erstmals konfrontiert wurde. Zwei Ehen liegen hinter ihr, als sie in Jerusalem eine schicksalhafte Bekanntschaft macht...

Die Autorin

Angelika Schrobsdorff wurde am 24. Dezember 1928 in Freiburg im Breisgau geboren, mußte 1939 mit ihrer jüdischen Mutter aus Berlin nach Sofia emigrieren und kehrte erst 1947 nach Deutschland zurück. 1971 heiratete sie in Jerusalem Claude Lanzmann, wohnte danach in Paris und München und beschloß 1983, nach Israel zu gehen. Weitere Werke: ›Die Herren‹ (1961), ›Der Geliebte‹ (1964), ›Spuren‹ (1966), ›Diese Männer‹ (1966), ›Die Reise nach Sofia‹ (1983), ›Jerusalem war immer eine schwere Adresse‹ (1989, 1991), ›Du bist nicht so wie andre Mütter‹ (1992).

Angelika Schrobsdorff:
Die kurze Stunde
zwischen Tag und Nacht
Roman

Deutscher
Taschenbuch
Verlag

Von Angelika Schrobsdorff
sind im Deutschen Taschenbuch Verlag erschienen:
Die Reise nach Sofia (10539)
Die Herren (10894)
Jerusalem war immer eine schwere Adresse (11442)
Der Geliebte (11546)
Der schöne Mann (11637)

Ungekürzte Ausgabe
Juni 1993
Deutscher Taschenbuch Verlag GmbH & Co. KG,
München
© 1978 Angelika Schrobsdorff
Erstveröffentlichung: claassen Verlag GmbH,
Düsseldorf 1978
Umschlagtypographie: Celestino Piatti
Umschlagbild: Michaela Schneider
Satz: IBV Satz- und Datentechnik, Berlin
Druck und Bindung: C. H. Beck'sche Buchdruckerei,
Nördlingen
Printed in Germany · ISBN 3-423-11697-8

Für Claude

Wenn die Sonne sich den Hügeln nähert und als rotglühende Kugel aus ihrem Strahlenkranz heraustritt, beginnt eine der schönsten Stunden und eine der einsamsten: die kurze Stunde zwischen Tag und Nacht, zwischen schrillem Licht und milder Dunkelheit, die lange Stunde zwischen schwindender Zuversicht und nahender Verzagtheit. Das Blau des Himmels vertieft sich, honigfarbenes Licht fließt auf die Stadt und läßt den bleichen, wuchtigen Stein der Häuser aufleuchten – jeder Stein Gold, das häßlichste Haus plötzlich verzaubert. Und dann wird zur Gewißheit, daß nichts in dieser Stadt ein Zufall ist, nicht das Licht, das auf sie herabfällt, nicht der Stein, aus dem sie gewachsen ist, nicht die Hügel, die sie umschließen; nicht die Menschen, die hier ihren Gott gefunden haben, und nicht die Menschen, die ihn noch manchmal finden – *in der Stunde zwischen Tag und Nacht*, in dem Licht, dem Stein, den Hügeln; in der Stadt Jerusalem.

I
Jerusalem

Das Haus, in dem ich wohne, steht auf einem der zahllosen Hügel, die die Stadt umschließen. Auch dem Haus gegenüber, durch ein weites Tal von ihm getrennt, erhebt sich eine Hügelkette. All das war unberührt, als ich vor dreizehn Jahren das erste Mal nach Jerusalem kam. Das Ende der Gazastraße war auch das Ende der Stadt. Von hier ab gab es keine Straße mehr, keine Häuser und nur wenig Bäume. Es gab Steine und Erde, rostrot, elfenbein- und ockerfarben und ein altes griechisch-orthodoxes Kloster inmitten eines Olivenhains.

Ich war entzückt. Genauso hatte es sich mir in meiner christlichen Kindheit eingeprägt, das Heilige Land, genauso war es auf Kirchen-Krippen und Lesebuchbildern dargestellt worden. Ich dachte: »So war es vor zweitausend Jahren, und so wird es bleiben.«

Heute ist das Ende der Gazastraße der Anfang zu einem der vielen neuen Viertel, die sich kreisförmig um die Stadt legen und deren einziger Unterschied darin besteht, daß die früher gebauten Häuser noch häßlicher sind als die, die man später gebaut hat. Am griechisch-orthodoxen Kloster vorbei führt eine breite Ausfahrtsstraße, der die Olivenbäume zum Opfer fallen mußten. Die Hügelkette, auf der mein Haus steht, und die, die ihm gegenüberliegt, sind bis ins Tal hinunter mit Häuserblöcken gespickt worden, solchen, die hoch, und anderen, die lang sind. Durch das Tal windet sich das graue Band einer Straße.

Als ich meine Wohnung zum ersten Mal besichtigte, hatte ich, wenn auch keinen schönen, so doch immerhin freien Blick. Die Häuser, die den Hang hinabkletterten, waren nur drei bis vier Etagen hoch, und wenn ich es vermied, auf ihre flachen, mit Fernsehantennen verzierten Dächer zu sehen, konnte ich mir noch eine Illusion von

Weite bewahren. Drei Wochen später, als ich die Wohnung bezog, blickte ich von meiner Terrasse auf die ersten Stockwerke eines Neubaus hinab.

»Noch eine, höchstens zwei Etagen höher«, dachte ich optimistisch und ertrug das höllische Trio aus Bagger, Zementmixer und Preßluftbohrer mit einem gewissen Gleichmut.

Doch das Haus wuchs. Mit dem fünften Stockwerk erreichte es die Höhe meiner Terrasse, mit dem siebenten die Höhe des gegenüberliegenden Hügelrückens, mit dem achten stemmte es, alles überragend, seine rechteckigen Schultern in den machtlosen Himmel.

»Aber Christina«, hatten mich meine zionistischen Freunde auf meine Beschwerde hin belehrt, »Jerusalem ist nicht nur eine historische Stätte, es ist auch eine lebendige, wachsende Stadt. Kahle Hügel sind wertlos, Bäume dagegen ziehen Feuchtigkeit an und Häuser Neueinwanderer.«

»Ja, aber die Schönheit«, hatte ich unter ihrem nachsichtigen Lächeln geklagt, »die Schönheit geht verloren.«

Die Illusion von Weite ist mir genommen und damit die Enge des Landes bewußt geworden. Und auch auf den romantischen Traum einer Touristin, die glaubte, Jerusalem sei unwandelbar, mußte ich verzichten. Jerusalem ist wandelbar. Es lebt, es wächst, einen der vielen Beweise habe ich, achtstöckig, vor meinem Fenster. Doch manchmal steuere ich meinen Blick an ihm vorbei und klammere ihn an das letzte Stückchen des kahlen Hügelrückens. Dort sinkt die Sonne, eine rotglühende Kugel, deren letztes Licht die Stadt verzaubert.

»Jerusalem ist unwandelbar«, denke ich dann, denn ich verzichte nicht gerne auf meine Träume.

Es ist heiß, ungebührlich heiß für Ende September. Die Hitze drückt auf die Stadt, nistet in den Wohnungen, staut sich in den Köpfen der Menschen. Es ist die dürre, knisternde Hitze, die der Kamsin direkt aus der Wüste liefert. Die Trockenheit kriecht in Nasenlöcher, Mund und

Kehle. Man niest, hustet, schüttet literweise Flüssigkeit in sich hinein. Man läßt die Jalousien herunter, reißt die Fenster auf, hängt nasse Laken davor. Nichts hilft. Die Luft steht, elektrizitätsgeladen und entnervend, die Temperaturen steigen, die Luftfeuchtigkeit sinkt auf ein Minimum ab. Jerusalem ist eine Wüstenstadt, unberechenbar und extrem in seinen klimatischen Ausbrüchen.

Ich sitze, in ein Handtuch gewickelt, auf dem Sofa, feucht von einer Dusche, die hätte kalt sein sollen und warm war. Vor mir auf den Fliesen liegt meine Katze und sieht aus wie ein langhaariger Pelzkragen, den man aus unerfindlichen Gründen dort hingeworfen hat. Licht strömt ins Zimmer wie fahle Flüssigkeit. Der Ventilator, den ich neben mich auf den Tisch gestellt habe, pflügt einen Streifen heißer Luft um.

»An solchen Tagen«, hatte mir Ibi erklärt, »tut man am besten gar nichts. Man bleibt da liegen oder sitzen, wo einen der Kamsin gerade überrascht, und steht erst wieder auf, wenn er vorbei ist.«

Ibi gehört zu den wenigen Menschen, die mir aus der Vergangenheit geblieben sind. In Berlin war sie Freundin meiner Eltern, in Palästina wurde sie die Liebe meines Bruders, für mich ist sie, siebenundzwanzig Jahre später, Mutterersatz und Vertraute geworden. Sie hat sich in fast vier Jahrzehnten wenig verändert. Ihr feines Gesicht mit dem matten, olivfarbenen Schimmer ist immer noch schön; ihr helles, sprudelndes Lachen hat sich seine Kindlichkeit bewahrt, ihr Optimismus, mit dem sie den unerfreulichsten Situationen erfreuliche Lichtblicke abgewinnt, ist ungebrochen.

»Alles im Leben ist nur eine Frage der Anpassung und Organisation«, sagt sie, »in den großen Dingen muß man sich dem Leben anpassen, in den kleinen Dingen muß man sich das Leben so organisieren, daß es einem Spaß macht. Bei mir hat das immer geklappt. Die Jahre in Berlin waren schön und glücklich, die Jahre in Jerusalem noch schöner und glücklicher. Mein erster Mann war gut, mein zweiter besser, mein dritter am besten. In der Jugend hatte ich viele Freunde und Verehrer, jetzt habe ich viele Freundinnen und Enkel. Alles zu seiner Zeit, weißt du.«

Ja, ich weiß es, aber ich besitze leider nicht Ibis Talente. In den großen Dingen kann ich mich dem Leben nicht anpassen, und die kleinen Dinge so zu organisieren, daß sie mir Spaß machen, gelingt mir auch nie. Ich nehme an, das ist der Grund, warum es so selten bei mir klappt. Unlustig bohre ich den großen Zeh in das Fell meiner Katze. Sie öffnet ein Auge aus purem Gold und starrt mich vorwurfsvoll an. Ich glaube, sie hat mir nie verziehen, daß sie meinetwegen das zivilisierte Europa verlassen mußte.

»Mein kleiner Daunenbär«, sage ich entschuldigend, »meine Kirgisenfürstin, mein Katzenweibchen...«, und sie schließt verächtlich das Auge. Ich bleibe, der bleiernen Schwere meines Körpers gehorchend, auf dem Sofa sitzen, doch innerlich laufe ich Amok. Wie man an solchen Tagen seine Gedanken in Schach hält, hatte mir Ibi nicht verraten. Vielleicht zählt sie sie zu den kleinen Dingen des Lebens, die man so organisieren muß, daß sie einem Spaß machen. Ich versuche also, meine Gedanken zu organisieren. Hoffnungslos! Sie irren, gemeinsam mit meinem Blick, durchs Zimmer und finden in nichts und allem einen Anlaß zur Verzweiflung. Da ist zum Beispiel die verstaubte Topfpflanze auf dem Fensterbrett, die mein spontanes Mitleid erregt, der Riß im Teppich, der heute, obgleich mir seit langem bekannt, das Ausmaß einer Katastrophe annimmt. Und schließlich sind da die vorsorglich bereitgestellten Koffer, der große weiße und die rote Reisetasche, die eine wahre Explosion unorganisierter Gedanken hervorrufen.

»Koffer«, denke ich, »Koffer, Koffer, Koffer! Ein Leben lang Koffer.« Ich kenne sie alle. Die Schrankkoffer und Hutschachteln, mit denen meine Mutter reiste, und die teuren, gefütterten Lederkoffer meines Vaters. Auch die schäbigen mausgrauen oder schokoladenbraunen aus Pappe kenne ich und später dann die kunstledernen.

Der erste Koffer, den mir meine Eltern schenkten, war schwarz und rechteckig, ein kleiner Kindersarg, auf den man in leuchtend gelber Farbe meine Initialen gemalt hatte. Ein schönes und sehr angebrachtes Stück, denn wir standen kurz vor der Emigration. Ich war sehr stolz auf ihn, konnte ja nicht ahnen, daß in ihm meine sorglose Kindheit zu Grabe getragen werden sollte.

Mit diesem Koffer begann es – Koffer und Kisten und Kartons und Taschen: auf den Schränken, unter den Betten, mit bunten Deckchen als Tische verkleidet. Koffer, die wir auspackten, Kisten, die wir einpackten, Kartons, die wir vergaßen, Taschen, die wir verloren. Immer war es so gewesen, vom Tag meiner Geburt an, ach nein, viel früher schon. Die Unruhe begann bereits im Leib meiner Mutter, die gezwungen war, mich, das illegitime Wunschkind, zu verbergen, sowohl vor den jüdischen Großeltern als vor den arischen Familienmitgliedern meines heiratsunschlüssigen Vaters. Als ich mich sichtbar zu machen begann, hetzten wir, meine unglückliche, enttäuschte Mutter und ich, von einem Ort zum anderen und konnten dem, der uns das angetan hatte, nicht verzeihen. Im letzten Monat wird es mir zuviel geworden sein, denn ich machte der unangenehmen Reiserei ein verfrühtes und abruptes Ende. Anstatt in Berlin wurde ich in Freiburg geboren, anstatt an irgendeinem normalen Tag am Weihnachtsabend, anstatt mit kahlem oder behaartem Kopf mit einem sogenannten Glückshäubchen.

»Ein Christkind mit Glückshäubchen«, sagte man entzückt, und mit dieser Belastung begann mein Leben.

Acht Tage später wurde ich, gut verpackt und immer noch unehelich, nach Berlin transportiert. Dort durfte ich zehn Jahre bleiben, das allerdings in sieben verschiedenen Häusern. 1939 machte ich, wie es meine Eltern nannten, eine »schöne, kleine Ferienreise« ans Schwarze Meer. Von dieser kleinen Ferienreise kehrte ich 1947 in ein mir fremd gewordenes Deutschland zurück, wurde nach München verpflanzt und wechselte innerhalb von zehn Jahren zehnmal die Wohnung. 1960 begann ich für weitere zehn Jahre den Pendelverkehr zwischen Deutschland und Israel. 1970 brach ich ihn endlich in Jerusalem ab. 1972 wurde ich ein Jahr lang nach Paris verbannt. Im Frühjahr 1973 flog ich mit dem Vorsatz zurück, Jerusalem nicht mehr zu verlassen. Ein halbes Jahr ist seither vergangen. Koffer und Reisetasche stehen vorsorglich bereit.

Ein Leben lang Koffer, Umzug, Reisen, Emigration, Exil, fremde Länder oder solche, die einem fremd geworden waren, fremde Sprachen, fremde Menschen, Bahnhöfe, Flugplätze, Hotelzimmer, möblierte Wohnungen, Zimmer, die einem Freunde zur Verfügung stellten. Das einzige, was mich seit Jahren in jedes Land, jede Wohnung begleitet, ist Bonni die Katze, eine elektrische Schreibmaschine, eine Menora aus Bronze, ein Koffer mit Briefen, Manuskripten und Lieblingsbüchern und die Fotografien meiner Familie. Diese Kostbarkeiten sind mein Zuhause. Wenn Bonni ihren Reisekorb verläßt und mit steil erhobenem Schwanz die Zimmer inspiziert, wenn ich die Gegenstände ausgepackt und aufgestellt habe, fühle ich, wie sich die unpersönlichste Wohnung meinem Leben anpaßt und sich um mich schließt.

»So kann es auf die Dauer nicht weitergehen«, sagen meine Freunde, »du brauchst endlich einen festen Rahmen.«

Ja, wahrscheinlich brauche ich den. Eine eigene Wohnung in Jerusalem, in einer der stillen, kleinen Straßen Rechavias; hohe große Räume, die ich Stück für Stück einrichte; ein breites Bett und bunte Teppiche auf hellen Fliesen; Regale, die ich mit Büchern, Wandschränke, die ich mit Kleidern fülle; ein Arbeitszimmer für Serge, einen kleinen Garten für Bonni; eine Abstellkammer für meine Koffer und Kisten, Kartons und Taschen. Dann hätte alles seinen festen Platz: die elektrische Schreibmaschine, die Menora aus Bronze, die Familienfotos und ich.

Ein schöner Traum. Ich träume ihn seit Jahren. Manchmal, wenn er besonders plastisch wird, lese ich Annoncen, gehe zu Agenturen, besichtige Wohnungen. Gefällt mir eine, was selten geschieht, weicht der Traum einer konkreten Vorstellung. Ich sehe den festen Rahmen, das Dach über dem Kopf, die eigenen vier Wände. Ich sehe mich in der Wohnung leben, und die Angst davor wird stärker als die Sehnsucht danach. Es ist die Angst vor dem Festen, dem Endgültigen, vor der Enge, der Stagnation, und der Wirklichkeit; die Angst vor der furchtbaren Entdeckung, daß ich zu nichts und niemand mehr gehöre, nicht zu diesem Land, an dem ich so hänge, nicht zu diesem Volk, mit dem ich mich identifiziere, nicht zu Serge, den ich liebe; die Angst vor der Gewißheit, daß es kein Zurück mehr für mich gibt, daß ich schon zu weit abgetrieben bin in den Hochmut selbstgewählter Einsamkeit.

Die Kinder unten im Treppenhaus haben angefangen, Fußball zu spielen. Das tun sie täglich zwischen vier und sechs. Sie schmettern den Ball gegen das Treppengeländer, so daß es bis in den letzten Stock hinauf zittert und klirrt. Jeden Aufprall begleiten sie mit gellendem Geschrei, das danach wieder in normales israelisches Kindergeschrei übergeht. Im Abstand von wenigen Minuten fliegt eine der acht Wohnungstüren donnernd ins Schloß. Die Türen sind das Betätigungsfeld der kleineren Kinder, die noch nicht Fußball spielen können. Eins dieser kleinen Kinder beginnt plötzlich zu kreischen. Vielleicht hat es sich beim Türenschmeißen ausgesperrt, vielleicht langweilt es sich auch nur. Auf jeden Fall kreischt es, schrill und zornig wie eine Kreissäge. Der Erfolg bleibt nicht aus. Türen werden aufgerissen, Füße in Sandalen schlappen die Treppe von unten hinauf, von oben hinab, Stimmen verschiedener besorgter Mütter werden laut. Es sind Stimmen, die die Fähigkeit haben, Kinder, Fernsehapparat und Radio zu überschreien, und die Unfähigkeit, sich auf eine normale Lautstärke einzustellen.

Ich habe mich an den Krach gewöhnt, wenn auch nicht damit befreundet. Früher gab es Tage, an denen ich meine eigene Tür zehnmal hintereinander ins Schloß knallte, um meine Mitbewohner darauf aufmerksam zu machen, wie unangenehm so etwas sein kann. Doch meine Erziehungsversuche mißlangen. Außer mir selber, die ich bei jedem Knall schmerzhaft zusammenfuhr, hat keiner je Notiz davon genommen.

Das Haus wird etwa je zur Hälfte von orientalischen und europäischen Juden bewohnt. Die orientalischen Juden haben eine sehr gesunde Einstellung zum Lärm – sie hören ihn gar nicht. Die europäischen Juden, wage ich zu behaupten, hören ihn zwar noch, nehmen ihn aber mit der Verklärung und dem Stolz von Menschen hin, die endlich ihr eigenes Land und dementsprechend komplexlose Kinder haben.

»In unserem Land«, sagen sie und blicken bewundernd auf die zukünftigen kleinen Makkabäer hinab, »wachsen sie in Freiheit auf, ohne Scham und ohne Angst.«

Ich weiß, wovon sie sprechen, diese Eltern und Großeltern, deren Vergangenheit ein einziges scham- und angsterfülltes Schweigen war, denn ich gehöre zu ihnen.

»Wenn wir überleben wollen«, hatte meine Mutter damals in einem Anfall verzweifelter Schonungslosigkeit zu mir gesagt, »müssen wir schweigen. Niemand darf erfahren, aus welchem Grund wir Deutschland verlassen haben, niemand darf wissen, daß ich Jüdin bin. Versprich mir, Christina, daß du schweigst.«

Und ich, verängstigt und bestürzt, hatte versprochen und geschwiegen.

Israels Jugend kennt nicht die Angst und Scham der alten Generation; doch für die Freiheit, in der sie als Kinder aufwachsen, müssen sie auch hier, in ihrem eigenen Land, einen hohen Preis zahlen. Sie opfern dafür Jahre ihres Lebens und manchmal das Leben selbst. Sie ist nüchtern, diese Jugend Israels, hart und selbstbewußt. Sie ist die massive, seit Jahrhunderten aufgestaute Reaktion auf das scham- und angsterfüllte Schweigen ihrer Vorfahren.

»Wir lassen uns nicht mehr abschlachten«, sagen sie,

und in ihren Worten schwingt eine leise Verachtung für die mit, die sich haben abschlachten lassen. »Wir kämpfen um unser Leben. Wir sind nicht mehr wehrlos, wir haben eine Armee.«

»Was für eine komische kleine Armee«, hatte ich gedacht, als ich sie vor etwa elf Jahren zu Ehren des Unabhängigkeitstages an mir vorbeiziehen sah, »was für eine niedliche Parade!«

Ich hatte Deutsche marschieren sehen, Russen, Amerikaner, aber das, was ich hier sah, war neu für mich. Es waren Jungen und Mädchen, alle in denselben, einfachen Kakiuniformen, die Ärmel über den gebräunten Armen hochgekrempelt, die Kragen offen. Sie sangen, klatschten in die Hände, schlugen auf die Trommel und hatten ganz offensichtlich Spaß daran. Musikkapellen spielten Melodien, die entfernt an Märsche erinnerten, Soldaten trugen Fahnen, manche auch Maschinenpistolen zum Zeichen, so schien mir, daß sie nicht zu einem Picknick zogen.

Das Volk jubelte, winkte, rief den Namen einer vorbeimarschierenden Freundin, eines Sohnes oder Bruders. Sie waren zu Tausenden gekommen: Mütter mit Säuglingen im Arm, alte Herren mit Gelehrtengesichtern, Schwärme junger Mädchen mit langem schwarzem Haar und kurzem buntem Rock, orthodoxe Chassidim in Kaftan und steifem Hut, sephardische Familien mit einem Dutzend Kindern und Eßkörben, die sich am Straßenrand niederließen und harte Eier und Früchte verzehrten.

»Bravo«, schrie ein Mann, der in der Krone eines Baumes saß und mit jeder Kolonne in wildere Begeisterung geriet, »bravo, ihr Kinder Israels! Seid mir gesund und stark!«

Als die Artillerie heranrollte, wurde die Stimmung ernster. Die schwerbewaffneten Soldaten in ihren Jeeps blickten zu entschlossen geradeaus, und die Militärfahrzeuge großen und kleineren Kalibers machten einen bedrohlichen Eindruck.

»Ist es zu glauben, Siegfried«, sagte eine wohlbeleibte

Dame auf deutsch zu ihrem Mann, »1948 hatten wir nur eine Kanone.«

Und Siegfried, in dunklem Anzug und zu eng geknüpfter Krawatte, tupfte sich den Schweiß von der Stirn und meinte versonnen: »Zweitausend Jahre haben wir darauf gewartet, zweitausend Jahre...«

Dann, mit dem Nahen der Panzer, verstummte das Volk. Die Straße begann zu beben, füllte sich mit rasselndem Dröhnen und dichten Staubwolken. Die Menschen, von denen viele noch nie einen Panzer gesehen hatten, wichen zurück. Zwei, vielleicht drei Kolonnen rollten vorbei, und das Volk starrte ihnen beklommen nach.

Die Bangigkeit legte sich erst wieder, als die häßlichen Ungetüme in der Ferne verschwunden waren und die schönen Vögel der Luftwaffe in wirkungsvollen Formationen die Stadt überflogen. Das nun war zweifellos der Höhepunkt der Parade, und das Publikum wußte ihn mit vielen enthusiastischen Ausrufen zu würdigen: »Herrlich«, hörte man, »seht sie euch an, unsere Jungens... ach, wie schön sie fliegen... und so viele Flugzeuge haben wir, so viele...!«

Sachlich gesehen waren es nicht viele, aber welcher Israeli wäre damals auf den Gedanken gekommen, eine jüdische Armee sachlich zu sehen.

»Baruch ha shem!« schrie der Mann in der Baumkrone, und seine Worte waren die Worte eines ganzen Volkes: »Gesegnet sei Sein Name! Unser Israel hat eine Armee!«

So war es damals. Naive Freude, Bewunderung, Staunen, Ehrfurcht, Dankbarkeit. Man hatte zweitausend Jahre Diaspora überlebt. Man hatte ein Land, und das Land hatte eine Armee. In sie setzte man seine ganze Hoffnung, sein Vertrauen, seinen Glauben. Sie war es, die ein menschenwürdiges Dasein garantierte. Sie war es, die vor neuen Angriffen, vor Verfolgung, Pogrom und Massenmord beschützte. Mit ihr stand oder fiel das Land. So einfach war das und so logisch – damals, als man noch sagte: »Gesegnet sei Sein Name, unser Israel hat eine Armee.«

Und mit dieser Armee nichts anderes verband, als den Wunsch zu leben.

Gegen halb fünf kommt Schoschi, um die Wohnung zu putzen.

»Hast du schon gehört?« ruft sie, noch bevor sie die Tür hinter sich geschlossen hat.

»Was?« frage ich, und ihre Aufregung läßt mich Böses ahnen.

»Wir haben dreizehn MiGs abgeschossen. Alle auf einmal. Tack, tack, tack, weg waren sie!«

Sie schaut mich erwartungsvoll an, und das verpflichtet mich, ein Zeichen der Überraschung von mir zu geben: »Kol hakavod – alle Achtung«, sage ich, denn dieser Ausdruck ist mir erstens sehr geläufig und zweitens scheint er mir der Nachricht angemessen. Aber Schoschi hat sich offenbar mehr versprochen. Sie bleibt vor mir stehen, eine sehr kleine, runde, orientalische Schönheit, in kurzem rotem Rock und zitronengelber Bluse.

»Dreizehn«, wiederholt sie und beginnt ihr schwarzes, glänzendes Haar zu einem dicken Strick zusammenzudrehen, »das ist doch nicht normal!«

»Lo normali« ist ein Schlagwort der jungen Generation geworden. Es ist in jedem Zusammenhang anwendbar und immer zutreffend. Ein besonders schönes Kleid kann »nicht normal« sein und ein schreckliches Verkehrsunglück auch. In diesem Fall sind die abgeschossenen MiGs gemeint.

»Du hast recht«, sage ich, »das ist nicht normal. Und wo sind sie... tack, tack, tack?«

Mein hebräischer Wortschatz ist sehr begrenzt, und das Wort »schießen« ist mir, unerklärlicherweise, immer noch unbekannt. Zum Glück hat mir Schoschi das Ersatzwort geliefert.

»Über dem Meer«, erklärt sie, »man sagt, gar nicht so furchtbar weit von Haifa entfernt.«

»Und warum?« frage ich.

Ihre Augen, die mich immer an schwarzviolette Pflaumen erinnern, werden noch größer und runder.

»Warum was?«

»Warum hat man sie...« Ich hebe die Hand und lasse sie wie ein abgeschossenes Flugzeug auf das Sofa zurückfallen.

»Du weißt doch, wie das ist«, belehrt mich Schoschi, »hier kommen die syrischen MiGs« – sie winkt die MiGs von der linken Seite herbei – »und da kommen die israelischen Phantomim« – jetzt werden von rechts die Phantome herangeholt –, »dann treffen sie sich in der Mitte und...«

Sie hebt in einer resignierenden Gebärde Schultern, Arme und Augenbrauen: »So ist das eben. Sie können uns nicht friedlich leben lassen in unserem eigenen Land.«

Aus der zwanzigjährigen Schoschi spricht die Stimme des Volkes und nicht nur die des einfachen. Von einigen rühmlichen Ausnahmen abgesehen sagen sie, in mehr oder minder gewählten Worten, alle dasselbe. Einen Moment lang ist mir danach, Schoschi zu fragen, ob sie die besetzten Gebiete auch zum eigenen Land zählt, aber in Anbetracht der Hitze und Sprachschwierigkeiten gebe ich die Idee schnell wieder auf. Ich halte mich sowieso schon seit Jahren aus jeder politischen Diskussion heraus, ob mit Mädchen wie Schoschi oder mit einigen meiner besten Freunde. Warum jetzt plötzlich, unter den denkbar schlechtesten Umständen, damit beginnen?

»Mach heute bitte das Wohnzimmer gründlich sauber«, sage ich zu der Kleinen, »auch die Teppiche und Fenster.«

Enttäuscht über die Teilnahmslosigkeit, mit der ich das große Ereignis hinnehme, stapft sie ins Badezimmer, um sich für die Arbeit umzuziehen.

Jetzt bleibt mir endlich keine Wahl mehr. Wenn Schoschi mit sehr viel Lärm und Wasser die Wohnung putzt, kann ich nicht zu Hause bleiben. Ich blinzele zur offenen Verandatür hinaus. Die Sonne ist nicht mehr so grell und sieht aus wie ein Spiegelei mit halbgarem Dotter. In etwa eineinhalb Stunden geht sie unter, aber kühler wird es dadurch nicht werden.

»Kein Wunder«, denke ich, »daß Menschen, die während des Kamsins ein Verbrechen begehen, mildernde Umstände bekommen.«

Schoschi, barfuß und in Shorts, kommt auf stämmigen, kurzen Beinen ins Zimmer zurück und beginnt energisch die Teppiche zusammenzurollen.

»Du fährst weg«, stellt sie mit einem Blick auf meine Koffer fest, »wohin? Ins Ausland?«

»Ja«, sage ich.

»Zu deinem Sohn nach Deutschland oder zu deinem Freund nach Paris?«

»Zu beiden«, sage ich.

»Ich«, erklärt sie, »werde meinen Freund jetzt bald heiraten. Noch in diesem Jahr! Ob seine Eltern verrücktspielen oder nicht.«

»Wieso verrücktspielen? Sind seine Eltern dagegen?«

»Euwaweu* und wie! Sie glauben, nur weil ich aus Marokko komme und sie aus Polen, daß sie was Besseres sind...« Sie überlegt einen Moment und fragt dann mit einer Mischung aus Besorgnis und Empörung: »Glaubst du, daß sie was Besseres sind?«

Ich schüttele den Kopf, was ich nicht hätte tun sollen, denn jetzt dreht sich das Zimmer. Schnell hefte ich den Blick auf Schoschis Beine, das einzig Stabile, scheint mir, in dieser Welt, und sage: »Ich glaube, Motek**, sie sind einfach dämlich, das ist alles.«

»Richtig«, sagt Schoschi ernst, »das sind sie und böse noch dazu. Du siehst mich ja, Christina, du siehst ja, wie ich arbeite und sauber bin und anständig. Und so sind wir alle, meine Eltern und meine sieben Brüder und Schwestern. Aber so ist das eben. Sie wollen nicht, daß ihr Sohn

---

* Ausruf des Schreckens
** Schatz

eine Sephardin heiratet. Ich habe dir doch schon erzählt, daß mein Freund ein Aschkenasi ist, nicht wahr?«

Ich nicke. Sie hat es mir schon oft erzählt, denn die Tatsache, daß ein europäischer Jude bereit ist, sie, eine orientalische Jüdin, zu heiraten, erschüttert sie immer wieder aufs neue.

»Er ist groß und schlank«, hatte sie mir das erstemal berichtet, »und so hell wie du.«

Ich bin alles andere als hell, aber das ist Schoschi nicht klarzumachen. Ihre Ehrfurcht vor allem, was aus Europa kommt, äußert sich unter anderem in ausgesprochener Farbenblindheit. Ich bin blond, obgleich ich dunkelbraun bin, und sie ist schwarz wie ein Neger, obgleich ihre Haut die wunderschöne Farbe heller Bronze hat.

»Siehst du denn nicht«, hatte ich sie gefragt, »daß ihr sephardischen Juden viel schöner seid als die aschkenasischen?«

»Das sagt mein Freund auch, aber...«

»Aber?«

»Aber wir sind eben arm und haben zu viele Kinder und zu wenig gelernt. Darum sind wir unten und die Aschkenasim oben. Nur in der Armee ist das anders. Als mein Bruder Soldat war, hatte er einen Haufen aschkenasischer Freunde. Aber dann, als er nicht mehr Soldat war, hatte er keinen einzigen mehr. Ich finde das nicht richtig.«

»Ist es auch nicht, Schoschi, aber es wird sich ändern.«

»Ja, ja«, hatte sie mit einer verächtlichen Grimasse gesagt, »das erzählt man uns schon lange.«

Sie hat jetzt die Stühle auf den Tisch gestellt und erscheint mit zwei Eimern Wasser.

»Wie lange bleibst du im Ausland?« fragt sie mich.

»Etwa einen Monat.«

»So lange! Also ich könnte das nicht. Ich möchte nicht weg von hier, nicht einen Tag. Erez Israel ist mein Land, was soll ich in einem anderen?«

Sie nimmt einen der Eimer und schüttet das Wasser mit entschlossenem Schwung auf den Boden. Die Katze und ich springen gleichzeitig auf. »Wasser ist gut bei der Hitze«, sagt Schoschi ungerührt und dann, einer Assoziation folgend: »Einer von den syrischen Piloten, der mit seiner MiG ins Meer gefallen ist, war noch nicht tot, und da haben wir ihn wieder rausgefischt.«

Sie bückt sich nach dem Scheuerlappen, richtet sich aber plötzlich wieder auf und schüttelt nachdenklich den Kopf.

»Was ist, Schoschi?« frage ich.

»Das ist doch eine schreckliche Meschugas*!« sagt sie in einer Art Erleuchtung. »Erst schießt man sie ab, dann rettet man sie, und danach fängt alles wieder von vorne an. Kannst du mir sagen, Christina, wozu das gut sein soll?«

»Nein«, sage ich und lege meine Hand auf ihre Schulter, »das kann ich wirklich nicht.«

Als ich das Haus verlasse, ist das Geschrei der Fußballspieler verstummt und die ersten Takte der »schönen blauen Donau« schallen mir entgegen. Der Eismann ist wieder da. Er kommt jetzt täglich, parkt seinen alten Volkswagenbus vor meinem Haus und läßt das Tonband laufen. Es sind immer wieder dieselben dünn geklimperten Takte der »schönen blauen Donau«, die in dieser baum- und schattenlosen Straße geradezu absurd klingen. Der Mann muß wohl noch aus der österreich-ungarischen Monarchie stammen und eine Vorliebe für Wiener Walzer haben. Mich macht die Melodie immer traurig. Sie klingt nach den Leierkästen meiner Berliner Kindheit, und ich hatte nie einen Leierkasten hören können, ohne in Tränen auszubrechen. Nicht so die israelischen Kinder. Auf sie wirkt die Musik wie die Flöte des Rattenfängers von Hameln. Sie kommen in Scharen herbei und stehen, den Tönen lauschend und an ihren Eisstangen lutschend, um den vielversprechenden Wagen herum.

Mein Auto steht in der Sonne, und seine Innentemperatur ist gerade richtig, um Brot darin zu backen.

---

* Verrücktheit

»Was ist«, frage ich mich drohend, »möchtest du lieber frieren?« Aber da ich mir im Moment alles vorstellen kann, alles, nur nicht frieren, bleibt meine Frage unbeantwortet.

Ich fahre schnell, damit die Zugluft den Wagen kühlt, nähere mich einem Taxi, das sich hartnäckig in der Mitte des Fahrdammes hält, hupe. Der Fahrer streckt einen braunen, schwarz behaarten Arm zum Fenster hinaus und legt in einer nachdrücklichen Gebärde die Spitzen von Daumen, Zeige- und Mittelfinger zusammen. Zum Glück biegt das Taxi, nicht ohne mir ein letztes warnendes Zeichen gegeben zu haben, an der Ampel links ab, und ich fahre geradeaus weiter, die Gazastraße hinauf.

Die Gazastraße war schon vor drei Jahrzehnten die Hauptverkehrsader des Viertels Rechavia, und sie ist es, obgleich für diesen Zweck jetzt viel zu schmal, bis zum heutigen Tage geblieben. Es ist keine repräsentative, dem adretten Rechavia angemessene Straße. Die niedrigen, vierschrötigen Häuser stehen in verkümmerten kleinen Gärten, deren vorherrschende Farbe ein verstaubtes Grün ist. Die engen, dunklen Kramläden bieten ein heilloses Durcheinander an Waren, die besser schmecken, als sie aussehen. Und so wie mit den Waren ist es mit den Ladenbesitzern: In ihrer wenig gepflegten Verpackung steckt ein liebenswerter Kern. Es sind vor allem Juden osteuropäischer Länder, ältere, jiddisch sprechende Leute, die den Hut nicht vom Kopf nehmen und selten das Hemd wechseln. Aber ich mag diese Menschen, in deren resignierten Blicken und schlaff herabhängenden Schultern sich immer noch das Stigma der Diaspora offenbart. Sie sind mir unbekannt und doch nicht fremd. So wie sie stelle ich mir meinen Urgroßvater vor, einen armen, frommen Bäcker, der aus einem polnischen Städtchen kam und sein Leben damit verbrachte, die Thora zu lesen, den Talmud zu studieren und Brot zu backen. Er hinterließ zehn Kinder und eine schmale Chronik, die mit den rührenden Worten beginnt: »Es ist Pflicht und Schuldigkeit eines jeden Menschen, über sein Leben, Thun und Wandel einige Notizen zu vermerken; denn jeder einzelne Mensch, der tadellos seinen von Gott vorgeschriebenen Weg wandelt, hat das Recht, die Worte unserer Weisen auf sich zu beziehen: ›Für mich wahrscheinlich ist die Welt erschaffen.‹«

Ich bin stolz auf meinen Urgroßvater, diesen schlichten, unverfälschten Mann, der nie etwas anderes hatte sein wollen als ein guter Jude. Aber mit dieser Einstellung stehe ich hier ziemlich allein, denn genau dieser Ghettotyp ist es, der in der gebildeten Schicht von jeher Schamgefühle hervorgerufen hat: ob in ihren früheren Heimatländern, in denen sie, die Assimilierten, nicht mit Juden »dieser Art« identifiziert werden wollten, oder in Israel, wo man vergessen möchte, daß sich der Großteil des jüdischen Volkes gerade aus jenen Menschen entwickelt hat. »Was«, fragen sie mich, »hat unsere starke, selbstsichere Jugend noch mit diesen Fossilien einer fernen Vergangenheit zu tun?« Sie wollen nicht wahrhaben, daß die aktive Stärke dieser Jugend aus der passiven Kraft ihrer Vorväter geboren wurde. Und ich fürchte, in dieser Verleugnung von allem, was gewesen, und der Glorifizierung von allem, was geworden ist, liegt eine Gefahr.

Ecke Gazastraße und Redak Redak parke ich das Auto und steige aus. Hier, in dieser Umgebung bin ich zu Hause, kenne jede Straße, jedes Haus, jeden Laden. Im nahen Umkreis wohnen alle meine deutsch-jüdischen Freunde, mein Arzt und Zahnarzt, mein Friseur, mein Schuster, mein Installateur. Hier ist meine kleine Wäscherei, in der mich der Inhaber mit »Schalom u wracha« – Frieden und Segen – begrüßt; mein Schneider, Herr Ben Lulu, der mir die Röcke kürzer und die Hosen länger macht; mein Schlächter Chaim, bei dem ich ein Kilo Leber für meine Katze und ein halbes Pfund Hackfleisch für mich kaufe; mein winziger bulgarischer Blumenladen, in dem ich mich mit den Besitzern in ihrer Muttersprache unterhalte und Erinnerungen über Sofia austausche. Hier in diesem Viertel Rechavia habe ich ein Stück Heimat gefunden

Ich habe mich oft gefragt, was aus mir geworden wäre, wären Michaels Briefe nicht in meine Hände gelangt oder hätte ich sie weitere Jahre in dem fest verschnürten Karton auf dem Schrank gelassen aus Angst, die Wunden der Vergangenheit wieder aufzureißen. Ich habe Michael, meinen Bruder (Halbbruder, müßte ich sagen, aber das Wort widersteht mir im Zusammenhang mit ihm), kaum gekannt. Er war zehn Jahre älter als ich, hatte wegen meines Vaters, den er ablehnte, nur ein Jahr mit uns unter demselben Dach gelebt und 1938 Deutschland verlassen. Ich habe ihn nie wiedergesehen, denn er fiel zwei Wochen vor Kriegsende, wenige Kilometer vor der deutschen Grenze, als Soldat der Französischen Freien Armee. Geblieben war die Erinnerung, eine Erinnerung, die, obgleich sie sich auf einen kurzen Zeitabschnitt beschränkte, auf kleine Begebenheiten und optische Eindrücke, nie an Intensität verloren hat. Ich muß ihn wohl sehr geliebt haben, diesen großen, geheimnisvollen Bruder, der eine Siamkatze hatte und schöne, exotische Freundinnen, der sich unter lauter Jazzmusik zum Abitur vorbereitete, Tango tanzte wie kein anderer, Auto fuhr wie ein Rennfahrer und hingegeben in der Sonne lag, die Augen geschlossen, einen Grashalm zwischen den Lippen. Er war so schön gewesen, zärtlich, heiter, wild; vielleicht war es das, was ihn mir unvergeßlich gemacht hat. Wenn er mit mir im Huckepack durch den Garten galoppiert war, wenn er mich auf sein Bett gezogen und geküßt oder hochgehoben, an seine Brust gedrückt und mit mir getanzt hatte, dann war das Glück voll gewesen. Lucrezia Borgia hatte er mich genannt und auf meine Frage, was das denn sei, gelacht und erklärt, das sei eben ich.

»Lucrezia Borgia«, hatte er gesagt, »wärest du nicht meine Schwester, ich würde mich in dich verlieben.«

So etwas vergißt man nicht.

Und dann war er tot. Jedenfalls hieß es so in der Mitteilung seines Kommandanten, stand es in einem Brief von Ibi, las ich es in den Augen meiner Mutter. Trotzdem war es für mich kein richtiger Tod, es war vielmehr eine Fortsetzung seiner Abwesenheit. Die, die durch Zeit und Raum von uns getrennt sterben, sterben einen unkörperlichen Tod, der schwer erfaßbar ist. Wir lieben sie so, wie wir sie in Erinnerung behalten haben, nicht so, wie sie geworden sind; und wenn sie sterben, stirbt ein Mensch, den wir nicht mehr kennen. Wir trauern im Leeren, und die Endgültigkeit entzieht sich uns. So war es mit Michael gewesen. Er starb, als ich seine Briefe las, achtzehn Jahre nach seinem Tod. Denn da erst lernte ich den Mann, der er geworden war, das Leben, das er gelebt hatte, kennen. Mit meiner Erinnerung ließ es sich nicht mehr vereinbaren. Er, der das leichte, verspielte Leben so liebte und jeder Verlockung nachgab, hatte auf alles Leichte, Verspielte, Verlockende verzichtet, um mit einer Kompromißlosigkeit ohnegleichen für eine Überzeugung zu leiden, zu kämpfen und zu sterben.

»Ich wäre der größte Gesinnungslump«, schrieb er an die angebetete Mutter, »würde ich den Vorteil eines arischen Vaters für mich ausnutzen. In Zeiten wie diesen gibt es keine Halbjuden. Es gibt Arier und es gibt Juden und zu denen gehöre ich.«

Die Worte hatten sich in mir festgesetzt, hatten mich wachgerüttelt, mir ein Leben gezeigt, das bewußt gelebt worden war, ob in der Not der Emigration und dem Grauen des Krieges, ob in den Tagen der Angst und Verzweiflung oder in den Stunden des Glücks und der Hoffnung, in der unerschütterlichen Liebe zu der jüdischen Mutter.

Ja, ich frage mich, was aus mir geworden wäre, wären diese Briefe nicht in meine Hände gelangt, hätten sie nicht diese wilde Sehnsucht in mir geweckt, da zu gehen, wo er gegangen ist, das zu sehen, was er gesehen hat, die zu lieben, die er geliebt hat. Hätte ich den Weg nach Israel auch allein gefunden? Vielleicht später, irgendwann einmal, ich weiß es nicht. Tatsache ist, daß ich zu jener Zeit nichts über Israel gewußt habe. Verdrängung, Interesselosigkeit, auch das kann ich nicht sagen. Ibis Adresse kopierte ich so, wie sie Michael Anfang der vierziger Jahre auf seine Umschläge geschrieben hatte. Daß Ibi inzwischen Mann und Wohnung gewechselt, hatte ich nicht ahnen können, daß aber aus Palästina Israel geworden war, hätte ich wissen müssen. Ich habe es offenbar nicht gewußt. Wie auch immer, der Brief, den ich umgehend an Ibi schrieb, kam an, denn sie, der Liebling Jerusalems, war selbst den Postboten bekannt. Eine Woche später erhielt ich die Antwort: »Komm so schnell Du kannst, bleib so lange Du willst, ich erwarte Dich!«

Rechavia, in das ich Michael gefolgt bin, ist auch für ihn ein Stück Heimat gewesen, hier, bei Ibi, die damals noch mit ihrem ersten Mann und drei kleinen Söhnen in der Gazastraße wohnte, verbrachte er während des Wüstenfeldzuges seine Urlaube. Er hat Ibi geliebt, das geht aus seinen Briefen an sie hervor. Doch Ibi behauptet: »Er hat es sich nur eingebildet, weil ich eine Freundin seiner Mutter war und ein Überbleibsel aus der alten Berliner Zeit. Geliebt aber hat er im Grunde nur sie.«

Er hat sie geliebt, seine Mutter, die Frau, die ihn im entscheidenden Moment verkannt, ihn einen Don Quichote, einen verschrobenen Idealisten, einen Fanatiker genannt hat, die Frau, die alles hatte sein wollen, alles, nur keine Jüdin.

»Du wirst Deinem Judentum nicht entkommen«, hatte er ihr geschrieben, »was immer Du auch tust.«

Sie war ihm nicht entkommen, obwohl sie keinen Versuch, keine Anstrengung gescheut hat.

»Ich ersticke in dieser jüdischen Enge«, hatte sie, achtzehnjährig, ihrem Tagebuch anvertraut, »ich kann das alles nicht mehr ertragen – diesen Geruch nach Hühnersuppe, diese Gespräche über Textilien, diesen wohlbeleibten, wohlhabenden Tölpel, mit dem man mich verheiraten will. Ich brauche mehr!«

Sie war klein, dicklich und geschmacklos angezogen. Sie hatte eine schmale Lücke zwischen den Vorderzähnen und kastanienrote Locken, die sich nicht zu einer Frisur zähmen ließen. Und dennoch hat sie uns alle fasziniert: Männer, Frauen, die eigenen Kinder. Vielleicht waren es ihre Augen, viel zu schön, als daß sie sich beschreiben ließen, ihre entwaffnende Natürlichkeit und Vitalität, die Großzügigkeit, mit der sie sich denen, die sie liebte, gab?

Sie kannte keine Tabus, und das »mehr«, das sie brauchte, fand sie sehr schnell in einem christlichen Poeten, der das glatte Gegenteil von wohlbeleibt und wohlhabend war. Er öffnete ihr das Tor zur weiten Welt abendländischer Kunst und Kultur. Sie heiratete ihn heimlich ein halbes Jahr später und tat damit das Unverzeihlichste, was sich ein jüdisches Mädchen gutbürgerlicher Kreise zuschulden kommen lassen konnte. Ihre Eltern, herzgebrochen aber unerbittlich, verboten ihr und ihrem »Goi« das Haus.

Das Verbot wurde mit Michaels Geburt prompt wieder aufgehoben. Welche jüdischen Großeltern könnten einem wie auch immer gearteten Enkel widerstehen! Der winzige, unschuldige Mischling riß die Großmutter zu Tränen der Freude und Reue hin, den Großvater aber zum Kauf eines Hauses, in dem die kleine Familie unter dem Motto: »Ende gut, alles gut« von nun an sorglos leben sollte. Aber da hatten sich die armen Großeltern getäuscht. Es war kein geruhsames Ende, sondern der Auftakt zu einem turbulenten Leben.

Vielleicht lag es an dem Poeten, der sich als Egozentriker und Schürzenjäger entpuppte, vielleicht an der Ehe, die sich als schlecht erwies, vielleicht an unserer Mutter, deren Reaktion darauf wieder ganz anders ausfiel, als man es von einer jüdischen Tochter gutbürgerlicher Kreise erwartet hätte. Für sie bedeutete Leben: lieben und Männer, Kinder.

»Man muß von jedem Mann, den man wirklich liebt,

ein Kind haben«, erklärte sie in aller Offenheit, und diesem verhängnisvollen Grundsatz blieb sie treu.

Dem ersten »Goi« folgte ein zweiter, und wenn sie den auch nicht genug liebte, um ihn zu heiraten, so doch wenigstens genug, um ein Kind von ihm zu bekommen; dem zweiten folgte ein dritter, und hier stellten sich, wenn auch unter umgekehrten Vorzeichen dieselben Schwierigkeiten ein wie beim ersten. Denn mein Vater, ein Mann mit zahlreichen Vorzügen, dem einen Nachteil aber, dem der Schwäche, war ein folgsamer Sohn; und seine Familie, deren Stammbaum eine stattliche Reihe preußischer Junker aufwies, war das, was man antisemitisch nennt. »Eine Jüdin«, erklärten sie, »kommt uns nicht ins Haus«, und dieses Verbot schien weitaus mehr Gewicht zu haben als das von den jüdischen Eltern proklamierte: »Ein Goi kommt uns nicht ins Haus.«

Meine Mutter, die nach Urteil verschiedener Ärzte nicht mehr schwanger werden konnte, betete um ein Kind. Sie tat das, wie sie mir später einmal erzählte, auf einer Italienreise in schönen und zu diesem Zwecke geeigneten Kirchen. Das Wunder fand statt, nicht aber die Hochzeit. Ich muß ein unrepräsentatives Baby gewesen sein, denn es dauerte fast zwei Jahre, bis sie es wagte, mich in dem Haus derer vorzuführen, die sie zu erobern hoffte. Und wenn es auch diesmal keine Tränen der Freude und Reue gab, so gab es doch wenigstens preußisches Ehrgefühl und die Einwilligung in eine Heirat.

Wir haben es gut gemacht, Michael und ich, wir waren die Pfeiler einer Brücke, die sich in seinem Fall über die Intoleranz des Judentums, in meinem über die des Christentums hinwegspannte. Wir haben unserer Mutter den Weg geebnet. Daß die Brücke einige Jahre später zusammenkrachte und der Weg in den Abgrund führte, daß unsere Mutter endgültig ins Christentum flüchtete und sich ihr Sohn zum Judentum bekannte, nennt man wohl Ironie des Schicksals.

In einem letzten Brief, kurz vor ihrem Tod, ist sie dann

mit dem Satz: »Ich bin eben doch eine richtige Jüdin« zu sich zurückgekehrt. Aber das hat ihr Sohn nicht mehr erfahren. Eine Granate hatte ihn zerrissen, den schönen Michael, den einzigen in unserer Familie, der nicht gekniffen, sondern sich mit Haut und Haar für die gerechte Sache eingesetzt hat.

Ich gehe fast täglich an jenem Haus vorbei, in dem er ein paar Wochen seines kurzen Lebens verbracht hat. Es ist ein unauffälliges, zweistöckiges Haus, in dem sich unten eine Apotheke befindet. Vor dreißig Jahren, als die Gärten noch grün und in den Straßen wahrscheinlich mehr Esel als Autos zu sehen waren, wird das Haus zu einer der stattlichen Villen Rechavias gezählt haben. Ibi bewohnte mit ihrer Familie die obere Etage.

»In dem Moment, in dem er unsere Wohnung betrat«, hatte sie mir erzählt, »war er wieder der verwöhnte Junge aus Berlin-Grunewald. Alles mußte so sein wie früher. Der Tisch hübsch gedeckt, mit weißer Decke und Silber und gutem Porzellan, das Badewasser heiß, die Bettwäsche gebügelt. Das Mädchen mußte ihm die Uniform ausbürsten und die Schuhe putzen und ich mein bestes Kleid anziehen; dann setzte er sein kleines, dunkelblaues Käppi auf, und wir gingen aus. Alle Leute haben sich auf der Straße nach ihm umgedreht. Er hatte etwas so Leuchtendes, etwas so Nobles... es läßt sich einfach nicht beschreiben.«

Manchmal versuche ich mir auszumalen, wie es damals war. Der lebendige, leuchtende Michael in Uniform; Ibi, mit rabenschwarzem Haar und glattem, jungem Gesicht; das noch unschuldige Jerusalem, eingebettet in Stein und kahle Hügel.

»Ach, das war noch eine schöne Zeit«, schwärmt man heute, »wir waren jung, und es gab keine Unterschiede. Wir hatten nur ein paar Habseligkeiten gerettet und verdienten uns das bißchen, was man zum Leben brauchte, als Kellner, Busfahrer oder Bauarbeiter. Was brauchten wir schon! Ein Stück Brot, ein paar Früchte und Eier, einen

Rock oder eine Hose, etwas Petroleum, um im Winter die Öfen zu heizen. Ach ja, wir waren glücklich und zufrieden. Wir lebten und wir waren in unserem Land. Was konnte man mehr verlangen!«

Jetzt ist man nicht mehr jung, überlege ich, während ich wie so oft ziellos durch die Straßen wandere, jetzt gibt es viele Unterschiede. Jetzt sind neue Möbel skandinavischen oder spanischen Stils dazugekommen, Waschmaschinen und Fernsehapparate, Autos und Zentralheizung, Parties und Auslandsreisen, Snobismus und Arroganz. Aus Kellnern und Busfahrern sind hohe Regierungsbeamte geworden, Anwälte, Universitätsprofessoren, Ärzte. Viele davon sind deutsche Juden, Jecken, wie sie hier spöttisch genannt werden, und fast alle von ihnen wohnen in Rechavia. Es ist ein schönes, und wie es sich für Jecken ziemt, gepflegtes Viertel, ein Miniatur-Grunewald Jerusalemer Prägung. Die Häuser, zwei bis vier Stockwerke hoch, haben einen villenartigen, wenn auch nicht europäischen Charakter. Die kleineren sind in strenger Würfelform gebaut und noch aus echtem, grobgehauenem Stein. Die größeren, später dazugekommen, sehen schon nicht mehr so solide aus. Sie haben große Fenster, Balkone und Terrassen, und den Stein hat man sparsam in dünne Platten geschnitten. Doch der Stolz Rechavias sind nicht so sehr die Häuser wie die kleinen Gärten, in denen neben europäischen Blumen tropische Pflanzen wachsen, und die Vielfalt an Bäumen, Sträuchern und Hecken, die mit ihrem schattenspendenden dunklen Grün in jedem wahren deutschen Juden Erinnerungen an eine vergangene wald- und wiesenreiche Landschaft wecken.

Es ist gut, so zu gehen, leicht benommen von der Hitze, der Brillanz des Lichtes, den strahlenden Farben, dem schweren, süßen Duft einer Pflanze, der einen plötzlich überfällt. Zu dieser Stunde, ehe die Sonne untergeht, die Männer in ihren Autos von der Arbeit kommen und die Frauen das Fernsehen anschalten, ist es noch still in Rechavia. Ich teile die Straße mit spielenden Kindern, streunenden Katzen und ein paar alten Jecken, die wahrscheinlich zum Abendeinkauf oder zu einem nachbarlichen Kaffeebesuch gehen. Ich mag diese alten Menschen, die sich, da sie zu spät ins Land kamen, nie ganz akklimatisiert haben. Die Männer scheinen noch immer ihre Anzüge aus den dreißiger Jahren zu tragen und, als einzige Konzession an das hiesige Klima, einen offenen Hemdkragen. Die Frauen, die sich weder von der Hitze noch der schweren Arbeit der ersten mageren Jahre erholen können, haben unförmig angeschwollene Beine und müde, tiefgefurchte Gesichter. Doch ihre Augen sind gut und lebensklug, und ihr Lächeln ist von jener ungezwungenen Freundlichkeit, die einem sofort das Herz öffnet.

In zehn, spätestens fünfzehn Jahren wird es sie nicht mehr geben, diese alte, liebenswerte Generation, der Europa, seine Landschaft und Städte, seine Kultur und Tradition, sein Klima und Lebensrhythmus vertrauter sind als das Land, das sie jetzt Heimat nennen. Ihre Enkel, deren Sprache sie kaum verstehen, werden übernehmen. Der Geist Europas, eines Europas der Jahrhundertwende, wird mehr und mehr verschwinden und mit ihm die Vielfalt der Sprachen, Gebräuche und Erinnerungsstücke, in denen sie leben. Ein paar Dinge werden bleiben, ein schmackhaftes Gericht, das sie ihren Kindern, ein Lied, das sie ihren Enkeln beigebracht haben, ein schönes Service, ein alter Fächer, eine wertvolle Buchausgabe.

»Hübsch, nicht wahr?« wird man sagen. »Das haben meine Groß- oder Urgroßeltern damals mit ins Land gebracht.«

Und das »damals« wird bereits Geschichte sein.

Ich fahre Richtung Ost-Jerusalem. Immer wenn mich die Unruhe packt und sich die ersten Anzeichen einer Depression bemerkbar machen, fliehe ich – entweder nach Jericho oder in die Altstadt. Es ist die Flucht vor mir selber, die mich aus der Enge der alltäglichen Atmosphäre heraus in unbekannte und ablenkungsreiche Regionen treibt. Dabei kann ich nicht behaupten, daß mir die Altstadt unbekannt ist, denn ich kenne jedes Viertel – das mohammedanische, das christliche und das von den Arabern zerstörte, von den Israelis wieder aufgebaute jüdische –, kenne fast jede Gasse, jeden Laden, jede »Heilige Stätte«, kenne all das, aber nur von außen. Das Innenleben dieser Stadt und seiner Bewohner, das, was sich hinter dicken Mauern und in verborgenen Patios abspielt, hat sich mir nie enthüllt. So bleibt ein Geheimnis, ein Gefühl des Unergründlichen, das meine Phantasie anregt. Ich parke das Auto außerhalb der Altstadt, verscheuche einen kleinen Araberjungen, der mit seinem dreckigen Lappen meine saubere Windschutzscheibe zu putzen versucht, und gehe auf die Stadtmauer zu. Wie immer fällt mir ihre Schönheit auf, die jetzt, in dem Licht des beginnenden Abends, Stein für Stein zum Ausdruck kommt.

Was wäre Jerusalem ohne seine Altstadt?

Der Gedanke verursacht mir Unbehagen. Einen Moment lang sehe ich wieder die geteilte Stadt, die häßliche graue Mauer, den Stacheldraht, die von Geschossen durchlöcherten, verlassenen Häuser, den verwahrlosten Streifen des Niemandslandes. Ich bin oft, die Warnungen meiner Freunde mißachtend, an der Grenze entlanggegangen, bin auf das Dach des französischen Hospitals gestiegen und habe hinübergespäht in jenes so nahe und doch unerreichbare Land, das mir geheimnisvoll erschien wie die Städte in den Märchenbüchern meiner Kindheit. Ich sah einen Teil der Stadtmauer, die goldene Kuppel des Felsendoms, den Ölberg mit seinen dunklen Baumgruppen; sah Kirchtürme und Minarette, arabische Häuser und Straßen, die sich durch die Hügel schlängelten. Ich sah den winzigen Autos nach und dachte: »Wohin fahren sie, woher kommen sie? Was für Menschen sitzen darin? Worüber sprechen sie, was fühlen sie, wie leben sie?«

Es war eine mit Sehnsucht durchsetzte Faszination für das Unbekannte, die ich auch empfand, wenn ich mich in fremden Fotoalben durch ein Stück Leben blätterte und mir die Geschichte der Menschen, die ich nie gesehen hatte und nie sehen würde, vorzustellen versuchte. Auch Ost-Jerusalem würde ich immer nur von einem der Aussichtspunkte sehen, einer märchenhaften Kulisse gleich, die ich mit den Requisiten meiner Vorstellung ausstatten mußte. So glaubte ich, so glauben wir alle. Die Altstadt war eine Art Legende geworden, selbst für die, die sie gut gekannt hatten.

Ich gehe durch das Jaffator, vorbei an einer Gruppe zerlumpter Lastträger, drei hochbeladenen Eseln und zwei jordanischen Polizisten mit dunkelhäutigen Gesichtern und keckem Schnurrbart. Kleine Jungen bieten mir, ohne rechte Überzeugung, Kreuze aus Olivenholz, Davidsterne aus Metall und orientalische Ketten aus Kunststoff an. Aber sie kennen mich schon, und ein Kopfschütteln genügt, sie zu vertreiben.

Der Platz, von dem es rechts ins armenische Viertel geht, links ins griechische und geradeaus in die bunten Gassen des Bazars, ist immer noch voller Menschen. Ich steuere auf mein kleines arabisches Café zu, wo man dem Davidsturm gegenüber auf einem schmalen Vorbau sitzen und etwas trinken kann. Ein paar Hocker sind besetzt – von Touristen, wie man sofort an ihrer Aufmachung erkennt. Einer, ein bärtiger Tarzantyp, läßt sich von meinem bevorzugten Schuhputzer spitze, orangefarbene Stiefel putzen.

»Schalom!« ruft mein Schuhputzer, schwenkt die Bürste und wirft dann einen bedauernden Blick auf meine nackten Zehen.

»Hallo«, antworte ich, denn der israelische Gruß will mir in dieser Umgebung nicht über die Lippen.

Ich setze mich in die hinterste Ecke, und als ich aufblicke, steht der Sohn des Cafébesitzers, ein junger, betont europäisch gekleideter Mann, vor mir.

»Hi«, sagt er mit jenem mühsamen Lächeln, das sich erst durch Schichten männlichen Ernstes und arabischer Würde hindurcharbeiten muß, »how are you?«

»So, so«, sage ich.

»Es ist heiß heute.«

»Das kann man wohl sagen.«

Jetzt, da ihm das Lächeln gelungen ist, kann er sich nicht mehr davon trennen. Er blickt in die Ferne, lächelt und fragt: »Möchten Sie etwas trinken?«

»Ja, bitte, einen Tee mit Pfefferminz.«

Der junge Mann entfernt sich. Er kennt mich schon seit Jahren, genau gesagt, seit Juli 1967. Er kennt mich mit meinem geschiedenen Mann Udo, er kennt mich mit Serge, er kennt mich alleine, Briefe schreibend und kettenrauchend; er kennt mich stumm und verdrossen, still vergnügt, euphorisch verliebt, hoffnungslos niedergeschlagen. Er kennt in einem kleinen, aber bezeichnenden Querschnitt eine entscheidende Phase meines Lebens. Die entscheidendste vielleicht, die, in der es mir endlich gelang, mich von all den Bindungen zu befreien, die ich aus Gründen der Bequemlichkeit, Angst und Unentschlossenheit über viele böse Jahre aufrechterhalten hatte, die, in der ich ein für allemal die Tür hinter mir zuschlug und dem Teufelskreis meiner Münchener Existenz entfloh.

Der junge Mann bringt mir ein Glas Tee, in dem ein paar Pfefferminzblätter schwimmen.

»Sie sind traurig«, bemerkt er, während er das Glas auf den Tisch stellt.

Ich überlege, ob er das in der Hoffnung auf ein Gespräch sagt oder weil er mein Gesicht schon zu gut kennt.

»Woher wollen Sie das wissen?«

»Das sehe ich«, sagt er und bietet mir eine Zigarette an. »Ihr Freund ist nicht in Jerusalem?«

»Nein«, sage ich, sowohl als Antwort auf seine Frage wie auf das Angebot seiner Zigarette.

»Wie schade... so ein schöner Abend, zu schön, um allein zu sein...«

Ich schaue ihn stumm an, und er versteht, nickt mir ernst zu und geht.

»Ja, schade«, denke ich, »schade um einen so schönen Abend, ein so verführerisches Licht, eine so große Liebe.«

Ich trinke einen Schluck Tee. Er ist süß und heiß und treibt mir die Tränen in die Augen. Vielleicht sind es aber auch die Gedanken, die einmal losgelassen, nicht mehr aufzuhalten sind: »Serge, mein Gott, Serge, ich weiß nicht, ob wir es noch schaffen werden. Du sagst, jetzt sind wir fast am Ziel. Ziel, was ist das? Schlußstrich? Ende? ›...Erreicht‹ sein Ziel mit Müh und Not und war am nächsten Tage tot...‹, so kommt mir das vor. Es war zuviel, weißt du, einfach zuviel. Ich habe keine Kraft mehr, nur noch Angst.«

Damals, als noch kein Ziel in Sicht war, hatte ich die Kraft. Hier, von diesem kleinen Café aus, hatte ich ihm in dem Gefühl, nichts und niemand mehr zu fürchten, geschrieben: »Du bist das einzige, was für mich zählt, Du bist meine Heimat, und das Bett in dem ich mit Dir schlafe, ist mein Zuhause. Mehr brauche ich nicht.« Das war kurz nach dem Bruch mit Deutschland gewesen. Wäre mir der Bruch auch ohne Serge gelungen, ohne diese Liebe, deren Schutzpatron der »große jüdische Gott« persönlich zu sein schien? Mag sein, daß es mir gelungen wäre, irgendwann, aber gewiß nicht so schnell, so kompromißlos, so überzeugt, den einzig wahren Weg zu gehen, egal wohin er führte. Jeder Schritt, mit dem ich mich von meinem früheren Leben entfernte, war ein richtiger Schritt, auch wenn er mich nicht weiter brachte als bis zum nächsten Augenblick. Denn selbst der nächste Augenblick schien mir kostbarer als die gesamten zwanzig Jahre, die ich hinter mir gelassen hatte. Nein, ich habe nie nach dem Ziel oder Ende des Weges gefragt, habe es gar nicht kennen wollen. Jede große Leidenschaft ist zu einem Ende verdammt, und jedes Ende ist grausam: ob es zu früh und damit unerwünscht kommt oder planmäßig als sogenanntes »happy end« oder im Anschluß an das »happy end« und damit zu spät.

Ich habe ein Leben lang in Leidenschaften oder, wenn es die nicht gab, in Apathie gelebt. Immer auf Abbruch, zwischen Tür und Angel, zwischen kommenden und gehenden Menschen, zwischen Ungewißheit und Ruhelosigkeit. Es gab keine Beständigkeit, keine Zukunft, keine Stabilisierung von Beziehungen und Gefühlen. Jeder Anfang trug bereits den Keim des Endes in sich. So hatte ich es unfreiwillig in meiner Kindheit gelernt, dabei habe ich es später freiwillig belassen. Mit Serge, als ich ihm damals begegnete, gab es zwangsläufig nur einen Anfang, denn das, was man den »gemeinsamen Weg« nennt, gingen wir bereits mit anderen Partnern. Was uns blieb, war eine kurze, atemlose Affäre, ohne Komplikationen, ohne seelisches Engagement, ohne dramatische Folgen. Wir glaubten Übung genug zu haben, sie kontrollieren zu können. Doch bereits am Ende der ersten Woche merkten wir, daß wir die Kontrolle verloren hatten und das Opfer einer hemmungslosen Leidenschaft geworden waren. »Entweder«, sagte ich mir, »ist es der Fingerzeig Gottes oder ein Strohfeuer. Man muß Ruhe bewahren und abwarten.« Am Ende der dritten Woche, zwei Tage bevor er zu seiner Frau nach Paris und ich zu meinem Mann nach München flog, fuhren wir durch die judäische Wüste zu dem verlassenen mohammedanischen Kloster Nebi Musa. Nie werde ich die Schönheit dieses Tages vergessen, die Nähe des Himmels, die wogenden Formen der kahlen Berge, das Singen des Windes im Innenhof des Klosters. Hier war Ewigkeit, Sinn, Anfang und Ende. Und ich hatte gedacht: »Vielleicht war unsere Begegnung wirklich ein Fingerzeig Gottes, denn alles ist in ihr enthalten. Aber haben wir auch die Größe, alles aus ihr zu machen? Oder wird es die übliche Geschichte mit einem schmerzhaften oder banalen Ende? Nein, lieber daran zugrunde gehen, aber nicht das!«

»Das beste wäre«, hatte ich damals zu Serge gesagt, »wir würden gemeinsam in der judäischen Wüste Selbstmord begehen. Ich halte das für das einzige uns angemessene Ende.«

»Sag mir wann«, hatte er erwidert, »und ich bin bereit.«

»Ich meine es.«

»Ich auch, mon amour.«

Wir hatten oft darüber gesprochen, und ich bin nie dahintergekommen, weder bei ihm noch bei mir, bis zu welchem Grad wir es wirklich ernst gemeint haben. Auf jeden Fall hatten wir alles genau geplant: den Ort, die Stunde, sogar die Anzahl der Tabletten. Nur das mit den großen, schwarzen Vögeln hatten wir noch nicht geklärt. Serge meinte, eine Decke würde nicht genügen, sie von unseren Leichen abzuhalten, und mein Einwand, es wäre doch ganz egal, von wem wir gefressen würden, überzeugte ihn nicht. Er hatte vor allem Angst um seine Augen.

Wir sind in diesem Punkt nie zu einer Übereinstimmung gekommen, denn mit zunehmender Hoffnung trat der Selbstmord in der judäischen Wüste immer mehr in den Hintergrund. Wir waren prosaisch geworden und wollten lieber miteinander leben als sterben. »Schade«, denke ich.

Erschöpfte, schwitzende Touristen und jüdische Hausfrauen mit prall gefüllten Einkaufstaschen, verwilderte Hippies mit nackter Brust und mild lächelnde Nonnen, israelische Soldaten mit Maschinenpistole und prächtig aufgemachte Popen, Araber unter leuchtend weißer Kefieh* und bleiche Chassidim mit hüpfenden Paies**, Horden schmutziger Kinder und schwarz verschleierte Araberinnen – all das eilt und schlendert, stößt und drängt sich durch die schmalen Gassen des Bazars. Vor den Läden, die geschmacklosen Schmuck, gräßliche Kitschandenken, bunte Teppiche, Schafpelze und für Touristen zurechtgeschneiderte Kleidungsstücke arabischen Kolorits anbieten, stehen junge, aufdringliche Burschen, die nach immer neuen Opfern Ausschau halten.

»Good evening, Lady!« rufen sie, unverschämt und unterwürfig zugleich. »Come in, please, hi, Lady, see what I have... hallo, Mister, how are you, Sir, have a look at my shop...«

* Kopftuch
** Schläfenlocken

»Shalom, Miss...« – das gilt jetzt mir –, »wait a minute, I show you something...«

Ein junger, magerer Mann springt mir in den Weg und schwenkt einen grellfarbigen Wandteppich aus Nylonfaser vor meinen Augen hin und her. Ich starre einen Moment lang gereizt auf ein verschneites Bergidyll und stoße es dann mit der Schulter beiseite. Zur Strafe werde ich gleich darauf von einer fetten Araberfrau angerempelt, die mit unwahrscheinlicher Grazie einen Korb voll bunter Früchte auf dem Kopf balanciert.

Ihr folgt ein Junge, der unter Rutenhieben zwei schwarze, an den Hörnern zusammengebundene Ziegen vor sich hertreibt. Während ich mich mitleidig nach den armen Tieren umdrehe, spüre ich, wie sich etwas Hartes in meine Seite bohrt. Erschrocken schaue ich hin, aber zum Glück ist es nur der Griff einer Maschinenpistole.

»Verzeihung«, sagt der junge, sommersprossige Soldat.

»Macht gar nichts«, sage ich und weiche gerade noch einem blonden Geschöpf aus, das in hautengen Shorts, ein großes Kreuz zwischen den Brüsten, unbekümmert einhergewippt kommt. Zwei ältere Araber, die auf der Schwelle eines Ladens sitzen, schauen ihr wie einer entschwindenden Fata Morgana düster nach. Ein Chassid, der mit nach innen gekehrtem Blick und vorgebeugtem Oberkörper gegen einen imaginären Sturm anzukämpfen scheint, hastet an ihr vorüber. Jetzt versuche ich so zu gehen wie der Chassid, mit eiligen, zielstrebigen Schritten, nichts sehend, nichts hörend und in Gedanken den vierten Bußpsalm deklamierend: »Schaffe in mir, Gott, ein reines Herz und gib mir einen neuen beständigen Geist...«

Aber natürlich gelingt mir das nicht, und so trete ich an einen Stand, um mir Zigaretten zu kaufen und eine Limonade zu trinken. Ein Radio, auf volle Lautstärke gestellt, spielt arabische Musik. Ein Junge sitzt auf einem Hocker und bohrt in der Nase. Als er den Finger aus dem Nasenloch zieht, um mich zu bedienen, ist mir der Durst vergangen. An der Ecke, an der ein Fleischer mit einer Auswahl blutiger Schafköpfe, fettgepolsterter Hammelhintern und blasser Hoden aufwartet, biege ich links ab und bereite mich auf einen neuen Schock, den der Hühnerschlächterei, vor. Sie ist nur ein paar Meter entfernt, und zu meinem Entsetzen höre ich bereits das verzweifelte Gegacker. Den Kopf gesenkt, die Hände über den Ohren, beginne ich zu rennen und lande mitten in einer christlichen Touristengruppe. Feuchte, kleinnasige, blaßäugige Gesichter schauen mich verblüfft an, und ich versuche mich mit einem »sorry« aus dem Knäuel zu befreien. Inzwischen schreit ein Huhn, schreit in langgezogenen, gequälten Tönen wie ein Mensch in Todesangst. Und als es mir endlich gelungen ist, die christliche Herde zu durchbrechen, stehe ich dem Huhn direkt gegenüber. Es liegt mit zerzaustem Gefieder, zusammengebundenen Beinen und weit aufgerissenem Schnabel in einer Waagschale, während seine in enge Käfige gesperrte Leidensgenossen stumm und entsetzt zu ihm hinüberspähen.

»Hühner sind dumm und häßlich, und ich habe überhaupt keine Beziehung zu ihnen«, sage ich mir, aber es hilft nichts. Ich kneife einen Moment lang die Augen zusammen und stelle mir die Käfige voller Touristen vor. Die Vorstellung ist überaus erfreulich, aber helfen tut sie auch nicht. Während ich weitergehe, die letzte Zigarette aus einem Päckchen ziehe und sie anzünde, verfolgt mich das schreiende Huhn.

Ich bin zweifellos in keiner guten Verfassung, und die Altstadt ist heute nicht dazu angetan, meine Stimmung zu heben. Der Rummel geht mir mehr denn je auf die Nerven. Das Ursprüngliche scheint mir verloren.

Ich war unter den ersten, die sich in die Altstadt stürzten, als ihre Tore etwa zwei Wochen nach dem Sechs-Tage-Krieg geöffnet wurden. Eingekeilt in Hunderte von Menschen, die über der Freude, sie zum erstenmal oder endlich wieder zu sehen, jede Gefahr vergaßen, wurde ich durch die Gassen geschleust. Viel sah ich nicht in dem höllischen Gedränge, aber das, was ich sah – die alten, miteinander verwachsenen Häuserfronten, eine mittelalterliche Pitabäckerei, ein schön geschwungener Torbogen –, erfüllte mich mit unbeschreiblichem Entzücken. In Ost-Jerusalem, der ersten orientalischen Stadt, die ich sah, entdeckte ich eine Märchenwelt, fremd- und eigenartig wie die dunklen, in Tücher gehüllten Gesichter der Araber, die stumm und ausdruckslos über den Strom fröhlicher Juden hinwegblickten.

Von da an war ich täglich in der Altstadt, wanderte über den schicksalhaften Platz, auf dem einst der prunkvolle salomonische Tempel stand, und umkreiste bewundernd den mächtigen Bau des Felsendoms, der heute an seiner Stelle steht. Ich stieg hinunter zur Klagemauer und verfolgte aufmerksam, mit einer Mischung aus Ehrfurcht und Befremdung, jede Bewegung der Betenden; trieb mich in einem Labyrinth malerischer Gassen herum, verirrte mich in Viertel, die kein Tourist, kein Israeli je betreten hatte, wagte mich bis in die dunklen, vermoderten Eingänge hinein, die manchmal überraschend in einen hübschen, schattigen Patio führten. Ich ging in die Gassen der Schuster, Schneider, Ledergerber, stand vor ihren kleinen, primitiven Werkstätten und sah ihnen bei der Arbeit zu; schlich mich nahe an die höhlenartigen, blau-grün gestrichenen Cafés heran, in denen auf niedrigen Hockern Männer saßen, Scheschbesch spielten, Wasserpfeife rauchten oder auch nur die Steine einer Kette in pausenlosem, langsamem Rhythmus durch die Finger gleiten ließen; beobachtete die Barbiere beim Rasieren ihrer Kunden und junge Männer beim Zubereiten von Schaschlik und Falaffel. Ich freute mich an den aromatischen Gerüchen scharfer Gewürze, frisch gerösteten Kaffees, heißen Brotes und siedenden Öls. Ich lauschte den monotonen Melodien arabischer Musik, die mich durch alle Gassen begleitete und meine Gedanken einschläferte.

Auch in den folgenden zwei Jahren blieb die Altstadt das bevorzugte Ziel meiner Ausflüge. Kaum in Jerusalem, machte ich mich auf den Weg zu einem der sieben Tore, allein, was mir das liebste war, manchmal begleitet von meinem nüchternen Sohn, dem der Andrang von Farben, Geräuschen und Gerüchen auf die Nerven ging, manchmal gesteuert von Udo, dessen überschwengliche Begeisterung und unbezähmbare Neugierde mich erschöpften.

Dann, als die Altstadt immer mehr zum Tummelplatz von Touristen, einkaufswütigen Israelis und geschäftstüchtigen Arabern geworden war und der Mythos des Orients eine gewisse Fadenscheinigkeit erlangt hatte, begannen meine Entdeckungsreisen seltener zu werden. Und als ich schließlich ganz nach Jerusalem übersiedelte und mein Interesse allein dem Judentum galt, beschränkten sich meine Besuche auf das Café am Jaffator und einen anschließenden Spaziergang, der mich durch das armenische Viertel führte, an der Stadtmauer entlang zur Klagemauer und auf direktem Weg durch die Altstadt zurück.

Ich liebte diesen Gang, liebe ihn heute noch. Er langweilt mich nie und tröstet mich immer. Wenn ich die Stelle erreicht habe, an der sich mir der Blick auf das in Hügel gebettete Kidrontal und den mit Gräbern bedeckten Ölberg öffnet, lichtet sich die schwärzeste meiner Depressionen, und ein paar Augenblicke wärmt mich ein Gefühl unbestimmbaren Glücks.

Es war ein Fehler, daß ich meinen Spaziergang heute in umgekehrter Richtung begonnen habe, aber jetzt ist es zu spät umzudrehen. Der Schweiß läuft mir in Rinnsalen an Schläfen, Hals und Rippen hinab. Ich bin müde, durstig und verstimmt. Ein kleiner Junge mit rotzverschmierter Nase und kurzgeschorenem Haar trabt schon seit geraumer Zeit neben mir her und sagt in regelmäßigen Abständen und immer dringlicherem Ton: »You want see wailing wall... wailing wall to right!«

»Laß mich endlich in Ruhe!« fahre ich ihn an.

»Wailing wall to right«, sagt er und streckt die Hand nach einem Trinkgeld aus.

»Go to hell!«

»Shalom, Lady, shalom... wailing wall to right.«

Jetzt tue ich, was ich von Anfang an hätte tun sollen: Mit zielstrebigen chassidischen Schritten und in die Ferne gerichtetem Blick biege ich in eine schmale, abschüssige Seitenstraße ein, laufe sie hinunter, schwenke um die nächste Ecke und habe gleich darauf den Kontrollpunkt erreicht. Zwei Männer vom Zivilschutz sitzen an einem Tisch, hören Radio und trinken Cola. Ich halte dem einen von ihnen meine geöffnete Tasche hin, ernte den müden Blick hinein und gehe weiter die Treppe hinab.

Der Platz vor der Klagemauer ist mit den Jahren immer größer und steriler geworden. Als ich ihn das erstemal sah, machte er einen ausgesprochen unordentlichen Eindruck. Man hatte die vordersten Häuserreihen, gleich nach der Eroberung, niedergerissen und Schutt und Mauerreste noch nicht ganz entfernen können. Der Platz selber war uneben und mit Sand bedeckt, der einen mit jedem Schritt als Staubwolke begleitete. In der Mitte stand eine graue, müde Palme, die aussah, als hätte sie bereits die Zerstörung des zweiten Tempels miterlebt. Im Schatten ihrer kärglichen Blätter lagerten meistens ein paar orientalische Juden, die sich von weitem Weg ausruhten, Sonnenblumenkerne kauten und die Schalen in säuberlichem Halbkreis um sich herum spuckten. Scharen von Kindern liefen spielend, lachend, kreischend über den Platz und drängten sich unbekümmert zwischen die Betenden, die ihrerseits laut und zwanglos den offenbar sehr heftigen Gefühlen Ausdruck gaben.

Ich muß gestehen, daß ich ein wenig erstaunt war, was ich fraglos meiner christlichen Kindheit, meiner europäischen Erziehung und meiner preußischen Ader zu verdanken hatte. Sehr zu meinem Ärger übrigens, denn ich wollte aus meiner alten Haut heraus, wollte einen der wenigen Vorteile, die ein Mischling hat, ausnutzen und von einer Hälfte kopfüber in die andere springen. Ich glaubte, das Negieren des einen sichere mir die mühelose Verschmelzung mit dem anderen. Doch ich stellte mit Betroffenheit fest, daß ein noch so heftiges Wollen nicht genügte, das

Vertraute mit den Wurzeln aus mir herauszureißen und das Unbekannte in mir aufzunehmen.

So stand ich nun also auf diesem lebhaften Platz vor der mächtigen Mauer und versuchte ein Maximum an Wissen und Gefühl zusammenzukratzen. Der Versuch mißlang. Ich wußte nicht mehr, als daß die Klagemauer der letzte Rest des vor zweitausend Jahren zerstörten Tempels war, und ich fühlte nicht mehr als eine tiefe Trauer darüber, daß ich nichts fühlte. So setzte ich mich mutlos auf einen Stein und sah neidisch den Betenden zu, neidisch auf ihr Wissen, neidisch auf ihr Fühlen, neidisch auf ihre Fähigkeit, beten zu können.

Inzwischen haben der Platz und ich weitgehend die Rollen vertauscht. Ich habe den jüdischen Glauben angenommen und der Platz preußische Züge. Übersichtlich, sauber gefegt und mit gleichmäßig-rechteckigen Steinen gepflastert, breitet er sich vor mir aus. Aus Schönheits- und Sicherheitsgründen hat man noch einige Häuser niedergerissen und beginnt jetzt, die gähnende Lücke mit einer robusten, auf Dauer gebauten Jeschiwa* zu füllen. Die greise Palme hat man entfernt und damit auch den einzigen Schattenfleck. Die orientalischen Juden sitzen jetzt auf den niedrigen Steinmauern, die den Platz umschließen, und ein Trinkwasserbrunnen, an dem sie nach weitem Weg ihren Durst löschen, scheint den Verlust ihrer Lagerstatt wieder auszugleichen. Für die unwissenden Touristen wurde ebenfalls gesorgt. An verschiedenen Stellen stehen kleine Telefonapparate, an denen sie nach Einwurf eines Geldstücks die Geschichte des Tempelplatzes erfahren können. Den Betenden aber hat man ein eigenes kleines Reich geschaffen, das mit Hilfe einer schmiedeeisernen Kette vom übrigen Platz abgesondert und durch eine Art spanische Wand in eine Männer- und Frauenabteilung gegliedert ist. Dort stehen Tische, auf denen die heiligen Bücher liegen, und Stühle, auf denen sich die Gläubigen zu einem länge-

---

* jüdisch orthodoxe Schule

ren Gespräch mit Gott niederlassen können. Natürlich haben die Männer den Hauptanteil, sowohl an Platz als an Tischen und Stühlen, denn sie spielen in der jüdischen Religion die wesentliche Rolle und erscheinen deshalb auch in weitaus größerer Anzahl zum Beten. Aufseher sorgen für Ordnung und achten darauf, daß sich kein Mann unbedeckten Hauptes der Mauer nähert; fromme Frauen verteilen im Sommer Tücher, damit ihre schamlosen Geschlechtsgenossinnen nackte Beine, Arme und Brustansätze verhüllen können. Professionelle Fotografen knipsen Erinnerungsbilder, und Chabatniks*, die sich »Kämpfer des Judaismus« nennen, versuchen, abtrünnige Juden in den Schoß der Religion zurückzuführen.

Doch wenn man zu einer Stunde kommt, da das gesellschaftliche Leben aufgehört hat, wenn der Platz in malvenfarbenem Dämmer liegt, ein paar Gläubige, winzig vor der mächtigen Mauer, im rhythmischen Auf und Nieder ihrer Oberkörper die Gebete sagen und plötzlich eine klagende, fordernde, beschwörende Stimme die Stille zerschneidet, dann leuchtet blitzartig die Tragödie eines großen Volkes auf: »Gott, der du uns verstoßen und zerstreut hast und zornig warst, tröste uns wieder; der du die Erde erschüttert und zerrissen hast, heile ihre Risse; denn sie wankt.«

Ein kleiner, weißbärtiger Chassid mit zu großem Hut und einem Kaftan, der ihm lose bis auf die Knöchel hinabhängt, macht Gott eine heftige Szene. Gebieterisch hebt sich seine Stimme, schlägt dann in einen dünneren, tadelnden Ton um und endet schließlich in einem langgezogenen fragenden Schrei, bei dem er sich zu imposanter Größe emporzurecken versucht, die Hände schüttelt und auf sofortiger Antwort zu bestehen scheint.

Blutrot taucht die Sonne hinter die Hügel. Ihr Widerschein trifft die Mauer und läßt sie rosig aufglühen. Ein Taubenpaar, das in einer Nische zwischen den wuchtigen

---

* Mitglieder einer jüdischen Sekte

Steinen nistet, flattert auf. Nichts mildert die unnahbare Strenge der Mauer. Aber den Alten schüchtert sie nicht ein. Er hat sich jetzt halb von ihr abgewandt, spricht eine Weile erregt vor sich hin und beginnt dann wie ein flügellahmer Vogel auf und ab zu trippeln und sich in variationsreichen Lauten über herrschende Mißstände zu beschweren, seien es die in der Welt, im jüdischen Volk oder in seiner eigenen Familie.

Ich beobachte den kleinen Mann mit Spannung. Er gefällt mir in seiner Vehemenz. Ich wünschte, ich könnte es ihm gleichtun, an die Mauer treten und mir alles von der Seele schreien. Es scheint mir eine gute Art, sich Gott zu stellen, die einzig normale.

Ich habe in meinem Leben eine Menge katholischer Kirchen besichtigen müssen und bei dieser Gelegenheit weniger die Kunstwerke bewundert, als die Menschen studiert, deren abrupte Verwandlungsfähigkeit stets ein Gefühl peinlichen Erstaunens in mir hervorgerufen hat.

Denn kaum, so sah ich, hatten sie den Fuß über die heilige Schwelle gesetzt und den profanen Alltag hinter sich gelassen, rutschte die Maske der Unschuld über ihre Gesichter, die Augen füllten sich mit frommer Leere, und die Körper folgten einem plötzlich einsetzenden Mechanismus zwanghafter Gebärden, mit denen sie ihre Unterwürfigkeit zur Schau stellten. »Wen«, fragte ich mich, »versuchen sie damit zu täuschen, sich selbst oder einen eitlen Gott, dem sie sich mit höfischer Etikette zu nähern verpflichtet fühlen.« Ich hatte keinerlei Beziehung zu diesem Gott und auch nicht zu jenem der Protestanten, dem man wie einem General mit forschen Liedern und strammer Ehrerbietung begegnete. Ich hatte zu jener Zeit überhaupt keinen Gott, es sei denn den schon verblaßten, leicht senilen meiner Kindheit, an den ich mich in Momenten der Verzweiflung immer noch mit der Anrede »Lieber Gott« wandte.

»Lieber Gott, mach mich fromm, daß ich in den Himmel komm...«

Ich weiß nicht, ob es das war, was ich in meiner frühen Kindheit gebetet habe, aber so ähnlich wird es wohl gewesen sein. Sie waren alle primitiv, diese Kindergebete: Lieber Gott, hilf mir... Lieber Gott, gib mir... Lieber Gott, mach, daß ich so oder so werde.

Als ich älter wurde, betete ich vor dem Einschlafen das ›Vaterunser‹. Ich faltete zu diesem Zweck die Hände und schaute ernst darauf hinab. Der gerührte Blick meiner Eltern, die nebeneinander an meinem Bett standen, bestätigte mir, daß ich ein reizendes Bild bot, und das beflügelte mich.

»Vater unser, der du bist im Himmel...«

Sofort hatte ich eine feste Vorstellung von Gott. Ein Mann selbstverständlich, älter allerdings als mein Vater, wohl eher ein Opa, der in einer Art Nachtgewand steckte, einen gepflegten weißen Bart und milde blaue Augen hatte. Er wohnte im Himmel zwischen den Wolken, die ihn bis zur Mitte verdeckten. Mein lieber Gott hatte weder Unterleib noch Beine, dafür aber war er derjenige, der die unmöglichsten Dinge vollbringen konnte.

»Denn dein ist das Reich und die Kraft und die Herrlichkeit. Amen.«

»Amen«, sagten meine Eltern und lächelten auf mich herab.

»Und beschütze Mutti und Papa«, fügte ich nun noch ein paar persönliche Wünsche hinzu, »und meine Großeltern und meine Geschwister und meinen Hund. Amen.«

Ich war, wie es sich für eine Familie alter preußischer Junker schickte, evangelisch getauft worden. Papa selbst war in unauffälliger Weise ein gläubiger Christ, denn das gehörte zu seiner Weltanschauung. Es war die Weltanschauung des 19. Jahrhunderts, die der Dichter und Denker, der Romantik, des Humanismus und Ästhetizismus. In dieser Welt lebte mein Vater, lebte in ihr bis zum letzten Atemzug. Fernab von der Wirklichkeit, in ebenso schönen wie vagen Gedanken und Worten, die er bis zur Perfektion beherrschte. Nicht die Nazizeit, nicht die Nachkriegszeit, nicht einmal seine lange, qualvolle Krankheit brachten ihn dazu, seinen Elfenbeinturm zu verlassen. Er hatte keine Ahnung von dem, was mit drastischer Deutlichkeit auf uns zukam.

So verbrachte ich die ersten zehn Jahre meines Lebens in der heilen Welt der Träume, in einem possenhaften Intimitätsverhältnis mit Gott. Ich mußte nicht zu Gottesdiensten gehen, und die ersten Kirchen, die ich von innen sah, waren die, die mir mein Vater auf einer Fahrt an den Bodensee zeigte. Da allerdings waren es viele, denn Papa liebte Barockkirchen und versuchte mir in komplizierten, weitschweifigen Erläuterungen ihre Schönheit nahezubringen.

Ich muß damals etwa fünf Jahre alt gewesen sein und erinnere mich undeutlich einer Flut leuchtender Farben, Scharen geflügelter Engel und duldsam dreinblickender Heiliger, an Gold- und Silberschätze, kunstvolles Schnitzwerk und bunte Fensterscheiben. Die unerhörte Pracht machte jedoch einen weniger nachhaltigen Eindruck auf mich als die unverständlichen Worte meines schönen Vaters, zu dem ich beglückt emporschaute, während er mir die besonders edle Linie eines Kruzifixes erklärte.

»Sie dir diese Füße an, mein Kind, diese Vollendung...«
»Wer ist denn der Mann, Papa?«
»Ich bitte dich, Christina, das weißt du doch. Jesus Christus.«

Aber Jesus Christus hatte ich bis dahin immer nur zu Weihnachten in Erscheinung treten sehen, als Baby in der Krippe oder als blondes, rosiges Jesuskindlein mit Heiligenschein und Marzipangesicht.

Man hatte mir gesagt, daß es der Sohn Gottes sei, und das hatte mich verbittert. Wie konnte Gott, der keinem anderen Menschen gleich im Himmel lebte und der Allmächtige genannt wurde, einen ganz normalen Sohn haben, einen Sohn wie der Bäcker an der Ecke, einen Sohn, der zweifellos in die Windeln machte und schrie, wenn er Hunger hatte. Denn schließlich war er ja, wie jeder andere, auf Erden geboren worden. Die Worte, die uns mein Vater am Weihnachtsabend feierlich aus dem Neuen Testament vorlas, hatten sich mir eingeprägt: »Da Jesus geboren war zu Bethlehem im jüdischen Lande zur Zeit des Königs Herodes, siehe, da kamen Weise vom Morgenlande nach Jerusalem und sprachen: Wo ist der neugeborene König der Juden?...«

Was Juden waren, hatte man mir nicht erklärt, und daher nahm ich an, daß es ein Volk gewesen sein mochte, das vor schrecklich langer Zeit in Jerusalem gelebt hatte.

An der Mauer ist es jetzt still geworden. Der kleine Chassid hat seinen Disput mit Gott beendet und sich erschöpft auf einen Stuhl gesetzt. Ein paar Männer beten, stumm und regungslos oder in leisem Sing-Sang, die Oberkörper vor- und zurückschwingend. Auf der Frauenseite stehen ein junges Mädchen in engen grünen Hosen und zwei fromme Frauen, die massigen Körper unter wadenlangen, formlosen Kleidern, die geschorenen Köpfe unter tief in die Stirn gebundenen Tüchern verborgen. Zwei kleine Gruppen, eine bunte und eine schwarze, überqueren den Platz. Bei der bunten scheint es sich um verspätete Touristen zu handeln, bei der schwarzen um einen alten gebrechlichen Rabbi, gestützt und umringt von seinen ergebenen Schülern.

Nein, ich hatte nicht gewußt, was Juden waren. Man hielt dieses Wissen von mir fern wie eine gefährliche, ansteckende Krankheit. Es war ein zu heikles Thema für ein neurotisches Kind. Man wollte mir jede unnötige Belastung, jede neue Angst ersparen. Da waren schon zu viele Ängste: die vor Menschen, vor Gewittern, vor Keuchhusten, vor Eisenbahnabteilen, vor Rummelplätzen, vorm Ersticken, vor verdorbenen Speisen. Wenn ich mich schon vor einem schlechten Ei fürchtete und es nicht anrührte, bevor meine Mutter es gekostet und für frisch befunden hatte, wie erst würde mich die Tatsache erschrecken, daß ich zu jenen unglücklichen Menschen gehörte, deren Schicksal von Tag zu Tag fragwürdiger wurde. In meinem

Leben, dem der schönen vagen Gedanken und Worte, gab es keine Juden und selbstverständlich auch keine Nazis. Meine Eltern waren Meister in der Kunst des Verschleierns, und ich war zum Glück ein gutgläubiges Kind, das ihre Worte für unantastbar hielt, keine eindringlichen Fragen stellte und sich nie aus dem engen Kreis der Familie hinauswagte. Ich hatte keine blasse Ahnung von dem, was sich um mich herum abspielte. Ich erinnere mich, daß ich einmal meine Eltern anflehte, eine Hakenkreuzfahne vom Balkon zu hängen, weil ich sie so schön und interessant fand. Und ein anderes Mal, als ich mit meiner Mutter ein Kino besuchen durfte und in der Wochenschau Hitler eine Rede halten sah, fragte ich weithin hörbar in eine plötzliche Stille hinein: »Mutti, wer ist denn dieser schreckliche Mann, der da so schreit?«

In beiden Fällen schien mir die Reaktion meiner Eltern ebenso unverständlich wie verletzend: Im ersten Fall schlugen sie mir tatsächlich einen Wunsch aus und hißten die langweilige schwarz-weiß-rote Fahne; im zweiten verließ meine Mutter so prompt mit mir das Kino, daß ich nicht einmal Zeit hatte, eine Tüte Bonbons, die mir vom Schoß gefallen war, aufzuheben. Aber Erklärungen ersparten sie mir.

Es war Dr. Richter, ein Hauslehrer, mit dem wir 1938 auf ein halbes Jahr in die französische Schweiz fuhren, der das schwere Amt meiner Aufklärung übernahm. Ich weiß nicht, ob es auf Veranlassung meiner Mutter geschah oder ob der gewissenhafte Mann es für seine persönliche Pflicht hielt, mich auf eine mehr als zweifelhafte Zukunft vorzubereiten. Ich nehme eher letzteres an, denn Dr. Richter war ein Ritter ohne Furcht und Tadel, außerdem hilflos in meine Mutter verliebt und darauf bedacht, ihr Unannehmlichkeiten aus dem Weg zu räumen. Da er seine Aufgabe jedoch mit allzuviel arischem Takt durchführte, erzielte er einen höchst fragmentarischen Erfolg.

»Christina«, sagte er im Verlauf einer Religionsstunde und zog mich auf seine Knie, »du weißt doch, daß Jesus Christus Jude war, nicht wahr?«

»Natürlich«, rief ich, erfreut über seine Zärtlichkeit und mein Wissen, »das steht doch in der Bibel.«

Er nickte und strich mir über das Haar.

»Und deine Mutter«, sagte er mit fester Stimme, »ist eine Jüdin, genauso wie Jesus Christus Jude war. Ist das nicht schön?«

»Dann ist Mutti also mit Jesus Christus verwandt?«

»Ja«, lächelte Dr. Richter, »so ungefähr kann man sagen.«

Die Geschichte kam mir zwar sehr interessant vor, aber doch ziemlich unglaubhaft. Jesus hatte vor endlos vielen Jahren in Jerusalem gelebt und wurde, auch wenn ich nicht damit einverstanden war, der Sohn Gottes genannt. Mutti dagegen lebte jetzt in Berlin, und obgleich sie bestimmt eine ungewöhnliche Frau war, führte sie doch ein recht irdisches Dasein. Wo also war da der Zusammenhang?

»Ich glaube nicht, daß das stimmt«, erklärte ich, nachdem ich mir die Sache eine Weile überlegt hatte.

»Und warum?«

»Wenn Mutti Jüdin wäre und mit Jesus verwandt, dann hätte sie vor mehr als hunderttausend Jahren leben müssen. Jetzt gibt es ja gar keine Juden mehr, weißt du das nicht, Dr. Richter?«

»Doch«, hatte Dr. Richter in verzagtem Ton gesagt, »es gibt noch...«

Aber da war ich schon von seinen Knien gerutscht und lachend durchs Zimmer gehüpft.

Als wir ein knappes Jahr später die schon erwähnte »kleine Ferienreise« ans Schwarze Meer antraten, wußte ich immer noch nichts. Es war eine sehr merkwürdige Reise, deren Verlauf mich verwirrte. Ich begriff nicht, warum wir in Etappen fuhren: zuerst meine Mutter, zwei Monate später mein Vater und ich, schließlich meine ältere Schwester in Begleitung einer Cousine. Ich begriff nicht, warum sich die kleine Reise so lange hinzog. Ich begriff nicht, warum die Cousine und mein Vater nach Deutschland zurückkehrten und wir in Sofia, in einer häßlichen möblierten Wohnung bleiben mußten. Ich begriff nicht, warum unser Leben so anders geworden war, so einsam und traurig. Ich konnte nicht mehr essen, ich magerte ab, ich wurde krank wie ein Hund, den sein Besitzer weggegeben hat. Ich fragte meine Mutter: »Wann fahren wir endlich zu Papa nach Deutschland zurück?«

»Bald, mein Häschen, bald...«, sagte sie.

Ich fragte meine Schwester: »Glaubst du, daß wir bald nach Deutschland zurückfahren?«

»Nun hör schon endlich damit auf«, sagte sie.

Mir kam der Gedanke, daß wir etwas Furchtbares verbrochen haben mußten, aber ich wußte nicht was. Ich wurde immer dünner, fieberte, begann zu husten. Meine Mutter versuchte es mit Geschenken, mit langen Spaziergängen, mit Creme Karamel und heißer Schokolade. Es half nichts. Sie versuchte es mit einem schönen großen, schwarzweiß geflecktem Kater, den sie eines Tages mit nach Hause brachte und mir in die Arme legte. Das half. Wir sahen uns an, der Kater und ich, und begannen gleichzeitig – er zu schnurren, ich zu weinen. Es war Liebe auf den ersten Blick. Ich nannte ihn Paul. Ich sorgte für ihn, spielte mit ihm, sprach mit ihm, schlief mit ihm. Er war ein kluger, wilder und zärtlicher Kater. Er rettete mir das Leben. Ich wurde gesund und begann täglich in die Alexander-Newskij-Kathedrale zu gehen. Sie war ein riesiger prunkvoller Bau, mit vielen goldenen Kuppeln. Innen waren die Wände mit bunten, naiven Bildern bemalt, die Szenen aus dem Neuen Testament darstellten, und wenn ich in die Mitte der Kirche ging und emporschaute, sah ich meinen lieben Gott. Er saß bis zur Brust in einem Schaumbad rosig überhauchter Wolken, weißbärtig und mildäugig. Ich betete zu ihm, keine Kinderreime mehr, kein ›Vaterunser‹, sondern selbst erdachte Gebete, deren Leitmotiv immer der eine inbrünstige Gedanke war: »Bitte, laß alles wieder so werden wie früher...« Dann zündete ich Kerzen an.

Ich wende mich von der Mauer ab, um zu gehen, und dabei fällt mein Blick auf die bunte Gruppe, die in der Mitte des Platzes Stellung genommen und sich im Halbkreis um ihren Touristenführer geschart hat. »The wailing wall!« verkündet der und weist mit ausgestrecktem Arm und Zeigefinger auf die Mauer, »the most impressive document in jewish history...«

Ein paar Touristen starren unter beeindrucktem Murmeln in die Höhe, andere gebannt auf den Fuß der Mauer, wo die Gruppe schwarzer Chassidim mit fleißigen, ruckartigen Verbeugungen zu beten begonnen hat. »Jews from all over the world...«, fährt der Touristenführer fort, aber das Ende des Satzes höre ich nicht mehr, denn er hat sich wieder seiner Gruppe zugewandt.

»Jews from all over the world...«, sage ich leise im Rhythmus einer Melodie: »Jews from all over...«

Ich beginne an der Absperrkette entlangzugehen: »Jews from all over the world...«, singe ich im Takt meiner Schritte, und dann bleibe ich unwillkürlich stehen und schaue zu den zwei frommen Frauen hinüber, die immer noch unbeweglich an der Mauer beten. Ihre kleinen runden Köpfe scheinen halslos zwischen den Schultern festgeschraubt zu sein, ihre Füße in den flachen Schuhen stehen wie angewurzelt. O ja, sie haben die Konzentration zum Beten, sie haben die Stärke, die man braucht, um an diesen unsichtbaren, unbeugsamen und einsamen Gott zu glauben. Sie haben es von Kindheit an gelernt. Sie wissen, wer sie sind, was sie sind, warum sie sind. Man hat es ihnen gesagt, kaum daß sie alt genug waren, es zu verstehen. Mit Stolz hat man es ihnen gesagt: »Du bist eine Tochter Israels, mein Kind, und das ist eine Gnade.«

Warum hat man mir es nicht in ähnlichen Worten gesagt? Warum hat man mir nicht diesen Halt gegeben, diesen einzigen Halt, den ich schließlich bei einem Kater suchte und einem an die Decke gemalten lieben Gott?

Warum hat man mich der Gefahr ausgesetzt, es eines Tages auf eine derart entwürdigende Art zu erfahren, daß ich tatsächlich glaubte, mit einer häßlichen, ansteckenden Krankheit behaftet zu sein?

Es war an einem Tag im Juli, an einem schwülen Nachmittag, der nach Staub und heißem Asphalt roch. Ich erinnere mich dieses Tages noch heute in jeder Einzelheit, erinnere mich an den leicht verhangenen Himmel, die blassen Farben, die schleppenden Geräusche einer dösenden Stadt. Erinnere mich, daß ich ein helles, blaugetupftes Kleid mit rundem Pikeekragen und weißem Lackgürtel trug. Der Gürtel hat sich mir besonders eingeprägt. Er war mein erster, und ich war stolz auf dieses neue Attribut, mit dem ich meine Kleinmädchenzeit für beendet hielt. Ich war fröhlich an diesem Nachmittag und selbstbewußt, ein ziemlich ungewöhnlicher Zustand, den ich zweifellos diesem Gürtel und dem bevorstehenden Besuch bei Helga verdankte. Helga mit den schlanken, milchweißen Beinen, dem großen beruhigenden Busen, den aschblonden Löckchen; Helga mit der schönen Wohnung, den deutschen Schallplatten, dem hausgebackenen Kuchen. Ich liebte Helga und vertraute ihr. Sie war jung und warmherzig, eine Kölnerin, die mit einem reichen Bulgaren verheiratet in Sofia lebte und zu den ganz wenigen Freundinnen meiner Mutter zählte. Keiner konnte mich behandeln wie sie, heiter und ungezwungen, so als wäre ich ein ganz normales Kind und unser Aufenthalt in Bulgarien eine natürliche Sache.

Ich betrat das Haus und begann die Treppe hinaufzurennen. Zwischen der zweiten und dritten Etage blockierten mir zwei Frauen den Weg. Sie sprachen deutsch miteinander. Ich hielt mich, wohlerzogen, ein paar Stufen hinter ihnen und beäugte mit widerwilligem Interesse ihre breiten Hinterteile und häßlichen Hüte, von denen der eine mit Kirschen, der andere mit Margeriten verziert war. Entweder es waren meine Schritte oder aber mein eindringlicher Blick, der sie veranlaßte, sich nach mir umzudrehen. Die eine hatte blonde, verwaschene Züge und die andere ein stark knochiges Pferdegesicht. Beide sahen mich einen Moment lang aufmerksam an, lächelten mir zu und gingen weiter. Es war kein Irrtum möglich, sie gingen in den dritten Stock zu Helga, und ich blieb unschlüssig und bitter enttäuscht stehen. Wahrscheinlich dachten die zwei Frauen, ich sei in eine der unteren Wohnungen gegangen, denn nach einer kurzen Pause sprachen sie lauter als zuvor, und ihre Stimmen hallten in dem leeren Treppenhaus wider.

»Was das nicht die kleine Heidebeck?« fragte die eine.
»Ja«, sagte die andere, »das war sie.«
»Ein reizendes Mädchen«, sagte die erste, »schade, daß ihre Mutter Jüdin ist.«
»Wirklich ein Jammer«, sagte die zweite, »das arme Kind.«

Und so erfuhr ich es.

Ich rührte mich nicht von der Stelle und strich mit den Fingerspitzen sanft über meinen schönen, glatten Lackgürtel. Aber er gab mir keine Sicherheit mehr. Oben wurde die Tür geöffnet, ich hörte Helgas fröhliche Stimme die Frauen begrüßen, dann fiel die Tür ins Schloß, und es war still, unerträglich still. Ich fürchtete mich, den Dialog der zwei Frauen zu rekonstruieren, ich versuchte mir die Gedanken fernzuhalten. Ich wußte, daß ich ihnen nicht gewachsen war, daß ich auf die zahllosen Fragen, die sie heraufbeschwören würden, nicht eine Antwort hatte.

Ich versuchte tief Atem zu holen, aber Brust und Rippen weiteten sich nicht, und ich begann flach und krampfhaft nach Luft zu schnappen.

»Das arme Kind«, hörte ich die Stimme der Frau, und dann, als vielfaches Echo: »Das arme Kind!«

Kalter Schweiß brach aus mir heraus.

»Lieber Gott«, flüsterte ich, »laß mich nicht ersticken, du weißt doch, ich habe solche Angst davor, lieber Gott...«

Der Panzer, der mich umschloß, gab nicht nach. Vielleicht war es der Gürtel, der mir den Atem abschnitt. Meine Mutter hatte mir gesagt, ich solle ihn nicht so eng schnüren. Ich öffnete mit zittrigen Fingern die Schnalle.

»Mutti«, rief ich leise, »Mutti...«

»Schade«, hörte ich die Stimme der anderen Frau, »schade, daß ihre Mutter Jüdin ist...«

Der Gürtel glitt an mir hinab zu Boden. Ich hob ihn auf, wischte ihn am Saum meines Kleides ab und behielt ihn in der Hand. Schritte kamen die Treppe herauf, sie klangen laut und entschlossen. Warum entsetzte mich plötzlich das Geräusch von Schritten, warum war ich überzeugt, sie galten mir, warum fürchtete ich geholt zu werden – geholt, von wem und weshalb? Ich sah mich in Panik nach einem Fluchtweg um, aber es war bereits zu spät. Ein Mann tauchte auf dem unteren Treppenabsatz auf, ein ganz gewöhnlicher Mann mit dem starken, schwarzen Haarwuchs der Bulgaren. Ich stand wie angenagelt, spürte schmerzhaft jeden Muskel in meinem Körper und kämpfte gegen den Wunsch an, die Hände vor mein Gesicht zu schlagen. Warum dieses plötzliche Bedürfnis, mein Gesicht zu verbergen – vor wem schämte ich mich und weshalb? Drei Minuten, zwei Sätze, und alles war entstellt, finster und grell zugleich.

Der Mann sah mich aufmerksam an, lächelte mir zu und ging an mir vorbei. Genauso hatten mich die zwei Frauen angeschaut, genauso hatten sie mir zugelächelt. Hatte es der Mann auch gewußt oder gespürt oder mir angesehen? Hatte er gedacht: Ein reizendes Mädchen. Und dann: Schade, daß ihre Mutter Jüdin ist. Und dann: Das arme Kind. Und plötzlich fühlte ich es wie eine Explosion, die meinen ganzen Körper erschütterte, mir die Glut ins Gesicht trieb und meinen Mund mit dem gallebitteren Geschmack eines gigantischen Hasses und eines verzweifelten Stolzes füllte. Noch hatte mein Haß kein Ziel, mein Stolz kein Motiv, noch war er nichts anderes als eine instinktive Reaktion auf die erste Erniedrigung, die ich erfahren hatte, auf den Verlust meiner Unbefangenheit.

Aber ich fühlte dankbar, wie mir der Haß die Angst und der Stolz die Scham nahm. Der Krampf löste sich in mir, ich atmete frei und leicht und empfand nichts als eine tiefe Müdigkeit.

Ich stieg die Treppe hinab, betrat die Straße und begann schnell nach Hause zu laufen. Mein Kopf war leer, so als hätte die Enormität des Vorfalls jeden Gedanken in mir ausgelöscht, doch manchmal spürte ich den Nachgeschmack des eben gekosteten Hasses und Stolzes, und ich wußte, daß es nur eines Blickes, eines Wortes bedurfte, um ihn von neuem zu wecken.

Dann stand ich vor unserer Wohnung und drückte so lange auf die Klingel, bis meine Mutter erschrocken die Tür aufriß.

»Bist du total verrückt geworden?« schrie sie mich an. »Was ist denn los, und wie siehst du denn aus?«

Ich sah sie an, aber ich konnte nichts Neues, nichts Ungewöhnliches entdecken – weder an ihr noch an meinem Gefühl für sie. Sie hatte dasselbe schöne Gesicht, und ich liebte sie maßlos. Ich trat an ihr vorbei in die Wohnung und schloß die Tür hinter mir.

»Mutti«, sagte ich dann, »du mußt mir jetzt ganz genau erklären, warum es so schlimm ist, eine Jüdin zu sein.«

»Wie hast du das erfahren?« fragte sie und wurde fast so weiß wie mein Lackgürtel, den ich immer noch in der Hand hielt.

»Du brauchst keine Angst zu haben«, sagte ich und lächelte, um ihr das furchtbare Geständnis zu erleichtern.

»Sag mir, wie du es erfahren hast!«

Zum Glück sprang mir in diesem Moment Kater Paul an die Brust, und während ich ihn streichelte und Trost in seinem warmen weichen Fell fand, erzählte ich es ihr.

»Nun hör mir einmal gut zu«, sagte sie, nachdem ich geendet hatte, »es ist überhaupt nicht schlimm, eine Jüdin zu sein, verstehst du, Christinchen.«

»Aber warum haben dann die Frauen gesprochen, als wäre es etwas Schreckliches, und warum hast du es mir nie gesagt?«

»Es gibt Dinge, die ein Kind nicht versteht.« Und nach einer kurzen Pause: »Die ich selber nicht verstehe.«

Ich sah die Ratlosigkeit in ihrem Gesicht und schwieg betroffen.

»Also schön«, sagte sie da, »nachdem du es jetzt doch erfahren hast, werde ich versuchen, es dir zu erklären.«

Sie wird es mir so ähnlich erklärt haben, wie sie mir später einmal die Funktionen des weiblichen Körpers erklärt hat. Mit sechzehn wußte ich gerade, daß Kinder irgendwie in den Leib der Frau hinein- und da auch wieder herauskamen, aber an welcher Stelle, das wußte ich nicht und dachte daher, der Bauch öffne sich auf geheimnisvolle Weise. Ähnlich war es mit den Juden. Ich wußte jetzt, daß es sie gab und daß sie von den Nazis gehaßt und verfolgt wurden, aber von ihrer Geschichte, Kultur und Religion erfuhr ich nie etwas.

Meine Mutter, fürchte ich, wird selber sehr wenig darüber gewußt haben. Ihre Bewunderung hatte von jeher der abendländischen Kultur, ihr Interesse dem Katholizismus und ihre Liebe christlichen Männern gegolten. Das Resultat waren wir – drei Kinder, drei Halbgeschwister, drei Halbjuden.

Ich hörte es damals zum erstenmal, das Wort »Halbjude«, und ich versuchte mir ein Bild von dieser Art Mensch zu machen, ein möglichst klares Bild, das mich erkennen ließ, wer ich war.

»Und die Halbjuden«, fragte ich, »gehören zu den Juden, nicht wahr?« Meine Mutter zögerte und sah mich beunruhigt an.

»Nein«, sagte sie schließlich, »sie gehören nicht nur zu den Juden, sondern, wie in deinem Fall, auch zu den Deutschen.«

Ich hatte das Gefühl, säuberlich in zwei Hälften geschnitten zu werden, und schrie auf: »Nein, das stimmt nicht! Ich gehöre doch zu dir, ganz zu dir. Ich kann doch nicht mit der anderen... der anderen Hälfte zu denen gehören, die dich und Omutter und Opapa hassen und verfolgen!«

»Ich habe dir doch schon gesagt, Christina, daß zwischen den Nazis und den Deutschen ein himmelweiter Unterschied besteht. Dein Vater, zum Beispiel...«

»Ja?« fragte ich hoffnungsvoll. »Was ist mit Papa?«

»Mein Gott, wie soll ich dir das alles erklären?«

Sie seufzte tief auf und nahm mich in die Arme.

»Du bist noch viel zu klein, mein geliebtes Schmaltier, um dir über solche Dinge den Kopf zu zerbrechen. Wenn du größer bist...«

Doch als ich größer war, war es zu spät. Ich hatte mir die Antworten selber gegeben, und sie fielen nicht gut aus für die, die sie mir vorenthalten hatten.

Der Gedanke, in Hirschs Bar zu gehen, um mich bei einem erfrischenden Getränk von den Strapazen eines Kamsintages zu erholen, kommt mir erst, als ich auf dem Heimweg in die Hauptverkehrszeit gerate. Ich vergesse immer wieder – besonders wenn ich gerade von der Klagemauer komme –, daß Jerusalem eine normale Stadt ist mit einer normalen Hauptverkehrszeit. Allerdings ist das Chaos, das sich daraus entwickelt, mit keinem anderen Chaos in keiner anderen Stadt der Welt zu vergleichen. Denn nirgends gibt es so schlechte Fahrer wie in Israel – rabiat, wenn es sich um orientalische, überängstlich, wenn es sich um europäische Juden handelt; nirgends gibt es so viele alte, schwarze Wolken ausröchelnde Busse, schlecht gepackte Lastwagen (von denen es mitunter Tomaten hagelt oder Baumwolle schneit) und lose zusammengebastelte Scheruts – eine Art Gemeinschaftstaxi, in dem gleich sieben Personen auf einmal ins Ungewisse befördert werden können –; und nirgends gibt es so tiefe Löcher im Pflaster und so überraschende Hindernisse auf den Straßen, seien es lebende oder tote Tiere, spielende Kinder oder sich angeregt unterhaltende Freundespaare.

Als ich also an einer Ampel, die zwei Minuten auf Rot und dreißig Sekunden auf Grün steht, und da wiederum am Ende einer unübersehbaren, sich kühn windenden und wild hupenden Autoschlange angelangt bin, beschließe ich umzukehren und auf mir bekannten Schleichwegen zu jener Bar zu fahren, die Ruhe und die zugige Kühle einer primitiven Klimaanlage verspricht.

Hirschs Bar, der beliebteste Treffpunkt Jerusalems, wird hauptsächlich von Intellektuellen, Künstlern, Akademikern mit einem Hang zum Unsoliden, Ehemännern auf der Flucht vor Frauen und Kindern, ausländischen Journalisten und einer ständig wachsenden Zahl reicher amerikanischer Touristen besucht. Letztere sind zwar keineswegs den einheimischen Gästen, dafür aber um so mehr Herrn Anton Marx, dem Besitzer der Bar, willkommen, der, wenn man sich über dieses unpassende Publikum beklagt, nur stumm auf seine Kasse deutet.

Anton Marx, der aus Regensburg stammt, hat Hirschs Bar in den frühen dreißiger Jahren übernommen und seither weder den Namen des Lokals noch, so fürchte ich, sein Mobiliar gewechselt. In dem kleinen, dunklen Raum befinden sich sechs schäbige Tischchen, die dazugehörigen Stühle und eine gewaltige J-förmige Bar, an der man auf rachitisch dünnbeinigen Hockern sitzt. Die Wand hinter der Bar ist mit Flaschen austapeziert, der Rest der Wände mit Kitschandenken und zweideutigen Sprüchen, die dankbare Besucher aus aller Welt mitgebracht haben. Und dennoch oder gerade deswegen ist Hirschs Bar das einzige Lokal in ganz Jerusalem, das Charakter hat – den Charakter Anton Marx', der groß und schwer, mit rundem, bäuerlichem Gesicht und hellen, wachsamen Augen hinter der Theke steht und selbst in Krisenzeiten eine Schar bedrückter Stammgäste mit robustem Humor, uralten Kalauern und unkomplizierten Witzen aufzuheitern vermag. Als ich jetzt den trübe beleuchteten Raum betrete und alles an seinem Platz finde: den breiten, runden Rücken Willi Ahorns vor, den behäbigen Bauch Anton Marx' hinter und das grübelnde Bulldoggengesicht des Bier trinkenden Elektrikers am entlegenen Ende der Bar, wird mir sofort wohler. Das Radio sagt die Siebenuhrnachrichten an, es riecht ungeniert nach gutbürgerlich deutscher Küche, und der Kellner Moischele deckt gerade den letzten Tisch. Das Gefühl, daß hier alles beim alten bleibt, selbst wenn das Treiben in der Altstadt immer hektischer, der Verkehr immer dichter, die Häuser immer höher und das Land immer größer werden, ist beruhigend.

»Ah, da ist sie ja, die Frau Baronin!« ruft Anton Marx, und seine Augen verschwinden fast hinter sich freudig blähenden Backen: »Je heißer der Abend, um so edler die Gäste, Komm, Mädchen, setz dich zu uns!«

Willi Ahorn wendet im Zeitlupentempo den Kopf nach mir um und läßt die ersten Zeilen eines Verses aus seinem Mund tropfen: »Und abends im Städtlein, da kehr' ich durstig ein; Herr Wirt, Herr Wirt, eine Kanne blanken Wein...«

Er sieht mich an, und sein kleiner Schnurrbart über dem Nagetiermäulchen zuckt erwartungsvoll: »Nun, Christina, von wem ist das?«

»Keine Ahnung«, sage ich und klettere vorsichtig auf den Hocker neben ihm.

»Ergreife die Fiedel, du lust'ger Spielmann du...«

»Ach, laß doch ab, Willi«, sagt Anton Marx, dem ich einen hilfeflehenden Blick zuwerfe, »wenn dir wenigstens ein paar Wirtinnenverse einfallen würden, anstatt immer nur diese Wandervogellieder.«

»Ihr wißt nicht, von wem das ist, ihr Banausen?«

»Nein«, sage ich und erwidere das würdevolle Begrüßungsnicken des Elektrikers, der, seit ich es zurückverfolgen kann, immer zu gleicher Stunde an der gleichen Stelle hinter der Bar steht, das Gesicht in ernste Falten, eine große braune Hand zärtlich um sein Eigentum, einen echten bayerischen Bierkrug, gelegt.

»Geibel«, sagt Willi Ahorn triumphierend, »Emanuel Geibel... ›Der Mond ist aufgegangen‹... ist euch das etwa kein Begriff?«

»Und Schiller«, sagt Anton Marx, »Götz von Berlichingen... ist dir das ein Begriff?«

Sein Gesicht ist undurchdringlich, aber sein Bauch bebt vor Lachen. »Tatsächlich, Anton«, bemerkt Willi Ahorn mit einem bedauernden Kopfschütteln, »ich fürchte, es ist das einzige, was dir aus der deutschen Literatur im Hirn geblieben ist.«

»Geblieben«, ruft Anton Marx, »es ist das einzige, was überhaupt hineingekommen ist.«

Willi Ahorn schüttelt immer noch seinen kleinen merkwürdig platt gedrückten Kopf, der nichtsdestoweniger mit einer immensen, wohlgeordneten Bibliothek ausgestattet zu sein scheint. Er, Witwer, Vater eines Fallschirmspringers und Besitzer der größten Buchhandlung Jerusalems, kommt aus Frankfurt am Main.

»Ach ja«, erinnert er sich mitunter, »das war einmal eine schöne Stadt, hochkultiviert...« Und diese Worte läßt er genießerisch auf der Zunge zergehen.

»Schalom, Frau Heidebeck«, sagt der Kellner Moischele, der den Tisch fertig gedeckt hat und sich jetzt durch den schmalen Durchgang zwischen Barecke und Wand in die Küche zu zwängen versucht, eine Prozedur, die sich mindestens hundertmal am Abend wiederholt und ihm das Leben derart erschwert, daß er sich hin und wieder mit Kündigungsgedanken trägt. Moischele ist klein, ebenso breit wie hoch und hat rote, zu einer Ponyfrisur geschnittene Haare.

»Und wie geht es Ihnen, Moischele, bei dieser Hitze?« erkundige ich mich.

»Ach danke, so kacha kacha.«

Als Sohn jeckischer Eltern spricht er wie alle deutschen Juden dieses Landes ein fließendes, aber mit hebräischen, jiddischen und englischen Worten durchsetztes Deutsch.

»Kacha kacha«, brummelt Marx, »bei vierzig Pfund zuviel auf den Knochen will er wohl auch noch, daß es ihm glänzend geht.«

»Laß ihm seine vierzig Pfund, und gib mir endlich was zu trinken«, sage ich.

»Was soll's denn sein, Jungfrau?« fragt Marx. »Dein Spezialgetränk, einen Port mit Brandy?«

»Nein, einen Vermouth Soda«, sage ich, »und mach um Gottes willen die Klimaanlage an.«

»Die ist an, Mädchen«, erwidert Marx gelassen, nimmt eine Flasche ausländischen Vermouth vom Regal, gießt ein halbes Glas voll und spritzt aus einem Siphon Soda nach.

»Wie kann die an sein? Es ist doch heiß wie in einem Brutkasten!«

»Ja, ja«, bemerkt Marx, »nicht umsonst hast du hier in den dreizehn Jahren schon so einiges ausgebrütet, stimmt's, mein Kind?«

O ja, es stimmt, und keiner weiß es besser als Anton Marx, der mit Pokergesicht jeden meiner Begleiter registriert, taxiert und eingeordnet, der meine Träume belächelt, meine Pläne überprüft und meine Entschlüsse für gut oder schlecht befunden hat. Wir sehen uns an und lächeln.

»Nun stehst du starr...«, sagt Willi Ahorn.

»Schaust rückwärts, ach, wie lange schon...«

Er legt eine kleine spannende Pause ein, zupft mich dann väterlich am Ohrläppchen und fragt: »Na, Christina, blamieren Sie sich jetzt nicht! Von wem...«

»Goethe«, sagt eine Stimme hinter uns.

»Ich werde wahnsinnig«, stöhnt Willi Ahorn und wendet sich schwerfällig zu einem kleinen sehnigen Männlein um, dessen schneeweißes Hemd und blankrasiertes Gesicht sofort den Jecken erkennen lassen. »Sie sollten sich schämen, Gad Waron, weiß Gott, ich habe mehr von Ihnen erwartet.«

Gad Waron, oder wie er in seinen prähebräischen Zeiten hieß, Gerhard Warschauer, ist Doktor der Biologie und außerdem Champion im Wandern. Er wandert mit deutscher Gründlichkeit und jüdischer Intensität, sei es bei Tag oder Nacht, sei es bei Hitze oder Wolkenbrüchen, sei es in der Wüste oder auf dem Hermon. Jetzt, nachdem er Willi Ahorns Schulter einen kräftigen Schlag verabreicht und mir verständnisinnig zugezwinkert hat, steigt er behende auf einen Hocker, reibt sich unternehmungslustig die Hände und bestellt ein Paar Frankfurter Würstchen und ein Glas Bier.

»Goethe«, sagt Willi Ahorn verzweifelt und trinkt den Rest seines mit viel Soda verdünnten Kognaks aus, »Goethe!«

»Jetzt machen Sie sich schon die Freude«, ermuntert ihn Gad Waron, »und verraten Sie uns, wer das verbrochen hat.«

»Nachon*, Willi«, sagt Marx, »spann uns nicht so lange auf die Folter. Komm, leg los! Ich werd' zur Untermalung mal ein bißchen Musike machen.«

Er geht zu dem alten Apparat, der am hinteren Ende der Bar neben dem Bier trinkenden Elektriker steht, und legt die erstbeste Platte auf. Eine hohe, gefühlvolle Frauenstimme beginnt einen englischen Kriegsschlager zu singen, und Willi Ahorn, den Kopf in den Nacken gelegt, die Arme über der Brust verschränkt, deklamiert:

»Nun stehst du starr,
schaust rückwärts, ach, wie lange schon!
Was bist du, Narr,
vor winters in die Welt geflohn?«

Wir schweigen, und die Frauenstimme singt vom Ende des Krieges, das eines Tages, eines Tages kommen wird. Von der Rückkehr der Soldaten, von der glücklichen Zeit, die dann anbricht. Und wir schweigen. »Es gibt kein Vergessen für uns«, denke ich. »Hier in diesem Land ist die Gegenwart durchtränkt von der Vergangenheit und über-

---

* nicht wahr?; so ist es

schattet von der Zukunft, ist wie die kurze Stunde zwischen Tag und Nacht, zwischen Licht und Dunkelheit, zwischen Zuversicht und Verzweiflung.«

»Nun stehen wir starr«, sagt Marx und gießt sich einen Whisky ein. Er hebt sein Glas: »Lechaim*, auf den Verfasser, wer immer er sein mag.«

»Nietzsche«, sagt Willi Ahorn mit dumpfem Vorwurf, »Friedrich Nietzsche.«

»Ich glaube, ich muß jetzt gehen«, sage ich, »ich habe noch viel zu tun.«

»Was kannst du ohne deinen Serge schon zu tun haben?« grinst Marx und füllt mein Glas nach.

»Mich auf ihn vorbereiten. Ich fliege nämlich morgen zu ihm nach Paris.«

»Was mußt du schon wieder nach Paris?«

»Darauf«, sagt Willi Ahorn und hebt bedächtig den Zeigefinger, »kann ich dir für Christina mit den Zeilen eines berühmten Dichters antworten:

> ›Ich hab' sie immer so lieb gehabt,
> die lieben kleinen Französ'chen...‹«

»Heine«, unterbreche ich ihn, »Deutschland – ein Wintermärchen.«

»Bravo«, seufzt Willi Ahorn, »war der Abend also doch nicht ganz umsonst.«

Die Tür geht auf, und herein kommen zwei ältere amerikanische Ehepaare. Rund, bunt und freundlich wie frisch bemalte Ostereier.

»Schalom«, sagen sie eifrig, und in ihrem naiven Lächeln steht die Versicherung: Keine Angst, wir finden alles originell, alles schön, alles interessant.

»Endlich normale Menschen«, murmelt Marx, zieht den Bauch ein, die Hose höher und geht mit würdevollem Gesicht seinen Gästen entgegen.

---

* zum Wohl

»Moischele«, ruft er über die Schulter zurück, »Zwi!«

Moischele erscheint sofort, quetscht sich an der Bar vorbei und nimmt hinter seinem Chef Stellung. Zwi, der zweite Kellner, ein Junge mit dem stumpfen Gesichtsausdruck eines kleinen Dorftrottels, der breitrandigen Brille eines Intellektuellen und dem schwarzen Anzug eines Maître d'Hotel, taucht verschlafen in der Küchentür auf, lehnt sich an die Bar und gähnt.

Jetzt kommt Leben in das Lokal. Der kleine Raum füllt sich schnell mit mir fremden und bekannten Gesichtern, mit Rauch und Lärm und dem Gewirr vieler Sprachen.

Eine junge Frau, die am Ende der Bar sitzt, winkt mir vertraulich zu. Ich nicke und lächele und habe keine Ahnung, wer sie ist. Sie ist zierlich und, unter einem zu stark und nachlässig aufgetragenen Make-up, sehr hübsch. Jetzt beugt sie sich weit über die Theke und ruft mir auf englisch zu: »Ich glaube, Sie erinnern sich nicht mehr an mich.«

Peinlich, wie einem ein solches Eingeständnis ist, rufe ich zurück: »Aber doch, natürlich! Wie geht es Ihnen?«

»Danke, viel Arbeit, aber sonst geht's gut. Und Sie, was machen Sie?«

»Immer dasselbe«, sage ich und überlege, was das wohl sein kann.

»Leben Sie wieder in Jerusalem?«

Das Gespräch droht kompliziert zu werden. Dafür, daß ich sie nicht kenne, scheint sie recht gut über mich Bescheid zu wissen.

»Ja«, sage ich, »ich lebe in Jerusalem. Wo sonst?«

»Eli hat mir irgendwann mal erzählt, daß Sie nach Paris gegangen seien.«

»Ich war mal ein Jahr dort«, sage ich und versuche Eli mit der Unbekannten und die Unbekannte mit einer mir entfallenen Begegnung in Zusammenhang zu bringen. Als mir das nicht gelingt, beschäftige ich mich umständlich mit dem Anzünden einer Zigarette.

»Wissen Sie«, ruft mir die junge Frau über die Bar hinweg zu, »ich hab's mir damals gleich gedacht. In solchen Dingen habe ich einen sechsten Sinn, und als ich...«

»Wovon sprechen Sie eigentlich?« unterbreche ich sie irritiert.

»Na, von dem Abend vor drei Jahren!« Und sie deutet mit dem Kinn zu dem kleinen Ecktisch hinüber.

»Mira«, fällt es mir mit einem Schlag ein, »Mira die Journalistin.« Mira, die Zeugin meiner ersten Begegnung mit Serge, Mira, laut, unbekümmert und störend, so wie an dem Abend vor drei Jahren.

»Eli... was hat Hussein zu Jigal Allon gesagt?«

Der schleifende Tonfall, in dem sie alle paar Minuten die Frage gestellt, der saugende Blick, mit dem sie Eli angesehen hatte, die fahrigen Bewegungen ihrer embryonalen Händchen – alles, alles fällt mir wieder ein.

Mußte sie plötzlich aus dem dunklen Versteck einer Gedächtnislücke auftauchen und einen Schwarm an Erinnerungen hinter sich herziehen? Gerade heute, an einem Tag, an dem meine Nerven knistern und flattern wie dürres Laub im Wind, an einem Tag, an dem nichts unangebrachter wäre, als sentimentale Rückschau zu halten.

»Wie geht es denn Serge?« erkundigt sich Mira und schaufelt eine Handvoll Erdnüsse in den Mund.

»Gut«, sage ich verdrießlich.

»Und was ist aus seinem Film geworden?«

Ein paar Leute, die zwischen Mira und mir an der Bar sitzen und das Gespräch verfolgen, sehen mich gespannt an.

»Das, was daraus werden sollte«, sage ich, böse auf Mira, böse auf die mich anstarrenden Leute, böse auf den Film, nach dem ich von den kuriosesten Menschen gefragt werde.

Ich hoffe, daß meine grobe Antwort sie zum Schweigen bringt, aber Mira ist nicht umsonst Journalistin. Je grober die Antwort, um so strahlender ihr Lächeln.

»Lustig«, sagt sie, »daß wir uns nach so langer Zeit gerade hier wiedersehen.« Und als ich nichts darauf erwidere: »Das war ein verrückter Abend damals, erinnern Sie sich noch?«

Ob ich mich noch erinnere! Ich, die ich meine Erinnerungen horte und hüte wie ein Sammler kostbare Antiquitäten, die ich in ihnen lebe und nicht aufhören kann, sie zu betrachten, zu sortieren, abzustauben und auf Hochglanz zu polieren. Du lieber Himmel, mein Problem ist, daß ich mich an zu vieles zu genau erinnere.

Mira spricht immer noch. Sie befeuchtet ihre terrakottafarbenen Lippen mit der Zungenspitze, läßt die hübschen kleinen Zähne aufblitzen, wirft ihre lange Mähne mit einer herrischen Bewegung des Kopfes zurück, um sie sofort wieder kokett ins Gesicht fallen zu lassen. Dasselbe Theater wie damals vor drei Jahren, als sie versuchte, Eli eine Antwort abzuluchsen. »Eli, du mußt es doch wissen! Was hat Hussein zu Jigal Allon gesagt?«

»Guter Gott, das fragst du mich jetzt schon zum fünfundachtzigsten Mal! Mein Schatz, das Treffen war inoffiziell, und ich habe keine Ahnung, was Hussein zu Jigal Allon oder was Jigal Allon zu Hussein gesagt hat.«

Wir hatten zu dritt an dem kleinen Ecktisch gesessen: Eli, Chefredakteur einer israelischen Tageszeitung und einer meiner guten Freunde, Mira, eine jener unbedeutenden ambitiösen Journalistinnen, die glauben, das Wohl der Menschheit hinge von ihren Nachrichten ab, und ich. Ich hatte Mira erst an diesem Abend, als sie unverhofft in Hirschs Bar aufgetaucht war und sich zwanglos zu uns gesetzt hatte, kennengelernt, und ihre Wirkung auf mich war die eines Moskitos gewesen, dessen hartnäckigen Angriffen man eine Nacht lang hilflos ausgeliefert ist. »Ich muß den Artikel noch heute nacht schreiben, und ich habe Fieber. Siehst du denn nicht, daß ich Fieber habe, Eli!«

»Was soll ich da machen, Sweety? Dich ins Bett legen?«

Sie hatte seine Hand genommen und sich an die Stirn gepreßt: »Spürst du jetzt, daß ich Fieber habe?«

»Sie ist zwar sehr hübsch, aber unerträglich«, hatte Eli auf deutsch zu mir gesagt.

»Das merke ich schon lange, und darum gehe ich jetzt.«

»Nicht ohne mich, mein Kind. Komm, trink noch was, und dann gehen wir zusammen.«

Das Lokal war an diesem Abend sehr voll, und viele Gäste, die keinen Platz mehr bekommen hatten, standen hinter den Sitzenden an der Bar. Ich hatte auf die Uhr gesehen. Es war Viertel nach elf.

»Wirklich, Eli, ich bin todmüde und sehe überhaupt keinen Grund... Eli, ich spreche mit dir!«

Aber Eli hatte an mir vorbei zur Tür geschaut, winkend den Arm gehoben und mit freudig überraschter Stimme ausgerufen: »Na, so was, da ist ja Serge! Hallo, Serge!«

»Serge?« hatte Mira gefragt, und dann, da sie es für unklug hielt, jemand, der vielleicht eine Rolle spielen konnte, nicht zu kennen, war sie jauchzend in den Ruf eingefallen: »Hallo! Serge!«

An der Tür stand ein Mann, unschlüssig, finster und leicht angeekelt, so als hätte er in dieser Sekunde erst festgestellt, daß er sich im Land, der Stadt und nun auch noch in dem Lokal geirrt habe. Zwischen Resignation und Empörung schwankend, erwiderte er weder die herzliche Begrüßung noch die Wiedersehensfreude. Mit einem Ruck, der ihn Überwindung zu kosten schien, löste er sich schließlich von der Stelle und steuerte auf unseren Tisch zu. Und auch da wieder sah es nicht so aus, als durchschritte er ein kleines harmloses Lokal, sondern als bahne er sich einen Weg durch eine Art Dschungel, vor dessen vielfältigen Gefahren er auf der Hut sein müsse. Er ging seitwärts, mit bis zu den Ohren hochgezogenen Schultern, eine Haltung, die sowohl Aggressivität wie Abwehr ausdrückte, und sein Gesicht war hart und geschlossen wie eine Faust.

Das, was mich als erstes an diesem Mann fesselte, war seine bemerkenswerte Unfreundlichkeit, mit der er jeder Konvention ins Gesicht schlug, und ein totaler Mangel an Schliff, der um so mehr auffiel, als man sofort erkannte, daß es sich hier um alles andere als einen groben Klotz handelte. Ich dachte mit eigentümlicher Ruhe und Klarheit: Das wäre der Mann gewesen. Und als er an unseren Tisch trat und uns mit einem kurzen, kritischen Blick der Reihe nach musterte, ertappte ich mich dabei, ihm gebannt ins Gesicht zu sehen.

Eli war aufgestanden und hatte eine Hand auf die Schulter des Mannes gelegt: »That's Serge«, stellte er vor, »Christina, Mira.«

Der Mann namens Serge nickte Mira zu, gab mir die Hand und umarmte Eli in einer spontanen Gefühlsaufwallung, die so schnell erlosch, wie sie aufgeflammt war. Darauf stieß er die Hände in die Taschen seines rostbraunen Jacketts und klopfte mit der Fußspitze auf den Boden. Ich schaute auf den wippenden Fuß und überlegte, was den Mann in diesen Zustand nervöser Spannung gestürzt haben könne.

»Was macht Paris?« erkundigte sich Eli auf englisch.

»Was soll ich darauf antworten?« erwiderte Serge mit einem ungeduldigen Zucken der Schultern.

Er hatte eine tiefe, rauhe Stimme und einen derart starken französischen Akzent, daß man ihn kaum noch charmant nennen konnte.

»Hast du Gabrielle in letzter Zeit mal gesehen?« fragte Eli, der sich von keiner, wie auch immer gearteten Antwort abschrecken ließ.

»Ich glaube, ja.«

»Und wie geht es deiner Frau?«

»Gut.«

»Warum setzt du dich nicht endlich?«

»Ich weiß nicht... ich bin erkältet und fühle mich schrecklich.«

»Ich auch«, rief Mira begeistert und hob ihm ihren Arm entgegen. »Hier fühlen Sie mal meinen Puls, ich habe hohes Fieber.«

Er nahm widerwillig ihr Handgelenk, hielt es einen Moment, ließ es dann wie einen toten Vogel fallen und brummte: »Ich kann und will keinen Puls fühlen.«

»Brauchst du auch gar nicht«, beschwichtigte Eli. »Komm, setz dich zu uns, Serge.«

»Sehe ich nicht miserabel aus?« fragte Serge aufrichtig besorgt, und als wir ihn prüfend ansahen, fuhr er sich mit der Hand ins Haar und brachte es mit einer routinierten schüttelnden Bewegung in attraktive Unordnung.

»Nein«, stellte Eli fest, »du siehst gut aus.«

Daraufhin setzte er sich, schlug ein Bein über das andere, stützte den Ellenbogen auf das Knie und das Kinn auf die Faust. Er sah mich an, darauf Eli, darauf wieder mich. Um Zeit und Fassung zu gewinnen, zündete ich mir eine Zigarette an. Als ich das Feuerzeug auf den Tisch gelegt und den ersten Zug eingeatmet hatte, schaute ich vorsichtig auf. Er hatte die Augen immer noch auf mich gerichtet, große, weit auseinander liegende Augen unter stark gewölbten Lidern. Es war unmöglich, diesen Augen auszuweichen. Sie sogen mich auf. Ich wunderte mich, daß sie blau waren. Ihrer Tiefe und dem orientalischen Schnitt nach hätten sie braun sein müssen. Ich lächelte, um seinem Blick die Schwere zu nehmen, aber da sein Mund ein harter, unnachgiebiger Strich blieb, kam mir mein Lächeln albern vor. Der Mund, fand ich, paßte nicht zu seinen Augen, die ungehobelte Nase nicht zu seiner hohen, klaren Stirn, der helle Teint nicht zu seinem schwarzen Haar. Er war ein einziger Kontrast.

»Erzähl uns doch ein bißchen, Serge«, hörte ich Elis munter plaudernde Stimme, »was machst du hier in Israel?«

»Das«, sagte Serge, »habe ich mich bis vor kurzem auch gefragt.«

Mira bog den Kopf zurück und lachte laut. Er sah sie einen Moment lang erstaunt an, sprang dann auf und sagte gereizt: »Wo steckt denn dieser verdammte Kellner? Ich brauche jetzt unbedingt einen Scotch.«

Ich beobachtete, wie er zielstrebig das Lokal durchquerte, und fragte, ohne die Augen von ihm zu nehmen: »Eli, wer ist dieser Mann?«

»Ein französischer Journalist, der einerseits zur linksintellektuellen Pariser Elite gehört, andererseits eine sentimentale Schwäche für Israel hat. Reizender Kerl, verrückt, aber reizend.«

Ich sah, wie Serge Moischele einfing, ihn grob am Arm packte und heftig auf ihn einsprach, um gleich darauf ins andere Extrem zu fallen und ihm mit einer unverhofft zärtlichen Gebärde über den Kopf zu streichen.

»Gefällt er dir, Christina?« fragte Eli.

Ich nickte und sah Serge zu unserem Tisch zurückkommen. Sein Schritt war jetzt geradezu beschwingt, und zum erstenmal lächelte er, ein Lächeln, das sein Gesicht rund und kindlich erscheinen ließ.

»Ich habe uns allen einen Scotch bestellt«, verkündete er, »er wird sofort kommen.«

Und so, als habe ihn die Aussicht auf den sofort kommenden Scotch beruhigt, machte er es sich auf seinem Stuhl bequem, zündete sich eine Zigarette an, setzte sich eine schwarzgerahmte Brille auf und schaute sich im Lokal um.

Soweit war mir unsere Begegnung Geste für Geste, Wort für Wort im Gedächtnis geblieben. An den weiteren Ablauf des Abends erinnere ich mich nur in Bruchstücken, was insofern kein Wunder ist, als er sich hauptsächlich in Blicken abspielte, Blicke, die Serge und ich erst vorsichtig, dann offen und schließlich in schamlosem Einverständnis miteinander tauschten. Eine allgemeine Unterhaltung kam nicht in Schwung, sei es, daß der Lärm im Lokal sie lähmte, sei es, daß Miras unablässige Versuche, das Gespräch auf sich, ihr Fieber, ihren Artikel zu ziehen, sie verhinderte; sei es, daß Serges und mein offensichtlicher Unwille, unsere Aufmerksamkeit anderen Dingen und Personen zuzuwenden, sie im Keim erstickte. Wie immer, es blieb bei einem seichten Geplapper, an dem Serge sich einsilbig und ich mich überhaupt nicht beteiligte. So saßen wir einander schräg gegenüber, stumm aufeinander konzentriert, Gefangene unserer Gedanken, mit denen wir einer den anderen umkreisen, ohne ihm auch nur eine Spur näherzukommen.

Serges Fragen, die er schließlich in beinahe ärgerlichem Ton an mich richtete, müssen aus purer Verzweiflung geboren worden sein:

»Leben Sie in Jerusalem?«

»Ja.«

»Sprechen Sie hebräisch?«

»Kaum.«

»Sind Sie schon lange hier?«

»Ein paar Monate.«

Ich verfolgte, wie er hinter den nichtssagenden Antworten Aufschluß suchte und dann, als ihm das nicht gelang, mit dem Ausdruck der Gereiztheit aufgab.

Irgendwann einmal ging ich hinaus, um mich im Spiegel anzuschauen. Ich wollte sehen, was er sah, entdecken, was er entdeckte, enträtseln, was ihn so offensichtlich an mir faszinierte. Ich betrachtete meinen Mund, verzog ihn zu einem Lächeln und geriet beim Anblick der unnatürlichen Grimasse in Verlegenheit. Ich strich mir mit der Fingerspitze über den geraden Rücken meiner Nase und befühlte die hohen Backenknochen. Schließlich sah ich mir in die Augen und entdeckte auf dem Grund der mir vertrauten braun-grün gesprenkelten Iris eine Fremde, die mich mit milder, fast mitleidiger Verachtung anblickte. Mit einem Seufzer stützte ich die Hände auf den Rand des Waschbeckens und überlegte, ob Serge mich für eine Jüdin hielt oder für eine jener exzentrischen Schiksen*, die einem unklaren Impuls folgend, ihr Heil plötzlich im Judentum oder zumindest in Israel suchen.

Als ich an unseren Tisch zurückkehrte, von einem dicken Mann verdeckt und daher unsichtbar, hörte ich gerade noch den letzten Satz, mit dem Eli dem gespannt lauschenden Serge meine Herkunft verriet: »Sie kommt aus einer Familie preußischer Junker...«

---

* abfällige Bezeichnung für Christin

Es klang triumphierend und unschuldig zugleich, und vermutlich war ich die einzige, der es in diesem wie in anderen vorhergegangenen Fällen auffiel, daß nicht mein semitisches Erbe die Juden anzog, sondern das meiner preußischen Vorfahren oder bestenfalls jene merkwürdige Mischung zweier Extreme.

Als sich das Ende des Abends abzuzeichnen begann, überkam mich die bleierne Müdigkeit der Verzweiflung, eine Art Erstarrung, die jeglichen Denk- und Reaktionsmechanismus ausschaltete und eine trübe Leere in mir verbreitete. Ich hörte, wie Eli die Rechnung verlangte und Mira weinerlich feststellte, daß sie jetzt immer noch nicht wüßte, was Hussein zu Jigal Allon gesagt hätte. Ich sah, wie Serge den letzten Schluck seines Whiskys austrank und mir dann seine blaue Schachtel Gitanes entgegenhielt.

»Zu stark«, sagte ich mit Mühe, und dann, in der Angst, meine Beine könnten unter mir abbröckeln, bevor ich den Ausgang erreicht hatte, zog ich meine Jacke an und stand auf.

»Moment«, sagte Eli, »ich bin noch nicht soweit.«

»Ich gehe schon voraus«, murmelte ich.

Die kleine, häßliche Straße im Zentrum der Stadt war ausgestorben, die Fenster ringsum dunkel, die Nacht kühl, windig, bedeckt. Jerusalem, ohne den Schmuck seiner Sterne, den Trost seiner Wärme, ist einsam. Ich stand da, gähnend, fröstelnd, die Schultern gegen die Hauswand gestützt.

Serge kam heraus. Er schloß mit Nachdruck die Tür hinter sich und trat dicht an mich heran.

»Ich möchte Sie nach Hause bringen«, sagte er.

Ich schüttelte den Kopf.

Einen Moment lang stand er bewegungslos, die Beine ein wenig gespreizt, den Kopf gesenkt. Dann öffnete er langsam sein Jackett, schlug es weit zurück und schob die Hände in die Taschen seiner Hose. Es war eine provokative Gebärde, die keines Wortes bedurfte und stärker auf mich wirkte als die intimste Berührung. Ich erkannte in diesem Sichanbieten und gleichzeitigen Fordern, in diesem Abwarten und gleichzeitigen Drängen den Kern seines Wesens. Der Wunsch, mich nach vorne an seine Brust fallen zu lassen, seine Wärme, seinen Körper, seine Bereitschaft zu fühlen, war so überwältigend, daß ich sekundenlang die Augen schloß.

»Und warum kann ich Sie nicht nach Hause bringen?« fragte er.

»Sie wissen, daß ich nicht alleine hier bin.«

»Ist das der einzige Grund?«

»Nein.«

»Was immer der Grund... schade!«

»Ja, sehr, sehr schade.«

In diesem Moment kamen Eli und Mira aus dem Lokal, erblickten uns und blieben, einem plötzlichen Taktgefühl folgend, an der Tür stehen.

»Schalom«, sagte ich zu Serge und hielt ihm die Hand hin.

Er umfaßte sie in einem kurzen, kalten Griff. Sein Gesicht war finster, seine Haltung schwankte zwischen Resignation und Empörung.

»Schalom«, sagte er und wandte sich abrupt ab.

Und ich, ertrinkend in einem Meer der Einsamkeit, sah ihm nach, wie er mit hochgezogenen Schultern davonging.

»Wie oft«, denke ich, »wie oft habe ich ihm in den vergangenen drei Jahren so nachgeschaut, verlassen noch bevor er mich aus den Armen ließ, einsam schon bevor ich ihn aus den Augen verlor. Jeder Abschied ein kleiner Tod.«

Ich greife nach meinem Glas und trinke den Rest des schalen Vermouths aus.

»Was ist, Mädchen?« fragt Marx, der irgendein Getränk von unnatürlich grüner Farbe zusammenmixt, »an was denkst du? Du siehst aus, als hättest du Hab', Gut und deine Unschuld verloren.«

Bei diesem Stichwort beginnt sich Willi Ahorn zu rühren. Er hebt langsam den Kopf, lauscht in sich hinein und spricht dann mit der Stimme eines Orakels:

> »Die Welt – ein Tor
> Zu tausend Wüsten stumm und kalt!
> Wer das verlor,
> Was du verlorst, macht nirgends halt.«

Ich lächele beklommen.

»Ja, ja«, bemerkt Willi Ahorn, »dank der deutschen Literatur finde ich immer ein passendes Wort.«

Marx zuckt verächtlich die Schultern. »Du«, sagt er, »schmückst dich mit fremden Federn, und ich finde dank meines eigenen Kopfes immer ein passendes Wort.«

»Das nennt man Chuzpe!« ruft Willi Ahorn, und sein ohnehin kleines Gesicht schrumpft in einem mächtigen lautlosen Lachen zusammen.

Ich verabschiede mich.

»Komm bald zurück«, sagt Marx, mich auf beide Wangen küssend, »und vergiß uns hier nicht ganz.«

»Wie könnte ich euch jemals vergessen«, sage ich.

Draußen ist es bereits dunkel. Übergangslos ist die Nacht gefallen, eine heiße, trockene Nacht, die im ersten Augenblick beängstigend wirkt. Leicht schwindelig gehe ich zu dem leeren Grundstück, auf dem ich das Auto geparkt habe, und setze mich hinter das Steuer. Hier ist es still, und ich lasse den Kopf auf die Lehne zurücksinken und schließe die Augen.

> »Wer das verlor,
> Was du verlorst, macht nirgends halt.«

Die Worte wiederholen sich in immer schnellerem Rhythmus, vereinen sich mit dem Schlag meines Herzens, werden zum Herzschlag selbst. »Es wäre so richtig haltzumachen«, denke ich, »es wäre so gut, sich nicht mehr zu sträuben, sich einfach fallenzulassen und zu sagen: Das ist es und dabei bleibt es.«

Was also hindert mich daran, wenn nicht die Furcht vor dem ständig drohenden Verlust, die mich zwingt, ihn heraufzubeschwören, ehe das sogenannte Schicksal eingreifen kann.

Und ich denke: »Wenn ich Serge verlieren sollte, dann bin ich selber schuld daran, so wie ich schuld daran gewesen wäre, wenn ich ihn gar nicht erst gefunden hätte.«

Welcher letzte Funke eines bürgerlichen Gewissens hatte mich damals bewogen, ihn zugunsten einer toten Ehe aufgeben zu wollen? Welchen mageren Vernunftgründen und absurden Gedankengängen war ich, die ich immer aus dem vollen meiner Gefühle gelebt hatte, plötzlich gefolgt? Wieviel daran war gute Absicht gewesen? Wieviel davon Angst vor dem Ausbruch einer Leidenschaft, der ich mich nicht gewachsen fühlte.

In jener Nacht, als ich mit Eli nach Hause gefahren war, hatte er gesagt: »Ich nehme an, das ist es, was man unter ›Liebe auf den ersten Blick‹ versteht. Viel Glück, Christina.«

»Ist Serge Jude?« hatte ich, seine Worte übergehend, gefragt.

»Spielt das eine Rolle?«

»Das kann ich nicht auf Anhieb sagen.«

»Ich dachte, Liebe, wenn sie derart einschlägt, macht keine feinen Unterschiede.«

»Du hast meine Frage nicht beantwortet.«

»Ja, er ist Jude. Bist du nun beruhigt?«

Ich hatte geschwiegen.

»Übrigens hat er mich dasselbe über dich gefragt.«

»Und du hast ihm geantwortet, daß ich eine preußische Junkerstochter sei.«

»Ich wußte, daß ihn das besonders an dir reizen würde.«

»Wenn das ein Witz sein soll, dann ist es ein schlechter.«

»Es sollte aber keiner sein.«

Wir hatten uns angesehen, Eli amüsiert, ich verärgert.

»Kannst du mir erklären«, hatte er dann gefragt, »warum du ihm nicht erlaubt hast, dich nach Hause zu bringen?«
»Weil ich Angst hatte.«
»Ach! Und wovor?«
»Ganz tief in diese Geschichte hineinzugeraten und nicht mehr raus zu können und zu leiden.«
»So was kannst du gar nicht.«
»In diesem Fall doch.«
»Langsam, Mädchen, langsam! Woher willst du das wissen, bevor du es ausprobiert hast.«
»Ich brauche es nicht auszuprobieren, ich fühle es.«
»Na schön, wir werden noch Gelegenheit haben, deine sogenannten Gefühle zu überprüfen.«
»Was meinst du damit?«
»So wie ich Serge kenne, wird er mich morgen anrufen und um deine Telefonnummer bitten.«
»Und du wirst sie ihm nicht geben, hörst du, unter keinen Umständen.«
Eli, die Verlogenheit meiner Worte durchschauend, hatte spöttisch gelächelt.
»Versprich mir, daß du sie ihm nicht gibst.«
»Ich verspreche es dir«, hatte Eli geseufzt, »ich verspreche dir alles, vorausgesetzt, daß wir jetzt endlich von was anderem reden.«
Ich lasse den Motor an. Meine Scheinwerfer fangen ein Liebespaar ein, das sich umschlungen hält. Der Mann trägt Uniform, das Mädchen ein sehr kurzes weißes Kleid und langes schwarzes Haar. Es wird ein nettes, unkompliziertes Mädchen sein, eine typische kleine Sabra, verliebt, gutherzig, optimistisch, ohne tiefe Zweifel und hohe Ansprüche, mit konkreten Vorstellungen und Wünschen, die der Phantasie keinen Spielraum lassen und allein auf das Endziel ausgerichtet sind: einem Leben in den enggesteckten Grenzen eines Staates, einer Gesellschaft, einer Familie, einem Leben, in dem der Alltag keine Rebellion und die Langeweile keine Unruhe auslöst, einem Leben, in dem

der Kauf eines Autos, die Reise ins Ausland, die Bar Mizwa eines Sohnes Glanzlichter und Beweis einer gemeisterten Existenz sind.

Und ich überlege mir, wie schon so oft, wie ich geworden wäre, wenn wir anstatt nach Bulgarien, nach Palästina emigriert wären. Wenn ich ein neues Land gefunden hätte, das Land meiner Mutter, das Land, in dem Jude sein kein Fluch, sondern Selbstverständlichkeit gewesen wäre, ein Land, ein Volk, eine Welt, die ich als die meine empfunden, ein Leben, das ich geliebt hätte. Ja, wie wäre ich da wohl geworden? Ein Mädchen wie dieses, das nie den Reichtum der Trauer, den Wert des Leidens, die Faszination des Hasses und der Einsamkeit, den Rausch waghalsig glücklicher Momente erfahren hatte? Hätte ich das gewollt?

Nein, sage ich mir.

Im Treppenhaus werde ich von Rachamim, dem Verwalter meiner Wohnung, aufgehalten. Er steht in der Tür, den Kopf lächelnd zur Seite geneigt, den schluchzenden Jüngsten auf dem Arm, den Ältesten zu seiner Rechten und im Hintergrund, halb verdeckt, die Tochter, die, da sie erstens weiblich, zweitens häßlich ist, nicht zu den Prunkstücken der Familie zählt. »Ich wollte dich nur fragen, Christina«, sagte Rachamim, »wann du wegfährst.«

Im Grunde wollte er mich fragen, ob ich vor meiner Abreise noch die Miete zahle, aber da er einer der schüchternen, sanften Orientalen ist, einer, der freundschaftliche Beziehungen über geschäftliche Transaktionen stellt, geht er direkten pekuniären Fragen aus dem Weg. Was mich daran beunruhigt ist, daß Rachamim als Filialleiter einer Bank fungiert, ein Posten, der sich bei ihm in Gewissenskonflikten und einem Ausdruck ständiger Besorgnis niederschlägt.

»Ich reise morgen ab«, sage ich, »aber vorher wäre ich natürlich noch vorbeigekommen, erstens, um die Miete zu zahlen...«

Er unterbricht mich mit einem klackenden Geräusch seiner Zunge und einer schüttelnden Handbewegung, die in Worte übersetzt, etwa so lauten würde: »Sprich mir nicht von Geld! Was bedeutet Geld im Leben eines Menschen? Nichts, wenn man die wahren Werte betrachtet.«

Nichts, nicke ich zustimmend und fahre dann laut fort: »Und zweitens, Rachamim, wollte ich dir sagen, daß ein junges Paar in meine Wohnung zieht, um die Katze zu verpflegen.«

»Die Katze kannst du doch auch zu uns geben«, ruft Rachamim, »die Kinder würden sich so freuen!«

Ich schaue mir die Kinder an: den verheulten Kleinen, dessen Tobsuchtsanfälle sogar orientalische Juden überraschen, den frühreifen Elfjährigen, der sich schon jetzt wie ein kleiner Kerl gebärdet, und die verhärmte Tochter, die ihre Wut auf die Brüder an der Katze auslassen würde. Gewiß würden sie sich freuen, und meine schöne Kirgisenfürstin würde der Herzschlag treffen.

Ich sage daher: »Die Katze kann ich dir nicht geben, Rachamim. Sie ist gefährlich und geht auf Menschen los, besonders auf Kinder.«

»Was du sagst! Die Bonni, das hübsche, kleine Tier?«

Das Wort »Bonni« wirkt wie eine Zauberformel. Die Kinder, deren Blicke sich zeckenhaft an mir festgesaugt haben, lassen von mir ab und bestürmen ihren Vater mit Fragen, und selbst Rachamims Frau taucht aus der Küche auf, eine grüne Plastikschüssel in der einen, einen Löffel in der anderen Hand. Sahava, eine Jüdin aus Kurdistan, ist ernst, still und träge, eine Art Pflanzenwesen, das weder stört noch sich stören läßt, das weder Aggressivität noch Widerstand kennt.

»Wie geht's, Sahava?« frage ich.

»Danke gut, Christina, und dir?«

»Schlecht.«

Ich mag Sahava, und unsere Beziehung, die sich auf Wortwechseln wie den eben stattgefundenen stützt, ist außerordentlich herzlich.

»Christina«, ruft Rachamim, und Stolz leuchtet in seinen Augen, »Jehuda sagt, daß er mit gefährlichen Katzen leicht fertig wird.«

Jehuda spreizt die Beine, schiebt das Kinn vor und mißt mich mit seinem männlichsten Blick.

»Zweifellos«, sage ich, »nur hätte ich dann keine Katze mehr.«

Rachamim lacht, und der Kleinste, von der Heiterkeit seines Vaters angesteckt, bricht in vergnügliches Krähen aus. Diesen psychologisch falschen Augenblick benutzt Sahava, um ihrem Sohn einen Löffel Nudeln in den Rachen zu stopfen. Das Kind erstarrt, bläht dann mit einem Ausdruck tiefsten Ingrimms die Backen, öffnet den Mund und stößt ein mit Nudeln vermischtes Geschrei aus sich heraus.

»Kinder...«, sagt der Vater und versucht ein verständnisinniges Lächeln mit mir zu tauschen, »Kinder...«

Aber ich tausche weder das Lächeln noch teile ich die Ansicht, daß die Erklärung »Kinder« genügt, um sich mit Nudeln bespucken zu lassen. Ich drehe mich auf dem Absatz um, renne die Treppe hinauf und mache erst wieder auf meiner Terrasse halt. Hier höre ich die letzten wütenden Schreie, gedämpft wie einen verklingenden Zahnschmerz, und mit dieser Erlösung kommen die Bedenken: »Sie werden meine jähe Flucht gar nicht begreifen«, überlege ich, »sie werden mich für total verrückt oder, schlimmer noch, für maßlos unhöflich halten. Wie könnten diese netten, normalen, kinderliebenden Menschen auf den Gedanken kommen, daß ich vor einem kreischenden Balg davonlaufe. Ich sollte wieder hinuntergehen und ihnen erklären... Erklären was? Daß mir Kinder auf die Nerven gehen? Daß mir brüllende, spuckende Kinder zuwider sind? Daß ich Katzen in ihrer lautlosen Eleganz Kindern in ihrer lärmenden Tolpatschigkeit vorziehe? Daß ich ein Ungeheuer bin und für meine Katze mehr Zärtlichkeit empfinde als für meinen Sohn.«

Bei diesem Eingeständnis setze ich mich auf den kleinen arabischen Hocker, schaue in den Himmel und suche

Trost in der sanften Umarmung der Nacht. Es ist ein beunruhigendes Eingeständnis, und die Tatsache, daß es gute Gründe und durchaus logische Erklärungen dafür gibt, ändert wenig an seiner Monstrosität. Wie kann mir ein Tier, das ich für dreihundertfünfzig Mark gekauft habe, mehr am Herzen liegen als ein Kind, das ich geboren habe? Hatte ich ihn mir nicht sehnsüchtig gewünscht, meinen Sohn? Hatte ich ihn nicht leidenschaftlich geliebt, damals, als er noch klein und hilflos war und ein Teil meiner selbst?

Ja, aber das ist lange her, und dazwischen liegen Jahre, Jahre, in denen wir nicht mehr zusammenlebten, Jahre, in denen aus dem liebenswürdigen Kind ein scheuer Junge und aus dem scheuen Jungen ein verschlossener Halbwüchsiger wurde, Jahre, in denen er sich von mir löste, unmerklich erst und dann zu plötzlich, wie eine unreife Frucht, die vor ihrer Zeit vom Baum fällt.

Was ich zu spät erkannte war, daß es sich dabei nicht um einen Generationskonflikt handelte (es sei denn unter umgekehrten Vorzeichen: Er lehnte meine Unbürgerlichkeit ab und ich seinen Konformismus) und nicht um eines der üblichen Zerwürfnisse zwischen Mutter und Kind. Nein, die Dinge gingen viel tiefer, entwickelten sich in eine gefährliche Richtung, sprangen aus dem Sektor des Persönlichen auf den des Weltanschaulichen über. Mein Sohn sah in mir die Andersgeartete, die alles negierte, was für ihn von essentieller Bedeutung war. Und er stand alldem, was ich liebte, was Zentrum und Inhalt meines Lebens geworden war, gleichgültig gegenüber. Der Abgrund, der sich zwischen uns aufgetan hatte, der einer ständig wachsenden Entfremdung, ließ sich nicht mehr schließen, und was ich sporadisch an Verständnis, Geduld und Liebe hineinschüttete, verschwand in bodenloser Tiefe.

Ich wich der Wahrheit lange aus, verdrängte, vertuschte, versuchte meinen Freunden zu glauben, die mir Trost zusprachen und behaupteten, daß es sich hier lediglich um eine vorübergehende Spannung handele, um den Einfluß des Vaters, der Michael in seiner Haltung bestärke, um die normale Rebellion eines Kindes. Ich ergriff jeden Zipfel einer Hoffnung und klammerte mich daran fest. Und dann, eines Tages – es ist noch keine drei Monate her – hatte ich einen jener ungemütlichen Momente, in denen einen die Wahrheit mit schonungsloser Grelle überfällt und man schreckgebannt, wie ein Kaninchen vor der Schlange, in sein Verhängnis starrt.

Michael war auf einen kurzen Ferienbesuch nach Israel gekommen. Er kam, ein gutaussehender, achtzehnjähriger Junge, mit dem ersten Anflug eines Schnurrbartes auf der Oberlippe und einem Wust langer, wild gelockter Haare, der seinem schmalen Gesicht die Proportionen raubte. Ich sah ihn auf mich zukommen, sah sein schönes, irreführendes Lächeln, und das Herz flog mir in die Kehle. Ich spürte seinen vagen Blick und Kuß, und mein Herz fiel in die Magengrube und blieb dort als beklemmender Druck liegen. Mit seinem Kuß war sein Lächeln erloschen und mit seinem Lächeln jede Spur von Freude und Aktivität. Er überließ es mir, den Stoff für ein Gespräch zusammenzukratzen, seine Aufmerksamkeit auf dieses oder jenes zu lenken, das Programm für die folgenden Tage aufzustellen, seinen Koffer auszupacken. Von ihm kam nichts, keine Frage, keine Anregung, kein Interesse, keine Hilfe, nichts. Er war physisch da, ein langer Körper, ein gewaltiger Haarschopf, große Hände und Füße, ein leichter Schweißgeruch, das Geräusch seiner Stimme, seiner Schritte. Darüber hinaus war er nicht existent.

An einem dieser Tage waren wir zum Baden ans Meer gefahren. Auf dem Weg dorthin war Michael stumm gewesen, und auch am Strand hatte er nur den Mund geöffnet, um sich in dem schnoddrigen Jargon der jungen Generation über die Hitze zu beklagen, die Schattenlosigkeit, den Abfall, der hier und dort herumlag, die Lebensretter, die jeden Badenden, der sich zu weit ins Meer wagte, zurückpfiffen.

Schließlich hatte ich gesagt: »Wir sind hier nicht in Deutschland, weißt du.«

Und er hatte geantwortet. »O Scheiße, daß du auch immer alles gleich persönlich nehmen mußt.«

Ich hatte ihn angesehen, diesen jungen Mann mit der tiefen Stimme, dem verdrossenen Gesicht, den kräftigen, dunkel behaarten Beinen, und mir gesagt: »Auch wenn ich ihn neun Monate in meinem Leib getragen, auch wenn ich ihn unter Glück und Schmerzen geboren, auch wenn ich ihn mit meiner Milch genährt habe, was hat dieser Fremde mit mir zu tun? Was zählt, ist nicht die berühmte Nabelschnur, die Mutter und Kind miteinander verknüpft hat, sondern die gleiche Gesinnung, die zwei Menschen über alle Unterschiede hinweg verbindet. Alles andere ist Humbug.«

Und so hatten wir Seite an Seite gesessen, Mutter und Sohn, und kein Wort, keine Geste, keinen Blick gefunden, uns näherzukommen; hatten dagesessen, äußerlich ähnlich, innerlich unvereinbar, kontakt- und beziehungslos, freud- und lieblos. Mir war kalt geworden unter der brennenden Sonne.

»Was starrst du mich so an?« hatte er gereizt gefragt.

»Nur so... ich fürchte, du bekommst einen Sonnenbrand.«

»Ach Quatsch, ich habe noch nie 'nen Sonnenbrand gekriegt.«

Richtig, er hatte meine Haut geerbt, eine Haut, die leicht bräunt und nicht verbrennt. Vielleicht hätte ich aus ihm meinen Sohn machen können, aber jetzt war es zu spät. Wir hatten beide eine Wahl getroffen – er, der Sohn seines deutschen Vaters zu werden, ich, die Tochter meiner jüdischen Mutter.

Ich hatte mich auf den Bauch gelegt und die Wange in den Sand gepreßt. Der Sand war weich und warm gewesen, wie das Fell meiner Katze, das vertraute Fell meiner Katze, in das ich mein Gesicht vergraben, in dem ich helle, unverletzte Zärtlichkeit finden konnte für ein Tier, das schön ist, stumm und unverdorben.

»Bonni!« rufe ich aus meinen Gedanken heraus. »Bonni, komm zu mir, meine Kätzin, komm!«

Zu spät fällt mir ein, daß es unklug war, nach ihr zu rufen. Ich habe ihr damit jede Möglichkeit verbaut zu kommen. Sie kommt im besten Fall freiwillig, unter keinen Umständen aber, wenn ich es von ihr verlange. Es ist ihr ein Bedürfnis, mir ständig zu beweisen, daß sie ein unabhängiges Geschöpf ist. Daß ich mit ihr zusammenleben darf, ist eine Gefälligkeit, die sie mir erweist, und daraus ergeben sich Rechte für sie und Pflichten für mich.

So warte ich also, warte stumm, bis sie es für angemessen hält, von alleine zu kommen, warte etwa zehn Minuten. Endlich höre ich hinter mir ein leises Geräusch, drehe mich um und sehe Bonni aus meiner Reisetasche steigen, schwerfällig, verschwitzt, einen düsteren Ausdruck im Gesicht. Sie, die in unserem gemeinsamen Emigrantenleben schon so oft umgezogen und verreist ist, kennt jedes Gepäckstück und wittert, kaum daß ich es unter dem Bett hervorgezogen habe, eine neue bedrohliche Veränderung. Es ist daher kein Zufall, daß sie die Reisetasche als Schlafplatz gewählt hat, sondern ein Zeichen, mit dem sie mir zu verstehen gibt: Ich ahne, was du vorhast, und bitte dich, es dir noch einmal zu überlegen.

»Ach Musch-Musch«, sage ich beklommen, »mach mir doch das Herz nicht noch schwerer, als es schon ist.«

Aber das will sie ja gerade. So wie ich als Kind Fieber produzierte, um meine Mutter am Ausgehen zu hindern, so spielt sie jetzt das verstoßene Geschöpf. Mit müden Schritten durchquert sie das Zimmer, läßt den Kopf hängen, schleift den Schwanz wie eine verstaubte Schleppe hinter sich her.

In Israel, einem Land, in dem die Krankheiten und Degenerationserscheinungen der Zivilisation vor noch nicht allzu langer Zeit aufgetreten und mit Jubel begrüßt worden sind (ich spreche hier etwa von Kriminalität, Prostitution, Jet-set-Allüren und der Einfuhr von Luxusartikeln, unter anderem von Rassetieren), sind Perserkatzen dennoch unbekannt. Man hält meine Bonni des öfteren für eine sensationelle Kreuzung zwischen Eule und Zwergbär oder behauptet schlicht, sie sei, genau betrachtet, nichts anderes als ein neurotisches Haarknäuel.

Ich hingegen, die ich seit acht Jahren mit ihr zusammenlebe, die ich sie stundenlang studiert und beobachtet und mich nie satt an ihr gesehen habe, weiß, daß in diesem dichten Pelz, der in allen Farben eines Herbstwaldes leuchtet, in dem kleinen runden Gesicht mit den gesträubten Backenhaaren und der rostroten Flamme auf der Stirn, in den riesigen goldenen Sphinxaugen ungeahnte Ausdrucksmöglichkeiten liegen. Was ein Mensch nur mit einem Schwall an Worten kundzutun vermag, teilt sie mit einer einzigen graziösen Bewegung mit. Und ihr Gesicht ist ein wahrer Spiegel ihres intensiven Seelenlebens.

Ich gehe zu ihr, knie mich neben sie und stelle ihr ein paar beunruhigte Fragen. Sie schenkt mir keine Beachtung. Ich kraule sie an den bevorzugten Stellen, zwischen den Ohren und unter dem Kinn. Sie bleibt teilnahmslos.

»Sie muß krank sein«, denke ich entsetzt und befühle Nase und Ohrenspitzen. Die Nase ist trocken, die Ohrenspitzen heiß. Symptome dieser Art ließen sich auf den Kamsin zurückführen, aber auch ebensogut auf einen dieser zahllosen orientalischen Viren, auf die sich die hiesigen Ärzte in undiagnostizierbaren Fällen berufen.

»Mein Goldauge«, sage ich leise, »mein schwarzer Samtstrumpf, bitte, sei nicht so verzweifelt. Du brauchst keine Angst zu haben, ich komme ja wieder. Ich verlasse dich nicht, hörst du, niemals!«

Das Telefon beginnt zu klingeln, und da es damit nicht wieder aufhören will, stehe ich schließlich auf und gehe an den Apparat.

»Tinalein!« ruft Ibi mit ihrer hellen Kristallstimme. »Wo steckst du denn?«

»Auf dem Balkon«, sage ich mit der Verdrießlichkeit, die Ibis ewig angeregte, mit Optimismus geladene Stimme in gewissen kritischen Situationen in mir hervorruft.

»Hast du etwa meine Party vergessen?«

»Wie könnte ich deine Party vergessen.«

»Warum bist du dann noch nicht hier? Wir wollten doch, bevor die Gäste kommen, noch ein bißchen in Ruhe quatschen.«

»Ich fürchte, meine Katze ist krank«, sage ich und finde, daß damit alles gesagt ist.

»Ja und?« fragt Ibi, die Tiere nicht ausstehen kann.

»Ich muß erst feststellen, ob sie wirklich krank ist, und wenn das der Fall ist, fliege ich morgen nicht.«

»Ja, ja, ja, du fliegst nicht«, sagt Ibi, die es ablehnt, meine Katzenprobleme ernst zu nehmen, »und jetzt komm schnell.«

Ich empfinde es als eine Ungerechtigkeit, daß ich mir dauernd die unergiebigen Geschichten über ihre Enkelkinder anhören muß, während sie sich glattweg weigert, dem Krankenbericht meiner Katze auch nur eine Sekunde Aufmerksamkeit zu schenken. Ich schaue auf die Terrasse hinaus. Bonni hat sich jetzt auf die Seite gelegt und alle vier Beine von sich gestreckt.

»Ibi«, schreie ich, »sie liegt da, als wäre sie tot.«

»Mach mich nicht meschugge, Tina, und beeil dich.«

»Ich bin noch nicht mal angezogen«, sage ich ernüchtert.

»Dann zieh dich an. Wie lange kann das schon dauern.«

»Mindestens eine halbe Stunde, wenn du mich in repräsentablem Zustand sehen willst.«

»Natürlich will ich das. Also mach dich sehr, sehr hübsch.«

»Das ist keine Frage von machen, sondern von sein, und ich finde...«

»Was du findest, ist ganz egal, Hauptsache, wir finden dich hübsch.«

Ich hänge ein, schüttele mit einer Grimasse der Resignation den Kopf, entschließe mich dann zu lachen. Ibi hält es für die wirkungsvollste Therapie, auf meine diversen Stimmungen nicht einzugehen, und der Erfolg gibt ihr recht.

Ich gehe in die Küche, hole ein Stück rohe Leber aus dem Kühlschrank, lege sie auf ein Brettchen, nehme einen

Topf mit Bierhefe, ein Messer und kehre, so bewaffnet, auf die Terrasse zurück.

»Du übertreibst, Bonni«, sage ich zu der Katze, die immer noch tot spielt, und stelle das Brettchen dicht vor sie hin.

Das winzige Dreieck ihrer Nase, eingebettet in zwei scharf getrennte Polster – das rechte beige, das linke schwarz –, beginnt zu zucken, die kleinen, silbergrau austapezierten Ohren stellen sich auf, der Schwanz schlägt in scheinbarem Unwillen einmal auf den Boden. Dann liegt sie wieder regungslos und heuchelt Desinteresse. Oder heuchelt sie nicht? Ich starte die Probe aufs Exempel und streue etwas Hefe über die Leber. Kaum steigt ihr der unwiderstehliche Duft in die Nase, reißt sie die Augen auf, hebt den Kopf und durchbohrt mich mit einem Blick, aus dem ich deutlich den Vorwurf herauslese: Das ist nichts anderes als ein gemeiner Trick.

»So ist es, meine Süße«, sage ich und beobachte, wie sie sich mit einer einzigen geschmeidigen Bewegung erhebt und das umständliche Zeremoniell einer vornehmen Katze eröffnet, die zum Ausdruck bringen will, daß Fressen zwar eine proletarische Untugend ist, aber leider auch von ihr und ihresgleichen nicht umgangen werden kann.

Zuerst streift sie die Leber mit einem geringschätzigen Blick, dann wendet sie ihr das Hinterteil zu und fixiert in der entgegengesetzten Richtung eine Stelle, an der nichts steht, liegt oder krabbelt, was ihre Aufmerksamkeit fesseln könnte. Hat sie mir somit bewiesen, daß ihr nichts unangenehmer ist als der Anblick eines blutigen Stück Fleisches, beginnt sie mit kurzen, steifen Schritten einmal um das Brettchen herumzugehen und läßt sich erst, nachdem sie einen vollen Kreis beschrieben hat, davor nieder. Und jetzt, da das Zeremoniell beendet ist, fängt sie unter leisem Schnurren und mit beachtlicher Geschwindigkeit zu essen an. Als sie bis auf den letzten Anstandsbissen alles verschlungen hat, stehe ich beruhigt auf und gehe ins Schlafzimmer, um mich für Ibis Party hübsch zu machen.

Ibi liebt es, sich mit Glanz und Flitter zu umgeben. Ihre Bewunderung für die Errungenschaften anderer ist naiv und neidlos und die Wahl ihrer Berühmtheiten anspruchslos. Es genügt, wenn der Betreffende mit einem klangvollen Namen oder Titel, einem Orden oder Preis, einem geistigen oder materiellen Produkt zweifelhaften Wertes aufwarten kann. Hauptsache ist, daß die Menschen, die sie um sich versammelt, nicht ganz alltäglich sind.

Damals, als sie mich auf unbegrenzte Zeit nach Jerusalem einlud – spontan und großzügig, wie nur Ibi sein kann –, hatte sie kaum eine Ahnung, was in all den Jahren aus mir geworden war. Ein kurzer Abschnitt in einem der letzten Briefe meiner Mutter hatte sie darüber aufgeklärt, daß ich hübsch, egoistisch und innerlich verhärtet sei, doch selbst dieser lakonische Bericht lag lange zurück. So wußte sie nichts anderes über mich als das, was ihr aus der fernen Vergangenheit geblieben war – die Erinnerung an die kleine Tochter ihrer Freunde, ein reizendes, aber verzogenes und kompliziertes Kind –, und das, was ich ihr im Telegrammstil kurz vor unserer Wiederbegegnung über mich mitgeteilt hatte: daß ich einen siebenjährigen Sohn hätte, ein Buch schriebe und alles in allem ein unglücklicher Mensch sei.

Ich hätte also, auch wenn einiges dagegensprach, ein sehr unangenehmer Hausgenosse sein können. Und als sie mich endlich sah, muß ihr ein Stein vom Herzen gefallen sein.

»Tinalein!« – und die ganze Freundschaft, die sie für meine Eltern und meinen Bruder empfunden hatte, war in ihre schwarzen Nachtfalteraugen geströmt –, »Tinalein, du hast dich ja gar nicht verändert.«

»Nein, überhaupt nicht«, hatte ich gleichzeitig gelacht und geweint. Später hatte sie mich dann ihre und Daniels einzige gemeinsame Tochter genannt, und als solche war ich stolz in ihrem Freundes- und Verwandtenkreis eingeführt worden.

Ibis Freunde, hauptsächlich Jecken, viele aus Berlin, alle

Zugehörige des deutschen Kulturkreises, waren in drei Gruppen gegliedert: Zu der ersten zählten die Akademiker, Kollegen und Freunde, die sie von ihrem ersten Mann, einem Arzt, geerbt hatte; zu der zweiten die Intellektuellen, die ihr aus der zweiten Ehe mit einem Schriftsteller geblieben waren; zu der dritten das israelische diplomatische Korps, dem ihr gegenwärtiger Mann Daniel angehörte. Ich hatte die Ehre, von allen drei Gruppen angenommen, betreut, beschützt, erzogen, analysiert und beraten zu werden; denn ich war für sie, die seit über dreißig Jahren in einer Kleinstadt des Nahen Ostens lebten, das überzüchtete Produkt europäischer Kultur, Tradition und Zivilisation, war verkörperte Sehnsucht nach dem einst so sehr geliebten Abendland und Rückblick in eine immer noch lebendige Vergangenheit, war, kurzum, ein bunter, interessanter Vogel, der ihnen durch Not und Verwirrung zugeflattert war, mit bunten Flügeln ihre Sinne und mit verschreckten Augen ihre Herzen in Schwingung setzte. Als ein solcher wurde ich trotz meiner Unbildung, meines Hanges fürs Morbide und Negative, meines unverhohlenen Desinteresses Politik, kulturellen Veranstaltungen und ernsten, zukunftsträchtigen Fragen gegenüber, ja trotz meines total unkonventionellen Lebenswandels akzeptiert und geliebt. Was das bedeutet, kann man allerdings erst beurteilen, wenn man den Bildungs- und Gelehrsamkeitsdrang der Juden und den harten, gesunden Pioniergeist Israels kennt. Ich lernte ihn sehr bald kennen, aus der Entfernung schätzen, aus der Nähe fürchten. Denn natürlich wollte man mich bilden und mir gesunde, positive Reaktionen entlocken, natürlich wollte man, daß ich die großartige Einrichtung der Kibbuzim am eigenen Leibe erfahre und in dem Land, das ich so offensichtlich in mein Herz geschlossen hatte, haltbare Wurzeln schlage. Zu letzterem wäre ich auch nur zu gerne bereit gewesen, wäre mit Freuden in dieses Land zurückgekrochen wie in den Leib meiner Mutter, um ihm dann neugeboren zu entsteigen, ein frisches Geschöpf mit nicht mehr ganz so bunten Flügeln, aber blanken, zuversichtlichen Augen, ein Geschöpf, das die Zukunft, diesen hypothetischen Begriff, schlicht anerkannte und unter die Vergangenheit einen dicken Schlußstrich zog. Und war ich nicht mit diesen Träumen am richtigen Fleck? Waren sie nicht alle, die sich hier ein Leben aufgebaut hatten, aus einer anderen Welt gekommen? Hatten sie nicht alle ihre Gewohnheiten und Vorstellungen, ihre Pläne und Geleise gewechselt? Hatten sie sich nicht alle durchgebissen durch eine schwere Zeit der Umstellung und Anpassung, um dann rückblickend festzustellen, daß es sich gelohnt hatte, daß sie hier in ihrem eigenen Land glücklicher, freier, nützlicher waren als in den Ländern, in denen sie zu einer beargwöhnten Minorität gezählt hatten?

Ich beobachtete sie, studierte sie, versuchte ihnen auf die Schliche zu kommen. Wie hatten sie es geschafft? Was für Mittel hatten sie angewandt, um die Vergangenheit zu besiegen und die Zukunft zu erobern? Woher nahmen sie die Überzeugung, den Glauben, die Besessenheit?

Ich sah zu ihnen auf, bewunderte sie, versuchte ihre Eigenschaften zu den meinen zu machen. Aber es blieb bei einer oberflächlichen Nachahmung. Ich war ein Mensch ohne Überzeugung, ohne Glauben, ohne Zukunft. Meine Wurzeln steckten in der Vergangenheit, und die war mein Zuhause. Mein Leben war die Gegenwart und der Tod die Zukunft. Das war die Wahrheit, und es gelang mir nicht, sie aus mir herauszureißen.

Ich ziehe die alten Hosen und die verschwitzte Bluse aus und stelle mich zum siebten Mal an diesem Tag unter die Dusche. Dann, in dem erhebenden Gefühl, gesäubert und erfrischt zu sein, gehe ich ins Schlafzimmer zurück, nehme ein langes, violettes Kleid aus dem Schrank und ziehe es mir über den Kopf.

»Es steht Ihnen blendend«, hatte Ada gesagt, »Sie werden ganz Paris damit verrückt machen. Ich sehe Sie schon, von lauter charmanten kleinen Bohemiens umringt, in den ›Deux Magots‹ in Saint-Germain-des-Prés sitzen, Pernod trinken und aus einer langen Spitze Zigaretten rauchen.«

»Ada«, hatte ich geseufzt, »Sie haben mich auch schon mit zwei Windhunden an der Leine und einem Diener im Gefolge in einem Schloßpark wandeln sehen.«

Und wir hatten gelacht und waren in ein Café gegangen, um Tee zu trinken und uns weitere Zukunftsbilder auszumalen.

Mit Ada, einer Russin, die in Berlin aufgewachsen ist, verknüpft mich eine sporadische Freundschaft. Sie ist seit gut zwanzig Jahren Ibis beste Freundin, und die Basis dieser Beziehung ist das Telefon.

Was immer sich in oder um die beiden Damen herum abspielt, wird auf der Stelle telefonisch weitergeleitet, und ginge es nach der Zahl der täglichen Anrufe, müßte man zu dem Schluß kommen, daß sowohl ihr Innen- als auch ihr gesellschaftliches Leben ein gigantisches ist. Wie immer, Ada ist in allererster Linie Ibis Freundin, und Ibi teilt nicht gerne, weder Ada mit mir noch mich mit Ada. Also beschränkt sich unsere Freundschaft auf Zeiten, da Ibi ihrem Mann auf eine diplomatische Mission folgt und wir, vereinsamt, wieder zueinander finden.

Ich mag Ada, ihre verrückten Einfälle und Pläne, die sie in allen Einzelheiten ausarbeitet, aber niemals durchführt, ihre wild wuchernde Phantasie, in der sie Zuflucht vor der Wirklichkeit nimmt, ihre Depressionen und Ängste, die sie in Schlaftabletten erstickt. Sie ist mir vertraut, so wie mir alle Frauen dieses Landes, selbst die mir entgegengesetztesten, vertraut sind und alle Frauen Deutschlands, selbst die mir ähnlichsten, fremd. Ein klarer Fall, denn mit der Jüdin verband mich das gemeinsame Schicksal, mit der Deutschen verband mich nichts. Allerdings habe ich die Verbindung auch gar nicht gesucht, denn, war es Pech, war es ganz einfach Abwehr, unter all den Frauen, denen ich damals begegnete, fand sich keine, die meine Neugierde, mein Interesse, meine Zuneigung, geschweige denn mein Vertrauen geweckt hätte.

Nie habe ich mich in typisch weibliche Gesellschaft begeben, nie all die kleinen Dinge unternommen oder besprochen, die Frauen miteinander teilen. Ich hatte mir nichts mit ihnen zu sagen, nicht mit der jüngeren, während des Krieges geborenen Generation, die für mich ein unbeschriebenes Blatt war, nicht mit der älteren Generation, die ich unweigerlich mit Dutt, Mutterkreuz und erhobenem Arm vor mir sah, nicht mit den Gleichaltrigen, die ich mit jenen widerlichen kleinen Mädchen assoziierte, mit denen ich eine kurze, aber lehrreiche Zeit die erste Gymnasialklasse geteilt habe. Das muß kurz vor unserer Emigration gewesen sein, und die Episode, die sich damals zugetragen hat, gehört zu denen, die mir unvergeßlich geblieben sind.

Ich war den Umständen und meinem Wesen entsprechend, ein ungewöhnlich scheues, introvertiertes Kind, das jede Gemeinschaft mied. Bei meinen Mitschülerinnen war ich daher unbeliebt und ungeachtet. Sie hielten mich für das, was ich war: einen Außenseiter, und ein Außenseiter zu sein war eine Schande. Bis zu dem Tag, an dem ich bei irgendeinem Gemeinschaftsspiel – ich glaube, es war Völkerball – den Ball versehentlich auffing, zu meiner Überraschung ins Ziel warf und damit den Sieg für meine Partei davontrug. Da, bevor ich noch recht begriff, was geschehen war, kamen sie auf mich zugestürzt, eine Meute beifalljohlender kleiner Weiber, mit verschwitzten, hektisch geröteten Gesichtern und glitzernden Augen. Sie umringten mich, rückten mir näher und näher zuleibe, faßten mich sogar an. Ein ins Ziel geschleuderter Ball, ein läppischer Sieg, und schon hatte ich ihre Achtung gewonnen. Blieb also nur noch die entscheidende Frage. Sie wurde mir von Inge, einem kompakten Mädchen mit langen braunen Zöpfen gestellt: »Du, sag mal, warum bist du eigentlich nicht im BDM?«

Was BDM war, wußte ich. Das waren Mädchen wie diese, in Leibchen und schwarzen Turnhosen oder dunkelblauen Röcken, die Sport trieben, sangen, Blockflöte spielten und Socken strickten.

»Weil ich den BDM scheußlich finde«, erwiderte ich, denn das schien mir der einzig zutreffende Grund.

Meine Antwort hatte einen durchschlagenden Erfolg gehabt. Die Mädchen waren mit allen Anzeichen des Grauens vor mir zurückgewichen, um mich keines weiteren Blickes mehr zu würdigen, und meine Mutter, der ich den Vorfall erzählte, hatte mich auf der Stelle aus der Schule genommen. Das war mein letzter Kontakt zu deutschen Mädchen gewesen, und er hielt acht Jahre lang vor. Als ich 1947 nach Deutschland zurückkehrte und im Laufe der Zeit Frauen meines Alters kennenlernte, entdeckte ich immer noch in jeder von ihnen die Züge jener Sport treibenden, Blockflöte spielenden, Socken strickenden Mädchen, die mir mit hysterischer Begeisterung und der über Gedeih und Verderb entscheidenden Frage zuleibe rückten: »Du, sag mal, warum bist du eigentlich nicht im BDM?«

Das Bild, das ich aus den ersten Jahren meines Münchener Aufenthaltes von mir habe, ist unscharf. Kein Wunder übrigens, denn unscharf war ich. Ein hübsches, schillerndes Geschöpf, ohne eine klare Linie, ein eindeutiges Gefühl, eine Stellungnahme.

Mein Erfolg bei deutschen Männern dagegen war verblüffend und vielleicht weniger auf meine physischen Vorzüge zurückzuführen als auf die Tatsache, daß ich Halbjüdin war. Eine unerfreuliche Vermutung, aber sie wird stimmen. Ich war das Exotische und das Opfer und in einigen Fällen vielleicht sogar das Verbotene. Die Gefühle, die sich der Männer in meiner Gegenwart bemächtigten und sie zu Erklärungen, Selbstbezichtigungen und Rechtfertigungen hinrissen, waren diffus und sehr oft peinlich – eine Mischung aus sexueller Begierde und schlechtem Gewissen. Doch waren meine Beziehungen zu ihnen nicht minder entstellt und ineinander verfilzt: Ressentiments und Haßgefühle vermengt mit der Sehnsucht nach Schutz und Liebe und dem Zwang zu strafen, zu verletzen, zu zerstören. Die zwiespältigen Gefühle, die ich für meinen Vater empfand – den Mann, der mich geliebt und dennoch verlassen hatte –, übertrug ich auf jeden, an den ich mich fester gebunden glaubte. Ich suchte seine Liebe und gleichzeitig zerstörte ich sie. Ich war jetzt diejenige, die verließ.

»Du wirst mich an deutschen Männern rächen«, hatte meine Mutter gesagt, als ich zu einem Ball herausgeputzt vor ihr stand, siebzehnjährig, strahlend und mir meiner Waffen noch gar nicht bewußt. Ein gefährlicher Auftrag, der mir erst viele Jahre später wieder einfiel und dessen Bedeutung ich da erst begriff. Denn als ich zurückblickte und mein Leben überprüfte, entdeckte ich, daß das festgefügte, sich ständig wiederholende Muster auf eine Art Zwangshandlung schließen ließ.

In diesem Muster gab es keine Zärtlichkeit, kein Vertrauen, keinen Verlaß. Es gab Sex, und Sex war Kampf, und Kampf war Macht, und Macht war Eroberung, und Eroberung war Zerstörung. Wenn ich mich verliebte, dann nicht in den Mann, sondern in die Liebe, das Begehren, die Besessenheit, den Haß, den ich in ihm zu wecken vermochte: in meine Macht und seine Ohnmacht.

Ich beobachtete ihn und sah mich in seinen Blicken, seinen Gesten, seinen Tränen, seinen Wutausbrüchen. Wenn ich mit ihm schlief, stand ich daneben und beobachtete ihn. Beobachtete sein Gesicht, das sich wie im Schmerz verzog, um sich dann aufzulösen in jener Grimasse der Lust, die an Tod erinnert. Ich sah ihn sterben, und in diesem kurzen Augenblick liebte ich ihn.

Ich wechselte die Männer wie meine Tabletten, von denen ich nie lange Zeit dieselbe nahm aus Angst, die Wirkung könne sich vermindern. Vielleicht nahm ich sie auch genauso ein, spülte sie mit einem Glas Alkohol hinunter, den ich damals in größeren Mengen zu mir nahm. All das half nichts. Die Erregung, die mir das Neue, Unbekannte bot, die Leidenschaft, die sie in mir entfachte, schlief sehr schnell ein, und damit erlosch jegliches Interesse an dem Mann. Er löste nur noch Langeweile, körperlichen Widerwillen und Stiche des Mitleids aus. Ich wollte ihn loswerden, so schnell und reibungslos wie möglich. Ich fürchtete Szenen, Diskussionen, Erklärungen. Ich hatte keine Erklärung außer der, daß es aus war, oder der, daß es nie begonnen hatte.

Das, was mich am stärksten beherrschte, war die Angst. Sie war ständig in mir, war Triebfeder und angezogene Bremse meines Lebens. Ob grausam oder gleichgültig, ob mutig oder feige, zugrunde lag die Angst, eine ungreifbare, unformulierbare Angst.

1961 flog ich zum ersten Mal nach Israel, in einer Maschine der EL AL, die siebeneinhalb Stunden brauchte. Die Passagiere hatten nichts mit Fluggästen gemein, die eine Ferienreise antraten. Es waren hauptsächlich einfache Leute aus verschiedenen Ländern Europas, in ärmlicher Kleidung und mit schäbigem Gepäck. Vor allem waren sie lauter und aufgeregter, als es Fluggäste im allgemeinen zu sein pflegen. Ich sah Männer mit Bärten und Käppchen und Frauen mit Kopftüchern, die sie nach Art balkanesischer Bäuerinnen tief in die Stirn gebunden trugen. Ich war überrascht.

Am Eingang der Maschine stand eine Stewardeß. Sie war nicht mehr jung und auch nicht hübsch. Aber in ihrem kleinen, unregelmäßigen Gesicht hatte sie Augen, so sanft, so tief, so dunkel, daß ich sie gerne länger angeschaut hätte.

»Schalom«, sagte sie.

Ich weiß nicht, was mich in diesem Moment mehr überwältigte, die Augen der Stewardeß oder dieses wohlklingende Wort, das ich noch nie zuvor gehört hatte und von dem ich nicht wußte, daß es hebräisch war und »Frieden« hieß.

»Schalom«, sagte ich lautlos zu mir selber, denn ich wagte noch nicht, es hörbar auszusprechen. Ich wünschte mir, die Frau mit den schönen Augen würde mich anlächeln, speziell mich, so wie man einen Menschen anlächelt, für den man eine spontane Sympathie empfindet. Aber sie betrachtete mich nur mit einem passiven Blick, und ich ging betrübt an ihr vorbei den Gang hinunter.

Ich saß neben einem dürren, zerknitterten Männlein und einer behäbigen Frau, die trotz der Hitze ein hochgeschlossenes, langärmeliges Kleid und eine merkwürdige, turbanartige Kopfbedeckung trug. Wir kamen sehr schnell ins Gespräch, und es stellte sich heraus, daß sie eine ungarische Jüdin war und er ein deutscher Jude, daß sie nach Israel einwanderte und er vor vier Jahren aus Israel ausgewandert war. Das eine kam mir so gut vor wie das andere, denn ich wußte von Israel etwa soviel wie von Afghanistan. Zu wundern begann ich mich erst, als das Männlein nicht aufhören wollte, sich zu rechtfertigen: Seine Frau sei herzkrank und pflegebedürftig und das Klima in Israel Gift für Herzkranke, und er sei auch nicht mehr der Jüngste, und in Frankfurt, wo sie jetzt wohnten, sei das Leben eben nicht so aufreibend und das Klima gut.

»Natürlich«, sagte ich, »aber natürlich.«

Daraufhin sagte die Ungarin, die ein sonderbares Deutsch sprach, das seien alles nur Ausreden, und jeder Jude, aus welchem Land auch immer, und ganz besonders ein Jude aus Deutschland, müsse in Israel leben, und es sei eine Schande, daß man jetzt, da man nach zweitausend Jahren Diaspora endlich wieder sein Land habe, in die Diaspora zurückkehre.

Das Wort »Diaspora« war mir fremd und das mit den zweitausend Jahren auch. Also verstand ich aus der Rede nur soviel, daß das Männlein etwas getan hatte, was man nicht tut, und ich empfand, zerrupft und beschämt, wie es war, Mitleid mit ihm.

Dann kam die Stewardeß mit dem Essen. Aus der Nähe entdeckte ich, daß ihre Augen von dichten, schwarzen Wimpern eingefaßt waren, und das freute mich, als gehörten diese herrlichen Wimpern mir. »Koscheres Essen«, sagte das Männlein, indem es ein Stück Fleisch auf die Gabel spießte und von allen Seiten betrachtete, »ist fett und schwer verdaulich.«

»Koscheres Essen«, sagte die behäbige Frau, »ist das

bekömmlichste auf der Welt, und ein Jude, der unkoscher ißt, verstößt gegen sein Gesetz.«

Meine Mutter hatte das Wort »koscher« oft benutzt, aber immer nur in bezug auf Menschen. Daß es auch koscheres und unkoscheres Essen gab, wußte ich nicht, und als ich jetzt den ersten Bissen in den Mund schob, war ich auf alles gefaßt. Aber es schmeckte genauso wie jedes andere Essen, und so wagte ich auch nicht nach dem Unterschied zu fragen und verlangte zum Kaffee, den mir diesmal ein gutaussehender Steward überreichte, ein wenig Milch.

Der junge Mann schüttelte lächelnd den Kopf und erklärte, darauf müsse ich leider verzichten, denn es sei nicht koscher.

Jetzt begriff ich überhaupt nichts mehr, wurde zum erstenmal in meinem Leben rot und murmelte etwas von totaler Konfusion.

Daraufhin fragte mich der Steward, ob er mir Israel zeigen dürfe. »Sehr gerne«, sagte ich, und das hätte ich auch gesagt, wenn er bucklig und einäugig gewesen wäre.

Als er sich entfernt hatte, fragte mich die Ungarin, ob ich Jüdin sei.

»Halb«, sagte ich.

»Von seiten der Mutter oder des Vaters?«

»Von seiten der Mutter.«

»Dank sei Ihm«, sagte sie, »dann sind Sie Jüdin.«

Als meine Nachbarn eingenickt waren, versuchte ich all das Neue, das ich gehört hatte, gemeinsam mit dem koscheren Essen zu verdauen, aber nur letzteres gelang mir, und schon das schien erstaunlich. Ich war hellwach und aufgewühlt, und plötzlich fiel mir auf, daß ich nicht wie gewöhnlich am Gang, sondern eingekeilt zwischen Fremden in einem vollgestopften Flugzeug saß und weder unter Klaustrophobie noch Atemnot, noch Übelkeit litt. Ich horchte in mich hinein auf die ersten Anzeichen der Angst, aber die rührte sich nicht. Sie war von mir abgefallen, hier neben der Einwanderin und dem Rückwanderer, unter den schönen Augen der Stewardeß und dem Lächeln des Stewards, auf dem Flug nach Israel. Und da wußte ich, daß ich unter meinesgleichen war.

Die Erleichterung, keine Angst mehr zu haben, diese unbeschreibliche Erleichterung! Das Glück, Menschen mit Wärme und Vertrauen begegnen zu können, unter den Männern Freunde, unter den Frauen Schwestern und Mütter zu finden. Die Freude, wieder die Kleine zu sein, das Kind, das man versteht, behütet, liebt.

»Mach dich sehr, sehr hübsch«, wiederhole ich Ibis Worte, während ich mir die Lippen schminke, und dann, ein graues Haar entdeckend, es ausrupfend und sorgenvoll betrachtend: »Hauptsache, wir finden dich hübsch!«

Für meine Freundinnen, die alle älter sind als ich, bin ich die »Kleine«, die sie durch den Schleier mütterlicher Liebe sehen; bin ich der Vogel mit den bunten Flügeln und verschreckten Augen, der immer zu ihnen zurückkehren wird; bin ich das berühmte Kuckucksei, das meine Mutter in ein fremdes Nest gelegt hat, zur Entrüstung jener, die einen entarteten Vogel ausgebrütet, und zum Entzücken derer, die ihn als den ihren erkannt haben.

Ich sitze in einer geschützten Ecke auf fünf aufeinandergestapelten japanischen Kissen und lausche einer jener Unterhaltungen, von denen ich nie weiß, ob sie mich nun eigentlich erheitern oder verstimmen. Als ich eintraf, war man gerade beim Rubinstein-Konzert und einem anschließenden Empfang, jetzt ist man bereits bei den Kibbuzim, und Lisel Balmor, die Frau des israelischen Gesandten in Holland, ergreift das Wort: »Und was soll ich euch sagen«, ruft sie, »unsere Kinder im Kibbuz leben besser als wir! Eine Sauna haben sie, eine Kosmetikerin, eine Cafeteria, wunderhübsche Häuschen und jetzt auch noch einen Tennisplatz. Da gehen die Mädchen in Mini-Mini-Röckchen, die Männer in Shorts zum Tennisspiel ... also richtig smart sehen sie aus, so wie die jungen Leute in Europa oder

Amerika, kein Unterschied mehr. Be'emet*. Wenn ich das sehe, geht mir das Herz auf.«

Sie preßt die ineinander geschlungenen Hände an die Brust und sieht sich triumphierend im Kreis um. Auf ihren steif toupierten Löckchen funkelt Goldspray, und auf ihren Augenlidern blitzt es silbergrün.

»Isn't it phantastic!« jault Lili Rothshild, die Frau eines amerikanischen Reformrabbiners.

»Oh yes, it is«, lächelt Ibi, die in einem türkisgrünen Kleid prachtvoll aussieht wie eine große, exotische Blume, »in Dalia, dem Kibbuz, in dem mein Raffi ist, haben sie zwar noch keinen Tennisplatz, dafür aber Pferde, richtige Pferde...«

»Im Gegensatz zu Schaukelpferden«, nickt der Physiker Paul Reich, ein massiger Mann mit dem Gesicht eines Fauns.

Ibi, die alberne Randbemerkungen zu gewissen Themen nicht schätzt, fährt mit erhobener Stimme fort: »...und die Kinder, die kleinen Putzelchen, lernen reiten. Wenn man sich vorstellt! Unsere jüdischen Kinder lernen reiten!«

»Isn't it phantastic!« wiederholt Lili Rothshild und scheint es nicht fassen zu können.

»Nebbich«, brummelt Vera, die Frau von Professor Fromm, einem der größten Gelehrten des Landes, »was ist daran so phantastisch?«

»Ich bitte Sie, Vera«, sagt Ibis Mann, Daniel, und entschließt sich nach einer Sekunde des Zögerns zu einem nachsichtigen Lächeln.

Vera, die aus einem polnischen Städtchen stammt und vom Scheitel bis zur Sohle rund ist, hebt Arme und Schultern und läßt sie hilflos wieder fallen: »Wenn reiten und Tennis spielen und boxen, und ich weiß nicht was noch, unsere großen Errungenschaften sind, dann hätten wir doch gleich bei den Gojim bleiben können. Sind wir

---

* wirklich

nach Erez Israel gekommen, um der Welt zu zeigen, daß wir auch Sport treiben und total hirnlos sein können?«

»Die Normalisierung...«, hebt der Gesandte, Herr Balmor, mit sonorer Stimme an. Aber Paul Reich kommt ihm zuvor: »Das schlimme daran ist«, sagt er, »daß selbst die Hirnlosigkeit keine guten Sportler aus uns gemacht hat.« Und er reißt seinen großen Mund in einem lautlosen Lachen auf.

»Die Normalisierung«, beginnt Herr Balmor zum zweitenmal, »ist für uns Juden...«

»Was müssen wir Juden uns normalisieren?« unterbricht ihn Abraham Levinson, ein verwittertes kleines Männlein, aber ein großer Meister auf dem Gebiet jüdischer Literatur.

»Nun laßt doch den armen Eli endlich einmal ausreden«, kommt Daniel seinem Diplomatenfreund zu Hilfe.

»Wo kämen wir hin«, sagt Vera und hebt beschwörend die Hände, »wenn ein Jude den anderen ausreden ließe. Unser Staat wäre noch nicht gegründet worden.«

Alles lacht, nur Herr Balmor, der sich darauf versteift hat, das angeschnittene Thema von A bis Z durchzudiskutieren, schüttelt mißbilligend den Kopf.

»Und was«, fragt er, nachdem sich das Gelächter gelegt und Ibi ihre Champignon-Pastetchen herumgereicht hat, »was haben Sie gegen die Normalisierung Israels, Adon* Levinson?«

»Wenn ich ehrlich sein soll«, seufzt der kleine Mann, »habe ich nie ganz den Sinn dieses bei uns so häufig benutzten Schlagwortes verstanden. Normalisierung... was soll das heißen?«

»Das soll heißen«, bläht sich Herr Balmor, »daß wir jetzt, da wir ein Land haben, wie ein normales Volk in einem normalen Staat eine normale Existenz führen. Nicht anders als andere Völker, nicht besser und nicht schlechter als sie, nicht dazu verdammt, Untermenschen und nicht

* Herr

dazu auserkoren, das auserwählte Volk zu sein. That is exactly what it means.«

»Nachon«, sagt seine Frau, und es klingt wie ein Amen.

»Erstaunlich«, murmelt Levinson, »erstaunlich und erschreckend.«

»Adoni«, ruft Herrmann Wohlfahrt, ein auffallend gepflegter Herr, der es sich dank seiner südamerikanischen Kaffeeplantagen leisten kann, unaufführbare Opern Wagnerschen Kalibers zu komponieren, »bitte erklären Sie uns was daran erschreckend ist.«

»Daß die zweitausend Jahre unseres Martyriums umsonst waren«, sagt Levinson ruhig.

»Umsonst?« entrüstet sich der Opernkomponist und streut vor Aufregung Zigarrenasche auf Ibis empfindlichen chinesischen Teppich. »Vielleicht bin ich meschugge, aber ich habe mir immer eingebildet, daß genau das Gegenteil der Fall ist. Haben uns zweitausend Jahre Martyrium nicht endlich gelehrt, daß es nur eine Rettung für uns gibt: wieder in unser Land zurückzukehren, wieder ein Volk zu werden?«

»Ein Volk nicht anders als andere Völker«, sagt Levinson, »ein Volk nicht besser und nicht schlechter...« Und dann mit leidenschaftlich erhobener Stimme: »Ist es das, was wir aus unserer Tragödie gelernt haben?«

Die anderen schweigen. Gebannt und betreten wie Schulkinder, die man soeben getadelt hat, schauen sie auf den zierlichen Propheten, der sich in seinem Sessel aufgerichtet hat und mit zornigen Augen ihren Blicken begegnet.

Daniel faßt sich als erster, und indem er das automatische Lächeln der Verbindlichkeit mit einer Miene ernsten Protestes vertauscht, sagt er. »Wir haben gelernt zu kämpfen. Wir haben gelernt, uns zu verteidigen und nicht mehr abschlachten zu lassen wie eine Herde Schafe. Wir haben gelernt, ein Land aufzubauen, ein Land, das in jeder Beziehung hart zu erobern war, das viele Opfer gekostet hat...«

»Und kostet«, unterbricht Vera mit einem Stöhnen und

blickt, die Hände im Schoß gefaltet, wehmütig zur Zimmerdecke empor.

»Und kosten wird«, sagt Abraham Levinson, unbeeindruckt von Daniels wohlgewählten Worten, »denn eins haben wir nicht gelernt, wollten es ja gar nicht lernen, wie ich hier – und nicht nur hier – von einigen Personen aufgeklärt wurde, nämlich: anders zu sein als andere Völker.«

»Was verstehen Sie eigentlich unter anders sein, Abraham Levinson?« schaltet sich jetzt Paul Reichs Frau, Alica, ein. Sie ist eine Halbjüdin aus Basel, eine gutaussehende, adrette Frau mit einer Haut wie Porzellan, mit Augen, die an Glaskugeln erinnern. »Was verlangen Sie von uns?« fragt sie, und ihre Stimme ist hoch und scharf: »Daß wir klüger, edler, weiser, geistiger, fairer, feinsinniger sind als die übrige Menschheit? Daß wir von profanen Problemen unberührt, unbeschmutzt danach streben, ein messianisches Reich aufzubauen?«

»Euweh«, sagt Levinson und schüttelt traurig den Kopf, »warum müssen wir Juden immer von einem Extrem ins andere fallen? Mir will scheinen, daß es da noch einige Gradunterschiede gibt zwischen einem messianischen Reich und einem mediokren Staat. Aber die aufzuspüren und anzuwenden, sind wir nicht in der Lage. Seit wir in unserem eigenen Land leben, sind wir einfallslos geworden, einfallslos und provinziell. Wir halten uns lieber an unsere Vorbilder, die Nationen der westlichen Welt, wiederholen ihre Fehler und nennen es dann stolz ›Normalisierung‹. Und was bringt uns diese Normalisierung ein? Verflachung, Verdummung, Chauvinismus, Nationalismus, Borniertheit, Hochmut, Größenwahn. Genau das, was andere Staaten über kurz oder lang zu Fall gebracht hat, was Kriege entfesselt hat, was Millionen und Abermillionen Menschen Kopf und Kragen gekostet hat. Seien sie unbesorgt, Geweret* Reich, wir sind nicht klüger und nicht fairer und nicht feinsinniger, und unter messianischem

---

* Frau

Reich verstehen wir heute Bequemlichkeit und Wohlstand, weitere Grenzen und einen höheren Lebensstandard.«

»Lechaim«, sagt Paul Reich und hebt sein Glas Levinson entgegen, »wenn ich auch in vielem mit Ihnen übereinstimme, so sehe ich es alles in allem doch nicht so schwarz. Wenn sich unser nationales Bewußtsein erst einmal eingependelt hat...«

»Unsinn, Paul«, fällt ihm Vera ins Wort und unterstreicht ihren Protest mit rudernden Armbewegungen, »erstens hat sich unser nationales Bewußtsein seit dem Sechs-Tage-Krieg so fest eingependelt, daß es gar nicht mehr auszupendeln ist, und zweitens betrachten wir den Wohlstand schon lange nicht mehr als Wunder, sondern als eine Selbstverständlichkeit, die uns zusteht.«

»Richtig«, beteuert Ada, die das Wohlstandsleben in ihrem speziellen Fall liebt und im allgemeinen verachtet, »ich habe immer gesagt, das ist es, was uns den ganzen Zores bringt.«

»Was habt ihr plötzlich alle gegen den Wohlstand?« ereifert sich Herrmann Wohlfahrts Frau, eine nervöse Rothaarige, die sich mit kühnen Farben und ungelenkem Pinsel an der Landschaft Israels vergeht. »Steht er uns nicht zu? Haben wir ihn uns nicht verdient nach all den Entbehrungen der ersten Jahre?«

Aufgebracht schwenkt sie ein mit Senf bestrichenes und auf einen Zahnstocher gespießtes Würstchen hin und her. »Gehungert haben wir und geschuftet, gefroren im Winter, geschwitzt im Sommer, nichts Richtiges anzuziehen hatten wir, kein Bad, kein...«

»Passen Sie auf, Rachel!« ruft Ibi mit hoher Stimme. »Ihr Cocktailwürstchen...«

Aber da ist es schon zu spät, und das Würstchen landet auf Ibis Prunkstück.

»Cocktailwürstchen«, schreit Vera, während Daniel eilig den Schaden beseitigt, »unkoschere noch dazu! Da haben wir's! Wozu brauchen wir Cocktailwürstchen? Haben wir nicht herrliche Produkte in unserem eigenen

103

Land? Tomaten und Käse und Eier und Früchte? Wozu brauchen wir all den Schmonzes? Wozu brauchen wir Waschmaschinen und Autos, einen Pelz und eine operierte Nase und... und Ironside!«

»Was ist denn das?« erkundigt sich Ruth Liebermann, eine Ärztin, die von Israels Wohlstand und Jerusalems »High Society« unberührt, ein bescheidenes Dasein führt.

»Sie wissen nicht, wer Ironside ist?« fragt Paul Reich mit gespieltem Entsetzen, und die ganze Gesellschaft bricht in Gelächter aus. »Ja, sagen Sie mal, Doktorchen, wo und wie leben Sie eigentlich?«

»Sie lebt, wie wir alle leben sollten«, erklärt Vera im Ton tiefster Überzeugung, »sie macht den ganzen Quatsch nicht mit. Ironside! Dieser gräßliche, dicke Polizist im Rollstuhl, auf den ganz Israel versessen ist. Glotzen da Tausende von Juden in die Fernsehröhre und sind begeistert, wenn's knallt. Als ob's hier nicht schon genug knallt! Och, was ist aus uns geworden! Petits bourgeois mit christlichen Ambitionen. Früher hat man sich Geschichten erzählt, hat diskutiert, hat Vorträge oder Musik gehört, hat Bücher gelesen. Und man war glücklich. Glücklich, weil man Träume hatte, Ideale, große Pläne. Weil man glaubte: an sich, an das Land, an die Zukunft. Was war's da wichtig, ob man genug zu heizen oder anzuziehen oder zu essen hatte! Cocktailwürstchen...«, sagt sie kopfschüttelnd, »Cocktailwürstchen!«

»Wir waren jung, Vera«, beschwichtigt Ibi, »das ist es. Wenn man jung ist, findet man alles schön, wir damals ohne Cocktailwürstchen und Ironside und unsere Kinder heute mit Cocktailwürstchen und Ironside.«

»Hätten wir ihnen nicht was Besseres bieten können?« klagt Vera.

»Geweret Fromm«, stöhnt der Gesandte, Herr Balmor, und preßt die Hände an die Schläfen, »for Heaven's sake, Geweret Fromm, ich frage Sie, haben wir das etwa nicht? Haben wir ihnen nicht ein Land gegeben, Selbstbewußtsein, ein Gefühl innerer Sicherheit?«

»Und Verantwortung«, sagt Vera leise, »schwere Verantwortung, schwere Pflichten.«

»Daniel«, meldet sich Ibi zu hastig, zu strahlend, »unsere Gäste haben nichts mehr zu trinken, komm, schenk ihnen nach... und dann muß ich ihnen jetzt endlich diese irrsinnig komische Geschichte erzählen, du weißt doch, die mit den Touristen, die mich auf der Straße angesprochen haben.«

Daniel lächelt und begibt sich zum Teewagen, auf dem die Bowleschüssel steht: »Tina, Kleine«, fordert er mich auf, »sei so lieb und hilf mir ein bißchen.«

»Gehorsam erhebe ich mich und beginne die Gläser einzusammeln.

»Ah, da ist sie ja wieder, unsere violette Bajadere«, ruft Paul Reich, dessen Gefühle für mich seit dreizehn Jahren zwischen väterlicher Freundschaft und pubertärem Flirt schwanken, »ersparen Sie mir die Bowle und gönnen Sie mir Ihre Nähe und einen Whisky.«

»Beschränken Sie sich doch bitte auf die herrlichen Produkte unseres eigenen Landes«, lacht Abraham Levinson und dann, indem er mich beim Handgelenk nimmt: »Ich vermisse Sie, Christina, warum kommen Sie überhaupt nicht mehr zu mir?«

»Ich komme, sobald ich von meiner Reise zurück bin«, verspreche ich.

»Ach, Sie fahren wieder weg?« erkundigt sich Rachel, die nervöse Malerin. »Wohin denn diesmal?«

»Paris und München«, sage ich, und es klingt vergrämt.

»Na, wenn Sie keine Lust dazu haben«, bemerkt Herrmann Wohlfahrt, »tauschen wir. Ich fahre, Sie bleiben.«

»Gerne«, sage ich.

Ruth Liebermann, die dank einer preußischen Erziehung eiserne Disziplin und Verschwiegenheit mit entwaffnender Güte und Toleranz in sich vereint und daher zu meinen engen Vertrauten zählt, sieht mich besorgt an.

»Und wie fühlst du dich?« fragt sie leise, als ich mich zu ihrem Glas hinabbeuge.

»Mulmig.«

»Zu komisch«, lacht Ada, die neben Ruth sitzt und unsere Worte überhört hat, »Christina ist die einzige Frau, die nicht gerne nach Paris fährt.«

»Was ist daran komisch?« fragt Vera, die behauptet, alle Jecken seien derart assimiliert, daß sie von »Jüdischkeit« keine Ahnung mehr hätten. »Christina weiß eben, was sie an Jerusalem hat.«

O ja, ich weiß es. Ich weiß, was ich an Jerusalem habe, dieser Stadt, die die Juden »die höchste aller Städte« nennen, an diesen Menschen, die von der Vergangenheit gezeichnet, von traumatischen Erinnerungen verfolgt, Tag und Nacht um ihr Land bangen; ich weiß sogar, was ich an diesen Abenden habe, an denen ich mich ganz Tochter fühle, ein wenig gelangweilt, ein wenig belustigt, ein wenig verärgert und dann wieder erschüttert von einem Satz, einem Wort, das mir die Fragilität Israels, das Alter meiner Freunde, die Bedrohung meiner Welt bewußt macht. Und bei diesem Gedanken fühle ich den Würgegriff der Angst, das Schuldbewußtsein derjenigen, die noch eine Alternative haben.

Vorsichtig trage ich Ibis wertvolle Gläser zum Teewagen, baue sie neben der Bowleschüssel in einer Reihe auf und lasse sie von Daniel füllen. Die Gläser, aus schwerem Kristall und altmodisch geschliffen, stammen aus dem Deutschland der Jahrhundertwende, der zierliche Teewagen aus schwarz lackiertem Holz wurde in Japan erstanden, die protzige silberne Bowleschüssel mit der eingravierten Widmung: »To his Excellency Daniel R. from the grateful community of Los Angeles« ist ein Geschenk aus Amerika.

Ich kenne die Wohnung noch, als sie von westlichen und östlichen Einflüssen frei, nur jene Möbel beherbergte, die 1938 mit einem enormen »Lift« direkt aus Berlin nach Jerusalem transportiert worden waren: massive Schränke, vierschrötige Tische, solide Sessel, eine gewaltige Bibliothek, ein gediegenes Ehebett, all das aus dunkel polierter deutscher Eiche, für seßhafte Menschen entworfen, auf Dauer gezimmert. Ich erinnere mich meiner Bestürzung, als ich mich plötzlich nach einer Fahrt durch Orangenplantagen und arabische Dörfer, durch die biblischen Hügel Judäas und die schmalen, verschlafenen Straßen Jerusalems in der Berliner Wohnung meiner Großeltern Kirschner wiederzufinden glaubte und mein Blick hilfesuchend über die Gesamtausgaben deutscher Klassiker, über Vitrinen voll geblümten Porzellans und bauchige Lampenschirme irrte. Das Morgenland, in dem ich angeblich gelandet war, manifestierte sich einzig und allein in dem hellen Fliesenboden, dem bröckelnden Wandverputz, der feinen Staubschicht auf der deutschen Eiche und einer allgemeinen Unordnung.

»Gefällt es dir bei uns?« hatte Ibi gefragt.

»O ja«, hatte ich mit falsch klingendem Enthusiasmus erwidert und dann, um mich von einem bordeauxroten Sessel und sie von meinem verdutzten Gesicht abzulenken: »Und wo schlafe ich?«

»Komm mit, ich zeige dir dein Zimmer.«

Zum Glück war das Fenster in meinem Zimmer weit offen gewesen, und ich hatte über dem Anblick des Sternenhimmels die monströsen Möbel und die Neonröhre an der Decke vergessen.

»Phantastisch«, hatte ich gesagt und mich weit aus dem Fenster in die verzauberte Nacht gebeugt, »einfach phantastisch.«

»Ich wußte, daß es dir bei uns gefallen würde, Tinalein, aber warte nur, bis du das alles bei Tageslicht siehst.«

»Ja, das muß schlimm werden«, hatte ich gedacht.

Was hatte ich damals, an diesem ersten Abend, von dem Tageslicht Jerusalems gewußt, von seiner Macht, mit der es verschönte und verklärte, von seiner magischen Fähigkeit, mit der es einen häßlichen Tisch in ein liebenswertes Möbel verwandelt und einen Pessimisten in ein lebensbejahendes Menschenkind.

Es weckte mich am nächsten Morgen, lag wie warmer

Atem auf meinen Augenlidern, drängte in goldflimmernden Streifen durch die Ritzen der Jalousien. Ich zog sie hoch. Licht stürzte ins Zimmer, spülte über mich hinweg, ließ das alte schwarze Holz aufleuchten, die gelblichen Wände, den rostbraunen Teppich. Mein Gott, ich hatte nicht gewußt, was Licht ist. Ich hatte nicht gewußt, daß es einen durchdringen kann bis ins Mark, bis ins Herz, daß es einen glücklich machen kann.

Das Licht trieb mir die Tränen in die Augen. Tränen der Helligkeit, Tränen der Freude. Ich hörte den Ruf eines Vogels, ein tiefer, zärtlicher Ruf, und trat ans Fenster. Unten in dem schmalen Garten wuchsen Pflanzen und Sträucher von wilder Schönheit. Der Vogel saß in den Ästen eines Zitronenbaums, eine Wildtaube, klein und zierlich mit zimtfarbenem Gefieder. Ich betrachtete die stille Straße, die Form, den Stein der gegenüberliegenden Häuser, eine schwarzweiße Katze, die auf einer Mauer saß und sich emsig das Gesicht wusch.

Zwei ältere Frauen kamen die Straße herab. Sie gingen untergehakt, trugen Einkaufsnetze am Arm und Strohhüte auf dem Kopf.

»Bei Rosensaft«, sagte die eine, »gibt es jetzt jeden Mittwoch echten Matjeshering.«

»Ach, laß ab«, sagte die andere, »bei Rosensaft hat es noch nie was Gescheites gegeben.«

»Ich sage dir, Herta, die Matjesheringe sind ausgezeichnet.«

»Nu, vielleicht wenn man sie lange genug in Milch legt...«

Die Stimmen verklangen, und ich merkte, daß ich mit dem Oberkörper aus dem Fenster hing und fasziniert den Frauen nachstarrte.

»Ku-kuuu«, rief zärtlich die kleine Wildtaube.

»Ku-kuuu«, sagte ich, »ist überhaupt keine Antwort. Erklär mir lieber, wie sich ein Matjeshering mit diesem Himmel vertragen kann und ein Zitronenbaum mit deutscher Eiche.«

Der Zitronenbaum ist immer noch da und auch die Wildtaube oder zumindest eine aus ihrer Familie. Von den Möbeln jedoch sind nur drei Stücke übriggeblieben: der Schreibtisch, den abzuholen sich die stärksten Möbelpacker weigern würden, die Bibliothek, in der allein die deutschen Klassiker in Reih und Glied stehen, und die Vitrine, aus der mich das gediegene Deutschland des 19. Jahrhunderts schwermütig anblickt. Alles andere ist, dank Daniels diplomatischer Karriere, neu. Die praktischen Möbel und elektrischen Geräte stammen aus Amerika, die dekorativen Einrichtungsgegenstände und feinmechanischen Luxusartikel aus Japan. Der Gesamteindruck ist zunächst verwirrend, aber nicht unangenehm.

Für mich, wie immer, ist diese Wohnung Zuhause, das erste und einzige Zuhause seit meiner Kindheit. Hier habe ich die Zärtlichkeit einer mütterlichen Umarmung wieder kennengelernt und die Langatmigkeit väterlicher Ratschläge. Hier wurde die Sprache meiner Eltern gesprochen, die Sprache des damaligen Berlin, die Sprache einer Zeit, die wir geliebt hatten. Hier wurden Erinnerungen lebendig, Menschen, die wir verloren, Ereignisse, die wir verdrängt hatten, alberne Worte, die keiner außer uns verstand. Hier trällerte Ibi die Lieder, die meine Mutter gesungen, hier sagten wir gemeinsam die Kinderreime her, die ich von meinen Großeltern gelernt hatte.

»Wir fahren nach Jerusalem, und wer fährt mit?
Die Katze mit dem langen Schwanz, ja, die fährt mit.«

Ibi ist in die Küche gegangen, um Wasser für Tee und Kaffee aufzusetzen. In der Zwischenzeit unterhält Daniel die Gäste mit Erfahrungen aus Japan: »Das Wort ›Nein‹«, triumphiert er, »existiert in diesem Land nicht.«

Man ist erstaunt, will es nicht glauben, führt Situationen an, in denen man einfach gezwungen ist, »nein« zu sagen, gibt zu überlegen, daß sich bei dieser eigentümlichen Ausdrucksweise kein Geschäftsmann, auch kein hübsches Mädchen seiner Haut erwehren könnte.

Daniel lächelt, schüttelt den Kopf, winkt ab.

»Der Japaner«, belehrt er, »sagt in jedem Fall ›ja‹; aber ein Eingeweihter versteht, daß er ›nein‹ meint. Zum Beispiel...«

Da ich das Beispiel nun schon so gut kenne, daß ich jeden Japaner in der Kunst des Jasagens und Neinmeinens schlagen könnte, ziehe ich mich unauffällig ins Schlafzimmer zurück. Hier herrscht die übliche Unordnung: offene Schranktüren, auf dem Boden liegende Zeitungen und Kissen, Teller mit Apfelschalen und Pfeifentabak. Es riecht nach Parfüm und schmelzender Schokolade. Ich schiebe ein paar deutsche Rätselhefte und Illustrierte, eine Schachtel Konfekt und ein Nachthemd beiseite und lege mich lang ausgestreckt auf das große amerikanische Bett.

Die hohe Palme vor dem Fenster verhält sich heute ganz ruhig. Bei Kamsin döst sie vor sich hin, aber bei Wind setzt sie alle ihre Fächer in Bewegung und raschelt. Raschelt wie meine Mutter, wenn sie in ihrem Abendkleid aus grünem Taft noch einmal ins Kinderzimmer kam, um sich über mich zu beugen und zu sehen, ob ich schon schliefe. Wie viele Nächte habe ich in diesem Bett geschlafen oder vor mich hin geträumt oder gewartet oder geliebt. Serge, wie viele Nächte!

»Ich habe Sie schrecklich gern, Christine, hören Sie, schrecklich, schrecklich gern. Ich habe Sie viel zu gerne...«

Aber ich war bereits in ihn verliebt und hatte geschwiegen.

Das war am ersten Abend gewesen. Neben ihm liegend, den Kopf in die Hand gestützt, hatte ich ihn betrachtet: die großen müden Augen, die harten Lippen, die Nasenlöcher, von denen jedes eine andere Form und Größe hatte.

Später, als er aufgestanden war, um sich anzuziehen und in sein Hotel zu gehen, hatte ich in aller Unschuld festgestellt: »Du hast einen jüdischen Körper.«

Er hatte mich fassungslos angestarrt und gesagt: »Du meinst damit, ich habe einen häßlichen Körper.«

»Verschone mich doch, bitte schön, mit deinen jüdischen Komplexen«, hatte ich scharf erwidert.

»Ich bin verliebt in dich«, hatte er in der nächsten Nacht gesagt. »Mein Gott, bin ich verliebt in dich!«

Aber ich hatte ihn bereits geliebt und geschwiegen.

Er war die Nacht über bei mir geblieben und am nächsten Morgen schlechtgelaunt aufgewacht.

»Ich brauche sofort einen Kaffee«, hatte er mich angefahren.

»Reizend«, hatte ich gesagt, war in die Küche gegangen, hatte Kaffee gekocht und ihm gebracht.

»Weißt du, was du bist?« hatte ich ihn gefragt. »Du bist das Produkt deiner berühmten, borniertten, snobistischen, linksintellektuellen Freunde.«

Er hatte blitzschnell ausgeholt und mir eine Ohrfeige gegeben. Ich war beleidigt aus dem Zimmer gegangen.

»Ich liebe dich«, hatte er in der dritten Nacht gesagt, »ich liebe dich, meine fremde Geliebte, meine jüdische Schwester, mein verlorenes Kind, mein deutscher Feldwebel.«

»Ich liebe dich«, hatte ich gesagt.

Fast zwei Jahre lebte ich damals in der Wohnung, die mir Ibi und Daniel während ihres Aufenthaltes in Amerika überlassen hatten. Es war die Zeit der großen, endgültigen Entschlüsse gewesen.

»Es ist soweit«, hatte ich zu Udo, mit dem ich seit drei Wochen verheiratet war, gesagt, »die Wohnung in der Balfourstraße ist frei. Ich gehe nach Jerusalem.«

»Natürlich«, hatte er mit seinem duldsamsten Lächeln erwidert, »so haben wir es ja abgemacht. Wann immer du Lust hast, fährst du nach Jerusalem, und wenn du länger dort bleiben willst…«

»Du mißverstehst mich«, hatte ich ihn unterbrochen, »ich gehe für immer.«

Ich flog mit meiner Katze, meiner elektrischen Schreibmaschine, meiner Menora, meinen Familienfotos, meinen Manuskripten und Lieblingsbüchern nach Israel. Ich war, so sagte ich mir, zu Hause. Ich lebte mit der Sonne, den Hügeln, dem malvenfarbenen Licht der Dämmerung, den Sternen. Ich lebte in einem Schwebezustand, zeit- und orientierungslos. Aber des Nachts lag ich schlaflos, die Augen weit geöffnet, eine Hand im Fell meiner Katze. Ich lauschte dem Rascheln der Palme und dem Schmerz in meiner rechten Schläfe. Ich zerriß die Gedanken, bevor sie Form annahmen, und spülte sie mit einer Schlaftablette hinunter. Der gordische Knoten war nicht durchschnitten.

Udo sparte nicht mit seinen Besuchen. Er kam jeden Monat, sanft wie ein Lamm, verständnisvoll wie ein Arzt, der bei seinem Patienten eine zwar komplizierte, aber nicht unheilbare Krankheit unter Kontrolle zu halten versucht. Er hoffte auf baldige Besserung, ich hoffte auf seine baldige Abreise. Wir enttäuschten uns gegenseitig.

Drei Monate später begegnete ich Serge, und damit begann das Inferno des Doppellebens, das des Lügens und Betrügens, des Spionierens und Verhörens, das der Meineide und falschen Alibis, der Verleumdungen und Entwürdigungen. Ich, die ich immer die Kunst der Vielgleisigkeit beherrscht hatte, entdeckte plötzlich, daß ich unfähig war, zwischen dem Geliebten und dem Ehemann, zwischen Hingabe und Verweigerung zu leben. Ich wollte mich nicht mehr teilen. Etwa acht Monate nach meiner Heirat bat ich um die Scheidung. Udo, der meinen Wankelmut zu kennen glaubte, verlangte eine Wartefrist von einem Jahr. Wir trennten uns, er in der Hoffnung, ich könne meinen Entschluß noch ändern, ich in der Gewißheit, einen unabänderlichen Entschluß gefaßt zu haben. Der gordische Knoten war durchschnitten.

Ich fühlte mich frei, frei für den Mann, frei für das Land, das ich liebte. Das eine war ohne das andere undenkbar. Serge war Israel, Israel war Serge. Eins wuchs aus dem anderen, eins nährte das andere, eins ergänzte das andere und brachte es zur Vervollkommnung. Meine Liebe war eine Symbiose aus Licht und Leidenschaft. Hatte ich damals schon geahnt, daß ich mich eines Tages von neuem entscheiden, daß ich würde wählen müssen zwischen Mann und Land?

Ich stehe auf. Einen Moment lang verschwimmt das Zimmer vor meinen Augen, dreht sich, pendelt sich langsam wieder ein. Ich bleibe mit leerem Kopf zurück, mit einem Gefühl der Substanzlosigkeit und Lebensunfähigkeit. Eine Art dumpfer Panik überkommt mich: Ich werde nie wieder Kraft haben, nie wieder einen Willen, einen produktiven Gedanken, ein Interesse, eine Leidenschaft. Alles ist mir egal, egal, so egal...

Im anderen Zimmer ist Ibi gerade damit beschäftigt, Kaffee einzuschenken.

»Ibilein«, sage ich, »ich bin todmüde und muß ins Bett.«

Aber sie läßt es nicht zu. Es ist der letzte Abend, sagt sie, und noch gar nicht so spät; und da ist Tee für mich und Kuchen und nette Menschen.

Ich setze mich wieder auf meinen Kissenturm und nehme eine Tasse Tee in Empfang.

»Bitte keinen Kuchen«, sage ich.

»Du mußt ihn probieren«, ruft Ibi, »er ist wunderbar. Es gibt jetzt hier ein ganz neues Café.«

»Ich backe meinen zu Hause«, unterbricht sie Vera.

»Das ist nun wirklich nicht mehr nötig«, sagt Alica Reich.

»Ich backe meinen trotzdem zu Hause«, beharrt Vera störrisch.

»Den besten Kuchen«, gibt Abraham Levinson bekannt, »bekommt man in Tel Aviv, in einem kleinen schäbigen Café, das niemand von euch kennt. Ein Käsekuchen, so frisch, so golden, so duftig...«

Es verblüfft mich immer wieder von neuem, wie der Geschmack eines Kuchens, ja schon sein Anblick oder der Gedanke daran, die Juden stimuliert. Andere Menschen rauchen Haschisch oder trinken Schnaps. Die Juden essen Kuchen. Wo immer man hinkommt, an welchem Tag, zu welcher Stunde, unter welchen Umständen, der Kuchen steht in jedem Fall bereit. Die Cafés, ob in ökonomischen, politischen oder moralischen Krisenzeiten, sind vom frühen Morgen bis zum späten Abend voll besetzt. Soldaten, die Maschinenpistolen säuberlich an ihren Stuhl gelehnt, Intellektuelle und Akademiker mit den Gesichtern zukünftiger Nobelpreisträger, Frauen und Mädchen, die in Hinblick auf ihre Figur höchstens eine Mohrrübe essen, und Familienväter und kleine Angestellte, die ihrem Einkommen nach höchstens ein Glas Tee trinken sollten, verschlingen Kuchen. Keine Rezession, kein Übergewicht, keine ärztliche Warnung, kein Drama oder Todesfall vermag den Drang nach Kuchen zu unterdrücken. Und ich frage mich immer, wie ein Volk, das so leidenschaftlich gerne Süßigkeiten ißt, so hart, so kompromißlos, so eigensinnig sein kann.

Das Gespräch hat jetzt eine Wendung genommen, und vom Kuchen ist man – ich weiß nicht wie – auf das beliebte und viel diskutierte Thema der russischen Einwanderung gekommen. Die Stimmen heben sich, jeder hat etwas zu sagen, keiner läßt keinen ausreden. Ich höre kaum zu, fange nur hin und wieder einen Satz auf, der das allgemeine Geschnatter autoritär durchbricht: »Jede neue Einwanderung hatte schwere Anpassungsprobleme...«

»Macht euch doch nichts vor! Glaubt ihr wirklich, die Russen sind hierhergekommen, weil plötzlich der Zionismus in ihren Herzen erwacht ist?«

»Ich kenne eine russische Familie, die sich bereits blendend eingelebt hat. Jeder von ihnen...«

»Sie sind hergekommen, nebbich, weil sie aus Rußland raus wollten, egal wohin...«

»Ihr könnt sagen, was ihr wollt, für mich ist es ein Wunder, daß sie nach Israel gekommen sind.«

»Für die Russen auch. Endlich sind sie die los, die sie schon immer loswerden wollten.«

»Apropos loswerden... habt ihr schon den neuesten Witz gehört, den von Chruschtschow und Golda?«

Jemand erzählt den Witz. Alles lacht. Es folgt ein zweiter, ein dritter. Dann gibt Lisel Balmor eine Anekdote aus dem Diplomatenleben zum besten. Es ist eine lange und langweilige Anekdote, bei der es um Champagner geht. Lisel, entnehme ich daraus, trinkt auf Empfängen und Dinners prinzipiell nur Champagner; und einmal, beim Öffnen – stellt euch das vor! – ist eine der Flaschen förmlich explodiert.

Jemand greift dankbar das Wort »explodieren« auf, und schon ist man bei der Bombe im Supermarkt, die man kürzlich, in Eierschachteln eingebettet, gefunden hat.

»Der Terrorist muß Humor gehabt haben«, sagt Paul Reich, aber keiner außer mir, die ich ein verstörtes Kichern hören lasse, lacht. Man lacht nicht über Terroristen, auch dann nicht, wenn man ihre Bomben unter Eiern findet.

Als man die letzte Flugzeugentführung durchnimmt und sich mit Riesenschritten einer jener frucht- und endlosen politischen Diskussionen nähert, springe ich auf. Aber Daniel ist flinker.

»Und was sagt ihr zu der Rede von Sadat?« fragt er.

Da stehe ich, ein Abschiedslächeln im Gesicht, das ebenso fehl am Platz zu sein scheint wie mein vorhergegangenes Kichern.

»Nehmen Sie mich mit, Christina?« fragt zur allgemeinen Überraschung Abraham Levinson.

»Warum so plötzlich?« erkundigt sich Ibi mit leicht besorgter Stimme. »Sie haben doch noch nicht mal Ihren Kaffee ausgetrunken.«

»Wenn ihr über Politik redet, muß ich gehen. Ich kann mir doch nicht am Abend dieselben Dummheiten anhören, die ich am Morgen in der Zeitung gelesen habe.«

»Levinson, Levinson«, sagt der Gesandte, Herr Balmor, und hält es für angebracht zu lachen. »Sie werden auch immer jünger, aggressiv und herausfordernd wie ein Zwanzigjähriger.«

»Ich wünschte, ich wäre es. Ich würde auf die Barrikaden gehen.«

»In anderen Worten«, bemerkt Alica Reich spitz, »Sie sind mit unserer Politik nicht einverstanden.«

»Sie haben es erraten, Geweret Reich«, sagt Levinson und dann, beide Hände hochwerfend, als wollte er sich ergeben: »Politik... israelische Politik! Ich werde krank davon. Ich kann die Zeitungen nicht mehr lesen. Heute Morgen habe ich den Leitartikel im ›Ma'ariv‹ lesen wollen, aber nach ein paar Zeilen habe ich es aufgegeben. Was kann man denn in den Zeitungen lesen, ich frage Sie, was? Das, was die Israelis in ihrer politischen Haltung bestärkt. Das andere ist tabu. Alles was wirklich gehört, durchdacht und verstanden werden sollte, ist tabu. Wozu lese ich dann die Zeitung? O weh, o weh, Erfolg macht böse, verständnislos, dumm! Die israelische Politik ist eine Politik der Unvernunft. Wir können nur noch nein sagen, nein, zu jedem Vorschlag.«

»Adon Levinson«, sagt Daniel mit der heiseren Stimme kaum unterdrückbarer Wut, »kommen von den Arabern etwa akzeptable Vorschläge, Vorschläge, zu denen man ja sagen könnte, Vorschläge, über die sich auch nur verhandeln ließe? Aber da Sie ja keine Zeitungen mehr lesen können, kennen Sie wahrscheinlich auch nicht die letzte Rede von Sadat. Was geht denn daraus hervor? Was will er denn? Ein neues Heer aufstellen und zuschlagen.«

»Nehmen Sie ihm das übel nach der Politik, die wir seit dem Sechs-Tage-Krieg betreiben? Ach, Daniel, Daniel, wir haben doch die Karten in der Hand, und es ist doch an uns, sie vernünftig auszuspielen, vernünftig für beide Seiten.«

Herrmann Wohlfahrt ist aufgesprungen: »Sie meinen damit«, schreit er, »daß wir auf den Status vor 1967 zurückkehren, daß wir unsere strategisch wichtigen Punkte zurückgeben sollen?«

»Bevor wir zu den strategisch wichtigen Punkten kommen«, sagt Levinson und sieht ihm kalt und ruhig ins Gesicht, »ist noch eine ganze Menge zurückzugeben, nicht wahr, Adoni? Und wenn wir auch nur ein bißchen bereit dazu wären, ließe sich da vielleicht eine Verhandlungsbasis finden.«

»Sie sind naiv, Abraham Levinson«, sagt Herrmann Wohlfahrt mit einem resignierten Achselzucken.

»Warum? Weil mir nichts wichtiger ist als der Frieden?«

»Der ist uns doch allen genauso wichtig«, ruft Vera und greift sich mit beiden Händen ins Haar.

»Jetzt sind Sie naiv, Vera«, lacht Paul Reich, der sich über den Disput köstlich zu amüsieren scheint.

»My dear Sir«, wendet sich der Gesandte an Paul Reich, »wenn Sie mit dieser Bemerkung andeuten wollen, daß wir auf Frieden keinen Wert legen...«

»Gott bewahre«, unterbricht ihn Paul Reich spöttisch, »wie könnte ich jemals so etwas andeuten wollen.«

»Kinder, macht euch doch nicht lächerlich«, ruft Daniel aufgebracht, »wir alle wollen Frieden, daran ist doch überhaupt nicht zu zweifeln.«

»Nur scheinen hier zwei verschiedene Auffassungen von Frieden zu herrschen«, sagt Levinson, »ein paar wollen ihn um jeden Preis, die große Mehrheit aber nur zu ihren Bedingungen. Da wir aber zu diesen Bedingungen keinen Frieden haben werden...«

»Und Sie glauben«, fällt ihm Vera ins Wort, »daß wir uns mit dieser ›Um-jeden-Preis-Politik‹ tatsächlich einen festen Frieden einhandeln würden?«

»Man müßte den guten Willen zeigen und es versuchen. Erst nach einem solchen Versuch haben wir das Recht zu sagen: Es geht nicht.«

»Schauen Sie, Adon Levinson«, sagt Herr Balmor mit der Nachsicht, die man einem begriffsstutzigen Kind gegenüber aufbringt, »bei den Arabern haben wir es nicht mit zurechnungsfähigen Verhandlungspartnern zu tun. Sie sagen das eine und tun das andere. Sie haben uns wieder und wieder bewiesen, that they don't care a damn for peace, ihr einziger Gedanke ist, uns loszuwerden, auf welche Art auch immer. Solange sie den Staat Israel nicht anerkennen, so lange können wir uns nicht an einen Tisch mit ihnen setzen. Also was bleibt übrig? Die Sprache zu sprechen, die sie sprechen und die sie verstehen. Und leider, leider, leider ist das die Sprache der Gewalt.«

»Ich war neulich«, sagt Abraham Levinson, »bei einer Diskussion junger israelischer Intellektueller. Sie sprachen über Gewaltlosigkeit. Sie diskutierten darüber, wie man auf friedlicher Basis mit den Arabern leben könnte. Es war wunderbar.«

»Und was ist dabei herausgekommen?« fragt Daniel.

»Ein offenes, friedliches Gespräch.«

»Und was läßt sich daraus machen?«

»Weitere Gespräche. Ein Anfang. Ist das nicht schon viel?«

»Sehr viel«, sagt Herrmann Wohlfahrt mit einem bitteren Lachen, »bleibt nur die Frage, wo wir am Ende dieser friedlichen Gespräche sind. In Israel bestimmt nicht mehr.«

»Und im Falle eines vierten und fünften Krieges, lieber Wohlfahrt, wo sind wir da? In Kairo und Damaskus?«

»Das ist anzunehmen.«

»Sie haben keinerlei Zweifel, daß ein neuer Krieg oder neue Kriege auch mal zu unseren Ungunsten verlaufen können?«

»Nein.«

Abraham Levinson steht auf: »Erlaubt mir«, sagt er mit einem liebenswürdigen Lächeln, »daß ich mich mit den Zeilen eines Psalmes verabschiede:

>Hätte ich gedacht: Ich will reden wie sie,
siehe, dann hätte ich das Geschlecht deiner Kinder verleugnet.
So sann ich nach, ob ich's begreifen könnte.
aber es war mir zu schwer...<«

»Je t'aime«, sagt Serge mit seiner zerbrechlichsten Stimme, »mon amour, je t'aime, je t'adore... do you hear me?«

»Yes«, sage ich und höre das s am Ende des Wortes aufzischen.

»Oh, mon aimée...«

»Ist was passiert?«

»Wieso? Was soll denn passiert sein?«

»Was weiß ich. Irgendwas passiert doch immer.«

Ich taste nach der Nachttischlampe, knipse sie an und schaue auf die Uhr. Es ist kurz vor zwei.

»Chérie?«

»Ich war gerade am Einschlafen«, sage ich, »aber damit wird es jetzt ja wohl aus sein.«

»Entschuldige, aber...«

»Ich habe Schlaftabletten genommen, starke, und es ist höllisch heiß. Ich liege in einer Schweißpfütze, und mein Kopf dröhnt. In einem schönen Zustand werde ich...«

»O.k.«, unterbricht er mich, »o.k., o.k., o.k.«

Pause.

Ich hadere mit meiner Kleinkrämerseele, in der sich über Monate ein Gemisch aus Eifersucht, Neid, gärender Wut und chronischem Gekränktsein angestaut hat.

»Also was ist jetzt?« frage ich schließlich.

»Saloppe«, knurrt er, »geh zum Teufel mit deiner Feldwebelstimme und deiner verdammten Zeiteinteilung. Ich rufe an, um dir zu sagen, daß ich mich wie verrückt auf dich freue, da ich nicht ohne dich sein kann, daß du das Wichtigste...«

»Erstens stimmt das nicht, mein Lieber, denn nichts ist dir wichtiger als dein Film; und zweitens..., unterbrich mich jetzt nicht, und zweitens hättest du mir all das auch vor zwei Uhr nachts sagen können.«

»Das hätte ich nicht. Ich mußte meinen Film ein paar Leuten vorführen und anschließend mit ihnen essen gehen.«

»Das mußt du seit Wochen. Ich frage mich, wann dieser Strom an Leuten, denen du deinen Film vorführen mußt, endlich einmal versiegt. Ich frage mich, warum du mit den Leuten, die sich offenbar nur in geschlossenen Rudeln von einem Restaurant ins andere stürzen und sich gegenseitig Puderzucker in den Arsch blasen...«

»Was tun die?« fragt er, lacht und verärgert mich damit noch mehr.

»Puderzucker in den Arsch blasen«, wiederhole ich, »eine deutsche Redensart, etwas ordinär, aber sehr zutreffend für das, was die Franzosen deiner Kreise mit Vorliebe treiben. Auf englisch klingt es wahrscheinlich nicht so gut.«

»Sag es doch mal auf deutsch«, bittet er. »Ich möchte hören, wie es da klingt.«

Und er wartet gespannt.

»Offenbar bist du auch noch betrunken«, sage ich nach einer kurzen Pause und hasse meinen Gouvernantenton.

»Ich bin vollkommen nüchtern und ich liebe dich. Ich liebe dich grenzenlos, ich liebe dich irrsinnig, hörst du! Ich lebe nur für dich, je suis à toi.«

Wie leicht ihm diese Worte über die Lippen kommen, diese großen schönen Worte, diese abgegriffenen Worte, die sich mit jeder Liebe wieder erneuern. Er scheut nicht ihre Abnutzung, fürchtet nicht ihre Wiederholung. Er läßt sie ganz einfach fließen in einer Flut, die entwaffnet. Serge kennt keine Zwischentöne, keine Kontrolle. Was er empfindet, drückt er aus, in überschwenglichen Gesten und Worten, in Begeisterungs- oder Wutausbrüchen, die er, da seine Stimmungen ständig wechseln, kurz darauf wieder bereut. Gefühle flammen plötzlich auf, nehmen überdimensionale Ausmaße an, verpuffen. Aus Wünschen werden Begierden, aus Vorsätzen fixe Ideen, Vorstellungen wachsen sich zur Besessenheit aus, Träume zu Phantasmen. Alles vollzieht sich mit Wucht. Alles kehrt sich nach außen und macht sich auf der Stelle Luft.

Anfangs wußte ich nicht, woran ich war, und stand mit gepeinigtem Gesicht daneben, wenn er sich einer plötzlichen Aufwallung folgend auf einen Menschen stürzte, ihn heftig umarmte, abküßte und mit den ungerechtfertigsten Komplimenten überschüttete: »Ich liebe diesen Mann, Christine, sag, ist er nicht großartig, ist er nicht einfach genial!«

Oder: »Sieht sie nicht herrlich aus in diesem roten Kleid? Und das Gesicht, schau dir das Gesicht an! Glatt und scheu wie das Gesicht eines jungen Mädchens.«

In den meisten Fällen konnte ich an den Betroffenen nicht eine Spur von dem entdecken, was er mit solcher Exaltation hervorhob. Und da mich das beunruhigte, versuchte ich der Sache mit bohrenden Fragen auf den Grund zu gehen: »Warum tust du das? Warum sagst du das? Du weißt doch ganz genau, daß es nicht stimmt. Spielst du den Clown? Machst du dich über die Leute lustig? Glaubst du, es gefiele ihnen, oder versuchst du ihnen zu gefallen? Was ist es?«

Aber die einzige Antwort, die ich darauf erhielt, war ein rumpelstilzchenhaftes Lachen oder eine ausweichende, belustigte Bemerkung, die mich erkennen ließ, daß er sich über sein Verhalten keine Rechenschaft ablegte, sondern impulsiv einerseits seinen Launen folgte, andererseits einer Angewohnheit, die sich aus den komödienhaften französischen Umgangsformen herausgebildet haben mochte. Erst später entdeckte ich, daß in vielen Fällen noch ein anderer Grund mitspielte, einer, der viel tiefer lag und auf sein gestörtes Verhältnis zu Menschen zurückzuführen war. So, wie ein Kind im Dunkeln pfeift, um sich Mut zu machen, so überwand er seine Angst vor Menschen und seine Unfähigkeit, sie zu lieben, indem er sie und sich mit einer Eskalation von Gesten und Worten vom Gegenteil zu überzeugen suchte. Diese Form des Angriffs entsprach seinem Temperament, so wie es dem meinen entsprach, mich im Umgang mit Menschen kühl und abwartend zu verhalten, um mich entweder langsam zu öffnen oder abrupt zu verschließen. Die Möglichkeit, sei es aus Angst, sei es aus Freude oder Wut Dampf abzulassen und damit die inneren Spannungen zu lösen, war mir leider nicht gegeben.

Ich bin das Gegenteil von Serge, ein Mensch, der weder aufbrausen noch einlenken, weder beschimpfen noch schmeicheln, weder sich gehenlassen noch verstellen kann. Wo er spontan reagiert und sofort vergißt, registriere ich und vergesse nie. Wo er die Dinge aus sich herausspuckt und befreit seiner Wege geht, schlucke ich sie in mich hinein, schleppe sie mit mir herum und lasse sie so lange anwachsen, bis sie sich in unerwartetsten Momenten und Reaktionen Bahn brechen. Worte sind für mich keine Brücke, auf der ich mich dem anderen nähere, sondern Hindernisse, die mir den Zugang verbauen. Ich fürchte sie, fürchte ihre Unwiderruflichkeit, ihre Unzulänglichkeit, ihre Fähigkeit, zu verführen oder zu banalisieren. Ich wäge sie ab, bis nichts weiter davon übrigbleibt als das Gerippe dessen, was ich hatte sagen wollen.

Jetzt, zum Beispiel, möchte ich sagen: »Ich liebe dich, Serge, ich liebe dich so! Ich habe Angst um diese Liebe. Sie ist neu für mich. Ich habe noch nie auf diese Art geliebt. Es macht mich ratlos. Mich quält der Gedanke, diese Liebe zu verlieren. stückchenweise, was das schlimmste ist. Ich sehe in allem eine Gefahr, hasse alles, was uns voneinander zu entfernen droht. Ich entdecke Warnzeichen: Nachlässigkeiten von deiner Seite, Verhärtungen von meiner. Eine Liebe ist so verletzbar, Serge, man muß sie pflegen und abschirmen. Bitte, laß sie uns nicht kaputtmachen, ich bitte dich!«

Aber statt dessen sage ich nur abweisend: »Ich habe Angst.«

»Wovor hast du Angst, mon amour?« fragt er sanft. »Vor Paris, vor München, vor der Scheidung?«

»Vor München ja, vor der Scheidung... nein, obgleich ich mir was Schöneres vorstellen kann; vor Paris, das hängt von dir ab. Außerdem sind das alles nur sekundäre Ängste.«

»Und was sind die primären Ängste?«

»Ich kann jetzt nicht darüber sprechen, wirklich nicht. Davon abgesehen führen unsere Ferngespräche doch immer nur zu Mißverständnissen, und für Mißverständnisse ein Heidengeld rauszuschmeißen, halte ich für übertrieben. Ich bin vernünftig geworden, wie du siehst.«

»Sprich«, sagt er eindringlich, »ich flehe dich an, sprich. Es ist wichtig.«

»Plötzlich, mein Engel?« frage ich und fühle, wie ich in eine gefährliche Richtung abtreibe. »Um zwei Uhr nachts, zwölf Stunden vor meiner Ankunft, ist es plötzlich so wichtig? Wir hätten es schon oft bequemer haben können, findest du nicht? Das letzte Mal vor drei Wochen, als du bei mir in Jerusalem warst. Meine Angst ist ja nicht neu, oder? Und ich habe sie dir nie verheimlicht, im Gegenteil! In der Hoffnung, du würdest mir helfen, habe ich viel zu freimütig darüber gesprochen. Mit dem Erfolg, daß sie dich nervös gemacht hat, meine Angst, daß sie dich deprimiert und verärgert hat. Sie hat dir deine Zeit gestohlen, deine kostbare Zeit, die du für soviel wichtigere Dinge beanspruchst als für meine dummen Ängste.«

»Oh là là, là là, là là«, seufzt er.

Ein wütender Gegenangriff hätte mich erleichtert, eine Kaskade an Schimpfworten erheitert, aber dieses leidenschaftslose »Oh là là« bringt mich völlig aus der Fassung.

»Du wolltest doch, daß ich spreche«, sage ich und wische mir mit dem Laken den Schweiß vom Gesicht, »du wolltest doch zu dieser gottverdammten Stunde, der einzigen übrigens, in der du nicht müde und daher zu allen, selbst den unerfreulichsten Themen bereit bist, über meine Angst plaudern. Es läßt sich ja auch gut plaudern nach einem erfolgreichen Abend mit ungeheuer geistreichen Menschen, nach einer dieser widerlichen französischen Fressereien, nach Wein und Whisky und hochtrabenden Phrasen, die einer dem anderen abonaniert. O Himmel, kotzt dich das alles denn immer noch nicht an?«

»Christine«, sagt Serge, und seine Stimme ist rauh, aber unheilvoll ruhig, »du willst nicht kommen und versuchst mir das jetzt auf eine sehr schäbige Art beizubringen. Gut, ich habe verstanden. Mach, was du willst.«

Schweigen, ein raschelndes, rauschendes, summendes Schweigen. Ein unerträgliches Schweigen, das jede Sekunde mit einem Knacken in totaler Stille enden kann. Und dann?

Ich beiße mich in die Faust, die den Hörer hält. Ich reiße mir einen Zehennagel ab. Ich wickele die Beine umeinander, bis ein Krampf im Fuß verhindert, daß ich sie wieder entknote. So sitze ich, ein Bündel zuckender Nerven und schmerzender Muskeln, im Bett und warte auf das Knacken in der Leitung. Warte voller Entsetzen und bringe es dennoch nicht über mich, den einzig normalen Satz auszusprechen: »Serge, ich liebe dich, laß uns mit diesem Unsinn jetzt aufhören.«

Schließlich lasse ich eine Mischung aus Schluchzen und Räuspern hören.

»Bordel de dieu«, brüllt Serge und bricht damit den Bann, »kannst du die Zähne nicht auseinander kriegen, pauvre conne? Hast du mir nichts zu sagen, nein?«

Ich greife erlöst nach einer Zigarette. Meine Hand zittert, und mein Herz schlägt wie nach einem Dauerlauf.

»Was gibt es da noch zu sagen?« frage ich mit falsch klingender Resignation.

»Sag, daß du nicht kommen willst! Sag, daß du das alles schon genau vorausgeplant hast! Sag, daß du dich von mir trennen willst, daß du mich nicht mehr liebst. Nun, sag es schon, los!«

»Nichts von all dem stimmt«, sage ich und suche auf dem Nachttisch nach meinen Beruhigungstabletten, »das weißt du genau.«

»Wie soll ich das wissen nach dem, was du mir eben noch an den Kopf geworfen hast. Lieber Himmel, Christine, für was hältst du mich auf einmal? Für einen ehrgeizzerfressenen Karrieremacher?«

»Nein«, rufe ich, »aber für einen Besessenen. Alles wird bei dir zur Besessenheit. Zuerst war ich es, jetzt ist es der Film. Du kannst überhaupt kein Maß halten.«

»Chérie, wenn hier jemand kein Maß halten kann, dann

bist du es. Die Tatsache, daß ich arbeite, bedeutet bereits, daß ich dich vernachlässige. Warum kannst du meine Arbeit nicht in unser Leben einschließen? Ich arbeite doch nicht gegen dich, sondern für uns. Für uns, hörst du! Und warst du es nicht, die mich damals beschworen hat, den Film zu machen? ›Gib um Gottes willen nicht auf‹, hast du mir geschrieben, ›mach diesen Film!‹«

»Ja, ja, ich weiß«, sage ich und dann auf deutsch: »Die Geister, die ich rief, die werd' ich nun nicht los.«

»Was war das?« fragt er mit der Neugierde, die die deutsche Sprache in ihm weckt, »bitte, übersetz es mir.«

»The ghosts I have called...«, beginne ich und breche in Lachen aus.

»Du bist total verrückt, mon amour.«

»Du wolltest, daß ich dir Goethe übersetze, und jetzt sagst du, ich sei verrückt.«

»Liebst du mich?« fragt Serge.

»Ja, leider.«

»Sag nicht leider.«

»Ich liebe dich«, sage ich und denke: Diese Worte haben mich fünfzehn Minuten und ihn zweihundert Francs gekostet. »Ich liebe dich maßlos«, sage ich.

»Und du willst dich nicht von mir trennen?«

»Das stand nie zur Debatte.«

»Du brauchst keine Angst vor Paris zu haben, mon amour, und München, das dauert doch nur einen Tag, dann hast du die Scheidung hinter dir und kommst zu mir zurück, und weißt du, was wir dann machen?«

»Was?«

»Nach der Premiere fahren wir nach Rom oder Korsika oder...«

»Langsam, langsam, langsam, soweit kann ich noch gar nicht denken und du auch nicht. Mir ist es schon genug, wenn du die drei Tage, bevor ich nach München fliege, Zeit für mich hast.«

»Ich werde Zeit für dich haben, soviel du willst.«

»Ja... wirklich?«

»Du bist so ungerecht, wenn du sagst, daß ich mich nicht genug mit dir beschäftige und damit unsere Beziehung gefährde. Du warst es doch, die unbedingt zurück nach Jerusalem wollte, und ich bin es doch, der sich die Zeit abspart, der jede Gelegenheit wahrnimmt, um ein- oder zweimal im Monat zu dir zu kommen.«

»Ursprünglich wollten wir ja beide nach Jerusalem, erinnerst du dich?«

»Nach Beendigung des Filmes.«

»Das Ende schien mir, Pardon, scheint mir unabsehbar.«

Er schweigt eine Weile, dann sagt er traurig: »Und ich habe dir den Film gewidmet, schwarz auf weiß gewidmet. Er gehört dir, er ist mein Geschenk an dich, freut dich das denn gar nicht?«

Ich male mir aus, wie er in seinem Zimmer sitzt, einem kleinen Hinterhofzimmer, das ihm Freunde zur Verfügung gestellt haben. Die Wohnung hatte er damals, als ich nach Jerusalem zurückging, aufgegeben. Sie war teuer gewesen, und er mußte sparen, sparen für seine monatlichen Reisen nach Israel, für Telefongespräche, die in vielen Fällen nicht anders verliefen als dieses.

»Natürlich freut mich das«, sage ich gerührt, »es freut mich nicht nur, es macht mich glücklich. Oh, mein Engel, ich liebe dich und ich bewundere dich, wenn du wüßtest, wie ich dich bewundere! Du hast einen so schönen Film gemacht, und du wirst großen Erfolg damit haben.«

»Glaubst du wirklich?« fragt er, für mein Gefühl etwas zu eifrig, etwas zu hungrig.

»Ja«, sage ich gedehnt, »großen Erfolg und Anerkennung und Beifall und Lob…«

Mir ist, als bekämen die Worte Ecken, die mir beim Aussprechen die Zunge ritzen: Ich unterbreche mich und schlucke die Beruhigungstablette, die ich seit längerer Zeit zwischen Daumen und Zeigefinger halte.

»Es wäre dir lieber«, sagt er, und ich höre ihn leise lachen, »wenn der Film ein Reinfall würde, nicht wahr?«

»Nein«, protestiere ich, »nein, nein, nein! Bitte, mißversteh mich nicht. Ich wünsche dir Erfolg, wünsche ihn dir von ganzem Herzen, aber gleichzeitig fürchte ich ihn. Erfolg verändert die Menschen, jedenfalls die meisten. Und wenn er dich verändert, was ich nicht glaube, aber es könnte ja sein, wenn er dich von all dem abbringt, was dir einmal so wichtig war, und in eine andere Richtung treibt... Ich meine, als wir uns damals begegneten, standen wir beide auf derselben Stufe. Wir hatten nichts außer uns und Jerusalem und die wahnsinnigsten Träume. Wir wollten alles hinter uns lassen, zugunsten einer höchst unklaren, aber gemeinsamen Zukunft. Und wir sind tatsächlich gesprungen, mitten ins Ungewisse. Trotz unserer ewigen Angst und Unentschlossenheit, trotz unseres Alters. Und dann...«

»Und dann«, fällt er mir ins Wort, »dann habe ich alles kaputtgemacht. Habe unserer Liebe die Ungewißheit, unseren Träumen den Wahnsinn, unserer Zukunft die Unklarheit genommen. Ich hätte es bei dem Sprung ins Nichts und dem anschließenden Selbstmord in der judäischen Wüste lassen sollen, nicht wahr? Das wäre dann wenigstens eine runde Sache gewesen, eine heile Liebe, ein romantischer Tod. Aber statt dessen habe ich uns eine nüchterne Existenz aufgebaut. Ich arbeite, du fühlst dich vernachlässigt, das klassische Beispiel einer Ehe.«

»Wenn du so sprichst, dann hört es sich natürlich lächerlich an«, sage ich kleinlaut, »aber damals schien dir das alles gar nicht so abwegig. Oder vielleicht doch, und du hast mir nur was vorgespielt.«

»Ich habe dir nie etwas vorgespielt, Christine. Ich wäre zu allem bereit gewesen, nur um mit dir zu leben oder zu sterben. Ich habe den schwereren Weg gewählt, meine Kleine, den, mit dir zu leben. Der Sprung war nur der Anfang für mich und ein verhältnismäßig einfacher, wenn ich bedenke, was mich die folgenden Jahre an Kraft gekostet haben. Ich bin kein Mensch, dem Arbeit leichtfällt, Himmel nein, und die Angst, es nicht zu schaffen, war entsetzlich. Aber offenbar hast du, die du dich dauernd über meine Unaufmerksamkeit beklagst, wenig davon bemerkt.«

»Das stimmt nicht, ich habe es ganz genau bemerkt.«

»Dann hätte dir das ein ständiger Beweis meiner Liebe sein müssen.«

»Serge, jetzt vereinfachst du. Ich bin nicht die einzige, für die du den Film gemacht hast.«

»Nein, aber an erster Stelle standst immer du, und der Gedanke, dich zu enttäuschen...«

»Habe ich dir nicht oft genug gesagt, daß es mir gleichgültig ist, ob du es schaffst oder nicht? Die Hauptsache war mir, mit dir zusammenzuleben, ganz egal wie.«

»Warum lebst du dann jetzt in Jerusalem und nicht mit mir zusammen in Paris?«

»Ich habe gesagt, ganz egal wie, und nicht, ganz egal wo.«

»Das ›wie‹ schließt das ›wo‹ mit ein, und wenn es dir wirklich ganz egal wäre...«

»In Paris gehörst du mir nicht.«

»Aber Chérie, was sind das für Zwangsvorstellungen? Ich gehöre dir immer, ob in Paris oder Jerusalem. Ich gehöre dir ganz und unwiderruflich. Du bist die erste und die letzte, die ich liebe. Und nichts kann zwischen uns kommen, hörst du, nichts!«

Im Grunde hat er recht, denke ich, nachdem ich eingehängt habe, im Grunde bin ich es, die unsere Beziehung gefährdet. Wenn ich den Übergang nicht finde, den aus der Traumwelt in die Wirklichkeit, aus der Leidenschaft in eine gleichmäßige, festgefügte Liebe, aus der Vergangenheit in die Zukunft, dann verlieren wir uns. Wir stehen nicht mehr auf derselben Stufe, und das, genau das ist es, was mich zur Verzweiflung treibt. Ich fürchte, ihn nicht mehr einzuholen, und die Furcht lähmt mich dermaßen, daß ich mich zurückziehe, anstatt ihm zu folgen. Ich sehe ihn davonlaufen, verschwinden in einer Welt, deren Werte mir nichts mehr bedeuten, deren Rhythmus mir fremd geworden ist. Ich fühle mich, trotz aller Gegenbeweise, allein gelassen in dem Land, in dem wir uns gefunden, in meinen Vorstellungen und Träumen, die wir einmal geteilt, in unserer Liebe, die wir für unantastbar gehalten haben.

Ich setze mich wieder auf, schalte das Licht an und überlege, was sich zu dieser Stunde noch tun läßt. Die Tabletten sind bereits geschluckt, das Zigarettenquantum, das ich mir an einem Tag bewillige, ist längst überschritten, das Glas Wasser ausgetrunken. Mein Blick fällt auf Serges Foto, das neben mir auf dem Nachttisch steht. Es ist eine Profilaufnahme, die ich im Negev von ihm gemacht habe. Im Hintergrund sieht man die kahlen, phantastisch geformten Berge der Wüste. Und plötzlich entdecke ich, daß sein Gesicht mit den stark ausgeprägten Zügen der Landschaft gleicht, hart, unnachgiebig und heftig.

Warum fällt mir das erst heute auf? Warum habe ich immer nur seine Sensibilität und Unsicherheit gesehen? Wahrscheinlich wollte ich es so, fühlte ihn mir näher in seiner Schwäche, fester an mich gebunden und schwerer erreichbar für jene Welt, die nicht mehr die meine war und die, so hatte ich gehofft, nicht mehr die seine sein würde.

Ja, ich war voller Hoffnung gewesen, damals, am Anfang, zu der Zeit, als ich dieses Foto gemacht hatte. Wie lange ist das jetzt her? Zwei Jahre, zweieinhalb? Richtig, im Frühling war es gewesen, im April, auf unserer ersten gemeinsamen Fahrt. Wir hatten in der Wüste haltgemacht und in einer Mulde gepicknickt. Wir hatten uns geliebt. Da war Himmel gewesen und Erde. Kein Laut, kein Lebewesen. »Jetzt ist es soweit«, hatte ich gesagt, mich auf den Rücken gelegt und die Augen geschlossen, »wir sind die einzigen Menschen, die übriggeblieben sind. Ein Irrtum vom lieben Gott.«

»Unter all seinen Irrtümern«, hatte Serge gesagt, sich neben mich gelegt und meine Hand genommen, »endlich einmal ein sinnvoller.«

»Glaubst du, du wirst es mit mir alleine aushalten können? Stell dir vor: ganz alleine mit mir, ohne einen anderen Menschen, ein Telefon, ein Café, eine Zeitung! Könntest du so leben?«

»Mon aimée, es ist die einzig akzeptable Form, mit dir zu leben. Alles andere ist aufgepfropfter Unsinn.«

Hatte ich ihm geglaubt? Nein, natürlich nicht. Aber kommt es in solchen Momenten der Verzauberung denn darauf an?

»Gut«, hatte ich gesagt, »in dem Fall könnten wir uns hier in der Wüste ein Haus bauen, eins mit Schiebedach, das wir nachts öffnen, um unter den Sternen zu schlafen. Wir könnten nach den neuesten israelischen Methoden den Boden fruchtbar machen und Gemüse anbauen. Und schwarze Ziegen würden wir uns anschaffen, ein paar Hühner und Schafe. Vielleicht auch ein Kamel.«

»Ein Kamel auf jeden Fall. Nur sollten wir das Haus lieber in der Nähe des Meeres bauen, damit ich angeln gehen kann.«

»Ausgerechnet!«

»Du hast keine Ahnung, wie aufregend das ist. Eine ewige Spannung und Hoffnung: Beißt ein Fisch an oder nicht, wird es ein großer oder kleiner sein? Und dann, wenn man das Ziehen an der Schnur spürt, ein wahres Triumphgefühl. Man hat etwas gefangen! Wenn ich am Meer bin, beneide ich immer die Fischer, und im Gebirge die Alpinisten und im Flugzeug die Piloten. Ach, weißt du, im Grunde bin ich ein Mann mit ganz bescheidenen Wünschen und Bedürfnissen. Physische Arbeit ist die, die mich wirklich befriedigt.«

»Dann hast du wohl den falschen Beruf gewählt«, hatte ich gelacht.

»Ich war die dritte Generation und dazu prädestiniert, ein Intellektueller zu werden.«

»Was hat das mit der dritten Generation zu tun?«

»Das ist das klassische Muster der Assimilation, fast schon ein Gesetz. Die erste in Frankreich oder wo auch immer eingewanderte Generation arbeitet schwer und macht Geld. Die zweite Generation, die nicht mehr so leben will wie die Eltern und noch nicht so leben kann wie ihre tief und fest verwurzelten Mitbürger, sitzt zwischen

Tür und Angel. Mit dem Erfolg, daß sie wenig oder gar nichts tut und das schwer erarbeitete Geld wieder durchbringt. Die dritte Generation nun muß den Beweis ihrer Integration liefern, das heißt, sie muß studieren und einen intellektuellen oder akademischen Beruf ergreifen. Assimilation bedeutet sozialer Aufstieg.«

»Siehst du, das habe ich gar nicht gewußt.«

»Wie solltest du auch, du, mit deinem großen, blonden arischen Vater. Meine Großeltern waren arme, einfache Juden, die teils aus Polen, teils aus Rußland eingewandert sind. Als ich zwölf Jahre alt war und aufs Gymnasium ging, baten sie mich, ihnen Briefe in Latein zu schreiben. Mit den Briefen liefen sie stolz zum Priester des kleinen Ortes, in dem sie lebten, zeigten sie ihm und sagten in ihrem schrecklich klingenden Französisch: ›Die Briefe schreibt uns unser kleiner Enkel. Er geht in Paris aufs Gymnasium und wird gewiß ein Advokat oder Doktor.‹ Doktor war für sie das Höchste... Was ist? Warum siehst du mich so an, mon amour?«

»Weil ich gerührt bin.«

»Das ist eine Welt, die dir fremd ist, nicht wahr?«

»Mein Urgroßvater kam aus Galizien und war Bäcker. Und mein Großvater hatte einen Textilgroßhandel für Schürzen und Morgenröcke und Blusen, die nur eine Tante Emma tragen konnte. Davon hat er uns haufenweise geschenkt, und wenn er auf Besuch kam, mußten wir die Sachen anziehen. Er war der liebenswerteste, gütigste, sanfteste Mensch, den ich jemals gekannt habe.«

»Was man von meiner Familie nicht behaupten kann. Mein Gott, war das eine Familie! Total zerrüttet und verrückt, lebte in ständigem Streit und echten oder eingebildeten Dramen. Meine Kindheit war ein einziger Schrecken – meine Mutter eine zweite Golda Meir, dieselbe Nase, derselbe Starrsinn, auch dieselbe starke Persönlichkeit; mein Vater ein heftiger, jähzorniger Mann, der ihr so lange die Hölle heiß machte, bis sie ihn schließlich mit drei kleinen Kindern sitzenließ. Es ist schon schwer, sich als kleiner Judenjunge durchzubeißen, sich ewig zu schämen, anders zu sein als andere und zu fürchten, dafür verspottet zu werden oder auch verprügelt... aber dann auch noch als kleiner Judenjunge mit so einer Familie! Ich war der Älteste und hatte damals ein geradezu manisches Verantwortungsgefühl für meine Geschwister und außerdem furchtbare Angst. Wenn ich aus dem Haus ging, habe ich zehnmal nachgeschaut, ob ich nicht etwa doch das Gas brennen gelassen habe, und wenn ich nach Hause kam, bin ich in alle Schränke und unter die Betten gekrochen, überzeugt, daß da ein Mörder auf uns lauert.«

»Mein Engel!«

»Jetzt tue ich dir leid, nicht wahr?« hatte er gefragt und leise gelacht. »Ich mir auch.«

»Und dann?« hatte ich gefragt.

»Dann kam der Krieg, die deutsche Besatzung und fünf Jahre Exil in Südfrankreich, die Verfolgung, die Angst, der Schock, daß das französische Bürgertum mit den Nazis Kippe machte und die Juden auslieferte. Mit siebzehn schloß ich mich einer kommunistischen Untergrundgruppe an, und das war keine schlechte Zeit. Man konnte etwas tun, sich zur Wehr setzen, versuchen, andere und sich zu retten. Dann war auch das vorbei, und ich bin zurück nach Paris und habe angefangen, Philosophie zu studieren.«

»Hast du keine Ressentiments gehabt, ich meine, nach allem was passiert ist, auch in Frankreich. Hast du dich trotzdem als Franzose gefühlt?«

»Christine, das ist keine Frage, die sich mit einem kategorischen ja oder nein beantworten läßt. Natürlich habe ich Ressentiments gehabt, mehr sogar als das, und natürlich habe ich mich als Franzose gefühlt. Was in Frankreich passiert ist, läßt sich in keiner Weise mit dem vergleichen, was in Deutschland passiert ist. Es gab viele Franzosen, die den Juden unter Lebensgefahr geholfen haben. Davon abgesehen, war Frankreich nun mal mein Land, Paris meine Stadt und Französisch meine Sprache. Damals, als ich in

Paris studierte und mit französischer Kultur indoktriniert wurde, habe ich mich mehr denn je zuvor und je danach als Franzose gefühlt. Paris hatte nach dem Krieg eine gute Zeit und gute Leute. Es war das, was man den Augenblick der Wahrheit nennt, kurz, aber heftig. Ja, es war eine aufregende Zeit und für mich eine entscheidende.«

Ich hatte einen scharfen Stich der Eifersucht auf Frankreich und Paris, die französische Sprache und die aufregende Zeit gespürt und kindisch gesagt: »In anderen Worten, du hattest es geschafft, du gehörtest jetzt dazu. Weißt du, wie ich dich mir vorstelle?«

»Da bin ich aber gespannt!«

»Als einen sehnigen jungen Mann, voller Elan und Esprit, rücksichtslos gegen Frauen, die deine Launenhaftigkeit für exotisch hielten und deine Ungezogenheit für männlich, charmant, aggressiv und großzügig, egozentrisch und in all den Cafés und Bistros zu Hause, in denen sich die ›guten Leute‹ trafen.«

»Bravo, Christine, du hast mich erkannt. Ein sehniger, junger Mann mit allen Eigenschaften eines sehnigen jungen Mannes. Du lieber Himmel! Ich war nie das, was du dir unter einem jungen Mann vorstellst. Um ein junger Mann zu werden, braucht man zwei Voraussetzungen: erstens eine Kindheit und Jugend und zweitens das Gefühl, ein Anrecht auf diese Welt zu haben. Beides hatte ich nicht. Was ich tat, tat ich mit Angst und Zweifeln. Oder glaubst du, zwanzig Jahre Horror lassen sich einfach so abschütteln?«

»Nein, du hast natürlich recht, ich weiß es ja selber. Aber dein Judentum, hast du das nach deiner Integration einfach so abschütteln können?«

»Wer sagt dir, daß ich das getan habe? Ich, im Gegensatz zu vielen meiner Bekannten, habe nie ein Geheimnis daraus gemacht, daß ich Jude bin. Ich habe mich immer als Jude gefühlt, ob ich wollte oder nicht, vor und nach der Integration. Man entgeht dem nicht. Man kann französischer sein als die Franzosen, deutscher als die Deutschen; irgendwann kommt der Moment – und er braucht gar nicht immer negativ zu sein –, in dem man sich ganz als Jude fühlt. 1952 fuhr ich zum ersten Mal nach Israel. Es war ein Schock, plötzlich ein Land zu sehen, in dem alles jüdisch war: die Polizisten und die Fabrikarbeiter, die Huren und die Soldaten, das Brot und das Klopapier und die Fahnen. Es war ein Schock und gleichzeitig eine Offenbarung. Das gab es also wirklich: ein jüdisches Volk in einem jüdischen Land.«

»Und da hast du dich dann ganz und gar jüdisch gefühlt.«

»So ist es, mon amour, so ist es. Ich habe sogar mit dem Gedanken gespielt, dort zu bleiben.«

»Das wäre doch eine glänzende Gelegenheit gewesen, den Beruf zu wechseln und physisch zu arbeiten. Du hättest sogar Pilot werden können, Phantompilot.«

»Und einer der besten. Leider hat man mir das nicht angeboten, also bin ich nach drei Monaten nach Paris zurückgefahren. 1955 war ich noch einmal in Israel und dann sehr lange nicht mehr.«

»Und wieso?«

»Ich weiß nicht, es ergab sich wahrscheinlich nicht. Ich hatte damals eine sehr lebhafte Zeit, beruflich und privat.«

Ich hatte, böse auf sein lebhaftes Privatleben, geschwiegen.

»Und wann ist dir Israel wieder eingefallen?« hatte ich schließlich gehässig gefragt. »1967?«

»In der Tat«, hatte er mit seinem rumpelstilzchenhaften Lachen erwidert, »da ist es mir sehr stark eingefallen. Wundert dich das?«

»Das Gegenteil hätte mich gewundert. Es gab ja wohl kaum einen, den der Sechs-Tage-Krieg nicht beeindruckt hätte.«

»Und was hast du dagegen einzuwenden?«

»Daß die Juden Beeindruckenderes geleistet haben.«

»Mon chérie, mon chérie, das ist uns allen klar, aber weißt du, Genies haben wir immer genug gehabt, eine jüdische Armee aber, noch dazu eine, die siegt, hatten wir nie. Also laß uns das Vergnügen.«

»Ein schönes Vergnügen!«

»Wenn du ernsthaft darüber sprechen willst, bitte schön. Ein Volk, das über Jahrhunderte verfolgt, gequält, umgebracht und zum Teil ausgerottet worden ist, empfindet die Tatsache, daß es sich nicht mehr verfolgen, quälen, umbringen und ausrotten läßt, als ein Wunder. Der Sechs-Tage-Krieg war für jeden von uns eine persönliche Revanche und der Sieg eine Genugtuung. Das schlimme an der Geschichte ist nur, daß er für Millionen zu spät kam.«

Wir hatten eine Zeitlang schweigend nebeneinander gelegen, dann hatte ich gefragt: »Und wann ist dir die Idee gekommen, einen Film über Israel zu machen?«

»Als ich dich sah.«

»Komm, red jetzt keinen Unsinn.«

»So ein Unsinn ist das gar nicht. Den Gedanken hatte ich schon lange, aber das Bedürfnis, ihn zu realisieren, habe ich, seit ich dich liebe. Durch dich habe ich Israel erst richtig entdeckt, durch dich ist es für mich lebendig und soviel mehr geworden, als ein merkwürdiges kleines Land, in dem alles jüdisch ist. Und wenn ich ›Zuhause‹ denke – ein Wort und ein Begriff, den es in meinem Leben nie gegeben hat –, dann denke ich an Jerusalem, Rechavia, die Wohnung in der Balfourstraße und an deine deutschen Juden.«

»Glaubst du«, hatte ich zwischen Angst und Hoffnung gefragt, »glaubst du, du könntest in Jerusalem leben?«

»Ja«, hatte er gesagt und mich in die Arme genommen.

»Ach, Serge...«, sage ich zu dem Foto, lösche das Licht und schaue zum Fenster hinaus. Am Horizont lichtet sich bereits der Himmel.

Ein neuer Tag.

Ich sitze, verschanzt hinter geschlossenen Jalousien, mit einer Sonnenbrille in einem goldgelben Sessel, neben mir auf dem Tischchen eine Tasse Kamillentee und ein Buch mit dem Titel ›The choosen people‹. Ich versuche einen normalen Eindruck zu machen, doch die Requisiten sprechen dagegen.

Mir gegenüber auf dem Sofa sitzt das junge Paar, dem ich meine Katze anvertraue: Samuel, den ich heute zum ersten Mal sehe, ein selbstbewußter junger Mann, in zu eng sitzenden Hosen und mit zu langen Koteletten, und Yael, ein zartes, kettenrauchendes Geschöpf, mit blassem Gesicht und einem grübelnden Ausdruck in den Augen. Sie ist Studentin der Psychologie und außerdem in einer Telefonseelsorge beschäftigt, wo sie Selbstmordkandidaten von den positiven Seiten des Lebens zu überzeugen versucht.

»Die Selbstmordziffern steigen jährlich«, vertraut sie mir gerade an, »aber ich halte das für ganz normal.«

Ein neuer, beruhigender Faktor der Normalisierung, überlege ich und frage: »Wieso für normal?«

»Nichts wirkt sich so demoralisierend auf den Menschen aus wie der Wohlstand«, belehrt sie mich, »diejenigen, die hart arbeiten müssen, sind im allgemeinen zufriedener und ausgeglichener als die, die Zeit haben, sich auf sich selber zu konzentrieren.«

»Richtig«, seufze ich und beobachte, wie Yael sich mit fahrigen Bewegungen eine neue Zigarette ansteckt und hungrig den ersten Zug inhaliert. Ein Musterbeispiel an Ausgeglichenheit ist sie nicht gerade, und das mag ihrer Diagnose zum Trotz eine Folge von zuviel Arbeit und zu wenig Freizeit sein. Ist ja auch schwer, alles unter einen Hut zu bringen: den jungen robusten Mann, das Studium und die Selbstmörder.

»Und wie oft haben Sie Dienst?« erkundige ich mich.

»Zweimal in der Woche Nachtdienst. Es ist ja meistens bei Nacht, daß die Menschen am stärksten unter Angst und Einsamkeit leiden.«

Die Katze auch, denke ich, besonders dann, wenn ich nicht bei ihr bin und sie mit einem fremden, nicht unbedingt sympathischen Mann die Wohnung teilen muß.

Ich schiebe die Sonnenbrille auf die Stirn und schaue mit einem liebenswürdigen Lächeln zu Samuel hinüber. Der wiederum läßt seinen Blick abschätzend durchs Zimmer wandern, und sein indifferentes Gesicht verrät, daß er nicht viel davon hält.

»Kann ich Ihnen nicht doch etwas zu trinken anbieten?« versuche ich ihn von seinen kritischen Betrachtungen abzulenken.

Zu spät. Sein Blick hat sich jetzt auf ›The choosen people‹ niedergelassen, und indem seine Brauen hochrutschen, fragt er: »Lesen Sie das?«

»Ja, kennen Sie es?«

»Nicht mein Fall. Ich halte Bücher dieser Art für überholt.«

»Halten Sie... aha.«

Es entsteht eine Pause, die ich mit einem Schluck Kamillentee und der Überlegung fülle, daß die rauhe Sachlichkeit der Sabres entnervend ist.

»Studieren Sie auch?« frage ich und hoffe, daß meine Anteilnahme ihn etwas geschmeidiger macht.

»Ich studiere englische Literatur, aber dabei wird es wohl nicht bleiben. Was mich wirklich interessiert, ist der Film. Leider gibt es hier keine Möglichkeit, das Fach zu lernen, und ich werde darum wahrscheinlich zu meinem Onkel nach London gehen. Er ist Produzent. Harry Weiss, seine Produktion heißt Star-Film. Vielleicht haben Sie schon mal von ihm gehört.«

Ich habe noch nie etwas von Harry Weiss oder dem Star-Film gehört, aber das könnte wie eine Herabsetzung klingen. Es geht hier um meine Katze, und darum sage ich mit aufleuchtendem Gesicht: »Ja, natürlich, ich habe den Namen schon ein paarmal fallen hören. Das ist also Ihr Onkel. Interessant... interes...«

Mein Blick streift die Uhr, und ich springe in plötzlicher Panik auf.

»Yael«, sage ich, »ich möchte Ihnen schnell noch mal die Wohnung zeigen und erklären, was die Katze...«

»Wo ist eigentlich die Katze?« fragt Samuel. »Man hört und sieht sie nicht.«

»Sie wird im anderen Zimmer sein. Tagsüber hört und sieht man sie nie. Ein sehr angenehmes Tier. Kommen Sie, ich werde sie Ihnen zeigen.«

Bonni, zu einer Kugel zusammengerollt, liegt auf meiner Unterwäsche im Schrank.

»Hier ist sie«, sage ich, »schauen Sie, ist sie nicht schön.«

Samuel blickt mir über die Schulter ins Schrankfach und schreit auf: »Himmel, was ist denn das? Wo ist denn da vorne und hinten? Na, so was! Sind Sie ganz sicher, daß das Ihre Katze ist und nicht Ihre Pelzmütze?«

Er beginnt röhrend zu lachen.

Eine typische israelische Reaktion, denke ich und sage mit Würde: »Bonni ist eine Perserkatze, und echte Perserkatzen haben so viel Haar.«

Ich strecke die Hand nach ihr aus und taste nach dem Kopf: »Komm, meine Süße«, rufe ich zärtlich, »zeig mal dein schönes Gesicht.«

»Sie scheint sehr phlegmatisch zu sein«, bemerkt Samuel.

»Degeneriert«, verbessere ich, »die ganze Rasse ist derart überzüchtet, daß sie langsam ausstirbt.«

Jetzt hebt Bonni endlich den Kopf, und ich habe den Eindruck, daß Samuel das Aussterben dieser Rasse nicht bedauern würde.

»Was für unheimliche Augen«, ist sein einziger Kommentar.

Verzweiflung packt mich, nackte Verzweiflung. Wie kann ich meine hilflose, empfindsame Katze einem derart verständnislosen Banausen ausliefern? Stumm streiche ich Bonni über den Kopf, und meine Augen füllen sich mit Tränen.

»Machen Sie sich keine Sorgen«, sagt Yael hinter mir. Ihre Stimme ist fest und ruhig, gewiß die Stimme, mit der sie zu ihren Selbstmordkandidaten spricht. »Ich passe auf Ihre Bonni auf, sie wird alles haben, was sie braucht.«

»Sie braucht gar nicht viel«, sage ich dankbar, »ein bißchen Leber, frischen Sand, und sollte irgend etwas sein, rufen Sie gleich Dr. Weintraub...«

Der sanfte Dreiklang der Türglocke, so unangebracht in diesem Haus, unterbricht mich.

»Mein Gott«, sage ich, »da ist er schon!« Und ich laufe zur Tür und öffne.

Alex Stiller hat seine Lieblingspose eingenommen: den rechten Arm gegen den Türpfosten gestemmt, ein Bein lässig über das andere geschlagen, den Kopf gesenkt, den Blick gehoben. Er trägt eine helle, schwarzgestreifte Hose und ein rotes kurzärmeliges Hemd mit weißen Kringeln.

»Wie gefällt dir meine Zebrahose?« fragt er.

»Etwas unruhig, aber sonst sehr interessant.«

»Bei Selig gekauft, bestes Material, erstklassiger Schnitt, klemmt nicht den Arsch und nicht die Eier ab.«

Er beginnt mit dem blasierten Gesicht und den gezierten Schritten eines Mannequins auf und ab zu gehen, dreht sich, breitet einen imaginären Rock aus, schlägt den Hemdkragen hoch und lächelt kokett.

»Willst du nicht endlich reinkommen?« frage ich nervös.

»Ich dachte, wir fahren zum Flugplatz, oder hast du dich jetzt zum neunhundertneunundneunzigsten Mal umentschlossen?«

Er tritt an mir vorbei in die Wohnung, gerade als Yael und Samuel aus dem Schlafzimmer kommen.

»Nanu!« sagt er, und dann dicht an meinem Ohr: »Partouse? Strammer Bursche, hübsches Mädchen... warum hast du mich nicht dazu eingeladen?«

»Ich flehe dich an, Alex, benimm dich jetzt ein paar Minuten normal.«

»Ausgerechnet du mußt mir das...«

»Das ist Yael«, sage ich, meine Stimme hebend, »das ist Samuel und...«

»Das ist Alexander Stiller«, sagt Alex mit rollendem r und schlägt die Hacken zusammen: »Kibbuznik, Traktorist, Bauarbeiter, Alleinunterhalter, Tröster von gestörten

Kindern, Witwen, Jungfrauen und Waisen, zur Zeit Schlattenschammes im Hotel Viktoria.«

Ich seufze.

»Schon vorbei«, sagt er, »reg dich nicht auf.«

»Freut mich, Sie kennenzulernen«, sagt Samuel, »ich habe schon von Ihnen gehört.«

»Da schau an!« ruft Alex und zu Yael gewandt: »Sie auch?«

Sie schüttelt den Kopf.

»So ist das immer. Die Männer hören von mir, die Mädchen nicht. Manchmal habe ich den Eindruck, ich bin schwul.«

Und als die beiden lachen, wirft er mir einen triumphierenden Blick zu.

»Sehr komisch«, sage ich leise.

»Du findest ja überhaupt nichts komisch«, sagt er, mein gequältes Gesicht nachahmend, »für dich ist das Leben ein einziges Trauerspiel. Trauerspiel...«, wiederholt er und schaut sich nachdenklich im Zimmer um, »Trauerspiel...« Und dann mit einem Aufschrei: »Jetzt hab' ich's! Die ganze Zeit überlege ich mir, was bedrückt mich nun eigentlich, und jetzt merke ich endlich, daß du uns hier hermetisch eingeschlossen hast. Das ist ja das reinste Leichenhaus!« Er legt den Kopf zur Seite und krault sich den kurzen rostroten Bart: »Gnädige Frau scheinen mal wieder Ihren schwierigen Tag zu haben, oder handelt es sich um eine Unpäßlichkeit Ihrer Hoheit, der Katze?«

»Alex«, sage ich, »wir haben einfach nicht die Zeit für eine abendfüllende Theatervorstellung. Ich muß Yael noch kurz die Wohnung zeigen und...«

»Das nimmt bei der Vielfalt der Gemächer natürlich enorme Zeit in Anspruch, aber da ich ein vorzüglicher Schloßführer bin, laß mich das bitte machen.«

»Alex!« warne ich, aber er hat sich bereits entfernt und auf der Schwelle des Schlafzimmers Stellung genommen: »Meine Damen«, ruft er, »meine Herren, ich bitte Sie, mir zu folgen, sich leise zu verhalten und die wertvollen Gegenstände nicht zu berühren! Hier, verehrte Herrschaften, sehen Sie das Schlafgemach mit allem, was dazu gehört: einem Schrank, einem häßlichen Spiegel, aber immerhin Spiegel, dem gegenüber, wie es sich gehört, das eheliche Bett, das sicherste Gewöhnungs- und Entwöhnungsmittel für junge Paare; nach wenigen Jahren eine Art Folterbank: Er kann nicht mehr, sie will noch, sie will nicht mehr, er kann noch. Sie lachen, meine Damen und Herren? Daran erkennt man, daß Sie von dem, was auf Sie zukommt, keine Ahnung haben. Möge Gott Ihnen Ihr Lachen erhalten... Ich schreite jetzt weiter... aha... zum Badezimmer. Klein, aber mein, auf den Kacheln reizende Abziehbildchen zur Erheiterung jüdischer Kinder... gleich nebenan, sehr praktisch, das Klo mit echter Wasserspülung. Ein gemütlicher Ort, ein ruhiger Ort, der einzige, an dem man mit Genuß seine Zeitung lesen kann. So und jetzt begeben wir uns weiter und werfen einen Blick in das nächste Zimmer. Ich möchte hier besonders auf die Unwohnlichkeit des Raumes und die Knappheit der Einrichtung hinweisen und hervorheben, daß damit ein tieferer Sinn verbunden ist: Hier nämlich handelt es sich um das Gästezimmer, in das liebe Freunde hineingestopft werden zur Strafe dafür, daß sie gekommen sind. Wir wenden uns nun dem Salon zu, dem Prunkstück dieses Etablissements. Sie sehen Teppiche aus Ost-Jerusalem, echtes arabisches Schafshaar, und Möbel aus West-Jerusalem, echte israelische Wertarbeit, eine elektrische Schreibmaschine deutschen Fabrikats, eine Menora... tja, dabei muß es sich ja wohl um ein altes Erbstück derer zu Heidebeck handeln..., sonst noch was? Nein. Schade. Wie immer, meine Damen und Herren, Sie können sich jetzt ein überzeugendes Bild von dem Schick und Charme israelischer Neubauwohnungen machen.«

Yael und Samuel haben sich lachend aufs Sofa fallen lassen, und Alex wendet sich mir zu und sagt: »Du siehst, es hat sich gelohnt. Du hast die beiden bis zu Tränen deprimiert, ich habe sie bis zu Tränen amüsiert. Jedem das Seine. So, und jetzt komm endlich, es ist höchste Zeit. Weiß der Teufel, was sich wieder auf unseren gepflegten Straßen tut. Sind das deine Koffer hier? Ja? Hallo, Christina! Was stehst du denn da wie bestellt und nicht abgeholt? Sag Schalom, geh aufs Klo, spring aus dem Fenster, aber tu irgendwas!«

Er schlägt die Hände vors Gesicht und läßt ein langgezogenes Hundejaulen hören. Dann starrt er zwischen zwei gespreizten Fingern mit einem Auge auf mich. Es ist ein großes, braunes, trauriges Auge.

»Idiot«, sage ich, »du mit deinem Ghettoauge.«

Samuel ergreift meine Koffer, und Yael, mit aufmunterndem Lächeln, folgt uns zur Tür.

»Der Trauerzug setzt sich in Bewegung«, verkündet Alex und steigt mit gesenktem Kopf die Treppe hinab.

Die Hitze hat sogar die Kinder in die Wohnungen getrieben. Haus und Straße machen einen verlassenen Eindruck. Der Himmel hängt schwer und schmutziggelb über Jerusalem. Aus dem geöffneten Fenster des Kombiwagens schauen uns vorwurfsvoll Alex' zwei Dackel entgegen.

»Ein Glück, daß du die Dackel mitgenommen hast«, sage ich, »die armen Viecher, bei dieser Gluthitze! Deine Liebe artet in Tierquälerei aus.«

»Und deine in geistige Umnachtung.«

Er schließt den Kofferraum auf und verstaut mein Gepäck.

»Und wo soll ich nun eigentlich sitzen?« frage ich. »Hinten drin oder auf den Dackeln oder die Dackel auf mir?«

Er öffnet die Wagentür und deutet stumm auf den Rücksitz. Die Hunde lassen die Köpfe hängen und schlagen mit den dünnen Schwänzen auf den Sitz.

»Yallah!*« schreit er sie an, »Natascha, Tarzan, nach hinten, marsch!«

---

* Weg da!

Die Hunde ziehen sich beleidigt zurück, und ich steige ein.

»Ich bin ein Heiliger«, sagt Alex, während er sich ans Steuer setzt, den Motor anläßt und den Rückspiegel in die richtige Stellung bringt, »ein Heiliger, hörst du, daß ich dich, verrückte Schrippe, zum Flugplatz fahre. Als hätte ich noch nicht genug Zores!«

Er packt den Ganghebel, schaltet, sagt: »Ready for take-off« und fährt mit hoher Geschwindigkeit los.

Ich rutsche nahe ans Fenster und schaue hinaus. Bleich steht die Sonne im Zenit, verbreitet ein stumpfes, flaches Licht, beraubt Stadt und Landschaft ihrer Farben und Konturen. Wo ist das hohe Blau des Himmels, der goldene Glanz der Steine, das Rostrot der Erde? Wo ist die Weite, die Tiefe, die Größe? Wo ist der Zauber Jerusalems? Eine Bedrohung liegt in der mit Staub und feinem Sand durchsetzten Luft, in der unnatürlichen Hitze, in dem fahlen Gelb des Lichtes. Eine Bedrohung – eine Ahnung?

Eine Weile sitze ich mit steifem Rücken da, schaue abwesend auf einen Lastwagen, der, mit einer Fracht singender Kinder beladen, langsam vor uns herrollt, und sage mir, daß böse Ahnungen immer das Resultat schlafloser Nächte sind.

»Wenn ich noch länger hinter diesen unterbelichteten Fratzen herfahren muß«, zetert Alex, »werde ich auf der Stelle wahnsinnig. Tu ein paar von ihnen zusammen, und sie fangen an, unmelodische Lieder zu plärren. Ich sage immer, die Lieder sind unsere Geheimwaffe, mit der wir den nächsten Krieg gewinnen. Wir schicken einfach ein paar Lastwagen mit singenden Juden auf die Araber los, und die rennen, als wäre der Teufel hinter ihnen her.«

»Sprich jetzt bitte nicht vom nächsten Krieg«, sage ich, und dann als Nachgedanken: »Glaubst du an Vorahnungen?«

»Jetzt sieh dir das an«, schreit Alex und streckt die Faust aus dem Fenster, »dieser verdammte Tränk muß in der Kurve überholen! Ich überhole nicht, er überholt. Der Potz! Was hast du eben gesagt?«

»Ob du an Vorahnungen glaubst.«

»Ja, mein Gold, natürlich. Ich, zum Beispiel, habe gerade eine: An der nächsten Ampel, die auf Rot steht, steige ich aus und bringe den noch schwachsinnigeren Fahrer dieser schwachsinnigen Kinder um. Es sei denn, er fährt jetzt endlich rechts ran und läßt mich vorbei.«

»Kannst du eigentlich von nichts anderem reden als von dem, was vor, hinter und neben dir fährt?«

»Wenn ich nicht davon reden kann, entgeht mir was. Ich muß immer aus dem vollen schöpfen. Apropos aus dem vollen schöpfen! Meine Mutter hatte jede Woche eine neue Vorahnung: ›Du wirst sehen, Alexander‹, sagte sie, ›Tante Gretchen stirbt in wenigen Tagen. Mein sechster Sinn trügt mich nicht.‹ Tante Gretchen war neunundachtzig und herzkrank... Gott ist mir gnädig, jetzt ist's soweit!«

Er drückt auf Hupe und Gaspedal, brüllt dem Fahrer im Überholen ein paar Beleidigungen zu und strahlt mich mit Siegermiene an: »Wie habe ich das wieder gemacht?«

»Glänzend, Motek, glänzend.«

Ich wische mir den Schweiß von Gesicht und Händen und halte das Taschentuch zum Trocknen aus dem Fenster.

»Tu das nicht«, sagt Alex, »die hinter uns könnten glauben, wir kapitulieren, und dabei rücken wir doch gerade auf den ersten Platz vor.« Er lacht, zieht mir den Rock hoch und schlägt mir auf den Schenkel. Wir nähern uns jetzt der letzten Ampel, die die Straße nach Tel Aviv mit beharrlichem Rotlicht und einer dementsprechenden Autoschlange blockiert.

»So«, sagt Alex, schaltet den Motor ab und lehnt sich in seinem Sitz zurück, »hier werden wir jetzt endlich gargekocht. Mach dir's bequem, mein Kind. Du kannst singen, onanieren, lesen...« Er greift nach dem Buch, das auf meinen Knien liegt, liest den Titel und gibt es mir kopfschüttelnd zurück: »The choosen people«, sagt er, »kuss ortach!* Mit einem solchen Buch, nebbich, mußt du durch die Welt reisen. Weißt du, was du bist, Christina? Du bist der reinste Antisemitismus-Bazillenträger. Wäre ich ein Goi und würde diesen Titel lesen...«

»Ich fürchte, die Ampel ist kaputt«, unterbreche ich ihn, »wie lange glaubst du, müssen wir noch warten?«

»Frag deinen Vertrauten«, sagt Alex und deutet zum Himmel, »er hat seinem auserwählten Volk ja immer die richtigen Antworten gegeben.«

»Alex, geh mir bitte nicht auch noch auf die Nerven.«

»Wer geht hier wem auf die Nerven, und woher soll ich wissen, wie lange wir noch warten müssen? Vielleicht bis übermorgen. Wäre doch reizend. Wir könnten dann gleich im Auto meinen Geburtstag feiern, der ist nämlich übermorgen.«

»Ich gratuliere. Und wie alt wirst du diesmal?«

»Achtundfünfzig.«

»Wirklich?«

»Wirklich, mein Gold, wirklich. Ich habe das Alter eines reifen Mannes erreicht und mir das Gemüt eines Kindes bewahrt.«

»Stimmt«, sage ich und blicke ihn aufmerksam an. Er setzt sich in Pose, zieht das Zwerchfell ein, bläht die Brust, streicht sich den Bart glatt und wendet den Kopf langsam von rechts nach links und von links nach rechts: »Sehe aber immer noch gut aus, nicht wahr?«

Ja, er sieht gut aus und nicht älter als Mitte Vierzig. Sein Haar ist dicht und braun geblieben, die Kontur seines Gesichtes fest, und die paar gutsitzenden Falten haben eher einen dekorativen als störenden Effekt.

»Und trotzdem ist es Scheiße«, sagt er, läßt sich in seine normale Haltung zurückfallen und legt die Hand auf die eierförmige Wölbung über seinem Gürtel: »Wie man's auch dreht und wendet, es ist Scheiße. Hier drückt der Ma-

---

* arabischer Fluch

gen, da schmerzt das Kreuz, da zwickt die Gicht, wieder ein Zahn weniger, wieder ein Wehwehchen mehr; morgens Verstopfung, mittags Müdigkeit, nachts Schlaflosigkeit – ach, laß doch ab! Früher hatte ich einen Schmock und keinen Körper, heute habe ich einen Körper und keinen Schmock. Ja, mein Herz, so ist es, und besser wird's auf keinen Fall, schlechter auf jeden. Wenn ich das Pech meiner Mutter habe, werde ich achtundachtzig Jahre, ende in einem Altersheim für nicht mehr ganz Dichte, sitze mit verkehrt rum angezogenen Schuhen auf einer Bank im Garten, bilde mir ein, es ist der Grunewald, und singe: ›Am Brunnen vor dem Tore‹ oder ›Ich weiß nicht, was soll es bedeuten‹. Und hätte ich einen Sohn, der mir mit verstörtem Gesicht seinen Pflichtbesuch abstattet, dann würde ich ihm bestimmt dieselbe Frage stellen, die sie mir damals jedes gottverdammte Mal gestellt hat: ›Wer sind Sie eigentlich? Wer bitte? Mein Sohn Alexander? Ich habe keinen Sohn! Aber vielleicht haben Sie mir eine Tafel Sarotti-Schokolade mitgebracht.‹«

»Sarotti-Schokolade!« wiederholt er und stößt ein hohes Lachen aus, »da sieht man mal, was uns in unserem armen kleinen Leben Eindruck macht. An ihren Sohn Alexander hat sie sich nicht erinnert, aber die Sarotti-Schokolade, die mit dem Mohren drauf, die ist ihr unauslöschlich im Gedächtnis geblieben.«

Er schaltet den Motor an, fährt ein Stück vor, schaltet den Motor aus und wendet sich mir wieder zu: »Und wenn mir das Schicksal gnädig ist«, sagt er, »dann trifft mich in einem Jahr beim Vögeln der Schlag, so wie meinen Vater. Endlich gelingt ihm der langersehnte Durchbruch in Amerika, und er kriegt seine erste große Rolle; endlich fällt ihm mal wieder sein Sohn ein, und er schickt mir ein Flugbillett: da trifft ihn der Schlag. Neunundfünfzig war er, stark wie ein Pferd und voller Zukunftspläne. So ist das. Jeder stirbt, wie er gelebt hat: meine Mutter in einem Jerusalemer Pflegeheim mit dem Geschmack von Sarotti-Schokolade auf der Zunge, mein Vater in New York zwischen den

Schenkeln einer Frau. Und ich, das danebengegangene Produkt eines großen galizischen Komödianten und einer verhinderten Rosa Luxemburg, krepiere wahrscheinlich bei der nächsten Bombenexplosion im Supermarkt, gerade dann, wenn ich vor einem erlesenen Publikum alter häßlicher Jecken und junger hübscher Fränkinnen eine meiner Glanznummern abziehe.«

»So wird es sein«, sage ich. »Gib Gas, es geht weiter.«

»Ja«, sagt er, »es geht weiter. Gib Gas, es geht weiter! Friß, es geht weiter! Fick, es geht weiter! Steh auf, es geht weiter! Weiter geht's immer irgendwie, die Frage ist nur, ob sich der ganze Quatsch auch lohnt?«

»Bestimmt nicht«, sage ich, lache und lege tröstend den Arm um seine Schultern.

Ich bin eine der wenigen, die wissen, daß er sich oft diese Frage stellt, an Abenden etwa, an denen selbst das dümmste seiner kleinen Mädchen, der langweiligste seiner Bekannten ausbleibt, das Telefon schweigt und das Fernsehen nichts anderes zu bieten hat als ein ungenießbares Programm. An solchen Abenden liegt er apathisch auf dem Bett, lauscht auf die Gicht im großen Zeh und zieht die Bilanz seines Lebens: eine kleine Wohnung, ein rotes Sportauto, zwei Dackel, drei Europareisen, eine nüchterne Arbeit, die ihm ein rundes, festes Einkommen sichert, eine Schar Menschen, die sich von ihm Jubel, Trubel, Heiterkeit und manchmal eine kleine provinzielle Orgie versprechen.

Alexander Stiller, ein sensibles, ängstliches Kind, hatte seit frühester Jugend den Wunsch gehabt, so zu werden wie sein Vater: ein berühmter Schauspieler, ein beliebter Mann, ein Ausbund an Kraft, Wille und Lebensfreude. Er war bei seiner Mutter aufgewachsen, einer emanzipierten Lehrerin, die den Mann, der sie geschwängert, betrogen und schließlich verlassen hatte, haßte. »Dein Vater«, pflegte sie zu sagen, »ist nichts anderes als ein kleiner, primitiver galizianischer Gernegroß.« Aber Alexander bewunderte seinen Vater, bewunderte diesen kurzen, vierschrötigen Mann mit den krummen Beinen und abstehenden Ohren, der die Welt der Gojim erobert hatte, der in der Sprache deutscher Klassiker ebenso zu Hause war wie auf der Bühne des jiddischen Theaters, der große Feste gab und das Geld hinausschmiß, der fraß und soff und hurte und ihm, als er älter wurde, die Freundinnen wegstahl. Nichts konnte seine Bewunderung erschüttern, nichts ihn von dem Entschluß abbringen, dem Beispiel seines Vaters zu folgen. Doch die Nazis kamen ihm zuvor. Anstatt auf den ruhmversprechenden Brettern einer Bühne, fand er sich als Arbeiter am Toten Meer, vierhundert Meter unter dem Meeresspiegel, wieder. Das Leben hatte ihm keine Heldenrollen zugedacht, kein Rampenlicht und keine Ovationen. Er arbeitete schwer und nahm das Aussehen, die Manieren und Ansichten eines hartgesottenen Pioniers an. Doch unter seinem Bart verbarg sich ein scheues Gesicht, und in seinen Augen stand die Sehnsucht. Er war in seinem Herzen Europäer geblieben, in seinen Träumen Schauspieler und in seinem Leben der kleine Abklatsch eines großen Vaters.

Die Frage ist nur, ob sich der ganze Quatsch auch lohnt.
Ich öffne den Mund und gähne, und mit dem Gähnen wächst das Bedürfnis, den Mund immer weiter aufzureißen, immer länger und lauter zu gähnen. Was für eine Absurdität: diese langsam sich vorschiebenden Autos, die alle auf irgendein Ziel zugelenkt werden; die Ampel, die von Grün auf Gelb, von Gelb auf Rot hüpft und einen zwingt, stehenzubleiben oder loszufahren; der neue, häßliche Häuserblock, in dem die Menschen jahraus, jahrein denselben Beschäftigungen nachgehen, dieselben Bewegungen machen, dieselben Worte sagen, dieselben Lust- oder Unlustgefühle empfinden; die Autostraße, die an den Grenzen des Landes im Sand verläuft, die Schlange erschöpfter Soldaten, die auf einen Lift warten, das verfallene arabische Dorf, aus dem die Menschen geflohen sind, um an einem anderen Ort weiterzumachen; und da oben, in Hügeln eingebettet, der Friedhof mit seinen schönen

flachen Steinen und seinen verwesenden, verfaulten, zerfressenen Kadavern – des Schöpfers Endlösung.

Was für eine Absurdität, an dem Riesenrad des Lebens zu hängen, sich anzuklammern und sinnlos zu drehen, zu drehen, zu drehen und mit jeder Umdrehung dem Kotzen näher zu kommen. Was für eine Absurdität!

Alex rast jetzt im Slalom die kurvenreiche Straße nach Tel Aviv hinunter, und ich betrachte ungerührt die versengten Nadelbäume, die sich mühsam an die Berghänge krallen, betrachte die Skelette einstiger Militärfahrzeuge, die man zum Andenken der Gefallenen am Straßenrand liegen gelassen hat. Dann lege ich den Kopf auf die Rückenlehne und schließe die Augen.

Als ich aufwache, fahren wir gerade durch Lod. Auf meinem Schoß liegen jetzt, einer über dem anderen, die Dackel, und Alex, dem vermutlich gar nicht aufgefallen ist, daß ich geschlafen habe, sagt: »Das ist ja hier wohl das größte Drecksnest, das man sich vorstellen kann.« Er hupt wie ein Wahnsinniger, um all das, was sich uns an Fahrzeugen, Tieren und Menschen in den Weg stellt, zu vertreiben. Lod ist, in der Tat, einer der häßlichsten Orte, die ich jemals gesehen habe, und trotzdem wünsche ich mir plötzlich, die stämmige junge Frau zu sein, die, ein Kind auf dem Arm, eins an der Hand, an der Straßenecke steht und mit einer Freundin lacht, wünsche mir, hier geboren worden zu sein und nie etwas anderes gekannt zu haben, sehne mich nach dem primitiven Leben in seiner ganzen Übersichtlichkeit.

Ich möchte nie wieder mit der sogenannten zivilisierten Welt in Berührung kommen, mit ihrer Kultur, ihrem Fortschritt, ihren Ideen, ihren ungeheuerlichen Prätentionen. Ich möchte keine Kunst mehr sehen und keine fettgedruckten Schlagzeilen, keine anspruchsvollen Gespräche mehr hören und keine Sensationsnachrichten, ich möchte nicht mehr sagen: »Wie interessant«, wenn ich meine: »Halten Sie doch endlich Ihre dumme Schnauze.« Ich möchte schweigen dürfen.

»Gott sei Dank, nur noch zehn Kilometer bis zum Flugplatz«, sagt Alex, »um Punkt zwei sind wir da. Auf Herrn Stiller ist doch immer Verlaß, nicht wahr, Mäuschen?«

»Ja.«

»Das könntest du auch etwas enthusiastischer sagen, aber Enthusiasmus ist nicht deine Stärke, was?«

»Nein.«

»Wann hast du dich eigentlich das letzte Mal über was gefreut?«

»Ich weiß nicht.«

»Wenn ich jemand hätte, der mitkäme, dann würde ich jetzt gerne nach Europa fliegen. Die letzten zwei Male war ich mit Anni da, und das hat Spaß gemacht. Aber alleine, wenn man da drüben niemand mehr kennt... Als ich das erste Mal nach Berlin geflogen bin, kuss ortach, ich sage dir, da hab' ich wirklich das große Heulen gekriegt. Die einzige, die auf geheimnisvolle Weise und auf Kosten ihres nie sehr ausgeprägten Verstandes übriggeblieben war, war Tante Lotte – und Tante Lotte, mindestens achtzig und dünn wie ein Faden, ging nie auf die Straße aus Angst, von den Nazis verschleppt oder von den Russen vergewaltigt zu werden. An der Tür hatte sie fünf Schlösser und zwei Sicherheitsketten und eine Alarmanlage. Na, das war vielleicht ein Theater. Ich klingele, sie schaut durchs Guckloch, sieht einen Mann mit Bart und Schiebermütze, hält mich wahrscheinlich für Lenin persönlich und stößt einen Schrei aus wie ein abgestochenes Huhn. Ich sage: ›Tante Lotte, ich bin's, Alexander Stiller aus Jerusalem, der Sohn deiner Cousine Adele.‹ Kein Wort hat sie mir geglaubt und mich eine gute Stunde erst bei verschlossener Tür, dann durch den Spalt ins Kreuzverhör genommen. Schließlich habe ich geschrien: ›Tante Lotte, weißt du was? Du kannst mich am Arsch lecken!‹ und hab' mich umgedreht. Im selben Moment hat sie die Tür aufgemacht und mit spitzer Stimme gesagt: ›Alexander, du bist genauso ordinär wie dein seliger Vater. Komm rein.‹«

Ich lache, und er tätschelt meinen Arm und sagt: »Siehst

du, mein Kind, du darfst nicht verzweifeln, gegen Tante Lotte bist du noch stinknormal.«

Wir haben jetzt die erste Sicherheitskontrolle erreicht und halten vor dem vergitterten Tor, das zum Flugplatz führt.

»Ob hier oder da«, seufzt Alex, »überall wo Juden leben derselbe Verfolgungswahn, dieselben Barrikaden.«

Eine Soldatin tritt vor unser Auto, schaut auf das Nummernschild, schaut in eine Liste.

Alex beugt sich aus dem Fenster, und indem er die arabische Sprache nachahmt, läßt er eine Flut gurgelnder Sätze hören. Das Mädchen grinst und gibt uns ein Zeichen weiterzufahren.

»Häßliches Radieschen«, murmelt Alex, wirft ihr eine Kußhand zu und erklärt zufrieden: »So, das wäre auch geschafft, bleibt jetzt nur noch die Abschiedszeremonie.«

»Untersteh dich«, sage ich und schüttele unsanft die Dackel von meinem Schoß.

»Grüß Serge, kann ich doch wohl noch sagen? Ach ja, und schreib mir eine Zeile, wie die Premiere war und ob es bei meinen Szenen tosenden Beifall gegeben hat. Paß auf, ich werde doch noch enden wie mein Vater: mit Serges Film der sensationelle Durchbruch, dann das erste große Rollenangebot, der letzte große ›fuck‹ und: ›Meine Damen, meine Herren, verehrtes Publikum, es tut mir leid, Sie enttäuschen zu müssen, aber der so lange erwartete Auftritt des Alexander Stiller findet nun endgültig nicht mehr statt.‹«

Er drückt dreimal kurz auf die Hupe, bringt den Wagen mit einem Ruck zum Stehen, verbeugt sich nach rechts und links. Ein paar Leute schauen erstaunt zu uns herüber, ein Dicker in Bermuda-Shorts schüttelt mißbilligend den Kopf. Alex springt behende aus dem Wagen, verbeugt sich noch einmal, winkt einen Gepäckträger herbei und übergibt ihm meine Koffer. Dann wendet er sich mir zu: »Also...«

Doch plötzlich fällt ihm nichts mehr ein. Der Augenblick bedrückt ihn, und er steht da – ein abgeschminkter Komödiant, mit einem nackten Gesicht.

»Schalom, Motek«, sage ich und küsse ihn auf den Mund, »bis bald.«

»Schalom«, sagt er ernst.

Am Eingang zur Abflughalle werfe ich einen verstohlenen Blick zurück. Er hat sich ans Auto gelehnt und schaut mir nach.

Wir sitzen seit einer guten halben Stunde angeschnallt auf unseren Plätzen. Der Flugplatz sieht aus wie eine überbelichtete Fotografie: totaler Stillstand, keine Farben außer einem schmutzigen Weiß, von dem sich ein paar dunklere Grautöne abheben. Selbst die Kleider der Menschen, die auf der Aussichtsterrasse stehen, wirken farblos. Dann plötzlich erhebt sich ein heftiger Wind, der Mengen an Staub wie Wellen vor sich hertreibt und die Wolkendecke in wenigen Minuten zerfetzt. Blau leuchtet durch die Risse, ein Strahlenbündel trifft den Flügel des Flugzeuges und läßt ihn aufblitzen, auf der Aussichtsterrasse tragen die Menschen plötzlich bunte Kleider. Der Kamsin ist gebrochen.

Die Maschine beginnt zu dröhnen und zu beben, dann setzt sie sich langsam wie ein kolossales, unbeholfenes Tier in Bewegung, verharrt einen Moment, bäumt sich auf, rast los, leichtfüßig jetzt und voll ungeheurer Kraft, hebt sich vom Boden ab, steigt in mächtigen Schwüngen.

Ich presse die Stirn an die Scheibe der kleinen Fensterluke, sehe das Land zurückfallen und zusammenschmelzen, die Häuser zu Würfeln, die Straßen zu Strichen, die Autos zu Punkten, die Felder und Zitrusplantagen zu Drei- und Vierecken, dann nichts mehr außer einer schartigen gelbbraunen Fläche.

Ich wende mich vom Fenster ab, ziehe den Vorhang hinunter und lehne mich in meinem Sitz zurück.

»Paris«, denke ich und schließe die Augen: »Paris.«

Meine Gedanken sind schneller als die Boeing 707, sind ihr um vier Stunden voraus, kreisen bereits über Paris, kreisen und kreisen und tauchen schließlich in das Grau der Wolkendecke, die über der Stadt hängt.

2
Paris

Immer wenn ich an Paris denke, denke ich grau: grau das schüttere Licht, grau der niedere Himmel, grau das Straßenpflaster, grau die miteinander verwachsenen, einheitlichen Fassaden klassisch schöner Häuser, grau die strengen Mienen zahlloser Statuen, die an die ruhmreiche Vergangenheit Frankreichs gemahnen, grau die Gesichter der Menschen, die die ruhmlose Gegenwart Frankreichs widerspiegeln, grau der fensterlose Schneideraum in Neuilly, grau der fünf Kilometer lange Filmstreifen, den Serge in endloser Wiederholung vor sich abrollen läßt; grau im Winter und im Sommer, am Morgen und am Abend, innen und außen. Unmöglich festzustellen, was damals grauer war: das Grau meiner Seele, das auf die Stadt abfärbte, oder das Grau der Stadt, das sich auf meine Seele legte. Wir wohnten auf der Ile Saint-Louis, dieser von den Armen der Seine umschlungenen Insel, auf der jedes Haus eine Sehenswürdigkeit ist. Man sagt, es sei das schönste Viertel von Paris. Mag sein, doch davon abgesehen ist es auch der Treffpunkt sämtlicher Touristenbusse, die Promenade verzückter Liebespärchen aus aller Welt, das Hauptquartier der Polizei und, schlimmer noch als all das zusammen, die Hochburg des versnobten Großbürgertums. Serge hatte das bei seinen eifrigen Bemühungen, mich im sogenannten »Herzen von Paris« anzusiedeln, übersehen. Er wollte mir das Beste bieten, denn nur so, hoffte er, könne er mich milder stimmen und mir Paris näherbringen. Wir hatten Notre-Dame vor dem Küchenfenster. Wer – stellt sich die berechtigte Frage – hat das schon? Und wir hatten noch mehr. Durchqueren wir die Wohnung und traten auf den Balkon, lag uns die Seine zu Füßen wie eine gezähmte Boa Anakonda, und hoben wir den Blick, sahen wir hinüber zu dem mit Fahnen geschmückten Hôtel de Ville. Dem nicht genug, lag zu unserer Linken, beruhigenderweise, das Hôtel Dieu, ein gewaltiger Krankenhauskomplex, psychiatrische Klinik inbegriffen. Wir hatten eben alles: Kathedrale, Rathaus, Polizeipräsidium, Krankenhaus und Fluß, einen Vogel- und Blumenmarkt und eine Einkaufsstraße, in der sich ein Lebensmittelgeschäft ans andere reihte und ich (armselige Mischung aus boche et juive) den tieferen Sinn des Wortes »Eßkultur« erfaßte. Das also war das »Herz von Paris«, und so hat es sich mir eingeprägt. Ein wunderschönes, aber kaltes Herz. Ein künstliches Herz. Es wurde mir zum Symbol der gesamten Stadt.

Unser Haus befand sich am Quai aux Fleurs, und der poetische Name entsprach der Straße. Es war ein altes, nobles Haus mit historischem Wert. Des Nachts wurde es von den Scheinwerfern vorbeigleitender Touristenboote angestrahlt. Die Wohnung lag im obersten Stock und war ursprünglich eine in Dienstbotenkammern aufgeteilte Mansarde gewesen. Dann war ein schlauer Grieche gekommen, hatte sie gekauft und in das verwandelt, was die Franzosen eine Bonbonniere nennen. Im Fall unserer Wohnung war diese Bezeichnung außerordentlich zutreffend. Nicht nur war die Bonbonniere winzig – genau betrachtet: ein Raum, in Schlaf- und Wohnzimmer halbiert, ein Mini-Bad, eine Küche und daran angebaut ein schrankgroßes Klo –, sie war auch putzig, bunt und, was wir leider zu spät entdeckten, zerbrechlich. Aber die Farben stimmten, glücklicherweise, der kunstgewerbliche Schnickschnack war nicht unangenehm, die Möbel geschmackvoll, und was sich unter Fußboden- und Wandbespannung, Bildern, Plakaten, Perserbrücken und Schaffellen tat, ging uns letzten Endes nichts an. Erst als die Klospülung beim dritten Mal ziehen streikte, der Kamin unser Zimmer mit dem Schornstein verwechselte, der Herd Gas ausströmte und die Gasheizung die Wohnung in Brand zu setzen drohte, merkten wir, daß wir den Blick auf Notre-Dame nicht nur mit einer horrenden

Miete, sondern eventuell auch mit dem Leben zu zahlen haben würden.

»Der Selbstmord in der judäischen Wüste«, hatte ich zu Serge gesagt, »wäre mir, bei Gott, lieber gewesen als dieser mediokre Tod in Paris.«

Meine Skepsis Paris gegenüber begann Jahre und Jahre, ehe ich es kennenlernen sollte. Vielleicht sogar schon in meiner Kindheit, denn meine Mutter war sehr frankophil. Sie liebte alles, was aus Frankreich kam: die Sprache, die Menschen, die Literatur, das Essen, die Mode, die Landschaft, ja sogar das bißchen Musik, das die Franzosen hervorgebracht haben. Wenn sie sich ans Klavier setzte, dann spielte sie Debussy. In meiner Erinnerung hat sie nur Debussy gespielt (und zu Weihnachten ›Stille Nacht, Heilige Nacht‹); und ich fand Debussy und seine dünne Musik scheußlich. Ich fand auch die Kleider scheußlich, die sie von ihren Reisen aus Paris mitbrachte, den Camembert, den sie so gerne aß, die Geschenke, die sie mir erwartungsvoll überreichte. Aus der ewigen Angst, meine Mutter zu verlieren, wuchs der Gedanke, sie könne mich eines Tages verlassen, um in ihr geliebtes Frankreich zu ziehen.

Mit dreiundzwanzig, meine Mutter konnte es leider nicht mehr miterleben, machte auch ich eine frankophile Phase durch. Sie stand in direktem Zusammenhang mit Jean Paul, der mich dank seines schwarzen Schnurrbarts und aufregenden Akzents im Handumdrehen verführte und mit einer mir unbekannten Liebestechnik Abwechslung in mein Leben brachte. Da Jean Paul mit einer reichen Stuttgarterin verheiratet und keineswegs bereit war, Geld gegen Vergnügen einzutauschen, dauerte die Affäre nur drei Tage, dennoch hinterließ sie lohnende Spuren. Meines französischen Liebhabers beraubt, nahm ich Zuflucht zur französischen Literatur, und diese Liaison dauerte nicht nur wesentlich länger, sie erwies sich auch als die weitaus fruchtbarere.

Wäre ich damals nach Paris gefahren, dann hätte es mich

wahrscheinlich ebenso mühelos verführt, wie mich Jean Pauls exotischer Schnurrbart und Akzent verführt hatte. Aber damals reiste man noch wenig, besonders ich, die ich weder Geld noch Paß, noch Initiative besaß. Und als ich endlich das Nötige beisammen hatte, waren Jahre vergangen und es war zu spät. Zu spät, weil inzwischen jeder deutsche Bundesbürger mindestens einmal in Paris gewesen zu sein schien und ich aus dem Munde meiner zahlreichen Bekannten eine Flut an Schilderungen über mich ergehen lassen mußte. Was mich an diesen Berichten immer wieder überraschte, war der Mangel an Differenzierung und der Überfluß an Superlativen. Gewiß sprach der Künstler mehr von den zauberhaften Pastellfarben der Stadt, der Intellektuelle von der anregenden geistigen Atmosphäre, die Liebespaare von dem erotischen Fluidum und der Kaufmann, der seine Frau wohlweislich zu Hause gelassen hatte, von einer tollen Nacht, rassigen Weibern und echtem französischem »Sekt«. Aber wie immer, der Grundton blieb der gleiche: O Paris! Perle Europas, Stadt der Liebe und der Frauen, Mekka der Kunst- und Kulturliebenden, Muse zahlloser »Künstler«, Schauplatz großer historischer Geschehen, Quelle des Savoir-vivre und des Esprits, Metropole der Mode, der Luxusgeschäfte und exklusiven Restaurants, der extravaganten Nachtlokale, der populären Cafés, der pittoresken Künstler- und Studentenviertel, der prachtvollen Plätze und Avenuen!

»Na und«, hatte ich gesagt, »mich reizt das alles nicht.«

Und in der Tat war mir die Lust vergangen. Paris war zu einem Klischee geworden. Es lebte nicht mehr in meiner Phantasie. Es war zu Phrasen erstarrt, und die Phrasen hatten sich in Bilder umgesetzt, poliert und banal wie Bilder in Reiseprospekten. Was hatte ich in einer Stadt zu suchen, in der alles Harmonie, ästhetischer Genuß, Perfektion sein mußte? Was für Menschen konnte ich da begegnen? Für mich waren die Menschen das Wichtigste, waren Inhalt und Ausdruck einer Stadt. Aber vielleicht, überlegte ich, war es im Fall Paris umgekehrt, vielleicht war die Stadt Inhalt und Ausdruck der Menschen geworden. Ich erhielt darüber keine Auskunft, und so blieben die Pariser für mich ein Rätsel.

Einige Zeit darauf begegnete ich Michel, einem Professor der Philosophie aus Paris, der an der Münchener Universität lehrte. Rein äußerlich sah er so aus, daß ihn eines Tages zwei Gastarbeiter auf der Straße anhielten und in dem vertraulichen Ton, den man unter seinesgleichen anzuschlagen pflegt, fragten, ob er nicht wisse, wo es in der Stadt ein Bordell gäbe. Michel wußte es, doch davon abgesehen, schien ihn der Zwischenfall ein wenig zu konsternieren.

»Mache ich denn so einen Eindruck?« erkundigte er sich bei mir. Ich ließ meinen Blick von seinem ungekämmten Haar über die dicken Lippen und das karierte Wollhemd bis hinunter zu den abgetretenen Schuhen wandern und sagte: »Unbedingt.«

Auf Michel lag nicht der entfernteste Abglanz jener »Perle Europas«, in der jede Linie Harmonie, jeder Anblick ein ästhetischer Genuß sein mußte. Er war das glatte Gegenteil von dem, was ich mir unter einem Pariser vorgestellt hatte, und mit ihm geriet ich vom Regen dieser Vorstellungen in die Traufe der Wirklichkeit. Ich möchte damit nicht behaupten, daß Michel das klassische Beispiel eines Franzosen war – daran hinderte ihn schon seine Faszination für deutschen Geist, deutsche Frauen und deutsche Wälder –, und trotzdem teilte er mit seinen Landsleuten gewisse französische Nationaleigenschaften, die offenbar auch in einem Unikum unausmerzbar waren. So lernte ich anhand Michels im vornherein das kennen, was mir später in so überreichem Maße beschert werden sollte: die muffelnde, brummelnde Übellaunigkeit der Pariser, die leichte Reizbarkeit und Ungeduld, die Ichbezogenheit, die keine Grenzen kennt, die Beziehungslosigkeit, die jedem Gefühlsaustausch enge Grenzen setzt, die Flucht in die Komödie und über all dem, stets gegenwärtig, stets ausbruchbereit, die in allen Schichten des Volkes verbreitete nationalistische Arroganz und Überheblichkeit.

Bezeichnenderweise war Michel der erste und bisher letzte Mensch, nach dem ich ein Messer warf – ein stumpfes, aber immerhin ein Messer. Es landete auf seinem Teller in der guten, von ihm selber zubereiteten Sauce provençale, die einer Fontäne gleich in die Höhe und ihm ins Gesicht spritzte.

»Das ist unglaublich«, sagte Michel, der wie alle Franzosen echten Gefühlsausbrüchen gegenüber sein schnelles Reaktionsvermögen verloren hatte und, die Soße im Gesicht, starr dasaß: »Warum haben Sie das getan, Christine?«

Eine berechtigte Frage, deren Antwort, hätte ich sie in diesem Moment blinder Wut formulieren können, folgendermaßen gelautet hätte: »Weil Sie mir mit Ihrer Botanisiertrommel an französischen Eigenheiten und Manierismen auf die Nerven gehen, weil unsere Beziehung, zwei Jahre nun schon, in dem Netz Ihrer idiotischen Spielregeln zappelt wie ein sterbender Fisch, weil ich Ihre Clownerien nicht mehr komisch finde und die künstlich errichtete Barriere der Distanz – ›Du‹ in der Horizontalen, ›Sie‹ in der Vertikalen, um nur ein kleineres Beispiel zu nennen – nicht mehr aufregend; weil ich, um Sie zu zitieren, sämtliche Untugenden zweier Völker in mir vereint habe: die Schwere und die Unrast, den Eigensinn und die Sentimentalität, den Hochmut und den Minderwertigkeitskomplex, die Intoleranz und das Mitleid. Und weil ich die französischen Umgangsformen und Lebensregeln nicht beherrsche, nicht beherrschen werde, nicht beherrschen will. Darum!«

Als es feststand, daß ich nach Beendigung der Dreharbeiten mit Serge nach Paris gehen und für die Dauer der Montage dort bleiben würde – drei Monate, beruhigte Serge, fünf Monate, rechnete ich, zwölf Monate wurden es –, gerieten meine israelischen Freunde in Panik: Ich sei nicht der Mensch, der nach Paris paßt, prophezeiten sie. London wäre viel eher eine Stadt für mich. Die Franzosen seien ein unangenehmes Volk, unberechenbar, kontakt- und herzlos, und außerdem schrecklich antisemitisch. Ich war in allem ihrer Meinung.

Nun gut, ermunterten sie mich daraufhin, man müsse eben das Beste daraus machen. Man müsse sich jetzt vor allem mit dem Land befassen, viel lesen, besonders Geschichte, die Geschichte eines Landes sei das A und O. Oder, wenn mir Geschichte nicht läge, dann zumindest französische Literatur, die würde mich doch sicher interessieren. Und was denn nun eigentlich mit meinem Französisch sei, fragten sie beunruhigt. Ich müsse jetzt wirklich auf der Stelle die Sprache lernen und mit Serge nur noch Französisch parlieren.

Zu Hause nahm ich mir ein Lexikon und begann, mich zu bilden. Ich überlegte, ob ich die zehn Spalten über Frankreich auswendig lernen und meine Freunde mit den exakten Längen- und Breitenmaßen des Landes überraschen sollte. Bedauernd gab ich den Gedanken wieder auf, denn für solche Scherze blieb jetzt keine Zeit. Ich kaufte mir ein Buch über französische Literatur und sicherheitshalber auch ein Geschichtsbuch. Dann suchte ich einen kompetenten Lehrer und fand eine inkompetente Lehrerin. Sie war zwanzig, süß und scheu wie ein kleiner Vogel und erst vor einem halben Jahr aus Paris nach Israel eingewandert. – Dalia erschien zur ersten Stunde mit Lampenfieber und einem jener typischen Lehrbücher, mit denen man Schulkindern ein für allemal die Lust am Sprachenlernen raubt. Sie schlug das Buch bei der ersten Lektion auf und lächelte mir aufmunternd zu. Von da an saßen wir dreimal in der Woche eineinhalb Stunden nebeneinander auf dem Sofa, und ich reiste mit der Familie Legrand (Vater, Mutter, Kind) von Kanada nach Paris, wurde dort von der Familie Dubois (Vater, Mutter, zwei Kinder, ein Hund) empfangen, in der geräumigen Wohnung untergebracht, mit einem fünfgängigen Diner bewirtet, wurde in der Stadt herumgeschleppt, wurde in Boulangerien, Cremerien, Boucherien geführt, in Theater, Museen, Restaurants, zu Tante Marie und Maître Vedel und zum Wochenende mit aufs Land genommen. Dank der Familien Legrand und Dubois lernte ich mehr als Sprache und Grammatik, die Sitten und Lebensart der französischen Bourgeoisie kennen. Beides war nicht dazu angetan, meine Sympathie für Frankreich zu wecken.

Wenn ich spazierenging, sprach ich der Übung halber nur Französisch: »Je suis née à Berlin«, erklärte ich einem imaginären Gesprächspartner. »Mon père était allemand, ma mère juive, et... et...« Hier wurde es bereits kompliziert.

»Lassen wir das«, sagte ich mir, »und bleiben wir lieber bei einfachen Sätzen, wie man sie im Hause der Dubois' spricht: ›Oh, mon cher ami, je suis content de vous voir!‹«

Nach solchen mißlungenen Versuchen war ich sehr deprimiert. Vielleicht würde ich mich eines Tages verständigen, vielleicht sogar eine banale Konversation führen können, aber nie würde ich die französische Sprache in all ihren Feinheiten und Nuancen beherrschen, nie würde ich in ihr zu Hause sein. Was sollte aus mir werden, wenn ich auf das stärkste aller Medien verzichten, wenn ich mit Serge immer in dem Vakuum einer fremden Sprache leben müßte? Niemals würden wir jene Intimität erfahren, die allein aus der gemeinsamen Sprache wächst, nie die Freude an Wortspielen, nie die Macht, die von einem schön formulierten Satz ausgehen kann. Litten wir darunter? Ich konnte es nicht mehr beurteilen. Englisch war die Sprache gewesen, in der wir das erste Wort miteinander gewechselt, in der wir uns zum ersten Mal geliebt, zum ersten Mal gestritten, zum ersten Mal geschrieben hatten. Sie war uns ans Herz gewachsen wie ein verkrüppeltes Kind, an dem man mit besonderer Zärtlichkeit hängt. Und trotzdem geschah es manchmal, daß mich mitten in einer Unterhaltung mit Serge ein Gefühl der Selbstentfremdung überraschte, ein unheimliches Gefühl, wie Schwindel kurz vor einer

Ohnmacht. Was eben noch greifbare Wirklichkeit gewesen war, entglitt mir, und ich fragte mich verstört: »Wer bin ich, wer ist Serge, wo sind wir, was geht hier zwischen uns vor?« Es waren Momente, in denen es mir nicht mehr gelang, eine Verbindung herzustellen zwischen der Person, die deutsch dachte, und der, die englisch sprach.

Wie erst würde es in Paris werden? Die Franzosen, hatte ich gehört, glorifizierten ihre eigene Sprache und gaben sich gar nicht erst mit einer anderen ab. Menschen, geschweige denn solche, die deutsch sprachen, kannte ich dort nicht. Würde ich von nun an dazu verdammt sein, mich durchs Leben zu radebrechen, Selbstgespräche zu führen, stumm zu werden? Würde ich dasselbe Schicksal erleiden wie meine Mutter, die in einem Brief an meinen Vater den mir unvergeßlichen Satz geschrieben hatte: »Nichts bringt mir mein Emigrantendasein mehr zu Bewußtsein als der Verlust meiner Sprache. Ohne sie verkümmere ich.« War es das, was mir bevorstand?

Unser Abreisetag war der zweite April. Ich stand um sechs Uhr auf, zog mich an und brachte die Wohnung in Ordnung. Ich übersah den herzzerreißend schönen Morgen, der mich durchs Fenster anstrahlte, und arbeitete schnell und energisch wie eine Hausfrau beim Großreinemachen. Als alles sauber an seinem Platz stand, war ich zufrieden.

Ich gab Bonni ihr Frühstück, kochte Tee und Kaffee und weckte Serge.

»Ich schlafe schon lange nicht mehr«, sagte er, »und höre dich seit Stunden durch die Wohnung poltern. Was machst du eigentlich?«

»Ordnung.«

Er sah mich mit einem zu dieser Stunde ungewöhnlich wachen und wachsamen Blick an.

»Ich bin ganz ruhig«, sagte ich.

Als er aufgestanden war, zog ich das Bett ab, rollte die Wäsche zusammen und tat sie in einen Korb.

Ich trank im Stehen eine Tasse Tee, schloß die Balkontüren ab und ließ in allen Zimmern die Jalousien herunter. Einmal streifte mein Blick die Straße und drei kleine Mädchen, die schwatzend und hüpfend zur Schule gingen.

»Wenn ich die Uhr noch einmal zurückstellen könnte, möchte ich eins von diesen kleinen Mädchen sein«, dachte ich. Ich schaltete den Heißwasserboiler aus, drehte den Gashahn ab und zog den Stecker vom Kühlschrank aus der Wand.

»Ich bin fertig«, rief ich.

Serge kam frisch rasiert aus dem Badezimmer, und ich reichte ihm eine Tasse Kaffee. Während er trank, blickte er unruhig um sich.

»Bestimmt hast du wieder was vergessen«, sagte er.

»Nein, diesmal bin ich sehr organisiert.«

Ich begann das elektrische Licht auszuschalten.

»Moment«, sagte Serge, ging ins Schlafzimmer, schaltete das Licht wieder an und ließ seinen Blick langsam über die Möbel, die Wände, die Fliesen wandern.

»Was ist? Hast du vielleicht was vergessen?«

»Nein.«

Er trat zu mir, legte die Arme um mich und bedeckte mein Gesicht mit raschen, kleinen Küssen: »Ich war so glücklich mit dir in dieser Wohnung«, sagte er.

»Ich auch«, sagte ich mechanisch.

Ich schaltete das Licht im Wohnzimmer aus. Das letzte, was vor meinen Augen erlosch, war ein silberner Kerzenleuchter.

Das Taxi hupte.

Wir trugen die Koffer hinunter, sieben Stück. Der Fahrer, fröhlich vor sich hin pfeifend, verstaute sie. Dann gingen wir noch mal nach oben. Serge nahm die Reisetasche mit der elektrischen Schreibmaschine, ich den Korb mit der Katze.

Im Taxi fanden wir gerade noch Platz.

»Ist das alles?« fragte der Fahrer, der gewiß schon viele Familien hatte ein- und auswandern sehen.

»Das ist alles«, sagte ich und mußte lachen.

Der Mann warf die Türen zu, ließ den Motor an und fuhr los. Ich schaute nicht zurück.

Auf dem Weg nach Lod sprachen wir wenig. Serge hielt meine Hand und schaute zum Fenster hinaus. Ich dachte an praktische Dinge und war wie immer vor einem Flug besorgt, ob auch alles glattgehen werde. Der Fahrer hatte uns zu Ehren das Radio auf englische Nachrichten gestellt. Zwischen meinen Überlegungen, ob man die Katze wiegen und feststellen würde, daß sie drei Kilo schwerer war, als wir angegeben hatten, und dem Beschluß, den Pullover wieder aus dem Koffer zu nehmen, um ihn im Falle europäischer Kälte bereit zu haben, hörte ich, daß es an irgendeiner Grenze wieder eine Schießerei gegeben hatte – zwei Araber tot, keine Verluste auf der israelischen Seite –, daß Sadat in einer Rede unter anderem erklärt habe, die israelische Politik sei die der Nazis, daß die Amerikaner Israel neue »Phantome« versprochen hätten und daß Oberrabiner Untermann anläßlich des bevorstehenden Passahfestes gemahnt habe, das jüdische Volk möge nicht wieder von den heiligen Gesetzen abweichen und »hamez« in ihren Häusern aufbewahren.

»Da hat Oberrabiner Untermann vollkommen recht«, sagte Serge und zündete sich eine Zigarette an, »nur erklär mir bitte, was ist ›hamez‹?«

»Gesäuerter Teig«, sagte ich.

In der Ebene lagen die Felder unter zartgrünen Schleiern, die Mandelbäume trugen volle rosa Blüten, und die Wassersprenger drehten sich, in allen Regenbogenfarben schillernd, graziös wie Tänzerinnen in einem Ballett.

»Schau«, sagte Serge, »was für ein herrlicher Morgen.«

»Ja«, sagte ich nach einem kurzen Blick, »sehr schön.«

»In Paris kann der Frühling auch sehr schön sein.«

Ich schwieg.

»Wie fühlst du dich, mon amour?«

»Gut. Ich bin ganz ruhig.«

Ich war so stolz auf meine Ruhe, daß ich nicht aufhören konnte, mich zu beobachten. Wie normal ich funktionierte! Ich hatte keine Atemnot, mir war nicht übel, ich mußte nicht grundlos lachen und schon gar nicht weinen. Ich benahm mich wie jeder Mensch, und nichts bewunderte ich mehr an mir, als wenn ich mich benahm wie jeder Mensch. Ob auch Serge es bemerkte und mich dafür bewunderte? Oder ob es ihm gar nicht weiter auffiel? Um allen Mißverständnissen vorzubeugen, würde ich ihn später noch ausdrücklich darauf hinweisen. »Ist es nicht erstaunlich«, würde ich fragen, »wie tadellos ich funktioniere?«

Das Flugzeug, eine EL-AL-Maschine, hatte natürlich wieder Verspätung. Zuerst war es eine Stunde, dann waren es zwei. Obgleich ich eine Panne dieser Art einkalkuliert hatte, war es für mich ein harter Schlag. Es gab kaum etwas, das meine Nerven stärker strapazierte als Warten, besonders wenn es unter solchen Umständen stattfand. Die Halle war laut, voll und von jener trüben Ungastlichkeit, die die Aufenthaltsräume Israels auszeichnet. Ich fühlte die ersten Anzeichen einer lähmenden Müdigkeit, die meine »normalen Funktionen« in absehbarer Zeit ausschalten würde.

Ich schlang die Arme um den Katzenkorb auf meinen Knien und saß da wie eine hochschwangere Frau, die ihren Bauch stützt. Es blieben, falls keine weitere Verzögerung eintreten sollte, noch vierzig Minuten.

Serge kam von der Bar und blieb vor mir stehen.

»Mein Gott«, sagte er und wußte nicht, ob er lachen oder besorgt dreinschauen sollte, »du siehst aus wie die ewige Emigrantin. Diese ins Schicksal ergebene Haltung und diese Hoffnungslosigkeit in den Augen! Ma petite, was kann ich für dich tun?«

Er hockte sich vor mir nieder und umschlang den Katzenkorb von der anderen Seite.

»Ich bin müde, aber sonst ganz ruhig«, sagte ich und fürchtete, seine liebevolle Anteilnahme würde mir die Tränen in die Augen treiben.

»Immer wenn ich dich so sehe, sehe ich das kleine

Mädchen, das nach Bulgarien emigrierte. Bestimmt hattest du damals dasselbe Gesicht.«

»Ein bißchen glatter«, sagte ich, »und statt einer Katze hatte ich eine riesengroße Puppe und statt deiner einen Vater, der mich begleitete.«

»Nicht«, sagte Serge, »sonst fange ich an zu weinen.«

»Und als ich von Bulgarien nach Deutschland zurück emigrierte«, fuhr ich fort, »hatte ich immer noch ein sehr glattes Gesicht, aber statt der Puppe einen schönen, samtbraunen Bibermantel und statt eines Vaters den ersten Ehemann. Und als ich von Deutschland nach Israel emigrierte, hatte ich schon kein glattes Gesicht mehr und statt des samtbraunen Biberpelzes den schildpattfarbenen Perserpelz und statt des ersten Ehemannes einen zweiten. Und jetzt habe ich das Gesicht einer ewigen Emigrantin und als Begleitung einen wandernden Juden und eine betagte Katze.«

»Je t'aime«, sagte Serge, und wir legten gleichzeitig die Köpfe auf den Korb.

Als ich glaubte, die kritische Zeitspanne ein für allemal überwunden zu haben, ging es los. Nun ja, ich hätte es wissen müssen.

Ich habe lange Inkubationszeiten und stark verzögerte Reaktionen. Zwei Wochen nach unserer Ankunft in Paris funktionierte ich nicht mehr normal. Ich weiß nicht, begann es im Louvre, vor dem Bild der Mona Lisa, oder im Käseladen auf der Ile Saint-Louis. Wie immer, an beiden Orten hatte ich jene unerfreulichen Symptome, die mir aus Deutschland her bekannt, Vorboten einer beginnenden Nervenkrise waren: abrupt aufsteigende Übelkeit, begleitet von Schweißausbruch und Klaustrophobie. Verständlich noch im Käseladen, wenn man von Butterbergen, Sahneeimern und Quarkschüsseln bedroht wird, wenn man von Hunderten von schwitzenden, zerlaufenden, verschimmelten, runden, pyramidenartigen, wurstförmigen Kuh-, Schafs- und Ziegenkäsen umstellt ist, wenn man den kalten Murmelaugen der Verkäuferin, den zu saurer Milch geronnenen Gesichtern der Inhaber, der grellen Stimme der Kassiererin ausgesetzt, plötzlich Opfer einer grauenvollen Vision wird: Die Käse haben Beine und die Menschen Schimmelpilze. Wie gesagt, verständlich. Aber vor der Mona Lisa! Zugegeben, mein Typ war sie nie gewesen, und aus ihrem berühmten Lächeln hatte ich eher jungfräuliche Verklemmung gelesen als weibliches Geheimnis. Doch damals hatte es sich ja um Reproduktionen gehandelt, und diesmal, in Paris, stand ich immerhin dem Original gegenüber. Das heißt, so gegenüber stand ich ihm nun auch wieder nicht, denn der Platz, an dem das Bild hing, war eingezäunt wie der Vorgarten eines deutschen Bürgers; und am Zaun drängten sich fünfzig aufgeregte Japaner, klein genug, um über sie hinwegzusehen, hätte ich nicht meine Brille vergessen. Aber da ich sie vergessen hatte, sah ich das Gesicht der Mona Lisa verschwommen und die schwarzen Hinterköpfe der Japaner scharf. Eine Enttäuschung, gewiß, aber noch lange kein Grund, sich plötzlich derart elend zu fühlen.

Ich kehrte Mona Lisa und ihren Bewunderern den Rükken, lief im Eilschritt durch die hallenden Säle, erreichte das Freie und lehnte mich an die Mauer des Louvre.

»Nein«, sagte ich mir, »kein Grund, überhaupt kein Grund, kein offensichtlicher Grund.«

Und dann, hin- und hergerissen zwischen Selbsthaß und Selbstmitleid: »Also *der* Grund! Mein ganz privater Abgrund.«

Soweit ich mich zurückerinnern konnte, war er dagewesen, hatte sich plötzlich geöffnet und mich verschluckt. Bereits im Kindesalter und in der Jugend hat er mich bedroht, dann, mit zunehmenden Jahren immer häufiger, und es wurde schwerer, wieder aus ihm herauszukrabbeln. In meiner Empörung über dieses unvorhersehbare, unkontrollierbare Etwas, beging ich den kostspieligen Fehler, mich an Ärzte zu wenden. Ich hatte Dutzende von ihnen beschäftigt und sie, über ein so ergiebiges Opfer erfreut, hatten es mir mit hieb- und stichfesten Diagnosen gedankt: chronischer Leberschaden (leicht, zum Glück), Gastritis (chronisch, zum Unglück), allergische Zustände (Veranlagung), Kreislaufstörungen (zu beheben), neurovegetative Störungen (konstitutionsbedingt), zu niedriger Blutdruck (damit kann man hundert Jahre alt werden), Überfunktion der Schilddrüse (hat auch seine guten Seiten), Neurasthenie (mein Kind, haben Sie es schon mal mit einem Psychiater versucht?), präklimakterische Beschwerden (aber gnädige Frau, was ist denn?).

Zuviel! Das war zuviel gewesen. Präklimakterische Beschwerden mit zweiunddreißig Jahren! Ich beschloß, mit meinem Leiden, das offenbar sehr viele Namen, sehr viele Seiten, sehr viele Anlässe hatte, zu leben. Es war nicht leicht, um so mehr als ich mich seiner schämte und mir vor Menschen, die keine Abgründe hatten, nichts anmerken lassen wollte. In vielen Fällen war mir das auch schon gelungen, im Falle Serge gelang es mir nicht. Wenn man mit einem Mann, noch dazu mit einem abgrundreichen Mann, der das Unheil vorauswittert wie der Laubfrosch den Regen, eine fünfzig Quadratmeter große Wohnung teilt und sich in einer Stadt wie Paris befindet, hat man gar keine Chance. Denn in Paris rollt das Leben in der Öffentlichkeit ab, in vollen Straßen, in Kinos, Cafés und Restaurants – hauptsächlich Restaurants.

Für den Franzosen ist das Restaurant nicht ein Ort, an dem man, so man Glück hat, nett sitzt und gut ißt, sondern eine Art Kultstätte, wo eine kulinarische Messe zelebriert wird. Hier kann er über einer Flasche exzellenten Weines in stille Andacht versinken oder über ein besonders geglücktes Gericht in stürmische Exaltation geraten. Hier kann er gelegentlich sogar unter dem Einfluß liebkoster Geschmacksnerven und sich füllender Organe Beziehungen anknüpfen, die das Ende eines Mahles überdauern. Ist es das, was die Franzosen geschlossen in Lokale treibt – ich weiß es nicht. Wie immer, ein Überangebot verschiedenartigster Restaurants ermöglicht es ihnen, die Leber zu ruinieren und menschliche Beziehungen zu pflegen.

Es war also in einem Restaurant, drei Tage nach meiner traurigen Begegnung mit der Mona Lisa, in dem sich – kein Wunder! – ein zweites Mal der Abgrund auftat. Serge hatte darauf bestanden, mit mir Abendessen zu gehen, und all meine Weigerungen, die in dem Ausruf gipfelten: »Mein Gott, wozu haben wir denn Notre-Dame vor dem Küchenfenster, wenn wir andauernd in Lokale laufen!«, vermochten ihn nicht umzustimmen.

»Es tut dir gut, hier ein bißchen rauszukommen«, sagte er und wußte nicht, in welchem gewaltigen Irrtum er sich befand.

Das Restaurant, das er mit Bedacht gewählt hatte, hieß »La cloche d'or«, war in eingeweihten Pariser Kreisen hoch geschätzt und zeichnete sich durch seine Weinbergschnecken aus. Davon abgesehen, lag es in einer Sackgasse, und zwar am Ende derselben, da, wo die Straße auf eine Mauer stieß.

»Serge«, sagte ich, von der Mauer (sowohl symbolisch als klaustrophobisch) bedroht, »ich habe überhaupt keinen Hunger, laß uns ein anderes Mal hierher gehen.«

»Aber ich habe doch schon einen Tisch bestellt«, protestierte er, »und außerdem finden wir nie wieder einen so guten Parkplatz. Komm, Christine, ich bitte dich.«

Und er öffnete die Tür zum Lokal.

Es war nicht groß, dafür aber sehr voll, eins dieser traditionellen und daher besonders beliebten Restaurants, die nur dem einen Zweck dienen: gut und viel und lange zu essen. Neben dem Eingang befand sich die riesige Anrichte, auf der man die abenteuerlichsten Muschel- und Schalentiere, Schinken, Würste, geräucherten Lachs, Körbe mit Grünzeug und bunte Vorspeisen bewundern konnte. An den Wänden entlang standen Rand an Rand kleine weiß gedeckte Tischchen, und daran saßen Schulter an Schulter die Opfer französischer Eßkultur.

Ich blieb fluchtbereit in der Nähe der Tür stehen und

starrte, starrte auf die schwerbeladenen Tische und vollen Teller, starrte in die Gesichter der Leute, in diese spitzen, arroganten Windhundgesichter, in denen die Züge keinen Platz hatten, sich sinnlich auszudehnen oder freundlich auszubreiten.

»O Gott«, dachte ich verzweifelt, »laß mich ein breites, gutmütiges Gesicht sehen, einen großzügigen Mund, warme Augen, laß mich doch schwere Brüste sehen und einen gewölbten Bauch.« Doch alles war spitz und kalt und flach.

»Serge...«, sagte ich.

Aber Serge war nicht mehr neben mir. Ich sah ihn mit dem Besitzer des »La cloche d'or« im lebhaften Gespräch vor der Anrichte stehen. Wahrscheinlich unterhielten sie sich über Weinbergschnecken oder über ein Gericht, das an diesem Abend besonders zu empfehlen war. Vielleicht unterhielten sie sich aber auch über einen interessanten Artikel im ›Nouvel Observateur‹. Bei Pariser Restaurantbesitzern konnte man nie wissen. Der Mann sah distinguiert aus, und Serge schien vertraut mit ihm. Vermutlich kannten sie sich seit Jahren. Wie oft mochte Serge in diesem Restaurant erschienen sein, mit Fremden, mit denen er diskutiert, mit Frauen, mit denen er über Liebe – über das, was ihr vorausging, oder das, was ihr folgte – gesprochen hatte.

Frauen, spitz, schick, gewandt, die die Speisekarte mit erfahrenem Blick überschlugen und mit hohen Stimmen verkündeten: »Ich habe heute Appetit auf Austern, Chérie, ein Dutzend Austern, danach ein dodin de canard und dann... ah, phantastic, es gibt eine tarte tatin!« Diese konkavbäuchigen, apfelbrüstigen, flachwangigen Frauen, an denen sich nichts festsetzte, weder Fett noch Angst der Leidenschaft.

»Christine«, rief Serge und streckte von weitem den Arm nach mir aus. Ich ging zu ihm hinüber, jeder Schritt eine Überwindung. Der Besitzer, der Ähnlichkeit mit einer Grille hatte, sagte: »Madame«, setzte ein Lächeln auf und deutete eine Verbeugung an. Eine Französin, in diesem Fall, hätte gewiß sein Lächeln erwidert, ihm die Hand gereicht, Komplimente gemacht, sich nach der Zubereitung einer Sauce mousseline erkundigt. Ich tat nichts dergleichen. Ich stand da, unbeholfen, und wartete auf weitere Anweisungen.

»Setzen wir uns«, sagte Serge und legte liebevoll den Arm um meine Schultern.

Die Grille begleitete uns an eins der Tischchen. Es war zwischen zwei anderen eingekeilt und mußte erst von einem herbeieilenden Kellner herausgezogen werden, damit ich auf der Bank dahinter Platz nehmen konnte. Und da geschah es. Die Vorstellung, daß ich jetzt gleich auf engstem Raum gefangen sein würde, einen drahtigen kleinen Snob zur Rechten, eine sorgfältig geschminkte Mondäne zur Linken, einen Tisch vor mir, vier Wände um mich herum, und draußen eine vermauerte Straße, war so beängstigend, daß ich mich grün werden spürte wie der Blattspinat, den der Snob gerade auf die Gabel häufte.

Jetzt gab es für mich nur zwei Möglichkeiten: höflich Platz zu nehmen und in absehbarer Zeit, spätestens wenn der Ober die dampfenden, duftenden Schüsseln vor mir abstellte, auf den Tisch zu kotzen, oder Serge, den Besitzer und den Kellner, die abwartend um mich herumstanden, zu brüskieren und auf der Stelle in der Toilette zu verschwinden. Letzteres schien mir das ratsamere. Eine Entschuldigung murmelnd, kehrte ich den fassungslosen Herren den Rücken.

Der Waschraum war winzig und eine Sitzgelegenheit nicht vorhanden. Doch die Nähe der Kloschüssel und die Absenz von Menschen und Speisen wirkte sich sofort günstig auf mich aus. Der Brechreiz verging ebenso plötzlich, wie er gekommen war. Ich sah in den Spiegel, konnte aber nichts Absonderliches feststellen. Mein Gesicht war nicht blasser als gewöhnlich und die Zunge, die ich weit herausstreckte, rosarot.

Eine Weile stand ich unschlüssig da, dann öffnete ich zaghaft die Tür. Serge stand davor, eine Zigarette zwischen den Lippen, alle bösen Ahnungen der letzten vierzig Jahre in den großen, verstörten Augen.

»Christine«, sagte er und packte meinen Arm. »Ma petite, mon ange, was, um Gottes willen, ist passiert?«

»Nichts, nichts...«, flüsterte ich und sah mich ängstlich im Lokal um. Aber niemand schenkte uns Beachtung.

»Natürlich ist etwas passiert«, beharrte Serge, der auf die Katastrophe eingestellt nicht mehr darauf verzichten wollte, »also was?«

»Mir ist plötzlich schlecht geworden.«

»Schlecht? Aber warum ist dir plötzlich... ah, ich weiß schon! Sicher hast du mit deinem Sparsamkeitstick wieder die verschimmelten Reste im Kühlschrank aufgegessen.«

»Genau das wird's sein.«

»Ist dir jetzt wenigstens besser, mon amour?«

»Ja, aber wenn wir hier noch lange stehen...«

»Vielleicht wäre es gut, wenn du dich setzen und etwas trinken oder eine Kleinigkeit essen würdest.«

»Serge, möchtest du, daß dasselbe noch mal passiert?«

»Nein«, sagte er ratlos.

»Dann laß uns gehen.«

»Moment, ich muß nur noch schnell Bescheid sagen.«

»Tu das, ich gehe schon voraus.«

Während ich draußen vor der Tür wartete, kamen mir vor Mitleid mit Serge die Tränen. Da hatte er sich auf einen hübschen Abend gefreut, auf Weinbergschnecken und einen Wein, dessen Namen ich natürlich wieder vergessen hatte, und statt dessen mußte er jetzt dem Besitzer die peinliche Eröffnung machen, daß sich »Madame« aus irgendeinem Grund nicht wohl fühle, mußte hungrig das Lokal verlassen und schließlich auch noch erfahren, daß nicht die verschimmelten Reste im Kühlschrank, sondern die Schlacken meiner unbewältigten Vergangenheit Anlaß der Katastrophe waren.

Serge kam aus dem Restaurant, und ich wischte mir hastig zwei Tränen ab, die rechts und links an meinen Nasenwänden hinabliefen.

»Ich hoffe, die Grille hat meinen Fauxpas entschuldigt«, sagte ich.

»Die was?«

»Die Grille«, wiederholte ich, »ein Insekt, das aus mir unbegreiflichen Gründen dauernd die Flügel aneinanderreibt und dadurch zirpt.«

Serge begann zu lachen, aber ich, deprimiert, wie ich war, fand es gar nicht komisch. Wenn unsere Verständigung bereits an dem Wort »Grille« scheiterte, wie erst mußte sie an jenen komplizierten Worten scheitern, die zur Aufklärung meines Zustandes unumgänglich und bildlich unbeschreibbar sein würden.

»Ah, ich weiß, was du meinst«, rief Serge, den die Aufklärung des Wortes »Grille« mehr zu beschäftigen schien als die meines Zustandes, »un grillon! Ja, du hast recht, genauso sieht er aus.«

Er schloß das Auto auf, und wir stiegen ein. Vor uns stand die Mauer.

»Entschuldige«, sagte ich, »es ist idiotisch, daß mir das passieren mußte.«

»Aber Chérie...«

»Nein, nein, laß mich aussprechen!

Ich dachte, ich sei darüber hinweg, es ging alles so glatt die ersten Tage, weißt du noch? Ich dachte, jetzt, wo ich Deutschland verlassen habe und dich habe, einen Mann, den ich liebe, wirklich liebe... aber es sitzt eben doch viel tiefer, es sitzt hier im Magen und hier in der Brust und ist viel wahrer als diese mühsam konstruierten Vernunftmechanismen, die man sich als zivilisierter Mensch schuldig zu sein glaubt. Ich fürchte Europa, nicht nur Deutschland, wie ich immer dachte, nein, ganz Europa. Ich mißtraue ihm mitsamt seiner christlichen Kultur und seinen fest verankerten Traditionen und seiner hohen Zivilisation und was weiß ich noch alles. Ich sehe nichts Gutes mehr daran, nur noch Verkrampfung, Verlogenheit und Heuchelei. Daß mich plötzlich der Drang überkommt, in hohem Bogen zu speien, ist doch eine normale Reaktion. Oder glaubst du, es liegt allein an mir, und ich sehe das alles falsch und leide unter Paranoia?«

»Nein«, sagte Serge und nahm mich in die Arme, »nein, es liegt nicht allein an dir, ich verstehe dich, ich verstehe dich nur zu gut. Hab keine Angst, ich denke wie du und fühle wie du. Wir sind zu zweit, mon amour, und ich werde dir helfen.«

Natürlich verstand Serge meinen Zustand, und natürlich hatte er den Wunsch, mir zu helfen, aber dem stand nicht nur sein heftiges Temperament und meine unberechenbaren Reaktionen im Wege, sondern auch – und vor allem – unsere Beziehung, die an Leidenschaft ebenso reich war wie unsere Situation arm an Sicherheit. Die Sicherheit, eine Art metaphysischer Sicherheit, die ich in Jerusalem gefunden und mit der ich mich über alle nichtigen Alltagsprobleme hinweggesetzt hatte, um mich ganz auf das zu konzentrieren, was mir wesentlich schien, war in Paris ins Gegenteil umgeschlagen. Die Nichtigkeiten, etwa ein verschobener Scheidungstermin, eine Mahnung vom Finanzamt, rückten in den Vordergrund, während sich mir das Wesentliche mehr und mehr entzog. Ich lebte nur noch in der Retrospektive, in jener hohen Jerusalemer Zeit, die ich für immer verloren glaubte. Manchmal, in seltenen selbstkritischen Augenblicken, empfand ich mich eng wie ein Nadelöhr, in das sich nur mit unsäglicher Mühe ein neuer Eindruck oder Gedanke einfädeln ließ. Aber auch die verblichen sofort unter dem Ansturm verklärter Erinnerungen, die ich wie alte Fotografien vor mir ausbreitete und mit Tränen in den Augen betrachtete.

Normalerweise weinte ich selten, auch wenn mir danach zumute war. Man überfällt die Menschen nicht mit seinen Tränen, seiner Wut, seiner Freude, so wie man nicht ins Zimmer spuckt oder in der Nase bohrt. Um dieses preußische Gebot aufzuheben, bedurfte es offenbar erst einer so massiven Erschütterung, wie sie mir in Paris zuteil wurde. Mit dem Gleichgewicht verlor ich die Kontrolle, und nun weinte ich grundlos, weinte auf der Straße, im Auto, im Kaufhaus, weinte über meiner Tasse Tee am Morgen, weinte nachts im Bett. Anfangs hatte Serge mich jedesmal wie ein Kind in die Arme genommen, sich nach dem Grund meiner Tränen erkundigt und mich zärtlich getröstet. Später, als er daran gewöhnt war, hatte er nur noch einen flüchtigen, irritierten Blick in meine Richtung geworfen: »Christine, um Himmels willen, hör endlich auf.«

Nachts litt ich unter Schlaflosigkeit und Atemnot. Ich verbrachte Stunden halb sitzend, halb liegend im Bett und versuchte, unter nervösem Räuspern und krampfhaften Bewegungen genug Luft in meine Lungen zu pumpen, um, wie ein Unterwasserschwimmer, eine lange sauerstofflose Strecke zu bewältigen. Währenddessen balancierte Serge auf der Kante des ein Meter vierzig schmalen, in der Mitte zu einer Grube abfallenden Bettes und kämpfte erstens um Schlaf, zweitens um Gleichgewicht und drittens um Beherrschung. Manchmal errang er das eine oder andere, nie aber alle drei Dinge auf einmal.

»Christine!« brüllte er. »Ich flehe dich an, nimm eine Schlaftablette. Ich muß morgen früh aufstehen, verstehst du das nicht?«

»Ich habe längst eine genommen!«

»Dann nimm noch eine, nimm drei, nimm vier, aber schlaf!«

»Ich kann ja auch die ganze Röhre schlucken, damit wäre uns beiden am besten geholfen.«

Er schwieg, und ich weinte leise vor mich hin. Nach einer Weile kroch seine Hand unter der Decke hervor und legte sich um meinen Arm. Wir rollten aufeinander zu und blieben umschlungen in der Grube liegen.

»Tu es mon fils«, sagte er, »je t'aime.«

»Warum bin ich dein Sohn?«

»Weil ich mir manchmal einen gewünscht habe.«

»Ich liebe dich, Serge.«

»Wenn du mich wirklich lieben würdest, wärst du nicht so unglücklich.«

»Falsch, wenn ich dich nicht wirklich lieben würde, wäre ich nicht so unglücklich.«

»Kannst du mir das vielleicht erklären?«

»Ganz einfach. Würde ich dich nicht so lieben, würde ich das alles auch nicht so wichtig nehmen. Ich würde mir sagen: Na schön, was soll schon sein! Paris ist eine Zwischenstation, es kann einem, weiß Gott, Schlimmeres passieren. Gewöhne ich mich dran, ist es gut, gewöhne ich mich nicht dran, fahre ich zurück nach Jerusalem. Glaub mir, sähe ich die Dinge so, alles würde ab sofort klappen. Aber leider kann ich sie nicht so sehen, denn ich liebe dich zu sehr, und der Gedanke, dich zu verlieren, sei es, weil ich es nicht in Paris aushalte, sei es, weil du es auf die Dauer mit einem Versager wie mir nicht aushältst, versetzt mich in schreckliche Angst, und die Angst versetzt mich in Spannungen und die Spannungen...«

Ich hörte seine tiefen, regelmäßigen Atemzüge. Er war eingeschlafen. »Auch gut«, dachte ich, »Erklärungen in solchen Fällen helfen sowieso nichts.«

Der Höhe- und Wendepunkt kam an einem Abend im Mai. Serge war den ganzen Tag fort gewesen und hatte nur einmal, um Mittag herum, angerufen. In der Hoffnung, er könne es sein, war ich ans Telefon gegangen, das ich aus Furcht, mich nicht verständigen zu können, meistens klingeln ließ.

»Kommst du bald nach Hause?« hatte ich mit dünner Stimme gefragt.

»Nein, Chérie, das ist ganz unmöglich. Die Montage beginnt in einer Woche, und ich habe noch nicht ein Bruchteil von dem erledigt, was zu erledigen ist.«

Es war ein schöner Tag, einer von diesen milden pastellfarbenen, und ich hatte mir vorgestellt, wie er vor einem Kaffee in der Sonne saß, froh, der beklemmenden Atmosphäre am Quai aux Fleurs entkommen zu sein.

»Ich glaube, ich würde heute gerne ein bißchen spazierengehen.«

»Eine gute Idee, Chérie, tu das, es ist einfach herrlich draußen.«

»Mit dir.«

»Heut abend, ja? Wir machen einen langen, schönen Spaziergang.«

Als ich den Hörer aufgelegt und mich ratlos im Zimmer umgesehen hatte, war mir, als hätte jemand auf einen unsichtbaren Knopf an meinem Körper gedrückt und den Motor in mir abgestellt. Ich hatte plötzlich kein Blut mehr in den Adern, kein Mark mehr in den Knochen, keine Gedärme im Bauch, kein Herz in der Brust, keine Empfangs- und Steuerungsstellen im Hirn. Aus war es. Als Serge am Abend nach Hause kam, lag ich noch genauso im Bett, wie ich acht Stunden zuvor hineingekrochen war – in Kleidern, die Decke bis zur Nasenspitze emporgezogen. Er küßte mich nicht, fragte nicht, was mit mir los sei, er stand neben dem Bett und schaute wortlos auf mich herab.

»Entschuldige«, sagte ich und hörte die eigene Stimme von sehr weit herkommen, »ich glaube, man hat mir eine Betäubungsspritze gegeben.«

»Wer?«

»Niemand, aber ich fühle mich so. Müde, müde, müde... Ich schlafe die ganze Zeit.«

»Soll ich einen Arzt rufen?«

»Nein, es ist nichts, nur der Blutdruck, der ist unter Null, glaube ich.«

»Hast du was gegessen?«

»Nein.«

Er verschwand, und ich döste vor mich hin.

»Christine!«

Ich öffnete die Augen und sah ihn wieder neben dem Bett stehen, ein Tablett in den Händen.

»Setz dich auf, du mußt etwas essen.«

Ich gehorchte. Es war gut, willenlos das zu tun, was man mir befahl. Er stellte das Tablett auf meine Knie und setzte sich zu mir aufs Bett.

»Komm, iß.«

Ich nahm die Gabel und aß von der kalten Forelle, die er säuberlich zerlegt hatte.

»Sehr gut«, sagte ich.

»Nimm auch von der Mayonnaise, ich habe sie selber gemacht.«

»Du hast die Mayonnaise gemacht?«

»Ja, es ist ganz einfach.«

Die Vorstellung, daß er in der Küche gestanden und für mich eine Mayonnaise angerührt hatte, war natürlich wieder ein Grund zu weinen.

»Hol mir doch bitte eine Serviette«, sagte ich noch, gerade bevor die Tränen überschwappten. Als er zurückkam, schnaubte ich mir die Nase: »Eine Gräte«, erklärte ich, »jedesmal bleibt mir eine im Hals stecken.«

»Wie ist die Mayonnaise?«

»Wunderbar«, sagte ich und schnaubte weiter.

»Trink was, dann geht's vorbei.«

Ich trank und aß wie ein gehorsames Kind. Er schaute mir schweigend zu.

»Danke«, sagte ich danach. »Ich fühle mich viel besser.«

Er nahm mir das Tablett von den Knien, und gleich darauf schlief ich ein.

Als ich aufwachte, war es dunkel und Serge nicht neben mir.

»Serge!« rief ich.

Keine Antwort.

Ich schaltete das Licht an und schaute auf die Uhr. Halb zwölf. Es ist erstaunlich, was ein gesunder Schreck für einen ungesunden Blutdruck tun kann. Er schoß hinauf und ich mit ihm aus dem Bett. Ich lief in die Küche, ich öffnete die Tür zum Klo, ich schaute auf den Balkon, und damit waren die Möglichkeiten erschöpft.

Die Katze tauchte aus einem ihrer Verstecke auf und lud mich zum Spielen ein. Als ich sie zerstreut unter dem Kinn kraulte, schlug sie mir mit spitzen Krallen auf die Hand. Sie hatte meine Depressionen genauso satt wie Serge. Ich zündete mir eine Zigarette an und ging im Zimmer auf und ab. Mein Motor lief plötzlich wieder. Die Empfangsstellen in meinem Hirn funkten mir dringende Botschaften zu: Reiß dich zusammen, mein Kind, es ist höchste Zeit! Draußen liegt Paris, frühlingsgeschwängert und mit tausend geöffneten Armen. Draußen liegt Paris, eine schöne, reizvolle Stadt, auch wenn du das nicht wahrhaben möchtest. Ein Paris, das Menschen lieben, so wie du Jerusalem liebst.

Du bist eifersüchtig auf die Stadt. Du haßt sie wie eine gefährliche Rivalin. Du ahnst die Bedeutung, die sie für Serge hat. Du neidest ihr die Sprache, die Erlebnisse, die Geheimnisse, die Erinnerungen, die ihn mit ihr – und nicht mit dir – verbinden. Du willst, daß seine Zeitrechnung mit dem Tag beginnt, an dem er dir begegnete, und sein Leben davor leer war, wie die Welt am ersten Tag der Schöpfung.

Mach nur so weiter, armes Kind, und du wirst das heraufbeschwören, was du mit aller Macht verhindern willst.

Als die Glocken von Notre-Dame ihr sinistres Mitternachtsläuten anstimmten, ging ich ins Treppenhaus hinaus und setzte mich auf die oberste Stufe. Und während ich mit jeder Fiber, jedem Nerv, fünf Stockwerke hinab auf das Öffnen der Haustür lauschte, fiel mir ein, daß ich schon einmal so zusammengekauert auf einer Treppe gesessen und mit einer Verzweiflung ohnegleichen auf den Menschen gewartet hatte, der mir der liebste und unentbehrlichste gewesen war: meine Mutter.

»Christina!« hatte sie mich angeschrien, und ich war vor ihrer Stimme in die entfernteste Ecke des Zimmers geflüchtet. »Christina, ich warne dich! Wenn du dich weiter so verrückt aufführst, nicht ißt, nicht schläfst und dich absichtlich und mir zum Trotz krank machst, dann siehst du mich nie mehr wieder!«

Das war in Bulgarien gewesen, im ersten Jahr unserer Emigration, und ich hatte mich verkannt und ungerecht beschuldigt gefühlt.

»Mutti, ich kann nichts dafür, wirklich nicht. Ich habe...«

»Hörst du, Christina!« hatte sie mich überschrien. »Ich gehe und komme nicht mehr zurück!«

Und damit war sie aus der Wohnung gerannt und hatte die Tür hinter sich zugeschlagen.

Bis ich den vollen Inhalt ihrer Worte, das Entsetzliche ihrer Tat und die Hoffnungslosigkeit meiner Lage begriffen hatte, waren gute fünf Minuten vergangen, und dann kam der Schock: Ich hatte meine Mutter verloren. Ich war in einem fremden Land, dessen Sprache ich kaum sprach. Ich kannte keinen Menschen, an den ich mich in meiner Not hätte wenden können. Ich war allein. Die Vorstellung war so ungeheuerlich, daß ich nicht einmal hatte weinen können. Ich war ins Treppenhaus gegangen, hatte mich auf die oberste Stufe gesetzt und um die Rückkehr meiner Mutter gebetet. Eine halbe Stunde später war sie die Treppe heraufgestürzt, hatte mich aufgelesen wie eine zerbrochene Puppe und gestammelt: »Christinchen, mein Geliebtes, verzeih mir. Ich bin am Rande eines Nervenzusammenbruchs, und wenn ich mich dann auch noch um dich ängstigen muß, dann ist es einfach zuviel, verstehst du, meine Kleine?«

Und so saß ich nun hier auf dem himbeerroten Läufer, drei Jahrzehnte älter und immer noch unter dem traumatischen Eindruck, verlassen zu werden, wenn ich mich »krank machte«.

Um zwanzig nach zwölf hörte ich zum fünften Mal die Haustür und gleich darauf den Fahrstuhl, der sich langsam von Etage zu Etage arbeitete. Als er in der vierten immer noch nicht haltmachte, überkam mich, zum erstenmal in Paris, ein ungetrübtes Glücksgefühl, und indem ich ein leises »Danke« in ungewisse Richtung schickte, sprang ich auf und lief in die Wohnung.

»Du bist wach«, sagte Serge, als er das Zimmer betrat und mich im Bett sitzen sah. Er blieb am Fußende stehen, die Schultern hochgezogen, das Gesicht verschlossen.

»Ja, aber noch nicht lange.« Ich streckte die Hand nach ihm aus. »Wo warst du denn?«

»Ich war spazieren.« Er ließ sich aufs Bett fallen. »Ich bin an der Seine entlanggegangen.«

»Nachts ist das sicher hübsch«, sagte ich beklommen, »keine Menschen, keine Touristenbusse...«

»Ja, es ist hübsch, es ist sogar mehr als hübsch. Ich habe vergessen, oder vergessen wollen, wie schön Paris sein kann. Besonders im Frühling, so sanft, so süß... Ich war traurig, dich nicht bei mir zu haben, vielleicht hättest du es auch ein bißchen gefühlt. Es ist schade, daß du Paris so gar nicht magst.«

»Du magst es sehr, nicht wahr?«

»Ich habe fünfundvierzig Jahre hier gelebt. Aber wenn du hier nicht leben kannst....«

»Sprich nicht weiter«, sagte ich erschrocken, »bitte sprich es nicht aus.«

Er hob ein wenig den Kopf und sah mich an.

»Komm zu mir«, sagte er dann, »komm.«

Ich kroch eilig unter der Decke hervor und legte mich der Länge nach auf ihn. Er schloß die Arme um mich.

In dieser Nacht faßte ich einen Entschluß, und so wie ich damals nach der Szene mit meiner Mutter den ekelhaften Kakao – in den sie, wie sie glaubte, unentdeckt ein Eigelb quirlte – widerspruchslos getrunken hatte, so stand ich diesmal zeitig auf. Das Zimmer drehte sich wie sonst vor meinen Augen, und einen Moment lang schwankte ich, physisch und moralisch, zwischen wieder hinlegen und stehenbleiben. Doch die vom Vater ererbte, disziplinierte Hälfte siegte. Ich nahm eine kühle Dusche und zog mich an. War es das Wasser, das mich erfrischte, war es die Bewunderung, die ich für mich empfand, wie immer, plötzlich stand ich fest mit beiden Füßen auf dem Boden, ging mit leisen, aber energischen Schritten in die Küche und begann, das Frühstück vorzubereiten. Notre-Dame schaute mir durchs Fenster zu, und obgleich ich ihre überwältigende Anwesenheit nur schlecht ertrug – besonders auf nüchternen Magen –, sah ich ihr heute gelassen ins Auge:

»Kein Grund, dich so zu spreizen«, sagte ich, »der zweite Tempel wurde 1130 Jahre vor deiner Geburt zerstört, und noch heute beklagen die Juden seinen Verlust. Was meinst du wohl, alte Dame, wie viele Christen dir wie lange nachtrauern würden?«

Nachdem der Tisch gedeckt war und Serge sich bei meinem Ruf: »Steh auf!« das Bettuch über den Kopf gezogen und etwas Unverständliches gemurmelt hatte, entstand eine gefährliche Pause. Wenn ich jetzt mit müßigem Warten meine Energie abwürgte, war der ganze Aufwand umsonst gewesen. Ich mußte meine Gedanken unter Verschluß und meinen Körper in Bewegung halten. Aber das war in der kleinen Wohnung, in der noch dazu ein Mann schlief, schwer. Ich beschloß daher hinunterzugehen und in der Bäckerei an der Ecke Croissants zu kaufen. Der Einfall erschien mir so revolutionär, daß ich beflügelt die Wohnung verließ und, da der winzige Käfig des Fahrstuhls nicht schnell genug kam, die fünf Stockwerke hinunterlief.

Der Himmel war bedeckt. Die Seine lag schwer und träge in ihrem Bett, ein Lastkahn stieß einen dumpfen, langgezogenen Ton aus.

In der Bäckerei stand eine französische Kundin, die der Anzahl und Anordnung ihrer Falten nach sechzig sein mußte, der koketten Aufmachung nach zwanzig.

»Un bâtard«, sagte sie mit hoher, bestimmter Stimme, »bien cuite.«

»Wenn ich es wage«, dachte ich, »in selbstverständlichem Ton einen gut durchbackenen Bastard »das illegitime Kind einer dünnen Baguette und eines korpulenten Weißbrots – zu verlangen, dann bin ich integriert.«

Die Verkäuferin durchstöberte den Wald langer, aufgestellter Brote nach einem braungebrannten und reichte es der Dame.

»Vous désirez, Madame?« fragte sie mich dann.

»Quatre croissants, s'il vous plaît«, sagte ich und fand, daß ich das gut gemacht hatte.

»Ordinaire ou au beurre?«

Damit hatte ich nun nicht gerechnet. Ein Croissant, dachte ich, sei ein Croissant und Komplikationen ausgeschlossen.

»Madame!« sagte die Verkäuferin mahnend.

Um einem Entschluß auszuweichen, nahm ich zwei von jeder Sorte und verließ befriedigt die Bäckerei.

Serge lag immer noch im Bett. Ich zog ihm die Decke weg und sagte im Ton, in dem man eine Heldentat verkündet: »Ich habe Croissants gekauft.«

»Je t'adore«, sagte er, ohne die Augen zu öffnen, und ich hatte den beunruhigenden Eindruck, daß er in seiner Schlaftrunkenheit nicht einmal den Satz, geschweige denn den tieferen Sinn desselben verstanden hatte.

Ich legte ihm das Päckchen auf die Brust, und er öffnete abrupt die Augen.

»Was ist denn das?«

»Croissants, deux ordinaires et deux au beurre.«

»Du hast Croissants gekauft?« fragte er jetzt endlich mit der erwarteten Überraschung, »das ist doch nicht möglich! Du warst unten und hast...«

»Serge«, sagte ich, »übertreib doch nicht so.«

Und wir lachten, lachten über uns und die Croissants und einen Morgen, der mit Heiterkeit anfing und nicht mit Tränen.

Von da an wurde es besser, sehr langsam und mühsam, aber immerhin traute ich mich jetzt aus dem Haus, ging spazieren, einkaufen und zum Friseur, lernte ein Perlhuhn von einem gewöhnlichen Huhn unterscheiden und einen erstklassigen Camembert von einem zweitklassigen.

All das geschah zunächst einmal in den Grenzen unseres Viertels, die zu überschreiten ich für verfrüht hielt. Die Stadt war mir zu groß, mein Orientierungssinn nicht das, worauf ich mich verlassen konnte. Also schaffte ich mir in Paris ein eigenes kleines Stettl und bevölkerte es mit Menschen, die dank eines ausländischen Akzents oder einer fremdartigen Physiognomie, eines Mißerfolges oder einer

Unfähigkeit, sich einzugliedern, zu den Außenseitern einer mir verhaßten Gesellschaft zählten. Solche Grenzfälle in dem blasierten vierten Arrondissement zu finden war ein Kunststück. Mir jedoch gelang es. Ich entdeckte, daß das Herz von Paris eng war, wie das seiner Bewohner, und daß es da, wo es die Arme der Seine freigab, in ein Netzwerk kleiner volkstümlicher Straßen überging, die in die Place Maubert einmündeten. Und hier, in diesen Straßen mit ihren dunklen, veralteten Wohnungen und bescheidenen Läden und Werkstätten, auf der Place Maubert, wo die Abfälle im Rinnstein und die Clochards auf den wärmespendenden Luftschächten der Metrostationen lagen, hier fand ich ein teilnahmsvolles Wort und einen freundlichen Blick, ein liebenswertes Lächeln und ein herzhaftes Lachen. Die Ile Saint-Louis diente mir jetzt nur noch zu täglichen Spaziergängen, die mich den Kai des linken Seinearmes hinauf und den des rechten wieder hinabführten. Ich ging und betrachtete die Leute, und das am liebsten von hinten. Frankreich ist ein Land, in dem die Menschen beunruhigend enge Hosen tragen und es sich leisten können. Egal ob Männer oder Frauen, nirgends habe ich einen solchen Reichtum an kleinen, festen, runden Pos gesehen wie in Paris. Ich muß gestehen, daß dieses Attribut ein beachtliches ist, vielleicht das, worauf sich die Franzosen mit Recht etwas einbilden können. Was ich von vorne zu sehen bekam, war bei weitem nicht so spannend. Ich begegnete Touristen jeden Alters, jeden Milieus, jeder Rasse, die abwechselnd zu den Häusern hinauf und zur Seine hinabblickten, und der schicken Bourgeoisie, die von der Haustür zum Auto und vom Auto zur Haustür eilte, mit Hund von Baum zu Baum, und, wenn es sich um Damen handelte, mit frisch bemaltem Gesicht zu einem Rendezvous in nahe gelegenen Cafés.

Dann – auf den Brücken sah ich wieder Gesichter. Hier spielten die Kinder der Hausmeister, der Putzfrauen und Handwerker. Soweit ich mich erinnern kann, waren es die einzigen, die ich in dieser vornehmen, zur Fortpflanzung ungeeigneten Gegend angetroffen habe. Ich weiß nicht, ob es die Kleinen mit ihrem fröhlichen Geschrei und Spiel waren, die die Fremdarbeiter anzogen, oder die schönen, schlanken Lastkähne, die dem offenen Meer und damit der uralten Vorstellung von Abenteuer und Freiheit entgegenglitten: Wie immer, hier standen sie, in armseligen Kleidern, die Ellenbogen auf die Brüstung, das düstere Gesicht in die Hände gestützt, und starrten auf die oft besungene Seine. Hier standen sie, Portugiesen und Spanier, Griechen und Türken, Araber und Neger. Und ich stand neben ihnen und folgte ihren Gedanken in heiße, helle Länder, in bunte, lebhafte Gassen, in kleine, dürftige Häuser, in den schützenden, wärmenden Kreis ihrer Freunde und Familien. Und dann sah ich mich, beschwingt und gebräunt die Ben-Jehuda-Straße in Jerusalem hinunterlaufen, diese kleine, betriebsame Geschäftsstraße mit den dilettantisch dekorierten Schaufenstern, sah die Menschen auf- und abflanieren, nie alleine, nie in Hast, sah die Gesichter von Freunden und Bekannten, Hände, die mir zuwinkten, Augen, die von innen heraus zu leuchten schienen: »Shalom, Christina, welcome home!« Und von diesen Bildern begleitet, ging ich die Seine entlang nach Hause.

Aber ich machte Fortschritte. Ich konnte jetzt schon ein Kaninchen in Rotwein zubereiten, wagte mich ans Telefon, wenn es klingelte, ließ mich wieder in Restaurants und sogar aus dem vierten Arrondissement hinaus in mir unbekannte Stadtviertel führen. Und als Serge mich eines Tages vorsichtig fragte, ob ich nicht endlich bereit sei, ein paar Leute kennenzulernen (sehr nette, gescheite, englisch sprechende Leute), sagte ich ja, ich sei bereit.
 Und so geschah es.
 »Christine haßt Paris und die Pariser!«
Mit dieser Eröffnung, die wie eine Kampfansage klang, führte mich Serge in seinen umfangreichen Bekanntenkreis ein. Die Bekannten konnten eine leise Beunruhigung und Verlegenheit nicht verbergen. Hier waren sie gekom-

men, um einen staunenden Blick durchs Küchenfenster auf Notre-Dame, einen entzückten vom Balkon auf das Panorama der Ile Saint-Louis und einen neugierigen auf mich, die Geheimnisvolle aus Jerusalem, zu werfen, und schon wurden sie mit der Meldung überfallen, daß ich Paris haßte. Ein wenig stark! Und wenn sie schon vor der Besichtigung ihre Bedenken gehabt hatten, dann hatten sie danach – und nicht zu Unrecht – ernsthafte Zweifel.

»Das kann doch nicht gutgehen«, hörte ich sie denken, »Serge, ein Pariser durch und durch, und dieser fremde, merkwürdige Vogel! Na ja, wahrscheinlich eine kurze Bettgeschichte.«

»Christine«, erklärte Serge seinen Bekannten, »findet Notre-Dame monströs und die französischen Männer...«

»Serge«, versuchte ich, ihn zu unterbrechen, »nun laß das doch!« Aber er ließ sich nicht unterbrechen.

»...und die französischen Männer«, fuhr er lachend fort, »nennt sie kleine, aufgeplusterte Hähne.«

Seine Bekannten lachten, wie es sich für nette Leute gehört. Mehr als die Hälfte von ihnen waren Juden, aber das zu entdecken, gelang selbst mir nicht. Ob seit Generationen in Frankreich oder als Kinder eingewandert, nichts unterschied sie von ihren christlichen Landsleuten, nichts, außer daß sie in ihrer Angst, vielleicht doch eine Spur anders zu wirken, noch um eine Umdrehung intellektueller, kulturbesessener, polemischer, kurzum französischer waren.

»Christine«, schloß Serge, »liebt überhaupt nur Israel und da im besonderen Jerusalem.«

Viele der netten Leute waren dort gewesen, aber keiner teilte meine Liebe. Ihr Interesse an Israel war mit dem Sechs-Tage-Krieg wachgerüttelt worden und mit dem Vormarsch der israelischen Armee zu einem teils verschämten, teils spontan ausbrechenden, wenn auch nicht lange vorhaltenden Nationalbewußtsein angeschwollen.

Kaum hatte man das Schofar* an der Klagemauer geblasen, waren sie, die meisten zum erstenmal, nach Israel geflogen, um das Mirakel einer jüdischen Armee aus der Nähe zu betrachten und die eroberten Gebiete zu besuchen, die noch frisch von der Schlacht mit zerschossenen Panzern und verwesenden Körperteilen dekoriert waren. Der Eindruck muß stark und verwirrend gewesen sein, denn darauf hatten sie beschlossen, eine wenn auch kurze, so doch intensive Erkundungsfahrt durchs Land anzutreten und der Sache »auf den Grund« zu gehen. Im Zuge dieser Reise waren sie auch nach Jerusalem gekommen, geschäftig, eilig und immer darauf bedacht, Informationen zu sammeln, sei es für einen Artikel, einen Essay, ein Buch, sei es auch nur für eine abendfüllende Diskussion im Freundes- und Bekanntenkreis.

Jerusalem, sein Zauber, sein Geheimnis, seine Einmaligkeit war ihnen verschlossen geblieben.

Gefangene einer unflexiblen Pariser Intellektuellenclique, die sich beharrlich um ihre eigene Achse drehte und nur aus der Theorie wie aus der eigenen Erfahrung lebte, waren sie nicht mehr in der Lage, Elemente aufzunehmen, die außerhalb ihrer Grenzen lagen. Und obgleich sie sich ihrer Unfreiheit bewußt waren, und sogar darunter litten, gingen sie weiter in dem ihnen vertrauten Kreis, wie Zirkuspferde in der Manege. Man konnte sich darauf verlassen, daß sie nie ausbrechen, sondern immer so weitermachen würden: von der Manege, in der sie sich tänzelnd produzierten, in den Stall, in dem sie müde die Köpfe hängen ließen, und vom Stall in die Manege. Das Leben lief nach strikt eingehaltenen Spielregeln ab, blutarm und berechenbar.

Ich konnte mit all diesen Menschen wenig anfangen und nehme an, daß es auf Gegenseitigkeit beruhte. Wir standen auf zwei verschiedenen Ebenen und hatten keine Berührungspunkte. Mich interessierte der Mensch und das, was

---

* Widderhorn zum Gebrauch bei religiösen Feierlichkeiten

sich in ihm abspielte, sie interessierte, was sich um ihn herum tat. Entsprechend waren die Beziehungen. Persönliche Gespräche, soweit sie sich nicht um den Beruf und seine positiven und negativen Seiten drehten, waren tabu; Fragen, die das Privatleben eines Menschen berührten, peinlich, freiherzige Aussagen zur eigenen Person unanständig. Man überließ es seinen Bekannten, einen in absentia scharfzüngig zu diskutieren, aber niemals, Gott behüte, sprach man sich Auge in Auge aus. Bitte, keine echten Beziehungen! Echte Beziehungen bedeuteten ungelegene Eröffnungen, Verwicklungen, das Niederreißen jener Barrieren, die einen vor Zugriffen bewahrten.

So flatterte man von Thema zu Thema, streifte das eine, ließ sich beim anderen einen Moment lang nieder, schlug eine gewagte Kapriole und landete beim nächsten. Man schwatzte über französische Schriftsteller, französische Journalisten, französische Schauspieler, französische Politiker. Jeder kannte jeden, und alle lasen, sahen, hörten zur gleichen Zeit, was gelesen, gesehen und gehört werden mußte. Es waren Unterhaltungen, die fast immer um Pariser Geschehnisse kreisten und daher, trotz aller Gewandtheit, einen provinziellen Unterton hatten.

Ich war nach solchem geselligen Beisammensein wie gerädert. Ich ärgerte mich über die vergeudete Zeit, die ich soviel lieber mit Serge allein verbracht hätte, über das Lächeln, das mir im Gesicht klebte und bestimmt den Ansatz einer neuen Falte hinterlassen würde.

»Ich habe nicht den Eindruck«, sagte ich danach zu Serge, »daß einem all dies viel gibt.«

»Dasselbe könnte ich von deinen israelischen Freunden behaupten, oder hältst du ihre stereotypen politischen Diskussionen für sehr anregend?«

»Anregend oder nicht, immerhin geben sie sich Mühe...« Ich wußte nicht mehr weiter.

»Tief und fest zu sein«, ergänzte Serge lachend, »wie eben nur die deutschen Juden.«

»Tief und fest ist mir in diesem Fall noch lieber als eine Explosion an leeren Worten.«

»Chérie, das verstehst du nicht. In Paris ist ein Gespräch eine Art Gesellschaftsspiel.«

»Ein Scheißspiel ist es, aber du scheinst es auch noch zu mögen.«

»Nein, aber darauf kommt es nicht an. Sprechen, das was du darunter verstehst, kann man überhaupt nur in den seltensten Fällen mit den wenigsten Menschen. Mit dem Rest redet man, du und ich und wir alle. Es geht gar nicht anders, es sei denn, man zieht sich auf die berühmte einsame Insel zurück.«

»Was du natürlich nicht könntest, nicht einmal nach Jerusalem.«

»Um nur eine, wenn auch triviale, so doch notwendige Frage zu stellen: Und wovon sollen wir da leben?«

»Ich habe zunächst einmal Geld...«

»Halt, Christine, halt«, unterbrach er mich, »red dir nichts ein. Du könntest einen Mann, der von dir lebt, ebensowenig ertragen wie einen, der für dich arbeitet. Im ersten Fall kämst du dir ausgenutzt vor und im zweiten vernachlässigt. Ob ich nun also mit dir nach Jerusalem gehe, und von deinem Geld lebe, oder mit dir in Paris bleibe und arbeite, es läuft auf dasselbe hinaus. In dem Moment, in dem ich deine Illusionen notgedrungen zerstören muß, verläßt du mich.«

Als Serge mit der Montage seines Films begann und auf Tage, Wochen, Monate im Schneideraum verschwand, fühlte ich mich derart vernachlässigt, daß ich mir eine Dauerwelle legen ließ und den Friseursalon mit kurzem, gelocktem anstatt langem, glattem Haar verließ. Ein böses Zeichen, das sogar Serge auffiel und zu der ängstlichen Frage veranlaßte: »Sag mal, wächst sich die Dauerwelle auch wieder aus?«

»Da wir uns sowieso nicht sehen«, erwiderte ich mürrisch, »ist das doch ganz egal.«

Der Schneideraum lag in Neuilly, einem reichen Vorort von Paris, den man in der Hauptverkehrszeit kaum, unter normalen Umständen in einer guten halben Stunde erreichen konnte, und die Mitarbeiterinnen waren zwei junge Frauen.

»Einen entlegeneren Ort, um deinen Film zu schneiden, hättest du dir wohl nicht aussuchen können, und natürlich mußten es wieder Frauen sein, mit denen du arbeitest.«

»Herrgott, Christine«, schrie er mich an, »glaubst du, ich habe sie nur ihrer schönen Augen oder Beine wegen ausgesucht, glaubst du, ich habe daran Vergnügen, mich stundenlang durch den Verkehr zu kämpfen, um dann den ganzen Tag wie ein Maulwurf unter der Erde in einem winzigen licht- und luftlosen Raum zu sitzen, den Rücken nicht mehr geradezukriegen und den Dreck im Café nebenan zu fressen? Was stellst du dir eigentlich vor? Daß das alles ein Heidenspaß ist?«

»Entschuldige. Aber wenn ich dich den ganzen Tag nicht sehe...«

»Chérie, ich wäre glücklich, wenn du jeden Morgen mit mir nach Neuilly fahren und den ganzen Tag über bei mir bleiben würdest.«

»Um was zu tun? Um aus Liebe und Solidarität auch ein Maulwurf zu werden?«

»Um mir zu helfen. Du könntest zum Beispiel den englischen Text bearbeiten.«

Ich bearbeitete den Text, das heißt, ich wühlte mich durch Hunderte von Seiten und versuchte unter schweren Konflikten, die Interviews, die Serge gemacht hatte, auf das Wesentliche zusammenzustreichen. Hatte ich ein Interview beendet, fuhr ich mit der Metro nach Neuilly, und das schien mir eine weitaus größere Leistung als die, die ich auf dem Papier zustande gebracht hatte. Das Unter-die-Erde-Kriechen, die düstere Beleuchtung, die hohlen Geräusche, die Hitze, das Gedränge, und dann im Waggon die sich automatisch verriegelnden Türen und das Hineintauchen in den engen, unheimlichen Schlund, weckt in einem klaustrophobisch veranlagten Menschen etwa dieselben schrecklichen Vorstellungen wie in einem frommen Katholiken die von der Hölle.

Ich war heilfroh, als endlich der Tag kam, an dem ich meine gesamte Arbeit ablieferte. Und da mußte ich feststellen, daß sich das Bild meinen Kürzungen nicht anpassen wollte, und der Film darüber hinaus zehn Stunden gedauert hätte, wäre er nach dem geschnitten worden, was ich für wesentlich hielt.

»Macht gar nichts«, tröstete Serge, »auf diese Weise kann ich mich wenigstens darauf verlassen, daß du nichts Wesentliches gestrichen hast. Du liebst eben die epische Breite, ma petite.«

Von da an schrieb ich in aller epischen Breite Briefe und verteilte die guten auf meine Freunde in Israel, die bösen auf meine Angehörigen in Deutschland. Was als eine ganz normale, zeitfüllende Beschäftigung begann, artete in Besessenheit aus, und die Antworten, besonders die der Getroffenen, blieben nicht aus.

»Vielleicht wäre es vernünftiger«, bemerkte Serge, als er mir eines Morgens einen dicken Eil- und Drohbrief von meinem Mann überreichte, »wenn du deine Korrespondenz auf Israel beschränken oder aber den Kreis deiner Leserschaft erweitern würdest.«

»Was meinst du damit?«

»Daß du endlich mit dieser Ersatzhandlung aufhören und ein Buch schreiben solltest.«

»Ich kann aber kein Buch schreiben.«

»Du müßtest es versuchen. Du hast doch den ganzen Tag für dich.«

»Allerdings«, sagte ich bitter, »aber ich fürchte, daß es damit allein nicht getan ist. Ich habe zwar den Tag, aber ich habe keine Kraft, keinen Mut und vor allem keinen Aufschwung. Ich bin lahm geworden, hörst du, lahm und steril.«

»Und dafür machst du mich verantwortlich.«

»Nein, ich war schon lahm und steril, bevor ich dich

kennenlernte. Dann mit dir kam ein Jahr des Höhenfluges und jetzt ist...« Ich zuckte mit den Schultern.

»Ich verstehe.«

»Du verstehst überhaupt nichts«, schrie ich, »das ist ja das Schlimme! Du verstehst nicht, daß eine Liebesbeziehung leichter zerreißen kann als deine verdammten Zelluloidstreifen und daß man vorsichtiger und gewissenhafter damit umgehen muß als mit einem Film.«

»Und du, indem du mir andauernd Angst machst, gehst besonders vorsichtig damit um, nicht wahr?«

»Mit was mache ich dir Angst?«

»Mit deinen Vorwürfen und Drohungen. Wenn ich einmal gähne, ist das bereits ein Minuspunkt in unserer Beziehung. In Jerusalem, wenn ich todmüde von den Dreharbeiten nach Hause kam, habe ich auch gegähnt.«

»Das ist doch wohl kaum zu vergleichen. Wenn du in Jerusalem nach Hause kamst, sind wir von der Tür direkt ins Bett gegangen und haben zusammen geschlafen. Hier schlägst du mir vor, ins Kino zu gehen.«

»Ja«, sagte er und lachte, »und jetzt gehen wir jeden zweiten Abend ins Kino, und einmal in der Woche, am Samstag, schlafen wir zusammen.«

»Keine Angst, das kommt auch noch.«

»Sogar sehr bald, wenn du so weitermachst.«

»Wenn wer wie weitermacht?«

»Du machst mich krank, Christine. Ich möchte nicht mehr darüber sprechen.«

»Weil es dir unangenehm ist. Natürlich, so ist das immer mit dir.«

»Nicht, weil es mir unangenehm ist, sondern weil du unangenehm bist. Wie kann man mit einem Menschen sprechen, der von A bis Z unobjektiv ist.«

»Bin ich vielleicht unobjektiv, wenn ich behaupte, daß wir kein Privatleben mehr haben? Wann sehe ich dich denn? Morgens, wenn du noch hundemüde bist, und abends, wenn du schon wieder hundemüde bist. Nicht einmal sprechen kann ich mehr mit dir. Und wie nötig hätte ich das, wie nötig! Ich lebe hier völlig isoliert, kenne nichts von Paris, rein gar nichts.«

»Aber du bist es doch, die sich sperrt. Wenn ich dir vorschlage, etwas mit mir zu unternehmen, wehrst du dich mit Händen und Füßen. Ich wollte mit dir ins Theater. ›Um Himmels willen‹, hast du geschrien, ›erstens habe ich Klaustrophobie, zweitens verstehe ich nichts, und drittens kann ich Theater sowieso nicht leiden!‹ Ich wollte mit dir aufs Land zu den Grenells oder auch nur nach Fontainebleau...«

»Fontainebleau«, fiel ich ihm ins Wort, »Häuser auf dem Land, Theater, teure Restaurants, das Leben der sogenannten Linksintellektuellen! Ich frage dich, wo besteht zwischen euch und der Bourgeoisie, die ihr so tief verachtet, noch der geringste Unterschied? Ihr seid genauso fett, genauso träge, genauso bequem wie sie. Ich will Paris sehen, hörst du, volkstümliche bunte Viertel, in denen noch Menschen leben, nicht Intellektuelle, nicht Studenten, nicht Bourgeoisie, sondern Menschen, oder sind die inzwischen ausgestorben? Und ich will all die eigenartigen Plätze, die es in Paris geben soll, kennenlernen, den Flohmarkt, nicht den Vogel- und Blumenmarkt, die Kuriositätenläden, nicht diese langweiligen Geschäfte der Haute Couture, die kleinen Bistros und Spelunken, nicht die mondänen Eßlokale, die populären Cafés, nicht das verdammte ›Deux Magots‹. Aber vielleicht ist das alles nur ein Mythos, einer der vielen, die sich um Paris ranken, und existiert lediglich in der Vorstellung der Ausländer.«

»Bist du jetzt fertig«, fragte Serge.

»Nein, ich bin nicht fertig! Ich bin überhaupt nicht fertig! Ich war noch nicht mal in einem Nachtlokal oder in einem von diesen kleinen schmuddeligen Stundenhotels. Ich wollte immer mit dir...«

»Zieh dich an«, sagte Serge, »wir gehen in ein Nachtlokal und danach ins Stundenhotel. Los, ich meine es ernst.«

»Ach Quatsch, wenn der Wunsch nicht von dir kommt, macht so was überhaupt keinen Spaß. Und das ist es eben.

In Jerusalem kamen die verrücktesten Einfälle immer von dir, ganz gleich, ob es dieses verkommene Hotel in Jericho war, wo die zwei Araberjungen auf die Leiter stiegen, um uns durchs Fenster zu beobachten, oder der Stadtpark in Tel Aviv, wo ich mir das Kleid zerrissen habe. Na ja, schöne alte Zeit.«

»Das Erstaunliche ist, daß du gar nicht merkst, wie du diese Zeit mit allem Drum und Dran glorifizierst. Es war nicht nur so, Christine.«

»Ich weiß, daß es nicht nur so war, aber oft war es so. Es gab eben Hochs und Tiefs, während hier alles nur noch ein einziger grauer Brei ist.«

»Wenn du es so siehst, solltest du zurück nach Jerusalem.«

»Leider habe ich dort keine Wohnung mehr.«

»Saloppe!« sagte Serge.

»Keine Sorge«, sagte ich, »wir können auch hier ein getrenntes Leben führen, du im Schneideraum und ich... sei sicher, auch für mich wird sich etwas finden.«

Es fanden sich Weinsteins, ein älteres jüdisches Ehepaar, sie eine Bildhauerin aus Berlin, er ein Schneider aus einem polnischen Stettl; und Sebastien, ein vierundzwanzigjähriger Student mit dem dramatisch-schönen Gesicht einer Christusfigur, dem langen, mageren Körper eines Fakirs und dem Haarschopf eines Buschnegers.

Sebastien, der mir als Französischlehrer empfohlen worden war und auch als solcher eine Weile fungierte, füllte alsbald die Lücke eines Sohnes, und die Weinsteins, deren Adresse ich von einer gemeinsamen Jerusalemer Freundin erhalten hatte, die der Eltern. Und während Serge, wie ich mit einiger Übertreibung behauptet hatte, sein Leben bis zum Wochenende im Schneideraum verbrachte, verbrachte ich das meine zwischen französischem Unterricht und Besuchen bei meinen neuen Freunden.

Lea und Shlomoh Weinstein wohnten, wie viele Juden, in der Nähe der Place de la République, in einer schmalen, baumlosen Straße, in der sich ein altes, finster dreinschauendes Mietshaus ans andere reihte. Ich ging gerne zu Fuß dorthin, denn mein Weg führte mich durch eins der ältesten Stadtviertel von Paris, dem Marais. Im Marais fühlte ich mich heimisch, denn hier in den engen Gassen und baufälligen Häusern, die an ein Ghetto erinnerten, hatte eine Anzahl frommer Juden ihre Geschäfte eröffnet. Es waren Läden, wie man sie in Israel sieht: Schlächtereien, deren Türen ein Davidstern zierte, Bäckereien, in deren Auslagen man lang vermißte Köstlichkeiten wie Käse und Mohnkuchen bestaunen konnte, winzige, unordentliche Läden, in denen Lebensmittel und Kurzwaren verkauft wurden, Schmuck und religiöse Artikel, Lederwaren und Textilien, hebräische Bücher, israelische Schallplatten und Ansichtskarten, die das »Gelobte Land«, seine führenden Persönlichkeiten, seine Armee und seine Chassidim darstellten.

Die Besitzer dieser Geschäfte, meist alte Leutchen, die gemeinsam mit ihren Waren Staub angesetzt hatten, trugen Kipa oder Hut. Sie hatten gute Augen, und manchmal trat ich bei ihnen ein, mehr um ein paar Worte mit ihnen zu wechseln, als um etwas zu kaufen.

Auch die Place de la République hatte ich in mein Herz geschlossen. Er war groß und häßlich und voller Leben.

Unter dem Denkmal eines kolossalen Weibes hatte sich ein winziger Jahrmarkt niedergelassen, und dort neben dem Karussell blieb ich jedesmal stehen. Kinder, teils ängstlich, teils stolz, saßen auf Zebras, Tigern, Elefanten und drehten sich zu einer alten Valse Musette langsam im Kreise. Und immer fühlte ich den Wunsch zu weinen, sei es über die bescheidene Freude dieser blassen Großstadtkinder, die absurden Tiere aus Pappmaché, die dünne Musik, die so vergeblich gegen den Krach der Motoren ankämpfte, sei es über diese ferne, unschuldige Welt inmitten des chaotischen zwanzigsten Jahrhunderts.

Das Haus, in dem die Weinsteins wohnten, war ebenfalls eine Welt für sich, eine, die in mir wie eine Ahnung lebte, ungekannt und dennoch vertraut. Man betrat sie durch ein schweres Eisentor, das abends um acht Uhr verriegelt wurde und einen unweigerlich an Gefängnis oder Konzentrationslager erinnerte. Ein gerader, mit Kopfstein gepflasterter Fahrweg führte zwischen zwei hohen fensterlosen Hauswänden hindurch in einen großen quadratischen Hof, der an allen vier Seiten von mehrstöckigen rußgeschwärzten Gebäuden eingeschlossen war. Auf dieses dunkle Viereck fiel nie die Sonne, kein Grashalm wuchs zwischen den buckligen Steinen, kein Kind spielte Ball, und wenn ich es überquerte, schattenlos, nur gefolgt von dem Echo meiner eigenen Schritte, überkam mich der Zwang, den Blick zu den Fenstern der Weinsteins zu heben und ihn dann an der schäbigen Fassade entlang auf das Pflaster fallenzulassen.

»Sie hat sich hinuntergestürzt«, hatte mir Shlomoh Weinstein eines Abends, als wir allein waren, erzählt, »meine erste Frau Rifke, hat sich hier aus diesem Fenster gestürzt.«

Wie immer hatte er Jiddisch gesprochen, diese merkwürdige Sprache, die weich klingt wie ein Wiegenlied und sich der Heftigkeit seiner Worte nicht anpassen wollte. Ich hatte ihn angestarrt, erschrocken über diese unerwartete Eröffnung, gefesselt von seinem schönen Gesicht, das allem Eigensinn und Jähzorn zum Trotz die Züge eines weisen Juden hatte.

»Unsere drei kleinen Söhne«, hatte er weitergesprochen, »der älteste keine acht Jahre alt, haben versucht, sie zurückzuhalten. Ich habe sie schreien gehört, die Kinder, einen Stock tiefer in meiner Werkstatt, aber als ich heraufkam, war es schon zu spät. Nichts hat sie mehr erreicht, die Rifke, nichts außer den schauderhaften Bildern, die sie verfolgten, Tag und Nacht. Die waren stärker als Kinderarme und Kindertränen, stärker als Mutterliebe.«

»War sie krank?« hatte ich gefragt.

»Nein, sie war nicht krank«, hatte er aufgebracht erwidert, »sie war ein Mensch, das ist alles. Ein Mensch kommt nicht darüber hinweg, hörst du, nicht über Auschwitz. Ich war als Bundist in acht polnischen Gefängnissen, in fünf russischen Lagern, in Sibirien. Es war schlimm genug, aber es war nicht Auschwitz.«

»Ich weiß«, hatte ich gesagt.

»Nichts wissen wir, nichts, gar nichts! Oder glaubst du, daß uns das, was wir darüber gehört, gelesen und gesehen haben, ein Wissen gibt? Hat dir ein Wort jemals körperliche Qualen verursacht und ein Foto das Herz gebrochen, den Verstand, die Menschenwürde geraubt? Nein, meine Teure, so etwas kann man nicht wissen.«

»Wäre es nicht vielleicht besser gewesen«, hatte ich nach langem Schweigen zögernd gefragt, »wenn ihr in eine etwas hellere, freundlichere Umgebung gezogen wäret?«

»Ja«, hatte er kopfschüttelnd gesagt, »ja, man sieht, daß du eine richtige Jeckete bist. Eine hellere, freundlichere Umgebung, wenn ihr weder die Liebe noch die Zeit, weder der eigene Mann noch die Kinder haben helfen können. Ei weh, Christina!« Und er hatte seine Hand auf meine gelegt und abschließend hinzugefügt: »Wir einfachen Ostjuden sind seit zweitausend Jahren aus einer freundlicheren Umgebung verbannt worden. Inzwischen ziehen wir es freiwillig vor, im Schutz des Schattens und der Enge zu leben, immer nach innen, verstehst du, nie nach außen.«

Mittelalterlich, nannte Lea, Shlomohs zweite Frau, die Einstellung ihres Mannes, mittelalterlich und negativ. So wie er die alten ostjüdischen Traditionen liebte und in ihnen zu Hause war, so liebte sie den Fortschritt und lebte in einer Welt westlicher Assimilation. Nie hatte ich ein ungleicheres Paar erlebt. Sie war als einzige Tochter eines wohlhabenden Kaufmanns in Berlin-Dahlem aufgewachsen, er als siebentes Kind eines Schusters im Warschauer Ghetto. Für sie, die emanzipierte Zionistin, lag das Heil des Judentums in einer weltumspannenden jüdisch-nationalen Bewegung, für ihn, den Bundisten und Anti-Zionisten, schlug das Herz des wahren Judentums allein in Osteuropa. Sie sprach deutsch und französisch, er jiddisch und polnisch. Sie war Bildhauerin mit den Manieren einer Dame, er war Schneider mit dem Wissen eines Gelehrten. Sie hatte eine Schwäche für Pelze und Schmuck, er eine Leidenschaft für Literatur und Musik. Sie ging mit Vorliebe ins Theater, er auf Beerdigungen. Sie schwärmte für Hummer, er für Salzheringe.

Wenn ich die morsche, blankgetretene Holzstiege in den dritten Stock hinaufgeklettert war und die Wohnung der Weinsteins betrat, empfing mich eine wohltuende Atmosphäre aus französischer Wohnkultur und deutscher Gemütlichkeit. Hier zumindest hatte sich Lea, deren emanzipierte Ideen sonst wenig Anklang fanden, durchgesetzt und sich inmitten der düsteren Mauern und Erinnerungen das gebaut, was man ein hübsches kleines Nest nennt. Und wenn Shlomoh erklärte, er sei siebenundsechzig Jahre seines Lebens ohne Komfort ausgekommen und hätte die paar, die ihm noch bleiben, auch darauf verzichten können, so schien er sich in dieser Umgebung doch recht wohl zu fühlen.

»Diese Ostjuden«, seufzte Lea – und sie seufzte oft –, »diese Ostjuden sind eben eine andere Welt.«

»Ja«, erwiderte ich, »aber das ist kein Plus für uns. Hätten wir noch die geringste Ahnung vom Judentum, wäre uns ihre Welt nicht fremd. Immerhin sind die Ostjuden die einzigen, die an ihrer eigenen jüdischen Kultur festgehalten haben.«

»Aber du mußt doch zugeben, daß die rückständig ist und mit dem 20. Jahrhundert nichts mehr zu tun hat. Mein Gott, wenn mir Shlomoh erzählt, wie er als Kind gelebt hat, dann kann ich das überhaupt nicht begreifen. Das waren mittelalterliche Zustände, Christina, mittelalterliche Zustände!«

»Tausende von Juden sind aus diesem Milieu gekommen und bedeutende Menschen geworden.«

»Das ist richtig«, entgegnete Lea, »aber...«

Sie saß klein, rund und kindlich neben einer ihrer wuchtigen Skulpturen und hatte offenbar den Faden verloren.

Ihr Gesicht mit den feinen Zügen und den rosa Posaunenengel-Bäckchen war mir zugewandt, ihre Lippen sprechbereit gespitzt.

»Komm, Liebchen, iß noch ein Stück Kuchen«, sagte sie schließlich.

Wenn Shlomoh gegen sechs aus seiner Werkstatt kam, mit kurzen, flinken Schritten das Zimmer durchquerte, mich in eine warme Umarmung schloß und sich auf meiner anderen Seite niederließ, fragte ich mich immer wieder, warum es den Weinsteins nicht gelang, sich über Vorurteile und Divergenzen hinwegzusetzen und als das zu akzeptieren, was sie waren: eine deutsche Jüdin und ein polnischer Jude, zwei herrliche Menschen mit großen offenen Herzen, zwei Menschen gleichen Blutes, zwei Menschen, die aus demselben Grund verfolgt, deren Eltern aus demselben Grund ermordet worden waren. War es da noch wichtig, daß der eine nicht den westeuropäischen Schliff und die andere nicht die jiddische Bildung hatte?

»Sie ist eine richtige Goite«, erklärte Shlomoh, wenn ihm eine Meinung Leas besonders mißfiel.

»Shlomoh, ich finde, du gehst zu weit«, sagte ich und versuchte, trotz seines herzhaften Lachens ernst zu bleiben.

»Ach laß doch«, bemerkte Lea, die noch im Ärger liebenswürdig aussah, »das sind die Minderwertigkeitskomplexe der Ostjuden.«

»O Gott«, dachte ich, »und wie bügle ich das jetzt wieder aus?« Doch bevor ich noch ein vermittelndes Wort finden konnte, sagte Shlomoh mit einer Würde, die uns beide ein für allemal verstummen ließ: »Ein Jude, der nichts anderes sein will als ein Jude, hat keine Minderwertigkeitskomplexe.«

»Shlomoh, du bist der einzige Jude, der es wert ist, ein Jude genannt zu werden«, sagte Serge, wenn er nach der Arbeit kam, um mit uns zu Abend zu essen, »alle anderen verdienen, getauft zu werden.«

Und die beiden Männer lachten, umarmten sich und strichen sich liebevoll über die Köpfe.

»Na, was sage ich«, seufzte Lea, die mit immer neuen Platten und Schüsseln aus der Küche kam, »eine andere Welt, diese beiden, eine andere Welt.«

Wenn ich dann an dem reichgedeckten Tisch saß, Serge zur Rechten, Shlomoh zur Linken und mir gegenüber Lea, ließ ich mich mit dem Duft, der aus der Suppenterrine stieg, mit dem Stück Matze, das ich langsam zwischen den Zähnen zerrieb, in meine Kindheit zurückgleiten. Und indem ich in mich hineinhorchte, tiefer und tiefer, gelang es mir, einen kurzen trancegleichen Augenblick jenes Glück in mir wachzurufen, das ich bei meinen Großeltern Kirschner empfunden hatte.

Mit Sebastien verband mich keine Vergangenheit und nicht die Erinnerung an jene Epoche, die das Leben zweier Generationen vergewaltigt hatte. Sebastien war zwanzig Jahre jünger als ich, und das einzige, was mich in den ersten Tagen mit ihm verband, war ›l'art de conjuguer‹, ein orangefarbenes Buch, das achttausend Verben umfaßte. Damit war das Pensum der nächsten Jahre zwar gesichert, mein Mut jedoch in seinen Grundfesten erschüttert.

»Entschuldigen Sie«, sagte ich schüchtern, als er das Buch bei »avoir« aufschlug und ich feststellen mußte, daß sich das Verb in fünfzehn verschiedenen Zeiten konjugieren ließ, »entschuldigen Sie, aber vielleicht sollten wir lieber mit leichter Konversation beginnen.«

Wir saßen an dem niedrigen, unbequemen Tisch vor der Couch, ich in einem Sessel, er, seiner Länge wegen, auf dem Teppich zu meinen Füßen. Bei meinem Vorschlag schaute er von dem Buch auf, schob den Bleistift, den er in der Hand hielt, zwischen sehr volle rote Lippen und große weiße Zähne und sah mich nachdenklich an. Sein Gesicht, von gleichmäßiger und ausdrucksvoller Schönheit, lenkte meine Gedanken ab und trieb sie in eine Richtung, die dem Studium der französischen Sprache abträglich war. Als es mir schließlich wieder gelang, Augen und Gedanken dem Verb »avoir« zuzuwenden, sagte mein Lehrer gedehnt: »Bon, Madame, wenn Sie meinen, beginnen wir mit leichter Konversation.«

Welche Verwirrung des Geistes oder der Augen mir diese schreckliche Idee eingegeben hatte, weiß ich nicht. Ich verabscheute leichte Konversation und beherrschte sie etwa so, wie das Singen einer Arie, warum also wollte ich mich jetzt plötzlich mit einem Vokabular von zweihundert Worten und einem jungen Mann, der keineswegs einen banalen Eindruck machte, dazu herablassen. Vielleicht, aber diese Vermutung kam mir erst später, hatte ich den Abgrund unseres Altersunterschiedes – ein Abgrund, der meiner Meinung nach keine gemeinsamen Themen zuließ – damit überbrücken wollen. Wie immer, im Laufe einer halben Stunde, in der mir buchstäblich der Angstschweiß auf die Stirn trat, mußte ich die Hoffnungslosigkeit der von mir vorgeschlagenen Lehrmethode einsehen, um so mehr als mein Partner genauso wenig wie ich zur leichten Konversation geeignet zu sein schien. Und nicht nur zu der.

Sebastien studierte im dritten Jahr Linguistik, und die Folge davon war ein total zerrüttetes Verhältnis zur Sprache. Er rächte sich an ihr – dem Gegenstand eines freudlosen Studiums –, indem er böse Spiele mit ihr trieb und damit seine Verachtung für sie zum Ausdruck brachte. Nie habe ich einen Menschen erlebt, der den trivialsten Satz so aus sich herauszubringen verstand, daß er wie eine Mischung aus Gassenhauer und klassischem Zitat klang. Es hörte sich interessant an, zugegeben, aber verstehen konnte ich es nicht. Diese Tatsache beunruhigte mich bis zu dem Tag, an dem mir Sebastien erklärte, daß es in der Verständigung von Mensch zu Mensch nicht auf die Worte, sondern auf »Vibrationen« ankäme, und daß die Beziehung stimmte, wenn die Vibrationen stimmten. Von da an überließ ich alles den Vibrationen.

»Worüber sprecht ihr eigentlich die ganze Zeit?« erkundigte sich Serge, den meine französischen Stunden mit einem gewissen Argwohn erfüllten.

»Über viele, viele Dinge«, gab ich ausweichend zur Antwort.

»Über was für Dinge? Über dich, über ihn?«
»Nein, so intim sind wir noch nicht.«
»Paß bloß auf, Christine!«
»Auf was?«
»Du weißt schon.«
»Keine Ahnung.«
»Sprecht ihr wenigstens französisch?«
»Wenn ich etwas nicht ausdrücken kann, sage ich's auf englisch.«
»Das heißt, du sprichst englisch mit ihm.«
»Sein Englisch ist ziemlich schlecht.«
»Was hat das damit zu tun? Lernt er Englisch bei dir oder du Französisch bei ihm?«
»Das wird sich später herausstellen.«
»Genauso habe ich mir's vorgestellt, als ich den Jungen zum erstenmal sah. Du hättest ja auch das Mädchen, das sich vorgestellt hat, nehmen können, die wäre bestimmt viel besser gewesen als er.«

»Mir geht es wie dir. Du arbeitest lieber mit Frauen und ich mit Männern.«

»Saloppe«, sagte Serge, »ich werde mir diesen Herrn jetzt mal näher betrachten.«

Da meine Arbeitsstunden inzwischen weit über die sechzig Minuten hinausgewachsen waren, hatte Serge bald Gelegenheit dazu. Er kam eines Abends um sieben und sah Lehrer und Schülerin bei geschlossenem Heft und geöffneter Whiskyflasche zusammensitzen.

»Pardon«, sagte er, »ich will nicht stören, aber ich dachte, die Stunde dauert nur bis sechs. Darf ich auch einen Whisky haben?«

Er ließ sich in seinem schwarzen Ledersessel nieder, setzte die Brille auf und betrachtete Sebastien stumm und aufmerksam. Sebastien wiederum, auf den ein voller Blick und ein langes Schweigen ausgesprochen stimulierend wirkte, lächelte ihm mit sanfter Ironie entgegen.

»Sind Sie Jude?« fragte Serge unvermittelt.

Es gab Sebastien einen kleinen Stoß in den Rücken, denn plötzlich saß er aufrecht da und sah verwirrt aus.

»Wie kommen Sie darauf?« fragte er zurück.

Jetzt lächelte Serge mit sanfter Ironie: »Sie haben sich schon verraten«, sagte er, »ein Jude beantwortet eine Frage immer mit einer Gegenfrage.«

Sebastien, der dieser Behauptung nicht ganz zu trauen schien, sah mich bestätigungssuchend an.

»Sind Sie's nun oder sind Sie's nicht?« fragte ich.

»Ich bin Halbjude.«

»Ach nein«, sagte ich.

»Sieht man mir das denn an?« fragte Sebastien zu Serge gewandt und fuhr sich unwillkürlich mit der Hand über das Gesicht.

»Fragen Sie meine Frau«, sagte Serge, »die ist auch Halbjüdin und auf dem Gebiet der Mischlinge ersten Grades Expertin. Also Christine, sieht er jüdisch aus?«

»Eigentlich nicht. Ist Ihre Mutter Jüdin oder Ihr Vater?«

»Sein Vater natürlich«, sagte Serge. »Loublinsky ist nicht gerade ein französischer Name.«

»Ah, daran haben Sie's gemerkt«, sagte Sebastien.

»Ja, daran. Kommt Ihr Vater aus Polen oder Rußland?«

»Er ist in Moskau geboren.«

»Fühlen Sie sich jüdisch?« wollte ich wissen.

»Interessante Frage«, sagte Sebastien, »nur hat sie für mich keinerlei Bedeutung. Was ist das, ›sich jüdisch fühlen‹? Ein physischer Zustand, ein intellektueller Willensakt oder eine Eingebung aus höherer Instanz?«

»Fragen Sie Ihren Vater«, sagte Serge scharf, »der ist in dem Alter, in dem man noch weiß, was es heißt, sich als Jude zu fühlen.«

»Mein Vater«, sagte Sebastien mit einer Verachtung, die sein Gesicht weiß und seine Augen schwarz färbte, »ist für solche Fragen nicht mehr zuständig.«

Er griff nach seinem Glas, trank, setzte es wieder ab und schwieg. »Und warum das?« fragte ich, als sich das Schweigen dehnte.

»Mein Vater«, fuhr er mit Widerwillen fort, »lebt in der Provinz, in einer hübschen kleinen Stadt, in einem hübschen kleinen Haus mit einem exquisiten Weinkeller und einer tadellos dressierten Hausfrau, die meine Mutter ist. Mein Vater ist Arzt, Chefarzt sogar, am dortigen Krankenhaus. Er ist einer der Honoratioren der Stadt. Wenn er von der Arbeit kommt, nimmt er einen kleinen ›Weißen‹ oder ›Roten‹ in dem Café, in dem auch der Herr Bürgermeister und der Herr Abgeordnete und der Herr Polizeikommissar seinen kleinen ›Weißen‹ oder ›Roten‹ trinkt, und abends mischt er sich manchmal unters Volk und spielt eine Partie ›Boule‹. Am Sonntag zieht er einen guten Anzug an und geht mit seiner Frau, meiner Mutter, zur katholischen Frühmesse.«

»Hat sich Ihr Vater denn taufen lassen?« fragte ich.

»Was dachten Sie? Er ist ›tout à fait français‹, mein Vater, er ist überall gern gesehen und hoch geschätzt. Nicht die Spur eines Akzentes, nicht die Spur einer unfranzösischen Vergangenheit. Wahrscheinlich hat er seinen Freunden erzählt, daß er aus der Gegend von Lourdes stammt und schon mit fünf Jahren im Kirchenchor gesungen hat. Keiner von diesen Schwachköpfen ahnt, daß ihr verehrter Herr Doktor beschnitten ist und in einem Geheimfach seines Schreibtisches die Tapferkeitsmedaille der Roten Armee aufbewahrt. Ich mußte zur Kommunion gehen und zur Beichte, und als ich die Schnauze voll hatte, wurde ich in ein streng katholisches Internat gesperrt. Zweimal bin ich ausgebrochen, und beide Male hat man mich wieder zurückgeschleppt. Mein Vater wollte aus mir einen guten Christen machen, so wie er aus sich einen gemacht hat. Dreiundzwanzig Jahre mußte ich werden, um zu erfahren, daß hinter meinem Vater, diesem engen, kleinkarierten, französischen Bürger ein russischer Jude steckt.«

»Na und«, sagte Serge mit einem Achselzucken, »wirklich, mein Lieber, ich verstehe nicht, was dich daran so aufregt.«

»Wie bitte?« fragte Sebastien und kniff die Augen zusammen. »Sie verstehen nicht?«

»Nein«, wiederholte Serge, »ich verstehe nicht. Für dich hat das Judentum doch keinerlei Bedeutung, und wenn du dir Fragen stellst, dann höchstens die, was dieser ganze Hokuspokus soll. Also schön, aber dann ist es doch auch völlig egal, was hinter deinem Vater steckt, ein französischer Katholik oder ein russischer Jude, stimmt's?«

»Stimmt«, sagte Sebastien mit einem bezaubernden Lächeln, »nur wäre mir ein russischer Jude lieber gewesen.«

Serge und ich brachen in Lachen aus, und Sebastien, den sein Erfolg nicht überraschte, griff nach der Flasche und goß uns allen einen neuen Whisky ein.

»Und wie haben Sie dann die Wahrheit erfahren?« fragte ich.

»Durch seine Schwester, die man aus Rußland rausgelassen hat und die plötzlich mit Mann und Sohn bei uns auftauchte, um sofort wieder von meinem Vater eingesperrt zu werden. Himmel, war das ein Theater! Die Familie durfte nicht wissen, daß er Christ geworden war, und die Freunde durften nicht wissen, daß er Jude gewesen war, und die Russen wollten raus, um den goldenen Westen zu sehen, und die Franzosen wollten rein, um zu sehen, was sich da hinter verschlossenen Türen und Fensterläden tat, und zum Schluß war mein Alter schon so verwirrt, daß er den Sabbat mit einem christlichen Segensspruch eingeleitet und in der Kirche den Hut aufbehalten hat. Da hat er sie dann bei Nacht und Nebel abgeschoben, der Salaud, und damit ist er für mich gestorben. Merde alors, daß man immer von den verkehrten Leuten gezeugt und geboren wird.«

»Ich mache dir einen Vorschlag«, sagte Serge, »wir adoptieren dich. Dann hast du einen jüdischen ungetauften Vater und eine zum Judentum zurückgekehrte halbjüdische Mutter, und wir haben einen Sohn, von dem wir im

Notfall immer behaupten können: Na ja, zum Glück haben wir ihn nicht gezeugt und geboren. Was hältst du davon, mon petit?«

»Eine fabelhafte Idee«, sagte Sebastien, schaute von Serge zu mir und wurde ein wenig rot: »Darauf müssen wir trinken.« Und wir hoben die Gläser und stießen an.

Das Jahr verlief ohne weitere Zäsuren. Die Tage flossen ineinander, die Wochen, die Monate, die Jahreszeiten. Der verregnete Frühling machte einem drückenden Sommer Platz, Hitze strömte aus dem niederen dunstigen Himmel, dem Pflaster, den Hausmauern, klebte einem in einer feuchten Schmutzschicht am Leib. Die Pariser packten ihre Kinder ins Auto, ihre Tiere, ihre Koffer und verließen fluchtartig die Metropole.

Ende Juli machte Paris einen science-fictionartigen Eindruck. Mehr als die Hälfte der Geschäfte und Restaurants waren geschlossen, die Straßen leer, die Jalousien heruntergelassen. Abend für Abend schoben sich schwere, anthrazitgraue Wolkenbänke über der Stadt zusammen und entluden sich in heftigen Gewittern.

Shlomoh Weinstein war zur Beschneidung seines zweiten Enkelsohnes nach Israel geflogen. Lea machte mit einer Freundin eine Reise nach Spanien. Serges Freunde und Bekannten hatten sich in ihre Landhäuser zurückgezogen.

»Endlich ist man diese verdammte Bourgeoisie los«, sagte Sebastien und blieb.

Serge verbrachte seine Tage nach wie vor im Schneideraum, in dessen hermetischer Abgeschlossenheit Zeit und Luft stillzustehen schienen. In diesem käfigartigen, kaum erhellten Raum, in dem der Zigarettenrauch wie Nebelschwaden stand und sich nur die nackten, bleichen Arme der Cutterinnen bewegten, saß er an einem der Schneidetische, in tadellosem blaßblauem Hemd, das Haar wirr in der Stirn, die Augen auf den winzigen Bildschirm fixiert. Er zog mich neben sich, und ich sah ein Stück Israel, sah wohlbekannte Häuser, Straßen, Landschaften, sah mir vertraute Menschen, hörte ihre Stimmen. Und gerade wenn ich mich auf einer Woge der Wehmut davontragen lassen wollte, erstarrte das Bild und begann, auf ein Zeichen von Serge, zurückzuschnellen, die Menschen flitzten in umgekehrter Richtung davon, die Stimmen schlugen in ein absurdes Gequietsche um.

»Magnifique«, sagte die Cutterin, »wir haben's geschafft.«

Ich beneidete Serge um das, was er geschafft hatte und Schnitt für Schnitt schaffte. Ich beneidete ihn um die Freude oder den Zweifel, mit der er eine fertiggestellte Szene betrachtete, um die Zufriedenheit oder Unzufriedenheit, mit der er nach getaner Arbeit seinen Whisky trank, um die gesunde Müdigkeit und die nervösen Spannungen und die Verzweiflungsausbrüche und die Momente exaltierten Enthusiasmus. All das hatte ich hinter mir und trauerte ihm nach, all das hatte er vor sich und lief ihm stürmisch entgegen. Und je weiter wir uns voneinander fortbewegten, er in die Aktivität, ich in die Resignation, um so einsamer, kraftloser, schattenhafter fühlte ich mich.

Der drückende Sommer ging in einen verregneten Herbst über. Feuchtigkeit strömte aus dem niederen, dunstigen Himmel, dem Pflaster, den Hausmauern, drang einem durch die Kleider auf den Leib. Die Pariser packten ihre Kinder aus dem Auto, ihre Tiere, ihre Koffer und nahmen ihre Metropole wieder in Besitz. Ende September war Paris in vollem Schwung. Alle Geschäfte und Restaurants waren geöffnet, die Straßen verstopft, die Fenster erleuchtet. Abend für Abend entlieh sich der sternenlose Himmel den Glanz der festlich erhellten Stadt.

Shlomoh Weinstein war mit Familienfotos aus Israel, Lea mit Landschaftsskizzen aus Spanien und Serges Freunde mit gebräunten Gesichtern von ihren Landsitzen zurückgekehrt.

»Paris ist nicht auszuhalten«, sagte Sebastien, der in eine türkisgrüne indische Bluse gekleidet, sehr blaß und sehr schön auf dem Teppich saß. Ich schenkte uns wie gewöhnlich einen Whisky ein und ließ mich neben ihm auf dem Boden nieder.

Die Katze sprang auf den Tisch vor der Couch, ging auf das orangefarbene Buch zu, das ich anstandshalber aufgeschlagen dort hingelegt hatte, und streckte sich auf dem Verb »venir« aus.

Sebastien befand sich in einer Krise. Er war kurz vor dem Staatsexamen abgesprungen, und obgleich er mir seine Beweggründe mitzuteilen versuchte, wurde mir nicht recht klar, was nun tatsächlich dahintersteckte: ein besonders böser »Trip«, seine Professorin, die mit ihm schlafen wollte, seine Neigung zum ungebundenen Hippiedasein oder seine politische Einstellung, die in der Wut auf die reaktionären Eltern, die reaktionäre Bourgeoisie, die reaktionären Flics gipfelte. Er war seit dem Bruch mit der Linguistik zwar gesprächiger geworden, dafür aber, so schien mir, akustisch wie sinngemäß noch unverständlicher. Schließlich gab ich es auf und begnügte mich mit dem einzig klaren und oft wiederholten Satz, der sich durch das Gestrüpp nebuloser Reflexionen Bahn brach: Er werde von nun an ein freies Leben führen. Und damit ergriff er meine Hand, die ich ihm seit einiger Zeit überließ, und spielte gedankenverloren mit meinen Fingern.

Serges Film hatte, selbst für mich, sichtbare Fortschritte gemacht, und als ich den ersten zusammenhängenden Streifen sah, wußte ich, daß er auf dem richtigen Weg war und seinem Ziel entgegenging, über alle inneren Widerstände und äußeren Hindernisse hinweg, und wenn es sein mußte über Leichen. Als das letzte Bild erloschen war, sah ich zu ihm hin.

Er hatte den Kopf tief zwischen die Schultern gezogen, so als erwarte er einen Schlag, ich ging zu ihm, küßte ihn und versicherte, daß er nichts mehr zu befürchten habe. Die Cutterinnen sprangen jubelnd auf, und nachdem wir uns der Reihe nach umarmt hatten, gingen wir in das Café nebenan und tranken eine Flasche Champagner. Serge und die Mädchen sprachen über den Film, wie man über ein Kind spricht.

Ihr Kind! Ich saß daneben und versuchte, den Gedanken, der wie eine trübe Blase aus dem Sumpf stieg, zu unterdrücken, aber es gelang mir nicht. Ihr Kind, ihr geliebtes, vielversprechendes, wenn auch äußerst schwieriges Kind, das sie unter Tränen und Verzweiflungsausbrüchen gezeugt und in zahllosen Stunden harter gemeinsamer Arbeit hochgepäppelt hatten, das sie verteidigen und vor Unheil bewahren und eines Tages wie stolze Eltern bewundern würden. Ihr Kind, das ihnen allein gehörte, das sie miteinander verband, wie mich, die ich unfruchtbar außerhalb stand, nichts mit Serge verbinden konnte. Und als Serge sein Glas hob und auf mich, die Urheberin des Filmes, trank, schmeckte ich Galle und Tränen, aber keinen Champagner.

Der verregnete Herbst ging in einen naßkalten Winter über. Kein großer Unterschied. War ich draußen auf der Straße, fror ich, war ich drinnen in den überheizten Wohnungen, hatte ich das Gefühl, bei lebendigem Leibe auszutrocknen. Gegen zehn Uhr morgens war es noch dunkel und gegen vier Uhr nachmittags schon wieder. Nur manchmal in den Mittagsstunden wurde die Wolkendecke etwas lichtdurchlässig. Dann ahnte ich, daß es eine Sonne gab.

Mindestens dreimal die Woche ging ich zu den Weinsteins, trank Tee und unterhielt mich mit Lea über das Los der Frau im allgemeinen und das der kreativen im besonderen. Sie vertrat den Standpunkt, daß eine Frau mit künstlerischen Gaben im Grunde allein leben müsse, da sich Haushalt und Kunst nicht unter einen Hut bringen ließen und sich darüber hinaus der zeitraubende, fordernde und von Natur aus rücksichtslose Mann repressiv auf die schöpferische Tätigkeit der Frau auswirke. Sie legte mir ein zweites Stück Kuchen auf den Teller und schloß, daß der kreative Mensch frei sein müsse.

Ich fragte Sebastien, ob er das freie Leben, das er jetzt führe, genieße. Wir saßen in seinem Zimmer, wo ich ihn seit neuestem von Zeit zu Zeit besuchte. Als Antwort auf meine Frage legte er eine »unkommerzielle« Platte auf und machte ein paar graziöse Tanzschritte. Sein Vater hatte ihm den monatlichen Scheck gesperrt, und seither war es aus mit den vertrödelten Tagen und durchbummelten Nächten. Er war gezwungen, sich mit Gelegenheitsarbeiten kümmerlich über Wasser zu halten.

Freiheit, erklärte ich, sei in gewissem Maße immer von Geld abhängig. Er gab mir darauf zu verstehen, daß meine reaktionären Reden nicht auf ihn wirkten und er seinen Weg fortsetzen würde. Ich seufzte und sah mich im Zimmer um, dessen Sauberkeit und Ordnung mir immer wieder verriet, wie sehr er aller militanten Schlagworte und phantasievollen Verkleidungen zum Trotz ein verlorener, wohlerzogener Junge aus gutbürgerlichem Haus geblieben war. Und als er zu einem zweiten Glas Wein und einer etwas melodischeren Musik seine Lippen auf meine Hand legte, hoffte ich mit der Lauheit meines Alters, daß er den Zug, von dem er so zuversichtlich abgesprungen war, wieder einholen werde.

Serges Film wuchs und gedieh, indem er seine Kraft und Nerven verschlang und meine morbiden Gedanken nährte. Er hatte zwar noch immer nicht das Ende, dafür aber den stattlichen Umfang von zweidreiviertel Stunden erreicht, und einer ersten Bewährungsprobe stand nichts mehr im Wege.

Die Vorführung fand im Freundeskreis statt, und zum erstenmal sah ich den Film außerhalb des Schneideraums unter anderen Menschen auf einer großen Leinwand. Es war ein Schock. Bis dahin war er für mich letzten Endes doch immer nur ein endloser Zelluloidstreifen gewesen, der in Rollen, Knäueln und Schlangen überall herumlag oder in undeutlichen Fotografien über einen winzigen Bildschirm zappelte; eine Bastelei, die man zerschnippelte und wieder zusammenklebte: Serges extravagantes Hobby, unser ganz persönlicher Zankapfel. Jetzt sah ich einen geschlossenen autonomen Film, der sich meinen kindischen Vorstellungen und meinem Privatbereich entzogen hatte und mich zwang, ihn mit dem Blick eines objektiven Zuschauers anstatt mit den Augen einer gekränkten Geliebten zu betrachten, sah ein Kunstwerk, das in seiner Vielschichtigkeit und Subtilität unverkennbar Serges Handschrift trug: Da waren die scharfe Intelligenz und das zärtliche Mitgefühl, die sich in sprunghaftem Wechsel miteinander ablösten, die ewige Skepsis, die jeden Zionisten erblassen, und die leidenschaftlichen Plädoyers, die auch den unverbesserlichsten Antisemiten einen Moment lang aufhorchen lassen würden, der Humor, der einen noch unter Tränen lächeln ließ, und die immer gegenwärtige Wehmut, die einem selbst an Stellen, an denen man laut lachte, einen Stich ins Herz gab. Da war Israel, durch die Augen eines Menschen gesehen, der verstand, ohne dadurch sein Gefühl, der fühlte, ohne dadurch seinen Verstand einzubüßen, ein lebendiges Israel, überheblich und demütig, entschlossen und hilflos, nüchtern und mystisch, eng und grandios.

Als das Licht anging und sich das erste Schweigen der Betroffenheit in stürmischem Applaus auflöste, sah ich mich nach Serge um. Er war nicht da, und ich verließ schnell meinen Platz und ging hinaus. Ich entdeckte ihn am Ende des Ganges, wo er gerade kehrtmachte und mit zögernden Schritten auf mich zukam. Sein blaßblaues Hemd war am Hals unter der gelockerten Krawatte geöffnet, sein Haar aus der zu hohen Stirn gefegt, und sein Gesicht trug den Ausdruck eines verstörten Ehemannes, der auf die Geburt seines ersten Kindes wartet. Er blieb vor mir stehen, stumm, den Kopf gesenkt, als fürchte er in meinen Augen die entsetzliche Mitteilung zu lesen, daß das Kind eine Mißgeburt sei.

Ich fuhr ihm mit der Hand ins Haar, schüttelte es an seinen gewohnten Platz, knöpfte den obersten Hemdknopf zu und küßte ihn auf den Mund.

»Geh rein«, sagte ich, »die Leute sind begeistert. Du hast einen wunderschönen Film gemacht.«

Und ich dachte: »Wäre der Film ein Mißerfolg gewesen, hätte Serge mich gebraucht, da er ein Erfolg ist, bin ich überflüssig.«

Und es kam der Frühling. Er kam mit ein paar unerwartet warmen Tagen, die beunruhigten.

Der Himmel war blaßblau, und eine milde Sonne lockte die ersten Knospen an Sträuchern und Bäumen hervor. Kellner stellten eilfertig Tische und Stühle vor Cafés und Restaurants, und ein Vogel ließ sich auf dem Geländer unseres Balkons nieder und stieß immer wieder denselben langgezogenen Triller aus, der wie eine Frage klang.

»Was ist?« erkundigte sich Ibi in einem Brief, »kommst du überhaupt nicht mehr?«

Die Weinsteins bereiteten sich darauf vor, zu Pesach nach Israel zu fliegen; und Sebastien hatte sich mit zwei Freunden zu einer Schauspielergruppe zusammengeschlossen. Der Film hatte mit drei Stunden und zwanzig Minuten sein Ende erreicht und war mit triumphalem Erfolg einem zweiten Schub sachverständiger Bekannter vorgeführt worden.

»Jetzt fahren wir ans Meer«, sagte Serge.

Ich schloß die Augen und sah Meer, Meer in allen Schattierungen von Grün und Blau, sah schaumgekrönte Wellen, mit denen man spielen konnte, sah Serge und mich umschlungen an einem menschenleeren Strand liegen und in einen wolkenlosen, goldgesprenkelten Himmel blicken.

»Welches Meer?« fragte ich verträumt.

»La Manche«, sagte er.

»Habe ich noch nie was von gehört.«

»Das Meer, das die Nordsee mit dem Atlantik...«

»Ach so, der Ärmelkanal... Meer nennst du das?«

»Es ist ein richtiges Meer, man kann das andere Ufer nicht sehen.«

»Wäre ja auch noch schöner!«

»Wir fahren nach Deauville, das ist nicht weit. Und da ich dich kenne und weiß, daß du nicht gerne lange fährst...«

»Ja, du kennst mich wirklich verteufelt gut.«

»Schau, Chérie, ich habe nicht so lange Zeit, und das Wichtigste ist mir, ein paar Tage mit dir allein zu sein.«

»Du glaubst, daß ein paar Tage genügen, um ein ganzes Jahr aufzuholen?«

Er sah mich mit diesem schweren Blick seiner großen graublauen Augen an.

»Fahren wir an den Ärmelkanal«, sagte ich, »du hast recht, es ist besser als nichts.«

Wir fuhren an einem sonnigen Freitag auf ein verlängertes Wochenende, mit drei Koffern und der Katze. Die Autostraße schnitt gerade durch eine flache noch kahle Landschaft und kleine Ortschaften.

»Das ist die Normandie«, erklärte Serge.

»Nach all der Butter und dem fetten Käse, der aus der Normandie kommt, habe ich sie mir ganz anders vorgestellt.«

»Du mußt sie dir grün vorstellen.«

Wir kamen nach Hontfleure, einem schönen alten Städtchen. Serge fuhr langsam durch die schmalen Gassen und hielt im Fischerhafen.

»Ist das nicht hübsch?« fragte er.

»Ja«, mußte ich zugeben, »das ist sehr hübsch.«

»Hier mündet die Seine ins Meer.«

»Ich sehe kein Meer.«

»Wenn wir weiterfahren, wirst du es bald sehen. Oder möchtest du lieber hier bleiben?«

»Wir wollten doch an den Ärmelkanal, nach Deauville.«

»Ich dachte, wenn es dir hier besser gefällt...«

»Wie soll ich das beurteilen können, da ich noch nie in Deauville war.«

»Gut, dann essen wir hier zu Mittag.«

»Ich lasse Bonni ungern so lange im Auto.«

»Bonni ist ausgesprochen gern im Auto«, sagte Serge, der die Gefühle der Katze immer zu seinem Vorteil verdrehte.

»Unsinn«, knurrte ich, stieg aber aus.

Wir aßen Fisch und tranken Wein. Beides war gut und Serge glücklich.

»Du kannst dir nicht vorstellen«, sagte er, »wie ich mir das gewünscht habe: mit dir wegzufahren, mit dir allein zu sein, mit dir zu essen, mit dir zu schlafen, einzuschlafen, ohne die Angst vor dem nächsten Tag, aufzuwachen, ohne den Zwang, aufstehen zu müssen. Dich uneingeschränkt lieben zu können, mon amour. Keine Verpflichtungen, keine Verabredungen, keine Entscheidungen, keine Menschen, kein Telefon, kein Film. Was für ein Glück! Ich bin schon jetzt ein anderer Mensch.«

Seine Worte wirkten wie Balsam auf brennenden Wunden. Vergessen war, daß die Reise eigentlich nur ein Ausflug war und das Meer der Ärmelkanal, vergeben waren in diesem Moment die Monate der Einsamkeit. Ich nahm seine Hand, die an meiner Wange lag, und küßte sie.

Deauville, in das wir eine Stunde später einfuhren, war ein typischer Badeort des neunzehnten Jahrhunderts. Solide, häßliche Häuser mit Erkern, Türmchen und Balkonen aus altersschwarzem Holz, Familienpensionen, Hotelpaläste, ein stattliches Spielkasino, gepflegte Parkanlagen mit symmetrischen Blumenbeeten und gestutzten Hecken, eine Strandpromenade. Im Hintergrund das Meer, grau und starr, wie ein beschlagener Spiegel.

»Ich mag makabre Orte«, sagte ich, entschlossen, allem eine gute Seite abzuringen.

Serge nickte. Auch er fand makabre Orte unwiderstehlich.

»Willst du ins Royal oder ins Normandie?« fragte er und zeigte auf zwei Hotelpaläste, die nebeneinander an der Strandpromenade standen. Ich schaute von einem zum anderen, konnte an ihren pompösen Fassaden aber kaum einen Unterschied entdecken.

»Ich glaube, eins ist so gut wie das andere«, sagte ich.
»Ja, aber in welches gehen wir?«
»In welches du willst.«
Nachdem wir die Entscheidung noch einige Male hin- und hergeschoben hatten, behauptete Serge plötzlich, daß die Balkone im Hotel Normandie etwas größer seien, und ging hinein. Ich schob die empört aufschreiende Katze in ihren Korb, stellte die Plastiktüte mit ihren Eß- und Schönheitsutensilien bereit und wartete. Es dauerte eine gute Viertelstunde, und ich wußte, daß Serge sich zumindest drei Zimmer zeigen ließ und unfähig war, sich zu einem zu entschließen. Endlich kam er mit einem hellblau uniformierten Hotelboy heraus, übergab ihm die Koffer, überließ mir natürlich das Katzenklo und nahm den Korb.
»Du hast die Wahl zwischen zwei Zimmern«, erklärte er, »einem sehr schönen großen, das auf diese Seite hinausgeht, und einem kleineren mit Blick aufs Meer.«
Das Innere des Hotels war so, daß ich einen Moment lang versucht war, mein Halstuch über das Katzenklo zu breiten, und nur die blasierten, spitzen Windhundgesichter eines sich nähernden Paares hinderten mich daran. So schritt ich, den Sandkasten stolz vor mich hertragend, durch Hallen und Säle, über Marmor und Perser, vorbei an goldgerahmten Spiegeln und dunklen Gemälden zum smaragdgrün gepolsterten Fahrstuhl.
Wir nahmen das kleinere Zimmer mit Blick aufs Meer, denn um das zu sehen, waren wir gekommen. An das Leben in provisorischen Unterkünften gewohnt, begann ich mich sofort häuslich einzurichten. Währenddessen liefen Serge und Bonni unruhig im Zimmer umher – er probierte die Beleuchtung aus, schaute in Schubladen, untersuchte das Bett; sie sprang von einem Möbelstück aufs andere, schärfte sich an einem Samtsessel die Krallen, fegte einen Aschenbecher vom Tisch und ließ sich schließlich, in der starrsinnigen Haltung, die ich so gut an ihr kannte, vor der Tür nieder.

»Ich hab's gewußt«, sagte Serge, »Musch-Musch ist das Zimmer zu klein. Sie will raus.«

»Das heißt«, sagte ich und ließ einen Rock, den ich gerade auspacken wollte, in den Koffer zurückfallen, »daß dir das Zimmer zu klein ist.«

»Nein, nein, wenn es dir nicht zu klein ist...«

»Gott, besonders groß ist es gerade nicht, aber...«

»Wir ziehen um«, rief Serge und verschwand.

Wir zogen in ein fürstliches Zimmer mit kleinem Salon, großem Balkon und Blick aufs Meer.

»Da sieh dir Musch-Musch an«, sagte Serge und zeigte auf die Katze, die sich am Kopfende des Bettes zu ihrer vollen Länge entfaltet hatte, »jetzt ist sie glücklich.«

»Ja«, lachte ich, »unter 250 Francs pro Nacht ist bei ihr nichts zu machen.«

»In der Wintersaison sind die Zimmer billiger«, sagte Serge, »und außerdem, weißt du, sollten wir es uns für die paar Tage so schön wie möglich machen.«

Dieser Satz, dem ich eine Schwere und Bedeutung gab, die keineswegs dem entsprach, was Serge gemeint hatte, wurde für mich zum Motto unseres Aufenthaltes und damit zum Verhängnis. Er setzte sich in mir fest wie ein Schmerz – in meinem Kopf, meinen Gliedern, meinen Eingeweiden. Die Worte: »für ein paar Tage« wurden zur Drohung und das »so schön wie möglich machen« zur Beschwörung. Wenn es uns nicht gelingt, sagte ich mir, ein Maximum an Freude und Eintracht aus diesen paar Tagen herauszuholen, wenn wir unfähig sind, jede Stunde bewußt und intensiv zu erleben, dann haben wir die kostbare Zeit vergeudet und damit die Chance, uns nach einem Jahr der Spannung und Uneinigkeit wiederzufinden, den Verlust aufzuholen und die kommenden Monate so fest zu zementieren, daß uns nichts, nicht einmal Paris, auseinanderbringen kann. Und so wurde aus einer Vergnügungsreise eine schicksalentscheidende Probe, aus Tagen der Erholung eine nervenraubende Frist.

Serge ahnte nichts davon. Er war gekommen, um sich

auszuschlafen, frische Luft zu atmen, gut zu essen und zu trinken und nicht, wie ich es in stummer Begierde erwartete, sich zurück in die kopflose Leidenschaft des ersten Jahres zu stürzen, oder vor in das unsere Liebe und Zukunft zementierende Gespräch. Er war wie ein fröhliches Kind, das in seiner unschuldigen Welt lebte und die Handlungen und Reaktionen der Erwachsenen, da sowieso unverständlich, kaum beachtet. Oder er war in einem Zustand der Abwesenheit, über den er mich mit zärtlichen Gesten und Worten hinwegzutäuschen suchte, erfolglos natürlich, denn ich war ständig auf der Hut und wie ein Bluthund auf der Fährte seiner Gedanken, denen ich nachjagte, um sie im Feindeslager bei seinem Film wieder aufzustöbern. Oder er war müde, von jener entspannten, freundlichen Müdigkeit, die töricht lächelnd nichts anderes vom Leben verlangt als eine bequeme Sitz- oder Liegegelegenheit, einen Kriminalroman, eine Zigarette und die schweigende Anwesenheit eines Gleichgestimmten.

Ich jedoch war alles andere als gleichgestimmt. Ich begann, ihn zu hassen, diesen Serge, der Steinchen über Wasser hüpfen ließ, der mit einem Blick auf die Schlagzeilen der Zeitung abwesend sagte: »Tu es ci belle, ma Kupaduchik adorée«, und zufrieden gähnend in der Badewanne lag, während ich daneben stand und die Uhr in mir ticken hörte, Minute um verlorene Minute. Zunächst war es mir unbegreiflich, daß Serge, der in ständiger Erwartung eines Unheils lebte und meine Stimmungen erriet, bevor sie sich noch zum Ausbruch formiert hatten, nicht spürte, was sich in mir abspielte. Dann kam ich darauf, daß er sich um des lieben Friedens willen verstellte, und dieser Trick empörte mich noch mehr als die Vorstellung, er könne eine Elefantenhaut haben. Ich fand ihn unmenschlich. Um sich ein paar Tage der Ruhe zu sichern, verurteilte er mich bewußt zum Leiden, nahm mir, indem er mir seine Liebe und sein Glück unter die Nase rieb, auch noch die letzte Möglichkeit, ihm die Wahrheit zu sagen. Eine Wahrheit, die ihm zweifellos unbequem war und sich nicht mit einer Idylle im Palasthotel Normandie vereinbaren ließ.

Der Sonnabend verging unter einem Himmel, der ebenso grau und starr war wie das Meer. Der Sonntag kam mit regenschwangeren Wolken und kalten Schauern. In der Nacht erhob sich ein Wind, der wie ein Wurf junger Hunde winselte.

Serge schlief. Er hielt mich mit Armen und Beinen umklammert, und sein Kopf hatte sich in meiner Achselhöhle eingenistet. Ich lag regungslos, um ihn nicht zu wecken. Seine schutzsuchende Haltung, sein friedlicher, lautloser Schlaf rührten mich. Mein Groll auf den Mann war verflogen, meine Liebe für das Kind erwacht. Vorsichtig strich ich mit den Fingerspitzen über sein Haar, das seidig war und wie das Fell eines kleinen Tieres. Ich war traurig, hoffnungslos traurig. Warum konnten wir uns nicht helfen? Waren wir nicht einer Gesinnung und uns in allen wesentlichen Zügen ähnlich? Ich dachte zurück an den ersten gemeinsamen Abend, an dem jede Bewegung eine Bewegung aufeinander zu gewesen war, jeder Blick eine Verheißung, jedes Wort eine Enthüllung, jedes Schweigen ein Augenblick atemraubender Erwartung.

Ich löschte das Licht und schloß die Augen. Aber der Schlaf war fern und nah die Erinnerung an jenen Abend, nah, schmerzhaft und unausweichlich.

»Erzählen Sie mir Ihre Geschichte!« Mit dieser entschiedenen Aufforderung hatte er sich auf Ibis resedagrünem Sofa niedergelassen und eine Zigarette angezündet.

Erzählen Sie mir Ihre Geschichte. Nicht mehr und nicht weniger. Ich war, eine Flasche Whisky in der Hand, im Zimmer stehengeblieben, hatte ihn verblüfft angesehen, dann gelacht.

»Worüber lachen Sie?«

»Über Sie und Ihren komischen Einfall, Ihnen meine Geschichte zu erzählen.«

Er war sich, wie immer in Momenten der Unsicherheit,

mit der Hand durchs Haar gefahren, hatte es in die Stirn geschüttelt und gesagt: »Warum, glauben Sie wohl, habe ich Ihren kichernden Freund Eli beschworen, mir Ihre Telefonnummer zu geben? Warum sitze ich jetzt hier?«

»Oh, dafür gäbe es einen guten, man könnte fast sagen klassischen Grund.«

»Von dem abgesehen.«

Ich hatte ihm und mir einen Whisky eingegossen und mich in den Sessel ihm gegenüber gesetzt.

»Also schön«, hatte ich gesagt, »erklären Sie mir, warum.«

»Weil Sie mich faszinieren, und ich weiß, daß ein phantastisches Gesicht immer Hand in Hand mit einer phantastischen Geschichte geht. Weil ich diese Geschichte hören und wissen will, wer Sie sind, wie Sie leben und gelebt haben, was in Ihnen vorgeht, woher Sie kommen und warum Sie hier sind.«

»Und wie lange haben Sie Zeit? Einen Abend? Eine Nacht? Vierundzwanzig Stunden?«

»Drei bis vier Wochen, mit kurzen Unterbrechungen. Genügt das? Ja?«

Ich hatte begonnen, meine Geschichte zu erzählen, hatte sie ihm erzählt wie niemandem zuvor. Da war kein Bedürfnis, mich zu rechtfertigen, keine Scheu, mich bloßzustellen, keine Notwendigkeit, mich zu erklären, keine Angst, nicht verstanden zu werden. Da war allein der Wunsch gewesen, mich ihm, dem nichts fremd, nichts unbegreiflich war, rückhaltlos zu öffnen. Ich hatte in ihm meine zweite Hälfte gefunden, den Ruhelosen, der nach Ruhe, den Hoffnungslosen, der nach Hoffnung, den Verlorenen, der eine Zuflucht suchte. Das Erkennen war so tief, so beglückend gewesen, daß wir zu gleicher Zeit aufgestanden und aufeinander zugegangen waren. Er hatte mich genommen und gehalten, hatte mir den Atem aus der Brust gepreßt und ihn mit seinem Mund aufgefangen, hatte mich aus- und in sich eingesogen in diesem ersten, unwiederbringlichen Kuß.

In den Morgenstunden schlief ich ein und träumte, daß Serge mich nicht mehr liebte. Er war pausenlos beschäftigt, kam und ging, las und schrieb, telefonierte oder diskutierte mit Menschen, die er mit nach Hause brachte. Manchmal spielte er auch mit einer kleinen Eisenbahn oder einem Baukasten. Ich war todunglücklich, fühlte mich vereinsamt und dachte mir die ungeheuerlichsten Dinge aus, seine Aufmerksamkeit auf mich zu lenken. Doch was ich auch tat, es war vergeblich. Schließlich siegte mein Stolz, und ich beschloß zu gehen. Wohin, war mir nicht klar. Ich hatte ein paar Adressen von ehemaligen Liebhabern, die alle sehr weit weg in unbekannten Ländern lebten, und denen wollte ich schreiben. Aber ich konnte nicht. Stunde um Stunde saß ich über einem leeren Blatt Papier und wußte nicht, wie ich diese Männer, die mir fremd geworden waren, anreden sollte. Ich bat Serge, mir einen Brief aufzusetzen, und hoffte, daß meine Absicht, zu einem anderen Mann zu gehen, ihn erschrecken und mich wieder interessant und begehrenswert machen würde. Er jedoch schien nur erleichtert und meinte, ich solle ein Telegramm schicken, das ginge schneller.

Dann war ich plötzlich im französischen Sektor in Berlin, in einem halb zerfallenen Haus mit einer rot-weißblauen Fahne. Die Wohnung war häßlich und verkommen, mit drei hochbeinigen Betten darin, einem schmutzigen Waschbecken und einer Art Telefonzelle. Ich spürte Serges Anwesenheit, sah ihn aber nicht, und meine Verzweiflung war maßlos. Ich versuchte, meine früheren Bekannten anzurufen, doch ihre Nummern standen nicht im Telefonbuch oder das Telefon war kaputt oder es meldete sich niemand. Ich verbrachte eine qualvolle Ewigkeit in dieser Zelle, ein Bein drinnen, das andere draußen, denn ich mußte verhindern, daß die Tür zuschlug und mich einschloß. Endlich gab ich die Hoffnung, jemand zu erreichen, auf und faßte den Entschluß, vom französischen Sektor in den englischen hinüberzugehen. Ich hatte keine Ahnung, wie ich dort hinkommen sollte, wußte nur, daß der Weg weit und kompliziert war. Ich ging auf die Straße und setzte mich auf einen Trümmerhaufen. Leute eilten an mir vorbei, sprachen französisch und trugen Baguettes unter dem Arm. Ich überlegte, wen von meinen Bekannten ich im deutschen Sektor von Berlin besuchen könne, und plötzlich fiel mir ein, daß ich keinen mehr dort hatte.

Als ich erwachte, abrupt, ohne den sanften Übergang des Halbschlafs, empfand ich keine Erleichterung. Das Gefühl der Verzweiflung und Einsamkeit, das mich seit Monaten bedrohte, war endlich zum Ausbruch gekommen und mir vom Traum in die Wirklichkeit gefolgt; das Bett war zum Trümmerhaufen geworden, und Serge, unerreichbar in seinem Schlaf, zum überbeschäftigten, unsichtbaren Mann, der mich nicht mehr liebte. Ich spürte sein Haar an meiner rechten Wange und das der Katze an meiner linken. Der Gedanke, daß wir in inniger Eintracht ein Kissen geteilt hatten, während ich verlassen durch die verwüstete Landschaft meiner Träume geirrt war, ließ mich lächeln, und ich legte eine Hand auf Serges Brust und grub die andere ins Fell der Katze. Sie begann sofort zu schnurren, er leise zu schnarchen. Ich lachte und fühlte den harten Knoten der Tränen in meiner Kehle. Und als ich aufhörte zu lachen, begann ich zu weinen.

Serge, der durch die Schichten des Schlafes etwas Unheilvolles auf sich zukommen spürte, murmelte »je t'aime«, seufzte und warf sich auf die andere Seite. Die Katze, die ihr Frühstück haben wollte, biß mich in die Hand. Kirchenglocken, Symbol einer Unzahl trostloser Sonntage, begannen zu läuten.

Ich sagte mir mit hypnotischer Eindringlichkeit: Ich will nicht mehr aufstehen. Ich will mir nicht die Zähne putzen, das Gesicht waschen, den Hals eincremen. Ich will mir nicht das Nachthemd über den Kopf ziehen, die harte Bürste nehmen und damit die schlaff werdenden Stellen meines Körpers massieren. Ich will den Zerfall nicht mehr aufhalten. Ich will, daß es schnell geht und ich erlöst bin von allen Erwartungen, Träumen und Trieben. Ich will alt sein, will an einem verlassenen Ort, in einem weißen Haus und einem verwilderten Garten leben. Ich will das Gefühl meiner eigenen Belanglosigkeit genießen und von jener heiteren Gelassenheit sein, die man nur in der Nähe des Todes empfinden mag. Ich will über die Farce des Lebens lächeln, ohne Bedauern und ohne Bitterkeit.

»Mon amour«, kam Serges Stimme aus dem Kissen, »komm in meine Arme, schnell! Ich habe geträumt, daß man mich zur Guillotine führt; und als man dich fragte, ob ich schuldig sei, hast du die Hand gehoben, sie wie ein Beil fallen lassen und gesagt: Ja!«

Wut stieg in mir auf, eine kalte, ruhige Wut, die sich auf Serge bezog und auf mich, auf die Feigheit, mit der wir uns gegenseitig auswichen, auf unsere Ängste, die sich in Alpträume umsetzten. Ohne ein Wort stand ich auf, ging ins Badezimmer und schloß die Tür hinter mir. Ich betrachtete mich im Spiegel, schonungslos und mit derselben kalten, ruhigen Wut: die Fältchen um die Augen, die erste Unschärfe der Wangen- und Kinnkontur, eine geplatzte Ader, die einen kleinen roten Punkt auf meinem rechten Backenknochen hinterlassen hatte. Ein Gesicht im Niemandsland zwischen jung und alt, ein Gesicht, dessen Jahre der Auflösung begonnen hatten, dessen Tage der Schönheit gezählt waren.

»Verdammte Schweinerei«, sagte ich und verließ das Bad. Serge lag jetzt auf meiner Seite des Bettes und drückte die laut protestierende Katze an die Brust.

»Laß das arme Tier los«, sagte ich, »ich habe dir schon tausendmal erklärt, daß sie das nicht ausstehen kann.«

»Ich mußte etwas in den Arm nehmen, um mich zu beruhigen.«

»Wohl dem, der sich so leicht beruhigen läßt.«

»Warum bist du so schlecht gelaunt?« fragte er und ließ die Katze los.

»Ich glaube, schlecht gelaunt ist nicht das richtige Wort.« Ich zog mit einem Ruck die Vorhänge auseinander, öffnete die Tür und trat auf den Balkon. Es war kalt und regnete in nadelförmigen Tropfen. Himmel und Meer waren eine einzige graue, starre Fläche. Ich nahm das blutige Päckchen vom Boden und kehrte ins Zimmer zurück. Die Katze sprang auf den Tisch, und Serge setzte sich im Bett auf. Beide beobachteten gespannt, wie ich die Leber auspackte und auf ein Brettchen legte.

»Das hält die stärkste Katze nicht aus«, sagte Serge, als Bonni die Stücke in sich hineinzuschlingen begann, »du wirst dein geliebtes Goldauge mit dieser ewigen Leber umbringen.«

»Was erwartest du? Daß ich die Katze jetzt im Alter umerziehe und ihr nach acht Jahren Leber Gemüse gebe?«

»Wenn du sie dadurch länger am Leben erhalten kannst, ja.«

»Da du so denkst, mein Lieber, wäre es wohl an der Zeit, daß du anstelle von zwei bis drei Whisky und einer Flasche Wein am Abend nur noch Sodawasser trinkst.«

Er schwieg.

»Ich sehe, daß sich deine Umerziehungsmethoden auf die Katze beschränken. Davon abgesehen, bin ich dagegen – ganz gleich, ob es sich um Mensch oder Tier handelt –, daß man auf das bißchen, was man im Leben gerne hat, verzichtet, um es ein bis zwei beschissene Jahre zu verlängern.«

»Da bin ich ganz deiner Ansicht, besonders wenn ich dich in dieser Laune erlebe.«

»Wenn ich die Wahrheit sage, die, muß ich zugeben, meistens unschön ist, habe ich deiner Meinung nach schlechte Laune. Gut, nenne es, wie du willst, aber sei darauf gefaßt, daß ich heute dabei bleibe.«

»Kannst du nicht wenigstens warten, bis ich Kaffee getrunken habe? Ohne den bin ich nämlich nicht fähig, deiner Wahrheit zu folgen.«

»Du bist nicht bereit, ihr zu folgen, und das mit oder ohne Kaffee.«

Er bestellte das Frühstück und verschwand im Bad. Als er zurückkam, war sein Haar gekämmt und in die Stirn geschüttelt und sein Gesicht feucht. Er setzte sich aufs Bett, knöpfte die Pyjamajacke zu und versuchte sie, den Ernst der Situation unterstreichend, zwischen die Beine zu klemmen. Doch sie war zu kurz und rutschte immer wieder hoch. Er sagte: »Du willst mir mal wieder den Prozeß machen, also bitte. Daß du mich für schuldig und die Guillotine für die gerechte Strafe hältst, habe ich bereits geträumt. Was mich jetzt interessiert, ist der Anfang, sind die einzelnen Punkte der Anklage.«

»Daß ehrliche Gespräche für dich immer gleich Prozesse sind, ist genauso bezeichnend wie dein Traum. Du siehst mich als deine Henkerin und ich, einem ähnlich scheußlichen Traum nach zu schließen, sehe dich als einen Mann, der mich auf einem Trümmerhaufen zurückgelassen hat.«

»Christine, daß wir beide in ständiger Angst leben, sozusagen in Angst vor der Angst, haben wir von allem Anfang an gewußt. Daß du mir aber mißtraust, ist neu für mich und wohl nur darauf zurückzuführen, daß ich mich Monate lang im Schneideraum amüsiert und dich auf dem Trümmerhaufen am Quai aux Fleurs sitzengelassen habe.«

»So können wir nicht sprechen.«

»Sondern wie? Metaphysisch, biologisch, soziologisch? Die Unvereinbarkeit von Mann und Frau? Die unverstandene Frau – das Opfer des Mannes? Hör mal, Chérie, wenn du schon ehrlich sprechen willst, dann bleiben wir doch bitte bei den Tatsachen.«

»Und die sind?«

»Daß du einen reichen, beruflosen Mann brauchst, der sich ausschließlich mit dir beschäftigt.«

»Deine Vereinfachungen gehen mir entsetzlich auf die Nerven. Sie stehen dir schlecht, weißt du. Hätte ich wirklich einen reichen Mann, der sich nur mit mir beschäftigt, haben wollen, glaub mir, ich hätte ihn bekommen. Darüber hinaus habe ich mich nie als Opfer eines Mannes gefühlt, auch dann nicht, wenn er mich grün und blau geschlagen hat. Letzten Endes war ich immer unabhängig.

Nicht weil ich damit mein Gleichgestelltsein mit dem Mann beweisen wollte – Himmel, nein! –, sondern weil ich schlicht und einfach nie geliebt habe. Aus diesem Grund war es mir auch egal, manchmal mehr, manchmal weniger, was aus einer Beziehung wurde. Ich wußte von vornherein, daß sie von meiner Seite aus nicht halten würde, und darum lebte ich, wenn auch zu zweit, so, als lebte ich allein. Mit dir hat sich das alles geändert. Vielleicht wäre es dir lieber, wenn ich wieder so würde, wie ich war. Du könntest tun und lassen, was du wolltest, würdest keine Vorwürfe hören, keine Bitten, keine Forderungen...«

»Bordel de dieu«, rief Serge, griff nach dem Telefonhörer und schlug ein paarmal wütend auf die Gabel, »wo bleibt denn dieses verdammte Frühstück!«

»Vielen Dank für die Aufmerksamkeit, mit der du mir zuhörst«, sagte ich.

»Ich habe dir sehr genau zugehört und werde dir, wenn das hier erledigt ist, ebenso genau antworten.«

Ich ging ins Bad, putzte mir die Zähne, kämmte mir die Haare, dachte plötzlich: »Gott, bin ich mies und langweilig geworden. Wie mein Mann, Udo. Der hat sich auch dauernd mit unserer Beziehung beschäftigt, und je weniger davon übrigblieb, um so mehr hat er darüber geredet. Ich darf so nicht weitermachen. Ich muß etwas unternehmen, etwas Drastisches, aber was?«

Das Frühstückstablett stand auf dem Tisch, als ich das Zimmer betrat. Aus alter Gewohnheit nahm ich es, trug es zum Bett, stellte es in die Mitte und goß Serge Kaffee, mir Tee ein.

»So«, sagte er, nachdem er die Tasse halb leer getrunken hatte, »und jetzt will ich dir antworten.«

»Ist nicht mehr nötig«, sagte ich.

»O doch! Einer deiner letzten Sätze war, daß sich mit mir alles für dich geändert hat.«

Er setzte die Tasse ab. »Abgesehen davon, daß du es im Tone des Bedauerns gesagt hast..., nein, laß mich jetzt bitte ausreden, Christine – stehe ich deiner Metamorphose mit Skepsis gegenüber. Erst wenn du mich in dem von dir so gefürchteten Alltag lieben kannst, hat sich etwas Entscheidendes in dir geändert. Bis jetzt sieht es nicht danach aus. Du glaubst, daß es außergewöhnlicher Umstände, außergewöhnlicher Umgebungen, außergewöhnlicher Taten bedarf, um eine Liebe wachzuhalten. Du brauchst die Gefahr des Endes und die Atemlosigkeit der Leidenschaft, um dir der Stärke deines Gefühls bewußt zu werden. Ist es damit aus, ist alles für dich aus. Im Grunde ist der Mann für dich so etwas Ähnliches wie die kreislaufanregenden Pillen, die du jeden Morgen schluckst. Von Zärtlichkeit hast du keine Ahnung, lehnst sie sogar ab, weil du darin nicht etwa einen Ausdruck der Liebe siehst, sondern höchstens einen mageren Ersatz für Leidenschaft. Du bist die unzärtlichste, kompromißloseste Frau, der ich jemals begegnet bin, und darum glaube ich dir aufs Wort, wenn du sagst, daß du nie in deinem Leben geliebt hast. Bleibt die Frage, was sich mit mir für dich geändert hat.«

»In anderen Worten: Du willst mir erklären, daß ich dich nicht liebe.«

»Ich fürchte es.«

»Unsinn! Wenn du es wirklich fürchtetest, würdest du dir mehr Mühe geben.«

»Für dich, Christine, handelt es sich hier offenbar um eine Beziehung, in die man wie in ein sterbendes Feuer pusten muß, bis einem der Atem ausgeht. Bei mir handelt es sich um eine feste Bindung, die selbst durch die Routine des täglichen Lebens nicht erschüttert werden kann. Das ist der Unterschied.«

»Du bist eben ein reifer Mensch. Du weißt im Gegensatz zu mir, wann es an der Zeit ist, eine leidenschaftliche Beziehung mit einer zärtlichen Bindung zu vertauschen und dir deine Puste für andere, wichtigere Dinge zu sparen. Geh zum Teufel, Serge! Wenn du glaubst, daß ich bereit bin, auf das zu verzichten, was du außergewöhnliche Umstände, Umgebungen und Taten nennst, um mit dir das halb mondäne, halb bla-bla intellektuelle Leben deiner

Bekannten zu führen, wenn du glaubst, daß ich die paar Jahre, die mir noch bleiben, dazu benutze, mich einer Lebenshaltung und Gesellschaft anzupassen, die ich aus tiefstem Herzen ablehne, dann mußt du den Verstand verloren haben. Wozu, frage ich dich, wozu um Himmelherrgotts willen hast du dann die ganzen Anstrengungen gemacht, warum bist du nicht gleich bei deinem alten Leben geblieben, bei deiner früheren Frau, bei deinen langjährigen Gewohnheiten? Da hattest du doch alles, was du jetzt, nach einer kurzen außergewöhnlichen Epoche wieder anstrebst: eine Wohnung in Saint-Germain-des-Prés, da, wo ein intellektuelles Paar zu wohnen hat, zweihundertfünfundsiebzig Freunde, eine Ehe, die durch die Routine des täglichen Lebens nicht erschüttert werden konnte – gemeinsamer Tisch in ›La Coupole‹, gemeinsames Bett, in das man aus einem anderen zurückkehrt, um zu Hause in einer festen, zärtlichen Bindung einzuschlafen... Ist es das, Serge, was du mir vorschlägst?«

Er hob blitzschnell die Hand, aber ich wich dem Schlag aus und sprang vom Bett.

»Das genügt«, schrie er mich an, »geh mir aus den Augen und schnell, bevor ein Unglück geschieht!«

»Wenn das deine einzige Reaktion ist...«

»Ja, das ist meine einzige und einzig richtige Reaktion. Kein Wunder, daß man dich grün und blau geschlagen hat. Du bist eine Verräterin, Christine, eine Verleumderin und ein Stück Dreck! Seit zwei Jahren gab es nichts anderes für mich als dich, und was immer ich tat, tat ich für dich, für uns, für ein gemeinsames Leben. Ich habe mich trotz meiner fünfundvierzig Jahre, trotz meiner ewigen Angst, trotz aller äußeren Widerstände um- und umgekrempelt und habe es nie bereut, werde es nie bereuen und diesen Weg weitergehen, auch wenn du jetzt alles verzerrst und zunichte machst.«

Ich zündete mir eine Zigarette an, und da meine Hand zitterte, drehte ich Serge den Rücken zu, ging zum Fenster und schaute durch den dünnen Vorhang des Regens aufs

Meer. Es war leer und tot, ein Spiegel, schien mir, meiner Zukunft.

»Ich werde gehen«, sagte ich.

»Geh, Christine, geh, wohin du willst, geh, zu wem du willst, aber laß mich in Frieden.«

Mir war, als hätte mich eine tödliche Kugel getroffen, und jetzt stand ich und wartete auf den Schmerz, den Sturz, das Ende.

»Christine«, sagte Serge nach einem Schweigen, das Minuten wenn nicht Stunden angehalten haben mochte, »Christine, hast du mir nichts mehr zu sagen, ich meine etwas Vernünftiges, Akzeptables?«

Ich merkte, daß mir die Zigarette die Finger sengte, und ließ sie auf den Marmortisch neben mir fallen.

»Christine!«

»Ja.

»Willst du wirklich gehen?«

»Ja.«

»Wohin?«

»Nach Jerusalem natürlich.«

»Warum? Weil ich gesagt habe, du sollst...«

»Nein, nein. Weil wir so nicht weitermachen können. Weil ich das Gefühl habe, nicht mehr ich selbst zu sein und drauf und dran bin, alles zu zerstören.«

»Komm her, Chérie, und laß uns vernünftig miteinander reden.«

Ich sagte: »Mit Vernunft läßt sich da leider gar nichts machen« und ging zu ihm und setzte mich aufs Bett.

Er zog mich zu sich hinunter und hielt mich fest in den Armen und sagte: »Nein, wir sind keine vernünftigen Menschen. Gott sei Dank. Aber du bist der erste Mensch, den ich liebe, und es macht mich wahnsinnig, wenn du aus läppischen Gründen daran zweifelst.«

»Weil ich an mir selbst zweifle. Weil ich so unsicher bin, besonders hier in Frankreich, wo ich mir vorkomme wie ein gestrandeter Fisch. Vergiß nicht, Serge, als ich Deutschland verließ, war es, um nach Israel zu gehen, dem

Sammelplatz der gescheiterten Existenzen, wie unser Freund, Alex Stiller, es nennt. Ich wollte unter meinesgleichen leben. Bei ihnen fühlte ich mich sicher. Statt dessen bin ich ein Jahr später in Paris gelandet, einer Achtmillionenstadt, in der der Mensch etwa soviel gilt wie in Israel die Katzen. Ich war nicht darauf vorbereitet und schon gar nicht dafür ausgerüstet. Ich war müde, Serge, und ich bin gegangen, um Ruhe zu finden, mich, soweit es noch möglich war, zu heilen, nicht um mich wieder hart zu machen.«

»Aber das hat nichts mit mir zu tun... sag, daß es nichts mit mir zu tun hat!«

»Nein, es hat nichts mit dir zu tun.«

»Du willst nicht Schluß machen?«

»Nein, bestimmt nicht.«

»Schwöre es mir, schwöre mir bei deiner Katze, daß du nicht Schluß machen willst.«

»Ich schwöre es dir.«

»Laß sie mir hier, wenn du nach Jerusalem gehst.«

»Ach Serge, das kann ich doch nicht. Sie würde vor Gram sterben.«

»Und ich?«

Ich sagte, ohne Gehässigkeit: »Du wirst noch viel zu tun haben, bis der Film unter Dach und Fach ist, und ich würde dir nicht viel Freude machen, jedenfalls nicht in Paris.«

»Du brauchst nicht in Paris zu bleiben, mon amour. Wenn ich hier alles erledigt habe, komme ich zu dir nach Jerusalem.«

»Bestimmt?«

»Ganz bestimmt. Und bis dahin werde ich dich besuchen, jeden Monat, so wie am Anfang.«

»Ja«, sagte ich, »so wie am Anfang.«

»Aber wenn du noch warten willst, bis ich...«

»Nein, Serge, nein«, unterbrach ich ihn, »wenn wir jetzt zusammenbleiben, gehen wir das Risiko ein, daß wir uns endgültig trennen, also trennen wir uns lieber eine Weile, damit wir endgültig zusammenbleiben.«

Und jetzt konnte ich weinen, weinen über die Fragilität und Unberechenbarkeit dieser zwei Worte: Endgültig zusammenbleiben.

»Wein nicht, mon amour«, sagte Serge, »weine nicht. Es genügt, wenn einer an das ›endgültig‹ glaubt.«

»Hast du das, was du an jenem Morgen in Deauville sagtest, wirklich geglaubt?«

Den Mut, mir diese Frage zu stellen, habe ich erst jetzt, ein halbes Jahr später auf dem Flug nach Paris, genau gesagt, in der Sekunde, da das Zeichen »Fasten seatbelts« aufleuchtet und uns mitgeteilt wird, daß wir in wenigen Minuten landen werden.

»Hast du«, frage ich mich eindringlich, »diesen Unsinn des Euch-trennen-Müssens, um eure Liebe zu retten, tatsächlich geglaubt? Das kannst du dir doch jetzt nicht mehr einreden! Vielleicht hast du es einen Augenblick lang geglaubt, denn was glaubt man nicht alles in der Verzweiflung und scheinbaren Ausweglosigkeit. Aber in dem Moment, in dem du dich von Serge verabschiedetest, stumm, wie versteinert vor Schmerz, und dich abwandtest, da hast du es schon nicht mehr geglaubt. Und schon gar nicht in der Rechow Tschernichowsky, in deiner einsamen kleinen Wohnung. Und auch nicht in den Straßen Rechavias, in den Hügeln Judäas, in denen du dir ohne Serge verlassen vorkamst. Nein, geglaubt hast du es da nicht mehr, aber dir eingestanden auch nicht. Durftest du ja auch nicht. Denn hättest du es dir eingestanden, wärest du geradewegs zu dem Schluß gekommen, daß man eine Liebe rettet, indem man sich ihr stellt, nicht indem man flieht. Dein Entschluß, nach Jerusalem zurückzukehren, war nichts anderes als eine Flucht vor dem endgültigen Entschluß, einen Mann über dich selbst hinaus zu lieben. Nicht eure Liebe hast du retten wollen, sondern deinen ganz persönlichen Traum einer Liebe.«

»Stimmt«, sage ich mir nach einer Weile, »stimmt alles... und jetzt?«

Mein Eingeständnis hat mir die Antwort auf diese Frage nicht leichter gemacht, und der Moment, sie mir zu stellen, ist schlecht gewählt.

Das Flugzeug sinkt. Jetzt entschließe ich mich endlich, einen Blick aus dem Fenster zu werfen, bereite mich hämisch auf die berühmte Wolkendecke vor – und sehe es flimmern, glitzern, strahlen in allen Farben: ein immenses, verheißungsvolles Paris.

»Schön«, gebe ich mir nach einem Augenblick der Verblüffung zu, »sehr schön... wenn man es bei Nacht und von oben sieht und nicht dort leben muß.«

Ich betrachte es eine Weile, sogar mit einem gewissen Respekt, sehe die Lichter auf mich zukommen, fühle ein leises Kribbeln der Aufregung und habe plötzlich das Bedürfnis, mir die Lippen zu schminken und die Haare zu kämmen. Im Spiegel begegnet mir ein müdes, braunes Gesicht und mit ihm die wohlbekannte Angst, Serge an diese Glitzerwelt verloren zu haben.

Paris und Serge haben sich verbündet und mir einen Streich gespielt. Die Stadt empfängt mich hell und beschwingt, im diffusen Licht einer warmen Herbstsonne, zeigt sich mir in ihren zartesten Pastellfarben und anmutigsten Perspektiven, in klassischer Schönheit und der leisen Melancholie des abschiednehmenden Jahres; Serge begrüßt mich mit den Worten: »Diese drei Tage gehören uns, und sag danach nie wieder, daß ich keine Zeit für dich hätte.«

Und wenn dieser typisch männliche Satz auch nicht der Tragikomik entbehrt, so hält er jedenfalls, was er verspricht: drei runde, in sich geschlossene Tage, herausgerissen aus den Erinnerungen der Vergangenheit und den Zweifeln der Zukunft.

Wir wandern durch die Stadt, über lebhafte Boulevards und arrogante Avenuen, durch schmale, lange Straßen in allen Schattierungen eines verblichenen Beiges und Graus und kleine Stadtgärten im Feuer ihres Herbstlaubs, über bunte Märkte, stattliche Plätze, grazile Brücken. Wir gehen Hand in Hand, töricht, verliebt, und wenn wir stehenbleiben, um etwas zu betrachten, küssen wir uns.

»Merkwürdig«, sage ich, »so habe ich das alles nie gesehen.«

»Das lag an dir, mon amour, nicht an Paris.«

»Das kann nicht nur an mir gelegen haben. Wenn es so gewesen wäre, hätte ich mich daran gewöhnen können.«

»Das kannst du noch immer.«

Ein Blick, ein Lächeln, ein Kuß. Nichts scheint mir unmöglich in diesen drei Tagen.

Wir gehen in ein Café, setzen uns an einen der kleinen runden Tische in die Sonne und trinken Rosé. Die Menschen um uns herum haben blankgeputzte Augen und eine Bereitwilligkeit zu lächeln. Serges Arm liegt um meine Schultern, seine Hand auf dem Dreieck meines Ausschnitts. Der Wein, die Wärme und eine wohlige Müdigkeit lassen uns nicht weiter denken als bis zum Bett, das uns erwartet, der Liebe, dem Schlaf.

Serge fragt: »Bist du glücklich?«

»Ja«, sage ich.

Alles ist möglich in diesen drei Tagen.

Das Zimmer in dem kleinen exklusiven Hotel geht auf einen einzigen Garten hinaus. Es hat Stuckrosetten an der Decke, moosgrünen Velour auf dem Boden und perlgrau bespannte Wände. Durch die Scheiben sieht man die goldene Krone eines Kastanienbaumes. Wenn man das Fenster öffnet, riecht es nach Erde und welkendem Laub, und wenn man die Hand ausstreckt, kann man die Äste des Kastanienbaumes berühren. Die Doppeltür ist abgesperrt. Das weiße Telefon auf dem Nachttisch schweigt. Kein Mensch weiß, wo wir sind. Es ist still, und draußen fällt die Dämmerung.

»Hast du Angst vor München und der Scheidung?«

»Und du, hast du Angst vor der Premiere?«

Fragen aus einer anderen Welt, über die wir ruhig sprechen, ja sogar lachen können. Alles ist fern, vor der Macht der Gegenwart zurückgewichen – Israel, das ich vor einem Tag verlassen habe, München, in dem ich in zwei Tagen sein werde, die Premiere, die in einer knappen Woche stattfindet. Da ist eine Anzahl von Stunden, das verschlossene Zimmer, der Geruch nach Herbst, das Verlangen unserer Körper, die Umarmung und Vereinigung – Antwort auf alle Fragen.

»Serge«, sage ich, »einmal, im ersten Jahr, habe ich dir geschrieben: ›Meine Heimat bist Du, und das Bett, in dem ich mit Dir schlafe, ist mein Zuhause.‹ Das stimmt noch immer.«

»Heute. Und morgen, mon amour?«

»Heute und morgen und in zehn Jahren und immer. Ohne dich kann ich nirgends leben – mit dir überall.«

»Ist das wahr?«

Unter der warmen Schwere seines Körpers, seiner Hände, seines Mundes wird es wahr, wird es zur einzigen unantastbaren Wahrheit meines Lebens.

»Ja«, sage ich, »es ist wahr.«

Drei Tage, drei Nächte zurückeroberter Traum – für immer abschiednehmender Traum.

Am Morgen des vierten Tages fliege ich nach München.

3
München

Die Ankunftshalle des Riemer Flughafens ist sehr viel heller, freundlicher und größer geworden, die Menschen, habe ich den Eindruck, auch. Helle, freundliche Riesen mit schwerem, zielbewußtem Schritt und tatkräftigen Bewegungen; mit tiefen vollen Stimmen und klarem Blick. Die jungen Männer strahlen Produktivität aus, die jungen Frauen Energie. Nirgends hat sich mir in den dreißig Monaten meiner Abwesenheit ein satteres Bild allgemeinen und soliden Wohlstands geboten, und plötzlich fällt mir der Schuttberg ein, neben dem ich sieben Jahre lang gewohnt und dessen Verwandlung in einen hübschen gepflegten Park ich fasziniert verfolgt hatte. Aus den Trümmern einer Stadt waren Rasenflächen gewachsen, Blumen und Bäume. Bänke für die Alten, Sportwiesen für die Jungen und Spielplätze für die Kinder. Wenn ich dort spazierengegangen war, hatte ich eine ähnliche Betroffenheit gespürt wie jetzt beim Anblick dieser Menschen. Als ich auf der Suche nach einer Autovermietung die Halle durchquere, komme ich mir geschrumpft vor.

Es gibt vier Autovermietungen, und ich wähle die, die sich »Wohlgemut« nennt.

»Grüß Gott«, sagt das Mädchen hinter dem Schalter und lächelt so bereitwillig, wie ich seit Jahren keine Angestellte mehr habe lächeln sehen, »wünschen Sie einen Leihwagen?«

»Ja, bitte.«

»Ein größeres oder kleineres Modell?«

»Am liebsten wäre mir ein Volkswagen«, sage ich und denke dabei mit Rührung an mein altes, graues Auto, das einem israelischen Lastwagen zum Opfer gefallen ist, »haben Sie einen?«

»Da muß ich mal nachschauen«, sagt sie, öffnet einen Hefter und blättert darin.

»Ja, wir haben noch einen«, sagt das Mädchen, »wie lange brauchen Sie ihn?«

»Zwei Tage.«

»Dürfte ich bitte Ihren Führerschein sehen?«

»Die Adresse«, sage ich, »stimmt nicht mehr. Ich wohne zur Zeit in Israel... Jerusalem, Tschernichowsky 35.«

»Tolles Land«, sagt sie, ohne ihre Arbeit zu unterbrechen, »ich war letzten Sommer dort, und es hat mir riesig gefallen.«

Die Frage, warum sie ausgerechnet in Israel war, liegt mir auf der Zunge, aber ich schlucke sie wieder hinunter und schweige.

»Ich verbringe meine Urlaube jedes Jahr in einem anderen Land«, klärt sie mich da auch schon ungefragt auf, »es wird einem ja jetzt so leicht gemacht mit all den Gruppenflügen, und die Welt ist derart interessant, finde ich, daß man soviel wie möglich davon sehen sollte. Ich war schon in sieben Ländern, und dieses Jahr fahre ich nach Skandinavien.«

»Muß auch schön sein«, sage ich.

Sie nickt, drückt einen Stempel auf das ausgefüllte Formular und schiebt es mir zur Unterschrift hin.

»So«, sagt sie. »Jetzt hol' ich schnell den Wagen.«

Um mir die Zeit bis zu ihrer Rückkehr zu vertreiben, schlendere ich durch die Halle, sehe mir die Bar an, den Apfelkuchen und die Schinkensandwichs in der Vitrine, die blitzende Kaffeemaschine, die saubere Theke, auf der nicht eine schmutzige Tasse steht, nicht eine zusammengeknüllte Serviette liegt; gehe weiter und betrachte am Zeitungskiosk nackte Busen, Bäuche und Schenkel, lese die Schlagzeile der ›Abendzeitung‹: ›Kinder vergiften ihre Mutter...‹, trete mit dem Gedanken: »werden schon wissen warum« an den nächsten Stand und kaufe mir eine Schachtel Weinbrandbohnen und ein Päckchen garantiert nikotinarmer Zigaretten. Während ich mir eine anzünde, mustere ich die kräftigen Männer mit ihrem gepflegten langen Haarschnitt und kleinen modischen Handtaschen, die Frauen in ihrer zu sorgfältig aufeinander abgestimmten Kleidung. Und nachdem ich mir so einen kurzen Gesamteindruck verschafft habe, wandere ich zurück zur Autovermietung Wohlgemut, wo mich das freundliche, an der Welt interessierte Mädchen erwartet und zu einem nagelneuen, giftgrünen Volkswagen führt.

»Wissen Sie Bescheid?« fragt sie. »Oder soll ich Ihnen...«

»Nicht nötig«, unterbreche ich sie, »ich bin dreizehn Jahre Volkswagen gefahren.«

Und ich steige ein, lasse den Motor an und fahre los.

»Dreizehn Jahre«, denke ich, »dreizehn Jahre Volkswagen!« Erst ein blauer, dann ein grauer, beide aus zweiter Hand. Sparsam war ich immer, auch in den Zeiten meines Erfolgs, den ich nicht ernst nehmen konnte: ein Volkswagen, ein solider Persianermantel. Ich fand beides scheußlich, aber praktisch und haltbar und absolut ausreichend für mich.

Die sieben mageren Jahre davor, hatte ich mich in dünnen Stoffmänteln durch die Winter gefroren und war zu Fuß gelaufen oder mit der Straßenbahn gefahren. Nicht allzuoft, muß ich zugeben, denn es gab Männer mit Autos. Die Männer blieben sich immer gleich, die Autos dafür machten eine enorme Entwicklung durch und wuchsen sehr schnell über ihre Besitzer hinaus. Mein erster deutscher Liebhaber hatte noch einen alten schäbigen Topolino, mein elfter bereits einen Mercedes 300.

Ausfahrt, Ausfahrt, Ausfahrt... man kann sich auf deutsche Schilder verlassen. Sie zeigen nicht in absonderliche Richtungen, etwa auf einen Baum, ein Feld, einen Abgrund, wie in Israel. Ich bin auf einer glatten, sauberen Straße und fahre Richtung München.

Autos vor mir, hinter mir, neben mir, rostfreie, beulenlose Autos, viele in grellen Farben, alle blank und glänzend wie frisch gestriegelte Pferde. Ich schaue in die Autos wie in Käfige mit kuriosen Tieren, sehe in schneller Folge ein gut geschnittenes Profil, ein feistes, rosiges Gesicht, einen eckigen bayerischen Schädel, einen wulstigen Nacken, einen langen schlanken Hals, einen dicken, welligen Oberarm; sehe sorgfältig gebürstete Kinder und Hunde, bunte Kissen und mit Fell bezogene Kopfstützen, Stofftiere im Rückfenster, wippendes Spielzeug an der Windschutzscheibe und, dem nicht genug, Blumen und Bildchen und drollige Sprüche auf den Karosserien.

Nach diesem Einblick in die Seele deutscher Autofahrer beschließe ich, nur noch geradeaus auf die glatte, saubere Straße zu schauen und die optischen Anregungen durch akustische zu ersetzen. Also schalte ich, leichtsinnigerweise, das Radio ein. Jemand spricht in bayerischem Dialekt über die Pflege bayerischer Gewässer, und beim Klang der Worte, die dumpf und unbeholfen aus dem Mund des Sprechers poltern, packt mich der alte wohlbekannte Widerwillen gegen alles, was den Namen »bayerisch« verdient. Hastig stelle ich das Radio wieder ab, pfeife etwas, das ich erst nach einigen Takten als die bulgarische Nationalhymne identifiziere, und trete aufs Gas. Daß ich zu schnell fahre, schneller jedenfalls als erlaubt, wird mir nicht durch einen Blick aufs Tachometer, sondern durch ein langanhaltendes Hupen hinter mir bewußt. Ich schaue in den Rückspiegel, sehe einen Wagen, groß und himmelblau, über dem Steuer ein rotes Gesicht und eine Hand, die sich zur Faust ballt.

Ich fahre noch zehn Kilometer schneller. Der Wagen bleibt in vorschriftsmäßigem Tempo hinter mir zurück, der Fahrer – es ist nicht schwer, die Gedanken gekränkter Fahrer in großen himmelblauen Autos zu erraten – wünscht mir die Funkstreife auf den Hals.

Die Autobahn schwenkt links in die Einsteinstraße ab

und geht geradeaus in die Äußere Prinzregentenstraße über. Und hier, zwischen Einstein und äußerem Prinzregent, habe ich vier Jahre meines Lebens verbracht.

Das Haus, ein fünfstöckiges, langgezogenes Gebäude, hat sich nicht verändert. Wahrscheinlich ist es in der Zwischenzeit frisch gestrichen worden, denn es sieht ordentlich aus und hat sich seine Mittelmäßigkeit bewahrt. Mein Fuß bleibt in der Schwebe zwischen Gaspedal und Bremse.

»Wozu halten?« frage ich mich. Doch als ich die letzte Tür erreicht habe – die Tür, durch die ich so oft ein- und ausgegangen bin, halte ich doch und starre hinüber.

Da ist der Friseur, bei dem sich die Hausfrauen der Umgebung ihre steifen Löckchen legen ließen, die Apotheke, zu deren regelmäßigsten und einträglichsten Kundinnen ich zählte, die kleine Konditorei, in der ich Michael Süßigkeiten kaufte. Wir wohnten im dritten Stock, in einer Wohnung so mittelmäßig, wie es das ganze Haus war.

Es war in dieser Wohnung, daß sich bei mir die ersten Konvulsionen einer späten Entwicklung bemerkbar machten. Dank einer langen Krankheit, die mich einerseits von der Pflicht erlöste, meine grüne Bettcouch zu verlassen, und mir andererseits die Notwendigkeit aufzwang, mich in den langen Stunden des Alleinseins mit mir auseinanderzusetzen, kam ich zu dem Ergebnis, daß mir nur noch zwei Möglichkeiten blieben: ein endgültiger Schluß oder ein neuer Anfang. Was den endgültigen Schluß betraf, so regte er meine Phantasie in demselben Maße an, in dem der Gedanke an den neuen Anfang sie lähmte. Und dennoch muß er mir, mit meinen neunundzwanzig Jahren, nähergelegen haben als das Ende, muß als ein Vorgefühl bereits in mir gewesen sein, verborgen zwar, verschüttet, aber vorhanden.

Ich folgte einem Trieb, nicht einer Absicht, als ich zu schreiben begann. Ich schrieb Stunde um Stunde, liegend unter einer geblümten Steppdecke, ein Tablett auf dem Leib, darauf die Schreibmaschine. Ich schrieb mit der Unbefangenheit und Begeisterung der Naiven, mit der Ehrlichkeit derer, die nicht auf der Suche nach Erfolg sind, sondern auf der Suche nach sich selber. Und in diesen ersten Wochen, in denen es keine zukünftige Leserschaft gab und keinen zu überzeugenden Verleger, erfuhr ich, so wie in den neun Monaten meiner Schwangerschaft, den Zustand eines in sich geschlossenen Glücks.

Ich fahre weiter, in mir ein scharfer Schmerz, ein Schmerz um den Verlust des Schreibens, um den Verlust meines Sohnes. Ich versuche ihn zu verdrängen, aber meine Umgebung läßt es nicht zu. Da ist der kleine Spielplatz und da das Prinzregentenbad, in das ich mit Michael zum Baden ging. Er genoß diese Stunden, die er mich für sich alleine hatte, fern die Schreibmaschine, fern diverser »Onkel«, denen er reserviert begegnete, mit Mißtrauen und manchmal mit offener Abneigung.

Ich sehe meinen Kleinen, braun und rund in seiner roten Badehose, die mich so rührte, weil mir ihre Winzigkeit seine eigene bewußt werden ließ. Ja, sie hatte mich gerührt, manchmal bis zu Tränen, Tränen der Sentimentalität, die konsequenzlos blieben. Denn ich änderte nichts an meinem Leben, sagte mir, daß ich nichts ändern könne, da jede Änderung zu meinem Nach- und Michaels Vorteil auf ihn, den Urheber, zurückfallen mußte, daß ich sie ihm eines Tages nachtragen und wie jede »gute« Mutter mit den Worten vorwerfen würde: »Und für dich, undankbares Geschöpf, habe ich Opfer gebracht!«

Da ist die Isar, ein ländlich klarer Fluß, in dem sich der blaue Himmel spiegelt, die goldgelben Kronen der Bäume, die Giebel alter Patrizierhäuser; und plötzlich muß ich an die Worte Tante Minnas denken, die seit fast einem halben Jahrhundert in Jerusalem lebt, München aber, die Stadt, in der sie vor neunundachtzig Jahren zur Welt gekommen und aufgewachsen ist, bis heute in zärtlicher Erinnerung behalten hat.

»Du kannst dir nicht vorstellen, Christinchen, was für eine schöne Stadt das war.«

Nein, ich kann es mir nicht vorstellen, ich, die ich München 1947 zum ersten Male sah, besser gesagt das sah, was davon übriggeblieben war. Es war nicht allzuviel gewesen. Nur wenige Straßen waren dem Bombenhagel entgangen, der Rest lag unter Schutt und Asche. Und Schutt und Asche war es für mich geblieben, auch als die Trümmer beiseite geräumt wurden, auch als der mühsame Wiederaufbau begann, auch als neue Häuser entstanden, neue Straßen, neue Viertel. Jetzt, da ich es fast drei Jahre nicht mehr gesehen habe, entdecke ich das Gesicht der Stadt, und mir ist, als habe ich nie dort gelebt.

Ich fahre die Prinzregentenstraße hinunter, die hier weder den abwertenden Zusatz »äußere« noch die Züge einer Ausfahrtsstraße trägt, sondern breit und behäbig zu einem der wenigen Boulevards zählt, mit denen das eng und kleinstädtisch gebaute München aufwarten kann. In dem dunklen kompakten Bau auf der linken Seite befand sich in den Nachkriegsjahren das PX und keine zweihundert Meter weiter, im sogenannten »Haus der deutschen Kunst«, der Offiziersclub. In diesen beiden Häusern ging ich, Besitzerin eines ergebenen amerikanischen Mannes, eines dekorativen irischen Setters und eines gigantischen Buicks, aus und ein, füllte meine Tage mit dem Kauf eines Nylonfummels, einer Stange Camel, einer Flasche Chanel Nr. 5 und meine Abende mit zwei langen süßen Cocktails, einigen Tangos, Rumbas und Jidderbugs. Ich trug »New Look«, den zu langen, weiten Rock und das schulterfreie Dekolleté, den hochgeschraubten Busen und den in Lastex eingezwängten Hintern, das bleich gepuderte Gesicht und die dunkelrot geschminkten Lippen. Ich las »true stories«, sah amerikanische Filme und lauschte mit unerschütterlicher Ausdauer den Schlagerprogrammen des Senders ›AFN Munich‹. Ich war, was die Gesetze amerikanischer Schönheit und Freizeitgestaltung betraf, untadelbar und schien dazu prädestiniert, den »american way of life« der fünfziger Jahre bis in die Schablone amerikanischer Denkvorgänge fortzusetzen. Doch da sträubte sich etwas in mir, sträubte sich so entschieden, daß ich auf meinem gerade, übersichtlichen Lebensweg plötzlich einhielt, störrisch wie ein Esel, der in seiner Unvernunft den nächsten Schritt verweigert und sich damit um die Wärme des Stalles, um das Heu in der Futterkrippe bringt. Ich setzte die Scheidung durch und trauerte mit meinen deutschen Verehrern, die sich im Laufe meiner kurzen Ehe angesammelt hatten, um den Verlust des dekorativen irischen Setters und des gigantischen Buicks. Um meinen amerikanischen Mann trauerten wir nicht. Ich war aus den Armen meiner Befreier in die meiner Verfolger zurückgekehrt.

Die Ampel vor mir steht auf Rot. Ich sehe es im letzten Augenblick und trete auf die Bremse. Hinter mir hupt ein Auto, fährt dann vor und dicht an mich heran. Eine Frau mit harten, hageren Zügen und gebleichtem Haar keift mich durchs offene Fenster an: »Sie do, sagn S' amoi, san S' damisch, so auf d' Bremsn z' steign und andre Leit z' gfährdn. Wann S' net fahrn kenna, Sie, dann laafn S' gfälligst, oder glaabn S'...«

Jetzt endlich gelingt es mir, den Blick von diesem bösen Gesicht, diesem dünnlippigen, Töne spuckenden Mund loszureißen. Ich wende den Kopf und starre stumm geradeaus. Ein Zorn, der so mächtig ist und so irrational, daß er in keinem Verhältnis zu der Lappalie steht, die ihn ausgelöst hat, zieht mir das Blut aus den Wangen, drängt mir die wahnwitzigsten Vorstellungen auf. Schweiß steht mir auf Stirn und Oberlippe, und unter meinem krampfhaften Griff verwandelt sich das Steuer in eine Schußwaffe. Ich hebe sie, ziele, drücke ab. Die Frau ist mein erstes Opfer, dann der Dicke neben ihr, dann der Glatzkopf, der soeben die Straße überquert, dann das alte und das junge Paar im Auto rechts neben mir. Nicht genug, noch lange nicht genug! Ich renne durch die Straßen und töte jeden, der mir in die Quere kommt: den für meine Mutter, den für meinen Bruder, den für meine Großeltern, den für meine Onkel und Tanten, den für meine Vettern und Cousinen, den für die Bekannten, den für die Unbekannten...

Die Ernüchterung kommt mit einem Gefühl der Übelkeit und Schwäche. Ich fahre los, entdecke zu spät, daß man hier eine Art Straßenknotenpunkt gebaut hat und da, wo sich einstmals nur zwei Straßen kreuzten, jetzt mindestens acht in verschiedene Richtungen führen.

»Äußerer Ring«, lese ich, »Innerer Ring, Altstadtring...« und denke: »Wenn ich aus dieser Falle jemals wieder rauskomme, sollte ich den kürzesten Weg zum Flugplatz und die erste Maschine zurück nach Paris nehmen. Diese Stadt mit ihren belastenden Erinnerungen macht mich total hysterisch!«

Meine mörderische Wut ist der schlichten Angst gewichen, noch einmal angehupt oder angeschrien zu werden, und so fahre ich kleinlaut zweimal im Kreis, bis ich die richtige Ausfahrt gefunden habe. Jetzt ist es nicht mehr weit. Die Von-der-Tann-Straße hinunter bis zur Ludwigstraße... hier schon wieder eine Ampel, schon wieder auf Rot, rechts neben mir schon wieder ein Gebäude, das in der Geschichte meines Münchener Lebens eine Rolle spielt. Die Fassade ist grau und ernst, ein Stück Architektur des 19. Jahrhunderts, so wie das Gesicht meines Vaters, das plötzlich unerwünscht vor meinem Auge steht.

»Willst du es dir nicht doch noch einmal überlegen, Christina?«

»Was gibt es da noch zu überlegen?«

»Er ist ein so guter, anständiger Mann, und er liebt dich sehr.«

»Stimmt, aber ich liebe ihn nicht mehr.«

»Du bist sehr hart geworden, mein Kind.«

»Wundert dich das?«

Das Gesicht meines Vaters, grau und ernst, und die Augen, die ratlos über mich hinwegblicken. Er hatte den Faden verloren, den kunstvoll gesponnenen Faden einer Rede, die er gewiß schon seit langem in sich getragen, die er sorgfältig vorbereitet und in Stichworten notiert hatte: ›Rede eines Vaters an seine junge Tochter!‹ Armer, guter, schwacher Papa, mit seinen schönen, unbrauchbaren

Worten, mit seinen vagen, unheilbringenden Gedanken, mit seinen ratlosen Augen, die immer über alles hinweggeblickt hatten. Zwischen uns hatte sich die Vergangenheit gespannt, undurchsichtig und unüberbrückbar, zehn Jahre Trennung, die er auf der Seite der Verfolger, ich auf der der Verfolgten zugebracht hatte. Was wußte er von seiner Tochter, was wußte ich von meinem Vater? Ich hatte ihn auf die Wange geküßt und war gegangen.

Am nächsten Tag hatte in dem Gebäude Ecke Von-der-Tann- und Ludwigstraße die Scheidung stattgefunden.

Das Licht der Ampel wechselt und mit ihm meine Gedanken. Ich biege um die Ecke, fahre die Ludwigstraße hinunter auf das Siegestor zu. Hier beginnt Schwabing, Münchens Künstlerviertel, das vieles produziert, nur keine Kunst.

Ich kenne Schwabing gut, kenne noch seine zerstörten Häuser und verschütteten Straßen, seine Wiedergeburt und die verschiedenen Stadien seines Wachstums. Kenne das erste Kellerlokal, in dem sich ein ältlicher Akkordeonspieler in amerikanischen Schlagern übte und man unter Bergen von Kartoffeln einen Fetzen Fleisch ausgrub; die erste Baracke, in der sich die Intellektuellen trafen, um bei magenätzendem Fusel und stinkenden Zigaretten bis in die Morgenstunden zu diskutieren; die erste Gastwirtschaft, in der die größte Sensation des Jahres ein dick paniertes Wiener Schnitzel war; die erste Künstlerkneipe, in der sich ein entsprechendes Publikum seiner vergangenen Erfolge erinnerte und ein rothaariges, schnodderiges Mädchen zweideutige Chansons vortrug; und das erste Kabarett, in dem sich die Deutschen über ihren verlorenen Krieg lustig machten.

Diese Zeit der flachen Bäuche und leeren Taschen, der bescheidenen Wünsche und kleinen intensiv empfundenen Freuden war Schwabings beste und echteste Zeit. Was dann kam, war in seiner Berechenbarkeit langweilig und schließlich abstoßend. Die Lokale vermehrten sich, wurden größer, schicker, »origineller«, wurden balkanesisch, chinesisch, kaukasisch, wurden Pubs, Bistros, Tavernas. Die Kartoffelberge wichen gewaltigen Fleischbrocken und kalorienarmen Salaten und die Akkordeon- oder Klavierspieler Jazzbands und Stereoanlagen. Die Intellektuellen diskutierten mit der Halbherzigkeit der Saturierten bei Whisky und Sekt, und die Künstler konnten sich wieder laut und schamlos ihrer Erfolge rühmen. Die Kabarettisten, ein wenig feist und schwerfällig geworden, machten sich jetzt über den Wohlstand lustig, und der Krieg – verloren oder nicht – blühte als sehnsüchtige Reminiszenz an den Stammtischen der älteren Jahrgänge auf. Dann war auch diese Zeit vorbei. Über Schwabing brach die junge Generation herein und brachte Schwung in den altväterlichen Laden. Ich habe diese Epoche amerikanischer Idiome und moderner Zeitvertreibe nur noch am Rande erlebt, sehr zum Kummer meines Mannes Udo, der sich in der Welt des Pops, der Beatschuppen, Go-go-Girls, Happenings, Hasch-Joints, Hits, Sex-shops und Pornofilme auskannte und meinte: Ein Mensch, der sich den fortschrittlichen Strömungen der Zeit verschließe, sei nichts anderes als ein Fossil, total überflüssig und dazu verdammt, jeglichen Kontakt zur Umwelt zu verlieren.

Armer Udo, armer, blonder Schwachkopf!

Ich sehe ihn die Augen aufreißen und mir den komischen blauen Blitz seines Blickes entgegenschleudern, ein Blick, den er in allen Lebenslagen für den Ausdruck geballter physischer und geistiger Potenz hielt. Und gleichzeitig spüre ich, wie sich mein Gesicht zu einer spöttischen Grimasse verzieht, so als stünde er tatsächlich vor mir. »Zum Teufel«, denke ich, »zum Teufel mit diesen Phantomen der Vergangenheit!« Mein Gedächtnis ist offenbar eine Tiefkühltruhe, in der sich Gesichter, Gespräche und Situationen jahrzehntelang frisch halten.

Mein Hotel liegt in der Amalienstraße. Sie ist genauso häßlich, wie ich sie in Erinnerung hatte. Ein gerader, grauer Strich, auf beiden Seiten billig gebaute Nachkriegshäuser mit eintönigen Fassaden. Das Haus, das sich so großspurig »Hotel Eden« nennt, unterscheidet sich lediglich durch einen frischen Anstrich von undefinierbar blasser Farbe und einer größeren Tür, deren oberer Teil aus Milchglas ist. Ich öffne sie mit berechtigtem Mißtrauen und betrete einen kleinen Vorraum, der sich mit einem Tisch, zwei lila gepolsterten Stühlen, großmaschigen Gardinen, Topfpflanzen und einem winzigen Empfang als Eingangshalle ausgibt. Ein Mensch ist nicht darin zu sehen.

»Hallo«, sage ich und hoffe, daß sich niemand meldet und ich wieder gehen kann. Doch mein Pech will es, daß sich hinter dem Empfang die Tür öffnet und ein dralles Mädchen im Dirndl hereinkommt.

»Grüß Gott, die Dame«, lächelt sie zutraulich, »wünschen S' an Zimmer?«

»Ich habe ein Zimmer reservieren lassen«, sage ich, »auf den Namen Heidebeck.«

Sie öffnet ein Heft, befeuchtet den Zeigefinger mit etwas Spucke, blättert und bestätigt: »Hier hama's schon... Heidebeck... ein Zimmer mit Bad.«

»Ja, aber bitte ein ruhiges Zimmer.«

»Freilich.«

Das Zimmer liegt im zweiten Stock und hat die Form eines rechteckigen Handtuchs. Auch etwa die Größe.

»Ein ruhiges Zimmer«, beteuert das Mädchen und zeigt aufs Fenster. Vor dem Fenster steht eine Mauer, darauf sitzen Tauben.

»Und alles was Sie brauchen ist da.«

In der Tat! Ein Bett ist da, ein Tisch, ein Stuhl, ein Schrank, ein Telefon, ein Klo, eine Badewanne. Braucht der Mensch mehr? Ich finde bereits den Teppich auf dem Boden und das Bild an der Wand überflüssig. Ich setze mich auf den Stuhl.

Während das Mädchen mein Gepäck holt, überlege ich, daß keine zehn Minuten von hier entfernt meine Schwester mit meinem Sohn wohnt und daß mein Anwalt die Bitte um ein einfaches, preiswertes Zimmer mal wieder zu wörtlich genommen hat.

Ich bin gerade dabei, die Möglichkeit zu erwägen, mir ein Gewehr zu beschaffen und die Tauben abzuschießen, als das Mädchen zurückkommt. Sie legt mir das Anmeldeformular hin, daneben einen Stift.

Ich starre auf das Formular und denke: »Damit fängt es an und damit hört es auf. Im Grunde sind wir das – ein paar dürre Personalangaben, laut derer wir existieren: Name, Alter, Geschlecht, Staatsangehörigkeit, Gesichtsform, Familienstand, Beruf, Todesursache. Schluß. Der Zettel, den man uns ums Handgelenk gebunden hat, baumelt jetzt am Fußgelenk. Und in den Karteien verschiedener Ämter liegt, zwischen zwei staubige Aktendeckel geklemmt, der bürokratische Abriß unseres Lebens.«

Ich wische das Formular vom Tisch und rufe Lützow, meinen Anwalt an.

»Ein Wunder«, sagt er mit seiner trockenen Stimme, »schönen guten Tag, gnädige Frau.«

»Was ist ein Wunder?«

»Daß Sie da sind.«

»Dachten Sie vielleicht, ich würde den Scheidungstermin, auf den ich zwei Jahre gewartet habe, versäumen?«

»Bei Ihnen kann man nie wissen.«

»In Israel hält man mich für pedantisch, hier für unberechenbar..., es muß wohl am Auge des Beschauers liegen.«

»Muß es wohl, gnädige Frau. Können Sie um drei Uhr zu mir kommen? Es gibt noch einiges zu besprechen.«

»Die Kosten, nehme ich an.«

»Unter anderem.«

»Sind sie sehr hoch?«

»Das hängt jetzt vom richterlichen Beschluß ab. Aber da Ihr Mann sich nicht gescheut hat, Ihren Vermögensstand mit dem Maximum anzugeben, müssen Sie auf etwa zwanzigtausend Mark gefaßt sein.«

»Ich komme nicht.«

»Machen Sie jetzt bitte keine Geschichten, gnädige Frau. Ich erwarte Sie um drei Uhr. Wie ist das Hotelzimmer?«

»Preiswert, aber in Anbetracht der Scheidungskosten wohl genau das richtige.«

Er lacht, verdammt noch mal, er hat gut lachen.

Ich sage: »Auf Wiedersehen« und hänge ein.

»Gesindel«, sage ich, »kleinliches, mißgünstiges Gesindel!«

Die Empörung über den Verlust der zwanzigtausend Mark kommt jetzt mit einem Stoß giftiger Worte an die Oberfläche und verteilt sich gleichmäßig auf die Mitglieder meiner Familie, die mich schamlos betrogen haben: der Mann um das Geld, der Vater des Sohnes um den Sohn, der Sohn um seine Liebe, die Schwester um das Vertrauen, das ich in sie gesetzt habe.

»Pack«, sage ich, »borniertes, gehässiges Pack! Ich hätte euch auf meine Art eine gute Freundin, Mutter und Schwester sein können, aber darauf kam es euch ja gar nicht an. Ihr wolltet mich als euren ganz persönlichen Besitz, ihr wolltet Ausschließlichkeitsrechte. Ihr hattet euch in den Kopf gesetzt, mit mir zu leben nicht in Eintracht und gegenseitigem Verständnis, sondern jeder mit mir allein, wie Raubtiere im Zoo, die man paarweise in Käfige sperrt. Und wie Raubtiere habt ihr euch auch benommen – brüllend, knurrend, lauernd, zuschlagend –, nur leider nicht mit deren Würde und Grazie. Oh, ihr Trampeltiere, ihr Elefanten im Porzellanladen! Wer hat euch geheißen, Gefühle in mich zu investieren, die ihr mir, als ich sie nicht – oder nicht mehr – erwidern konnte, an den Kopf warft; wer hat euch dazu berechtigt, Hoffnungen und Träume an mich zu hängen, die ich, selbst wenn ich besten Willens gewesen wäre, nicht hätte erfüllen können. Wie kann man Träume, die einander durchkreuzen, erfüllen? Habt ihr geglaubt, ich gebe eurem Gezerre nach und lasse mich in kleine Stücke reißen, auf daß jeder seinen Teil bekommt? Ein Teil für Udo und seine Liebesidylle in abgeschiedener Zweisamkeit, ein Teil für Felix und sein reifes Vater-Mutter-Kind-Familienleben, ein Teil für Susanne und ein gemeinsames Heim, in dem sie mir und ich ihr Halt und Stütze sein würde? Habt ihr tatsächlich geglaubt, ich sei dazu verpflichtet, euren selbstsüchtigen Wünschen und Bedürfnissen gerecht zu werden, mein Leben euren Wahnvorstellungen zu opfern? Woraufhin, meine Lieben, woraufhin? Vielleicht daraufhin, daß ich mit dem einen ein Bett, mit dem anderen einen Sohn, mit der dritten eine Mutter teilte? Nicht Grund genug! Oder daraufhin, daß ihr mit wehenden Fahnen zu mir kamt, der eine geschlagen aus einem zerrütteten Familienleben, der andere zerfleddert aus dem Chaos eines nicht bewältigten Lebens, die dritte mut- und obdachlos aus der Misere eines Ostblockstaates? War ich denn nicht geschlagen, zerfleddert, mutlos? Wäre es nicht – wenn überhaupt – genauso eure Pflicht gewesen wie die meine, mir Ruhe zu geben anstatt Nackenschläge, mich zu schonen anstatt zu strafen, in Eintracht miteinander anstatt in Feindschaft gegeneinander zu leben? Habt ihr mich etwa für eine Quelle ewiger Kraft und selbstloser Liebe gehalten, mich, die ich Mühe hatte auch nur einen Tag zu überleben? Hört zu, meine Lieben, hört mir gut zu: Die Liebe, die ich für euch hatte und die gewiß nicht das war, was ihr, jeder auf seine Art, unter Liebe versteht, hast du, Udo, mit deinem teutonischen Heldentum und Größenwahn, du, Felix, mit deinen jähzornigen Ausbrüchen, du, Susanne, mit deiner Selbstgerechtigkeit und du, Michael, mit deiner Kälte zerstört. Ich habe nichts mehr für euch empfunden, nichts außer Widerwillen, nichts außer dem Wunsch, euch zu entkommen. Und entkommen bin ich euch, in letzter Sekunde und nicht mehr ganz bei Sinnen.«

Ich werfe mich erschöpft aufs Bett, stütze Kopf und Schultern gegen die Wand, greife nach einem Erdbeerjoghurt und beginne es in mich hineinzulöffeln. Das Joghurt ist viel zu flüssig und der Löffel winzig. Ich starre ihn vorwurfsvoll an, und dabei fällt mir plötzlich Udos Mokkageschirr ein – dieses kleine, sinnlose Geschirr, mit dem ich nichts anzufangen wußte, da ich weder Mokka trank noch

Mokkagäste empfing. Blaues Muster auf weißem Hintergrund, Stück für Stück in Seidenpapier gepackt und von Udo, mit dem ich seit zwei Tagen kaum ein Wort gewechselt hatte, vorsichtig ausgepackt. Jedes Täßchen, jedes Tellerchen, jedes Löffelchen eine Bitte um Versöhnung und Liebe.

Meine Augen füllen sich mit Tränen, und ich schüttele unwillig den Kopf.

»Zwanzigtausend Mark«, murmele ich, »diese Bande, diese Ausbeuter!« Aber die Worte, mit denen ich noch einmal das ganze an mir begangene Unrecht heraufbeschwören will, haben ihre Kraft verloren. Durch den Schleier der Tränen sehe ich immer noch das sinnlose Mokkageschirr, dann Felix' alten, zerrupften Rasierpinsel, den er mitbrachte und auf das Glasbrett über dem Waschbecken stellte, wenn er mich und Michael über ein Ferienwochenende besuchte, dann Susannes armselige Plastiktasche, in der sie ein paar von mir geerbte Kosmetikartikel, ein herzförmiges Portemonnaie und die Fotos ihrer Kinder aufbewahrte, und schließlich Michaels verlassenes Spielzeug, Stofftiere und Baukästen und zahllose kleine Fahrzeuge, die er als letztes Bollwerk in meiner Wohnung ließ, obgleich er schon Jahre nicht mehr dort lebte.

Nein, ich will sie nicht sehen, diese trostlosen Objekte, die mir mehr als alle Worte und Blicke, Gesten und Tränen die Hilflosigkeit eines Menschen bewußtmachen. Ich will kein Mitleid haben und keine Einsicht. Es ist zu schmerzhaft.

Ich drücke mein Gesicht ins Kissen und weine über die Hilflosigkeit jener Menschen, die ich kurz zuvor noch so hart verurteilt hatte. Das Herz tut mir weh, tut mir so weh, als entstünde mit jedem Schluchzen ein neuer Riß und mit jedem Riß ein neues, wenn auch schwach verankertes Verständnis.

»Sie haben es nicht leicht gehabt«, denke ich, »weder Udo mit seinem gelähmten aristokratischen Vater und der schwer hysterischen Kleinbürgermutter, die die Familie mit immer neuen Selbstmordversuchen erpreßte, noch Felix, dem die Mutter an Tuberkulose wegstarb, bevor er sieben war, und den dann der Vater, dieser alte, unnahbare Kantianer, im Sinne des kategorischen Imperativs erzog, weder Susanne, die ihren eigenen Vater nie gekannt hat und zwischen allen Stühlen aufwuchs – zwei Väter, die nicht die ihren waren, zwei Halbgeschwister, die sie dauernd in den Schatten stellten –, noch Michael, der die ersten elf Jahre auf einen Vater und die folgenden auf die Mutter verzichten mußte. Schön, aber so ist es eben. Wir sind doch alle von Generation zu Generation die Opfer unserer Eltern, die Produkte einer politischen, ökonomischen, sozialen Situation, die Reaktion auf die Eindrücke und Einflüsse unserer Kindheit. Schließlich war ich es auch. Oder vielleicht nicht? Hatte man mich etwa auf Rosen gebettet? Oh, Himmel, nein! Ein Opfer war ich, genauso wie sie.«

»Stimmt nicht ganz«, denke ich und setze mich auf, um den Gedanken besser verfolgen zu können, »nicht genauso wie sie. Ich war ein privilegiertes Opfer, ein Opfer, das bis zu seinem zehnten Lebensjahr beschützt und verwöhnt, von zwei Elternteilen angebetet, von vielen Menschen geliebt und umworben wurde. Hier liegt der Unterschied. Man hat mir die Liebe wie ein großes Proviantpaket mit auf den Weg gegeben, und daraus habe ich in den folgenden schlimmen Jahren die Kraft und Widerstandsfähigkeit gezogen, die mich ihnen, den anderen, überlegen machte. Und diese Überlegenheit war es, mit der sie sich nicht abfinden konnten. Sie haben sie gehaßt. Sie haben gespürt, daß sie aus einer Quelle kam, die ihnen unzugänglich war, an die ich sie nicht heranließ, von der ich ihnen nur tropfenweise abgab. Sie aber wollten mehr, wollten alles, wollten, daß ich leerlief und wir uns auf gleicher Ebene begegneten. Denn nur so konnten sie mich haben.«

»Ihr habt mich nicht gekriegt«, sage ich laut, »und dafür laßt ihr mich jetzt zahlen. Also zahle ich, das ist klar. Nur eins ist unklar: Soll ich euch verstehen und weinen oder euch verurteilen und zum Teufel wünschen?«

Ich stehe auf, wasche mir das gedunsene Gesicht, setze die Sonnenbrille auf. Die Spuren meines Verständnisses sind verdeckt. Ich verlasse das Hotel und fahre mit dem Beschluß, den Englischen Garten aufzusuchen, los. Aber plötzlich bin ich in der Türkenstraße und unfähig, mir zu erklären, ob es Zufall ist oder Absicht. Ich kenne die Straße von früher her gut und kann nicht sagen, daß sie häßlicher ist als viele andere. Trotzdem bedrückt sie mich mehr. Oder vielleicht bedrückt sie mich mehr, weil hier, in einem dieser trüben, nach den üblichen Gesetzen der Zweckmäßigkeit gebauten Häuser, mein Sohn wohnt.

»Ich habe eine hübsche Drei-Zimmer-Wohnung gefunden«, hatte mir Susanne geschrieben, »und bin mit Michael vor kurzem dort eingezogen. Ich hoffe, du bist damit einverstanden und beteiligst dich an der Miete. Der arme Junge hat es im Internat nicht mehr ausgehalten. Er braucht endlich ein Heim.«

Ich hatte, ohne auf den »armen Jungen« und das »Heim« einzugehen, Michaels Monatswechsel an Susanne überwiesen und den beiden viel Glück gewünscht.

Jetzt, als ich die Straße hinunterfahre und vor dem Haus Nummer fünfundzwanzig halte, wird mir die Ironie meines Glückwunsches bewußt, und mein Herz zieht sich zusammen.

»Oh, du lieber Gott«, stöhne ich und schaue vom Supermarkt zur bayerischen Bierkneipe, vom Haushaltswarengeschäft zum Metzgerladen, »oh, du lieber Gott, aus meinem Sohn wird ein Sparkassenbeamter.« Ich stütze die Ellenbogen auf das Steuer, schlage die Hände vors Gesicht und überlasse mich meinen unheilvollen Gedanken:

»Hier kommt er nie wieder raus, nicht er, bequem und konformistisch wie er geworden ist. Er wird in der Kneipe da drüben sein Bier trinken und sich im Metzgerladen sein Schweinskotelett kaufen, und abends wird er vor dem Fernseher sitzen und mit dem Gefühl: Schön ist's doch daheim! einen Blick in die ferne chaotische Welt werfen. Er wird nie erfassen, wer seine Mutter war, seine Großmutter, sein Onkel, und er wird jeden Wesens- und Charakterzug von dieser Seite her unterdrücken. Er wird den Weg gehen, den wir verachtet haben, und den Weg, den wir gegangen sind, verachten. Ich habe gehofft, mit den Jahren würde er begreifen. Aber er hat nicht begriffen, er wollte nicht begreifen. Jetzt ist es zu spät...!« Mit der Erkenntnis meiner eigenen Machtlosigkeit erlischt jedes andere Gefühl. Da ist keine Auflehnung mehr, keine Entrüstung, keine Verzweiflung. Nur Apathie. Ich steige aus dem Wagen, gehe zur Haustür und lese die Namensschilder: Rauch, Spieker, Treibel, Busse, Susanne Marinoff und Michael Heidebeck. Der Name sagt mir etwa soviel wie der des Herrn Spieker. Ich kann ihn nicht mit meinem Sohn in Zusammenhang bringen und spüre nicht den leisesten Wunsch, auf den Klingelknopf zu drücken. Ich trete ein paar Schritte zurück und schaue zur dritten Etage empor. Die Fenster müssen auf der linken Seite sein. Ich stehe mit zurückgebogenem Kopf und starre auf die drei Fenster. Es ist mir egal, ob mich Michael hinter den Vorhängen beobachtet oder Susanne aus der Haustür tritt oder Felix zu einem Besuch um die Ecke biegt. Sie sind mir egal. Ich bin mir egal.

Ich stehe noch eine Weile, aber niemand erscheint am Fenster, niemand öffnet die Haustür, niemand biegt um die Ecke.

Ich gehe zum Auto zurück und fahre zu meinem Anwalt.

Mit dem Zwielicht der langen europäischen Dämmerung legt sich die Einsamkeit auf mich. Ich sitze bei einem Glas Tee in einer Espresso-Bar und schaue zum Fenster hinaus. Die Geschäfte schließen, die Menschen verschwinden zum pünktlichen Abendessen in den Häusern, das Leben in den Straßen verebbt. Ich fühle mich wie eine Fremde auf der Durchreise, und zum ersten Mal wird mir mit aller Deutlichkeit bewußt, daß nichts mich mehr mit dieser Stadt verbindet – nicht die Sprache, nicht die vertrauten Straßen, nicht die Bekannten, von denen ich nur einen anzurufen brauchte, um Gesellschaft für den Abend zu haben.

Nein, ich fühle kein Bedürfnis sie anzurufen, mehr noch, es widerstrebt mir. Ich sehe den Abend voraus: ihre abschätzenden Blicke (Gott, war das mal ein hübsches Mädchen), ihre oberflächlichen Fragen (glaubst du wirklich, daß Israel für dich das Richtige ist), ihre leicht durchschaubaren Gedanken (hat schon immer eine Macke gehabt, die Kleine), ihre endlosen Berichte über ein Leben, von dem sie nicht merken, daß es seit Jahren festgefroren ist. Dem Himmel sei Dank, ich kann darauf verzichten.

Ich zahle und stehe auf. Auf dem Weg zur Tür komme ich an einem Telefon vorbei, und plötzlich fällt mir Klaus Kaiser ein, ein Internist und außerdem der einzige, der mir nach einer kurzen physischen Leidenschaft zum Freund geworden ist. Schnell, damit mir keine Zweifel kommen, wähle ich die einzige Nummer, die mir noch im Kopf geblieben ist.

In der Praxis meldet sich die Sprechstundenhilfe, fragt nach meinem Namen, fragt, ob es ein dringender Fall sei.

»Ein außerordentlich dringender«, sage ich.

Eine Sekunde später ist Klaus Kaiser am Telefon.

»Gnädige Frau«, sagt er, »bevor wir uns jetzt in irgendeiner Form wieder näherkommen sollten, möchte ich Sie darauf hinweisen, daß Ihr letztes Lebenszeichen aus dem Jahr... aus dem Jahr..., na, wo steckt denn diese alberne Karte..., ah, hier... aus dem Jahr 71 stammt und folgendermaßen lautet: ›Mein Lieber...‹, eine Ihrer typischen Behelfsanreden, die ich besonders schätze... also: ›Mein Lieber, falls Sie sich jemals gefragt haben sollten, was aus mir geworden ist, dann wenden Sie bitte diese Karte. Schalom, Freude und Segen, Christina.‹

»Und was ist auf der anderen Seite der Karte?« frage ich lachend.

»Eine fromme jüdische Familie, wahrscheinlich eine der letzten, die es in Israel noch gibt: Vater, Mutter und zwei häßliche Kinder beim Anzünden der Schabbatslichter.«

»Schabbeslichter«, sage ich, »woher kennen Sie denn diesen Ausdruck?«

»Das ist Allgemeinbildung. Oder darf ein Goi diesen Ausdruck nicht... o Jesus, Maria und Joseph, jetzt sind wir genau wieder da, wo wir vor dreieinhalb Jahren aufgehört haben. Wenn Sie mich aus Israel anrufen, gnädige Frau, dann wird das für den Quatsch, den wir hier reden, ein teurer Spaß. Wenn Sie aber in Ihrer Heimatstadt München sind, dann schlage ich vor, daß wir uns sehen.«

»Ich bin in einem Espresso in der Maximilianstraße.«

»Seit ich sie kenne, sind Sie in einem Espresso in der Maximilianstraße.«

»Ja, ich habe den unheilvollen Hang, immer dahin zu gehen, wo ich es am scheußlichsten finde. Haben Sie noch Patienten, oder kann ich schon kommen?«

»Sie können immer kommen«, sagt er plötzlich irritiert, »das wissen Sie genau.«

Ich fahre hin, ein wenig aufgeregt, ein wenig beklommen. Klaus ist launisch, wenn er getrunken hat, aggressiv. Vielleicht fällt es ihm nach fünfjähriger Pause unverhofft wieder ein, mit mir schlafen zu wollen, und wenn ich dann »nein« sage, wird die Sache mühsam. Nichts ist mühsamer als abgewiesene Männer! Na schön, schließlich kann ich aufstehen und gehen. Es ist ja nicht so wie früher, wo ich mich um der Harmonie willen lieber hingelegt habe.

Ich schaue schnell noch einmal in den Taschenspiegel und klingele. Er öffnet mir selbst die Tür, umfaßt mich mit einem kurzen, unverblümten Blick und sagt: »Zum Glück sehen Sie immer noch gut aus.«

»In diesem Licht.«

»Das genügt, es sei denn, Sie wollen bis Sonnenaufgang bleiben.«

Er öffnet die Tür zum Sprechzimmer, und ich stelle erleichtert fest, daß alles so geblieben ist, wie ich es vor sechs Jahren zum ersten und vor dreieinhalb Jahren zum letzten Mal gesehen habe.

»Es hat sich nichts verändert«, sagt er, »Sie können sich beruhigt auf Ihren alten Platz setzen.«

»Merkwürdig, wie gut Sie mich kennen.«

»Man gewinnt einen unerwünscht tiefen Einblick, wenn man das Pech hatte, eine Weile Ihr Arzt, dann Ihr Liebhaber, dann Ihr Freund gewesen zu sein.«

Ich setze mich in den braunen Cordsessel und er sich mir gegenüber auf die Kante eines alten Bauerntisches, den er als Schreibtisch benutzt.

»Warum ziehen Sie den weißen Kittel nicht aus?« frage ich.

»Weil er mir ein gewisses Flair gibt. Die Frauen finden mich darin verführerisch.«

»Was mich betrifft, so finde ich den Mut, mit dem Sie Ihre banalsten Geheimnisse ausplaudern, viel bestechender als den weißen Kittel.«

»Auch das ist nur Taktik. Da ich weiß, daß Sie eine intellektuelle und keine sinnliche Frau sind, wende ich andere Methoden an.«

Wir schauen uns einen Moment lang argwöhnisch in die Augen, dann lachen wir. Das, was ich an ihm gemocht habe, ist geblieben: der jungenhafte Charme, die Ironie in den hellgrauen, kühlen Augen, der magere Körper. Und trotzdem hat er sich verändert, ist müde geworden um die Augen, bitter um den Mund.

»Wir sind auf dem falschen Weg«, sagt er, »keine Angst, ich habe es nicht beabsichtigt. Was wollen Sie trinken? Wodka, Steinhäger, Kognak?«

»Kognak, zur Feier des Tages.«

Er geht zu einer kleinen Truhe, öffnet sie, nimmt eine Flasche und zwei Gläser heraus.

»Wie geht es Ihrem Sohn?« fragt er.

»Ich weiß es nicht.«

»Schade.«

»Ja, schade, aber wohl nicht mehr zu ändern.«

»Ein gefährlicher Satz. Er hat schon viel Unheil angerichtet.«

»Es liegt nicht an mir«, fahre ich auf, »es liegt an ihm. Er will ganz einfach nicht.«

Klaus kommt mit zwei Gläsern zurück und reicht mir eins.

»Warum sollte er auch.«

»Was heißt das: Warum sollte er auch? Er ist in dem Alter, in dem er verstehen und sich eine eigene Meinung bilden müßte, anstatt die verschiedenen, mir nicht gerade freundlich gesonnener Neurotiker nachzuplappern.«

»Wie alt ist er?«

»Neunzehn.«

»Warum sollte er mit neunzehn verstehen, wenn Sie mit vierzig, oder wie alt Sie jetzt sind, immer noch nicht verstehen? Was für eine Meinung sollte er sich bilden, wenn er Sie kaum sieht und also auch keinen anderen Maßstab hat als den verschiedener Ihnen nicht gerade freundlich gesonnener Neurotiker? Und was sollte er nun eigentlich verstehen? Sie, nehme ich an, und Ihre zahlreichen Probleme, Psychosen, Depressionen und Komplexe, aber ja nicht die Tatsachen, die für ihn das einzig Greifbare und Begreifbare sind.«

»Welche Tatsachen?«

»Zum Beispiel die Tatsache, daß Sie ihn, als er sieben war, zu dieser verrückten Ziege aufs Land und später in ein Internat und jetzt, ich weiß nicht wohin, abgeschoben haben. Daß Sie ihn verlassen und Menschen überlassen haben, die sich um ihn kümmerten.«

»Ich habe ihn nicht verlassen«, sage ich und stelle das unberührte Glas Kognak auf den Tisch zurück, »ich war immer für ihn da, jedes Wochenende, in den Ferien, immer! Bis dann, als er elf war, Felix auftauchte, seinen Sohn entdeckte und ihn, auf sehr subtile Art, gegen mich beeinflußte.«

»Wären Sie für den Jungen dagewesen, hätte er sich nicht beeinflussen lassen, auch nicht auf sehr subtile Art. Aber Sie waren eben nicht für ihn da, Sie waren anderweitig beschäftigt.«

»Sie meinen, weil ich mit einem Mann zusammenlebte?«

»Einem? Aber liebe gnädige Frau, soweit ich mich erinnern kann... na ja, rechnen war nie Ihre Stärke.«

»Damals lebte ich fünf Jahre lang immer mit demselben Mann zusammen. Den aber haßte Felix und ergo auch sein Sohn.«

»Gut«, sagt er, »gut, reden wir nicht mehr darüber.«

»Wir können darüber reden oder nicht, es ist mir ganz egal. Für mich ist der Fall erledigt.«

»Auf die Idee, mit Ihrem Sohn zu sprechen, sind Sie wohl noch nicht gekommen?«

»Oh, ich habe mit ihm gesprochen, habe ihm alles zu erklären versucht – meine Kindheit, die Nazizeit, die Emigration, den Krieg, sogar die Männer. Nichts ist dabei herausgekommen, nichts! Im Juli war er bei mir in Israel. Es war schrecklich. Er war schrecklich: ein Fremder, ein deutscher Kleinbürger.«

»Was sollte er unter den gegebenen Umständen sonst sein? Ein israelischer Fallschirmspringer?«

»Ich kenne Menschen, die etwas anderes aus sich gemacht haben als das, was die Umstände hergaben. Aber zu allem Überfluß ist er auch noch stinkend faul und schafft nicht mal das Gegebene, die Schule zum Beispiel.«

»Ich kenne Ihren Sohn, Christina. Die Substanz ist gut. Daß er von euch verkorkst wurde, dafür kann er nichts. Auf Ihr Wohl!«

Er trinkt den Kognak in einem Zug aus und fragt: »Wohin gehen wir essen?«

»Wohin Sie wollen.«

Er nimmt meine Hand, zieht mich aus dem Sessel und dicht an sich heran.

»Es tut mir leid, Christina, daß ich Ihnen gleich in der ersten Minute so brutal die Meinung gesagt habe.«

Ich lehne meine Stirn an die weiße, nach frischer Wäsche duftende Schulter und sage: »Es ist ja nicht das erste Mal.«

»Ich wollte damit nur erreichen, daß Sie Ihren Sohn wiedersehen. Oder sind Sie vielleicht nach München gekommen, um mich zu sehen?«

»Nein, um mich morgen früh, um neun Uhr, scheiden zu lassen.«

Er tritt so plötzlich zurück, daß mein Kopf, seiner angenehmen Stütze beraubt, nach vorne fällt. Ich lache, greife nach meinem Glas und trinke.

»Kommen Sie«, sagt er und zieht den Kittel aus, »gehen wir, ich hab' schon wieder genug von Ihnen.«

»Weil ich mich scheiden lasse?«

»Weil Sie immer wieder denselben Blödsinn machen und nicht einmal merken, wie langweilig das ist.«

»Doch, ich merke es, aber meistens zu spät. Davon abgesehen, liegen zwischen dem ersten und dem zweiten Blödsinn achtzehn Jahre.«

»Und was in diesen achtzehn Jahren alles gelegen hat, lassen wir lieber unerwähnt.«

Er nimmt meinen Mantel vom Stuhl und hilft mir grob hinein.

»Aua«, rufe ich, »mein Arm!«

»Freuen Sie sich, daß es nicht Ihr Hals ist, für den dieser herrliche Fuchs ein Kragen werden mußte.«

»Sie werden zugeben«, sage ich und drehe mich zu ihm um, »daß er mir gut steht.«

»Weil er Ihr halbes Gesicht verdeckt. Haben Sie in Israel geheiratet?«

»Nein, in Deutschland, drei Wochen bevor ich nach Israel gegangen bin.«

»Das nennt man konsequent!«

»Ich weiß«, sage ich, »aber er hat mich so wahnsinnig gemacht, der Mann, daß ich nicht mehr wußte, wo oben und unten ist.«

»War das mein Nachfolger, der Kerl mit der manischen Eifersucht, von dem Sie schon nach knappen zwei Jahren die Nase voll hatten?«

»Ja«, nicke ich betreten, »das war er.«

»Warum, um Himmels willen... Ich verstehe überhaupt nichts mehr.«

»Lassen Sie mich doch erklären, falls das möglich sein sollte. Also: ich dachte, auf normalem Weg werde ich ihn nie wieder los, aber vielleicht gelingt es mir auf dem Umweg über die Ehe. Heiraten ist immer noch die schnellste und sicherste Methode, einen Mann loszuwerden, finden Sie nicht? Ich sagte ihm also, Ihrem Nachfolger mit der manischen Eifersucht: ›Wenn du mich unbedingt heiraten mußt, heirate mich, aber danach gehe ich nach Israel, nicht für zwei Wochen oder zwei Monate, sondern für immer.‹ Er sagte: ›Du kannst tun und lassen, was du willst, solange du mich heiratest.‹ Wir gingen also aufs Standesamt – Himmel, war mir an diesem Tag zum Kotzen –, und als ich mit dünner Stimme ›ja‹ gesagt hatte, glaubte der arme Mensch wohl wirklich, jetzt habe er mich endlich fest im Griff und könne mich ruhig ein wenig aus den Augen lassen. So was von ›irren‹ war noch nicht dagewesen! Drei Monate später...«

»Hören Sie auf, ich finde die Geschichte gar nicht komisch.«

»Glauben Sie vielleicht, ich finde sie komisch? Ich finde sie ausgesprochen peinlich.«

»Im allgemeinen«, sagt er, »ziehen sich Gegensätze an. In Ihrem Fall ist es ausnahmslos so, daß ein Irrer den anderen anzieht. Also los, gehen wir.«

Er hat einen neuen Wagen, groß und silbergrau, und er fährt wie die Funkstreife auf dem Weg zu einem Unfall. Als wir an der Türkenstraße vorbeikommen, sage ich: »Hier in dieser häßlichsten aller Straßen, wohnt mein Sohn.«

Er tritt auf die Bremse und fragt mit einem schnellen, erwartungsvollen Blick: »Soll das vielleicht heißen, daß Sie dorthin wollen?«

»Nein, mein Lieber, das soll nichts anderes heißen, als daß er da wohnt.«

»Also gut, wenn Sie nicht rauf wollen, dann hole ich ihn runter, und wir nehmen ihn mit zum Abendessen.«

»Nein.«

»Tun Sie endlich mal etwas, das sich lohnt.«

»Warum, zum Teufel, habe ich Sie angerufen?«

»Eine gute Frage. Wollen Sie, daß ich Sie nach Hause bringe?«

»Nein, mein Hotel ist so schauderhaft, daß ich lieber noch mit Ihnen zusammenbleibe.«

Er manövriert den Wagen geschickt in eine kleine Parklücke, langt an mir vorbei und öffnet die Tür.

»Aha«, sage ich, »immer noch die ›Osteria Italiana‹.«

»Ich, Christina, bin ein Mensch, der aus Erfahrung gelernt hat: Ich falle nicht mehr auf den Reiz des Neuen rein, sondern bleibe bei dem, was sich als gut erwiesen hat.«

Das Lokal ist voll, aber ein italienischer Kellner mit einem arroganten Zuhältergesicht führt uns zu einem Tisch, steckt das Schild mit der Aufschrift »Reserviert« mit großer Geste in die Tasche seines Jacketts und verschwindet.

»Mein Freund Marco«, erklärt Klaus, setzt sich mir gegenüber und betrachtet mich mit einem Blick, dessen Milde mich unsicher macht. Unwillkürlich hebe ich den Arm und streiche mit den Fingerspitzen über jene Stellen meines Gesichts, deren Zerfall sich mit schleichender Tücke abzuzeichnen beginnt.

»Da«, sagt er und zeigt auf die Beuge meines Ellenbogens, »da, an dieser etwas zu weit gewordenen Haut erkennt man, daß Sie älter geworden sind.«

»Wenn man's an nichts anderem erkennt«, sage ich und lasse den Arm fallen, »wär's ja schön.«

»Wie alt sind Sie jetzt eigentlich?«

»Nun hören Sie schon damit auf.«

»Pardon, ich wußte nicht, daß Sie es für nötig halten, mit Ihrem Alter Versteck zu spielen.«

»Sie meinen, man müßte ›drüber stehen‹?«

»Nicht ›drüber‹ aber ›dazu‹. Wenn Sie mit dem Alter nicht fertig werden...«

»Keine Angst, wenn ich mit dem Alter nicht fertig werde, wird das Alter mit mir fertig.«

Er schiebt mir die Speisekarte zu, schlägt seine auf und sagt nach einem Blick hinein: »Unser seliger Führer, der auch schon hier zu speisen pflegte, wußte doch immer, was gut ist – apropos, was halten Sie von dem Fraß in Israel? Schlimm, was? Oder dürfen Sie das aus patriotischen Gründen nicht zugeben?«

»Schlimm oder nicht schlimm, wie könnten Sie das beurteilen?«

»Ich hatte das Vergnügen, damit vollgestopft zu werden wie eine Weihnachtsgans. Teufel noch mal, wenn ich an die gehackte Leber denke und den gräßlichen süßen Wein, mit dem ich das Zeug runterzuspülen versuchte! Eine gefährliche Mixtur. Klebt wie der hartnäckigste Leim und klebte noch am nächsten Tag. Essen Sie gerne Spaghetti à la vongole?«

»Waren Sie wirklich in Israel, oder reden Sie jetzt nur so?«

»Wieso? Ist Israel nur Ihnen und Ihresgleichen vorbehalten? Soviel ich weiß, ist es für Gojim noch nicht verboten.«

»Hören Sie, Sie Witzbold, das einzige, was mich interessiert, ist, warum ein Mann wie Sie plötzlich nach Israel fährt.«

»Sie wollen sagen, warum ein deutscher unbeschnittener Mann und ehemaliger Leutnant der Wehrmacht die Dreistigkeit besitzt... Hallo, Signore Marco, bringen Sie uns doch endlich den Wein... Sie wissen schon welchen.«

Ich seufze und zünde mir eine Zigarette an.

»Geben Sie mir auch eine«, sagt er, »als gewissenhafter Arzt gehe ich meinen Patienten zwar mit gutem Beispiel voran und rauche nicht mehr, aber wenn man mit Ihnen zusammen ist, wird man derart nervös, daß man wieder damit anfängt.«

»So wie ich mit meinen Alterskomplexen, sollten Sie mit Ihren Schuldkomplexen fertig werden.«

Ich gebe ihm Feuer. »Oder glauben Sie etwa an Kollektivschuld?«

»Nein«, sagt er und bläst die Flamme aus, »aber Sie. Und das ist es.«

»Ich weiß nicht, ob ich daran glaube«, sage ich, »und außerdem habe ich nicht vor, mich mit Ihnen darüber zu unterhalten.«

Der Kellner kommt mit dem Wein, gießt ein und wartet, ein Vorwurf stummer Duldsamkeit, auf unsere Bestellung.

»Lasagne«, sage ich, um ihn loszuwerden.

»Zwei«, sagt Klaus, trinkt, stellt das halb geleerte Glas ab und schweigt.

»Erzählen Sie mir«, bitte ich und lege meine Hand einen Moment lang besänftigend auf seine, »durch was oder wen Sie an die gehackte Leber gekommen sind?«

»Durch die Rosenzweigs«, erwidert er mürrisch, »und die Silbermanns.«

»Das erklärt natürlich alles«, sage ich, und jetzt grinst er, streckt mir ein Bein entgegen und zeigt auf seine Socke: »Da, sehen Sie! Von Silbermann, Textilwaren en gros, in der Luisenstraße.«

»Aha.«

»Und Rosenzweig hat ein Pelzgeschäft, einen weißen Mercedes und zwei hübsche, junge, unkoschere Verkäuferinnen... Na ja, dafür ißt er selber auch nur koscher.«

»Sind das jetzt Ihre neuen Freunde?«

Er nickt, eine Spur zu ernst.

»Und Patienten von mir«, sagt er, »entnervende Patienten, muß ich zugeben, dafür aber besonders lieb. Die Rosenzweigs haben eine Tochter und die Silbermanns einen Sohn. Beide haben geheiratet, nicht einander, versteht sich – Juden, die in Deutschland leben, heiraten entweder Gojim oder Israelis, aber keine Juden... Gott sei Dank, Sie lächeln wenigstens.«

Ja, ich lächele, aber ein Lächeln, dessen Bitterkeit ihm hätte auffallen müssen, wäre er nicht so von seiner Judenfreundlichkeit und der harmlosen Komik seiner Worte überzeugt gewesen. Es kommt ihm gar nicht in den Sinn, daß ich die vielen Rosenzweigs und Silbermanns, die, aus was immer für Gründen, nach Deutschland gekommen oder zurückgekehrt sind, um dort mit Socken und Pelzen ihre Würde zu verkaufen, nicht komisch finde und daß mir der tiefgründige Scherz über die Israelis, die derart positive Eigenschaften entwickelt haben, daß sie sich nur noch mit Gojim vergleichen lassen, die Hitze der Wut ins Gesicht treibt. Aber wie ihm das klarmachen, wie und warum? Wie viele Christen kennen schon die Juden, kennen ihre Religion und Geschichte, die ein und dasselbe ist und der einzige Weg, sie zu begreifen? Vielleicht eine Handvoll. Und welcher Deutsche, der in einer Kleinstadt aufgewachsen ist, der die Juden, von denen ihm nie ein lebendes Exemplar über den Weg gelaufen war, im Religionsunterricht als die Mörder Christi, in der Hitlerjugend als Untermenschen und Inkarnation alles Bösen hassen gelernt, und der sich schließlich als Angehöriger eines Volkes, das für den größten Massenmord der Geschichte verantwortlich gemacht wurde, wiedergefunden hat, welcher Deutsche dieser Generation konnte sich jemals ein von Bitterkeit, Mitleid, Scham oder Grauen ungetrübtes Bild von den Juden machen?

Rosenzweigs und Silbermanns, zweifellos Ostjuden, die durch verschiedene Lager gegangen, mit Kriegsende nach Deutschland verschlagen und dort durch Schwarzmarkthandel zu Geld gekommen waren, waren die ersten Juden, zu denen Klaus einen persönlichen Kontakt hatte. Und so wie er diese armseligen, innerlich zerstörten Gestalten als lieb, fremd und etwas komisch empfand, so empfand er die Israelis, dieses neue, harte, entmythisierte Volk, das kämpfte wie jedes andere Volk und ein Land hatte wie jedes andere Volk, ihm, dem Nichtjuden, als ebenbürtig.

Also lächele ich bitter und krampfhaft, lächele und trinke, und weiß, daß ich in spätestens einer halben Stunde den Punkt erreicht habe, an dem ich entweder über alles schallend lachen oder herzzerbrechend weinen werde.

Währenddessen erzählt Klaus Kaiser, mit einer Mischung aus Rührung und gutmütigem Spott, von Rachel Rosenzweig und David Silbermann, erzählt mir von den Hochzeiten, von der kurzen, unfeierlichen Trauungszeremonie und den anschließenden puritanischen Festlichkeiten, bei denen er zuerst zwischen Vater und Mutter Rosenzweig Chora* getanzt hatte und danach mit gehackter Leber vollgestopft worden war.

»Die gehackte Leber«, sage ich, und das Lachen steckt mir bereits in der Kehle, »hat sich bei Ihnen offenbar nicht nur zwischen den Zähnen festgesetzt. War die der stärkste Eindruck, den Sie aus Israel mitgenommen haben?«

»Nein«, erwidert er mit strahlendem Lächeln, »was mich auf Ordnung gedrillten Deutschen am stärksten beeindruckt hat, war das heillose Durcheinander in diesem Land. Ob im Parlament oder im Autobus, Durcheinander auf der ganzen Linie.«

»Ja«, sage ich, »einfach fabelhaft, nicht wahr?«

»Das einzige, was funktioniert«, fährt er fort, »und noch dazu perfekt funktioniert, ist die Armee. Aber sonst! Man fragt sich, wie ein Land unter solchen Umständen überhaupt existieren kann. Können Sie mir das vielleicht erklären?«

»Nein«, sage ich und breche in Lachen aus, »nein, das kann ich nicht. Das kann kein Mensch.« Und dann feierlich: »Israel ist ein Land, in dem immer noch Wunder geschehen, und das ist eins davon.«

»Wenn Sie mir keine gescheite Antwort geben können, dann essen Sie gefälligst Ihre Lasagne und schweigen Sie.«

»Sie scheinen das Problem sehr ernst zu nehmen«, kichere ich.

»Ich möchte verstehen«, sagt er finster.

»Verstehen? Das ist bis jetzt noch niemand gelungen. Israel läßt sich nicht verstehen und schon gar nicht mit dem Kopf.«

---

* israelischer Volkstanz

»Ich fürchte, das ist es. Vielleicht sollte man sich da endlich mal etwas weniger seines Gefühls und etwas mehr seines Kopfes bedienen, besonders in der Politik. Ich war alles in allem vier Wochen in Israel...«

»Ah, doch so lange!«

»Ja, doch so lange... und bin mit Uri, reizender Kerl übrigens, Medizinstudent und im Land geboren, überall herumgefahren. Es war hochinteressant, nur...« Er hebt die Schultern: »Wie soll das auf die Dauer gutgehen?«

»No problems«, sage ich, und als mich Klaus böse anstarrt: »Hat Ihnen Ihr Uri nicht diese israelische Antwort gegeben? Wenn nicht, dann war er ein schlechter Patriot und hat Ihnen wahrscheinlich auch nicht das gezeigt, was Sie von der steten und positiven Entwicklung des Landes überzeugt und im Nu von allen Zweifeln und Bedenken erlöst hätte: etwa die Tomaten in der Wüste, die Tennisplätze in den Kibbuzim, die neuen Wohnsiedlungen, weithin sichtbar, da besonders häßlich.«

Er sieht mich immer noch starr an und sagt langsam: »Typisch! Das ist typisch für Sie und Ihresgleichen, die nie einen Finger für Israel gerührt haben und jetzt auch noch erwarten, daß es nicht die Notwendigkeiten seiner Bewohner, sondern die verquast-romantischen Vorstellungen seiner Touristen erfüllt. Ein Land, das so winzig ist, pflanzt seine Tomaten und Häuser, wo sich Platz findet, und wenn die Leute in den Kibbuzim, die ein Leben lang geschuftet haben, jetzt endlich auch mal Tennis oder sonst was spielen wollen, dann steht ihnen das mit Fug und Recht zu. Oder sind die etwa bis in alle Ewigkeit dazu verpflichtet, die Flamme des Idealismus hochzuhalten, wenn Millionen Juden in der ganzen Welt nicht einen Funken davon aufgebracht haben?«

»Bravo«, sage ich, »Ihnen wäre es bestimmt gelungen, ganze Kolonnen abtrünniger Diaspora-Juden ins Heilige Land zurückzuführen und sie zu israelischen Nationalisten zu erziehen.« Und ich lache.

»Wozu«, fragt er, »sind Sie eigentlich nach Israel gegangen? Um Ihren Mann loszuwerden, um einen neuen Mann zu finden, um in der Sonne zu liegen, um sich vorzumachen, daß Sie Jüdin sind?«

»Ich bin nach Israel gegangen«, sage ich, »weil ich Israel liebe, auch wenn ich aus seinen Fehlern keine Tugenden mache, auch wenn ich nicht mit dem Spaten aufs Feld ziehe. Ich bin zu alt, um mich noch umkrempeln zu können, und nicht bereit, mich zu belügen und etwas zu werden, was ich nicht bin. Davon abgesehen glaube ich, daß man Israel auch lieben kann, ohne Pionier gewesen und Chauvinist geworden zu sein. Für mich ist Israel unendlich viel mehr als ein fünfundzwanzigjähriger Staat, und wenn ich mich dort wohler und sicherer fühle als in jedem anderen Land, dann gewiß nicht wegen seiner Sonne und seiner perfekt funktionierenden Armee, sondern einzig und allein wegen der Menschen, zu denen ich gehöre. Was mich mit ihnen verbindet, ist stärker als Liebe. Es ist die gemeinsame Vergangenheit, das gemeinsame Schicksal, das gemeinsame Wissen um die Angst, die Scham, die Demütigung, die Rebellion, Jude zu sein. Wer da durchgegangen und bei der Liebe zum Judentum wieder herausgekommen ist, der, glauben Sie mir, braucht sich nichts mehr vorzumachen, der ist Jude.«

Er sagt: »Entschuldigen Sie, Christina«, und dann, als er die Tränen in meinen Augen sieht: »Wenn Sie weinen wollen und es Ihnen hier, wie ich Sie kenne, peinlich ist, dann gehen wir.«

Ich nicke, und er steht auf, kehrt kurz darauf mit meinem Mantel und Marco zurück, zahlt die Rechnung und führt mich am Arm aus dem Lokal und zum Auto.

Es regnet.

Ich sitze da, fröstelnd, mit benebeltem Kopf und enger Kehle.

»Wohin wollen Sie?« fragt er.

Ich zucke die Schultern.

Sehr sanft legt er die Hand um meinen Hinterkopf.

»Merkwürdig«, sagt er, »ich war doch so verliebt in Sie,

aber wie das im Bett mit Ihnen war, daran erinnere ich mich überhaupt nicht mehr.«

»Ich erinnere mich noch genau«, sage ich, »nicht weil es so... so überwältigend war, sondern weil ich mich einfach an jeden Quatsch erinnere.«

Er lacht so herzlich, daß ich mitlachen muß.

»Ich habe keine Ahnung warum, aber ich würde Sie immer noch heiraten. Was sagen Sie dazu?«

»Daß Sie genauso irre sind wie die anderen Männer, die Sie mir vorgeworfen haben.«

»Na, dann muß ich Ihnen doch sehr liegen.«

»Da ist aber einer, der mir noch mehr liegt.«

»Diese Nahtlosigkeit«, sagt er, »ist bemerkenswert. Entstehen bei Ihnen eigentlich nie Lücken zwischen dem einen und dem nächsten Mann?«

»Im Moment noch nicht.«

»Wenn Sie glauben, daß ich Sie mit Fünfzig immer noch heirate, irren Sie sich.« Er schaltet den Gang ein und fährt los: »Wo ist Ihr Hotel?«

»In der Amalienstraße.«

»Israeli?« fragt er nach einer Weile.

»Israeli?... Ach so, nein, Franzose, französischer Jude.«

»Na, wenigstens etwas.«

»Wesentlich mehr als das.«

»Ich gratuliere.«

Er hält den Wagen vor dem Hotel und sagt nach einem langen Blick auf das Haus: »Noch eine Eigenschaft, die ich an Ihnen schätze: Ihren Geiz.«

»Ja«, sage ich, »der ist, besonders in diesem Fall, nicht zu ertragen. Und wenn Sie erst das Zimmer sehen würden!« Ich schüttele mich. »Tun Sie doch etwas! Ich will da nicht rein.«

Klaus steigt aus, geht um das Auto herum und öffnet die Tür an meiner Seite: »Kommen Sie«, befiehlt er, »Sie ziehen um.«

»Wohin denn mitten in der Nacht?«

»Nicht zu mir, falls Sie das fürchten sollten. In ein anderes Hotel.«

»Wenn Sie glauben, daß man mich hier so einfach weg läßt, ohne Erklärungen, ohne die Rechnung zu zahlen...«

»Letzteres, mein Schatz, habe ich nie geglaubt.«

»Aber ich kann doch nicht...«

»Gut, dann erledige ich das.«

Er verschwindet im Hotel und erscheint fünf Minuten später mit meinem Koffer.

»Wie haben Sie denn das so schnell gemacht?« frage ich.

»Ich habe mich als Arzt ausgewiesen und gesagt, Sie müßten auf der Stelle in eine psychiatrische Klinik eingeliefert werden. Man hat keinen Moment daran gezweifelt.« Er streckt mir die Hand hin: »Fünfzig Mark, bitte.«

Ich gebe ihm das Geld, und er fährt los, fährt stumm, schnell und zielbewußt durch Münchens verlassene Straßen.

»Und wohin bringen Sie mich jetzt? –«

»In den ›Bayerischen Hof‹. Da haben Sie einen Pool auf dem Dach und den Justizpalast um die Ecke. Sie werden zu den lächerlichen fünfzig Mark das Dreifache dazulegen. Geschieht Ihnen recht.«

»Nach diesem Abend schreckt mich nichts mehr.«

»Nach diesem Abend, sagen Sie? Waren unsere Abende denn jemals anders?« Er lacht. »Jetzt habe ich Sie dreieinhalb Jahre nicht mehr gesehen, und Sie haben, wenn ich Ihnen glauben darf, ein ganz neues Leben begonnen – ein neues Land, einen neuen Mann, eine neue Einstellung, alles neu, alles jüdisch –, aber Sie, mein Herz...« Er bringt den Wagen mit einem Ruck zum Stehen: »Sie sind dieselbe geblieben.«

»Nein«, sage ich, »das bin ich nicht.«

Er steigt aus, nimmt meinen Koffer vom Rücksitz und geht mir voraus in den »Bayerischen Hof«. Ich folge ihm über das nasse Trottoir, durch die Flügeltür aus schwerem Glas, in die mir seit Jahren bekannte Halle.

»Gehen wir noch einen Augenblick hier an die Bar«, sage ich in plötzlicher Panik.

»Nein«, sagt er, »o Gott, nein! Diese vier Stunden mit Ihnen haben für die nächsten dreieinhalb Jahre genügt.«

»Glauben Sie wirklich, daß ich mich nicht geändert habe?« frage ich ängstlich.

Er lächelt, nimmt mein Gesicht in beide Hände und küßt mich leicht auf den Mund.

»Leben Sie wohl«, sagt er und geht.

Es regnet noch immer, als ich am nächsten Morgen das Hotel verlasse.

Die Stadt ist so, wie sie sich mir eingeprägt hat. Feuchte Straßen, schmutziger Himmel, Menschen mit ausdruckslosen Gesichtern und Regenschirmen am Arm. Ich gehöre nicht mehr dazu. Meine Wohnung ist in Jerusalem, der Mann, den ich liebe, in Paris.

Ich gehe schnell, mit schwingenden Armen und summe: »It's just the same old story, the fight for love and glory...«

Vor mir taucht der Justizpalast auf, eine der vielen architektonischen Entgleisungen der Jahrhundertwende. Düster und unförmig, verwirklicht er eine merkwürdige Vorstellung von Justiz. Auf seinen Stufen erwartet mich Lützow, eine hohe, aufrechte Gestalt, die gut dorthin paßt.

»Donnerlittchen«, begrüßt er mich, »auf diese Pünktlichkeit war ich nicht gefaßt.«

»Ich bin immer pünktlich«, sage ich, »auch wenn Sie das nicht mit meiner Person vereinbaren können.«

Er reicht mir seine linke Hand und lächelt mich mit seinem rechten Auge grimmig an. Die rechte Hand und das linke Auge hat er im Krieg verloren und durch einen steifen, grauen Handschuh und ein starres, graues Glasauge ersetzt. Das Grau dieser Requisiten steht im Einklang mit seinem grauen Haar, das er, der Mode zum Trotz, streng zurückgekämmt und kurz geschnitten trägt.

»Ist Westhoff schon da?« frage ich ihn.

»Keine Ahnung. Vielleicht ist er oben. Gesehen habe ich ihn, zum Glück, noch nicht.«

Manfred von Lützow, Abkomme verarmter, aber stolzer Junker, hält meinen Mann für unseriös und vulgär, das typische Beispiel einer Mesalliance. Udo Baron von Westhoff, der seine Ahnenreihe bis zu den normannischen Raubrittern zurückverfolgen kann, hält meinen Anwalt für ein Fossil des 19. Jahrhunderts. Beide können mir meinen Fehlgriff, den anderen betreffend, nicht verzeihen.

»Also gehen wir jetzt nach oben?« fragt Lützow ungeduldig, »oder wollen Sie lieber hier auf Ihren werten Herrn Gemahl warten?«

»Nein, nein«, sage ich, »das will ich gar nicht.«

Von innen ist das Gebäude eindrucksvoll. Die immense Halle ist zur Decke hin offen, so daß man vier Stockwerke hoch bis zur lichtdurchlässigen Kuppel schauen kann. Eine stattliche Treppe verbindet die säulengestützten Galerien, die sich rund um die Halle legen und in tiefe, düstere Gänge führen, die kein Ende zu haben scheinen.

»Hat sich hier schon mal jemand runtergestürzt?« frage ich, als wir das zweite Stockwerk erreicht haben und ich es nicht lassen kann, einen schaudernden Blick hinabzuwerfen.

»Weiß ich nicht«, sagt Lützow phantasielos.

»Ich könnte mir vorstellen, daß Menschen, die hier zu lebenslänglichem Gefängnis oder zum Tod verurteilt worden...«

»In Deutschland gibt es keine Todesstrafe«, unterbricht er mich streng, »sollten Sie eigentlich wissen.«

»Ach so«, sage ich verlegen.

Ich nehme mir vor, den Mund zu halten. Gespräche mit Lützow sind unergiebig.

»Bitte, vergessen Sie nicht«, sagt er, »Ihr letzter ehelicher Verkehr war am 29. Dezember 1970.«

»Woher wissen Sie denn das?«

Sein rechtes Auge hebt sich in einem verzweifelten Blick zur Kuppel, sein linkes bleibt starr auf mich gerichtet.

»Ich habe nicht die Kerze gehalten, falls Sie das meinen. Ihr Mann hat dieses Datum angegeben, und ich möchte nicht, daß Sie in Ihrer Zerstreutheit die Daten durcheinanderbringen. Das könnte die Sache komplizieren.«

»Interessant«, sage ich und versuche mich an den letzten »ehelichen Verkehr« zu erinnern, der sich in seiner Trostlosigkeit wahrscheinlich in nichts von dem gesamten vorehelichen und ehelichen Verkehr der letzten Jahre mit Udo unterschieden haben mochte. »Interessant, daß er das Datum nicht vergessen hat. Ich, zum Beispiel, kann mich kaum noch erinnern...«

Lützow, der meine Erinnerungen für irrelevant zu halten scheint, läßt mich gar nicht erst ausreden.

»Ist auch nicht nötig, gnädige Frau«, sagt er. »Sie sollen sich lediglich an das erinnern, was protokollarisch festgehalten wurde.« Er schaut auf die Uhr: »Dreizehn vor neun«, stellt er fest, »werde mal nachsehen, ob wir pünktlich drankommen. Setzen Sie sich inzwischen da auf die Bank.«

Ich setze mich gehorsam neben ein junges Paar, das stumm und verbittert vor sich hin starrt. Anwälte, die in ihren weiten, schwarzen Talaren Raubvögeln ähneln, flattern an mir vorbei, Menschen, die Ernst und Eile in dieser Umgebung für das Gebot der Stunde halten, verschwinden in Zimmern, deren Türen sie so schnell hinter sich schließen, daß ich mich zu fragen beginne, ob sich dahinter wohl Folter- oder Schatzkammern verbergen. Dann, auf einmal, ganz ohne Vorwarnung, bricht zwischen dem Paar auf meiner Bank ein Streit aus, der sich um so bedrohlicher anhört, als er im bayerischen Dialekt stattfindet. Ich stehe auf, trete an die Balustrade und spähe mit einem Gefühl angenehmen Gruselns in die Tiefe. Unter den Menschen, schmächtig aus dieser Perspektive, die meisten von ihnen dunkel gekleidet, taucht plötzlich eine absonderliche Gestalt auf, größer und breiter als die anderen, eine Art Wikinger mit rötlich-blondem Fell bedeckt. Er geht mit weit ausholenden Schritten auf die Treppe zu, und als er sie, zwei Stufen auf einmal nehmend, hinaufzulaufen beginnt, dämmert in mir eine Ahnung.

Genauso war er die Treppe zu meiner Wohnung hinaufgerannt, vom ersten bis zum letzten Tag. Fünf Jahre lang. Fünf Stockwerke hoch. Prustend wie ein Walroß, rosaviolett wie ein Alpenveilchen, den Oberkörper nach vorne gebeugt, den Hals gestreckt. Eine Treppe war für ihn eine sportliche Herausforderung gewesen, so wie ich eine seelische, seine Arbeit eine geistige, Gespräche eine intellektuelle. Das Leben zerfiel für ihn in Herausforderungen, und er nahm es mit jeder auf.

»Man muß sich fordern«, pflegte er zu sagen, »man muß sich bis an die äußerste Grenze seiner Kräfte und Fähigkeiten wagen.«

Er überschätzte vor allem seine Fähigkeiten.

Kein Zweifel, der Wikinger, der da die Treppe heraufstürzt, ist Udo, mein Mann.

Mir ist plötzlich kalt, und gleichzeitig beginne ich zu schwitzen. Es ist der Schweiß des Unbehagens und der Peinlichkeit. Ich weiß nicht, was ich tun soll: weiter in die Tiefe starren und ihn übersehen? Mich umdrehen und warten, bis er vor mir steht? Ihm mit freundlichem Lächeln entgegengehen? Ja, wahrscheinlich ist die letzte Lösung die beste. Der Schritt ihm entgegen hatte ihn schon immer besänftigt, auch dann noch, als er nur mehr eine leere Geste war.

Ich gehe langsam in Richtung der Treppe, und als er auf der obersten Stufe auftaucht, schalte ich das Lächeln an. Er hat nicht damit gerechnet, mir so jäh und unvorbereitet gegenüberzustehen, und versucht jetzt, Atem- und Gesichtszüge unter Kontrolle zu bringen, wobei er zweimal die Farbe und einige Male den Ausdruck wechselt. Seine Anstrengungen sind pathetisch, und ich mache mir Vorwürfe, ihn, wenn auch unabsichtlich, in diese Lage gebracht zu haben. Hätte ich ihm Zeit gelassen, sich physisch und psychisch zu fassen, wie wirkungsvoll wäre sein langer Lockenschopf, sein rötlichblonder Fohlenmantel und die schwarze Montur, die er darunter trägt, zur Geltung gekommen, wie gelungen wäre sein Auftritt gewesen.

»Du bist so schlank geworden«, sage ich, froh ihm ein aufrichtiges Kompliment machen und damit seine Sicherheit wiederherstellen zu können, »wirklich, du siehst erstaunlich aus, kaum wiederzuerkennen.«

Er winkt ab: »Spar dir das«, lächelt er mit spöttisch herabgezogenem Mundwinkel, »ich brauche das nicht mehr.«

Ja, er ist vorteilhaft schlank geworden, und jetzt, da sich seine normale Farbe wieder eingependelt hat, von edler Blässe. Kein gewölbter Magen mehr, keine weichen, hochgeröteten Backen, dafür aber immer noch dieselbe dilettantische Ironie und derselbe Geltungstrieb, der, seiner Kleidung und Frisur nach zu schließen, einen Höhepunkt erreicht zu haben scheint.

»Kaum machst du den Mund auf«, sage ich, »erkennt man dich wieder.«

»Da du mich nie gekannt hast«, gibt er pompös zurück, »kannst du mich auch nicht wiedererkennen.«

Ich schwanke zwischen Lachen und Ärger, der schließlich die Oberhand gewinnt.

»O nein«, sage ich mir, »ich bin nicht bereit, mir fünf Minuten vor der Scheidung noch einmal dieselben törichten Phrasen anzuhören, ich bin nicht verpflichtet, diesen rötlichblonden Wikinger zu schonen, nur weil er vor Jahren mal ein liebenswerter Mensch und attraktiver Mann war und ich in ihn verliebt.«

»Es ist gleich neun«, sage ich, »wo ist dein Anwalt?«

»Keine Angst, er ist schon da. Der da drüben, der Kleine, Intellektuelle.«

Ich schaue in die Richtung und sehe einen Mann, an dem das einzig Intellektuelle eine zu große, schwarz gerahmte Brille ist. Der Rest ist Stubsnase, fliehendes Kinn und Pagenfrisur. Ein unangenehmer Zeitgenosse.

»Und da ist jetzt deiner«, sagt Udo und setzt wieder sein ironisches Lächeln auf, »ein prachtvolles Exemplar preußischer Verstümmelung – physischer und psychischer.«

»Also komm«, fordere ich ihn auf, »er wartet.«

»Ohne mich, oder glaubst du, ich drücke diesem Kerl auch noch die Hand?«

»Mach, was du willst«, sage ich und gehe zu Lützow. Er trägt bereits den schwarzen Talar und sieht noch raubvogelhafter aus als seine Kollegen.

»Was sagen Sie dazu?« frage ich mit einem Blick zu Udo hinüber.

»Nichts«, sagt er scharf.

»Und der da drüben, der Kleine mit dem Zille-Kindgesicht, ist sein Anwalt.«

»Habe ich mir nach unserer Korrespondenz nicht anders vorgestellt. Also, was ist nun eigentlich? Kommen die Herren, oder will Baron Westhoff noch weiter Denkmal spielen?«

»Er spielt immer irgendwas... Kommen Sie, gehen wir schon voraus.«

Lützow zuckt die Achseln, und wir beginnen den Gang hinunterzugehen.

»Daß Scheidungen immer so unangenehm sein müssen«, seufze ich, blicke über die Schulter zurück und stelle mit Erleichterung fest, daß Udo mit seinem Anwalt folgt, »woran liegt das bloß?«

»An den Ehepartnern«, sagt Lützow trocken.

Wir bleiben vor dem Zimmer 212 stehen.

»Ist der Richter wenigstens nett?« frage ich.

»Wie soll ich das wissen, gnädige Frau?«

Die Tür geht auf, und eine kleine Prozession zieht an uns vorbei: zuerst ein Paar, das mit hängenden Köpfen einem Sarg zu folgen scheint, dann zwei Anwälte mit Kondolenzmienen, schließlich ein alter, knorriger Gerichtsdiener, der in der Mitte des Ganges stehenbleibt und mit heiserer Stimme kräht: »Westhoff gegen Westhoff!«

»Kann man das nicht etwas taktvoller machen?« frage ich, aber Lützow, der von solchen Fragen und Bemerkungen endgültig genug hat, schiebt mich wortlos an sich vorbei über die Schwelle.

Der Anblick des Verhandlungszimmers weckt sofort die Erinnerung an meine ebenso dürftige wie verhaßte Schulzeit, und selbst die hochhackigen Stiefel und der mondäne Fuchskragen können nicht verhindern, daß ich mir vorkomme wie ein Kind, das in einem nüchternen, ungelüfteten Klassenzimmer einem erbarmungslosen Lehrergremium gegenübersteht.

»Guten Morgen«, sage ich zu den drei schwarz vermummten Gestalten, die, die Köpfe mir zugewandt, die Hände in den weiten Ärmeln ihrer Talare vergraben, krähengleich, auf dem Podium hocken.

Zwei, deren farblose Gesichter mir unangenehm sind, nicken nur, der Dritte in ihrer Mitte, ein älterer Mann mit kleinen, hellen Augen und runden, rosigen Wangen, erwidert ernst, aber nicht unfreundlich meinen Gruß. Dann wenden sich alle drei Augenpaare wieder von mir ab und der Tür zu, durch die soeben mein Mann stolziert, gefolgt von dem unpassend schmächtigen Schatten seines Anwalts.

»Gut«, sagt der Vorsitzende Richter, »dann können wir die Verhandlung beginnen. Nehmen Sie bitte Platz.«

Und der Gerichtsdiener schließt mit Nachdruck die Tür.

Da sitzen wir nun, Udo und ich, die Hände im Schoß, im Gesicht den höflich-aufmerksamen Ausdruck, den man höheren Amtspersonen schuldig zu sein glaubt. Vor uns die Richter, hinter uns die Anwälte, im Grunde kein großer Unterschied zu dem Tag vor drei Jahren. Nur daß damals ein professionell-wohlwollender Standesbeamter vor und zwei verlegene Trauzeugen neben uns gesessen hatten und ich unter christlich angehauchten Worten und Magenkrämpfen in den »Bund fürs Leben« getreten war. Und während der Richter jetzt die Personalien verliest, muß ich an das rabbinische Gericht in Jerusalem denken, vor dem ich erschienen war, um zum jüdischen Glauben zurückzukehren. Auch da waren es drei Richter gewesen, ein alter sephardischer, der in der Mitte gesessen und hin und wieder eingenickt war, und zwei aschkenasische, einer davon liberal, wie man sofort an seinem gestutzten Bart und Haar feststellen konnte, der andere, der mich über Stunden ins Kreuzverhör genommen hatte, streng orthodox.

»Deine Mamme«, hatte er gesagt, »hat Chassene* mit einem Goi gehabt.«

»Ja«, hatte ich betreten erwidert.

»Und du hast auch Chassene mit einem Goi gehabt?«

Ich hatte, jetzt schon verzweifelt, genickt und die anderen Gojim, die wir geheiratet hatten, wohlweislich unterschlagen.

Der Rabbi hatte mich stumm angesehen, und ich, einem verstoßenen Kind gleich, war fast in Weinen ausgebrochen. Er hatte wunderschöne Augen, und es wäre so gut gewesen, ihre tiefe, dunkle Wärme auf sich zu fühlen. Aber auf mir hatte sein Blick nur mit kühler Skepsis gelegen.

»Frau von Westhoff«, höre ich die Stimme des Vorsitzenden Richters, »würden Sie uns jetzt bitte ein paar Fragen beantworten?«

»Selbstverständlich«, sage ich und denke: »Entsetzlich, wie viele Leute sich für berechtigt halten, einem indiskrete Fragen zu stellen.«

»Es handelt sich zunächst einmal um Ihre wirtschaftlichen Verhältnisse. Auf wieviel, etwa, beläuft sich Ihr monatliches Einkommen?«

»Auf herzlich wenig«, seufze ich, denn Lützow hatte mich gewarnt, daß sich die Gerichtskosten nach dem Einkommen der Beklagten richten.

»Aha.« Der Richter schaut in die vor ihm liegenden Papiere, dann wieder zu mir zurück: »Sie sind Schriftstellerin, nicht wahr?«

»Gewesen.«

»Sie meinen«, sagt er mit dem Anflug eines Lächelns, »Sie haben im Moment keine Inspirationen.«

---

* Hochzeit

»So kann man es auch nennen. Allerdings dauert dieser Moment jetzt schon sieben Jahre.«

»Aber Sie haben doch noch anderweitige Einnahmequellen?«

»Ich habe ein Mietshaus, ein kleines Mietshaus in Westberlin.«

Der Richter hat Humor. Meine irreführenden Angaben scheinen ihn mehr zu erheitern als zu verärgern. Sein Gesicht öffnet sich in einem breiten, väterlichen Schmunzeln, und das veranlaßt alle Anwesenden zu einem verkniffenen Lächeln.

»Von den Mieteinnahmen kann man nicht leben und nicht sterben«, sage ich.

»Und wie hoch, Frau von Westhoff, ist der Verkaufswert des Hauses?«

»Ach, Sie wissen doch, in Berlin läßt sich ein Haus, wenn überhaupt, nur weit unter seinem Preis verkaufen.«

Und ich nenne eine Summe, die noch weiter als weit unter dem Preis liegt.

»Immerhin«, sagt der Richter, der wahrscheinlich auf kein wie auch immer geartetes Mietshaus zurückgreifen kann, »man könnte das schon ein kleines Vermögen nennen, oder?«

»Ein sehr kleines«, sage ich, und wir lächeln uns an.

Schneller noch als die finanzielle, geht die moralische Seite des Falles, denn sie spielt bei Ehescheidungen die geringere Rolle.

»Frau von Westhoff, Sie haben die eheliche Lebensgemeinschaft aufgelöst...«

Ein klares, wenn auch voreiliges »Ja!«

»...und die gemeinsame Wohnung im Dezember 1970 verlassen.«

»Nein, ich bin bereits im Juni 1970 nach Israel gegangen.«

»Aber im Dezember noch einmal zurückgekehrt.«

»Auf ein paar Tage.«

»Auf wie lange, spielt hier keine Rolle.«

»Lagen für die Auflösung der ehelichen Lebensgemeinschaft zwingende Gründe für Sie vor.«

»Selbstverständlich.«

Ich höre hinter mir Lützows mahnendes Räuspern und spüre neben mir Udos anklagende Gegenwart.

»Könnten Sie das bitte präzisieren«, sagt der Richter.

»Die Ehe«, präzisiere ich, »war im Sinne einer Ehe keine Ehe.«

»Ich verstehe, ich verstehe, aber das war eigentlich nicht meine Frage. Was ich meine, ist: Hat Sie Ihr Mann vielleicht geschlagen?«

»Nein.«

»Hat er Sie sonst irgendwie bedroht?«

»Nein.«

»Würden Sie also behaupten, daß die Schuld an der Zerrüttung der Ehe Sie allein trifft?«

»Ganz und gar.«

Dem ist nun wirklich nichts mehr hinzuzufügen.

Die Richter sprechen leise miteinander. Ich schaue Udo an, der nach kurzem Zögern meinen Blick erwidert. Ich zucke entschuldigend die Schultern, er schüttelt abwehrend den Kopf.

Die drei Richter erheben sich, wir erheben uns. Eine Sekunde herrscht Schweigen, das Schweigen, das jedem großen Moment vorangeht: dem ersten Schrei eines Neugeborenen und der ersten Schaufel Erde auf den Sarg eines Toten, den ersten Worten der Liebe und dem letzten Satz des Scheidungsrichters.

»Im Namen des Volkes«, sagt er, »die Ehe ist geschieden.«

Und kaum sind die Worte verhallt, springt, wie ein Teufelchen aus dem Kasten, der kleine knorrige Gerichtsdiener vor und kräht: »Neun Uhr, zweiundzwanzig Minuten.«

Ich muß darüber lachen, aber keiner der Herren scheint meine Heiterkeit zu teilen.

»Auf Wiedersehen«, sage ich zum Vorsitzenden Richter, »und vielen Dank.«

»Für so was hat sich noch kein Mensch bedankt«, flüstert Udo an meiner Seite, »komm jetzt, um Gottes willen.«

»Du hast gut reden«, flüstere ich zurück, »dich kostet der Spaß ja auch nichts.«

»Mich hat er ein seelisches Vermögen gekostet, aber so was zählt ja für dich nicht.«

»Ach Udo«, sage ich, nun doch betroffen, »sei froh, daß du mich los bist.«

Er schweigt, aber als wir im Gang sind, legt er plötzlich die Hand auf meine Schulter und fragt: »Wo gehst du jetzt hin?«

Verwirrt über diese unerwartet freundschaftliche Geste, spreche ich den ersten Gedanken aus, der mir durch den Kopf geht: »Auf den Friedhof«, sage ich.

Die Antwort überrascht ihn weniger als mich selber.

»Darf ich dich hinbringen?« fragt er.

Ich halte »Friedhof« in Verbindung mit meinem eben geschiedenen Mann für eine sehr schlechte Idee; aber als ich sein Gesicht sehe, zum ersten Mal an diesem Morgen ohne Maske, zum ersten Mal jenem Gesicht ähnlich, das ich in seiner Offenheit und Naivität geliebt hatte, kann ich ihm seine Bitte nicht abschlagen.

»Gerne«, sage ich.

Die Straße nach Gauting, wie oft bin ich sie gefahren? Nicht oft genug, denke ich heute, damals dachte ich, zu oft. Zu all den lieblos gekochten Sonntagmittagessen, deren fade Suppen und glasige Puddings etwa so reizvoll waren wie die sie begleitenden »kultivierten« Gespräche über Literatur, Musik, Theater; zu Weihnachten, dessen schwere Feierlichkeit um so grotesker war, als sie von meinem Vater echt empfunden und zelebriert, von Renate, seiner zweiten Frau, krampfhaft gespielt und von meiner Mutter mit vorsichtigem Spott geduldet wurde; zum Tod meiner Mutter, die von Gram und multipler Sklerose zerfressen in ihrem kleinen Zimmer lag, die Sonne eines strahlenden Frühlingstages voll auf dem Bett, ein paar spröde, kastanienrot gefärbte Locken auf dem Kissen und in dem winzigen Gesicht ein halb geöffnetes, gebrochenes Auge; zu der Taufe meiner Halbschwester Antonia, die man mir als Patin in den Arm legte, vergeblich hoffend, daß mir diese »heilige Handlung« einen Funken Christen- und Schwesternliebe entlocken würde; zu den Koliken meines Vaters, vor denen ich mich, so wie früher vor den Erstickungsanfällen meiner Mutter, in die entlegenste Ecke des Hauses verkroch; zur Beerdigung meines Vaters, den man begrub, keine zwei Jahre nach dem Tod meiner Mutter, keine zehn Meter von ihrem Grab entfernt.

Die Straße nach Gauting! Diese eintönige Straße, die einen Wald hoher, spitzer Nadelbäume mit sauberem Schnitt zerlegt, diese schnurgerade Straße, auf der ich mit höchster Geschwindigkeit entlanggerast war, gejagt von Angst, Grauen und dem Zorn der Hilflosigkeit, gequält von einer Liebe, die sich erst durch einen Wust zwiespältiger Gefühle hindurchbeißen mußte, bevor sie sich als solche zu erkennen gab; diese häßliche Straße, die zu jenem Ort, jenem Haus führte, von denen meine Mutter mit Bitterkeit gesagt hatte: »Es ist ein mieser Ort und ein kleinbürgerliches Haus.«

Arme Mutti, die die letzten Monate ihres Lebens in der ihr fremden und widerwärtigen Atmosphäre eines Münchener Vororts verbringen mußte, gebrochen, todkrank und mittellos, angewiesen auf die Güte ihres ehemaligen Mannes. Armer Papa, der seine letzten Kräfte, seine letzten Träume, sein letztes Geld in dieses von Wald und Leid beschattete Zwei-Etagen-Haus gesteckt hatte und es ein Heim nannte, ein Heim für seine sterbende erste und seine schwangere zweite Frau, für seine zweite Tochter, die ihn noch nicht verstehen konnte, und seine erste Tochter, die ihn nicht mehr verstehen wollte.

Das beste wäre umzukehren und nach München zurückzufahren. Was will ich eigentlich auf dem Friedhof, was? Mich von den Gräbern, die vor zwanzig Jahren zugeschüttet wurden, verabschieden? Von diesem Fleckchen nasser, schwarzer Erde, von dem Efeu oder dem Fleißigen Lieschen, das darauf wächst, von dem flachen Stein und dem zwei Meter hohen Kreuz, von den paar Knochen, die vielleicht noch übriggeblieben sind, von dem großen Nichts? Lieber Gott, was für ein Blödsinn!

Ich friere. Die Heizung in dem alten Volkswagen pustet kalte Luft anstatt warme. Hätte ich gewußt, daß Udos Verrücktheit bis zur Selbstkasteiung, um nicht zu sagen Kastration gediehen ist, ich wäre mit meinem Leihwagen gefahren oder wahrscheinlich überhaupt nicht. Aber wie hätte ich ahnen können, daß er sein anderes Ich, den silbernen Alfa Romeo, dessen Gangschaltung mit dem blanken Knopf am oberen und dem ledernen Sack am unteren Ende er mit einem steifen Penis verglichen hatte, daß er dieses Symbol männlicher Potenz einem jäh aufflammenden Hang zur Neuen Linken opfern würde.

»Um Himmels willen«, hatte ich beim Anblick des mausgrauen Volkswagens gefragt, »hast du deinen Alfa kaputtgefahren?«

Er war über diese Annahme indigniert gewesen.

»Nein, natürlich nicht«, hatte er gesagt, »ich habe ihn weggegeben.«

»Weggegeben?«

»Na, verkauft.«

»Warum? Geht es dir finanziell nicht gut?«

»Zu gut«, hatte er gesagt und über meine Begriffsstutzigkeit und seinen Wohlstand geseufzt, »zu gut, liebes Kind.«

»Ich verstehe nicht.«

»Das sieht dir ähnlich. Die Frage, wozu man einen solchen Luxuskarren eigentlich braucht, hast du dir wohl nie gestellt?«

»Nein, mir nicht, aber dir.«

»Man ändert sich, zum Glück.«

Er hatte sich samt seines Luxusmantels ins Auto gezwängt, stolz, zu jenen zu gehören, die auf Äußerlichkeiten verzichteten, stolz auf den Eindruck, den seine pompöse Gestalt in dem ärmlichen Vehikel machte. »Man nennt mich in meinem Büro den ›roten Baron‹«, hatte er abschließend verkündet und geschmeichelt aufgelacht.

Von da an hatten wir geschwiegen, ich verzagt über das Ausmaß seiner Torheit, er gekränkt über meinen Mangel an Begeisterung. Jetzt, unter der Einwirkung der trostlosen Landschaft und meiner spürbaren Niedergeschlagenheit hält er den Moment für günstig, neuen Kontakt zu mir aufzunehmen.

»Du warst schon viele Jahre nicht mehr in Gauting«, sagt er halb fragend, halb feststellend.

»Nein, wozu auch.«

»Wozu fährst du jetzt hin?«

»Das frage ich mich auch. Wahrscheinlich aus einer masochistischen oder sentimentalen Anwandlung heraus, gewiß nicht aus Pietät.«

»Ts, ts, ts«, sagt er und wiegt lächelnd den Kopf hin und her, »mach dich doch nicht immer noch härter, als du bist, Liebes.«

Das pastorenhafte Lächeln, das Wort »Liebes« und die mir aus früheren Zeiten so wohlbekannte Anspielung auf meine Härte mißfallen mir sehr. Offenbar nimmt er unsere gemeinsame Wallfahrt zu den Gräbern meiner Eltern als gegebenen Anlaß, den Faden unserer Beziehung wieder aufzunehmen und je nach Bedarf vor- oder zurückzuspulen. Um ihm keine weitere Angriffsfläche zu bieten, lasse ich die ›Härte‹ auf mir sitzen und schweige. Umsonst natürlich. Er ist mein Schweigen aus den letzten vier Jahren unseres Zusammenlebens gewöhnt und hält es zur Durchführung seiner geballten Monologe inzwischen für unerläßlich. Er fährt also unbeirrt fort: »Mit dieser Härte, meine Kleine, hast du dir immer ins eigene Fleisch geschnitten, hast nie das ausgelebt, was dich weitergebracht und weitergemacht hätte. Ein Mensch, der sich ewig versteift und verschließt, steht seiner geistigen und seelischen Entwicklung im Wege. Du hast dich immer nur stückchenweise gegeben, ein kleines Stückchen hier, ein größeres Stückchen da, aber um Gottes willen nicht ganz. Und darum ist dir auch nie etwas Ganzes gelungen, weder als Frau noch als Mutter. Das schlimme daran ist, daß es nur an dir liegt. Du hast alle Anlagen, alle Fähigkeiten in dir, und wenn du sie nicht aus Angst vor der Hingabe, die du mit Selbstaufgabe verwechselst, unterdrücken würdest, dann könnte etwas Wunderbares aus dir werden. Aber nein...«, er nimmt bei einer Geschwindigkeit von achtzig Stundenkilometern beide Hände vom Steuer und schlägt sie beschwörend zusammen, »nein...«

»Paß bitte auf«, sage ich.

»Angst«, ruft er und läßt die Hände aufs Lenkrad zurückfallen, »du lebst in ständiger Angst...«

»Ich möchte nicht gern einen Unfall haben«, sage ich.

»Man hat täglich Unfälle, liebes Kind, so man aus dem vollen lebt. Aber natürlich, ein Mensch, der sich nicht fordert und in Gefahr begibt, der sich nie bewußt und ohne Vorbehalte fallen läßt, hat ewig Angst, daß man ihn gegen seinen Willen zum Fallen bringen könnte. Ich habe dir diese Angst nehmen wollen, Christina, ich habe dich dahin bringen wollen, das kleine Gefängnis, in das du dich freiwillig eingesperrt hast, zu verlassen. Ich habe dich geliebt, Christina, wie man so schön sagt, auf Gedeih oder Verderb, und ich habe alles für dich getan, alles! Aber du hast nicht durchgehalten, bist wieder weggerannt, wieder wegen eines neuen kleinen Reizmoments, der sich ebenso schnell abnutzen wird wie alle anderen.«

»Hör auf mit dem aufgeblasenen Geschwätz. Du hast mich lange genug damit wahnsinnig... Halt, nun halt doch schon! Siehst du nicht, daß hier der Friedhof ist?«

Ich steige aus, gehe durch das weit geöffnete Tor und dann den breiten, mit Kies bestreuten Weg hinunter. Auf dem Platz vor der kleinen Kapelle bleibe ich stehen. Hier hatte mein Vater für meine Mutter Mozart spielen lassen und Renate für meinen Vater Bach. Die Trauergäste, im ersten Fall fünf, im zweiten mindestens hundert, hatten leidvoll die Köpfe gesenkt. Dann waren die Särge hinausgetragen worden, blumenbedeckte Särge, über deren Form und Farbe man sich sicher ebenso tiefgründig Gedanken gemacht hatte wie über die Wahl der Musik.

Udo tritt neben mich. Er legt den Arm um meinen Nakken, und seine Lippen streifen meine Schläfe.

»Wenigstens liegen sie hier hübsch«, sagt er.

Da er es ernst und tröstend meint, versage ich mir eine zynische Antwort.

Wir gehen weiter. Ja, der Friedhof ist hübsch, ein ländlicher Friedhof, mit viel Platz und viel Grün, mit Blumen und Vögeln und unaufdringlichen Grabsteinen. Ich versuche mich zu erinnern, wann ich das letzte Mal hier gewesen bin, es muß weit zurückliegen und fällt mir nicht ein. Meine Schwester Susanne hatte mich immer wieder aufgefordert, sie zum Gautinger Friedhof zu begleiten, denn, so hatte sie erklärt: »Mutti freut sich, wenn wir beide zusammen an ihrem Grab stehen.« Susannes Beziehung zu den Toten ist eine merkwürdige Mischung aus westeuropäischer Konvention und balkanesischer Ursprünglichkeit. Sie besucht unsere Mutter an allen obligatorischen Feiertagen, setzt sich bei schönem Wetter neben das Grab ins Gras und ißt einen Apfel oder eine Tafel Schokolade. »Wenn ich da sitze, fühle ich mich Mutti wirklich ganz nah«, sagt sie, und im gleichen Atemzug: »Die Grabpflege hat sich wieder um fünf Mark erhöht, eine Unverschämtheit bei dem Fleckchen Erde.«

Es ist in der Tat ein sehr kleines Fleckchen Erde, und das, was darauf wächst, trägt nur zwei, drei unscheinbar blaßrosa Blüten. Der flache Stein hat Moos angesetzt, und nur um irgend etwas zu tun, beuge ich mich weit hinab und entziffere die Inschrift: »Ester Heidebeck, geb. Kirschner, geb. 1898 – gest. 1948.«

»Ester Heidebeck«, sage ich, mich wieder aufrichtend, »der Name hätte ihr damals in der Nazizeit wesentlich mehr genutzt als jetzt im Tod.«

»So darfst du das nicht sehen.«

»Ach, hör doch auf! Der Name, der sie gerettet hat, damals in der Nazizeit, war Iwanoff und nicht Heidebeck, und der Mann, der ihr diesen Namen gegeben hat, war nicht mein feiner, humanistischer Vater, sondern ein einfacher braver Bulgare.«

»Der dafür von deinem Vater Geld bekommen hat.«

»Was hältst du in diesem speziellen Fall für moralischer: ihr den Namen zu geben und das Geld zu nehmen oder ihr den Namen zu nehmen und das Geld zu geben?«

»Auf Anhieb würde ich sagen, ich finde beides unmoralisch, aber das liegt an der Art, wie du die Dinge präsentierst. Dein Vater, das hast du selber behauptet, hat euch nicht im Stich gelassen. Der Schmuck, den er Jahr für Jahr über die Grenzen nach Bulgarien geschmuggelt hat, damit ihr ihn verkaufen und davon leben konntet, hätte ihn leicht den Kopf kosten können.«

»Hätte er sich nicht scheiden lassen, hätte er keinen Schmuck zu schmuggeln brauchen.«

»Ja, und deine Mutter wäre im KZ und du und deine Schwester im Arbeitslager gelandet.«

»Das steht gar nicht fest. Es gab viele Mischehen mit Kindern, bei denen man den jüdischen Partner in Ruhe gelassen hat. Besonders wenn der Mann Geld und Einfluß hatte, und das hatte mein Vater.«

Udo schweigt einen Moment. Aber da er sich mit meinem christlichen Vater ebenso solidarisch fühlt wie ich mit meiner jüdischen Mutter, will er den Makel nicht auf ihm sitzen lassen.

»Nein, Liebes«, sagt er, »nein, so geht das nicht. Wer, außer deinem Vater, hat finanziell für euch gesorgt und wer war euch eine moralische Stütze? Ist deine Mutter nicht zum Schluß zu ihm zurückgegangen und hat sie nicht bei ihm ein Zuhause gefunden?«

»Sie hat eine neue Frau gefunden, ein neues Kind, ein Bett und ein Grab.«

»Du bist ungerecht.«

»Und wenn sie zu ihm zurückgegangen ist, dann nur,

weil man ihr alles gestohlen, genommen und gemordet hat, was ihr gehörte. Wohin also hätte sie gehen können? Direkt in die Grube, ja, aber selbst das war ihr nicht vergönnt. Sie mußte erst durch die Hölle ihrer Krankheit und ihres letzten ›Zuhauses‹.«

Ich bohre meine Stiefelspitze in die nasse Erde des Grabes und werfe sie hoch.

»Nicht doch«, sagt Udo und legt seinen schweren Arm um mich.

»Auf ihrer Beerdigung«, sage ich, »waren fünf Leute. Alle die sie geliebt hatten, und es waren viele, waren umgebracht worden oder im Exil. Auf dem Begräbnis meines Vaters war der Friedhof schwarz von Menschen. Wir standen da drüben... da... ich habe dir die Geschichte nie erzählt, nicht wahr?«

»Nein.«

»Der Pfarrer hielt eine lange Lobrede auf Papa. Er war ja auch wirklich ein gütiger Mensch, nur, nur... ich finde im Moment nicht das passende Wort. Ja, und dann kam dieser gräßliche Brauch mit der letzten Schaufel Erde. Ich dachte, er würde mir erspart bleiben, weil ja Renate, sein Traum, da war. Aber nein, der Pfarrer drückt mir als zweiter den Spaten in die Hand, und ich jage ihn so tief in den Haufen aufgeworfener Erde, daß er viel zu voll ist, und dann lasse ich alles auf den Sarg fallen, Spaten und alles und drehe mich um und renne wie eine Wahnsinnige über die schön gepflegten Gräber zu dem meiner Mutter. Ich glaube, es war das erste Mal in meinem Leben, daß ich nicht mehr wußte, was ich tat. Ich hab' mich aufs Grab geworfen, lang hin, weißt du, und angefangen, mit den Händen in der Erde zu buddeln wie ein Hund, der eine Fährte verfolgt, tiefer und tiefer, bis ein Loch entstand, und da hinein habe ich meinen Kopf gesteckt. Na ja, und dann kam Renate und noch zwei, drei Leute; und der Arzt von Papa war auch da, und der hat mich gleich mitgenommen.«

»Mein Armes«, murmelt Udo und drückt mich fest an seinen rotblonden Fohlenmantel.

Ich beginne zu weinen. »Ich habe es nicht ertragen, daß sie da lag, in diesem kleinen Grab, allein und verlassen, so wie sie die ganzen letzten Jahre ihrer Emigration allein und verlassen war. Und da, an Papas Grab, der ganze Zirkus, geschwollene Reden und geschwollene Gedanken, so wie es immer gewesen war, die ganze Nazizeit hindurch, in seiner schönen großen Grunewaldwohnung, wo sich die sogenannten Gleichgesinnten trafen, um hinter fest verschlossenen Türen und bei schwarz gekauften Lebensmitteln und Alkohol das Los der armen Juden zu beklagen und gegen das Dritte Reich zu protestieren. Daß sie sich nicht geschämt haben, daß sie sich nicht angekotzt haben, diese Menschen mit ihren schönen, feigen Seelen. Meine Mutter, du weißt nicht, wie großartig sie war und wie von allen geliebt. Und dann nichts mehr, nichts! Allein und verlassen, ohne Mann, ohne Sohn, ohne Freunde, auch ohne ihre Töchter, denn Susanne war in Bulgarien und ich... ich habe sie letzten Endes ja auch verlassen. Sie hat nicht mehr sprechen können und nicht mehr schlucken, und sie hat nichts mehr greifen und halten können mit ihren verkrümmten Händen. Und immer hat sie gefroren, gefroren...«

»Komm«, sagt Udo, »komm, Liebes, gehen wir...«, und er versucht, mich in Richtung des Ausgangs zu führen.

»Nicht nötig«, sage ich, »immer wenn ich an meine Mutter denke, wenn ich sie mir vorstelle, so wie sie in den letzten Jahren war, heule ich. Dazu muß ich gar nicht auf dem Friedhof sein. Komm, gehen wir, zu Papas Grab.«

Er schüttelt den Kopf.

»Geh du, Kleines«, sagt er, »ich bleibe bei deiner Mutter.«

Ich gehe. Ich bin die kurze Strecke von Grab zu Grab nicht mehr als vier- oder fünfmal gegangen, aber ich könnte sie mit geschlossenen Augen gehen. Ich würde den schmalen Durchgang in der Hecke finden und die grün gestrichene Bank. Ich würde das Kreuz sehen, mit geschlossenen Augen. Es ist zwei Meter hoch, aus hellem, gemasertem Stein, deftig und schlicht. Ein schreckliches Kreuz, das man meinem armen Vater da auf die Brust gepflanzt hat. Wenn ich davorstehe und es ansehe, muß ich immer an den Ausspruch denken: »Ja, ja, er hat sein Kreuz zu tragen.« Und über diesem Gedanken komme ich zu keinem anderen. Ich stehe ein Weilchen.

»Entschuldige, Papa«, murmele ich, »entschuldige...«, reiße die letzte Blüte von einem Strauch, lege sie aufs Grab, schäme mich dieser konventionellen Geste, nehme sie wieder weg, sage: »Ich hab' dich sehr lieb« und gehe.

Von weitem sehe ich Udo. Er steht immer noch auf derselben Stelle, den Kopf gesenkt, die Hände auf dem Rücken. Eine große trauernde Gestalt, die am Grab meiner Mutter Wache hält. Und plötzlich wird mir klar, daß es sich hier nicht um eine seiner üblichen Posen handelt, sondern um ein tiefes und aufrichtiges Gefühl für jene Frau, der man alles gestohlen, alles genommen, alles gemordet hat.

Ich laufe zu ihm und lege beide Arme um seinen Hals.

»Na, na, na«, sagt er, zwischen Freude und Mißtrauen, »was ist denn?«

»Nichts«, sage ich und denke: »Wegen solcher Momente hab' ich ihn liebgehabt, hatte ich recht, ihn liebzuhaben. Es war nicht umsonst.«

Um sieben geht mein Flugzeug, um kurz nach fünf erreiche ich ihn endlich. Sein »Hallo« klingt tief und verdrießlich.

»Wo steckst du denn?« rufe ich und hoffe, mit diesem unzeremoniellen Anfang die Monate eisigen Schweigens überbrückt und meinen Anruf als eine Selbstverständlichkeit hingestellt zu haben, »ich habe schon x-mal angerufen.«

»Ach, du bist's«, sagt er ohne Überraschung, »bist du in München?«

»Ja«, sage ich, und als daraufhin eine bedrohliche Pause

entsteht, sei es, daß er nach einer Ausrede mir zu entkommen sucht, sei es, daß ihm einfach nichts mehr einfällt, füge ich überflüssigerweise hinzu: »In einem Hotel, genau gesagt, im ›Bayerischen Hof‹.«

»Aha.«

»Ist Susanne zu Hause?«

»Nein, die ist noch in ihrem Laden.«

»Und du, wo warst du?« frage ich wie eine besorgte Mutter.

»In der Schule.«

»So spät?«

»Na, das ist doch 'ne Presse, und da wird man erst um fünf von der Kette gelassen.«

»Ißt du etwa nicht zu Mittag?« frage ich jetzt echt besorgt und stelle daran fest, daß mein Talent bei der jiddischen Mamme liegt, nicht bei der deutschen Mutter.

»Doch, doch, wir haben eine Stunde Mittagspause, und da esse ich dann was in dem Lokal nebenan. Ein mörderischer Schlangenfraß, aber man gewöhnt sich dran.«

Ich sehe ihn über einem Teller kalter, schleimiger Suppe sitzen und sage spontan: »Ich hätte dich gerne gesehen, Michael.«

»Ich dich auch«, sagt er, und das ist mehr, als ich jemals zu hoffen gewagt habe.

»Soll ich kommen?« frage ich.

»Ja«, sagt er.

»Ich bin in zwanzig Minuten da.«

»Tschau«, sagt er.

Ich springe vom Bett. Mein Herz flattert. Im Spiegel sehe ich ein junges Gesicht. Ich kämme mir die Haare; laufe dann, den Kamm in der Hand, zum Telefon und verlange ein Gespräch nach Paris. Während ich darauf warte, zünde ich mir eine Zigarette am Filter an, spucke Tabakkrümel, werfe den Aschenbecher vom Nachttisch, fege Stummel und Asche mit der Hand zusammen, greife nach dem Hörer des klingelnden Telefons, sage atemlos: »Hallo.«

»Mon amour«, sagt Serge, »oh mon amour, Gott sei Dank rufst du an, ich habe mir solche Sorgen... sag mal, warum atmest du so komisch? Ist jemand bei dir?«

»Ja, natürlich, ich liege mit jemand im Bett. Hör zu, mein Engel, hör zu! Ich kann heute nicht kommen... ich habe meinen Sohn angerufen... er will mich sehen. Du verstehst, nicht wahr, du verstehst, wie wichtig mir das ist... Ich komme morgen... mit dem ersten Flugzeug... Natürlich bin ich zu deiner Premiere in Paris... hör mal, und wenn ich mit der Bahn komme oder mit dem Leihwagen... Michael war so reizend... mein Gott, er hat eine Stimme wie ein Mann... vielleicht ist er jetzt endlich erwachsen geworden... ich habe das Gefühl... nein, ich will's nicht berufen. Die Scheidung? Alles in Ordnung... ich bin geschieden... Ich liebe dich... ja, ich heirate dich... Auf Wiedersehen, mein Engel, Michael wartet...«

Und ich fahre zu meinem Sohn, fahre mit einer neuen, unvorsichtigen Hoffnung, die mir fast das Herz sprengt.

Er öffnet mir die Tür. Er ist noch größer geworden und breit in den Schultern. Das weiche, kindliche Oval seines Gesichts hat Konturen bekommen, hohe Backenknochen, schmale Wangen, ein kräftiges Kinn, aus dem ein dünn gesäter Bart sprießt. Vor mir steht fast schon ein Mann. Ich hatte mir vorgenommen, ihn nicht anzustarren und mit einem Händedruck und irgendeiner scherzhaften Redewendung zu begrüßen. Aber das mißlingt natürlich. Ich mustere den Bart, der mich an die israelischen Anbauversuche im Negev erinnert, lege dann gerührt die Hand um seinen Hals und küsse ihn auf die rechte Wange. Bis zur linken komme ich nicht mehr, denn anstatt sich mir zuzuneigen und meinen Kuß zu erwidern, wendet er das Gesicht von mir ab und tritt einen Schritt zurück.

»Es ist ganz normal«, tröste ich mich, »ganz normal, daß er nach all dem, was zwischen uns liegt, zurückhaltend ist«, und meine Enttäuschung hinter einem Lachen verbergend, frage ich: »Wie lange willst du eigentlich noch wachsen?«

»Hoffentlich nicht mehr lange«, sagt er und zeigt auf seine Hosen, »es kostet zuviel.«

Die dunkelblauen Cordhosen sind zu kurz, die braunen, billigen Schuhe ausgetreten, der grüne Pullover ist eingegangen oder ausgewachsen. Er sieht erbärmlich aus und schlampig.

Ich sage: »Michael, wenn du Geld brauchst...«

»Das brauche ich immer«, grinst er und geht mir voraus, die schmale dunkle Diele hinunter.

»Ist hier kein Licht?«

»Ne«, sagt er, »dafür aber im Wohnzimmer«, und schaltet es an.

Einen Moment lang bleibe ich zögernd auf der Schwelle stehen. Da sind alle meine alten heruntergekommenen Möbel: die grüne Bettcouch, auf der ich zwanzig Jahre lang gesessen, gelegen, geschlafen habe, davor, wie einst, der Tisch mit dem Sprung in der Platte, die zwei mißglückten Kreuzungen aus Stuhl und Sessel, die wackligen Bücherregale, in denen allerlei steht, nur keine Bücher, der rote Läufer und die braunen Vorhänge.

»Eigentlich wollte ich ja mit dir irgendwo hingehen«, sage ich in dem Wunsch, das Zimmer schnellstens wieder zu verlassen, »Susanne wird doch bald kommen, nicht wahr?«

»Ja, etwa in einer halben Stunde. Willst du sie nicht sehen?«

»Nicht unbedingt. Ich wollte mit dir zusammensein, und wenn sie dabei ist, kommt man nicht zu Wort.«

»Das stimmt«, sagt er, »sie quatscht mehr denn je.«

»Und wie hältst du das aus?«

»Ganz einfach: Ich hör' nicht hin.«

Unser gemeinsames Lachen macht uns zu Komplizen.

»Also dann zieh dich um«, sage ich fröhlich, »und komm.«

»Umziehen?« fragt er. »Wozu denn das?«

»Nun, ich finde, daß diese Kombination aus Blau,

Grün und Braun nicht sehr bekömmlich ist. Außerdem ist die Hose zu kurz und der Pullover zu eng.«

»Die andere Hose ist auch zu kurz, und Schuhe habe ich nur dieses Paar.«

Ich wollte die Themen »Vater« und »Geld« noch eine Weile hinausschieben, sehe mich jetzt aber gezwungen, beide auf einmal anzuschneiden.

»Gibt dir dein Vater eigentlich kein Geld?« frage ich. »Oder was?«

»Doch, doch«, sagt er, »natürlich.«

»Und was machst du mit dem Geld?«

»Ich spar's.«

Die Antwort überrascht mich. Ich habe mir meinen Sohn nicht sparend vorgestellt.

»Du sparst richtig... ich meine mit Sparkasse und so?«

Er schaut mich an, duldsam-ironisch und sehr erwachsen. Den Blick hat er von seinem Vater, die Augen von mir.

»Ich habe drei Sparbücher auf drei verschiedenen Banken«, sagt er.

»Gut«, sage ich, »sehr gut, aber vielleicht könntest du doch etwas von deinen Ersparnissen für eine neue Hose abzweigen.«

»Ich hab' doch zwei.«

»Na schön«, sage ich, »dann zieh dir jetzt wenigstens einen anderen Pullover an.«

Er seufzt und geht aus dem Zimmer.

Mit dem Umziehen, Haare schneiden und Hände waschen bin ich ihm schon immer auf die Nerven gefallen. Vielleicht war es falsch, gleich wieder damit anzufangen. Ich nehme mir vor, auch den scheußlichsten seiner Pullover wortlos zu akzeptieren.

Ich gehe im Zimmer umher, es ist ziemlich groß und sauber gehalten, aber da jedes Möbelstück am falschen Fleck steht, macht es einen unwohnlichen Eindruck. Ich beginne, die Sachen umzugruppieren, die Stehlampe, die Kissen, die Hocker, den Tisch. Als ich mich gerade an die Couch mache, kommt Michael ins Zimmer. Er trägt einen roten annehmbaren Pullover und hat sich sogar die lange Mähne gekämmt.

»Sehr schöner Pullover«, sage ich, »komm, hilf mir mal.«

»Muß das jetzt sein?«

»Da du es bis heute so gelassen hast, muß es jetzt sein. Sieht doch viel hübscher aus so.«

Wir stoßen und zerren die Couch in die von mir vorgesehene Ecke.

»Sieht tatsächlich hübscher aus«, sagt Michael erfreut.

»Habt ihr eigentlich keine Bücher?«

»Wozu?« fragt er und lacht.

»Michael, ich bitte dich!«

»Ich lese Zeitung, und Susanne holt sich ihre Lektüre aus der Leihbibliothek.«

»Laß mich mal die anderen Zimmer anschauen.«

»Lieber nicht, sonst bringst du noch Unordnung in Susannes Ordnung und in meine Unordnung Ordnung.«

Mein Sohn gefällt mir, und ich muß mich beherrschen, ihm nicht das Haar zurückzustreichen, um endlich mal ein Stückchen Stirn zu sehen.

»Nun zeig schon«, sage ich.

Er öffnet eine Tür, dann die andere. Susanne hat sich neu und gutbürgerlich eingerichtet. Michael schläft in einer Kammer, gerade lang und breit genug, um ein mit zahllosen Sachen bestreutes Bett und einen Klapptisch aufzunehmen. Auf dem Boden steht ein kompliziert aussehender Plattenspieler, an den Wänden sind Regale angebracht.

»Da hast du ja doch Bücher«, sage ich.

»Das sind keine Bücher«, grinst er, »das sind politische und historische Werke.«

»Interessierst du dich dafür?«

»Ja«, sagt er kurz, »und außerdem für Popmusik.«

All das ist neu für mich und macht mir bewußt, wie wenig ich meinen Sohn kenne. Ich tue, als ob ich die Titel der Bücher und Platten lese, und bedaure, mich weder für Politik noch für Popmusik zu interessieren. Wie würde ich in seiner Achtung steigen, wenn ich ihm plötzlich die Strukturprobleme des kapitalistischen Staates auseinandersetzen oder mich in den »Sound« einer Bob-Dylan-Platte vertiefen würde. Was habe ich ihm denn zu bieten? Unerfreuliche Themen, Ratschläge, die er für dumm hält, Erfahrungen, die sich nicht übertragen lassen, eine belastende Vergangenheit... was noch? Geld, ja Geld, das ihm zum Ersatz für Wärme und Liebe geworden ist, zur einzigen Quelle einer zweifelhaften Sicherheit. Wenn ich mir nichts vormachen will – und das will ich nicht –, ist es nur noch das, was er von mir erwartet: Geld.

»Gehen wir«, sage ich und höre die Müdigkeit in meiner Stimme. Wir gehen – aber wohin? Wohin, das war in all den Jahren, in denen wir nicht mehr zusammen lebten, ein Problem gewesen. Man holt den Jungen ab, man will ihm etwas Besonderes bieten, und man endet unweigerlich, je nach Alter des Kindes und Wetter des Tages in einem Café oder Restaurant, im Zoo oder Park, im Marionettentheater oder Kino. Man füttert es mit dem, was es am liebsten ißt und trinkt, man stellt ihm vorsichtige Fragen und hofft, daß man nicht peinliche Antworten bekommt. Man beobachtet es unruhig – amüsiert es sich auch? – und langweilt sich und grämt sich und fürchtet sich vor dem Abschied.

Michael fragt nicht, wohin wir gehen, aber einen Vorschlag macht er auch nicht. Er hat mir noch nie einen Vorschlag gemacht. Er geht einfach mit, so wie er all die Jahre mitgegangen ist, ohne Protest, aber auch ohne Interesse. Ich frage mich, ob es einen Menschen gibt, mit dem er aus eigenem Antrieb geht. Ich frage mich, ob er überhaupt fähig ist, einen Menschen zu lieben.

Es regnet. Das beschränkt die Möglichkeiten um ein Weiteres. Was uns jetzt bleibt, sind Lokale. Ich hasse Lokale.

»Sauwetter«, schimpft Michael und rüttelt an der Wagenklinke, »nun schließ doch schon endlich auf, ich werd' ja ganz naß.«

»Ich muß dem Jungen was bieten«, denke ich und schließe auf.

»Ich hab' übrigens meine Fahrprüfung gemacht«, sagt Michael.

»Jetzt schon?« rufe ich und bin überrascht, daß man ein halbes Kind ans Steuer läßt. Dann fällt mir ein, daß er neunzehn ist.

»Wann denn sonst? Als Großvater?«

»Na, bis dahin ist ja noch etwas Zeit«, sage ich und muß lachen. Er bleibt ernst.

»Und du bist nicht ein einziges Mal durchgefallen?« frage ich.

»Wieso soll ich denn durchfallen?«

In Anbetracht dessen, daß er bis jetzt durch jede Prüfung durchgefallen ist, kommt mir seine Arroganz ein wenig übertrieben vor.

»Ich kenne keinen, der nicht ein bis viermal durchgefallen wäre, mich inbegriffen.«

»Verstehe ich nicht. Ist doch ganz leicht, wenn man sich etwas konzentriert.«

»Was bedeutet, daß du kannst, wenn du willst.«

Er schweigt, und ich beiße mir auf die Zunge. All diese heiklen Themen bitte erst, wenn wir irgendwo gemütlich sitzen und er was im Magen hat. Ich fahre und spähe nach einem Lokal aus. Weiß Gott, es gibt genug, aber keins, das das verspricht, was ich suche. Wobei ich nur eine sehr vage Vorstellung von dem habe, was ich suche: eine Art magischer Atmosphäre, in der sich die heikelste Unterhaltung in ein verständnisinniges Zwiegespräch verwandelt.

»Wo fährst du eigentlich hin?« fragt Michael zu allem Überfluß nun doch noch.

»In den ›Bayerischen Hof‹«, sage ich ebenso blindlings, wie ich zu Udo gesagt hatte: »Auf den Friedhof.«

»Keine so schlechte Idee«, sagt Michael, und aus diesem Brösel Anerkennung schlage ich neue Energie.

Der »Bayerische Hof« hat viele Aufenthaltsräume, und Michael wünscht, sie alle zu sehen. Mit dem Betreten des

Hotels ist seine Laune umgeschlagen, und aus dem verdrießlichen kleinen Stoffel ist ein charmanter, witziger Junge geworden, der sich mit scharfen Beobachtungen und mich mit treffenden Kommentaren amüsiert. Ich kichere wie ein junges Mädchen, blicke um mich wie eine stolze Mutter und vergesse alles, alles über dem Glück, einen liebenswürdigen Sohn an meiner Seite zu haben.

»Also, wo lassen wir uns jetzt nieder?« frage ich.

»In der Bar«, beschließt Michael, »ich war noch nie in einer.«

»Er war noch nie in einer«, denke ich bekümmert, »der arme Junge.« Wir gehen in die Bar, in der drei einsame Herren und ein melancholisches Paar sitzen, und nehmen an einem kleinen Ecktisch Platz.

»Weißt du, warum es hier so dunkel ist?« fragt Michael.

»Warum?«

»Erstens, damit man die Preise auf der Getränkekarte nicht lesen kann, zweitens, damit man nicht merkt, wie wenig im Glas ist, drittens, damit man die traurigen Gesichter um sich herum nicht so genau sieht, und viertens, damit man unter den Tisch rutschen kann, ohne daß es unangenehm auffällt.«

Ich lache. Ich freue mich über den heiteren Ton, die Unbefangenheit und plötzliche Vertrautheit zwischen uns. Ich werde sie nicht durch ein forciertes Gespräch zerstören. Wenn es sich ergibt – gut. Wenn es sich nicht ergibt, dann bleibt mir ein schöner Abend, der vielleicht der Durchbruch zu anderen schönen Abenden ist.

»Was möchtest du trinken?« frage ich.

»Einen Orangensaft, falls das den Barmann nicht zu sehr erschüttert.«

»Trinkst du noch immer keinen Alkohol?«

»Nee. Ich trinke nicht, ich rauche nicht, ich hasche nicht.«

»Aus Prinzip?«

»Aus Prinzip. Es ist widerlich, wenn man von solchen Dingen abhängig wird. Ich seh's doch an meinem Vater.

Nimm ihm die Zigaretten, und er dreht durch. Ich weiß nicht, warum sich die Menschen ihr Leben noch mehr versauen, als es sowieso schon ist.«

Ich schlucke, lege die Zigarettenschachtel, die ich gerade öffnen wollte, wieder auf den Tisch und weiß nicht, was ich antworten soll. Was sagt man zu einem Sohn, der spart, gesundheitsschädliche Gifte von sich weist und an Sex keinerlei Interesse zeigt? Wie legt man seinem Jungen nahe, sich eine neue Hose zu kaufen, ein Glas zu trinken, ein Mädchen mit ins Bett zu nehmen, ohne gleich den Verdacht zu erwecken, ihn mit sich in ein lasterhaftes Leben ziehen zu wollen?

Und ich überlege: »Ist seine Askese eine Reaktion auf uns – seine unbürgerlichen Eltern; eine Kompensation für das Versagen in der Schule, in der er nicht ein Minimum an Zucht aufbringt; ein Mangel an Neugierde und Vitalität, oder Angst – Angst, seine kleine harmlose Kinderwelt zu verlassen und unterzugehen in der Welt der Erwachsenen, deren Ansprüchen, Tücken und Bedrohungen er sich nicht gewachsen fühlt.«

Ich schaue ihn an, diesen undurchdringlichen Sohn, die großen Bauernhände, das feine, intelligente Gesicht, das lange, verwilderte Haar als einzige Konzession an eine Mode, die er mehr aus Konformismus als aus Überzeugung mitzumachen scheint. Und ich frage mich, wie ich ihm helfen kann.

Ein Kellner tritt an unseren Tisch. Ich bestelle einen dry Martini und ein Glas Orangensaft.

»Mit Sekt?« fragt der Kellner.

»Mit Sekt«, sage ich entschlossen.

»Paß bloß auf«, sagt Michael, »wenn mir das schmeckt, trinke ich noch einen.«

»Das will ich hoffen.«

»Bleibst du länger hier?« fragt er, und etwas wie Erwartung liegt in seiner Frage.

Ich schüttele den Kopf: »Ich bin nur ganz kurz gekommen, zur Scheidung, weißt du. Die war heute früh.«

»Du bist geschieden?«

»Ja.«

»Werd' nie begreifen, warum du überhaupt geheiratet hast.«

»Ich auch nicht.«

»Na ja... wie immer, meinen herzlichsten Glückwunsch.«

»Ich weiß, du hast ihn nie ausstehen können.«

»Ich kann Angeber nun mal nicht ausstehen.«

»Als er noch keiner war«, sage ich zu meiner Rechtfertigung, »war er sehr sympathisch.«

»Das muß im Embryostadium gewesen sein.«

Der Kellner stellt die Getränke auf den Tisch, dazu Erdnüsse und Kartoffelchips.

»Endlich was Nahrhaftes«, sagt Michael, schnuppert am Glas und greift dann mit der Hand in die Nüsse.

»Hast du Hunger?«

»Keine Aufregung, bitte. Ich habe lediglich auf Erdnüsse und Kartoffelchips Hunger.«

»Kocht dir Susanne?«

»Das habe ich mir längst verbeten.«

»Warum?«

»Wenn sie mir kocht, will sie mit mir essen, und wenn sie mit mir essen will, will sie sprechen; und wenn sie mit mir spricht, vergeht mir der Appetit, und wenn mir der Appetit vergeht, macht sie mir eine Szene, weil ich die teuren Sachen, die sie gekauft und mit Mühe gekocht hat, verkommen lasse. Also haue ich mir zwei Eier oder was Ähnliches in die Pfanne und esse wann ich will und in Ruhe.«

»Sind ja schöne Zustände.«

»Hört sich schlimmer an als es ist. Im Grunde mag ich Susannchen, und sie tut mir leid. Wen hat sie denn schon? Ihre bescheuerten Kolleginnen im Laden, diese alte Tante, die sie seit sieben Jahren am Sterbebett besucht, und noch zwei, drei Klageweiber. Sie ist nach Deutschland gekommen, weil das Leben in Bulgarien Scheiße war, und jetzt lebt sie mit ihren Gedanken nur in Bulgarien, weil das Leben in Deutschland – wenn auch auf andere Weise – genauso Scheiße ist. Wenn ich mir das so überlege, wird mir ganz anders, und dann setze ich mich zu ihr und lass' sie sprechen. Aber das ist wie eine steckengebliebene Platte, weißt du, immer wieder dasselbe: die Kinder, die Kinder, die Kinder, Bulgarien, die Kommunisten, die menschenunwürdigen Zustände, ihr Mann, die Kinder, die Kinder, die Kinder! Und wenn ich mal ein anderes Thema anschneide, um sie auf neue Gedanken zu bringen, dann geht sie gar nicht drauf ein. Ich weiß nicht, ist das Verkalkung bei ihr oder Gram. Wahrscheinlich beides. Sie kann sich einfach nicht damit abfinden, ihre Kinder nicht mehr wiederzusehen.«

»Damit können sich die wenigsten Mütter abfinden.«

»Schau«, sagt er, »es war doch ihre Wahl. Deutschland oder die Kinder. Sie hat Deutschland gewählt, bitte schön, aber dann soll sie jetzt wenigstens zu ihrer Wahl stehen.«

»Michael, du verlangst zuviel von Menschen.«

»Ich verlange überhaupt nichts mehr von ihnen. Früher, ja, aber das hat an den Menschen gelegen, die einem ewig vorgemacht haben, mehr zu sein als sie sind. Und wenn man sie dann beim Wort genommen und das verlangt hat, was sie einem vorgemacht haben, dann brach die ganze Fassade zusammen. Das hat mich angekotzt.«

Ich greife hilfesuchend nach meinem Glas.

»Prost!« sagt er, trinkt einen Schluck, legt dann mit einem sinnenden Gesichtsausdruck den Kopf schief, leckt sich schmatzend die Lippen und leert das halbe Glas.

»Den nächsten bitte, schmeckt wie Limonade. Tadellos!«

»Hast du noch nie vorher Sekt getrunken?«

»Doch, du hast mir mal ein Glas gegeben. Das war in der Äußeren Prinzregentenstraße, vor vielen, vielen Jahren. Ich glaube, es war zu Weihnachten, jedenfalls stand ein Christbaum da.«

»Daran erinnerst du dich noch?«

»Wenn du wüßtest, an was ich mich alles erinnere!«

Ich will es lieber gar nicht wissen, trotzdem frage ich: »Sind das gute Erinnerungen?«

Er trinkt sein Glas aus, rülpst, lacht und sagt: »Ich habe es mit den Erinnerungen so gemacht, wie es die Taube im Märchen mit den Erbsen hätte tun sollen: die guten ins Kröpfchen, die schlechten ins Töpfchen.«

»Eine sehr praktische Einteilung.«

»Man muß sich sein Leben praktisch einteilen.«

»Schade, daß sich das bei dir nicht auch auf die Schule bezieht.«

»In der Schule ist mir zumute wie einer Kuh, der man das Wiehern beibringen will.«

»Aber warum denn, um Himmels willen? Du bist doch intelligent!«

»In der Schule erwartet man keine Intelligenz, sondern Leistung, Leistung, Leistung. Ich bin nicht leistungsfähig, verstehst du.«

»Hast du das deinem Vater gesagt?«

»Nee, jedenfalls nicht so drastisch. Der bricht ja sonst zusammen. Ich muß doch die Tradition seiner humanistischen Ahnen aufrechterhalten und eine akademische Laufbahn antreten.«

»Wenn dir das nicht liegt, dann tu was anderes, aber tu was!«

Er hat plötzlich sein leeres, verdrossenes Gesicht.

»Tu was, tu was«, murmelt er, »is' ja auch wurscht, was, is' ja nur mein Leben.« Und dann heftig: »Man wird durch die Schule gedreht wie Fleisch durch einen Wolf, kommt vor Panik zu keinem klaren Gedanken und soll dann auch noch entscheiden, was man die nächsten fünfzig Jahre tun will. Unser Schulsystem stinkt, sage ich dir, stinkt wie so vieles andere. Da wird eine frustrierte Generation nach der anderen unter Hochdruck rangezüchtet, und dann wundert man sich, daß es immer mehr Neurotiker und Psychopathen und Kriminelle und Irre und... und Alkoholiker gibt.« Er grinst, klopft an sein Glas und sagt: »Daraufhin bitte noch einen Schampus.«

Ich bestelle uns beiden noch einen Drink, zünde mir eine Zigarette an und denke immer wieder denselben Satz: »Er wird es schwer haben, Gott, wird er es schwer haben.« Ich möchte seine Hand streicheln, die da so groß und hilflos vor mir auf dem Tisch liegt, und in dem Wunsch, ihm nun doch noch schnell etwas von meiner Lebenserfahrung mit auf den Weg zu geben, sage ich: »Schau, mein Junge, du bist ja noch so jung und hast so viel vor dir, so viele Möglichkeiten, so viele schöne Momente. Man lebt für diese Momente, weißt du, sie entschädigen einen für die langen, grauen Strecken und den...«

»Mama«, unterbricht er mich, und es ist das erste Mal, daß er mich nicht mit dem kindlichen »Mammi« anredet: »Mama, bist du schon nach dem zweiten Martini blau oder was?«

»Warum denn?«

»Du sprichst wie zu einem Lebensmüden, und das bin ich ja nun, weiß Gott, nicht. Ich sage nur, ich lasse mich nicht durch die Mühle drehen. Ich weiß zwar noch nicht, was ich will, aber was ich nicht will, weiß ich genau.«

Und er lacht und wirft sich eine Handvoll Kartoffelchips in den Mund. »Nein«, sage ich mir, »er ist kein Kind mehr. Er ist nicht mehr das zarte, ängstliche Geschöpf, das Mammi, Mammi, Mammi! schluchzte, als ich es zurückließ, um nach Israel zu fahren, um mein Buch zu schreiben, um mein Leben zu führen. Er ist nicht mehr der kleine Junge, der sich nach mir sehnte, der meinen Worten glaubte, der meine Küsse erwiderte. Er ist auch nicht mehr der ungelenke Halbwüchsige, der Kumpel seines Vaters, der Verächter seiner Mutter. Er ist ein junger Mann, unbeeinflußbar und kritisch, der seine Eltern weder haßt noch liebt und den das Leben weder quält noch reizt. Ein junger Mann, der aus seiner Kindheit folgende Konsequenzen gezogen hat: Du sollst sparen; du sollst dir dein Leben nicht noch mehr versauen, als es sowieso schon ist; du sollst zu deiner Wahl stehen; du sollst den Fassaden der Menschen nicht trauen; du sollst dir deine Erinnerungen und dein

Leben praktisch einteilen; du sollst wissen, was du nicht willst. Kurzum: Du sollst dich unter keinen Umständen irgendwelchen Illusionen und irrationalen Emotionen hingeben. Und in diesem Moment wäre mir lieber, er würde saufen und rauchen und klauen, das Geld rausschmeißen, Mädchen schwängern und Männer verführen, Gefühle verschwenden, mich ohrfeigen für das, was ich ihm angetan habe, und lieben für das, was ich bin.

Ich sage: »Willst du noch was trinken, Michael, oder wollen wir jetzt essen gehen?«

»Gehen wir essen, ich habe einen Mordshunger.«

Und wir gehen essen. In ein balkanesisches Restaurant mit Knoblauch- und Paprikasträußen an den Wänden und rotgewürfelten Decken auf den Tischen. Michael gefällt es. Er ist bester Laune, vielleicht sogar ein wenig angeheitert. Wenn er lacht, ist es, als würde in seinem Gesicht ein Licht angezündet. Es leuchtet und verspricht, was er sich versagt. Ich finde ihn sehr schön, lache mit ihm und bin traurig.

Er spricht mit Humor und sanfter Herablassung über seinen Vater, über Weidenkirchen, den Ort, der sein Zuhause geworden ist, und Tante Maria, die, wie er mir einmal in einem groben Brief mitgeteilt hatte, ihm mehr Mutter gewesen sei als ich. Er fragt nach Serge, den er in Jerusalem kennen- und, wie er mir jetzt ernst gesteht, schätzengelernt hat, nach meiner neurotischen Katze Bonni und nach meinen Freunden in Israel. Er sagt, daß er alle Nachrichten über den Nahen Osten aufmerksam verfolge und daß es ja jetzt, Gott sei Dank, friedlich da drüben aussähe.

Er ißt Bohnensuppe und Schaschlik und Eiscreme und trinkt sogar ein Glas Rotwein mit mir. Dann schaut er auf die Uhr und fragt, ob wir nicht noch ins Kino gehen könnten. Es gäbe da einen irrsinnig komischen amerikanischen Film, den er schon lange hätte sehen wollen.

Wir gehen ins Kino. Natürlich gehen wir ins Kino. Was täte ich nicht, um ihm eine gute Erinnerung an mich zu hinterlassen. Eine Erinnerung fürs Kröpfchen. Eine Erinnerung, die er, dank eines Kinobesuches, nicht wegwirft wie die meisten Erinnerungen an mich. Der Film scheint in der Tat so irrsinnig komisch zu sein, daß das Publikum vor Lachen wiehert. Michael ist außer sich vor Vergnügen. Ich starre auf die Leinwand, auf der ein einfältiger Gag den anderen jagt, und wundere mich über die heitere Natur meines Sohnes. Er war immer heiter gewesen, als Säugling schon, als Baby, als kleines Kind. Er hatte stillvergnügt in seinem Gitterbett gelegen und eifrig vor sich hin brabbelnd in seinem Ställchen gespielt. Ich kann mich nicht erinnern, ihn jemals schreien gehört zu haben, nicht in der Nacht, nicht wenn er naß war, nicht wenn es Zeit war, ihn zu stillen. Ein zufriedenes, ausgeglichenes Kind, ohne Mucken und Krankheiten. Er schien weder Felix' Hang zu Wutanfällen noch meinen zu Depressionen geerbt zu haben. Vielleicht darum, weil ich ihn mit unendlicher Liebe und Freude erwartet und mit Furchtlosigkeit geboren hatte.

Ich schaue ihn von der Seite an, meinen großen, hübschen, lachenden Sohn, und dann schaue ich wieder auf die Leinwand, auf der es immer noch irrsinnig komisch zugeht. Und als Alibi für meine Tränen beginne ich schallend zu lachen.

»Mensch«, sagt Michael, als wir das Kino verlassen, »mir tut alles weh! So gelacht habe ich schon lange nicht mehr. Die Szene, wo Mr. Bruston Kuchen essend aus dem Grab steigt... na also, ich hätt' mir fast in die Hosen gemacht.«

»Ja«, sage ich, »war wirklich sehr komisch.«

Ich fahre ihn nach Hause, halte den Wagen vor der Tür und warte. Warte auf was? Daß er mich plötzlich doch noch umarmt, küßt und mir sagt: Ich hab' dich lieb! Oh, diese verdammte Hoffnung, hört sie denn nie auf, nie, nie?

Hinter einem Fenster im dritten Stock brennt Licht. Dort wartet Susanne auf meinen Sohn.

»Geh jetzt, Michael«, sage ich, »es ist wirklich schon sehr spät.«

»Und wann fliegst du morgen?«

»Irgendwann im Laufe des Tages.«

»Guten Flug«, sagt er, »und grüße Serge.«

Ich verbiete mir den Abschiedskuß und die Bitte um einen Brief von ihm. Ich habe begriffen. Ich sage: »Leb wohl, Michael« und lege einen Moment lang meine Hand auf seine Schulter.

Er öffnet die Tür und steigt aus.

»Tschau«, ruft er über die Schulter zurück.

Der Gedanke, ins Hotel zu fahren, ein leeres Zimmer zu betreten, mich ins Bett zu legen und, wahrscheinlich umsonst, auf Schlaf zu warten, schreckt mich. Ich habe Lust auf ein Glas Tee, eine Zigarette, ein Gespräch mit einem Menschen, von dem ich nichts erwarte, der nichts von mir erwartet. Der einfach da ist, mich mag und freundlich zu mir ist. Wäre ich jetzt in Jerusalem, würde ich in Hirschs Bar gehen, mich an die lange J-förmige Theke setzen und unter Anton Marx' wissendem Blick mit einem lächelnden Seufzer die Schultern heben. Und Marx würde seinen behäbigen Bauch zu mir hinübertragen, mir und sich eine Zigarette zwischen die Lippen stecken und eine jener Unterhaltungen beginnen, von denen man sich immer fragt, ob sie nun eigentlich banal oder voller Lebensweisheiten sind, um schließlich darauf zu kommen, daß jede Lebensweisheit eine Banalität und jede Banalität eine Lebensweisheit ist. Ja, ein Anton Marx müßte es sein, ein Jude, ein Mensch, der die Trauer in einem erkennt, ohne sie zu verkennen, und der sie einem nicht wie etwas Anstößiges zu entreißen sucht. Aber woher in München einen Anton Marx nehmen? Die einzigen Juden, die ich hier kenne, sind die geschäftige Schriftstellerin Margarete Kugel, die unter dem Motto: »Ich, persönlich, habe vergeben und vergessen« in Deutschland lebt, und der magenkranke Herr Cohen, der mit den Worten: »Wo einen die Würmer fressen, ist ja egal« in Deutschland stirbt.

Besser als gar nichts.

Ich fahre zu Herrn Cohen, weil er zu dieser Stunde gewiß noch wach ist und ich in seinem kleinen schäbigen

Etablissement einen, wenn auch mäßigen Tee und eine, wenn auch makabre Ansprache finden kann.

Das Café macht einen dunklen, verlassenen Eindruck. Die Vorhänge sind zugezogen, die spärliche Lichtreklame: »Schwabinger Eule – Spatenbier« ist nicht erleuchtet. An der Tür klebt ein Zettel. Ich steige aus und lese: »Wegen Feiertag geschlossen.« Mir fällt nicht ein, was für ein Feiertag das sein könne. Enttäuscht drücke ich die Klinke nieder, wende mich ab und gehe zum Wagen zurück. Auf halbem Wege höre ich hinter mir ein Geräusch, und als ich mich umdrehe, steht, in einem Fleck trüben Lichts, Herr Cohen auf der Schwelle und sieht aus wie der Tod.

»Herr Cohen«, rufe ich leise, »ich bin's, Christina Heidebeck.«

Er tritt einen Schritt von der Tür zurück und winkt mich stumm in das Lokal. Kaum bin ich eingetreten, verschließt er wieder die Tür hinter mir und zieht den Vorhang zu.

»Verfolgungswahn«, denke ich mit einem Blick in sein gelbes, hohlwangiges Gesicht und strecke ihm beruhigend die Hand hin. Er ergreift sie. Seine Finger fühlen sich an wie abgenagte Knochen, und ich lächele mühsam.

»Schön, daß Sie mal wieder hier sind«, sagt er, »und ausgerechnet heute.«

»Was ist denn heute?«, frage ich.

»Jom Kippur«, sagt Cohen.

»Lieber Gott« rufe ich und setze mich auf den nächststehenden Stuhl.

»Nu und«, sagt Cohen, »und was ist?«

»Daß ich das vergessen konnte!«

»Sollen Sie nur nichts Wichtigeres vergessen, Christina.« Er setzt sich neben mich und zieht eins der leichten, stahlbeinigen Tischchen zu uns heran.

»Sie jedenfalls«, sage ich, »haben Jom Kippur nicht vergessen.«

»Meine Gäste sind zu neunundneunzig Prozent Juden. Selbst wenn ich das Café nicht geschlossen hätte, wäre keiner gekommen.«

»Also halten alle den Jom Kippur.«

»Alle, weiß ich nicht.«

»Alle, außer Ihnen natürlich«, sage ich und lächele.

»Können Sie mir sagen«, fragt er, und seine eingesunkenen Augen schließen sich langsam, »was für eine Sünde habe ich an Ihm begehen können, die größer ist als die, die Er an mir begangen hat? Wenn jemand um Vergebung zu beten hat, dann ist Er es.«

Ich schweige.

Er öffnet die Augen und schaut mir ins Gesicht.

»Sie sehen gut aus«, sagt er, »sind Sie glücklicher in Israel, als Sie es in Deutschland waren?«

»Ja.«

»Gut, sehr gut. Meine Tochter ist auch in Israel, in Tel Aviv. Sie hat voriges Jahr geheiratet.«

»Und Ihre Frau? Wie geht es Ihrer Frau?«

»Sie ist an Krebs gestorben.«

»Herr Cohen...«, sage ich, nicht wissend, wie ich den Satz beenden soll, »ich...«

Er winkt ab.

»Mein Sohn ist noch bei mir«, sagt er, »er ist ein guter Junge. Für ihn wäre es besser, wenn er auch nach Israel ginge, aber er möchte mich nicht allein lassen.«

»Warum gehen Sie nicht zusammen mit ihm?«

»Was soll ich da? Das Land um einen alten, kranken Juden reicher machen? Ist doch schon voll genug mit Krüppeln wie mir. Nein, nein, Christina, ich habe nicht mehr die Kraft, das sehen Sie doch selber. Als ich aus dem KZ kam, sah ich etwa so aus wie heute.«

Ich hole meine Zigaretten aus der Tasche und das Feuerzeug. Jom Kippur oder nicht Jom Kippur! Cohen hat recht. Wenn hier jemand um Vergebung zu beten hat, dann ist Er es.

»Wollen Sie eine?« frage ich ihn.

»Nein, danke. Aber das soll Sie nicht daran hindern...«

»Haben Sie aufgehört zu rauchen?«

»Ach was«, er steht auf und tritt an das Regal mit Flaschen, »ich rauche wie ein Schlot. Je früher ich ins Grab komme, desto besser.«

»Dann fasten Sie also.«

»Ja«, sagt er, »ich faste. Was wollen Sie trinken?«

»Nichts«, sage ich, und er setzt sich wieder zu mir.

»Wo ist denn Ihr Sohn?« frage ich.

»Oben in der Wohnung. Ich wollte nicht, daß er wegen mir aufs Fernsehen verzichtet, darum bin ich runter gegangen. David ist ein guter Junge.«

Ich erinnere mich an David als an einen ziemlich dicken, häßlichen Jungen, der mit bayerischem Akzent spricht.

»Wie alt ist er jetzt eigentlich?« frage ich.

»Neunzehn. Er hat gerade sein Abitur gemacht. Wie nichts hat er es gemacht und mit den besten Noten.«

»Das ist doch wunderbar«, sage ich, froh, mich an etwas Positivem festhalten zu können, »und was wird er jetzt tun?«

»Das, was er wirklich tun will, tut er mir zuliebe nicht.«

»Nämlich?«

»Nach Israel zur Armee gehen.«

»Sie sollten darauf bestehen.«

»Und ihn im nächsten Krieg verlieren.«

»Was, glauben Sie, ist in diesem Fall wichtiger: Ihre Angst oder sein Glück?«

»Ich habe schon einmal zwei Söhne verloren«, sagt er, »in Treblinka.« Er zieht eine Brieftasche aus seinem Jakkett, öffnet sie und zeigt mir ein Foto: eine junge, hübsche Frau, in jedem Arm ein lachendes Kind.

Ich starre das Bild an und sage langsam und mit unterdrückter Wut: »Ich werde nie verstehen, Herr Cohen, wie Sie nach Deutschland zurückkehren konnten.«

Er schweigt.

»Und außerdem finde ich, der Mord an Ihrer ersten Frau, Ihren Söhnen und gewiß noch vielen anderen Angehörigen, ist der Grund, David nach Israel zu schicken, anstatt ihn hier in Deutschland unglücklich zu machen.«

»Ja«, sagt Cohen, »ja, ja, es redet sich so leicht.«

»Nein, ich sage das nicht leichthin, ich weiß ganz genau, was Sie durchgemacht haben und was es für Sie bedeutet...«

»Stecken Sie in meiner Haut, daß Sie das so genau wissen?«

Seine Frage läßt mich auf der Stelle verstummen.

Er sagt: »Hören Sie, Christina, ich bin kein großer Geist, ich bin kein Held und keine Kämpfernatur. Mein Vater war Viehhändler in einer kleinen Stadt in Schlesien. Ich bin dort geboren und aufgewachsen. Ich bin in eine deutsche Schule gegangen, und später habe ich Buchdrukker gelernt. Deutsch ist die einzige Sprache, die ich spreche – bis heute. Als ich ins Lager kam, war ich ein junger, gesunder Mensch mit einer Frau und zwei Kindern. Als ich aus dem Lager rauskam, war ich ein Wrack ohne Frau und Kinder. Die UNRRA hat mich nach Deutschland zurückgebracht. Ich war nicht mehr ganz klar im Kopf und drei Jahre in psychiatrischer Behandlung. Gesund bin ich nie wieder geworden. Meine zweite Frau habe ich später in einem Sanatorium kennengelernt. Sie war auch im Lager gewesen und hatte Mann und Kind verloren. Dasselbe Schicksal, das war die Basis unserer Ehe. Es war eine gute Ehe, denn wenn man aus der Hölle kommt, verlangt man nicht mehr viel. Wir wollten ein kleines, ruhiges Leben, weiter nichts. Wir hatten nicht mehr die Kraft, auch nicht den Willen, in einem neuen fremden Land von vorne anzufangen, etwas aufzubauen, Schwierigkeiten zu überwinden, zu kämpfen, zu hungern vielleicht. Wir waren Invaliden an Seele und Körper. Die Ärzte hatten meiner Frau gesagt, sie könne keine Kinder mehr bekommen. Uns war das recht. Aber als sie schwanger wurde, sahen wir darin ein Wunder. Es war ein Wunder, denn durch die Kinder erlebten wir doch noch einmal glückliche Momente.«

»Herr Cohen«, sage ich, aber er scheint mich nicht zu hören.

»Menschen«, sagt er, »ich sehe sie nicht mehr. Sie interessieren mich etwa so wie die Ameisen. Sie sind alle aus demselben Zeug gemacht, alle! Schmutzige, gierige, ehrgeizzerfressene Kreaturen, hier, da, in der ganzen Welt.«

Ich sage: »Entschuldigen Sie, bitte, entschuldigen Sie.«
Er schüttelt lächelnd den Kopf.

»Darum habe ich Ihnen das nicht erzählt, Christina, nicht darum und nicht, um mich zu rechtfertigen.« Er hebt die Schultern: »Was brauche ich mich noch zu rechtfertigen vor dieser Welt! Nein, ich habe es Ihnen erzählt, weil ich Ihnen beweisen wollte, daß Sie gar nichts genau wissen, gar nichts, von keinem Menschen, mein Kind, von keinem einzigen. Ich hoffe, Sie nehmen es mir nicht übel.«

Ich lege ihm die Hand auf den Arm.

»Nicht ich habe Ihn um Vergebung zu bitten«, murmelt er, »sondern Er mich.«

Ich nicke und wage nicht, Cohen anzusehen. Gott ist hier, hier mit Cohen. Cohen ist böse auf ihn, er hadert mit ihm, wirft ihm seine Ungerechtigkeit vor. Aber er stellt ihn nicht in Frage, zweifelt keine Sekunde an seiner Existenz. Darum ist Gott hier.

Ich habe mir von Cohen die Gebete für den Versöhnungsabend mitgenommen. Es ist das Gebetbuch seiner zweiten Frau, ein abgegriffenes Buch aus dem Jahre 1894. Die Seiten sind vergilbt, der Text ist in hebräischer und deutscher Schrift.

»Wir haben Manches verschuldet. Wir waren treulos, haben unsern Nächsten beeinträchtigt und verleumdet, wir haben gefehlt und gefrevelt, wir waren muthwillig und haben Gewaltthaten ausgeübt...«

Denke ich an Cohen, berührt mich der Text; lese ich ihn nur des Inhalts wegen, fällt es mir schwer, mich zu konzentrieren. Die Sprache ist antiquiert, und manche Worte stören mich so sehr, daß ich sie durch bessere zu ersetzen versuche. Nach einer Weile merke ich, daß ich die Gebete redigiere, anstatt sie zu lesen und in mich aufzunehmen.

Ich würde mir gerne eine Zigarette anzünden, aber solange ich das Buch in Händen halte, traue ich mich nicht.

Eine gewisse Ehrfurcht ist mir vom letzten Jom Kippur in Jerusalem geblieben. In Jerusalem, in dem absoluten Stillstand dieses Tages, in der von allem Profanen geläuterten Atmosphäre, wird man fromm. Die, die sich Atheisten nennen, fahren am Jom Kippur in die arabischen Gebiete. »Um nach Herzenslust essen zu können«, sagen sie, oder, »um nicht das Geplärre aus den Synagogen zu hören«. Alles Unsinn! Man kann in seiner eigenen Wohnung Schweinefleisch essen, wenn man will, und braucht nicht gerade an den Synagogen vorbeizugehen. Nein, sie fahren, um einer Stimmung zu entkommen, von der sie fürchten ergriffen zu werden. Ich habe immer das Gegenteil versucht, nämlich, so sehr von dieser Stimmung ergriffen zu werden, daß ich darin aufgehe. Es ist mir nie ganz gelungen, sei es, weil mir die Praxis, die Disziplin und vor allem die hebräische Sprache fehlt. Der erste Jom Kippur, den zu halten ich mir vorgenommen hatte, war der nach meiner Rückkehr zum Judentum gewesen.

»Du halst die Mizwes?« war ich bei meinem ersten Verhör von dem strengsten der drei rabbinischen Richter gefragt worden.

»Bisher noch nicht.«

»Itzt halst du die Mizwes?« hatte er sich bei meinem zweiten Erscheinen erkundigt.

»Manche.«

»Nu, was is mit die Mizwes? Du halst sie?«

Das war beim drittenmal gewesen, und ich hatte geschwiegen.

»Was is? Was is? Halst du koscher? Du zindst nicht an kein Licht am Schabbes?«

Es war mir zuwider gewesen zu lügen und unangenehm, die Wahrheit zu sagen. Mein Ausweg war der in die Entrüstung gewesen.

»Und wenn ich Ihnen hundertmal schwöre, daß ich die Gesetze halte«, hatte ich mit erhobener Stimme erwidert, »Sie glauben es mir ja doch nicht!«

Aber er war Auflehnung gewohnt. »Scht, scht, scht«,

hatte er gemacht und dazu die Hand geschwungen wie ein Dirigent, der einen vorwitzigen Posaunenspieler zu leiseren Tönen veranlassen will. Aber ich hatte losgeschrien: »Sie können mich noch zehnmal kommen lassen, und Sie können mir noch zahllose Fragen stellen, das rabbinische Gesetz können Sie nicht ändern. Meine Mutter war Jüdin, folglich bin ich Jüdin! Ich bin deswegen verfolgt worden, ich habe deswegen gelitten, aber das ist offenbar kein Beweis. Ein Beweis ist, wenn ich am Schabbes kein Licht anzünde. Ich will zum Judentum zurückkehren, hören Sie, und ich habe ein Recht darauf!«

Von da an war alles blitzschnell gegangen. Der Rabbi mit dem konservativ gestutzten Bart hatte meinem Rabbi ein scharf klingendes Wort an den Kopf geworfen, davon war der alte sephardische Rabbi in ihrer Mitte aus seinem Nickerchen aufgeschreckt und hatte den in dieser Angelegenheit völlig unschuldigen Gerichtsschreiber angefahren. Eine Art Kettenreaktion, die mit meiner erfolgreichen Entlassung geendet hatte. Den Schein, der mich zur ›Tochter Israels‹ machte, in der Hand, war ich zur Tür gegangen. Da war noch einmal die Stimme meines Rabbis erschollen, sanft jetzt, fast klagend: »Geweret, wart noch ein Minit, Geweret!«

»Ja, bitte?«

»Geweret«, hatte der Rabbi gesagt, und in seinen schönen, dunklen Augen war endlich ein warmes Licht, »versprich mir, das du wirst sein eine gute Jidinne.«

»Ich verspreche es«, hatte ich zu ihm gesagt, und zu mir: »In einem anderen Sinn, als er es meint, aber darum, vielleicht, in keinem schlechteren.«

Ich lese: »...Wir haben Unwahrheit erdichtet, schädliche Ratschläge gegeben, gelogen und gehöhnt...«

Es hatte keinen Zweck. Ich lese mechanisch, ohne einen Stich der Reue, ohne einen Gedanken an Gott, den ich bei Cohen zurückgelassen habe. Ich komme mir albern vor und falsch. Man kann nicht irgendwo in Europa mit vollem Bauch in einem weichen Bett liegen, hinter sich eine

Scheidung und einen entmutigenden Abend mit seinem Sohn, und sich über den Gebeten für den Versöhnungsabend vergessen.

Ich lege das Buch auf den Nachttisch, zünde mir die ersehnte Zigarette an und lösche das Licht. Nein, ich habe nicht das, was man braucht, um im Sinne meines Rabbis eine gute Jüdin zu sein. Mir fehlt das Entscheidende: der Hintergrund, die Überzeugung, der Entschluß. Der Wunsch allein genügt nicht.

Ibis Busenfreundin, Ada, in der die fast verdorrten Wurzeln einer streng orthodoxen Erziehung zu hohen Feiertagen neue Keime schlagen, hatte mich in den religiösen Sitten des Jom Kippur unterwiesen:

»Der Abbiß, die letzte Mahlzeit vor dem Fasten, darf nicht zu scharf oder zu süß sein, sonst kommen Sie in den nächsten vierundzwanzig Stunden vor Durst um. Sagen Sie Ibi, sie soll leichte Dinge kochen, ein bißchen Fisch, ein Stück gekochtes Huhn, Kompott aber ohne Zucker. Dann, bei Sonnenuntergang, gehen Sie in die Synagoge. Das Kol Nidre beginnt dieses Jahr um fünf Uhr siebenundvierzig, also seien Sie rechtzeitig da. Sie können meine Platzkarte haben – ich halte das Gedränge nämlich nicht aus. Sie auch nicht, wie ich Sie kenne, aber das macht nichts. Als Anfängerin muß man hingehen. Haben Sie ein hochgeschlossenes weißes Kleid mit langen Ärmeln? Nein? Hm. Wenn man fromm ist, trägt man ein weißes Kleid, die Männer ein Totenhemd. Na schön, wenn Sie keines haben, dann ziehen Sie eben etwas Helles an, aber bitte kein Leder, man darf an Jom Kippur nicht die Haut eines getöteten Tieres am Körper tragen, keine Lederschuhe, keinen Gürtel, keine Tasche, verstehen Sie? Wie Sie das machen sollen? Kaufen Sie sich ein Paar Turnschuhe, viele gehen in Turnschuhen, und Sie wollen ja nicht auf eine Schönheitskonkurrenz, nicht wahr? Nach dem Gottesdienst – er dauert lange genug – gehen Sie nach Hause und am besten gleich ins Bett. Eine Schlaftablette? Nein, natürlich dürfen Sie keine Schlaftablette nehmen, nur Kranke dürfen gerade soviel zu sich nehmen, wie in eine halbe Eierschale hineingeht. Außerdem, ob Sie schlafen oder nicht, ist ganz egal, den nächsten Tag können Sie ja sowieso nichts tun. Ich rate Ihnen, das Fasten nicht zu unterschätzen und zu ruhen. Rennen Sie nicht den ganzen Tag rum. Das würde Ihnen sehr schlecht bekommen! Frauen brauchen nicht unbedingt in die Synagoge, also bleiben Sie zu Hause, und na ja... gehen Sie in sich, der Tag ist ja schließlich dazu da, in sich zu gehen. Oder lesen Sie. Was? Die Gebete natürlich, nicht Sexbücher. Am Abend, zum Anbiß, kommen Sie dann zu mir. Es gibt sehr guten Hering und Kalbsbraten. Also keine Angst, Sie werden's schon richtig machen.«

Anfänger klammern sich immer an das Unwesentliche, und also verbrachte ich Stunden mit der Zusammenstellung meiner Garderobe. Ich stieß dabei an die Grenzen des Unmöglichen: denn stimmte es oben, stimmte es unten nicht, und stimmte es auf der ganzen Linie, dann scheiterte es an der Farbe. Doch als ich schließlich, nicht ganz, aber fast vorschriftsmäßig gekleidet, durch die immer stiller werdenden Straßen zu Ibi schritt, eine brautgleiche Gestalt auf lautlosen Sohlen, schmolz mir das Herz vor Freude. Hier ging ich in der feierlichen Aura eines gottgeweihten Tages, ging unter Brüdern und Schwestern, ging mit derselben Würde und demselben Ziel wie sie.

O Wunsch, oberflächlich und unzuverlässig, Produkt einer Stimmung!

Ich aß, wie ermahnt, nur ein leichtes, ungewürztes Essen, füllte mich bis zum Rand mit Flüssigkeit und machte mich, gefolgt von Ibis ergriffenen Blicken und den Worten: »Wenn das deine Mutter sehen könnte!«, auf den Weg zur Synagoge.

Das Kol Nidre hatte gerade begonnen, und die Synagoge, in der sich die gutsituierten Bürger Rechavias versammelt hatten, war gesteckt voll. Ich stieg die Treppe zum Raum der Frauen empor und blieb verzagt in der Tür stehen. Eine christliche Scheu vor Gotteshäusern hielt mich zurück, mir kraft meiner Platzkarte und Ellenbogen einen Weg durch die weiche Masse weiblicher Leiber zu bahnen und eine ältere Dame oder eine Mutter mit Kind von meinem Platz zu weisen. Lieber ertrug ich die freundlichen Püffe und entnervenden Geräusche, denn immer neue Frauen kamen und gingen, reichten sich über meinen Kopf lachende oder weinende Babys zu und mahnten die im Treppenhaus spielenden Kinder, ein wenig leiser zu sein. Niemand, außer mich, schien das zu stören. Jom Kippur ist der höchste aller Feiertage, und Kinder sind das höchste Geschenk Gottes. Die Kinder bei Laune zu halten ist Sache der Frauen, und Gott bei Laune zu halten ist Sache der Männer. Eine Synagoge ist ein Haus wie alle anderen, und Gespräche über das tägliche Leben sind ebenso wichtig wie Gespräche mit Gott. Und: Um zu beten braucht man nicht äußere, sondern innere Ruhe. Es lag also an mir und meiner falschen Auffassung von Gott und nicht an den Frauen und Kindern.

Die Stimme des Kantors war gut und die Melodie des Kol Nidre schön, und wenn ich mich auf die Zehenspitzen stellte, konnte ich unten die Männer sehen, eingehüllt in ihre weißen Gebetschals, auf- und abwogend unter der Macht der Gebete, ein Wald, in den der Sturm fährt. Und ich wünschte von demselben Sturm ergriffen zu werden und fühlte die Unruhe in mir, den Krampf im rechten Bein, den Schmerz im Kopf. Und ich war sehr traurig.

Um zehn Uhr abends brach ich den Jom Kippur mit einer Zigarette. Ich rauchte sie auf dem Balkon, unter einem Himmel so schön, daß ihn nur ein Gott geschaffen haben konnte, in einer Nacht so lautlos, daß ich das Fallen eines Blattes hörte. Ich spürte Erleichterung und eine starke Beziehung zu Gott. Ich sagte in die große Stille hinein: »Da ich dir nicht treu sein kann, bin ich mir treu. Ich will dich nicht kränken, denn ich habe nichts gegen dich. Ich will dir aber auch nicht schmeicheln, denn ich fürchte dich nicht. Ich erwarte kein Erbarmen, keine Vergebung, denn für das, was ich getan habe, muß ich selber geradestehen.

Liebst du mich dafür weniger als die, die in Furcht vor deiner schrecklichen Macht und in Erwartung deiner Gnade leben?«

Und ich ging zu Bett, schlief sofort ein und erwachte in einem Meer von Licht. Es war sehr früh, und ich zog mich an und wanderte durch die Straßen, die noch frisch waren vom Tau und der Kühle der Nacht, vergoldet von einer noch milden Sonne, leer bis auf ein paar Männer, die von oder zu den Synagogen eilten, still bis auf Scharen von Vögeln, die eifrig miteinander schwatzten; wanderte durch eine neugeborene Welt, von der alles Häßliche, Laute, Bedrohliche hinweggefegt worden war, eine friedliche Welt, die mich fröhlich machte.

Doch dann, in die Wohnung zurückgekehrt, spürte ich Hunger, einen Hunger so gebieterisch, daß er die geistigen Eindrücke eines erhabenen Jerusalems verdrängte und meine Gedanken und Schritte sogleich zur Küche lenkte. Ich setzte Teewasser auf, öffnete den Kühlschrank, entdeckte ein Stück Apfelkuchen und griff danach mit der Gier eines Kindes. Als ich den Kuchen zum Mund hob, brach er in der Mitte entzwei, und die eine Hälfte fiel klatschend auf meinen Fuß, der in einer offenen Sandale steckte. Ich schrie auf, schüttelte die kalte, feuchte Masse samt Sandale von meinem Fuß, warf die andere Hälfte des Kuchens in den Mülleimer und trat ans Fenster. Ich schaute suchend in den glatten, blauen Himmel, dann hinab in den kleinen Garten. Nichts regte sich, weder oben noch unten.

»Gut«, flüsterte ich, von dem Vorfall und der Stille eingeschüchtert, »gut, ich habe verstanden und werde fasten.«

Ich löschte die Flamme unter dem Teekessel, schlug die Tür des Kühlschranks zu und verließ die Küche. Ich streunte durch die Wohnung wie eine Katze, wenn sie einen Schlafplatz sucht. Sollte ich mich ins Bett verkriechen und schlafen? Wie schlafen, wenn ich hungrig war und nicht müde? Sollte ich mich am Schreibtisch niederlassen?

Was dort tun, wenn man am Jom Kippur nicht schreiben darf? Sollte ich mich auf den Balkon in die Sonne setzen? Ein viel zu frivoler Einfall, und außerdem macht Hitze Durst. Oder in die Badewanne? Das nun ist strengstens verboten. Was tun also die anderen Leute? Sie denken nicht, was sie tun sollen, denn schon dieser Gedanke entheiligt den Tag. Sie sind mit Gott, liebes Kind, sie sind mit Gott.

Ich setzte mich aufs Sofa. Ich kam mir vor wie ein unerwünschter Gast, den man warten läßt, und wie ein solcher empörte ich mich gegen den, der mich warten ließ. Ich schaute auf die Uhr, stellte fest, daß es halb zehn war, und rechnete die Stunden meiner Wartezeit nach. Es waren bis Sonnenuntergang genau achteinhalb. Ich nahm das Gebetbuch vom Tisch und las. Ich fühlte meinen Magen und die schwere, lastende Stille. Ich las. Ich hörte das leise Knakken eines Gegenstandes, das Tropfen eines Wasserhahnes, das Summen einer Fliege irgendwo in einem anderen Zimmer. Ich las. Ich rief nach meiner Katze. Ich las. Ich stand auf, suchte die Fliege, fand sie in der Küche und erschlug sie, suchte die Katze, fand sie im großen Papierkorb unter dem Schreibtisch und streichelte sie. Ging ins Wohnzimmer zurück, setzte mich, las. Ich stellte mir die Fliege vor, wie sie mit eingezogenen Beinchen auf dem Rücken gelegen hatte. Ich las. Ich stellte mir die Fliege vor und hoffte, sie könne doch nicht tot und inzwischen weggeflogen sein. Ich las. Ich stand auf, ging in die Küche, sah die Fliege in derselben Haltung, auf derselben Stelle und schob sie schuldbewußt unter den Herd. Ich starrte auf meinen Fuß, auf dem immer noch ein Stückchen Apfel klebte, und spürte den Hunger durch eine Hülle fader Übelkeit.

Ich zündete das Gas unter dem Kessel an, machte mir eine Tasse Tee, trug sie ins Wohnzimmer, setzte mich, trank ein paar Schluck, steckte mir eine Zigarette an, rauchte ein paar Züge. Ich fühlte, wie der Dampf des Tees in meinen Kopf zog und der Rauch der Zigarette in meinen Bauch. Ich fühlte, wie sich mein Gesicht mit Schweiß bedeckte und meine Hand, die die Zigarette hielt, zu zittern begann. Ich fühlte einen säuerlichen Geschmack im Mund und ein Brennen im Hals. Ich streckte mich aufs Sofa aus und fühlte, wie all die unangenehmen Gefühle zu meinem Herzen strömten und sich dort in einem schweren Druck der Reue vereinigten: Halb war ich, und halb würde ich bleiben. Was immer ich anfing, was immer ich gab, was immer ich fühlte, es war halb. Heil wäre dieser Tag gewesen und ganz seine Bedeutung, hätte ich ihn nicht in meiner Halbheit gespalten. Nein, es gab offenbar nichts, was diese zwei Hälften miteinander versöhnen und verschmelzen konnte.

Ich drückte die halb gerauchte Zigarette aus und goß das halbe Glas Tee aus dem Fenster, und als mir die Symbolik dieser Handlung bewußt wurde, lachte ich halb, und halb weinte ich.

Gegen Abend machte ich mich auf den Weg zur Klagemauer. Der Abend war sehr warm und der Himmel silbern. Aus einer weit geöffneten Synagoge wehte der Gesang des Schlußgebetes zu mir hinüber. Menschen flossen aus allen Straßen auf mich zu, und mit ihnen trieb ich in einem breiten, vorwärtsstrebenden Strom der Altstadt entgegen. Wir ergossen uns durchs Jaffator, dann durch die schmalen Gassen des Bazars, dann die Treppe hinab zur Klagemauer, und hier mündeten wir in einem Meer von Menschen. Menschen aus allen Ländern dieser Erde, Menschen jedes Standes, jeden Alters: ehrbare Bürger westeuropäischer Prägung und kleine Händler aus den nordafrikanischen Mellahs, adrett gekleidete Damen mit Hut und dicke, bunte Orientalinnen mit hennagefärbtem Haar, Gelehrte und Analphabeten, Soldaten in Uniform und Orthodoxe in langem weißem Totenhemd, schöne, junge Menschen und arthritisch verkrümmte Alte, Säuglinge im Kinderwagen und Krüppel im Rollstuhl.

Der Boden schien sich mit der wogenden Bewegung um mich herum zu heben und zu senken wie der eines Schiffes. Die Luft vibrierte in einem einzigen mächtigen Summen.

Schnell fiel die Dämmerung, und die Lichtkegel der Scheinwerfer richteten sich wie riesige Augen auf die Mauer. Die Stimmen der Betenden hoben sich, schwollen an, wuchsen über das Summen hinaus, immer höher, immer stärker, immer zwingender, bis sie in dem Glaubensbekenntnis kulminierten: »Höre Israel! Der Ewige, unser Gott, ist ein einiger, ewiger Gott!«

Und in diesem Moment war ich ein Ganzes, war mit Leib und Seele ein Teil des jüdischen Volkes, war ein Teil ihrer immensen Kraft, war ein Mensch, der glaubte. Glaubte an diesen einigen, ewigen Gott, den sie erschaffen, den sie erwählt, mit dem sie einen Bund geschlossen hatten. Glaubte an das Wort, das sie ihm geschenkt hatten, an das Gesetz, das aus diesem Wort entstanden war, an die Macht, die in diesem Gesetz lag. Glaubte an die unzerstörbare geistige Kraft des jüdischen Volkes und die Unerschütterlichkeit ihres Glaubens. Und als das Schofar mit heiser gebrochenem Ton das Ende Jom Kippurs verkündete und die frommen Schüler einer nahe gelegenen Jeschiwa tanzend und singend den Platz überquerten, eine festgefügte Mauer junger Männer, die die Arme umeinandergelegt, ihre greisen Lehrer in die Mitte und ihre kleinen Söhne auf die Schultern genommen hatten, da dachte ich mit einem Überschwang, wie ich ihn nie zuvor erfahren hatte: »Seht uns an, hier sind wir! Zweitausend Jahre Exil, Assimilation und Taufe haben uns nicht auflösen, Haß, Erniedrigung und Verfolgung haben uns nicht brechen, Pogrome, Inquisition und die Gaskammern der Vernichtungslager haben uns nicht zerstören können. Ihr habt alles versucht, nicht wahr, alles? Aber es ist euch nicht gelungen. Und es wird euch nicht gelingen.«

Ich weiß nicht, warum ich nach Weidenkirchen fahre. Eigentlich wollte ich, nachdem der Koffer gepackt und die Flugkarte besorgt war, ein bißchen spazierenfahren, mir die Zeit bis zum Abflug vertreiben und die bayerische Landschaft, die ich in ihrer Bilderbuchlieblichkeit nie geschätzt habe, im Nieselregen betrachten: Also bin ich zu den Klängen eines beschwingten Walzers Richtung Starnberg gefahren, habe zu den neuen sterilen Wohnsiedlungen hinübergeblickt, zu den sauberen Reihenhäusern, zu den dunklen, triefenden Wäldern und satt gerundeten Hügeln und innerlich gejubelt: »Sieh es dir an, Christina, sieh es dir gut an, all das liegt hinter dir!« Dann war die Abzweigung nach Weidenkirchen gekommen, und ich, wie in Hypnose, war eingebogen.

Jetzt fahre ich die Straße, die ich zahllose Male gefahren bin, zu jeder Tages- und Nachtzeit, bei Nebel und Sonne, Gewitter und Glatteis, fahre und schaue neugierig in eine mir fremde Gegend. Mein Auge hat die Landschaft vergessen, aber meine Füße und Hände haben die Strecke noch genau im Griff. Sie wissen, bevor ich noch die Kurve, das schlechte Pflaster, das erste Haus einer Ortschaft sehe, wann sie auf die Bremse treten, wann sie das Steuer scharf einschlagen müssen. Ich überlege, wie es möglich ist, daß ich die Straße noch heute blind fahren kann, die Landschaft aber total vergessen habe, und komme zu der Erklärung, daß ich sie gar nicht vergessen, sondern einfach nie wahrgenommen habe. Daß sie nichts weiter für mich gewesen ist als die Strecke, die mich von Michael trennte, die Meilensteine, die mir die Entfernung vorrechneten, der empörend süße Hintergrund einer bitteren Fahrt.

Sechs Jahre war Michael in Weidenkirchen, und kein einziges Mal bin ich frohen und unbefangenen Herzens hingefahren. Die Freude, ihn zu sehen, war überschattet von dem Schmerz, ihn wieder zu verlassen, und allzusehr belastet von der hoffnungsvollen Erwartung, die ich das erste Jahr in seinen Augen las, dann von der Resignation, die sich in jeder seiner Gebärden ausdrückte, und schließlich von seinem stummen Vorwurf. Die Stunden oder Tage, die ich mit ihm verbrachte, gehörten nie uns, denn da war Tante Maria, infantil, schöngeistig und hoch in den Wechseljahren, ihre Tochter Kamilla, launenhaft und tief in der Pubertät, ein dummdreistes Pflegekind mitten im

Protestalter und ein Dackel, der, von der Hysterie der Weiber angesteckt, entweder läufig war oder scheinschwanger. Und da war weiterhin das Haus, in romantischem Verfall begriffen – das Klo verstopft, die Heizung kaputt, die elektrischen Sicherungen durchgebrannt –; die naturverbundene Atmosphäre – eine Mischung aus Kunstgewerblichkeit und Anthroposophie –; die Roh- und Schonkost-Mahlzeiten – Pellkartoffeln, Weißkäse und Karottensaft –; die malerische Landschaft – Wald, Wiesen und weidende Kühe – und endlich die christlichen Feste: bunte Ostereier, bunte Weihnachtskugeln, bunte Geschenkpäckchen, verhaltene Stimmung und heitere Spiele. Und da war Michael, der als einziges männliches Wesen und Liebling der Familie mehr und mehr in seine Umgebung hineinwuchs, und ich, die ich mich tröstete: »Hier hat er wenigstens ein warmes Nest« und mir gleichzeitig nicht verzeihen konnte, ihn nicht aus diesem warmen Nest herauszuholen und ihn mit mir und dem Leben zu konfrontieren. Und dann war es zu spät.

So plötzlich, wie die Wut in mir aufsteigt, stoppe ich den Wagen, wende mit aufkreischendem Getriebe und handfesten Flüchen und fahre die Straße, die ich gekommen bin, zurück: »Idiot, du«, sage ich zu mir, »was suchst du auf dieser Straße? Du kannst sie noch tausendmal rauf und runter fahren, es ist nicht mehr rückgängig zu machen, und es wird Zeit, daß du es kapierst!«

Und ich stelle die Musik lauter, schaue in die verregnete Landschaft und versuche, meine gute Laune wieder einzufangen: »Sieh es dir an, Christina, sieh es dir gut an, all das liegt hinter dir!«

Was dann geschieht, ähnelt in seiner Irrealität und Zusammenhanglosigkeit einem bösen Traum. Da ist ein Lastwagen, der langsam vor mir herfährt und mich mit Dreck bespritzt. Auf dem Lastwagen stehen zwei Kühe, die gewaltigen Ärsche mir zugewandt, die traurigen dünnen Schwänze über die Schlußplanke hinabbaumelnd. Im Radio erklingt das Zeitzeichen, dann die Stimme eines Sprechers: »Hier ist der Bayerische Rundfunk mit den Nachrichten!« Ich strecke die Hand aus, um das Radio auszuschalten, aber in dem Moment habe ich eine Möglichkeit zu überholen, ziehe die Hand zurück und gebe Gas. Als ich auf gleicher Höhe mit dem Lastwagen bin, sagt der Sprecher: »Krieg im Nahen Osten...«

»Wo bitte?« frage ich. Und der Sprecher sagt: »Ägyptische und syrische Streitkräfte haben heute in den frühen Morgenstunden...«

Dann ist es totenstill, und mir fällt auf, daß ich mit abgewürgtem Motor auf der linken Straßenseite stehe und einen Tropfen beobachte, der die Windschutzscheibe hinabrollt. Ein Wagen fährt unter anhaltendem Hupen rechts an mir vorbei, der Fahrer brüllt mir etwas zu und zeigt mir einen Vogel. Ich lasse den Motor wieder an, fahre auf die rechte Straßenseite und dann, begleitet von der neu erwachten Stimme des Rundfunksprechers, langsam weiter.

»...Die Kämpfe brachen nahezu gleichzeitig am Suezkanal und auf den Golanhöhen aus. Die israelischen Streitkräfte, die am Versöhnungstag nicht in Bereitschaft waren, wurden mühelos überrannt...«

Der Wagen macht einen Satz, schlittert auf dem nassen Asphalt mit den Hinterreifen, fügt sich dann aber. Ich fahre schneller und schneller, bin wieder hinter den großen Ärschen der Kühe, überhole mitten in einer Kurve und sehe vor mir die ersten Häuser von Starnberg auftauchen. An der Ortseinfahrt steht die Ampel auf Rot, und obgleich sich alles in mir sträubt, schaue ich, wie ich es jedesmal getan habe, zu dem Gasthof hinüber, lese die überdimensionale Leuchtschrift: »Haus der 99 Biere« und frage mich, ob es da wirklich neunundneunzig Biere, und wenn ja, warum ausgerechnet neunundneunzig gibt.

»Präsident Nixon«, sagt der Nachrichtensprecher, »der sein Wochenende in Florida verbringt, wurde durch einen Anruf Außenminister Kissingers über den Kriegsausbruch im Nahen Osten völlig überrascht...« Und ich sage: »Arschloch«, sowohl zu Nixon als zu der Ampel, fahre bei

Gelb los, die paar Meter bis zum »Haus der 99 Biere«, stoppe und renne in den Gasthof.

An einem verregneten Samstagnachmittag sind Bayerns Wirtshäuser voll. Die Leute, die mit roten Köpfen bei einigen Maß Bier und lautstarkem Gedankenaustausch gemütlich beieinandersitzen, machen auf mich einen bedrohlichen Eindruck. Normalerweise wäre ich rückwärts wieder rausgerannt, doch der irrwitzige Gedanke, Ibi aus dem »Haus der 99 Biere« in Jerusalem anzurufen, verleiht mir ungeahnten Mut. Also gehe ich auf eine mächtige, mit Maßkrügen beladene Kellnerin zu und sage: »Bitte Fräulein, entschuldigen Sie, aber gibt es hier vielleicht...«

»Momenterl, die Dame«, sagt sie, geht ruhig, aber bestimmt an mir vorbei zu einem der Tische und verteilt ihre Krüge an drei stämmige Bayern. Als sie den letzten abgesetzt hat, bin ich mit einem kühn entschlossenen Schritt neben ihr, lasse alle höflichen Präliminarien fallen und sage: »Hören Sie, ich brauche dringend ein Telefon, ich muß ins Ausland telefonieren.«

»Ins Ausland? Ja mei, des könnas von hier net. Des hier is a Gasthaus, ka Postamt.«

»Ich weiß, Fräulein, ich weiß, aber ich habe eben eine schreckliche Nachricht bekommen.«

»Franzi«, schaltet sich plötzlich einer der stämmigen Bayern ein, und nie hätte ich einem Bayern so viel Einfühlungsvermögen zugetraut, »helfas der Dame halt, der Herr Wurzer hat doch a Telefon im Büro.«

»Ja mei...«, sagt Franzi, und dann nach einem Blick in mein verstörtes Gesicht: »Kommas mit!«

Wir gehen zu Herrn Wurzer ins Büro. Er, ein kleiner, korpulenter Mann im Lodenanzug, sitzt an seinem Schreibtisch und trägt Zahlen in ein Buch ein. Bei unserem Eintritt schaut er auf und fragt, für jede Beschwerde gerüstet: »Bittschön, womit kann ich dienen?«

Ich setze zur Antwort an, aber Franzi übernimmt jetzt den Fall und trägt mein Anliegen vor.

»Gnädige Frau«, sagt Herr Wurzer mit perfekter deutscher Höflichkeit, »das Telefon steht Ihnen zur Verfügung.«
»Tausend Dank!«
Ich bin schon am Apparat, wähle die Nummer des Fernamtes, warte. Der Angstschweiß bricht mir aus allen Poren. Ich wende Herrn Wurzer, der sich wieder an den Schreibtisch gesetzt hat, den Rücken zu, öffne den Mantel und trockne mir mit dem Schal das Gesicht. »Lieber Gott«, bete ich, »laß die Nachrichten nicht stimmen, laß die Leitung nicht gesperrt sein!«
Die Fernvermittlung meldet sich.
»Fräulein«, flehe ich, »bitte geben Sie mir Israel... Jerusalem... drei fünfundzwanzig fünfundzwanzig... Mit Gebühren.«
»Bleiben Sie bitte am Apparat«, sagt sie trocken, »ich verbinde.«
Sie verbindet! Sie verbindet mich ohne Komplikationen und Schwierigkeiten mit Jerusalem. Die Leitung ist nicht gesperrt, die Nachrichten stimmen nicht. »Danke, lieber Gott.«
Herr Wurzer kommt mit einem Stuhl auf mich zu. Er geht auf Zehenspitzen, und in seinem Gesicht stehen Ernst und Beflissenheit. Bestimmt ist es das erstemal, daß man von seinem Telefon Jerusalem anruft.
»Nehmen Sie doch derweil Platz, gnädige Frau«, flüstert er.
»Danke«, sage ich, »vielen Dank, aber ich kann jetzt nicht sitzen.«
Die Leitung ist voller unheimlicher Geräusche: Summen, Knacken, Rauschen. Dann Totenstille.
»Hallo«, rufe ich, »hallo!«
»Bleiben Sie bitte am Apparat«, sagt die Vermittlerin streng.
»Ist irgend etwas...«
Aber sie ist schon wieder weg, und es summt und knackt und rauscht, eine neue Ewigkeit. Dann plötzlich Ibis

Stimme, sehr fern, sehr hoch, die Stimme eines Kindes in Not.

»Ibi«, rufe ich, »Ibi, ich bin's, Tina!«

»Wo bist du?«

»In München. Ich habe eben die Nachrichten gehört.«

»Und was ist passiert?« schreit sie. »Was ist passiert?«

Mit allem habe ich gerechnet, damit nicht. Ich sage schwach: »Das wollte ich von dir wissen.«

»Von mir? Aber du hast doch die Nachrichten gehört. Was sagt man?«

»Ja, um Gottes willen, habt ihr denn keine Nachrichten? Wißt ihr denn nicht, daß ...«

»Daß was?«

»Daß Krieg ist, Ibi, daß man auf den Golanhöhen und am Suezkanal kämpft!«

Eine Pause. Dann: »Ich hab' es mir gedacht.«

»Gedacht? Ibi, entschuldige, aber ich verstehe nichts mehr!«

»Ist ja auch nicht zu ver... verstehen ...« Ihre Stimme bricht, und sie weint. Es ist das erstemal, daß ich Ibi, die strahlende, optimistische, unerschütterliche Ibi weinen höre.

»Mein Gott«, murmele ich, »mein Gott, das ist ja alles entsetzlich.«

»So plötzlich«, sagt sie jetzt wieder gefaßter, »so unerwartet ... ach Tina!«

»Was sagt denn Daniel?«

»Was soll er sagen? Wir tappen alle im dunkeln. Das ist ja das Furchtbare. An Jom Kippur... du weißt doch, wie das hier ist. Alles tot. Kein Mensch an seinem Platz. Das Radio sendet jetzt zwar wieder, aber aus den Nachrichten kann man sich überhaupt kein Bild machen. Ich habe den Eindruck, es ist ein schreckliches Durcheinander, und kein Mensch weiß, was eigentlich los ist – oder man will's uns nicht sagen, weil es so schlimm ist, verstehst du?«

»Ich komme zurück«, sage ich und denke: »Ein großer Trost!«

Aber als sie fragt: »Wirklich?« ist Hoffnung in ihrer Kleinmädchenstimme, und über diese Hoffnung muß jetzt ich weinen.

»Tina«, sagt Ibi, »ich habe diesmal ein sehr schlechtes Gefühl, und bis jetzt, du weißt es, nicht wahr, haben mich meine Gefühle nie ge...«

Der Rest des Wortes fällt in eine dumpfe Stille.

»Ibi!« rufe ich. »Ibi!« und presse den Hörer fester an mein Ohr und halte den Atem an und horche. Aber es kommt nichts mehr.

Ich sage: »Die Verbindung ist unterbrochen.« Und da kein anderer im Zimmer ist als Herr Wurzer, sage ich es zu ihm. Ich sage dann auch noch: »Es sieht schlimm aus, Herr Wurzer, sehr, sehr schlimm« und setze mich auf den Stuhl, den er mir vorsorglich hingestellt hat.

»Ja«, sagt Herr Wurzer, legt die Hände mit gespreizten Fingern vor sich auf den Schreibtisch und blickt mit sorgenvoll gefurchter Stirn darauf nieder, »ja, gnädige Frau, wir leben in einer Welt, die, wenn ich mich so ausdrücken darf, falsche Ziele ansteuert: Macht, Gewalt, Sittenlosigkeit, Unredlichkeit...«

Ich sage, noch bevor er weitere Mißstände aufrollen kann: »In Israel ist wieder Krieg.«

Er nickt schwer und langsam: »Ich habe das soeben Ihrem Telefongespräch entnommen«, sagt er, »nicht, daß ich gelauscht hätte, gnädige Frau, aber es ließ sich ja nun gar nicht überhören. Und ich versichere Ihnen, als ich es hörte, war ich tief bestürzt.« Jetzt schüttelt er den Kopf, schwer und langsam: »Dieses kleine, bedrängte, tapfere Volk«, seufzt er, »dieses heldenhafte Volk, darf man wohl sagen. Umzingelt von diesen wilden Horden der Araber...« Er hebt die Hand: »Nicht, daß ich ein Mann von Vorurteilen wäre, gnädige Frau, aber daß es sich hier um unterentwickelte Völker handelt, um Kameltreiber, Mohammedaner und Terroristen, daran ist doch keineswegs zu zweifeln.«

Ich sage: »Diesmal haben die es wirklich sehr schlau angefangen.«

»Ja«, wettert Herr Wurzer, »gerissen sind sie, hinterfotzig, wie man im Bayerischen sagt, und wenn man ihnen traut, hat man das Messer zwischen den Schulterblättern. Aber ich sage Ihnen, gnädige Frau, mit den Israeliten werden sie nicht fertig. Ich habe eine tiefe Hochachtung vor den Israeliten. Das sind Soldaten, das sind Kämpfer. Wie die den Sechs-Tage-Krieg gemeistert haben, Respekt, Respekt! Dieser General Dayan, das ist ein ganzer Kerl, und der wird diesen Scheichen wieder das Fürchten beibringen. Die werden rennen wie die Hasen...«

Ich sage: »Den Nachrichten nach sieht es gar nicht danach aus.«

»Gnädige Frau«, sagt Herr Wurzer, und mir ist, als hätte ich keinen besseren Freund auf dieser Welt, »Sie sehen das in der ersten Aufregung viel zu schwarz. Es wird nie so heiß gegessen wie gekocht. Machen Sie sich keine Sorgen: Die Israeliten sind disziplinierte Soldaten. Ich setze auf die Israeliten.«

Er lächelt mir breit und beruhigend zu: »Wie wär's jetzt mit einer kleinen Stärkung: einem Kognak vielleicht oder einem Kaffee?«

Ich sage: »Nein, vielen Dank... Sie sind wirklich zu freundlich.«

»Dann vielleicht ein Zigarettchen?«

Er hält mir eine Schachtel hin, steht auf und gibt mir Feuer. Setzt sich wieder an seinen Schreibtisch, sieht mich offenen Blicks an und sagt: »Wenn ich mir die Frage erlauben darf, gnädige Frau, woher sprechen Sie dieses ausgezeichnete Deutsch?«

Ich sage: »Ich komme aus Deutschland.«

»Wie man sich doch irren kann«, ruft Herr Wurzer, »ich dachte, Sie seien Israelitin.«

Ich sage: »Ja, in gewissem Sinn bin ich das wohl auch, ich meine...« Ich zögere eine Sekunde, aber diese Sekunde macht mir bewußt, daß ich es immer noch nicht überwunden habe, daß ich das Wort in einer solchen Umgebung immer noch nicht mit Selbstverständlichkeit aussprechen kann. Herr Wurzer hat den Kopf auf eine Seite geneigt und ist ganz erwartungsvolle Aufmerksamkeit.

»Ich meine«, sage ich, »ich bin Jüdin.«

»Ich verstehe«, nickt Herr Wurzer, »ah ja, natürlich... natürlich.«

Aber da ist nichts Natürliches mehr zwischen mir und diesem kleinen, korpulenten Mann. Ich sehe plötzlich, daß er um die Fünfzig ist, und frage mich, was er während der Nazizeit gemacht, ob er die SS-Uniform oder zumindest das Parteiabzeichen getragen, ob er Juden umgebracht oder zumindest denunziert hat.

Ein befangenes Schweigen hat sich zwischen uns ausgebreitet, und Herr Wurzer lächelt, als blicke er mit der Aufforderung »Bitte recht freundlich« in eine Kamera.

Dann lächele auch ich und sage: »Herr Wurzer, es ist höchste Zeit, daß ich gehe.«

»Ja«, stimmt er mir teilnahmsvoll zu, »es wird sicher noch ein langer, schwerer Tag für Sie.«

Ich rufe das Fernamt an, lasse mir die Gebühren durchsagen und lege mit einem »herzlichen Dank« zwanzig Mark fünfzig auf den Schreibtisch. Er ergreift meine Hand, schüttelt sie kräftig und sagt: »Gnädige Frau, ich hoffe mit Ihnen auf den schnellen Sieg der Israeliten.«

Ich fahre zurück in den »Bayerischen Hof« und erkundige mich, ob ein Anruf aus Paris gekommen sei. Der Empfangsportier schüttelt den Kopf. »Merkwürdig«, murmele ich. Ich lasse mich mit Paris verbinden. Die Nummer ist besetzt. Ich versuche es immer wieder – vergeblich.

»Typisch«, murmele ich, verlasse die Telefonzelle und gehe in die Halle.

Sie ist voller Menschen. Es ist Sonnabend, die Geschäfte sind geschlossen, und es regnet. So hat man sich also in der gepflegten Atmosphäre des »Bayerischen Hofes« niedergelassen, trinkt Kaffee, plaudert. Ich entdecke einen Tisch in der Nähe des Kamins. Als ich mich in den zierlichen Sessel setze, wird mir klar, warum der Tisch frei geblieben ist. Die Hitze, die dem Kamin entströmt, wirkt sich auf Menschen, die gut gegessen und getrunken haben, unvorteilhaft aus. Ich habe nicht gegessen und getrunken, und außerdem ist es mir egal, wie und wo ich sitze. Ich stütze den Ellenbogen auf die vergoldete Lehne des Sessels und das Kinn auf die Faust und starre geradeaus. In meiner Blickrichtung sitzt etwas Strohblondes, schwarz Gestiefeltes, dem sich ebensowenig ausweichen läßt wie dem Feuer in meinem Rücken, wie dem Gedanken: »Ich bin immer draußen, wenn Israel in Gefahr ist, zufällig, wie dieses Mal, oder bewußt wie letztes Mal, als der Sechs-Tage-Krieg ausbrach. Aber draußen bin ich.«

Ein Kellner fragt mich, was ich wünsche.

Ich bestelle einen Tee.

»Mit Zitrone oder Milch?« fragt er.

»Wie Sie wollen«, sage ich.

»Daß ich heute in München sitze, ausgerechnet heute, ist kein Zufall. Das ist der Fingerzeig Gottes, das ist die gerechte Strafe für das letzte Mal. Hätte ich damals vierundzwanzig Stunden länger durchgehalten, nur vierundzwanzig Stunden...« Ja, aber ich hatte es nicht. Ich hatte, wie immer, versagt, war umgekippt in dem Moment, in dem ich meine Solidarität, meine Liebe zu Israel, hätte beweisen müssen, hatte einer Stunde der Schwäche, der Feigheit, der physischen Angst nachgegeben, hatte mich von den beschwörenden Anrufen Udos, den Brandtelegrammen Felix', der Existenz Michaels beirren lassen, hatte auf die eindringlichen Ratschläge meiner israelischen Freunde gehört: »Geh lieber, Christina, geh, bevor es zu spät ist. Man weiß nicht, was hier werden wird, und du lebst schließlich in Deutschland und hast dort deinen Sohn.«

Sanft und verständnisvoll hatten sie mir zugeredet, ohne Vorwurf, ohne Bitterkeit. Sie hatten nicht, so wie ich selber, die Abtrünnige in mir gesehen, sondern – schlimmer noch – die Nicht-Dazugehörige, der man nicht zumuten durfte, ihr Leben für ein Land zu gefährden, das nicht das ihre war. Und ich, anstatt zu bleiben, anstatt ein für allemal klarzustellen, daß ich dazugehöre, war in letzter Sekunde nach München zurückgeflogen. Ich hatte mir diesen Schritt nie verziehen.

Ich stehe auf, gehe zur Telefonzentrale und lasse mich mit Paris verbinden. Die Leitung ist frei, und beim ersten Klingelzeichen meldet sich Serge. Im Hintergrund höre ich laute, aufgeregte Stimmen.

»Mit ganz Paris mußt du quatschen«, fahre ich ihn an, »aber auf den Gedanken, mich anzurufen, mich, die ich immerhin... sage mal, wer macht da eigentlich so ein Geschrei?«

»Radio und Fernseher... Moment, ich stelle es leiser.«

Als er an den Apparat zurückkommt, sagt er: »Du weißt es also schon.«

»Ja, was sonst?«

»Du hast doch noch nie eine Zeitung gelesen oder Nachrichten gehört.«

»Es war ein Zufall. Ich konnte das Radio nicht schnell genug abstellen.«

»Pech«, sagt er, »ich wollte, daß du es erst in Paris erfährst.«

»Wieso? Wolltest unbedingt du der Überbringer der frohen Nachricht sein?«

»Nein, aber ich hatte Angst, daß du etwas Unberechenbares tust, etwa ins nächste Flugzeug nach Israel steigst oder so was.«

»Glaubst du, daß es noch Flugzeuge nach Israel gibt?«

»Ja sicher, aber ich warne dich! Wenn du heute abend nicht in Paris bist, siehst du mich nie wieder.«

»Ich bin aber heute abend in Paris.«

»O Chérie, Chérie, Gott sei Dank, daß du kommst. Ich bin ja so verzweifelt.«

»Und ich? Serge, ich habe vorhin Ibi angerufen, und sie hat nicht mal gewußt, daß Krieg ist. Ich verstehe überhaupt nichts mehr! Wie konnte das bloß passieren, und wie wird das ausgehen, wie?«

»Tout est foutu«, sagt er schlicht, »tout est foutu.«

»Sehr beruhigend«, murmele ich und lasse mich auf einen Hocker fallen.

»Hätte ich doch bloß damals nicht den Film gemacht!« schreit er plötzlich.

»Was hat das jetzt damit zu tun?«

»Alles! Immer wenn ich etwas über Israel mache, bricht ein Krieg aus. Damals, an dem Tag, an dem mein Buch über den arabisch-israelischen Konflikt erschien, brach der Sechs-Tage-Krieg aus und heute, zu der Premiere meines Films, dieser Krieg. Es ist wie verhext!«

»Und ich, wann immer ein Krieg in Israel ausbricht, sitze in München.«

»Na bitte! Ich sage doch, alles ist verhext!«

»Ja, und mir ist zum Kotzen.«

»Mein Armes... wo bist du eigentlich im Moment?«

»In der Halle des ›Bayerischen Hofes‹.«

»Und wie ist die Stimmung in München?«

»In München, weiß ich nicht: In der Halle sehr freundlich. Man plaudert und trinkt Kaffee. Der Krieg hat ja gerade erst angefangen und sich wohl noch nicht rumgesprochen. Oder er macht keinen so starken Eindruck. Man kann ja auch nicht bei jedem Krieg so aus dem Häuschen geraten wie bei dem Sechs-Tage-Krieg. Außerdem, fürchte ich, läßt sich dieser hier gar nicht so gut an.«

»Nein, er läßt sich gar nicht so gut an.«

»Obgleich Herr Wurzer auch diesmal auf die Israeliten setzt.«

»Wer setzt auf wen?«

»Das erkläre ich dir später... ah, da fällt mir ein! Vielleicht sollte ich Felix anrufen, der war im vorigen Krieg fast so auf der Höhe wie Dayan... oder Georg Hansen, der war auch zu jeder Tages- und Nachtzeit informiert und außerdem immer den Tränen nahe.«

»Ich weiß nicht, wovon du jetzt sprichst!«

»Von der glorreichen Zeit des Sechs-Tage-Krieges«, sage ich und lache, »tja, wenn ich daran denke!«

»Mon amour«, sagt Serge, der offenbar wieder eine Unberechenbarkeit fürchtet, »du darfst jetzt nicht den Kopf verlieren.«

»Aber nein«, beruhige ich, »aber nein, ich komme garantiert mit Kopf bei dir an.«

In der Halle setze ich mich wieder in meinen kleinen vergoldeten Sessel und gieße mir von dem Tee ein, der inzwischen gekommen ist. Ich muß immer noch lachen, denn ob ich will oder nicht –, und eigentlich will ich nicht – jetzt fällt mir alles wieder ein: die zahllosen Anrufe, die grotesken Szenen, die kleinen, merkwürdigen Begebenheiten, die den Sechs-Tage-Krieg begleitet hatten, und das, was mir damals gar nicht so komisch vorgekommen war, plötzlich erheitert es mich. Mit Georg Hansens Anruf hatte es angefangen. Ausgerechnet er, der Textredakteur einer Illustrierten, mit dem ich beruflich kurz, privat überhaupt nicht in Berührung gekommen war, hatte mir die Hiobsbotschaft überbracht: »Christina...« (er hatte mich sonst immer nur mit »gnädige Frau« angeredet, aber in Katastrophenzeiten werden die Leute plötzlich intim), »Christina, haben Sie schon gehört? Es ist Krieg!«

Eine erwartungsvolle Pause, dann der Aufprall seiner Faust oder eines anderen harten Gegenstandes auf dem Tisch: »Krieg in Israel! Was sagen Sie dazu?«

Und da mir der Schreck die Sprache verschlagen hatte, war er mit den passenden Worten für mich eingesprungen: »Es ist entsetzlich... es ist zum Heulen...« Seine Stimme hatte geklungen, als würde er den letzten Satz tatsächlich wahrmachen, »...diese armen, armen Menschen! Endlich haben sie ihr eigenes Land, haben es unter schwersten Opfern aufgebaut und dann... es ist... es ist einfach nicht auszudenken!«

Aber der Reiz, es dennoch auszudenken, bis zum bitteren Ende auszudenken, war unwiderstehlich gewesen.

»Zweieinhalb Millionen Israelis«, hatte er losgepoltert, »gegen sechzig Millionen Araber, und hinter denen steht auch noch der Russe. Man sollte dieses ganze Pack – entschuldigen Sie, Christina – aber man sollte es ausrotten.«

Mir war da ein verdächtiger Zusammenhang zwischen dem Wort »ausrotten« und der Entschuldigung bei mir gedämmert, aber dem nachzugehen hatte er mir keine Zeit gelassen.

»Hätten die Israelis doch bloß schon früher zugeschlagen«, war er mit jetzt dumpfer Stimme fortgefahren, »hätten sie doch bloß nicht so lange gewartet! Jetzt ist es, Gott behüte, vielleicht schon zu spät. Die Araber greifen von allen Seiten an... an den ägyptischen Grenzen finden schwere Panzerschlachten statt... Israel wird bereits bombardiert, die Jordanier beschießen Jerusalem, die Menschen fliehen aus den Städten...«

»Woher wissen Sie das alles so genau?«

»Woher ich das alles so genau weiß? Aber liebe Christina, glauben Sie vielleicht, ich sauge mir das aus den Fingern? Das sind Fakten, das sind...«

»Ja«, hatte er plötzlich gebrüllt, »ja, was wollt ihr denn schon wieder von mir, ihr Heinzelmänner, ja, verflucht noch mal, ich komme ja schon. Es tut mir leid, Christina, aber hier ist die Hölle los. Die ganze Redaktion steht Kopf, alle saufen, ist ja in nüchternem Zustand auch gar nicht zu ertragen. Also, auf Wiedersehen, meine Liebe, und wenn Sie Informationen brauchen, ich bin Tag und Nacht hier zu erreichen.«

Informationen! Daran hatte ich nun wirklich keinen Mangel. Noch nie, nicht einmal in den Zeiten dramatischster Liebesereignisse, hatte das Telefon so oft geklingelt, war ich mit einem so heißen Schwall mitfühlender Worte und abgedroschener Phrasen überschüttet worden. Menschen, von denen ich jahrelang nichts mehr gehört hatte, hatten sich plötzlich meines jüdischen Blutes und meiner engen Verbundenheit mit Israel erinnert, und da ich in ihren Telefonlisten wahrscheinlich die einzige gewesen war, die sowohl das eine als auch das andere vorweisen konnte, hatten sie mich angerufen. Nach Ablauf einer Stunde hatte ich den Eindruck gehabt, daß Israel, das winzige, hilflose Land mit den armen, armen Menschen, bereits von den sechzig Millionen Arabern und den dahinterstehenden Russen verschlungen worden sei. Zum Glück war in diesem Augenblick ein Anruf von Felix gekommen.

»Hör mal zu, mein Mäuschen«, hatte er mit seiner hellsten Stimme, der Stimme der Aufregung, gesagt: »Die Lage ist nicht hoffnungslos. Ich habe genau die Karte studiert und da eine gute Durchbruchsmöglichkeit entdeckt. Also paß jetzt bitte ein einziges Mal in deinem Leben auf: Wenn sie hier durchbrechen, die Israelis, hier zwischen... hast du eine Karte des Nahen Ostens? Nein? Tja, das sieht dir wieder mal ähnlich! Wie soll ich dir das jetzt erklären? Na schön, ich werd's so versuchen. Also, wenn die Israelis an einem bestimmten Punkt zwischen Abu Agela und Kussena durchbrechen, und meiner Meinung nach haben sie das vor, dann könnte es ihnen gelingen, die Ägypter abzuschneiden und einzukreisen und... ah, sieh an, sieh an, sieh an... das ist doch sehr interessant... Ja, ich habe hier noch eine andere Möglichkeit entdeckt. Wie bitte? Halt jetzt mal einen Moment lang den Schnabel... ja, also das wäre auch zu machen. Das beste ist, du kommst zu mir, und dann erklär' ich dir alles anhand der Karte. Halt die Ohren steif, Mäuschen. Die Araber sind ein großer, dummer, unorganisierter Haufen und die Israelis, mit dem alten Wüstenfuchs Dayan an der Spitze, eine kluge kleine Macht. Und wenn ich dir das sage, ich, der ich keineswegs zu deinen philosemitischen Nazis zähle, kannst du mir das glauben... apropos, was macht denn Udo, dein stolzer, blonder Recke? Ist er schon als Freiwilliger in die Schlacht gezogen?«

»Und wer war das?« hatte Udo, der in diesen entscheidenden Stunden nicht von meiner Seite wich, gefragt.

»Felix«, hatte ich erwidert und gehofft, daß ihm beim Klang dieses verhaßten Namens endlich das permanente Lächeln entgleiten würde. Aber Udo war nicht der Mann, der sich etwas entgleiten ließ. Er, der gewöhnlich schon in dem Anruf eines einzigen Mannes einen Beweis meiner Untreue gewittert hatte, hatte an diesem Tag auch noch im dreißigsten ein Zeugnis tiefer Freundschaft entdeckt.

»Da siehst du es, mein Liebling«, hatte er gelächelt, »wie viele Freunde du in Deutschland hast.«

»Die meisten davon kenne ich kaum.«

»Auch die sind deine Freunde, denn sie halten zu Israel.«

»Lieber Himmel, Udo, ganz Deutschland hält zu Israel, oder glaubst du, es würde sich dieses große Moment der Rehabilitierung entgehen lassen.«

»Warum mußt du die Dinge immer negativ sehen, mein Schäfchen, warum kannst du dich nie dazu aufschwingen...«

Wozu sich das Schäfchen nie aufschwingen konnte, hatte ich dank des Telefons nicht mehr erfahren.

»Wieder ein treuer Freund«, hatte ich gegrinst und den Hörer abgenommen.

»Christina«, hatte Klaus Kaiser gesagt, »ich wollte Ihnen nur mitteilen, daß wir Deutschen, umsichtige, weit voraus- und nie zurückblickende Menschen, die wir nun mal sind, zwanzigtausend Gasmasken nach Israel geschickt haben. Sie schweigen? Eine ziemlich makabre Geschichte, nicht wahr? Fünfundzwanzig Jahre zu spät schicken wir Gasmasken.«

Nach diesem Anruf hatte ich den Hörer neben das Telefon gelegt. Dann, am frühen Nachmittag war über Rundfunk und Fernsehen die Nachricht gekommen, daß die Israelis einhundertvierzig ägyptische Flugzeuge am Boden zerstört und damit die ägyptische Luftwaffe ausgeschaltet hätten. Das war der Auftakt zu einer neuen Phase gewesen, einer Phase, die bei dem überraschten, ganz auf Tragödie eingestellten Publikum eine hektische Umstellung erfordert hatte.

Da seht her! Ein winziges Land, jawohl, aber offenbar nicht hilflos. Nur zweieinhalb Millionen Menschen, aber offenbar gar nicht so arm. Phantastisch, diese Geistesgegenwart und Präzision der Israelis, zum Brüllen, diese überrumpelten Araber. Wartet mal ab! All das kann noch sehr interessant werden.

Es war die Sensation der letzten zehn, wenn nicht gar zwanzig Jahre geworden. Es hatte ein Rummel geherrscht wie bei den Fußballweltmeisterschaften. Nein, was hatte es da nicht alles gegeben: Autos, die der Davidstern oder die israelische Fahne schmückten, Menschen, die sich mit »Schalom« begrüßten, Kundgebungen, auf denen sentimentale Reden geschwungen und klare blaue Augen feucht wurden, Spruchbänder, die einen mit Mahnrufen wie: »Sind sechs Millionen noch nicht genug?« niederschmetterten, und Schlagzeilen, die einem mit Erklärungen wie: »In dieser schweren Stunde fühlen wir uns mit Israel verbunden!« wieder auf die Beine halfen. Schlug man die Zeitung auf, las man Sonderberichte über Israel, drehte man das Radio an, hörte man israelische Lieder, blätterte man in einer Illustrierten, sah man sich Augen in Aug' mit Dayan. Und damit immer noch nicht genug, wurde Blut gespendet und Geld gesammelt und Freiwilligenlisten junger Kriegshelfer zusammengestellt, wurde gejubelt, getrunken und gefeiert. Israel hatte nicht nur arabische Gebiete, es hatte auch Deutschland im Sturm erobert.

Und da war mir die Geschichte peinlich geworden, und mit jeder mir prompt übermittelten Siegesnachricht peinlicher. Sie waren in kurzen Abständen gekommen, die Siege und die Anrufe – etwa ein Dutzend auf einen Sieg – in schauerartiger Anhäufung:

»Sie haben nicht nur einen Sieg für Israel errungen« – feuchtes Räuspern –, »sondern für die Rechte der Menschheit schlechthin.«

»Wenn sich Hitler mit den Israeliten verbündet hätte« – grimmiges Auflachen –, »dann hätte er den Krieg nicht verloren.«

»Dieser Dayan ist ein Genie! Nun ja, er hat ja auch ein gutes Vorbild an Rommel.«

»Langsam sollte man mit dem Judenstern herumlaufen, damit die Leute den Hut vor einem ziehen.«

»Grüße mir das Land Israel und sage ihm, wir hätten alle um es gezittert.«

Ich hatte am Telefon gesessen, mich gekratzt wie ein verlauster Affe und den unerträglichen Juckreiz, der meinen ganzen Körper befallen hatte, einer Allergie zugeschrieben. Aber es war keine Allergie gewesen, sondern nur schlichtes Unbehagen. Was da aus tiefsten, unerforschten Tiefen an hysterischen Tönen und aufgebauschten Worten, an Sentimentalitätsergüssen und Bewunderungsausbrüchen ans Tageslicht befördert worden war, hatte auf mich einen ungesunden und beängstigenden Eindruck gemacht. »Warum«, hatte ich mich deprimiert gefragt, »warum muß der Anlaß dazu ausgerechnet der Siegeszug einer jüdischen Armee sein?«

Dann, am vorletzten Tag des Krieges, war es zum Höhepunkt und einer direkten Konfrontation mit diesem Phänomen gekommen.

Udo war gegen Abend in die Wohnung gestürzt, im Arm einen riesigen Strauß roter Rosen, im Gesicht den Glanz schweißdurchtränkter Freude. »Zum Sieg Israels«, hatte er gesagt und mir die Blumen mit der Geste eines ehrfürchtigen Ritters überreicht.

»Der ist ja nun nicht gerade mein Verdienst«, hatte ich trocken erwidert.

»Es ist nicht dein Verdienst, aber du hast ihn verdient. Ihr alle habt ihn verdient.«

Er hatte mich samt Rosen an die Brust gedrückt und mit ergriffener Stimme erklärt: »Jetzt kannst du wirklich stolz darauf sein, mein Liebling, daß du Jüdin bist.«

»Warum?«

Diese zweisilbige Frage hatte ihn derart aus dem Konzept gebracht, daß er mich losgelassen, angestarrt und krampfhaft geschluckt hatte. Seine Augen waren dabei ein wenig aus den Höhlen getreten, und fast hätte ich gelacht.

»Was heißt warum?« hatte er gefragt.

»Das heißt, daß ich gerne gewußt hätte, warum ich jetzt wirklich stolz darauf sein kann und vorher nicht.«

»Nein, nein, nein, so habe ich das nicht gemeint.«

Er hatte mir in seiner Verwirrung leid getan, und wäre es hier nicht um eine mir wesentliche Frage gegangen, ich hätte das Thema fallengelassen. So aber hatte ich darauf bestanden.

»Du hast gesagt, Udo: Jetzt kannst du wirklich stolz darauf sein, daß du Jüdin bist. Erklär mir doch bitte nur, worauf sich das ›jetzt‹ und das ›wirklich‹ bezieht.«

»Auf eine unerhörte Leistung der...« Er hatte einen Moment lang gezögert und dann anstatt »Israelis« »Juden« gesagt.

»Also auf einen militärischen Sieg der Israelis. Auf einen gewonnenen Krieg. Auf eine starke, erstklassige Armee. Auf Juden, die kämpfen, erobern und, was dabei ja wohl unvermeidlich ist, töten können. Ist es das, worauf ich stolz sein kann? Ist es das, was euch die Juden plötzlich so nahebringt, sie fast schon zu Brüdern macht?«

»Christina, ich verstehe dich nicht mehr. Jetzt wirfst du den Deutschen sogar schon vor, daß sie sich in aller Aufrichtigkeit über den grandiosen Sieg der Israelis freuen. Wäre dir das Gegenteil vielleicht lieber gewesen?«

»Ich weiß nicht, ob lieber, aber auf jeden Fall nicht so unheimlich.«

»Unheimlich? Weil wir glücklich sind, daß sie gesiegt und damit Land und Leben behalten haben?«

»Zwei Fragen, mein Schatz. Erstens: Warum haben die Deutschen die Juden umgebracht, wenn ihnen deren Leben so sehr am Herzen liegt? Zweitens: Warum freuen sich die Deutschen jetzt in aller Aufrichtigkeit über den grandiosen Sieg der Israelis, wenn sie sich damals über die grandiosen Fähigkeiten der Juden alles andere als gefreut haben?«

»Das sind Fragen, die nicht mehr hierher gehören und die nur ein Mensch stellen kann, der ewig zurück und nie vorwärts blickt.«

»Du irrst dich, lieber Udo. Das sind Fragen, die nach

wie vor hierher gehören und die, auch wenn ihr nichts mehr davon wissen wollt, noch lange, lange nicht verjährt sind. Nicht zurückblicken ist eine ebenso einfache wie feige Lösung, besonders dann, wenn das, was hinter einem liegt, zum Himmel stinkt. Mir sind Menschen, die ihren klaren, offenen Blick immer nur in die Zukunft richten und die Vergangenheit abschütteln wie ein dreckiges Hemd, äußerst suspekt. Ein Mensch oder ein Volk, das seine Vergangenheit verdrängt, aus dem kann nichts Ganzes mehr werden. Es wird immer ein Bruch in seiner Geschichte bleiben, eine Lücke, ein gefährliches Vakuum, das kein noch so starrer Blick nach vorne zu überbrücken vermag. Das, was nicht bis ins letzte bewältigt wird, bleibt immer ein Seuchenherd, und das, was nicht von Grund auf verstanden wird, führt notgedrungen zu immer neuen, drücken wir es vorsichtig aus, Mißverständnissen. Und ich behaupte, daß das, was sich jetzt hier abspielt, ein solches Mißverständnis ist.«

»Wieso Mißverständnis? Was für ein Mißverständnis?«

»Wenn ich das höre, diese Begeisterungsexzesse über die Israelis oder Israeliten, oder wie immer man sie nennen mag, über diesen ganz neuen Menschenschlag, der groß, blond und mutig mit der Waffe in der Hand die Araber zur Sau macht, der Rommel als Vorbild hat und mit dem ein Hitler sich hätte verbünden müssen, dann wird mir übel. Du, die Israelis, die da siegen, das sind Juden, auch wenn euch das noch so unwahrscheinlich vorkommt, und viele von deren Eltern oder vielleicht sogar sie selber haben in Konzentrationslagern gesessen, und wenn man sie kennt, so wie ich sie kenne, dann sieht man sehr schnell, daß sie Juden sind, innerlich und äußerlich: große Nasen – jedenfalls in der Mehrzahl –, sanfte Augen und immer noch derselbe Gott. Und wenn sie wieder in eurem Land säßen, anstatt weit von euch entfernt den Araber zu besiegen, dann wären sie auch wieder die Juden und euch, ob eingestanden oder nicht, genauso unheimlich, fremd und unangenehm wie Anno dazumal.«

Er hatte lange und mit allen Anzeichen der Duldsamkeit den Kopf geschüttelt, dann gelächelt und gesagt: »Du vergißt, Christina, daß sowohl hier wie da eine neue Generation herangewachsen ist, eine Generation, die diese Vorurteile nicht mehr kennt.«

»Ach, red doch keinen Quatsch! Als ob das mit einer Generation herauszureißen wäre. Nur weil sich die Jugend hier, als Reaktion auf ihre Eltern, pazifistisch gebärdet und die Jugend da, als Reaktion auf ihre Eltern, kriegerisch, glaubst du: Ende gut, alles gut. Aber weder ist es ein Ende, noch gut. Diese junge Generation, hier sowohl wie da, die aus lauter Zukunft und Lücken besteht, weiß im Grunde gar nicht mehr, wo oben und unten ist. Und ahnst du vielleicht auch, warum? Weil man hier wie da nicht gewagt hat, sie mit der vollen Wahrheit zu konfrontieren: die einen, weil sie umgebracht haben, die anderen, weil sie sich haben umbringen lassen. Sie können doch nichts dafür, die armen Kinder, sagen sie, sie brauchen es doch nicht so genau zu wissen. Man darf ihnen nicht die Unbefangenheit nehmen... nein, bloß nicht! Nehmt ihnen lieber die Vergangenheit!«

»Tatsache ist, daß etwas Besseres aus ihnen herausgekommen ist als aus ihren Eltern.«

»Das war in dem einen Fall nun wirklich nicht schwer, und im anderen ist es noch lange nicht bewiesen. Oder glaubst du, mit dem Sieg dieses Krieges ist der Beweis ein für allemal geliefert worden?«

»Man könnte fast meinen, daß dir der Sieg der Israelis nichts bedeutet.«

»Er bedeutet mir insofern alles, als die Juden dadurch ihr Land behalten haben; aber aus Gründen des sogenannten Prestiges, ein Wort, das man im Zusammenhang mit diesem Krieg bis zum Erbrechen hört, bedeutet er mir überhaupt nichts. Ich habe das Land geliebt, klein und zerstückelt, wie es war, und ich habe die Juden in ihrer Aggressionslosigkeit, in ihrem Abscheu gegen jegliche Gewalt, verehrt. Ich brauche dazu keine siegreiche Armee. Mag sein, daß ich ganz falsch gewickelt bin und daß es in dieser Welt auf Prestige ankommt und nicht auf menschliche Größe, aber in diesem Fall bleibe ich lieber falsch gewickelt.«

Am nächsten Tag, dem sechsten des Krieges, war auf dem Platz vor meinem Haus ein winziger Zirkus aufgebaut worden: eine mit Sägespänen gefüllte Manege, drum herum blaue und rote Bänke, ein kleines Podium für die Drei-Mann-Kapelle. Die mitwirkenden Tiere, fünf Ponies, zwei Apfelschimmel und ein Kamel, waren an Bäume angebunden worden; und ein paar Kinder hatten sich versammelt, artig ihr Eintrittsgeld gezahlt und sich auf die Bänke gesetzt. Um zwei Uhr hatte zu einer lauten, blechernen Musik das Programm begonnen. Ein sehr mageres Mädchen im Tüllröckchen hatte auf dem Rücken der trabenden Apfelschimmel akrobatische Kunststücke vorgeführt, die Ponies waren, unter Anleitung eines tölpelhaften Clowns, Figuren gelaufen; und nur das Kamel hatte nicht viel mit sich anzufangen gewußt. Beim Auftritt eines Zauberers, der weiße Kaninchen aus seinem Zylinder zog, hatte es heftig zu regnen begonnen. Die Kinder waren lachend davongelaufen, und der Zauberer hatte noch einen Moment unschlüssig dagestanden, in jeder Hand ein Kaninchen.

»Komm schnell«, hatte Udo, der vor dem Fernseher saß, gerufen, »komm doch, man zeigt die Klagemauer!«

Aber ich hatte die Stirn an die Scheibe gelegt und auf die verlassene kleine Manege hinabgeblickt, auf das Häuflein verkleideter Menschen und herausgeputzter Tiere, die in den Schutz eines Baumes geflüchtet waren. Das war für mich das Ende des Sechs-Tage-Krieges gewesen.

Ich winke den Kellner herbei und bestelle einen doppelten Kognak. Dann drehe ich meinen Sessel dem Kamin zu und schaue ins Feuer. Der Kognak steigt mir sofort zu Kopf. Meine Augen brennen, und ich weiß nicht, ob es das Feuer ist, der Alkohol oder Tränen.

Die Premiere des Filmes findet in einem großen luxuriösen Filmtheater an den Champs-Élysées statt. Serge fährt im Schrittempo an dem Haus vorbei und zeigt auf die Ankündigung: »Da!« sagt er.

»Ja, da ist er, nicht zu übersehen. Merkwürdiges Gefühl, ich habe mir das Ende nie vorstellen können.«

»Von welchem Ende sprichst du jetzt?«

»Von dem des Filmes, von dem einer Epoche...«

Es dauert eine Viertelstunde, bis wir einen Parkplatz gefunden, und weitere zehn Minuten, bis wir uns für eins der zahlreichen Lokale entschieden haben. Es ist eine kleine Brasserie in einer Seitenstraße, keine fünfzig Meter vom Filmtheater entfernt.

»Ich hasse Brasserien«, sagt Serge.

»Ein guter Grund, hineinzugehen«, sage ich.

Wir setzen uns in die hinterste Ecke.

»Oh, je t'aime«, sagt Serge und schaut auf die Uhr.

»Noch fast eineinhalb Stunden«, sage ich.

Er steht auf.

»Was geschieht nun?«

»Ich muß Zeitungen kaufen.«

»Hör mal, in unserem Hotelzimmer und im Auto liegen mindestens zehn.«

Er setzt sich wieder.

»Erzähl mir, wie war es mit deinem Sohn?« sagt er.

»Wichtigkeit«, sage ich.

Ein Kellner sagt: »Monsieur – Dame...« und legt uns die Speisekarte hin. Wir fordern uns gegenseitig auf, etwas zu essen, und bestellen schließlich einen Whisky und einen Tee.

»Den ganzen Tag sitze ich irgendwo, trinke Tee und warte«, sage ich.

»Man kann nichts machen«, sagt er, »man kann überhaupt nichts machen.« Ich habe heute ein paarmal mit der israelischen Botschaft telefoniert, und was sich da tut, ist unvorstellbar. Totale Konfusion! Keiner begreift, wie das passieren konnte. Die israelische Armee war einfach nicht da. Jom Kippur, na schön, aber daß sie sich an diesem Tag wirklich nur auf den lieben Gott verlassen, geht doch wohl etwas zu weit.

Er schaut auf die Uhr.

»Immer noch fast eineinhalb Stunden«, sage ich.

»Es wird sowieso kein Mensch kommen«, sagt er und steht auf.

»Was ist jetzt schon wieder?«

»Mir ist schlecht, mir ist schon den ganzen Tag schlecht.«

Und damit verschwindet er.

Als er zurückkommt, hat er ein grimmiges Gesicht.

»Nicht mal kotzen kann ich«, beschwert er sich.

»Nur Geduld«, beruhige ich, »das kommt schon noch.«

Die nächste Stunde ist er mehr draußen als drinnen. Ich kritzele Figuren auf eine Papierserviette und frage gar nicht mehr, wohin er geht. Seine Kommentare, wenn er sich kurz an den Tisch setzt, sind aufschlußreich genug: »Noch immer kein Mensch an der Kinokasse«, sagt er. Oder: »Möchte nur wissen, wer sich da stundenlang im Klo einsperrt.« Oder: »Jetzt gießt es auch noch!« Oder: »Der Kinodirektor ist ein Idiot. Er meint, daß die Leute nie so früh kommen.«

»Serge«, sage ich schließlich, lege den Stift weg und nehme seine Hand, »natürlich kommen die Leute nicht um acht, wenn die Vorstellung um neun beginnt.«

»Ich weiß, du findest mich kindisch. Dir wäre ein souveräner, selbstsicherer Goi lieber, nicht wahr?«

»Ach, weißt du, von dieser Sorte hatte ich mehr als genug.«

»Wie sind die eigentlich, die souveränen, selbstsicheren Männer?«

»Ganz erstaunlich. Ich hatte mal einen, ein Regisseur übrigens, mit dem hat es im Bett nie länger als eine halbe Minute gedauert. Beim ersten Mal dachte ich, ich müsse ihn trösten, aber bevor ich noch damit anfangen konnte, sagte er ohne den leisesten Zweifel: ›Das war doch schön, nicht wahr?‹«

»So genau wollte ich das gar nicht wissen«, sagt Serge, steht auf, geht zur Bar, bestellt einen zweiten Whisky und verschwindet. Ich greife wieder nach meinem Stift und versuche, eine Katze zu zeichnen. Dabei fällt mir meine arme Bonni in Jerusalem ein, und ich drehe die Serviette schnell um und zeichne einen Davidstern. Serge kommt zurück, und erst als er keinen Kommentar von sich gibt, schaue ich beunruhigt auf. Er steht da, die Schultern bis zu den Ohren hochgezogen, im Gesicht einen Ausdruck starräugiger Entgeisterung.

»Was ist?« rufe ich und springe in meinem Schreck auf.

»Etwas ganz Merkwürdiges... komm doch bitte mal mit.«

Er nimmt meine Hand, führt mich durch das Lokal und auf die Straße.

»Bist du verrückt geworden!« sage ich. »Es regnet und ich habe keinen Mantel an.«

»Nur die fünf Meter.«

Er packt meine Hand fester und beginnt zu laufen. An der Ecke bleibt er stehen, legt den Arm um mich und zeigt stumm in Richtung des Kinos. Ich sehe eine lange Menschenschlange.

»Na, Gott sei Dank!« sage ich.

»Mindestens hundert Menschen, und es ist erst halb neun.«

»Bestimmt werden die Araber eine Bombe werfen.«

»Du hast vollkommen recht«, sagt Serge, der sofort auf eine neue Katastrophe eingestellt ist, »an so einem Tag kann ja nur was schiefgehen.«

Es geht nichts schief. Die Schlange wächst, wächst um die Ecke in die Seitenstraße hinein, wächst bis zum Eingang unserer Brasserie und darüber hinaus. Die Menschen stehen frierend, in die Mäntel verkrochen unter ihren Schirmen und rühren sich auch dann nicht von der Stelle, als kaum noch eine Aussicht auf Eintrittskarten besteht.

Als man um zehn vor neun bekanntgibt, daß die Vorstellung ausverkauft ist, stürmen sie die Kasse. Man stellt Klappstühle in den Zuschauerraum und kann nicht verhindern, daß sich einige Leute auf dem Boden niederlassen. Ich verzichte auf meinen Platz und bleibe in der Nähe des Eingangs an eine Wand gelehnt stehen. Serge steht neben mir, das Licht erlischt, auf der Leinwand erscheint der Davidstern, der Titel, Serges Name, dann die Widmung: »Für Christina Heidebeck.«

Serge nimmt meine Hand.

»Ich habe sie mir wirklich nicht verdient«, sage ich leise.

»O doch, mon amour. Erinnere dich an den Brief, den du mir vor drei Jahren geschrieben hast, erinnere dich an deine Worte: ›Mach diesen Film. Mach ihn für Israel und uns.‹ Ich habe ihn gemacht.«

Er läßt meine Hand los und verschwindet im Dunkel.

Drei Stunden zwanzig Minuten Israel auf der Leinwand eines Pariser Filmtheaters, ein eindringliches, lebendiges, nahes Israel, viereinhalb Flugstunden von mir entfernt und jetzt vielleicht schon nicht mehr zu erreichen. Israel, in jenem Jahr, das ich als das glücklichste meines Lebens empfunden habe, einem Jahr zwischen zwei Kriegen. Israel, wie es nie mehr sein wird. Serge und ich, wie wir nie mehr sein werden. »Mach diesen Film, mach ihn für Israel und uns.«

Als das Licht angeht, verlasse ich schnell den Saal. Hinter mir prasselt der Applaus los, ein wahrer Wolkenbruch an Applaus, ein Orkan begeisterter Bravo-Rufe. Serge steht allein in der großen, leeren Halle, und vielleicht sieht er deshalb so klein, so fragil aus. Ich laufe zu ihm, lege meine Arme um seinen Hals und meine Wange an seine: »Ein schöner Film«, sage ich, »ein so schöner Film.«

»Glaubst du, er hat dem Publikum auch gefallen?«

»Serge, es ist Zeit, daß du dich umstellst. Ein Mißerfolg wird er nicht mehr.«

Er zieht meinen Kopf an seine Schulter.

»Danke«, sagt er, »ohne dich wäre der Film nie entstanden.«

»Ohne unsere Liebe wäre er nicht entstanden, und unsere Liebe wäre nicht ohne Israel entstanden, und Israel wäre nicht ohne den Holocaust entstanden; und so kann ich weiter und weiter zurückgehen bis zu unserem Stammvater Abraham, dem Gott nahegelegt hat, in das Land zu ziehen, das er ihm zeigen werde.«

»Und das«, sagt Serge, »war offenbar keine so gute Idee vom lieben Gott.«

Der erste Schub Menschen drängt in die Halle, und als ein paar mir vage bekannte Gestalten auf uns zusteuern, mit entschlossenem Schritt und jener exaltierten Miene, die mich all ihre Phrasen vorausahnen läßt, fliehe ich auf die Champs-Élysées. Sie strahlt mich mit einer Unzahl verführerischer Augen an, aber ich, unverführt, strahle nicht zurück. Sie ist schön, die berühmte Avenue, vollkommen in ihrer Perspektive, majestätisch in ihrer Weite, und dennoch läßt sie mich kalt in ihrer kalten Pracht. Sie weckt keine Wünsche in mir, keine Vorstellungen und Träume, dafür aber ein trübes Gefühl der Einsamkeit und Unlust, das sich in einer Atmosphäre des Luxus unweigerlich bei mir einstellt. Es hat aufgehört zu regnen, und trotz später Stunde sind immer noch Hunderte von Menschen und Autos unterwegs. Cafés und Restaurants, Kinos und Geschäfte sind hell erleuchtet, und bunte Neonreklamen malen weltbekannte Namen in den schwarzen Himmel. Vor einem Flugbüro bleibe ich stehen und betrachte die Fotografien, die türkisgrünes Meer verheißen, goldene Strände, farbenprächtige Gärten, weiße Hotels, braune, wellenreitende Knaben und bunte, tanzende Mädchen.

»Würde mich das freuen?« frage ich mich, »würde mich das alles freuen?« Aber es regt sich kein Wunsch in mir, nur noch tiefere Einsamkeit und Unlust.

Ich gehe langsam zurück zum Kino. Serge ist immer noch Mittelpunkt einer ergriffenen Menschenschar. Ich bleibe in einigem Abstand stehen, zünde mir eine Zigarette an und warte. Als ich die Zigarette aufgeraucht habe und die Bewunderer ihn immer noch umschwirren, summend, wie Bienen einen Blütenkelch, reißt mir die Geduld, und ich stoße zu ihm vor.

»Serge, es ist ein Uhr. Komm doch jetzt!«

Er nickt und versucht, eine der Bienen, die sich praktisch auf ihm niedergelassen hat, abzuschütteln.

»Aber bitte ohne Menschen«, flüstere ich.

»Ich habe den Belmonts versprochen«, flüstert er zurück, »noch ein Glas mit ihnen zu trinken. Zehn Minuten, ich schwöre dir, nicht länger.«

Aus den Belmonts – die ursprünglich Schönberg hießen, denn er ist Jude – werden ein Dutzend Menschen und aus den zehn Minuten eine geschlagene Stunde. Wir begeben uns zu »Lipp«, einem der nächtlichen Treffpunkte der Prominenz, und nehmen auf der glasverschalten Veranda Platz. Ich sitze zwischen dem erschöpften Serge und der hektischen Madame Belmont und schweige verdrossen. Die anderen dagegen sind in Hochform, denn dies hier ist der richtige Ort, die richtige Stunde, der richtige Anlaß, sich zu produzieren, zu polemisieren, Komplimente zu machen, Bonmots um sich zu werfen, Betrachtungen anzustellen. Man spricht natürlich über Serges Film und den Krieg im Nahen Osten, soviel begreife ich. Den Rest – wollte ich es – könnte ich mir dazu denken, denn es liegt auf der Hand, daß das eine überschwengliche Bewunderung hervorruft, das andere gedämpfte Bestürzung. Ich bin gerade dabei, die Mimik und Gesten der Leute zu studieren und da, im besonderen, das auf- und ausflammende, an eine Leuchtreklame erinnernde Lächeln des Monsieur Belmont, alias Schönberg, als es seine Frau Anna an der Zeit hält, das Wort an mich zu richten.

Anna Belmont ist eine christliche Polin und außerordentlich stolz darauf. Obgleich seit ihrem zehnten Lebensjahr in Frankreich, hat sie sich ein rollendes r, eine slawische Seele und ein römisch-katholisches Herz bewahrt.

»Sie müssen doch sehr glücklich sein«, sagt sie zu mir.
»Ungeheuer«, erwidere ich, »und warum?«
Da sie mich nie für voll genommen hat, hält sie den Widerspruch in meiner Antwort für bezeichnend und sagt mit einem duldsamen Lächeln: »Weil Ihr Sergei (sie spricht den Namen russisch aus) einen so genialen Film gemacht hat.«
»Ach so«, sage ich, »ja, natürlich.«
Einen Moment scheint sie im Zweifel, ob ich, die sie nicht für voll nimmt, sie vielleicht auch nicht für voll nehme, aber dann schiebt sie diesen absurden Gedanken mit einem heftigen Augenzwinkern beiseite und wendet sich Serge zu: »Wissen Sie, Sergei«, sagt sie, »seit ich heute abend Ihren Film gesehen habe, habe ich nur einen Wunsch: Israel kennenzulernen.«
»Da müßten Sie sich unter Umständen sehr beeilen«, erwidert Serge mit einem Gähnen.
Sie schüttelt mit geschlossenen Augen den Kopf: »Ich glaube an Gott, und Gott wird nicht zulassen, daß man dieses Land zerstört.«
»Da scheinen Sie den lieben, guten, alten Gott aber schlecht zu kennen«, sage ich, »er hat nämlich schon eine ganze Menge zerstören lassen.«
Serge wirft mir einen halb lachenden, halb mahnenden Blick zu, und Madame Belmont weist mich zurecht: »Man kann an Gott glauben oder nicht, aber eins sollte man auf keinen Fall: mit Zynismus an ihn herangehen.«
»Ach, wissen Sie, Madame Belmont, da er selber ein Zyniker ist...«
»Es ist entsetzlich spät«, unterbricht mich Serge, »und ich muß morgen früh aufstehen. Gehen wir, Christine.«
»Eine großartige Idee«, lächele ich und stehe auf.
Auf dem Weg ins Hotel sage ich: »Serge, ich möchte zurück nach Israel... so schnell wie möglich.«
»Ich wußte, daß das kommt, aber nicht jetzt, bitte nicht jetzt! Ich kann nicht mehr.«
»Wann dann?«
»Wir sprechen morgen früh darüber, in aller Ruhe.«

Das Telefon klingelt zum ersten Mal kurz vor neun und von da ab alle paar Minuten. Da sind Journalisten von Presse, Fernsehen und Rundfunk, die um Interviews bitten, und französisch-jüdische Organisationen, die Serge auffordern, an diversen Diskussionen und Demonstrationen teilzunehmen, Bekannte, denen über Nacht noch viele geistreiche Bemerkungen zum Thema des Filmes eingefallen sind, und besorgte Juden, die sich über so wichtige Fragen wie: »Warum spielen in Ihrem Film die Kibbuzim eine so unwichtige Rolle?« den Kopf zerbrechen, und jüdische Nationalisten, die sich darüber beschweren, daß der Film Israels »Image« schade.

»Wir wollten doch sprechen«, sage ich.

»Wir werden sprechen«, sagt Serge, stellt den Transistor an und nimmt den Hörer vom klingelnden Telefon.

Ich sitze ungekämmt und ungewaschen auf dem zerwühlten Bett, zu meinen Füßen ein Tablett mit den Resten des Frühstücks. Das Hotelzimmer, das einzige, das im Zentrum Paris' noch aufzutreiben war, ist klein und häßlich. Die Vorhänge sind zugezogen, und auf dem Nachttisch brennt eine trübe Lampe. Überall stehen unausgepackte Koffer, liegen aufgeschlagene Zeitungen und zusammengeknüllte Kleidungsstücke herum. Ich, die ich immer sofort Ordnung und eine gewisse Häuslichkeit in ein Hotelzimmer bringe, bin diesmal unfähig, auch nur den übervollen Aschenbecher ins Klo auszuleeren. »Was hat das alles noch für einen Sinn?« frage ich mich.

»Um elf«, sagt Serge am Telefon, »nein, da geht es nicht, um elf habe ich schon eine Verabredung... ja gut, um zwölf. Salut.«

»Serge«, sage ich, »es ist kurz vor zehn. Du bist noch nicht mal rasiert, und die Anrufe werden bestimmt nicht aufhören. Zu einem Gespräch bleiben uns bestenfalls drei Minuten, also schlage ich vor, wir lassen es und...«

»Sei still«, schreit er, »die Nachrichten!«

Ich starre auf das kleine Gerät, aus dem die glatte, unheilbringende Stimme des Sprechers klingt, und dann in Serges angespanntes Gesicht, das sich plötzlich verzerrt: »Oh, merde...«, sagt er.

»Was ist?« rufe ich. »Sag mir doch, um Gottes willen, was los ist?«

»Ägyptische Truppen haben in breiter Front den Suezkanal überschritten«, übersetzt er, »und Brückenköpfe auf der Halbinsel Sinai errichtet... die Syrer haben die Demarkationslinie auf den Golanhöhen durchbrochen... sie besetzen die vordersten israelischen Stellungen...«

»Und die Israelis?« frage ich schwach, »sind die nicht mehr vorhanden oder...«

Er macht mir ein wütendes Zeichen zu schweigen und fährt fort: »Schwere Luftkämpfe über Ägypten und Syrien... siebenundzwanzig israelische Flugzeuge sollen nach ägyptischen Angaben abgeschossen worden sein... sechzig israelische Panzer zerstört... auch nach ägyptischen Angaben...«

»Was interessieren mich die ägyptischen An...«

»Nun sei doch endlich... die ägyptischen Einheiten gewinnen weiter an Boden... israelische Gegenangriffe werden erfolgreich zurückgeschlagen... die Kämpfe gehen auf breiter Front weiter. Ende.«

»Und jetzt?« frage ich hilflos, »was machen wir jetzt?«

Er schaltet das Radio aus, nimmt den Telefonhörer ab und sagt: »Bitte, keine Anrufe, bis ich mich wieder melde.« Dann zu mir: »Es ist überhaupt nicht daran zu denken, daß du zurückfliegst. Jedenfalls nicht heute und nicht morgen.«

»Sondern wann? Wenn die Araber das Land besetzt haben?«

»Wenn man die Sache etwas weiter übersehen kann. Davon abgesehen, fliegst du nicht ohne mich.«

»Nichts lieber als das.«

»Gut«, sagt er und wendet sich dem Badezimmer zu, »dann wäre die Geschichte ja geklärt.«

»Vorausgesetzt, du fliegst übermorgen.«

»Chérie, das kann ich nicht. Du siehst doch, was sich hier tut. Ich kann nicht in dem Moment verschwinden, in dem der Film anzulaufen beginnt. Wenn man ihn jetzt seinem Schicksal überläßt, geht er in wenigen Tagen sang- und klanglos unter. So ist das nun mal in Paris.«

»Na, dann überlassen wir doch lieber Israel seinem Schicksal und warten in Ruhe ab, bis es sang- und klanglos untergegangen ist. So ist das nun mal in der Welt.«

»Bordel de dieu«, brüllt er mich an, »bist du vielleicht Jeanne d'Arc, die auszieht, um Israel zu retten? Was stellst du dir eigentlich vor? Wir kommen, greifen zu den Waffen und gewinnen die Schlacht? Was kannst du da drüben tun? Nichts anderes als hier: warten und hoffen.«

»Serge«, sage ich, »zwischen hier und da warten und hoffen besteht ein himmelweiter Unterschied, das weißt du, und daß ich keine Jeanne d'Arc bin, weißt du auch. Meine Beziehung zu Israel ist keine patriotische, nationalistische. Ich bin keine Zionistin, und es ist nicht der Staat, den Israel für mich verkörpert. Es ist das Land, verstehst du, das Land, das das Judentum geprägt hat und das vom Judentum geprägt wurde, und die Juden. Das, für mich, ist Heimat und Familie. Daß ich dich lieben konnte, verdanke ich Israel. Und vielleicht sogar, daß ich am Leben geblieben bin, verdanke ich Israel. Wenn ich jetzt also nicht zurückfahre, zurück in meine Heimat, zurück zu meiner Familie, wenn ich sie im Stich lasse, um in Paris wohl geborgen zu warten und zu hoffen, dann werde ich, egal, wie dieser Krieg ausgeht, meines Lebens nicht mehr froh. Ich werde mich verachten und niemals das Gefühl zurückgewinnen, daß ich dorthin gehöre. Ich werde wieder heimatlos sein. Willst du das?«

»Nein«, sagt er, setzt sich zu mir aufs Bett und nimmt mich in die Arme. »Nein, nein das will ich nicht. Aber so, wie die Menschen in Israel deine Familie sind, so bist du für mich meine Familie, meine einzige Familie. Ich will dich ebensowenig verlieren, wie du Israel verlieren willst.«

»Du verlierst mich nicht, sei ganz sicher. Ich sterbe eines natürlichen Todes, mit fünfundachtzig oder neunzig, aufrecht sitzend im Bett. So spricht mein Horoskop.«

»Die Frage ist nur, wo dieses Bett in der Zwischenzeit steht«, sagt er.

Ich habe mich vom Bett ins Bad geschleppt, und jetzt liege ich, eine gute halbe Stunde schon, in der Wanne.

EL AL, Air France und TWA sind auf die nächsten drei Tage ausgebucht. Eine andere Fluglinie fliegt nicht nach Israel. Wartelisten gibt es nicht. Die Flüge können jederzeit eingestellt werden.

»Du siehst«, hatte Serge gesagt, und die Erleichterung in seinem Gesicht nicht verbergen können, »es liegt nicht an mir.«

»Aber du hast doch die besten Beziehungen zur israelischen Botschaft, und wenn die ein Wort für mich einlegt... mein Gott, es ist doch nur ein kleines Plätzchen.«

»Chérie, zuerst kommen die israelischen Staatsangehörigen dran, dann die Freiwilligen und Menschen, die drüben dringendst gebraucht werden.«

»Und wenn die alle drüben sind, gibt es keine Flüge mehr. Ich glaube, ich werde verrückt!«

»Ich werd' sehen, was ich machen kann«, hatte er gesagt, seinen Regenmantel angezogen und mich geküßt: »A tout à l'heure, mon amour.«

»A tout à l'heure«, das war eine dieser vagen französischen Redewendungen, die ich haßte. »A tout à l'heure« umfaßte bei Serge eine Spanne von zehn Minuten bis zu sieben Stunden, und ich hatte es nie lassen können, mir den ungefähren Zeitpunkt seiner Rückkehr anhand verschiedener Anhaltspunkte auszurechnen. Es hatte kein einziges Mal gestimmt. Heute unterlasse ich es, mir irgend etwas auszurechnen, weder den Zeitpunkt seiner Rückkehr noch den Ablauf meines Tages, noch die Chancen, einen Flugplatz nach Israel zu ergattern. Ich habe keinen Einfluß mehr auf das, was geschieht. Ich bin zum Warten verurteilt. Ich lege den Kopf auf den Wannenrand und schließe die Augen.

Nach einer Weile höre ich ein Klopfen, gleichzeitig das Öffnen der Tür und eine schrille Frauenstimme, die auf französisch fragt, ob da jemand sei. Es ist mir zu anstrengend, den Mund aufzumachen, und darum schweige ich. Eine Putzfrau erscheint auf der Schwelle zum Bad, sagt schrill: »Pardon« und schießt dann, ungeachtet meiner Blöße, eine Salve schneller Sätze ab.

Die Frau, eine jener Erscheinungen, die sich durch besondere Giftigkeit auszeichnen, scheint eine Antwort zu erwarten, aber da mir sowohl das Vokabular als auch die Bereitwilligkeit fehlt, bekommt sie keine. Nach einer Minute erstarrten Schweigens zuckt die Person die Schultern und stürmt aus dem Zimmer. Das Wasser ist kühl geworden, und ich steige aus der Wanne, wickele mich in ein Badetuch und setze mich wieder aufs Bett. Neben mir liegt eine aufgeschlagene Zeitung, und ich beginne, einen Bericht über Israel zu entziffern:

»Im ganzen Land feierte man gerade das Fest der Versöhnung, da...« Ein hartes, kurzes Klopfen, und schon fliegt die Tür auf. Ich sehe mich jetzt zwei Putzfrauen gegenüber, der mir schon bekannten und einem weiteren Exemplar ihrer Gattung, das sie zur Verstärkung mitgebracht hat. Den Finger auf der Zeile schaue ich die beiden an, und wäre mir nicht alles so abgrundtief gleichgültig gewesen, wahrhaftig, ich hätte mich vor Angst ins Bad eingeschlossen.

»Was kann ich für Sie tun?« frage ich auf deutsch und ziehe mich damit hinter die Barrikade mangelnder Verständnismöglichkeiten zurück. Aber weder die fremde Sprache noch die Wahrscheinlichkeit, daß ich sie nicht verstehe, hält den Angriff auf. Ich verstehe so aufschlußreiche Worte wie: »Frechheit... Ausländer... arbeitende Menschen...« und als Refrain immer wieder den Aufschrei: »Mittagessen!«

»Nun geht schon endlich fressen«, sage ich schließlich, »das ist doch sowieso das einzige, was ihr könnt.«

»Comment?« kreischt die eine, die aus meinem verächtlichen Tonfall etwa den Sinn der Worte herausgelesen hat.

»Dix minutes«, sage ich, um die Gestalten dieses Alptraums endlich loszuwerden.

Sie lassen mich noch einmal wissen, daß zehn Minuten die letzte Grenze sei, und verlassen das Zimmer. Ich sperre hinter ihnen ab und beginne zu handeln. Meine Wut auf die bösen Ratten wirkt wie ein aktivierender Stromstoß, und in wenigen Minuten bin ich angezogen. Ich rufe die Weinbergs an, sage, daß ich in einer halben Stunde bei ihnen sei, laufe auf eine Post, telegraphiere Sebastien, meinem ehemaligen Französischlehrer, der kein Telefon besitzt, daß er mich gegen sechs erwarten könne, nehme ein Taxi, lasse mich zu meinen Freunden fahren, gebe dem Chauffeur ein, seiner Meinung nach, ungenügendes Trinkgeld, werde von ihm beschimpft, murmele: »Leck mich am Arsch«, steige aus, betrete den düsteren Hof und schenke ihm das erste liebevolle Lächeln dieses Tages.

Dann fliegt Lea Weinstein auf mich zu, klein, rund und weich wie ein Gummiball, und ich fange sie auf.

»Ach Christinchen«, ruft sie, »Christinchen, endlich mal eine Freude in diesen Unglückstagen!«

Ich streiche ihr über die kleine Fläche gut gepolsterten Rückens, und sie zieht meinen Kopf einen Meter zu sich hinab, um mich zu küssen.

»Ich bin so froh, daß du hier bist... wann bist du denn angekommen?«

»Gestern abend«, schreie ich, denn Radio und Fernsehen machen die Verständigung schwierig, »aus Deutschland. Ich war in München, als der Krieg ausbrach.«

»O Gott, o Gott, o Gott, der Krieg! Wer hätte sich das träumen lassen.«

Wir gehen ins Wohnzimmer. Ein junger, kräftig gebauter Mann, mit unrasiertem Gesicht und breit angelegtem, rötlichbraunem Schnurrbart, sieht von seiner Zeitung auf und erhebt sich linkisch. »Das ist Abi«, stellt Lea vor, »du weißt doch, Shlomohs jüngster Sohn, der in einem Kibbuz lebt.«

Daß Abi aus einem Kibbuz kommt, ist offensichtlich, nicht aber, daß er der Sohn Shlomohs ist. Er drückt mir kurz und ernst die Hand und blickt dabei – eine Eigenart vieler Kibbuzniks – an mir vorbei.

»Der Krieg hat ihn hier überrascht«, sagt Lea, »und er ist fast verrückt geworden, weil er nicht sofort einen Flugplatz bekommen hat. Heute abend fliegt er nun, und morgen wird er wahrscheinlich schon auf den Golanhöhen oder im Sinai eingesetzt. Drei Söhne im Krieg! Es ist... es ist einfach unvorstellbar.«

Lea leidet an Angina pectoris, und als sie jetzt auf das Sofa plumpst und ihre runden, rosigen Apfelbäckchen schrumpfen und sich zu einem fahlen Grau verfärben, lähmt mich der Schreck. Abi jedoch ist mit zwei Schritten bei ihr, bettet sie schnell und geschickt aufs Sofa und streicht ihr mit seiner großen, braunen Hand sanft über Kopf und Wange.

»Sei ruhig, Lea«, sagt er auf jiddisch, »sei ganz ruhig. Es wird sein gut.«

»Ja, ja, mein Junge, red du nur. Es wird sein gut!«

»Es gibt keine Alternative«, sagt der junge Mann, »wo sind deine Tabletten?«

»Hat man keine Alternative, hat man Tabletten«, sagt Lea. »Sie sind im Schlafzimmer, Abi, auf dem Nachttisch.«

Ich stelle Radio und Fernseher leiser und setze mich zu ihr aufs Sofa.

»Wo ist Shlomoh?« frage ich.

»Was weiß ich! In der Nacht schläft er keine drei Stunden, am Tag rennt und rennt er zu Kundgebungen und Versammlungen und Freunden und was noch alles. Er ist viel zu durchgedreht, um still sitzen zu können.«

Abi bringt das Medikament und ein Glas Wasser, setzt sich dann auf seinen Stuhl, streckt die Beine weit von sich und greift nach der Zeitung. Er ist jetzt wieder ganz Kibbuznik, verschlossen, unerschütterlich. Von ihm ist kein weiteres Wort zu erwarten.

»So«, sagt Lea, nachdem sie die Tabletten eingenommen

hat, »das ist Nitroglyzerin und wirkt sofort. Was kann ich dir geben, mein Herz! Einen Tee oder vielleicht einen Schluck Vermouth?«

»Du bleibst jetzt erst mal liegen!«

»Unsinn! Dieses kleine Malheur ist doch nicht ernst zu nehmen!« Und schon sitzt sie wieder und schwingt die kurzen Beinchen vom Sofa.

»Deine jeckische Disziplin«, sage ich, »ist einfach nicht auszuhalten.«

»Laß man«, erwidert sie, »die hat auch ihre guten Seiten. Säßen in der israelischen Regierung Jecken anstatt Ostjuden, ich sage dir, das wäre nicht passiert!«

»Also, ich hätte gerne einen Tee«, sage ich, um sie von ihrem Lieblingsthema, der unüberbrückbaren Diskrepanz zwischen Ost- und Westjuden, abzubringen, »aber ich mach' ihn mir selber.«

»Ja, noch was!«

Sie zieht ihren Pullover über dem Bauch glatt und rollt an mir vorbei zur Küche. Ich folge.

»Gibt es was Neues in den Nachrichten?« frage ich. »Wir haben die letzten um zehn Uhr gehört.«

»Nichts Neues.« Sie füllt einen Kessel mit Wasser und knallt ihn auf den Herd. »Scheint alles so zu laufen, wie die Araber es geplant haben. Kann nur nicht begreifen, wie die Israelis von deren Plänen nichts mitbekommen haben. Wo war ihr berühmter Geheimdienst? Auf einem Picknick? Wie ist so was möglich? Man muß doch merken, wenn ganze Armeen mit Panzern und Raketen, und ich weiß nicht was, auf die Grenzen zumarschieren.« Sie stellt Teegeschirr auf ein Tablett. Ihre Bewegungen, von Natur aus hastig und unachtsam, sind heute so fahrig, daß ich um jede Tasse fürchte. »Shlomoh hat gestern noch Izchak, seinen ältesten Sohn, erreicht – der andere war schon eingezogen –, und ich sage dir, der Junge war wie vor den Kopf geschlagen. Hat immer nur wiederholt: ›Wir wissen nichts, Vater, wir wissen gar nichts!‹ Ich werde dir mal was verraten, Christina: Noch schlimmer als der Krieg ist das erschütterte Selbstbewußtsein der Israelis. Bis jetzt waren sie sich ihrer doch so sicher, und plötzlich...«

Sie nimmt den Kessel vom Herd und beginnt, kochendes Wasser rechts und links an der Teekanne vorbei zu gießen.

»Bitte, laß mich das jetzt machen«, sage ich irritiert, »und geh schon ins Zimmer.«

Sie ist so verwirrt, daß sie mir tatsächlich den Kessel überläßt und verschwindet.

Dann endlich sitzen wir nebeneinander auf dem Sofa.

»Und nun erzähl«, fordert mich Lea auf, »was hast du in dem letzten halben Jahr alles getan und erlebt.«

Ich gebe einen Bericht, der gewiß genauso zerfahren ist wie die Aufmerksamkeit, mit der sie mir zuhört.

Als ich gerade dabei bin, ihr von der Premiere zu erzählen, kommt Shlomoh nach Hause. Sein Gesicht ist fahl, die Augen liegen in braun verfärbten Höhlen, auf seinen Wangen brennen zwei kleine rote Flecken.

»Meine Teure«, sagt er, »dich hat der Himmel geschickt.«

Er umarmt mich und küßt mich auf Stirn und Augen. Über seine Schultern hinweg sehe ich ein zerbrechliches Männlein, mit einem Vogelgesicht und einem karierten Hütchen auf dem Kopf.

»Das ist Herr Gesindheit«, stellt Shlomoh vor, »ein wunderbarer jiddischer Schreiber, Übersetzer und Mensch. Setz dich da weg, Moische, und trink ein Glas Tee mit uns.«

Herr Gesindheit setzt sich, und Lea, mit derselben Hast, mit der sie einem den noch nicht leer gegessenen Teller entreißt, greift nach seinem Hut.

»Wenn die Damen gestatten«, sagt der kleine Mann, und hält seine karierte Kopfbedeckung fest, »behalt' ich den Hut auf. Ich habe in der Konfusion meine Kipa vergessen. Man ist ja so konfusioniert...«

»Ja, ja, es ist furchtbar«, sagt Lea, »und erst der Anfang.«

»Dayan«, sagt Shlomoh, »hat erklärt, daß es ein langer, ernster Krieg wird.«

»Hör mir mit Dayan auf«, ruft Lea, streckt den Arm nach der Teekanne aus und stößt dabei eine Vase mit Tulpen um. Die Vase zerschellt an einem schweren Kristallaschenbecher, und Wasser ergießt sich auf Kuchen, Tisch und Boden.

»Euweh«, schreit Herr Gesindheit, und ich sage töricht: »Scherben bringen Glück.«

Das ist der Auftakt zu zwei ruhelosen Stunden, die den einzigen Vorteil haben, uns von unseren Sorgen abzulenken. Leute rufen an und müssen angerufen werden, Herr Gesindheit geht und das Ehepaar Slavic kommt, das Ehepaar Slavic geht und Herr Goldmann kommt, Abi packt seinen Koffer, Shlomoh, mit der Bemerkung, er könne das viel besser, packt ihn wieder aus, Lea packt ihn endgültig ein, frischer Tee wird gekocht, Abis Flugkarte gesucht, ein weiterer Gegenstand zerbrochen, die Fenster werden aufgerissen und wieder zugemacht. Irgendwann erstarren wir in absoluter Laut- und Bewegungslosigkeit vor dem Bildschirm, auf dem uns zu Tee und Käsekuchen die erste Reportage von der Front geboten wird. Ich sehe Soldaten bei diversen militärischen Beschäftigungen, Stahlhelme, erschöpfte, verdreckte Gesichter, Lastwagenkolonnen, Panzer, Flugzeuge, Explosionen, schwarze Rauchschwaden, Krater, Schützengräben, zerstörte Häuser, weinende Frauen, verstörte Kinder, Verwundete und Tote. Bilder, die ich schon zu oft gesehen habe und die mich mit nichts anderem mehr erfüllen als mit einem fundamentalen Abscheu gegen die gesamte Menschheit. Ich schaue mir die Gesichter um mich herum an: Leas kindlich entsetztes, Abis undurchdringliches und Shlomohs, das mit nach innen gekehrtem, gepeinigtem Blick in jedem lebenden, verwundeten und toten Soldaten seine Söhne sieht. Um fünf Uhr verabschiede ich mich. Shlomoh bringt mich zu einem Taxi.

»Ja«, sagt er, »da haben wir nun ein Land, und das Land

war damals für viele das Leben, und jetzt ist es für viele der Tod.«

Ich schweige.

»Uns Juden bleibt wirklich nichts erspart. Hat man die eigene Haut gerettet, muß man die seiner Kinder hergeben. Und das ist noch viel schlimmer.«

Sebastien trägt ein Bauernhemd aus grobem, weißem Leinen und dazu eine flaschengrüne Hose, die an gestreiften Hosenträgern befestigt ist.

»Guten Abend, Sebastien«, sage ich, »ist das jetzt die neue Mode? ›Retro‹ oder wie man sie nennt.«

»Gefällt sie Ihnen nicht?«

»Nein, sie gefällt mir nicht, weder die Mode noch die Zeit, die sie heraufbeschwört.«

»Madame scheinen aggressiv zu sein.«

»Kaputt, Sebastien, entschuldige... trotz all dem ist es schön, Sie wiederzusehen.«

»Sie wissen gar nicht, wie ich mich gefreut habe, als heute vormittag Ihr Telegramm kam. Soll ich die Dinger abnehmen?«

»Ganz wie Sie wollen.«

Er hakt beide Daumen in die Hosenträger, dehnt sie, läßt sie einmal gegen seine Brust zurückschnellen und nimmt sie ab.

»Sind aus München«, erklärt er und hängt sie sorgfältig über einen Stuhl.

»Überrascht mich gar nicht«, sage ich, »und was haben Sie in München gemacht?«

»Ich war drei Monate in der Nähe von München, in Holzkirchen. Schöne Landschaft! Ich habe in einer Kommune gelebt.«

»Großartig«, sage ich, lasse mich aufs Bett fallen und strecke mich lang aus.

»Sie sind nicht nur gegen Hosenträger, sondern auch gegen Kommunen, nicht wahr?«

»Aber nein, mein Lieber. Hosenträger kenne ich, Kommunen nicht. Also kann ich weder dafür noch dagegen sein. Haben Sie was zu trinken da?«

»Eine Flasche Ricard. Trinken Sie das?«

»Alles im Moment. Aber bitte mit sehr viel Wasser, sonst bin ich auf der Stelle blau.«

Er geht zur Kochnische, und ich schaue ihm nach. Alles an ihm ist geschmeidig, sein Gang, seine Bewegungen, sein langer, magerer Körper mit den kaum angedeuteten Hüften und den überraschend breiten Schultern. »Ein Jammer«, denke ich, »daß ich das Flirten verlernt habe.«

Er kommt mit den zwei gefüllten Gläsern zurück und setzt sich zu mir aufs Bett.

»Und das Leben in der Kommune«, frage ich, »hat Ihnen das was gegeben?«

»Ich glaube ja.«

»Was?«

»Menschlichen Kontakt.«

»Habt ihr gute Gespräche miteinander gehabt?«

»Wir haben nicht viel gesprochen. Worte führen zu keinem Verständnis, im Gegenteil.«

»Was führt denn zu einem Verständnis? Eure merkwürdige Musik? Vibrationen, Drogen?«

»Das scheint mir immer noch um vieles besser als verlogenes, sinnloses Geschwätz, Aggressionen, endlose Kompromisse und falsche Ambitionen.«

»Wahrscheinlich hast du recht, Sebastien, und trotzdem ist das, was ihr da treibt, auch nichts anderes als ein Fluchtweg, der früher oder später in einer Sackgasse endet. Oder glaubst du wirklich, damit entkommt man den Zwängen dieser sogenannten zivilisierten Gesellschaft?«

»Wenn man durchhält, ja.«

»Man hält aber nicht durch, es sei denn, man zieht sich auf die berühmte einsame Insel zurück und spielt Robinson Crusoe. Und selbst da, fürchte ich, geht es schief. Wir sind in dieser Gesellschaft aufgewachsen, sind von ihr erzogen und verbogen worden und haben den Druck, uns nach einem bestimmten Schema zu benehmen, längst in uns.«

»Genau von diesem Druck wollen wir uns befreien.«

»Sehr lobenswert, wirklich, ich bin jetzt nicht mal ironisch. Nur wird es euch nicht gelingen, und das wißt ihr auch. Warum hättet ihr es sonst nötig, euch zu betäuben?«

»Weil wir unsere Platten spielen und mal einen Joint rauchen, betäuben wir uns?«

»Ach Quatsch, Sebastien! So wie sich die einen mit Worten belügen, belügt ihr euch mit eurem Schweigen. Im Grunde habt ihr euch nicht viel zu sagen. Ihr hängt rum und ödet euch an, und wenn es mit den Vibrationen nicht mehr klappt, dann legt ihr eine von euren Platten auf, und wenn das nicht mehr klappt, dann raucht oder schluckt oder spritzt ihr was: und dann endlich, endlich ist es geschafft, die Worte, die Aggressionen, die Ambitionen, alles schlummert sanft, und ihr fühlt euch wie neu geboren und seid überzeugt, das wahre Leben erkannt und erobert zu haben. Das schlimme ist, ich verstehe euch, aber eine Lösung sehe ich in all dem nicht.«

»Wir denken gar nicht an eine Lösung.«

»Natürlich denkt ihr nicht an eine Lösung. Würde dann ja auch alles nicht mehr stimmen, wenn ihr an eine Lösung dächtet. Zielgerichtetes Denken ist verpönt, weil reaktionär. Und ich, das sehe ich an deinem verkniffenen Mund, bin natürlich auch reaktionär. Ein Mensch, der so spricht wie ich, zählt zur Klasse der Reaktionäre. Immer schön katalogisieren, nicht wahr? Das macht es einfacher. Frei denkende Menschen, die sich nicht mit einem Schema, einer Klasse, einer Ideologie vereinbaren lassen, gibt es nicht mehr.«

»Pffff«, macht er und schüttelt sich wie ein Hund, über dem man einen Kübel Wasser ausgeleert hat, »ich hatte Sie ganz anders in Erinnerung.«

»Tut mir leid, dich um deine Erinnerung betrogen zu haben, aber ich wollte dir das eigentlich schon immer sagen. Nur ergab sich damals nicht die Gelegenheit dazu. Heute, dank meiner Verzweiflung, ergibt sie sich.«

»Wieso?« fragt er. »Was ist denn los?«

»Hast du schon etwas vom Krieg im Nahen Osten gehört?«

»Der war doch zu erwarten.«

»Nicht so.«

»Mit ›nicht so‹ meinen Sie, daß er etwas verfrüht und zu plötzlich kam. Eine prekäre Situation, gebe ich zu. Aber wenn man jahrelang eine so verantwortungslose Politik wie die Israelis betreibt, dann muß man wenigstens stündlich auf einen Krieg vorbereitet sein.«

»Sie sehen das so kalt und undifferenziert, daß man meinen könnte, Sie hätten keinen Tropfen jüdischen Blutes.«

»Habe ich das etwa? Von wem? Von meinem bigotten, konvertierten Vater? Daß ich nicht lache! Nein, Madame, ich fühle keine brüderliche Verwandtschaft mit den Juden. Sie sind für mich Menschen wie alle anderen. Es gibt anständige und unanständige, dumme und kluge. Auch unter den Arabern gibt es die, auch unter den Chinesen. Ich bin eine andere Generation, nach dem Krieg geboren. Ich sehe die Dinge ohne Vorbelastung. Ich räume den Juden keine Sonderstellung ein und denke nicht daran, ihre Fehler und Vergehen mit ihrer Vergangenheit zu entschuldigen, jedenfalls nicht, wenn sie aus dieser Vergangenheit negativen Profit schlagen. Ein Volk, das über Jahrtausende unterdrückt, verfolgt und vertrieben worden ist, sollte daraus eine Lehre gezogen haben.«

»Sie haben daraus eine Lehre gezogen, nämlich die, sich unter keinen Umständen mehr unterdrücken, verfolgen und vertreiben zu lassen.«

»Auf Kosten eines anderen Volkes, das sie unterdrückt und vertrieben haben.«

»Es besteht da vielleicht doch noch ein kleiner Unterschied zwischen den Maßnahmen der Israelis den Arabern, und den Maßnahmen anderer Völker den Juden gegenüber. Ich habe noch nichts davon gehört, und Sie, so

Sie noch nicht ein Opfer arabischer Propaganda geworden sind, gewiß auch nicht, daß die Israelis die Araber umbringen, so wie man die Juden zu Millionen umgebracht hat. Ich kann mich beim besten Willen nicht erinnern, daß die Juden ihre sogenannten Gastvölker in irgendeiner Weise bedroht hätten. Es war in deren Fall also nicht eine Frage der Notwehr, sondern eine Frage des Prinzips: Andersgläubige oder fremde Elemente oder Menschen mit einer scharfen Intelligenz oder Beschnittene, ganz gleich ob Kinder, Frauen, Greise müssen unterdrückt, verfolgt, vertrieben und in rauhen Mengen umgebracht werden. Das ist in sehr kurzen Worten die Vorgeschichte. Und wenn man sich an das Problem ›Israel‹, das im Grunde ja nichts weiter ist als eine Konsequenz dieser Vorgeschichte, überhaupt heranwagt, dann sollte man sich hüten, sie außer acht zu lassen, ganz gleich, ob man Ihre oder meine Generation, ob man Deutscher oder Franzose, ob man links oder rechts eingestellt ist. Das, was den Juden durch andere Völker widerfahren ist, läßt sich ganz einfach nicht vergleichen mit dem, was den Arabern durch die Juden widerfährt. Es gibt eine entschuldbare und eine unentschuldbare Schuld.«

»Also halten Sie die israelische Politik für entschuldbar.«

»Ich halte sie für dumm, für arrogant, für kurzsichtig, für alles, was Sie wollen, aber... ja, in diesem Fall halte ich sie für entschuldbar.«

»Madame«, sagt er und wirft mir eine Kußhand zu, »scheinen die Politik mit sehr viel Emotion und wenig Objektivität zu betrachten.«

»Erstens betrachte ich die Geschichte der Juden vom menschlichen und nicht vom politischen Standpunkt aus, und zweitens kann ich es nicht vertragen, wenn junge Leute mit ihrem Mangel an Erfahrung, an Verständnis, an Demut, mit dem Auge des objektiven Betrachters auf alles herabschauen und glauben, sie hätten die Weisheit für sich gepachtet. Glauben Sie mir, Sebastien, mit spätestens Ende

Zwanzig werdet ihr, von wenigen Ausnahmen abgesehen, eure schönen Ideen gegen eine gutbürgerliche Existenz eingetauscht haben; und wenn es euch jemals an den Kragen gehen sollte, so wie es uns an den Kragen gegangen ist, ihr werdet nicht einen Deut anders reagieren als Generationen vor euch. Die menschliche Natur ist nicht zu ändern. Angst bleibt Angst und Schmerz bleibt Schmerz und Hunger bleibt Hunger. Ihr habt das alles bloß noch nicht erlebt.«

»Ich fürchte«, sagt er, »in diesem Punkt haben Sie recht.«

»Danke für die Einsicht.«

Ich trinke mein Glas aus und halte es ihm hin.

»Gib mir noch einen«, sage ich, »es schmeckt abscheulich, aber es dämpft.«

Er bringt uns beiden ein neues Glas Ricard, geht zum Plattenspieler, wählt mit Bedacht eine Platte und legt sie auf. Es ist eine südamerikanische Melodie, sanft und rhythmisch.

Ich lehne den Kopf an die Wand, schließe die Augen und fühle die kreisende Schwere des Alkohols in meinem Körper. Sebastien nimmt meine Hand und streichelt sie mit den Spitzen seiner langen, gelenkigen Finger.

»Merken Sie jetzt, Christine, wie schön das sein kann?« fragt er nach einigen Minuten. »Schweigen, Musik, eine kleine Betäubung, in diesem Fall durch Ricard.«

»Ich habe dir ja gesagt, daß ich das alles sehr gut verstehe. Wenn du wüßtest, wie oft ich mir schon gewünscht habe, nie mehr aufstehen, nie mehr sprechen zu müssen!«

»Ich habe eine Idee«, sagt Sebastien, »wir fahren mit der Transsibirischen Eisenbahn nach China. Wir sitzen uns am Fenster gegenüber, tagelang, wochenlang, stumm. Die Räder machen tschake, tschake, tschak, es ist immer dasselbe, das einzige Geräusch, tagelang, wochenlang. Wir schauen hinaus und sehen weiße, endlose Flächen, der Himmel, die Erde, alles weiß, alles flach, keine Straße, kein Haus, kein Lebewesen. Tagelang, wochenlang. Wir sind im Niemandsland zwischen Leben und Tod. Wir sind Luftmenschen. Wir spüren keinen Druck mehr in uns, kein Verlangen, keinen Schmerz, keine Angst...«

Er legt seinen Kopf in meinen Schoß und blickt mit dem Lächeln eines Schlafwandlers zu mir auf.

»Laß uns mit der Transsibirischen Eisenbahn nach China fahren.«

»Natürlich fahren wir mit der Transsibirischen Eisenbahn nach China, aber etwas später. Erst muß ich mal nach Israel.«

Ich sehe, wie sein schöner, weißer Traum an diesem einen Wort zerschellt. Sein Lächeln erlischt, in seine Augen kommt ein spöttischer Ausdruck.

»Und so hat jeder seinen Traum«, sagt er, »ich den vom Luftmenschen und Sie den vom Heldentod.«

Ich schweige.

»Wollen Sie wirklich nach Israel?«

»Es ist leider keine Frage des Wollens, sondern des Könnens. Es gibt für keine Maschine mehr einen Platz.«

»Ein Glück für Sie.«

»Sebastien, nach all dem, was ich vorhin über Israel gesagt habe, solltest du eigentlich ein bißchen verstehen.«

Er setzt sich auf, greift nach seinem Glas, trinkt, zündet sich eine Zigarette an.

»Ich verstehe ja auch«, sagt er nach einigen Zügen, »wollen Sie, daß ich Ihnen einen Platz besorge?«

»Wie denn?«

»Über mir wohnt eine Stewardeß der Air France. Sie hat eine Schwäche für mich.«

»Eine Stewardeß, auch wenn sie eine Schwäche für dich hat, wird da nicht viel ausrichten können.«

»Die Stewardeß kennt einen Flugkapitän, der eine Schwäche für sie hat!«

»Das ist schon besser.«

»Und da ich eine sehr große und offenbar selbstlose Schwäche für Sie habe, werde ich tun, was ich kann.«

»Danke, Sebastien.«

Ich beuge mich vor, um ihm einen Kuß auf die Wange zu geben, aber er fängt meinen Kopf ab und hält ihn fest. Sein Gesicht, das sich langsam dem meinen nähert, ist sehr schön, sehr jung, sehr rein, und als sich unsere Lippen aufeinanderlegen, spüre ich zum erstenmal in meinem Leben, daß es von hier bis zum Tod nicht mehr weit ist.

Der nächste Tag verläuft wie der zuvor. Das Telefon klingelt ab neun Uhr, und zum Frühstück kommen mit fünf verschiedenen Zeitungen, fünf verschiedene Versionen schlechter Nachrichten auf den Tisch. Sie verschlagen Serge den Appetit auf das luftige Croissant und mir die Sprache.
»Du tust, als sei ich daran schuld«, sagt er von meinem Schweigen und seinem schlechten Gewissen irritiert.
»Ich habe doch kein Wort gesagt!«
»Das ist es eben! Ich habe alles versucht, einen Platz für dich zu bekommen, aber im Moment ist es hoffnungslos.«
Er schaut mich nicht an, während er das sagt, und ich frage mich, was nun eigentlich ein größerer Beweis seiner Liebe wäre: daß er sich für meine Abreise einsetzt oder daß er meine Abreise verhindert. Er scheint meine Gedanken erraten zu haben und fragt: »Findest du nicht, daß du mir ein bißchen viel zumutest?«
»Ich werde es selber mal versuchen«, sage ich.
Den Vormittag verbringe ich mit fluchenden Taxichauffeuren, die mich durch strömenden Regen und blockierte Straßen zu den drei in Frage kommenden Fluggesellschaften fahren, und mit nervösen Flugbüroangestellten, die von Menschen wie mir bedrängt, immer wieder dieselbe Auskunft geben müssen: »Keine Plätze mehr. Wartelisten gibt es nicht. Die Flüge können jede Stunde eingestellt werden.«
Den Mittag verbringe ich in einem Kino, bei einem schlechten Kriminalfilm, und den Nachmittag bei den Weinsteins, wo zwischen dem Ehepaar ein Streit über die politischen Fähigkeiten Golda Meirs ausbricht.

Den Abend verbringe ich mit Serge, erst in einem vornehmen Restaurant, in dem er mit der Behauptung, es sei miserabel geworden, Krach schlägt, und anschließend in einem Café, in dem eine zierliche Person mit den Worten: »Leck mich am Arsch!« ihrem Begleiter eine runterhaut.

Im Hotel erwartet mich eine Nachricht von Sebastien: »Mission erfüllt. Ticket für Mittwoch, zwei Uhr dreißig, liegt im Büro der Air France für Sie bereit.«

Die Passagiere, die nach Israel fliegen, werden in dem entlegensten Flügel des Gebäudes abgefertigt. Bis dorthin ist es ein guter Zehn-Minuten-Marsch. Die Gänge werden immer leerer, immer schäbiger, die Beleuchtung trüber.

»Fängt ja reizend an«, sagt Serge, der den Wagen mit meinem Gepäck vor sich herschiebt, »eine Unverschämtheit.«

»Ach laß doch, es ist besser, man sondert uns ab, als daß man uns in die Luft gehen läßt.«

»Ob ihr in die Luft geht, ist den Franzosen doch ganz egal, Hauptsache, ihr beschissener Flughafen kriegt nichts ab.«

»Wie auch immer«, murmele ich.

Wir begegnen zwei mit Maschinenpistolen bewaffneten Polizisten.

»Scheinen auf dem richtigen Weg zu sein«, sagt Serge grimmig. Am hintersten Ende des Ganges, da, wo es nicht mehr weitergeht, führt eine Tür links ab in einen kahlen, fensterlosen Raum, der nicht allzuviel Platz und überhaupt keine Sitzgelegenheiten bietet. Menschen, flankiert von Polizisten, stehen zu einem Knäuel geballt vor der Paß- und Gepäckabfertigung und in einer Schlange vor der Sicherheitskontrolle. Die Polizisten machen einen sehr adretten Eindruck: große Pistolen, kleine Schnurrbärte, gut gebügelte Uniformen. Die Passagiere, mit einer Unzahl an Handgepäckstücken und in einer Kleidung, die offenbar allen Eventualitäten gerecht werden soll – Regen, Hitze und Kälte, Bombenangriffen, Notlandungen und

Obdachlosigkeit –, sehen schon jetzt aus wie Flüchtlinge nach einem tagelangen Exodus. In ihren übernächtigten Gesichtern ist der schlaffe Ausdruck der Niedergeschlagenheit. Was jedoch am meisten bestürzt, ist das Schweigen. Man hört das Scharren und Tappen von Füßen, das Aufschnappen von Kofferschlössern, das Rascheln von Papier beim Öffnen verschiedener Päckchen, aber kaum ein Wort. Der freudige Tumult, der immer da herrscht, wo Juden nach Israel fliegen, ist verstummt. Serge und ich sehen uns an.

»Kommt mir wie eine Isolierstation für Leprakranke vor«, flüstere ich.

»Mir drängt sich da ein viel treffender Vergleich auf, und zwar...«

»Sei still«, sage ich, »ich weiß schon welcher.«

»Na gut«, seufzt er, »stellen wir uns an.«

Wir stehen hinter einer Gruppe junger Leute, bei denen es sich wahrscheinlich um französisch-jüdische Freiwillige handelt. Serge, den Arm um meine Schultern gelegt, mustert sie aufmerksam von Kopf bis Fuß.

»Merkwürdig«, sagt er nach einer Weile leise, »das sind nun, wie man so schön sagt, moderne junge Menschen, aber plötzlich haben sie alle wieder den jahrhundertealten, geschlagenen Ghettoblick. Schau sie dir an, wie sie dastehen, stumm und verstört mit ihren kleinen Koffern und Bündeln. Es ist schrecklich! Kaum sehe ich eine Ansammlung von Juden, kommen mir Bilder von Verfolgung und Vernichtung in den Kopf. Dir auch?«

»Serge«, sage ich, »das ist unser ganz persönliches Trauma.«

»Du irrst dich. In jedem dieser jungen Juden lebt dieses Trauma, ob bewußt oder unbewußt, weiter. Der Beweis dafür ist, daß sie jetzt hier stehen, um nach Israel zu fliegen.«

»Vielleicht hast du recht«, murmele ich und lasse meinen Kopf an seine Schulter fallen.

Eine Zeitlang stehen wir stumm und verstört wie die anderen. Ich spüre Serges Unruhe und meine Müdigkeit wie eine schwere Last, an der ich schleppe. Ich wünschte, es wäre alles schon vorbei: der qualvolle Abschied, das entnervende Warten, der fünfstündige Flug, die Ankunft in einem Land, in dem Krieg herrscht, Dunkelheit, Angst, Verzweiflung. Die Schlange, die sich um ein paar Meter verlängert hat, rückt vor.

»Das dauert ja eine Ewigkeit«, brummt Serge und schaut auf die Uhr.

»Schon Viertel vor zwei, in einer halben Stunde müßtet ihr starten.«

»Wahrscheinlich hat das Flugzeug Verspätung.«

»Ich werde mich mal erkundigen«, sagt er, froh etwas tun und damit der grauen Schlange und den schwarzen Gedanken entkommen zu können. Ich lasse den Kopf hängen und spüre einen stechenden Schmerz hinter den Augen.

»So wie es war, wird es nie wieder«, denke ich vage, »nie wieder...«

Serge kehrt überraschend schnell zurück. Sein Mund, ein harter Strich, drückt Entschlossenheit aus, seine geweiteten Augen Panik.

»Gehen wir ein paar Schritte«, sagt er, packt mich am Arm und zerrt mich aus der Reihe, »ich muß mit dir sprechen.«

»Was ist?« frage ich erschrocken. »Fliegt die Maschine etwa nicht?«

»Doch, doch sie fliegt. Aber es ist die letzte, die fliegt. TWA hat ihre Flüge schon gestern eingestellt.«

»Na, ein Glück, daß ich noch auf der letzten drauf bin.«

Er bleibt stehen.

»Christine«, sagt er eindringlich, »ich flehe dich an, bleib hier.«

»Nein, Serge, ich bleibe nicht hier.«

»Bitte, Christine, nur einen Tag. Ich verspreche dir, daß wir übermorgen zusammen fliegen, aber flieg jetzt nicht alleine.«

»Und mit was, bitte schön, fliegen wir übermorgen? Mit einer Privatmaschine?«

»Mit der EL AL, die stellt ihre Flüge unter keinen Umständen ein. Ich weiß das aus bester Quelle, vom israelischen Botschafter selber. Ich habe ihn gestern angerufen, und er hat mir versprochen, daß auf der EL AL jederzeit ein Platz für mich frei sein würde.«

»Für dich, aber nicht für mich. Davon abgesehen, ist damit ja alles geregelt. Sollte was passieren, was nicht der Fall sein wird, kannst du das nächste Flugzeug nehmen. Was willst du eigentlich mehr? Daß die ausländischen Fluglinien ihre Flüge eingestellt haben, ist noch lange kein Grund für mich, hier zu bleiben.«

»Und ich bin natürlich auch kein Grund für dich, hier zu bleiben... vor drei Jahren wäre ich es noch gewesen.«

»Vor drei Jahren hättest du alles liegen- und stehengelassen und wärst mit mir geflogen.«

»Mein Gott, Christine«, sagt er mit unglücklichem Gesicht, »ich liebe dich heute mehr als vor drei Jahren, aber das alles wirst du nie verstehen. Du verstehst nur dich selbst und auch das mangelhaft.«

»Hauptsache, du verstehst das alles und mich noch dazu... Himmel, worum geht es hier eigentlich? Serge, mach kein Drama aus meiner Abreise, ich bitte dich.«

»Es ist ein so scheußliches Gefühl – du auf der letzten Maschine. Hast du selber denn gar keine Angst?«

»Nein, komischerweise nicht.«

»Warum nicht?« fragt er fast drohend.

»Man hat festgestellt, daß Neurotiker in gefährlichen Situationen besser funktionieren als die sogenannten Normalen.« Ich lache. »Das ist im Moment die einzige Erklärung, die ich dafür habe.«

Er will mich in die Arme nehmen, aber ich weiche ihm schnell aus und sage in dem optimistischen Ton, den ich Ibi abgelauscht habe: »Schluß jetzt! Ich fliege heute, und dich erwarte ich in spätestens einer Woche.«

»Ich komme viel früher.«

»Um so besser.«

Die Schlange ist inzwischen ein großes Stück vorgerückt, und vor mir stehen nur noch drei Personen. Die Polizisten, der eine sehr schwarz, der andere sehr weiß, sind die Geschichte offensichtlich leid. Sie schauen böse auf die geöffneten Koffer, Taschen und Päckchen hinab, stecken ihre Hände mit dem Widerwillen, mit dem man sie in schmutziges Wasser taucht, mal hier, mal da hinein und winken einen mürrisch weiter. Mir fällt der Schwarze zu. Ich schiebe ihm meine zwei Gepäckstücke hin, die, sauber gepackt, einen harmlosen Eindruck machen. Dennoch scheint meine rote Reisetasche einen Verdacht in ihm zu wecken. Er zieht meinen elektrischen Haarfön heraus, dann ein Nachthemd, schließlich eine Fleischkonserve, die ich, in meiner Angst, nichts Eßbares in der Wohnung vorzufinden, meiner Katze zugedacht habe.

»Was ist das?« fragt er argwöhnisch.

»Madames eiserne Ration«, sagt Serge gereizt.

Der Neger, empfindlich, wie es Menschen, die zu einer unterdrückten Minorität zählen, nun einmal sind, findet Serges Ton und Bemerkung nicht komisch. Er stellt die Konserve auf den Tisch und winkt mich weiter.

»Bitte«, sage ich flehend, »die Konserve ist für meine Katze.«

Er studiert sie noch einmal von allen Seiten, schüttelt sie, zuckt die Schultern und gibt sie mir zurück.

»Danke«, sage ich und im Weitergehen zu Serge: »Warum tust du so was? Der Mann ist mit seiner eigenen Rasse schon geschlagen genug, soll er da auch noch Sympathien für die Juden haben?«

»Der Mann«, sagt Serge, der in dem gutmütigsten, schwärzesten oder weißesten Polizisten die brutale Gewalt sieht, »ist bei der Polizei.«

Wir stehen weitere zehn Minuten vor der Gepäckabfertigung. Serge hält meine Hand.

»Wie wirst du bloß von Lod nach Jerusalem kommen?« fragt er besorgt.

»Mit einem Taxi, nehme ich an, oder mit dem Bus.«
»Die sind doch alle im Krieg.«
»Ein paar werden schon noch für Zivilisten da sein, und wenn nicht, rufe ich Alex an und bitte ihn, mich abzuholen.«
»Ich sehe dich schon die Nacht auf dem Flugplatz verbringen.«
»Du siehst immer das Schlimmste«, sage ich, obgleich ich mich die Nacht nicht anders verbringen sehe.
»Wenn Alarm ist, mußt du sofort in den Keller gehen.«
»Ein glänzender Vorschlag, nur, wo sind die Keller?«
»Oh, mon amour, warum tust du mir das an?« Er drückt sein Gesicht in meine Wange. »Wenn dir etwas passiert, mache ich Schluß. Ich kann nicht ohne dich leben.«
»Natürlich kann er ohne mich leben«, denke ich, »es ist nur eine Frage der Zeit. Alle heftigen Gefühle sind nur eine Frage der Zeit – Schmerz, Verzweiflung, Leidenschaft...«
»Ihren Paß und Ihre Flugkarte, bitte«, sagt das schmächtige Mädchen hinter dem Schalter.
Ich lege ihr die Papiere hin, Serge stellt mein Gepäck auf die Waage. Es geht jetzt sehr schnell.
»Startet das Flugzeug pünktlich?« frage ich und weiß nicht mehr, ob ich es hoffen oder fürchten soll.
»Ja, Sie müssen gleich weiter in den Warteraum.«
Ich folge Serge in eine stillere Ecke.
»Bitte keinen Abschied«, sage ich hilflos, »es waren schon zu viele Abschiede in meinem Leben, und ich kann sie nicht mehr ertragen! Ich liebe dich, Serge.«
Er nimmt mich in die Arme und küßt mich lange.
»Je t'aime«, sagt er, »mehr als vor drei Jahren, mehr als du jemals begreifen wirst... je t'aime.«
Und er leckt mir die Tränen von den Wangen.

Jerusalem

»C'est la guerre«, jammert die Frau mit schriller Stimme, »c'est la guerre.«

Ich drehe mich kurz zu dem jungen Mädchen um, das hinter mir wie ein verschreckter Vogel auf dem Klappsitz hockt, und sage: »Das erklärt sie uns nun schon zum zehntenmal.«

Der Taxifahrer, ein dünner Kerl mit einem Rattengesicht, wirft mir einen schnellen, mißtrauischen Blick zu, ich zünde mir eine Zigarette an und starre wieder geradeaus in die lichterlose Nacht.

»Na warte, mein Lieber«, denke ich, »das wird dich am Ende mehr Angst kosten als mich Geld.«

Lod liegt längst hinter uns, ebenso die große, Gestank verbreitende Fabrik, die ich heute zwar nicht mit den Augen, dafür aber um so mehr mit der Nase wahrgenommen habe. Wir sind jetzt auf der Straße nach Jerusalem. Würde ich sie nicht besser kennen als irgendeine Straße der Welt, ich wäre davon überzeugt, daß uns der kleine Gauner in umgekehrte Richtung fährt. Die Landschaft, die hier flach und kontrastlos ist, bietet kaum Anhalts- und Erkennungspunkte. Die Autos, die uns mit dunkelblau übermalten Scheinwerfern entgegenkommen, sieht man erst im letzten Augenblick. Der Himmel mit seinen großen, kalt funkelnden Sternen ist heller als die Erde. Israels Lichter sind erloschen.

»Sie werden dem Chauffeur doch nicht wirklich hundert Pfund geben«, flüstert das junge Mädchen dicht an meinem Ohr, »er hat nicht das Recht, so viel zu verlangen.«

»Er hat nicht das Recht«, sage ich langsam und deutlich, »aber dank der Situation die Macht.«

Der Taxifahrer scheint verstanden zu haben. Er dreht

mit einem Ruck den Kopf und schießt uns einen scharfen Blick zu.

»Was hätten wir denn tun können«, fahre ich fort, »zu zweit in deinem Schlafsack übernachten?«

»Vielleicht wäre doch noch ein anderes, billigeres Taxi gekommen.«

»Vielleicht ja, vielleicht nein. Wie auch immer, ich hatte den Zirkus satt.«

Ich war eine gute Stunde hinter Taxis hergelaufen und hatte versucht, mit unwilligen, unverschämten oder kopflosen Fahrern zu verhandeln. Die Zahl der Wartenden hatte sich zu einer kreischenden, stoßenden Menge angestaut, und die paar Wagen, die vorfuhren, waren im Nu besetzt gewesen, Busse hatte es nicht gegeben, auch keine Scheruts. Schließlich, als sich die Menge etwas gelichtet hatte und der spärliche Fluß der Taxis vollends versiegt zu sein schien, war ein kleines, gestrandetes Geschöpf an mich herangetreten und hatte in gebrochenem Englisch gesagt: »Entschuldigen Sie, Madame, aber vielleicht können Sie mir helfen. Ich muß nach Jerusalem.«

»Kommen Sie«, hatte ich erwidert, »gehen wir, ich muß nämlich auch nach Jerusalem.«

Ihre Augen, von Natur aus sehr groß, waren noch größer geworden.

»Gehen«, hatte sie verwirrt gefragt, »aber wir können doch nicht den ganzen Weg gehen?«

»Fahren offensichtlich auch nicht.«

»Aber was sollen wir denn bloß tun?«

»Warten. Oder es uns auf dem Flugplatz gemütlich machen. Dunkel genug ist es ja. Also kann man gut schlafen.«

»Ich habe einen Schlafsack.«

»Sehr erfreulich, besonders für mich.«

Etwa zwanzig Minuten später war das Rattengesicht mit dem Ruf: »Jeruschalajim!« vorgefahren. Auf dem Rücksitz des Autos hatten bereits drei Frauen und auf deren Knien drei Kinder gesessen.

»Wieviel?« hatte ich, mich auf ihn stürzend, gefragt.

»Hundert Israeli-Pfund.«

»Und wieviel zahlen die Frauen da hinten? Auch jede hundert Israeli-Pfund?«

»Hundert Israeli-Pfund. Wenn du nicht willst, nimm ein anderes Taxi.«

»Das ist vierzig Pfund zu viel«, hatte die Kleine, die mir gefolgt war, aufgeschrien, »c'est incroyable!«

»Steig ein«, hatte ich gesagt, »es hat keinen Zweck.«

»Aber ich kann nicht so viel Geld ausgeben.«

»Ist auch nicht nötig. Wo ist dein berühmter Schlafsack?«

Sie war davongerannt und mit einem riesigen Packen auf dem Rücken, tiefgebückt, zurückgekehrt.

»Sehr praktisches Ding«, hatte ich gesagt und dem Fahrer zu verstehen gegeben, daß der Schlafsack irgendwo verstaut werden müßte. Er hatte ihn aufs Wagendach geschmissen und erklärt: »Hundertfünfzig Israeli-Pfund.«

Ich war wortlos eingestiegen.

»Keine Sorge«, hatte ich zu der Kleinen gesagt, »ich werde schon mit ihm fertig.«

»Wie?«

Das allerdings hatte ich nicht gewußt, weiß es immer noch nicht. Wir fahren jetzt auf das Kloster Latrun zu. Ich erkenne es vage an dem mit Olivenbäumen bepflanzten Hang, der einzigen Erhebung in dieser Ebene. Die Mönche, die dort leben, sind Trappisten. Sie schweigen und bauen Wein an. Ich habe mir manchmal gewünscht, Trappist zu sein.

»Die drei Frauen und die Kinder«, sagt das Mädchen hinter mir, »fahren wahrscheinlich auf Ihre Kosten.«

»Natürlich fahren sie auf meine Kosten. C'est la guerre, wie die eine immer wieder so richtig beteuert. Der Krieg heiligt die Mittel, auch den Betrug.«

Ich hätte nicht »c'est la guerre« sagen sollen, denn damit fühlt sich die Frau angesprochen und läßt einen bedrohlich klingenden Bericht über die Lage in Israel los. Sie stammt ganz offenkundig aus Nordafrika und hat von dort sowohl die französische Sprache als auch die Kunst des Märchenerzählens mitgebracht.

»Schaut euch die Dunkelheit an«, schreit sie und drückt ihren Zeigefinger auf die Fensterscheibe, »zum Fürchten, diese Dunkelheit. Die Menschen sehen nicht, fallen, brechen sich alle Knochen im Leib, die Autos stoßen zusammen... da, da, was sage ich euch!«

Ein Lastwagen fährt haarscharf an uns vorbei, und ich halte den Atem an und lasse ihn dann mit einem Fluch wieder heraus.

»Frag sie doch bitte, ob sie für die Fahrt, die ich ihr zahle, nicht wenigstens die Schnauze halten kann«, sage ich zu dem Mädchen.

Aber das hat der Schreck gelähmt, und die Frau fährt unbehindert fort: »Und Zucker gibt es nicht mehr; und Eier sind auch schon knapp geworden; und die Frauen stehen Schlange von einer Ecke bis zur anderen; und wenn der Krieg noch ein paar Wochen dauert, und man sagt, so lange dauert er bestimmt, dann werden wir verhungern. Euwaweu, euwaweu, die Plagen Pharaos sind über Erez Israel gekommen! Unsere jungen Männer, unsere Söhne, Brüder und Väter werden getötet, zu Hunderten, sagt man, getötet, und die Araber schneiden ihnen bei lebendigem Leib...«

»Ruhe!« zische ich.

»C'est la guerre«, schreit sie, »c'est la guerre! Ich sage es euch, wie es ist. Furchtbar ist es. Jeden Tag Fliegeralarm...« Sie ahmt den Ton der Sirenen nach, wozu ihre Stimme vorzüglich geeignet ist. Eins der Kinder erwacht davon und beginnt zu brüllen. Davon erwachen wiederum die zwei anderen, und jetzt ist da hinten die Hölle los.

»Glauben Sie, daß das alles stimmt?« fragt mich das Mädchen verängstigt.

»Sage mal«, frage ich zurück, »warst du eigentlich noch nie in Israel?«

»Doch, warum?«

»Na, dann müßtest du doch wenigstens die Orientalen und ihre blühende Phantasie kennen.«

»Ich war die ganze Zeit in einem Kibbuz in der Nähe von Jerusalem.«

»Wie heißt du eigentlich?«

»Janine Bloch.«

»Und du lebst in Paris?«

»Ja, ich bin dort geboren.«

»Du bist doch noch keine siebzehn, nicht wahr?«

»O doch, ich bin bald zwanzig.«

»Hm, erstaunlich. Und du willst jetzt wieder in den Kibbuz?«

»Ja. Ich habe einen Freund da. Amos. Er ist bestimmt an der Front.«

»Weiß man, daß du kommst?«

»Nein, aber das ist kein Problem. Nur heute nacht ist ein Problem, denn wie soll ich von Jerusalem in den Kibbuz kommen?«

»Du lieber Gott«, denke ich, »dieses Mädchen wird an mir hängenbleiben.«

»Gut, wir werden sehen«, sage ich.

Die Kinder haben zu brüllen aufgehört, und der Fahrer bietet mir eine Zigarette an.

»Wieviel?« frage ich. »Zehn Israeli-Pfund oder vielleicht fünfzehn?«

Der Mann sieht mich an wie ein Hund, der noch nicht weiß, ob er knurren oder mir die Hand lecken soll. Dann plötzlich entschließt er sich zu einem äußerst uncharmanten Lachen.

»Nimm«, sagt er, »ein Geschenk.«

»Nein, danke«, sage ich und weiß, daß ich ihn mit dieser kurzen Absage tiefer treffe als mit der gröbsten Beschimpfung.

Er murmelt etwas gewiß nicht Schmeichelhaftes und zündet sich eine Zigarette an.

»Weißt du«, sage ich zu Janine, die sich mir eifrig über die Lehne zubeugt, »ich habe immer geglaubt, daß in Israel Brüderlichkeit herrscht und die Menschen in einer schlimmen Situation zusammenhalten. Jetzt entdecke ich, daß das gar nicht stimmt. Es gibt auch hier Menschen, die skrupellos sind und aus einer Notlage Profit schlagen.«

»Die gibt es in der ganzen Welt«, entgegnet Janine, die meine auf den Fahrer abgezielten Worte offenbar für eine meiner neuesten Erkenntnisse hält.

»Ja«, sage ich langsam und deutlich, »aber doch nicht in Israel.«

Janine, der offenbar echte Zweifel kommen, sei es, was meine Intelligenz, sei es, was die Integrität Israels betrifft, schweigt verwirrt. Aber bei dem Fahrer haben meine Worte ins Schwarze getroffen. Er streift mich mit flinken, nervösen Blicken und trommelt mit den Fingern aufs Lenkrad. Schließlich schaltet er in seiner Bedrängnis das Radio ein, das eine Weile dumpf vor sich hin brodelt und dann plötzlich mit einem Paukenschlag in eine heroische Sinfonie ausartet.

»Auch das noch!« sage ich, doch dem Chauffeur ist das Getöse sehr willkommen. Er nimmt die jetzt ansteigende, kurvenreiche Straße mit neu erwachter Kühnheit, und ich bete, daß uns nicht ein ähnlich kühn gelenkter Wagen entgegenkommt.

Wir erreichen die Kreuzung, von der aus es nur noch siebenundzwanzig Kilometer bis Jerusalem sind, passieren »Shimshon's Inn« und beginnen, uns die Straße in die Berge hinaufzuwinden, da bricht die Sinfonie ab, und in eine Stille, die bedenklich stimmt, tropft das Piep, Piep, Piep des Zeitzeichens.

»Chadashot«, brüllt der Fahrer, und der Chor der Frauen wiederholt aus dem Hintergrund: »Chadashot.«

»Was ist passiert«, ruft Janine erschrocken.

»Nachrichten«, sage ich, »weiter nichts.«

»Scht!« zischt der Fahrer.

»Scht!« kommt der Chor der Frauen aus dem Hintergrund.

Und dann donnert die Stimme des Sprechers aus dem Radio, daß die Scheiben klirren. Ich fürchte um mein Trommelfell, aber den Apparat leiser zu stellen, hieße, um mein Leben fürchten zu müssen. Also verhalte ich mich ruhig, nicht so die vier anderen.

»Euwaweu!« ruft eine der Frauen bereits nach den ersten Sätzen, während die zweite stöhnt und die dritte einen unartikulierten Laut ausstößt.

»Ruhe!« schreit der Fahrer.

»Mami, Mamele«, weint ein Kind los.

»Scht, Motek, scht, scht, scht, schschscht!«

»Oh mon dieu, mon dieu!«

»Ruhe!«

»Papi, Papele!«

»Scht, Kind, scht, die Nachrichten!«

»Was hat er gesagt, was?«

»Die Russen... der Himmel sei uns gnädig!«

»Ruhe!«

Fünf Minuten später, als die Nachrichten beendet sind, entwickelt sich zwischen dem Fahrer und den drei Frauen eine heftige Diskussion über das, was der Sprecher nun eigentlich gesagt hat. Doch da niemand ihn richtig gehört oder aber jeder auf seine Weise falsch verstanden hat, wird man sich nur in einem Punkt einig, nämlich, daß die Lage katastrophal ist.

Janine, die die orientalische Mentalität immer noch nicht begriffen zu haben scheint, ist auf Einzelheiten und einen zusammenfassenden Kommentar erpicht.

»Janine«, sage ich, als die Berichte immer verwirrender, immer haarsträubender werden, »ich bitte dich.«

»Aber man muß doch wissen...«

»Wir sind hier nicht in Paris, wo man politische Ereignisse bei einem mondänen Diner der Reihe nach durchspricht!«

»C'est la guerre!« schreit die Frau, die in jedem meiner Worte einen Angriff gegen sich vermutet, »c'est la guerre.«

»Der Teufel soll dich holen, du verrücktes Weib«, sage ich auf deutsch. Dem Wagen geht bei der Steigung die Puste aus, und der Fahrer haut fluchend den zweiten Gang rein.

»Ist es noch weit?« fragt Janine erschöpft.

»Gott sei Lob und Dank, nein. Etwa noch zehn Kilometer. Da oben liegt Jerusalem.«

»Wo?«

Ja, wo? Nach dieser Kurve hätte man es bereits sehen müssen, ein Büschel Lichter, das mich bei der Vorstellung – dort oben liegt Jerusalem – immer wieder bezaubert hatte. Jetzt scheint da oben nichts mehr zu liegen. Der Himmel ist heruntergelassen wie ein schwarzer, sternverzierter Vorhang. Und plötzlich überfällt mich der Gedanke: Über diesen Hügeln dort hinten wird es nie wieder Tag.

Die Stadt ist wie ausgestorben. Straßenbeleuchtung und Ampeln sind ausgeschaltet. Ich frage mich, ob hinter den dunklen Fenstern wirklich Menschen leben.

»Es ist, als seien sie alle weggerannt«, sagt Janine, die ähnlichen Gedanken nachzuhängen scheint.

»Sind sie aber nicht«, sage ich, um den Bann dieser Vision zu brechen, »sie schlafen schon. Es ist ja auch gleich zwölf.«

»Wo wohnst du?« fragt mich der Fahrer.

»In der Tschernichowsky.«

In dem Taxi ist es jetzt sehr still geworden, denn mit dem nahen Ende der Fahrt fällt die Entscheidung: für Janine, ob ich sie mit in meine Wohnung nehme, für die Frauen, ob ich ihnen die Reise nach Jerusalem bezahle, für den Chauffeur, ob ich mich widerstandslos von ihm übers Ohr hauen lasse. Jeder ist mit seinen ganz persönlichen Problemen beschäftigt und der Krieg in diesem Moment vergessen. Wir biegen in meine Straße ein.

»Halt«, sage ich, »hier ist das Haus.«

Der Fahrer hält.

»Wieviel?« frage ich.

»Hundertfünfzig Israeli-Pfund«, sagt er, ohne mich anzusehen, mit störrischer Entschlossenheit.

»Aha.«

Ich nehme ein Bündel Scheine aus meiner Brieftasche.

Es sind lauter Zehn-Pfund-Noten, und das macht die Sache eindrucksvoller.

Ich zähle: »Zehn, zwanzig, dreißig, für mich, zehn, zwanzig, dreißig für das Mädchen, das hergekommen ist, um für euch im Kibbuz zu arbeiten... ist zusammen sechzig und der vorgeschriebene Preis für eine Fahrt nach Jerusalem. Der Rest, neunzig Pfund...«, ich blättere ihm die Scheine hin, »für die da hinten, ich meine die reizenden Damen, die sich genauso wenig schämen wie du, eine der ihren auszubeuten.«

Der Mann steckt ungerührt das Geld ein, die Frauen auf dem Rücksitz beginnen sich wieder zu bewegen.

»Janine«, sage ich und gebe ihr Block und Stift, »sei so gut und schreibe die Nummer des Taxis auf, ich möchte wenigstens wissen, mit wem ich es zu tun habe.«

»Nein!« schreit der Mann, und die Frauen beginnen aufgeregt miteinander zu tuscheln.

Janine freut sich über meinen Einfall, springt aus dem Wagen, geht um ihn herum und beginnt, die Nummer zu notieren.

»Das kannst du nicht machen«, zetert der Mann, »ich habe eine Frau und fünf Kinder!«

»Fünf Kinder!« wiederholt kreischend der Chor der Frauen.

»Bitte meine Koffer und den Schlafsack«, sage ich eisig.

»Man wird mir meine Lizenz wegnehmen, man wird mich...«, er greift in die Hosentasche und zieht das Geld hervor.

Ich steige aus. Der Mann stürzt hinter mir her, die Frauen öffnen die Türen und stecken die Köpfe heraus.

»Hier sind die neunzig Pfund«, schreit er und wedelt mit den Scheinen, »hier, nimm sie!«

Ich nehme sie. Die Frauen ziehen die Köpfe zurück und schließen die Türen. Der Fahrer zerrt den Schlafsack vom Dach und die Koffer aus dem Gepäckraum. Er rennt und tut, als sei der Teufel hinter ihm her.

»Danke für deine Hilfe«, sage ich und halte ihm zehn Pfund hin.

»Behalt's«, sagt er plötzlich mit orientalischer Großzügigkeit, »behalt's. Von dir nehme ich kein Trinkgeld. Du bist im Krieg nach Israel gekommen, und die Kleine geht in einen Kibbuz arbeiten. Ihr seid gute Menschen. Frieden und Segen mit euch.«

Und er springt ins Auto zurück, läßt den Motor an und rast davon.

»C'est la guerre«, sage ich zu Janine, »komm, gehen wir.«

Die Angst, als ich das Haus betrete, diese entsetzliche Angst! In welchem Zustand werde ich die Katze wiederfinden – verlassen, halb verhungert, krank, tot? Ist sie, ob tot oder lebendig, überhaupt noch in der Wohnung, oder haben die jungen Leute sie in der Aufregung des Krieges weggegeben, ausgesetzt, ihren Kadaver in die Mülltonne geworfen?

Ich drücke den Lichtschalter, aber es bleibt dunkel. Janine, unsichtbar unter dem gewaltigen Packen ihres Schlafsacks, stolpert.

»Bleib dicht hinter mir«, sage ich zu ihr, »es ist nur eine Etage hoch.«

Wir beginnen den beschwerlichen Aufstieg.

»Ich habe eine Katze zu Hause«, sage ich und versuche, mir mit diesen Worten die Existenz der Katze zu suggerieren.

»Wie hübsch«, antwortet Janine mit letzter Kraft.

Ich stelle die Koffer ab, drücke auf die Klingel, warte. In der Wohnung rührt sich nichts, kein Schritt, keine Stimme, kein Katzengeschrei. Ich habe es nicht anders erwartet, trotzdem wird mir übel. Ich reiße meine Tasche auf, wühle nach den Schlüsseln. Etwas fällt heraus, noch etwas, das dritte klirrt und zerschellt in tausend blitzende Splitter.

»Sieben Jahre Unglück«, murmele ich.

Endlich habe ich den Schlüssel, stecke ihn ins Schloß, drehe ihn. Das Haar klebt mir am Kopf, meine Hand ist schwach und feucht. Ich drehe ihn ein zweites Mal, öffne die Tür.

In der Wohnung ist es noch dunkler als im Treppenhaus. Ich sehe nicht von der Schwelle bis zum Ende des kurzen Ganges. Es ist heiß, und in der Luft liegt ein Gestank faulen Fleisches. Der Schock ist so groß, daß ich die Gedanken über das, was stinkt, im Keim ersticke. Ich taste mit zitternder Hand nach dem Lichtschalter.

»Lieber nicht«, warnt Janine.

Aber jetzt kann mich keine Gefahr der Welt mehr zurückhalten, das Licht anzudrehen. Es flammt auf, ich lasse die Koffer zu Boden fallen und laufe rufend, lockend, flehend durch die Wohnung.

»Bonni, meine Kätzin, meine Schöne, meine einzige... Bonni, wo bist du, Musche, komm bitte, tu mir das nicht an und komm!«

Sie ist nicht in der Küche, nicht im Wohnzimmer, nicht im Schlafzimmer, nicht im sogenannten Gästezimmer. Ich renne ins Bad. Auch da ist sie nicht.

»Bonni, meine Kleine!«

Meine Stimme bricht, und ich setze mich auf den Wannenrand. Im selben Moment bewegt sich der Plastikvorhang vor dem winzigen Duschraum, und Bonnis Kopf schiebt sich durch den Spalt. Ich sehe nur diesen Kopf mit den goldenen Augen und der rostroten Flamme auf der Stirn, lasse mich vom Wannenrand auf die Knie gleiten und nehme ihn in beide Hände. Sie gibt einen kleinen heiseren Schrei von sich, und dieser ungewohnte Laut, in dem sich tiefster Jammer und höchste Freude mischen, treibt mir die Tränen in Strömen aus den Augen. Ich schiebe den Plastikvorhang beiseite, hebe sie aus ihrem Sandkasten, der dort untergebracht, seit Tagen nicht gereinigt worden ist, drücke sie an meine Brust und wiege sie sanft hin und her.

»Du brauchst keine Angst mehr zu haben, mein Goldauge«, flüstere ich, »ich bin wieder da und bleibe bei dir, ja, bestimmt, ich lasse dich nicht mehr allein, nie mehr...«

Janine steht im Türrahmen und beobachtet die Szene, sie hat ein tragisches Gesicht und feuchte Augen.

»Die schöne, arme Katze«, sagt sie und gewinnt damit mein Herz. Ich lächle ihr zu, stehe auf und gehe, die Katze im Arm, ins Wohnzimmer.

»Paß auf, Janine«, sage ich, »jetzt machen wir's uns gemütlich.«

Sie nickt ohne Überzeugung, und als ich mich in dem unordentlichen, verstaubten, muffigen Zimmer umsehe, scheint auch mir meine Zuversicht übertrieben. Wie immer, da sind zwei verstörte Geschöpfe, die Katze und das Mädchen, und wer, wenn nicht ich, ist für sie verantwortlich.

»Bevor du zusammenklappst«, sage ich zu Janine, »leg dich da aufs Sofa.«

»Kann ich Ihnen nicht helfen?«

»Doch, indem du mir nicht im Weg stehst.«

Sie legt sich gehorsam hin, und ich küsse die Katze, die mir mit einem Blick zu verstehen gibt, daß auch Widersehensfreude übertrieben werden kann, und ich lasse sie aus den Armen.

Zunächst einmal gehe ich dem Gestank nach, der mich geradewegs in die Küche und dort zu einem Teller mit faulender und von Ameisen wimmelnder Leber führt. Bonni ist mir gefolgt und schaut anklagend von meinem Gesicht auf den Teller und von da wieder zurück in mein Gesicht.

»Du hast vollkommen recht, meine Kirgisenfürstin«, sage ich, »aber warte, gleich hast du alles, was du brauchst, frisches Fleisch und frischen Sand und frisches Wasser und frische Luft.«

Eine halbe Stunde später hat jeder, was er braucht: Bonni das, was ich ihr versprochen habe, Janine ein Valium und ich einen großen Kognak. Die Jalousien sind hochgezogen, alle Fenster geöffnet, die Betten neu überzogen, die bösesten Knoten aus dem Fell der Katze gekämmt. Im Zimmer brennt als einzige Beleuchtung eine Kerze, und wir sitzen auf der Terrasse, Janine und ich in Liegestühlen, Bonni auf einem der niedrigen arabischen Schemel.

»Wie schön der Himmel ist«, sagt Janine, »die Sterne, so groß und nah. Bei so einem Himmel dürfte man überhaupt keine Zweifel mehr haben.«

Ich schaue zu ihr hinüber. Sie ist sehr apart, ein zartes Geschöpf mit der Figur eines halbwüchsigen Knaben und dem traurigen Gesicht eines kleinen Ghettomädchens. In ihren großen, dunklen Augen lauert die Angst vor dem Leben.

»Zweifel woran?« frage ich.

»An allem...« Sie unterdrückt ein Gähnen.

»Du bist todmüde«, sage ich, »geh ins Bett und schlaf dich aus.«

»Nein, bitte nicht. Ich sitz' hier so gerne mit Ihnen und der Katze. Was für ein Glück, daß ich Sie getroffen habe! Ohne Sie wäre ich ganz verloren gewesen.«

»Was haben eigentlich deine Eltern dazu gesagt, daß du mitten im Krieg allein nach Israel geflogen bist?«

»Ach, meine Eltern! Sie haben schreckliches Theater gemacht. Sie machen immer schreckliches Theater und mischen sich in alles ein. Wahrscheinlich treffe ich darum immer so überstürzte Entscheidungen und mache alles falsch.«

»Glaubst du inzwischen, es war falsch, nach Israel zu kommen?«

»Ja... nein... ich weiß es nicht mehr. Sind Sie furchtbar müde?«

Ich merke, daß sie sprechen möchte. Ungewöhnliche Situationen machen mitteilsam, fremden Menschen vertraut man sich oft leichter an als solchen, die man zu gut kennt.

»Ja, ich bin müde«, sage ich, »aber schlafen kann ich trotzdem noch nicht.«

Sie wendet mir ihr Gesicht zu, ein weißer, herzförmiger Fleck in der Dunkelheit, und sagt: »Wissen Sie, es ist eine ganz banale Geschichte.«

»Du brauchst mich nicht zu warnen. Also, was ist?«

»Ich bin in Paris mit einem Mann befreundet«, erzählt sie, »schon zwei Jahre. Am Anfang war es sehr, sehr schön, wir wollten sogar heiraten. Aber meine Eltern waren dagegen. Er ist Christ und..., na ja, vielleicht ein wenig sprunghaft, auch beruflich. Meine Eltern sind richtige petits bourgeois, Papa ist Anwalt und Maman in erster Linie jüdische Mutter. Sie haben gesagt, eine Mischehe, noch dazu mit einem unsoliden Mann, kann gar nicht funktionieren, und das haben sie so lange gesagt, bis ich schließlich auch Zweifel bekam und Jean Marie – so heißt mein Freund – die Lust vergangen ist.«

Sie überlegt einen Augenblick, dann fügt sie entschlossen hinzu: »Nein, ich bin unehrlich, sie wäre ihm so oder so vergangen. Wie immer, wir blieben befreundet, aber schön war es nicht mehr. Ich wurde immer aggressiver und er immer lauer. Ich kann das nicht ertragen. Was ist eine Liebe ohne Leidenschaft? Voriges Jahr bin ich dann auf drei Monate in einen Kibbuz gegangen, und da habe ich Amos kennengelernt. Er ist lieb und nett und bestimmt ganz solide, nur bin ich nicht in ihn verliebt. Als ich nach Paris zurückkam, war es eine Zeitlang wieder sehr schön mit Jean Marie, doch dann fing alles von vorne an.«

Sie seufzt und schweigt.

»Und jetzt bist du zu Amos nach Israel geflogen«, schließe ich den Bericht, »um Jean Maries Leidenschaft ein zweites Mal aufzufrischen.«

»Nicht nur. Ich habe Amos wirklich sehr gerne, und es ist Krieg, und ich wollte helfen. Aber, na ja, im Grunde ist es wohl so, wie Sie sagen.«

»Ich fürchte, Janine«, sage ich nach einer Weile, »du wirst in immer kürzeren Abständen zu Amos nach Israel fliegen müssen, und zum Schluß hilft selbst das nicht mehr. Leidenschaft nutzt sich leider sehr schnell ab, und danach entscheidet es sich: Entweder man liebt den Mann über die Leidenschaft hinaus und bleibt bei ihm, oder man bleibt in die Leidenschaft verliebt und sucht sie bei einem neuen Mann und dann wieder bei einem neuen und so fort. In deinem Alter und mit deinem Aussehen kannst du das noch viele Jahre durchexerzieren.«

Sie schaut mich unsicher an, und ich sage: »So ist es, meine Kleine.«

»Warum kann man einen Menschen nicht ein Leben lang in Leidenschaft lieben?«

»Weil es in diesem Leben erstens keinen permanenten, zweitens keinen idealen und drittens schon gar nicht einen permanent idealen Zustand gibt.«

Ich trinke meinen Kognak aus. »Geh jetzt schlafen, Janine, es ist gleich halb zwei. Morgen, im Licht des Tages, sieht alles anders aus.«

Sie erhebt sich, beugt sich zu mir herab und küßt mich auf beide Wangen.

»Danke«, sagt sie und geht.

Ich stehe auf und trete an das Balkongeländer. Ich schaue hinab in die alles verhüllende Finsternis und dann hinauf zum Himmel. Eine Sternschnuppe zieht eine leuchtende Spur, aber ich habe nicht einmal mehr den Aberglauben, mir etwas zu wünschen.

Es ist sieben Uhr früh, und ich liege in Licht gebadet auf der Terrasse. Neben mir auf dem Schemel sitzt die Katze, blickt nachdenklich in die Ferne und schnurrt. Aus dem Chor der Vögel hebt sich in regelmäßigen Abständen immer wieder derselbe heitere Triller. Über mir spannt sich die blaue Seide des Himmels. In mir ist Frieden.

Keine drei Autostunden von mir entfernt tobt der Krieg. Männer werden verletzt, verstümmelt, verbrannt, zerfetzt. Ein kleines Stück Erde ist aus den Fugen geraten, und niemand weiß, was die nächsten Stunden bringen werden.

Und ich lächle.

O trügerisches Licht eines Jerusalemer Morgens, schamlos schönes, verführerisches Licht, das aus einem Nichts Freude schlägt und eine totgeglaubte Hoffnung neu entzündet. Ich weiß, daß es die letzte gute Stunde ist, die Ruhe vor dem Sturm.

Gegen acht Uhr öffnet sich die Tür, und Yael, die kleine Psychologiestudentin, betritt die Wohnung. Als sie mich sieht, stößt sie einen Schrei freudiger Überraschung aus und wirft sich mir an die Brust.

»Sie sind zurückgekommen!« ruft sie. »Sie sind zurückgekommen!« Ich halte Yael in den Armen und bin verwirrt. Im allgemeinen ist sie scheu, der Typ der jungen Israelin, der einem nicht einmal die Hand gibt. Ich frage mich, womit ich mir diesen Ausbruch verdient habe, und sage: »Natürlich bin ich zurückgekommen, Yael, was dachten denn Sie?«

»Um ehrlich zu sein, ich dachte, Sie würden in Europa bleiben. Die Menschen reden soviel über ihre Solidarität mit Israel, aber wenn es dann ernst wird und sie sie beweisen müßten, bleibt es bei Worten. Israel ist von Gott und der Welt verlassen.«

»Dieser Satz ist nicht neu, und ich fürchte, ich werde ihn noch oft hören. Wann immer ihr in einer Notlage seid, schreit ihr, daß Gott und die Welt euch verlassen haben.«

»So ist es ja auch, und daß es so ist, können wir uns zum großen Teil selber zuschreiben. Wir Israelis sind zu modern geworden, um uns noch mit Gott zu beschäftigen, und zu hochmütig, um uns mit der übrigen Welt abzugeben.«

»Das allerdings ist eine neue Erkenntnis. Stammt sie von Ihnen?«

»Ich teile sie jetzt schon mit vielen.«

Sie holt Zigaretten und Steichhölzer aus der Tasche ihrer Bluejeans und zündet sich eine an. Es klappt beim vierten Streichholz. Ihre Hand erinnert mich an einen kleinen Vogel, der noch nicht richtig fliegen gelernt hat. Ihr Gesicht ist noch blasser und schmaler geworden, und ihr linkes Augenlid zuckt alle paar Sekunden in einem nervösen Tick.

»Haben Sie schon gefrühstückt?« frage ich.

»Ich habe um sechs Uhr früh eine Tasse Kaffee getrunken. Ich hatte Nachtdienst.«

»Gut, dann mache ich uns schnell Frühstück. Setzen Sie sich, Yael.«

»Wo ist Bonni?«

»Auf dem Balkon.«

»Ich fürchte, ich habe mich in den letzten Tagen wenig um sie kümmern können. Entschuldigen Sie, es war einfach zuviel.«

»Das brauchen Sie mir nicht zu sagen, man sieht es Ihnen an. Wenn Sie so weitermachen, enden Sie im Krankenhaus.«

»In den Krankenhäusern ist kein Platz mehr, selbst in den Gängen nicht. Davon abgesehen gibt es in Kriegszeiten kaum schwere Krankheitsfälle unter den Zivilisten.«

»Gut zu wissen«, sage ich und gehe in die Küche.

Als ich mit dem Frühstückstablett zurückkomme, hockt Yael zusammengekrümmt vor dem Transistor, raucht und hört Nachrichten. Ich decke so leise wie möglich den Tisch, setze mich und warte, bis sie den Apparat abgestellt hat.

»Was gibt es?«

»Nichts Neues. Schwere Kämpfe an beiden Fronten. Man sagt uns ja nicht die Wahrheit.«

»Glauben Sie wirklich?«

»Was heißt glauben? Das wissen alle, die ein bißchen Grips haben. Man berichtet nur das Notwendigste, den Rest verschweigt man, damit die Zivilbevölkerung nicht die Ruhe verliert. Die Listen der Gefallenen sind immer noch nicht bekanntgegeben worden, und jeder hat darüber eine andere Theorie. Phantastische Psychologen sind das! Merken nicht, daß Ungewißheit schlimmer ist als die schlimmste Gewißheit. Je länger das Schweigen, desto wilder die Gerüchte.«

Sie schiebt den Transistor mit einer zornigen Gebärde von sich und zündet sich am Ende ihrer Zigarette eine neue an.

»Kaffee oder Tee?« frage ich.

»Nescafé, bitte.«

Ich mache eine Tasse zurecht und stelle sie ihr hin.

»Wo ist Ihr Freund Samuel?« frage ich.

»Wo sie alle sind. Im Krieg. Er und meine zwei Brüder.«

»Haben Sie Nachricht?«

»Von Samuel und einem Bruder. Vom anderen nicht.«

»Ihre armen Eltern.«

»Nebbich«, sagt sie, »arm sind wir alle. Aber wissen Sie, wer mir bei dieser Geschichte am meisten leid tut? Die Kinder, deren Väter im Krieg sind. Die Kinder sind die einzig wirklich Unschuldigen. Die Eltern der Soldaten sind es keineswegs. Das ist die Generation, die am lautesten geschrien hat, die nach Kairo und Damaskus wollte, die in den Arabern keine ernste Gefahr gesehen und für den Krieg, vorausgesetzt, daß wir ihn beginnen, plädiert hat.«

Sie nimmt eine Scheibe Brot, tut einen Klecks Marmelade drauf und beißt appetitlos hinein.

»Denken viele junge Leute so wie Sie?« frage ich.

»Natürlich denken viele junge Leute so wie ich. Wir sind es doch, die unsere Köpfe hinhalten, oder? Wer verbrennt denn in den Panzern, wer wird denn zu Krüppeln geschossen, wer krepiert denn? Wir wollen leben, in Frieden leben, wir wollen in Ruhe arbeiten, und wir wollen unsere Söhne nicht in Angst heranwachsen sehen – noch zehn, noch fünf, noch zwei Jahre, und dann ist er vielleicht schon tot. Wir haben den Krieg satt, satt, satt!«

»Haben Sie nach dem Sechs-Tage-Krieg auch so gedacht?«

»Nach dem Sechs-Tage-Krieg war ich gerade achtzehn und fand uns großartig. Ganz Israel fand sich großartig. Und die westliche Welt fand uns auch großartig. Was wollen Sie? Die Sache ist uns zu Kopf gestiegen. Ich verteidige uns nicht, aber ich verstehe uns.«

»Das tue ich auch.«

»Nun gut, und dann kam es eben, wie es kommen mußte.«

»Wie?«

»Menschen, die Drogen nehmen, geraten in Euphorie. Manche bilden sich sogar ein, fliegen zu können. Sie öffnen das Fenster, steigen aufs Fensterbrett, breiten die Arme aus, und platsch liegen sie unten.«

Wir schweigen, und die ungewohnte Stille in diesem lauten Land wirkt beklemmend. Ich trinke einen Schluck Tee, und als ich die Tasse zurückstelle, klirrt der Teller. Es ist das einzige Geräusch, und Yael zuckt zusammen.

»Schrecklich, diese Grabesstille«, sagt sie, »keiner hupt, keiner hämmert, keiner schreit, keiner lacht.«

Sie trinkt ihren Kaffee aus und steht auf.

»Ich muß gehen, Christina. Meine Sachen lass' ich noch hier. Ich kann sie nicht alle tragen, und unser Auto macht gerade seinen Militärdienst.«

Sie lächelt, und ihr Augenlid zuckt.

»Ich bringe Ihnen die Sachen mit meinem Auto.«

»Ja, danke, das wäre nett.«

Sie geht zur Tür. Die Hand schon auf der Klinke sagt sie: »Junge Menschen haben wir immer verloren, aber das Vertrauen nie. Jetzt haben wir auch das verloren, und das ist schlimm.«

»Zu wem habt ihr das Vertrauen verloren?«

»Zu der Generation, zu der unsere Eltern gehören, unsere Lehrer und Politiker.«

»Mein liebes Kind«, sage ich trocken, »darin seid ihr kein Einzelfall. Es gibt wohl kaum eine Generation, die nicht unter den Fehlern ihrer Eltern, Lehrer und Politiker gelitten hätte.«

»Richtig, aber die Generation, von der ich spreche, hätte vielleicht mehr als jede andere aus der letzten Katastrophe der Weltgeschichte lernen müssen.«

»Hat sie ja auch«, sage ich und trete zu Yael an die Tür, damit sie mich ansehen muß, »sie hat sich nicht mehr umbringen lassen, wie zum Beispiel noch eure Großeltern, deren Widerstandslosigkeit und Gewaltlosigkeit euch Jungen unbegreiflich und sogar peinlich war. Sie hat den Staat Israel gegründet, sie hat das Land aufgebaut, sie hat eine Armee aufgestellt, sie hat euch, wie man so schön sagt, ein Image gegeben, das Image des stolzen, selbstbewußten Israeli, der sich nichts mehr gefallen läßt, der Kriege führt und Kriege gewinnt. Und ihr habt euch gemeinsam mit euren Eltern, Lehrern und Politikern in diesem Image gesonnt. Jetzt, wo die Sache schiefgegangen zu sein scheint, behagt euch die Einstellung der älteren Generation nicht mehr, und ihr verliert das Vertrauen. Zwischen dem Sechs-Tage-Krieg und dem Jom-Kippur-Krieg liegen einige Jahre, ihr hattet Zeit, euer Vertrauen schon früher zu verlieren.«

»Und was hätte das geändert?«

»Das kann ich Ihnen nicht sagen, Yael. Vielleicht nichts, vielleicht alles. Jetzt darüber nachzudenken hat keinen Zweck mehr.«

»Nein«, sagt sie und öffnet die Tür, »hat es wohl nicht.«

Wie benimmt man sich in Kriegszeiten? Die Frage bricht über mich herein, als ich allein bei einer zweiten Tasse Tee sitze. Sie beunruhigt mich stark. Worüber spricht man? Einzig und allein über den Krieg, oder darf man, zur Ablenkung und Bereicherung, auch hin und wieder mal ein anderes Thema anschlagen? Würden die Menschen darauf eingehen, oder würden sie es als Affront auffassen? Wahrscheinlich. Also bleibt man lieber beim Krieg, nur ist da wiederum die Frage, in welchem Ton spricht man über ihn? In skeptischem, in zuversichtlichem, in kritischem, in bedrücktem oder erbittertem? Das beste wird sein, man paßt sich dem Ton des jeweiligen Gesprächspartners an und vermeidet damit Zusammenstöße und Diskussionen. Noch etwas? Ja, man muß freundlich sein, unter allen Umständen freundlich, geduldig und gut informiert. Immer auf dem laufenden bleiben, das ist sehr wichtig, damit man keine Dummheiten redet und General X mit General Y verwechselt. Und hilfsbereit muß man sein, sich nützlich machen muß man, wann und wie immer. Richtig, das ist eine gute Idee. Was ist in einem Krieg erwünschter – von Soldaten natürlich abgesehen – als hilfsbereite Menschen. Jeden Tag eine Mizwa*, sagt schon der Talmud, und in Tagen des Krieges – das sage nun ich – mindestens fünf.

Ich nehme eine kalte Dusche, ziehe mich an und setze mich ans Telefon, um die Menschen, die mir am nächsten stehen, anzurufen. Telefonieren ist für mich kein Vergnügen, sondern Arbeit, eine fiese, langweilige Arbeit, etwa so wie grüne Bohnen putzen. Die Geduld und Aufmerksamkeit, mit der ich jedem, der mir gegenübersitzt, stundenlang lausche, geht mir am Telefon völlig abhanden, und da ich mich nur auf den Moment konzentriere, da ich das Gespräch mehr oder minder höflich abbrechen kann, höre ich kaum, was der andere sagt. Man behauptet zu Recht, ich sei einer der unergiebigsten Telefonpartner, und als ich jetzt die erste Nummer wähle, mahne ich mich, jeden Anruf als eine Mizwa zu betrachten und dementsprechend ergiebig zu sein. Doch zu meiner Erleichterung verlangt man das heute gar nicht von mir. Die Tatsache meiner Rückkehr, die Freude, Rührung und Dankbarkeit, die sie hervorruft, ist füllender Inhalt sämtlicher Gespräche. Ich komme mir vor wie eine Kreuzung aus Maskottchen und Königin Ester, und fühle mich mehr denn je verpflichtet, meine einerseits glückbringenden, andererseits heldenhaften Fähigkeiten zu entfalten. Schließlich, wohl um die Berechtigung der in mich gesetzten Hoffnungen zu überprüfen, rufe ich Alex Stiller an.

»Du verrückte Schrippe«, brüllt er, »na, du hast uns ge-

---

* gutes Werk

rade noch gefehlt! Alles geht drunter und drüber in diesem Land, und dann kommst du auch noch. Kannst wohl keine pleasure party auslassen, was?«

Nach diesem Anruf weiß ich wieder, wer ich bin – nicht Königin Ester und nicht Maskottchen, sondern ein nutzloses Mitglied der menschlichen Gesellschaft, sei es in Kriegs- oder Friedenszeiten.

Ich bin gerade bei meinem letzten und schwierigsten Telefonat – es handelt sich dabei um Schoschi, meine kleine, nur hebräisch sprechende Putzfrau –, da erscheint Janine. Sie trägt ein rotgestreiftes Hemdchen, das sowohl in der Länge als in der Breite äußerst knapp ist, und vor dem Gesicht einen Vorhang aus dunkelbraunem Haar. Ich lächle ihr zu und versuche gleichzeitig, Schoschis Redestrom zu dämmen. Als mir das nicht gelingt, lasse ich sie sprechen und trage in der Annahme, daß wir uns über den Krieg unterhalten, ein gelegentliches Euwaweu bei.

Janine geht an mir vorüber auf die Terrasse, und ich sehe ihr nach. Sie hat eine hübsche kleine Figur, eine straffe, schöngetönte Haut. Ich überlege, wie man sich physisch in so einem Körper fühlt, und versuche, mir die Jugend meines eigenen ins Gedächtnis zu rufen. Aber da setzt mein Erinnerungsvermögen aus. Die Zeit, da ich mich ganz in ihm zu Hause fühlte, liegt lange hinter mir.

»Christina, bist du noch da?« kräht Schoschi aus Leibeskräften in den Hörer.

Ich fahre zusammen und beeile mich zu sagen: »Ja, Schoschi, ja, ich bin noch da. Wann kommst du?«

»Heute, morgen, wann du willst. Mein Freund ist im Krieg, meine drei Brüder sind im Krieg, alle sind im Krieg. Ich habe Zeit.«

»Komm morgen«, sage ich »morgen früh um neun.«

Janine liegt im Liegestuhl, die Arme hinter dem Kopf verschränkt, die Augen geschlossen. Sie hat mich nicht kommen hören, und einen Moment lang betrachte ich ihr Gesicht mit demselben klinischen Interesse, mit dem ich ihren Körper gemustert hatte. Die Haut ist selbst in diesem schonungslosen Licht makellos wie straff gespannte Seide. Unter den Augen liegt der Schimmer eines blauen Schattens und auf der Oberlippe ein goldener Flaum. Ich versuche, mir das Gesicht gealtert vorzustellen, aber es ist so glatt, so klar, daß sich meine Phantasie weigert, es mit den Spuren des Verfalls zu zeichnen.

»Was für ein Skandal«, denke ich, »dieses erst langsame, dann immer schnellere Draufzuleben auf die körperliche und geistige Zerstörung, auf die Einsamkeit, die Kraftlosigkeit, die Krankheit, den Tod.«

»Janine«, rufe ich leise.

Sie öffnet die Augen, die in der Sonne wie dunkler Bernstein leuchten, und sagt: »Ich weiß jetzt, daß es doch richtig war zu kommen.«

»Richtig wegen Jean Marie«, frage ich, »oder wegen Amos?«

»Wegen Israel. Jean Marie kann zum Teufel gehen. Ich bleibe hier.«

»Ich habe dir ja gesagt, im Licht eines Jerusalemer Morgens sieht alles anders aus.«

»Ja«, sagt sie, »das Licht ist hier herrlich, aber es ist nicht nur das. Ich bin Jüdin.«

»Ist dir das gerade erst zu Bewußtsein gekommen?« frage ich.

»Nein, es war mir immer im Bewußtsein, aber nicht als etwas, über das man froh ist. Ich hatte sogar mal eine Phase, ich war vierzehn, glaube ich, oder fünfzehn, da wollte ich keine Jüdin sein.«

»Diese Phase macht jeder nichtreligiöse Jude, der in der Diaspora lebt, durch.«

»Mag sein, aber mich hat es fast krank gemacht. Meine Eltern kamen aus Rußland. Man hört es ihnen an, man sieht es ihnen an. Ich aber wollte genauso sein wie meine französischen Schulkameradinnen, ich wollte ihre dümmliche Arroganz haben und ihre glatten Eltern und ihre Tradition, und ich wollte ihre Feste feiern und mich nicht vor einem blutigen Steak, wie sie es aßen, ekeln. Ich habe sie nachgeahmt wie ein Affe, aber immer blieb ein Unterschied. Wahrscheinlich ist es kein Zufall, daß ich mich schließlich in einen Christen verliebt habe.«

Sie lächelt unsicher.

»Ich habe keinerlei rassistische Vorurteile«, fährt sie fort, »und finde nichts dabei, sich in einen Christen zu verlieben, aber ein Risiko ist es natürlich doch. Der Unterschied bleibt, und man weiß nie, wohin der führen kann. Einmal, als wir uns gestritten haben, hat Jean Marie gesagt: ›Da merkt man es wieder, du denkst und fühlst eben doch anders.‹ Ich habe genau gewußt, wen er mit den anderen meinte, aber ich wollte ihn zwingen, es auszusprechen. Also habe ich gefragt: ›Anders als wer?‹ – Er hat gesagt: ›Anders als wir Gojim, so nennt ihr uns doch, nicht wahr?‹ – ›Ja‹, habe ich geschrien, ›so nennen wir euch. Und wie nennt ihr uns? Saujuden nennt ihr uns!‹ – Es war entsetzlich. Ich hätte ihn und mich umbringen können. Plötzlich dieses ›Ihr‹ und ›Wir‹, das Mißtrauen, die Feindseligkeit. Wenn einmal solche Worte fallen, fallen sie immer wieder, man weiß nie, wohin es führen kann. Nein, ich bleibe hier. Lieber äußere Unsicherheit als innere, verstehen Sie?«

»Natürlich verstehe ich. Warum, glaubst du, bin ich hierher gekommen?«

»Und Sie sind glücklich hier, nicht wahr?«

Sie fragt es so eifrig und schaut mich so ängstlich an, als wäre mein Glück eine Garantie für das ihre.

»Glücklicher hier als woanders«, sage ich und fühle eine Welle greller Verzweiflung über mir zusammenschlagen.

Sie sieht mich immer noch an, aufmerksam jetzt.

»Was haben Sie?« fragt sie.

»Ach Janine«, sage ich müde, »wir sprechen, als gäbe es keinen Krieg, als habe sich nichts geändert, als ginge alles so weiter. Es wird auch weitergehen, es geht ja immer weiter, aber wie?«

»Glauben Sie, daß Israel den Krieg verliert?«

»Den Krieg? Nein, das glaube ich eigentlich nicht mehr,

aber etwas anderes verliert es, hat es schon verloren, lange vor diesem Krieg.«

»Was?«

»Seine Chance. Ich glaube, es hat seine Chance verloren. Die Juden, ob sie wollen oder nicht, sind kein Volk wie andere Völker, und Israel ist kein Land wie andere Länder. Es hatte eine andere Aufgabe als die, die Karikatur eines europäischen oder amerikanischen Staates zu werden. Es hatte eine große Mission, und es hat daraus kleine Politik gemacht. Ach, lassen wir das. Ich erwarte immer zuviel von denen, die ich liebe.«

Janine hat sich aufgesetzt und starrt in den Himmel.

»Schöner Himmel, nicht wahr?« sage ich und dann, »sei nicht traurig, Janine. Anfangs sieht es ja manchmal so aus, als erfüllten sich die Erwartungen, und das sind dann sehr schöne Tage oder Monate oder sogar Jahre. Vielleicht sollte einem das genug sein. Komm, gehen wir hinein, du mußt etwas frühstücken.«

Sie steht auf und umarmt mich mit der Gebärde eines Kindes, schutzsuchend und tröstend zugleich.

»Sie sind ja noch viel trauriger als ich«, sagt sie.

»Logisch«, entgegne ich mit einem Lachen, »ich bin ja auch viel älter als du.«

Das Treppenhaus ist leer, als ich die Wohnung verlasse, keine spielenden Kinder, keine schwatzenden Frauen. Hinter der Tür meines Wohnungsverwalters Rachamim höre ich das Schreien des jüngsten Sohnes. Er schreit immer, und früher hat mich das aufgebracht. Heute beruhigt es mich. Solange Rachamims jüngster Sohn schreit, ist doch noch etwas beim alten geblieben.

Ich gehe zum Auto. Es hat seit meiner Abreise die Farbe gewechselt. Anstatt olivgrün ist es jetzt beige. Der Sand des letzten Kamsins bedeckt in einer dicken, gleichmäßigen Schicht Karosserie und Scheiben. Auf das Rückfenster hat jemand einen Panzer gemalt. Ich wische ihn ab und steige ein.

Die Straße ist leer, kein Wagen, kein Bus versperrt mir den Weg. Dafür sehe ich plötzlich mitten auf dem Fahrdamm zwei kleine Wilde, die eine Art Indianertanz aufführen und trotz anhaltenden Hupens nicht zu vertreiben sind. Ich stoppe. »Seid ihr total meschugge geworden?« rufe ich zum Fenster hinaus.

Statt einer Antwort tunkt der eine einen großen Pinsel in den Eimer, den ihm der zweite entgegenhält, und stürzt sich damit auf mein Auto. Um zu verhindern, daß der Wagen ein zweites Mal die Farbe wechselt, springe ich heraus. Aber es sind zum Glück nur die Scheinwerfer, die der Junge mit Andacht dunkelblau anstreicht.

»In Ordnung?« fragt der andere mit erwartungsvoller Miene.

»Großartig«, sage ich und lache. Die beiden Jungen stimmen in mein Gelächter ein. Sie sind zwischen zehn und zwölf und, wie so viele israelische Kinder, auffallend hübsch. Die Augen groß und blank, die Haut gebräunt, das Haar ein Schopf dichter Locken.

»Danke«, sage ich und kann nicht widerstehen, dem einen ins Haar zu greifen.

Die Gazastraße, in der sonst immer lebhafter Betrieb herrscht, ist heute schwach befahren – ein paar Autos, die sich mir unentschlossen nähern oder im Schneckentempo vor mir her kriechen. Anfangs frage ich mich, ob der Krieg die allgemeine Reaktionsfähigkeit beeinträchtigt hat und die Leute deshalb so merkwürdig fahren. Dann stelle ich fest, daß am Steuer der Wagen hauptsächlich Frauen oder alte Männer sitzen, von denen die einen offenbar noch nie, die anderen schon lange nicht mehr ein Auto gelenkt haben.

»Man muß freundlich sein«, erinnere ich mich meiner guten Vorsätze, »unter allen Umständen freundlich und geduldig.«

Im Supermarkt herrscht hektischer Betrieb. Es ist Freitag, die Menschen kaufen für den Sabbat ein, vielleicht auch vorsichtshalber gleich für einige Tage mehr. Die Taschen der Kunden werden heute von zwei Männern kontrolliert: einem Alten, der mich mit einem trüben Lächeln weiterwinkt, und einem Gnom in der verbeulten Uniform des Zivilschutzes, der mich wieder zurückwinkt und einen Blick in meine Tasche wirft. Ich schaue mich nach einem Wagen um, in dem ich meine Einkäufe verstauen kann. Ein einziger steht verlassen herum. Ein paar halb verfaulte Salatblätter hängen in seinem Drahtgeflecht. Ich zupfe sie heraus und werfe sie auf den Boden, auf dem sowieso schon eine Menge herumliegt.

Zwei Hände legen sich von hinten über meine Augen. Die Hände riechen nach Zwiebeln und fühlen sich an wie Bärenpranken.

»Nu, wer ist das?« fragt eine tiefe, breite Stimme.

»Herr Lilienfeld«, sage ich, »ich bin jetzt gerade nicht in der Laune für Scherze.«

Er nimmt die Hände von meinem Gesicht, und ich drehe mich zu ihm um.

»Immerhin«, sagt er, »haben Sie gleich erraten, daß ich es bin. Bei so vielen Verehrern, bravo, bravo!«

Er betrachtet mich mit den trägen, dunklen Augen eines Wiederkäuers, und sein Lächeln ist ebenso tief und breit wie seine Stimme.

Herr Lilienfeld, Manager des Supermarktes, gebürtiger Ungar und ehemaliger Matrose, ist ein fünfundvierzigjähriger stämmiger Mann, mit gutmütigem Gesicht und muskulösen Oberarmen, die wuchtig aus den kurzen Ärmeln seines weißen Kittels wachsen. Alex Stiller, der das Intimleben halb Jerusalems zu kennen scheint, hatte mir einmal erzählt, daß Herr Lilienfeld die Damen auch außerhalb des Supermarktes bediene und da wesentlich besser als im Supermarkt. Allerdings, hatte er mit typisch männlichem Neid hinzugefügt, sei er ein Stoffel, der sich nach vollbrachter Leistung sofort auf die andere Seite drehe und einschlafe. Die Geschichte fällt mir beim Anblick von Herrn Lilienfelds beachtlichen Oberarmen ein, und ich muß lachen.

»Na also«, sagt er, »jetzt werden Sie ja schon besserer Laune.«

»Wenn ich Sie sehe, Herr Lilienfeld, wenn ich Sie sehe.«
»Das könnten Sie öfter haben, gnädige Frau, aber immer, wenn ich Sie zu einem Kaffee...«
»Aua«, schreie ich, denn ein fetter Mann hat mich mit seinem vollbepackten Wagen gerammt.
»Na, mazel tow«, schimpft Herr Lilienfeld los, »da hat wieder jemand meine Regale geplündert. Die Dicken, das sind die Gefährlichen. Wo andere um ihre Kinder zittern, zittern die um ihre Bäuche. Euweh! Diese Angst, die Hungersnot könnte ausbrechen und sie, Gott behüte, ein Pfund von ihrem Fett verlieren. Es ist eine Schande.«
Ich reibe mir die schmerzhafte Stelle an der Wade und frage: »Und die anderen hamstern nicht?«
»Was heißt? Die ersten Tage, da hat's sich getan auf Tischen und auf Bänken. Die Fränkinnen mit ihren acht bis fünfzehn Kindern, die haben sich den Spaß was kosten lassen. Aber dann hat man in Radio und Zeitung mit Strafen gedroht, und die Leute sind vernünftig geworden.«
»Es gibt also alles.«
»Hören Sie, schöne Frau, unser Nationalheld, Dayan, hat uns doch endlich mal einen langen Krieg versprochen, und wenn's jetzt schon nicht mehr alles gibt, was sollen wir dann in ein paar Monaten essen? Vielleicht unsere Politiker? Na danke, dann lieber hungern, als sich an diesem zähen, alten Fleisch eine Darmverschlingung holen.«
Ich lache, aber sein Gesicht verdüstert sich, und die Muskeln seiner Oberarme schwellen an.
»Eine schöne Regierung haben wir«, bricht es aus ihm heraus, »unser Verteidigungsminister spielt mit seinen Antiquitäten rum, und unsere Premierministerin macht sich ein Lebedick* im Kibbuz, unser Spionagedienst ruht sich auf seinen Lorbeeren aus, und unsere ahnungslosen Soldaten an den Grenzen haben nicht mal mehr Zeit, das Sh'ma Israel** zu sagen. Ach, lassen Sie ab! Unsere ganze Regierung ist doch verkalkt und größenwahnsinnig noch

* schönes Leben
** jüdisches Glaubensbekenntnis

dazu. Mein Sohn sitzt im Sinai, und die laufen frei rum und erzählen uns, wie tapfer unsere Jungens kämpfen. Was bleibt ihnen anderes übrig, als zu kämpfen und die Suppe auszulöffeln, die die ihnen eingebrockt haben.«

»Aber man muß doch gewußt haben«, sage ich, »daß die Ägypter und Syrier einen schweren Angriff vorbereiten. Die können doch nicht plötzlich alle blind geworden sein.«

»Meschugge sind sie geworden!« ruft er, »erzählen uns da Märchen aus ›Tausendundeiner Nacht‹. Golda hat in ihrer Rede gesagt, natürlich hätten sie alles gewußt. Na, dann frage ich Sie, warum waren unsere Reservisten, als es losging, in der Synagoge und nicht an der Front? Und Dayan hat erklärt, die Wüste sei ja so groß, groß, groß und der Suezkanal so lang, lang, lang, und daß da ein paar Araber an ein paar Stellen rüberkämen, um sich auf unserer Seite niederzulassen, das hätte er erwartet. Bravo! Gewußt haben sie's, und erwartet haben sie's und in der Nase gebohrt... Was willst du denn?«

Eine junge Angestellte, klein und stämmig, hat sich zwischen uns geschoben und stochert sich mit einem Streichholz in den Zähnen.

»Herr Lilienfeld«, sagt sie mit gellender Stimme, »eine Frau will wissen, wo die Bücher stehen. Aber wir haben doch gar keine Bücher.«

Herr Lilienfeld greift sich an die Stirn.

»Hat wahrscheinlich noch nie ein Buch gesehen«, stöhnt er, »warten Sie einen Moment, schöne Frau, ich zeig' dem kleinen Kalb nur schnell, wo der Ständer mit Büchern steht.«

Aber meine Zeit ist begrenzt, und ich benutze die günstige Gelegenheit, ihm davonzulaufen. In kühnen Kurven schiebe ich meinen Wagen um Menschen und Gegenstände herum, schnappe mir mit geübtem Griff die Waren von den Regalen und parke mich schließlich als fünfte in der Reihe vor einer der Kassen. Die Kassiererin ist hochschwanger, aber kompetent und versteht es, sowohl Zahlen zu tippen als auch ein Stück Kuchen zu essen. Bevor mich Herr Lilienfeld erspäht hat, bin ich bereits beim Zahlen. Er droht mir mit dem Finger, ich werfe ihm eine Kußhand zu, und die Kassiererin stopft den letzten Bissen Kuchen in den Mund und gibt mir einen mit Schokolade beschmierten Geldschein zurück. Ich verlasse den Supermarkt mit dem frohen Gefühl, Jerusalem wiedergefunden zu haben.

Im Zentrum der Stadt gibt es, im Gegensatz zu früher, viele Parkgelegenheiten und wenig Polizistinnen. Das ist zweifellos der einzige Vorteil des Krieges. Ich ziehe meine Liste hervor, streiche Supermarkt aus, lese: Apotheke, Elektrogeschäft, Buchhandlung Diamant, in Klammern: Wahrsagerin, Geldwechsler.

In der Apotheke Aviva bin ich seit zwölf Jahren Stammkundin. Der Apotheker, Herr Stern, ist ein dünner Mann mit spitz zulaufendem Bauch, einer Glatze und lustigen, hellen Augen; seine Frau hat eine verblüffende Ähnlichkeit mit einem betagten Pekinesenhündchen. Bei meinem Eintritt schlägt sie die kleinen Pfoten zusammen, verschränkt die Arme über dem Bauch und sagt: »Nu, was ist, Sie sind schon wieder hier?«

»Ja«, sage ich, »raten Sie mal warum.«

Sie schütteln mir bewegt die Hand und vergessen darüber eine Kundin, die eine Tablettenschachtel nach der anderen öffnet, schließlich aufseufzt und auf deutsch bemerkt: »Adon Stern, ich sehe schon, das ist alles nicht das Richtige.«

»Ich hab' keine Tabletten, die schon beim Ansehen helfen«, sagt der Apotheker, »schlucken muß man sie.«

»Aber die Nebenerscheinungen...«

»Wissen Sie was, Geweret Levin, trinken Sie ein Glas Wasser, das hat keine Nebenerscheinungen.«

Geweret Levin, eine gepflegte Dame um die Sechzig, macht ein ratloses Gesicht, und die Pekinesin sagt ärgerlich: »Hans, laß mich das machen.«

»Bitte schön, ich reiß' mich bestimmt nicht drum«, sagt Hans Stern und wendet sich mir zu: »Also, was darf's sein, junge Dame?«

Ich verlange Multivitamintabletten und Valium.

»Valium?« sagt er. »Warten Sie doch damit, bis schlechtere Zeiten kommen.«

»Ist Ihnen der Humor immer noch nicht vergangen?« frage ich.

»Hören Sie, Kind, wenn er einem bei drei Kriegen noch nicht vergangen ist, vergeht er einem auch nicht beim vierten.«

»Es ist alles Gewohnheitssache«, sagt seine Frau, die mit einem Ohr den Klagen Geweret Levins und mit dem anderen unserer Unterhaltung lauscht.

»Im ersten Krieg«, sagt Hans Stern, »hatten wir noch nicht die Übung, und ausgerechnet da ist in unserer Apotheke eine Bombe eingeschlagen.«

»Zum Glück waren wir nicht drin«, fügt Geweret Stern hinzu.

»Das sieht man ja, Margarete«, sagt ihr Mann, »oder glaubst du, wir stünden sonst noch hier?«

»Man kann nie wissen.«

Er schüttelt über so viel Unverstand den Kopf und fährt dann fort: »Und im zweiten Krieg wurde unser Sohn verwundet.«

»Und im dritten Krieg«, meldet sich Margarete, »hast du eine Nierenkolik bekommen.«

»Was hat denn das mit dem Krieg zu tun?« will ihr Mann wissen.

»Alles hat mit dem Krieg zu tun«, schaltet sich jetzt Geweret Levin in die Unterhaltung ein, »diese Angst und Aufregung hält niemand aus. Und wenn Sie mich fragen, dieser Krieg wird der allerschlimmste.«

»Kein Mensch fragt sie«, murmelt Hans Stern, und seine Frau sagt: »Das haben wir bei jedem geglaubt.«

»Ach, reden Sie doch nicht«, regt sich Geweret Levin auf, »beim letzten Krieg haben wir am sechsten Tag schon den Sieg gefeiert, und was feiern wir jetzt? Die größte Panzerschlacht der Weltgeschichte.«

»Von wem haben Sie denn diese Weisheit?« fragt der Apotheker spöttisch. »Von General Scharon persönlich?«

»Ich weiß es aus einer sehr guten Quelle, Adon Stern. In einem so kleinen Land läßt sich nichts geheimhalten, auch wenn man es versucht. Jeder ist mit jedem verwandt oder bekannt, und schlechte Nachrichten haben bekanntlich die schnellsten Beine.«

»Und Gerüchte dieser Art haben die schlimmsten Effekte. Die größte Panzerschlacht der Weltgeschichte! Sie wissen nicht, was Sie reden, Geweret.«

»O doch, ich weiß es sehr gut. Ich gehöre nicht zu denen, die sich die Ohren verstopfen und den Kopf in den Sand stecken. Sie sehen ja, wo wir mit dieser Vogel-Strauß-Politik gelandet sind.«

»Ich kann so was nicht hören«, explodiert Hans Stern, »wenn wir den Krieg nicht am sechsten Tag gewinnen, haben wir alles falsch gemacht! Vor einer Woche noch, war uns unsere Regierung sehr recht. Golda war eine weise, alte Frau und Moshe Dayan ein großer, starker Mann und unsere Araberpolitik die einzig mögliche. Jetzt gehört Golda auf den Friedhof und Moshe hinter Schloß und Riegel, und unsere Politik muß von Grund auf revisioniert werden. Na, dann mal los. Revisioniert mal und seht, was dabei herauskommt. Ein zweites Massada – oder zweites Auschwitz!«

Er schlägt mit der Hand auf den Tisch, daß die Tablettenschachteln hüpfen, und ich stecke schnell Vitamine und Valium ein, lege Geld hin und verschwinde mit einem zaghaften »Schalom«.

Verwirrt, den Kopf gesenkt, in Gedanken bei der eben stattgefundenen Auseinandersetzung, schlage ich den Weg zur Ben-Jehuda-Straße ein. »Adon Stern hat recht«, überlege ich, »Geweret Levin hat auch recht. Yael hat recht! Alle haben recht... Nein, der, der Auschwitz sagt, hat recht, und alle anderen unrecht...«

Ich schaue wieder auf. Vor der Tür seines Schuhgeschäftes steht Herr Feldmann, sieht mich kommen, beschattet seine Augen mit der Hand und ruft: »Ah, da kommt sie ja. Morgenstund' hat also doch noch Gold im Mund!«

»Schönes Gold«, sage ich, »und auf was warten Sie hier, Herr Feldmann?«

»Auf den Messias. Man sagt, große Katastrophen gehen seiner Ankunft voraus. Also muß er gleich um die Ecke kommen.«

»Grüßen Sie ihn von mir.«

An der nächsten Ecke ist mein Elektrogeschäft, ein kleiner Laden, in dem die Sachen verpackt und unverpackt, neu und alt, groß und klein chaotisch durcheinanderliegen. Der Besitzer, Herr Stein, hängt in seinem Stuhl wie ein Boxer – Klasse Fliegengewicht – in den Seilen. Er kann keine fünfzig Kilo wiegen, und sein Gesicht, von zahllosen Furchen durchzogen, ähnelt einem ausgetrockneten Flußbett. Herr Stein leidet an chronischem Pessimismus.

»Schalom, Herr Stein«, sage ich, »fühlen Sie sich schlecht?«

»Das ist die beste Frage, die ich seit langem gehört habe«, antwortet er mit ersterbender Stimme, »nein, gut geht es mir.«

»Ich meine, sind Sie krank?«

»Ja«, sagt er und zündet sich eine Zigarette an, »ja, ich bin krank. Krank von diesem Leben, dieser Welt, diesem Land. Krank von den Arabern, krank von den Israelis, krank von den Amerikanern und krank von den Russen. Krank vom Kapitalismus und Kommunismus, von Antisemitismus und Philosemitismus, krank von Hunden und von Katzen, von Kindern und von Frauen...«

Er winkt ab. »Krank«, sagt er.

»Du lieber Himmel«, denke ich, »ich hätte meine Glühbirnen in einem anderen Laden kaufen sollen.«

Eine Dame mit Strohhut und großer, dunkler Sonnenbrille betritt das Geschäft. »Steinchen«, ruft sie, »was ist das denn so dunkel bei Ihnen?«

»Verdunklung«, sagt Herr Stein und verdreht die Augen.

»Jetzt schon, mitten am Tag?«

Er schüttelt ermattet den Kopf.

»Geweret«, sagt er, »machen Sie mich nicht noch meschuggener, als ich schon bin, und nehmen Sie die schwarze Brille ab, dann wird's heller.«

»Ach ja«, lacht die Dame, »ich hab' ganz vergessen, daß ich die Sonnenbrille aufhabe. Man ist ja schon so konfus.«

»Kein Grund, andere konfus zu machen.«

»Schimpfen Sie nicht mit mir, Steinchen, sondern sagen Sie mir lieber, ob Sie nicht einen billigen, guten...«

»Pardon, Geweret, aber diese Dame hier war vor Ihnen da.« Er wendet sich mir zu: »Also, was wünschen Sie?«

»Zwei dunkle Glühbirnen.«

»Wie bitte?«

»Ich meine, mit so wenig Watt wie möglich«, sage ich entschuldigend. Er tritt seufzend an ein vollgestopftes Regal.

»Dunkle Glühbirnen«, murmelt er, »dunkle Brillen, dunkle Zukunft...«

»Nun lassen Sie aber ab, Steinchen«, tadelt die Dame, »man darf nicht alles so pessimistisch sehen, gerade jetzt muß man versuchen, ein bißchen Optimist zu sein.«

»Sie haben mir gerade noch gefehlt«, sagt Herr Stein und drückt mir zwei nackte Glühbirnen in die Hand, »sein Sie mir gesund, und setzen Sie sich auf Ihren Optimismus, er könnte Ihnen sonst weglaufen. Also, was wollen Sie?«

»Einen elektrischen Heizofen«, sagt die Dame pikiert.

»Wird auch nötig sein«, brummt Herr Stein, »Heizöl gibt's diesen Winter bestimmt nicht.«

Wieder auf der Straße, bleibe ich einen Moment lang stehen, in jeder Hand eine Glühbirne, im Kopf ein Gefühl leichten Schwindels. Ich überlege, ob ich mir die Buchhandlung Diamant nicht lieber ersparen soll; aber bei dem Gedanken an die Wahrsagerin, deren Adresse ich nur dort erfahren kann, treibt es mich weiter. Es sind nur ein paar Schritte. Da ist zuerst das große Café, zu meiner Beruhigung voll besetzt, dann die Buchhandlung, ebenfalls voll.

»Die Welt kann untergehen«, denke ich, »oder der Messias kommen, es wird die Juden nicht daran hindern, Bücher zu kaufen und Kuchen zu essen.«

Melanie Diamant, die Besitzerin der Buchhandlung, thront auf einem hochbeinigen Hocker, umringt von einer Höflingsschar an Kunden, denen sie Auskünfte gibt und Ratschläge erteilt. Melanie stammt aus Wien und läßt sich, was Alter und Herkunft betrifft, nicht definieren. Sie kann fünfzig sein oder siebzig, sie kann eine exzentrische Gräfin sein oder eine Puffmutter. Sie liebt starke Farben in ihrem breiten, fleischigen Gesicht und enge schillernde Kleider an ihrem korpulenten Körper. Heute trägt sie ein dekolletiertes Kleid aus violettem Satin und das kastanienrot gefärbte Haar zu einem Lokkenturm aufgesteckt. Ihr großer, dicklippiger Mund ist mohnrot geschminkt, die Wangen weiß gepudert, und auf den Lidern ihrer schwarzen, hervortretenden Augen liegt ein grüner Schatten. Ich mag Melanie. Sie ist eine gescheite, großherzige Frau, ein wandelndes Lexikon und eine Anhängerin der Parapsychologie. In ihrer Wohnung treiben sechs Katzen und ebenso viele Klopfgeister ihr Unwesen.

»Schalom, Melanie«, sage ich von hinten an ihren Hocker herantretend, »da bin ich wieder.«

»Christerl«, sagt sie, ohne zurückzublicken, »ich wußte, daß Sie zurückgekommen sind, und hab' Sie heut in meinem G'schäft erwartet.«

»Wieso?« frage ich verblüfft.

»Sie haben's mich doch klar und deutlich wissen lassen, gestern nacht zwischen zwei und drei. Ich bin davon aufgewacht.«

»Ich bitte Sie, Melanie, ich bin momentan zwar sehr verwirrt, aber daß ich Sie gestern nacht nicht angerufen habe, weiß ich genau.«

»Ich spreche nicht von einer telefonischen, sondern telepathischen Nachricht.«

»Ach so«, sage ich kleinlaut.

»Nu san S' doch so gut«, wendet sich Melanie an einen Kunden, der ihr schon seit geraumer Zeit ein Buch unter die Nase hält, »und lassen S' mich an Momenterl in Ruh. Das Buch, das Sie da kaufen wollen, ist sowieso an Schmäh... Schatzerl...«, das gilt jetzt wieder mir, »kommen S' doch vor, ich hab' zwar den sechsten Sinn, aber noch keine Augen am Hinterkopf.«

Der Kunde läßt beschämt das Buch sinken, und ich trete neben sie.

»Lieb sehen S' aus, wie immer«, sagt sie und streicht mir über das Haar. Eine Wolke starken Parfüms entströmt ihrer Achselhöhle, und an ihrer kleinen, dick gepolsterten Hand blitzt ein stattlicher Brillant auf.

»Aber wohl ist Ihnen nicht in Ihrer Haut«, fügt sie hinzu.

»Das ist zur Zeit keinem in diesem Land, nehme ich an.«

»In diesem Land oder in einem anderen, in Kriegs- oder Friedenszeiten, im neunten Jahrhundert vor der Zeitrechnung oder jetzt im zwanzigsten, wann war einem Juden schon jemals wohl in seiner Haut? Wir sind nicht dazu da, uns wohl in unserer Haut zu fühlen, und gut ist's.«

»Was ist daran gut?« will eine hübsche, junge Frau wissen.

»Das Resultat«, sagt Melanie.

»Nu, nu, nu«, macht ein kleiner Dicker.

»Was heißt hier ›nu‹?« ruft Melanie. »Wer hat denn einen Jesus hervorgebracht, einen Freud, einen Marx, einen Einstein – Männer, die die ganze Welt um- und umgekrempelt haben. Wir doch wohl, die Juden!«

»Ja«, sagt ein alter Herr, ohne auch nur von dem Buch, in dem er blättert, aufzublicken, »und was haben wir davon gehabt? Nur Zores.«

»Richtig«, bestätigt ein anderer Herr mit Bart und Kipa, »und jetzt haben wir schon wieder so einen Juden, wegen dem wir eines schönen Tages in den Nesseln sitzen werden. Dr. Henry Kissinger nämlich.«

Diese Bemerkung ruft allgemeine Entrüstung hervor.

»Kissinger, das Genie«, heißt es; »Kissinger, das Geschenk Gottes; Kissinger, der Freund Israels.«

»Ah, san S' net bled!« ruft Melanie als einzige dazwischen. »Professor Löwenherz hat recht, der Kissinger ist a Schlawiner.«

Und damit kreuzt sie die Arme über dem mächtigen Busen, läßt die Lider halb über die Augen rutschen und sitzt da wie eine Sphinx.

»Melanie«, sage ich, bevor der Sturm losbricht, »ich kann den Schluß der Debatte nicht mehr abwarten. Wir sehen uns morgen oder übermorgen. Geben Sie mir nur schnell die Adresse von Ihrer Wahrsagerin.«

»Herzerl, die wird Ihnen nichts nutzen. Die Frau spricht keine vernünftige Sprache, also gehen wir am besten zusammen hin.«

»Wann?«

»Eilt's sehr?«

»Ja, man muß doch endlich mal wissen...«

»Hören S', Christerl«, sagt Melanie, »je weniger man weiß, desto besser.«

»Nachon, Geweret Diamant«, sagt eine alte Dame und rückt sich ihr Strohhütchen zurecht.

Ich sehe die Auschwitz-Nummer an ihrem Unterarm. Unverblaßt. 37502.

Man hatte mir nahegelegt, nicht nach Ost-Jerusalem zu fahren. Nein, gesperrt sei das Gebiet nicht, hatte man gesagt, die Geschäfte seien sogar geöffnet, die Bevölkerung verhalte sich ruhig, keine Zwischenfälle bis jetzt. Aber wissen könne man eben nie. Die Jordanier seien, begreiflicherweise, etwas nervös, und in Anbetracht der gespannten Lage solle man jede Provokation vermeiden. Ich habe das alles eingesehen und bin unter dem Vorwand, Geld wechseln zu müssen, nach Ost-Jerusalem gefahren.

Ich suche seit Jahren eine jener merkwürdigen arabischen Wechselstuben auf, von denen kein Mensch mit Bestimmtheit sagen kann, ob sie nun eigentlich offiziell zugelassen sind oder aus mysteriösen Gründen nur geduldet. Tatsache ist, daß viele Touristen dort zu einem höheren Kurs als auf den Banken ihr Geld wechseln, die Araber Devisen scheffeln, und die Israelis nichts dagegen unternehmen.

Meine Wechselstube liegt innerhalb der alten Stadt am Damaskustor; und daß ich mit schlechtem Gewissen immer wieder dorthin zurückkehre, anstatt mit gutem Gewissen auf eine israelische Bank zu gehen, hat nur einen Grund: Das, was mich auf einer Bank eine gute Stunde plus Nerven und Prozente kostet, kostet mich in einer Wechselstube eine knappe Minute und keine Nerven und Prozente. Also sage ich mir, solange die Wechselstuben nicht abgeschafft werden, geht ja wohl alles mit rechten Dingen zu, Israel schadet es offenbar nichts, und mir nutzt es.

Mit diesem und noch dem zusätzlichen Gedanken, daß ich ein ausländisches Nummernschild habe, eine unverkennbar französische Hose trage und, wenn überhaupt, dann nur in dieser Richtung einen provokativen Eindruck mache, fahre ich los. Auf der breiten Straße, die West- und Ost-Jerusalem miteinander verbindet, sieht man ein paar israelische Militär- und jordanische Zivilfahrzeuge und am Damaskustor das übliche Bild: Lastesel und Lastträger, unförmige Frauen, die graziös einen Korb auf dem Kopf balancieren, Männer in Djellabah* und Kefieh, blinde Bettler, zerlumpte Kinder und Händler, die ihre billige Ware anbieten. Israelis und Touristen sieht man allerdings nicht.

Meine Wechselstube befindet sich gleich neben dem Toreingang und ist zum Glück geöffnet. In der Tür steht die Frau des Geldwechslers, eine gerissene kleine Person, die mit so unarabischen Eigenschaften wie Humor und

---

* weiter Umhang

Heiterkeit den anderen Wechselstuben die Kunden wegschnappt. Mich nennt sie ihre Freundin und weiht mich von Zeit zu Zeit in die Geheimnisse ihres Lebens ein. Auf diese Weise habe ich erfahren, daß ihr Mann zwanzig Jahre älter ist als sie, Witwer, Vater vieler erwachsener Kinder und, dem nicht genug, krankhaft eifersüchtig, despotisch und immer schlecht gelaunt; daß sie dagegen eine moderne junge Frau sei, die sich erstens nichts von ihm gefallen ließe, zweitens weder an Gott noch Liebe glaube und drittens die Pille nähme; daß ihr Mann und sie sich im vornehmsten Wohnviertel Ost-Jerusalems, gleich neben der Villa König Husseins, ein Zwölfzimmerhaus bauen ließen; und daß in diesem schmutzigen Leben überhaupt nur eins zähle: Geld, Geld und nochmals Geld.

Jetzt streckt sie mir schon von weitem die Hand entgegen und strahlt, als käme da die langerwartete reiche Tante aus Amerika.

»Hallo, meine Freundin«, ruft sie, »wie geht es Ihnen? Ah, es ist gut, Sie zu sehen... endlich mal wieder eine elegante Frau!«

Sie legt vertraulich die Hand auf meine Schulter und befingert mit der anderen den Stoff meiner Bluse.

»Aus Paris?« fragt sie. »Echte Seide?«

»Kunstseide aus Tel Aviv«, sage ich und enttäusche sie damit.

»Kommen Sie herein, meine Freundin, kommen Sie herein!«

Ich betrete den kleinen, fahlgrün gestrichenen Raum mit der Neonröhre und dem Ventilator an der Decke, der Schneelandschaft an der Wand, den zwei Reihen Stühlen, die sich leer gegenüberstehen, und dem Tisch, hinter dem der Geldwechsler sitzt. Er ist ein Mann, der es unter seiner Würde hält, den Mund zu öffnen, sei es zu einem Gespräch oder zu einem Lachen. Er hat breite Schultern, ein finster verschlossenes Gesicht von der Farbe eingetrockneten Senfes und einen strichdünnen Schnurrbart auf der Oberlippe. Ob er auch Beine hat, kann ich nicht beurteilen. Ich habe ihn in den letzten sieben Jahren weder stehen noch auf einem anderen Platz sitzen sehen, und das weckt in mir die Vorstellung, daß die obere Partie seines Körpers in die Beine des Tisches mündet.

Bei meinem Eintritt hebt er mühsam Blick und Hand, knurrt: »How are you?« und fällt dann wieder in sich zusammen.

»Setzen Sie sich«, fordert mich seine Frau auf, »Sie sehen müde aus.«

»Ich bin müde«, sage ich und setze mich auf den Stuhl, der dem Tisch am nächsten steht.

»Möchten Sie etwas trinken?«

»Nein, danke.«

»Wirklich nicht? Keinen arabischen Kaffee gegen die Müdigkeit, keine Limonade gegen die Hitze, keinen kleinen Arrak gegen das Unbehagen?«

Ich schaue schnell auf. Sie lacht, und ihr Gesicht mit den dicken Backen und schwarzen Augen hat Ähnlichkeit mit dem eines Hamsters.

»Sie freut sich«, denke ich, »so wie sich alle Araber freuen. Kann man es ihnen übelnehmen?«

»Nein, ich möchte wirklich nichts trinken«, sage ich, »ich muß gleich weiter.«

»Weiter? Man kommt nicht sehr weit. Überall Grenzen.«

Ich weiß nicht, ob sie das geographisch oder metaphysisch meint, aber recht hat sie in jedem Fall.

Der Mann sagt etwas in scharfem Ton zu seiner Frau, und sie, die sich nichts gefallen läßt, antwortet mit bösem Gesicht und einem Wort, das aus sehr viel Luft und Konsonanten besteht. Dann dreht sie sich wieder zu mir um und strahlt mich an.

»Immer guter Laune«, sage ich, »nicht wahr?«

»Immer«, sagt sie.

Ich lege mein Geld auf den Tisch, und die Transaktion beginnt. Der Mann, mit allen Anzeichen des Überdrusses, greift danach, zählt es nach und schiebt es seiner Frau hin.

Sie zählt es nach, rechnet die Summe auf einer kleinen Rechenmaschine aus und teilt das Resultat ihrem Mann mit. Er öffnet eine Schublade, wirft mein Geld hinein, nimmt drei mit einem Gummiband zusammengehaltene Notenbündel heraus und schiebt sie mir hin. Dann, bevor er die Schublade wieder schließt, läßt er einen langen, griesgrämigen Blick hineinfallen. Ich unterdrücke den Impuls, aufzustehen und ebenfalls hineinzuspähen, nehme die drei Notenbündel, blättere sie hastig durch und stopfe sie in meine Tasche.

Da es die Höflichkeit verlangt, nach Abwicklung der Geschäfte noch ein paar persönliche Worte zu wechseln, erkundige ich mich, ob das Haus schon fertig sei.

»Aber nein«, sagt die Frau, »und wahrscheinlich wird es auch nie mehr fertig. Die Bauarbeiten sind unterbrochen, und der Winter kommt. Es ist dumm, sich in diesem Land ein Haus zu bauen. Was weiß man denn? Gehört es einem, gehört es einem nicht; wird es zerstört, bevor es fertig ist oder nachdem es fertig ist; wird man darin leben oder sterben? Was weiß man denn?«

Der Krieg bleibt unerwähnt. Aber er ist da, in jedem vorsichtigen Wort, in jedem wachsamen Blick. Ist da, wie ein Kranker, von dem man weiß, daß er Krebs hat, der selber weiß, daß er Krebs hat, und jeder spricht darumherum, tut, als hätte er nur eine Grippe, wünscht sich Kilometer weit weg und wagt es nicht, das alles klärende, alles erleichternde Wort auszusprechen.

Ich sitze da, der Ventilator fegt mir warme Luft ins Gesicht, es riecht nach einem starken Desinfektionsmittel, eine grünschillernde Fliege läßt sich auf meinem Knie nieder, und die junge Frau steht vor mir, die Arme in einer Geste der Resignation ausgebreitet, die dicken Hamsterbacken zu einem Lächeln emporgezogen.

»Ja«, sage ich, »der Krieg.«

Die Frau läßt die Arme fallen, nicht aber das Lächeln.

»Der Krieg, der Krieg, der Krieg«, sage ich und fühle, wie mir das Wort zu Kopf steigt wie starker Alkohol.

Jetzt lächelt die Frau nicht mehr. Sie starrt mich an, und in ihrem Blick mischt sich Unsicherheit mit Verblüffung. Auch der Mann hat den Kopf gehoben und starrt mich an. Dann starren sich Mann und Frau an.

»Was willst du von ihnen«, sage ich mir, »laß sie in Ruhe.« Ich stehe auf, gehe zur Tür, schaue noch einmal zurück.

»Keine Angst«, tröste ich, »Ihr Haus wird fertig, die Kunden kommen wieder...«

»Und der nächste Krieg auch«, sagt die Frau.

»Langsam, langsam, der hier ist noch nicht zu Ende. Also auf Wiedersehen.«

»Auf Wiedersehen«, sagt der Geldwechsler unverhofft, und wenn mich nicht alles täuscht, versucht er sogar zu lächeln.

»Moment«, ruft die Frau und läuft mir nach, »so können Sie die Tasche doch nicht tragen! Hinten auf dem Rücken und noch dazu offen.«

Sie schließt den Reißverschluß an der Tasche und klemmt sie mir unter den Arm.

»Haben Sie denn gar keine Angst, daß man Ihnen das Geld stiehlt?« fragt sie vorwurfsvoll.

»Ich bin noch nie bestohlen worden.«

»Dann wird man es bald tun. Die Welt ist voll mit schlechten Menschen.«

Ich gehe in Richtung des Bazars. Ich weiß, daß sie mir nachblickt, und nach ein paar Schritten drehe ich mich um. Sie beginnt sofort zu winken und lacht dabei über das ganze Gesicht.

»Sie sind wie Kinder«, denke ich, »naiv wie Kinder, gierig wie Kinder, brutal wie Kinder. Es wird noch lange dauern, bis sie erwachsen werden.«

Drei bewaffnete israelische Soldaten kommen mir entgegen, und mir fällt ein, daß man mir geraten hat, nicht in die Altstadt zu gehen. Aber da ich nun schon einmal da bin, laufe ich weiter und tauche in das kühle Dämmerlicht der Bazarstraße ein. Zum erstenmal ist es angenehm, hier zu gehen: keine gaffenden Touristen, keine kaufwütigen Israelis, keine wild gewordenen Verkäufer; man wird nicht angerempelt, nicht in ein schwitzendes Menschenknäuel verwickelt, nicht von fremden Händen, die einen vor, zurück oder seitwärts schieben wollen, belästigt. Aber die Atmosphäre ist um so bedrückender. Die Stadt ist schwer bewacht, und die Einwohner gehen irgendwelchen Beschäftigungen nach: die Frauen noch dumpfer als gewöhnlich, die Männer noch verbitterter, die Kinder noch aggressiver. In ihren kleinen Werkstätten sitzen die Handwerker, die Augen mehr auf die Gasse geheftet als auf ihre Arbeit. Ein paar Läden sind geschlossen, die, die geöffnet sind, sind leer. Die Besitzer stehen oder hocken auf den Schwellen, lassen die Steine einer Kette durch die Finger und die Blicke die Straße hinauf- und hinabgleiten. Die meisten stieren mich nur stumpf an. Die, die mich vom Sehen kennen, sagen: »Good morning, Lady«, oder »How are you?« Aber keiner versucht, mich wie üblich in seinen Laden zu locken. Allein die Händler, die die Lage auch geschäftsmäßig erfaßt und sich mit einem Vorrat Taschenlampen eingedeckt haben, ein Artikel, der in West-Jerusalem längst ausverkauft ist, machen mich auf ihre Ware aufmerksam. »Flashlights, Lady«, rufen sie, »come and see, very good flashlights!«

Von »gut« kann nicht die Rede sein. Es sind immer wieder die gleichen häßlichen Dinger: ein langer, blechumwickelter Stiel, der sich am oberen Ende zu einer Leuchte erweitert. Sie liegen zu Dutzenden auf kleinen, vor den Läden aufgebauten Tischen und sind offenbar das einzige, was Absatz findet. Da ich keine Taschenlampe besitze und die Nützlichkeit einer solchen einsehe, suche ich mir unter den vielen Händlern den aus, der den abgerissensten Eindruck macht, und trete an seinen Tisch. Der Mann ist alt, dünn und hat nur ein Auge. Die Lider des zweiten sind mangelhaft zusammengewachsen, und ich versuche nicht hinzublicken.

»Flashlights«, sagt er mit der unnatürlichen Stimme einer zahmen Dohle, die ein einziges menschliches Wort auszusprechen gelernt hat: »Flashlights.«

Früher hat er vielleicht »Postcards« gesagt oder »Crosses« oder »Bags«, jetzt sagt er, der Mode folgend, »Flashlights«. Er nimmt eine Taschenlampe in die Hand und zeigt mir den Mechanismus. Knopf vor, Licht an; Knopf zurück, Licht aus. Er ist befriedigt, ich bin traurig. Worüber bin ich traurig? Über die Häßlichkeit der Taschenlampe, über die Armseligkeit des Mannes, über die Trostlosigkeit der Situation, über die Absurdität menschlicher Existenz.

»Sehr gut«, sage ich, »wieviel kostet das?«

Er hebt sieben gespreizte Finger.

Ich nehme eine Taschenlampe, dann zwei, dann drei. Vielleicht brauchen meine Freunde Taschenlampen. Vielleicht dauert die Verdunklung noch Wochen. Vielleicht kann sich der Mann für den Winter einen Pullover kaufen. Ich nehme fünf.

»Flashlights very good«, sagt er und hält mir eine sechste hin.

»Fünf«, sage ich scharf.

Er beginnt die Lampen mit Batterien zu füllen. Aus der winzigen Höhle seines Ladens kommt die Stimme eines Rundfunksprechers; und plötzlich wird mir bewußt, daß es das war, was mich den ganzen Weg begleitet hat, diese eindringliche, gutturale Stimme, die ich nur als eine Art Geräuschkulisse zur Kenntnis genommen hatte, so wie früher die klagenden, zerquetschten Töne der arabischen Musik. Ich versuche ein Wort, einen Namen aufzuschnappen, der mir Aufschluß über den Inhalt geben könnte, aber die Sprache, deren Schönheit ich so oft habe rühmen hören, klingt für mich wie ein verstopftes Waschbecken, aus dem man das Wasser herauspumpt.

»Wahrscheinlich handelt es sich um Nachrichten«, überlege ich, »noch wahrscheinlicher um eine Hetzrede.«

Der Mann tut die Lampen in eine Tüte aus dünnem, braunem Papier, und ich zahle.

»Thank you«, sagt er, und von seinen englischen Kenntnissen hingerissen, fügt er noch die zwei anderen, ihm geläufigen Worte hinzu: »Welcome... Good bye.«

Ich gehe weiter, und jetzt höre ich nur noch die Stimme des Rundfunksprechers, ein beunruhigendes Leitmotiv, das mir aus jedem Laden, jeder Werkstätte, jedem Café entgegenschallt und mich durch die engen, dämmrigen Gassen des Bazars verfolgt. Mein Unbehagen wächst mit jedem Schritt, und ich bedaure, den Rat, nicht in die Altstadt zu gehen, außer acht gelassen zu haben. Nein, ich habe nichts zu suchen in dieser Stadt, die den Atem anhält, unter diesen Menschen, die zwischen Tür und Angel sitzen, vor ihren Nasen die bewaffneten israelischen Soldaten, die sie im Sechs-Tage-Krieg derart fürchten gelernt haben, daß sie es vorziehen, neutral zu bleiben, hinter ihrem Rücken die Stimme eines wie auch immer gearteten arabischen Bruders, der den nahen Sieg der Ägypter und Syrier verkündet, ein Sieg, der ihnen nichts anderes einbringen würde als den Ruf der Kollaboration.

Ich laufe weiter, den Kopf gesenkt, um die Gesichter nicht zu sehen, die mir in ihrer Verschlossenheit, ihrem fanatischen Ernst fremd geblieben sind. Ein kleiner Junge springt mir vor die Füße.

»Shalom, Lady«, kräht er. »Shalom.«

Das auch noch! Ich bleibe wie angewurzelt stehen und weiß nicht, wie ich reagieren soll. Zwei Araber mit dem roten Turban der Hadschis gehen an mir vorüber. Ihre Augen schauen durch mich hindurch.

»Geh«, sage ich zu dem Jungen, »nun mach schon, schnell...«

»You want see wailing wall?«

Das Kind ist schmutzig und klein, aber der Ausdruck seines Gesichts ist alt. Ich schiebe es beiseite und gehe weiter. Es läuft in Kreisen um mich herum und versucht es mit einem neuen Köder.

»You want see Holy Church, Lady?«

Drei Chassidim überholen mich. Sie gehen mit zielstrebigen Schritten, tragen den seidenen Sabbat-Kaftan und die große, runde Mütze aus rötlich-blondem Pelz. Einer von ihnen summt eine Melodie. Ich sehe ihnen nach. Nein, die fürchten nicht die Araber, sie fürchten nur Gott. Sie fürchten nicht die Folgen des Krieges, sie fürchten nur die Folgen mißachteter religiöser Gebote. Sie fürchten nicht Israels Niedergang, denn für sie gibt es kein Israel, solange der Messias nicht gekommen ist.

Ein Stein trifft mich zwischen den Schulterblättern. Der Schreck ist ungleich größer als der Stein, der mir kaum weh getan hat. Ich drehe mich um und sehe den kleinen Jungen mit dem alten Gesicht um eine Ecke rennen.

»Verdammtes, dreckiges Balg«, zische ich und stampfe mit dem Fuß auf, »ich wünschte, ich könnte dir den Hals umdrehen.«

Meine Wut und die Roheit der Worte erschrecken mich und bringen mir gleichzeitig Erleichterung. Ich gehe schnell weiter, sehe vor mir die drei Chassidim auftauchen und folge ihnen bis zur Treppe, die zur Klagemauer führt. Dort bleibe ich stehen und schaue hinab auf den großen Platz. Er liegt in der weißen Glut des Mittags, ausgestorben bis auf die Zone der Mauer. Die Seite der Männer ist heute schwach besucht, doch auf der Seite der Frauen stehen sie dicht gedrängt, Reihe auf Reihe. Ein paar Kinder spielen hinter ihren betenden Müttern Fangen, und auf den Dächern rings um den Platz patrouillieren Soldaten.

Meine Kleider brennen auf der Haut, meine Augen schmerzen selbst im Schutz der dunklen Brille. Ich setze mich auf die oberste Stufe und lege die Stirn auf die Knie.

Die Kirchenglocken der Altstadt beginnen den Mittag einzuläuten, der Muezzin ruft zum Gebet, und an der Mauer erheben sich die Stimmen der Frauen zu einem beschwörenden Chor.

Ein Psalm fällt mir ein:

»Wünschet Jerusalem Glück!
Es möge wohlgehen denen, die dich lieben!

> Es möge Frieden sein in deinen Mauern
> und Glück in deinen Palästen!
> Um meiner Brüder und Freunde willen,
> will ich dir Frieden wünschen...«

Ich kaufe drei Blumensträuße, einen davon bringe ich Tante Minna.

Sie sitzt sehr klein hinter einem wuchtigen Schreibtisch, der mit vielerlei Papieren und verschiedenen Sachen, die eigentlich in Küche oder Schränke gehören, bedeckt ist. Sie drückt mich mitsamt dem Blumenstrauß an ihre Brust und küßt mich viele Male.

»Die Blumen, Tante Minna«, mahne ich, »die Blumen!«

»Ach, mein Goldchen, immer mußt du mir was mitbringen!« Sie betrachtet andächtig den Strauß. »So schöne Blumen, aber sie sind doch schrecklich teuer, und du sollst nicht dein Geld für mich ausgeben.«

»Ich behalt' mir gerade noch so viel zurück, daß ich nicht verhungere. Also mach dir keine Sorgen.«

Sie lacht und erklärt: »Du bist doch die Liebste, Beste.«

»Und du bist die einzige, die mich richtig erkannt hat«, sage ich, »wo ist eine Vase?«

»Das mach' ich selber. Setz dich da gemütlich in den Sessel.«

»Setz du dich bitte gemütlich in den Sessel.«

»Kommt nicht in Frage! Was willst du essen und trinken? Setz dich, mein Liebchen, nun setz dich schon. Ich mach' das alles.«

So ist es immer. Tante Minna, neunundachtzigjährig, mit stark geschwollenen Beinen und einem bösartigen Ischiasnerv, macht alles. Tante Minna badet stundenlang im Meer, schreibt humorvolle Gedichte, sorgt für Kranke und Blinde und ein gutes Dutzend gleichaltriger Freunde, die inzwischen im Altersheim sind; kocht, näht, liest, geht in Ausstellungen und Konzerte. Und wenn man bei ihr ist, gibt sie keine Ruhe, bis man sich nicht gemütlich gesetzt hat und mit all dem versorgt ist, was man ihrer Meinung nach zum Wohlergehen braucht: etwas zu essen, etwas zu trinken, etwas zu knabbern, etwas gegen die Hitze im Sommer, etwas gegen die Kälte im Winter, etwas Hübsches zum Anschauen, etwas Interessantes zum Lesen... Es nimmt kein Ende.

Also gebe ich wie immer auf und setze mich. Sie dafür läuft mit schnellen, unsicheren Schritten aus dem Zimmer, und ich höre sie in der Küche hantieren.

»Ich möchte nichts essen und nichts trinken!« rufe ich, aber da sie schwerhörig ist und außerdem sehr viel Lärm macht, ist es vergeblich.

»Ach, Tante Minna...«, seufze ich.

Ich liebe Tante Minna, ihren runden Rücken, ihre geschwollenen Beine, ihre faltigen Unterarme, ihr klares Kleinmädchengesicht mit dem schlohweißen Haar und den zweifarbigen Augen, in denen sich Braun mit Blau mischt. Ich liebe den breiten, warmen Strom ihres Humors, ihrer Toleranz und Güte, ihre Klaglosigkeit, die nichts mit eiserner Disziplin, ihre heitere Zuversicht, die nichts mit falschem Optimismus zu tun hat. Tante Minna ist der Ausnahmefall eines Menschen, der im Geben die Erfüllung sieht, und erfüllt war ihr Leben – erfüllt von ihrem Mann, einem jüdischen Gelehrten, der vor zehn Jahren gestorben ist, und ihren drei Kindern; erfüllt von Freunden, denen sie Gutes tun, und Menschen, denen sie helfen konnte.

Sie kommt jetzt mit einem beladenen Tablett zurück. Ihr Gang schwankt, das Tablett schwankt. Ich springe auf, um es ihr abzunehmen, aber sie läßt es sich nicht entreißen.

»Schon gut, schon gut, ich lasse es dir ja«, beschwichtige ich und mache eine Ecke des Schreibtisches frei. Sie stellt es ab, und ich setze mich aufatmend wieder in den Sessel.

»So, jetzt machen wir's uns gemütlich«, sagt sie und nimmt einen Kuchen vom Tablett, ein Schälchen Kompott, einen Teller mit frischem Obst, eine Schachtel Konfekt und eine Flasche Orangensaft.

»Tante Minna«, sage ich verstört, »ich bin in einer knappen Stunde bei Ibi zum Mittagessen eingeladen.«

»Darum kannst du doch ruhig ein bißchen knabbern… Laß dich anschauen, Liebchen…« Sie nimmt mein Gesicht in beide Hände: »Ja, du siehst nicht schlecht aus, aber deine Wangen sind zu schmal und deine Augen ein wenig müde. Du hast mir doch keinen Kummer?«

»Aber nein«, sage ich.

Sie gibt mir einen Kuß auf den Mund und setzt sich dann wieder auf ihren Platz hinter dem Schreibtisch.

»Weißt du, was ich hier mache?« fragt sie. Und als ich den Kopf schüttele: »Ich ordne alte Briefe.«

Ich beginne mich gerade zu fragen, ob der Krieg in eine ihrer raren Gedächtnislücken gefallen ist, oder ob sich ihre Kinder und Freunde miteinander verschworen und ihr die schlechte Nachricht unterschlagen haben, da sagt sie: »Es bringt einen auf andere Gedanken in dieser schlimmen Zeit.«

Ich nicke.

»Was kann eine fast hundertjährige Frau denn noch tun?« fährt sie fort. »Nichts, was noch wirklich helfen könnte. Weinen kann ich, aber was hilft das? Hat man so viele Tränen, wie man auch nur um einen einzigen dieser jungen Menschen weinen müßte? Weißt du, Christinchen, ich habe immer versucht, alles, was der Mensch tut, zu verstehen, auch das Böse. Es gibt ja immer Gründe und Erklärungen dafür, und man kann nur in den seltensten Fällen sagen: Er hat es allein um des Bösen willen getan. Aber wie man junge, unschuldige Menschen hinausschicken kann, damit sie sich zu Hunderten, zu Tausenden, zu Hunderttausenden umbringen, das habe ich nie verstanden. Ist ein Fetzen Land, eine Idee, eine Überzeugung das wert?«

»Nein«, sage ich und zünde mir eine Zigarette an.

»Kind, ein Stückchen Schokolade oder ein Apfel wäre besser für dich als eine Zigarette. Komm, mach sie aus und iß etwas.«

Um sie zu beruhigen, lege ich die Zigarette in den Aschenbecher und greife nach einem Stück Konfekt.

»Nicht das«, sagt sie, »nimm das in Silberpapier, das schmeckt noch besser.«

Ich nehme gehorsam das in Silberpapier und frage, um sie von mir abzulenken: »Und von wem sind die Briefe, die du da ordnest?«

»Oh, von vielen, vielen lieben Menschen, von meinem Mann Hans, von den Kindern, als sie noch klein waren, von Freunden, von Verehrern und Verehrerinnen...« Sie schaut mich an und lacht verschmitzt: »Ich habe eine Menge gehabt.«

»Die hast du heute noch.«

»Die meisten von ihnen gibt es schon nicht mehr. Sie haben leider nicht mein Glück und meine Gesundheit gehabt... Ach, stell dir vor, Liebchen, von deiner Mutter habe ich auch einen Brief gefunden. Ich hab' ihn hier irgendwo zur Seite gelegt... Wo ist jetzt nur wieder meine Brille?«

Sie beginnt mit meiner Hilfe, ihre Brille zu suchen, die, wie wir nach einer Weile feststellen, an einer Schnur um ihren Hals hängt, dann den Brief.

»Ich habe deine Mutter sehr lieb gehabt«, erzählt sie währenddessen, »du weißt ja, wir waren Kusinen und, davon abgesehen, innig miteinander befreundet. Sie war ein faszinierender Mensch mit großen Schwächen und großen Stärken. Das ist es ja, was einen Menschen faszinierend macht, nicht wahr? Wir waren ganz verschieden, aber das hat unserer Freundschaft nicht geschadet. Im Gegenteil, ich habe sie bewundert, und sie mich wohl auch. Ich war von Jugend an Zionistin, weißt du, und manchmal habe ich versucht, deine Mutter auch ein bißchen dafür zu gewinnen, aber sie hat gesagt... Mein Gott, ich erinnere mich an jedes Wort, so als sei es gestern gewesen: ›Minnchen‹, hat sie gesagt, ›laß das. Deutschland ist mein Land, so wie es das deine ist. Warum bist du denn sonst noch hier und nicht in Palästina? Dieser ganze Zionismus ist doch eine

Schnapsidee und ein großes Papperlapapp. Alle, die ihn in glühenden Worten predigen, denken nicht daran, ihre Heimat zu verlassen, um nach Palästina auszuwandern. Wären ja auch schön dumm, und dumm sind die Juden nun einmal nicht. Aber reden müssen sie und sich immer was Neues ausdenken und alle verrückt machen.‹« Tante Minna lacht: »Sie war entzückend, deine Mutter, so natürlich, so stürmisch... Ah, da ist er ja, der Brief.«

Sie reicht ihn mir und sagt: »Behalt ihn, du hast ja so wenig von deiner Mutter, und Briefe sind wie das Allerheiligste. Man liest sie und spürt die Gegenwart der Menschen, die sie geschrieben haben.«

Wir sitzen uns gegenüber, zwischen uns die Briefe und die Anwesenheit der Toten, die sie uns hinterlassen haben. Der Krieg ist fern. Spielt er überhaupt eine Rolle? Spielt die Gegenwart eine Rolle? Nein, sie ist wie Rohmaterial, ein Klumpen Ton oder Metall. Erst die Vergangenheit gibt ihr Gestalt und Sinn.

»Iß doch ein bißchen von meinem Kompott«, bittet Tante Minna, »Birnen und Pflaumen, ich habe es selber gemacht.«

»Das nächste Mal.«

Ich stehe auf, gehe zu ihr und beuge mich zu ihr hinab.

»Hast du alles, was du brauchst?« frage ich.

»Ich habe mehr, als ich brauche. Rachel ist drei Tage in der Woche bei mir. Sie ist eine so gute Tochter. Die einzige Sorge, die sie mir jemals gemacht hat, war die, daß sie nicht geheiratet hat.«

»Damit hat sie dir vielleicht eine unnötige Sorge gemacht, sich aber eine berechtigte erspart. Wenn man nicht so ist wie du, sollte man das Heiraten lassen.«

Tante Minna nimmt meine beiden Hände, küßt sie und schaut mir mit ihren weisen Kinderaugen forschend ins Gesicht.

»Ich habe doch gleich gemerkt, daß dich etwas grämt«, sagt sie, »was ist es denn? Macht dir dein Sohn Kummer oder etwa dein Serge?«

»Nein, nein«, sage ich, »ich selber mache mir Kummer.«

»Aber warum denn, mein Kind?«

»Ich weiß es nicht. Ich habe den Eindruck, alles schwimmt mir weg. Ich sehe nicht mehr von hier bis da.«

»Ach, ach, ach«, sagt sie bekümmert, »das hört sich aber gar nicht gut an. Bleib bei mir, Herzlein, schlaf heute nacht hier.«

»Aber nein«, beruhige ich sie, »so schlimm ist es nun auch wieder nicht. Es ist der Krieg, weißt du, die Ungewißheit, die Müdigkeit. Es ist ganz normal.«

»Der Krieg wird vorübergehen«, sagt sie, »wie alles vorübergeht, das Schlimmste und das Schönste. Mit dem zu leben, was nachher kommt, darin beweist sich unsere Liebe.«

Ich lasse das Auto stehen. Es lohnt sich nicht, die paar Meter zu fahren, sage ich mir. Die Wahrheit ist, daß ich nicht aufhören kann zu laufen, daß ich den Knopf nicht mehr finde, mit dem sich der Motor in mir abstellen läßt. Die Worte Tante Minnas wollen mir nicht aus dem Sinn: Mit dem zu leben, was nachher kommt, darin beweist sich unsere Liebe.

Sie in ihrer Güte und Geduld hat ihre Liebe stets bewiesen, ich nie. Mit dem Schlimmen habe ich gehadert, dem Schönen nachgetrauert, aber mit den Folgen zu leben und damit meine Liebe zu beweisen, habe ich mich geweigert. Ich wollte Träume verwirklichen, Kindheitsträume. Ich wollte in jene heile Welt zurückkehren, um die man mich so plötzlich betrogen hatte. Ich wollte nicht wahrhaben, daß es sie nicht mehr gibt, daß es sie nie mehr geben würde, auch hier nicht in den stillen Straßen Rechavias, in den solide gebauten Häusern, in den hübschen, bunten Gärten, in den Armen Ibis, Ruths und Tante Minnas.

Die Blumen in meinem Arm lassen bereits kraftlos die Köpfe hängen. Es kommt mir vor, als sei ich auf dem

Weg zu einem Begräbnis und hätte vergessen, auf welchem Friedhof es stattfindet. Einen Moment lang bleibe ich stehen, so als müsse ich mich tatsächlich darauf besinnen.

»Das Kind«, geht es mir plötzlich durch den Kopf, »es ist das Kind in dir, das da begraben wird. Ja, übertrieben, das hübsche kleine Mädchen, das im Schottenkleid, eine unnatürlich große Puppe im Arm, das Haus im Grunewald verläßt, um eine schöne, kleine Ferienreise anzutreten.«

»Geh, Kind«, sagt Elisabeth zu dir, »geh jetzt schnell, nun geh schon!«

Sie sitzt auf einem Stuhl in der Küche, ein hellblondes Engelsgesicht auf einem großen, dicken Körper, und erklärt, sie habe sich den Fuß verstaucht und könne dich deshalb nicht hinausbegleiten. Du hast sie sehr lieb, diese Elisabeth, die seit deiner Geburt im Haus ist, aber heute kommt sie dir merkwürdig vor. Ganz fremd sieht sie aus.

»Tut es sehr weh, Elisabeth?« fragst du.

»Ja, sehr, sehr... bis hinauf ins Herz.«

Sie küßt dich, dann schiebt sie dich heftig von sich: »Geh, Kind, bitte, geh. *Geh!*«

Du gehst. Dein Hund, ein rostbrauner irischer Terrier, springt bellend an dir hoch. Er glaubt, du gehst mit ihm spazieren.

Vor dem Haus wartet dein Vater auf dich. Er geht auf und ab, die Hände auf dem Rücken. Er sieht schön und elegant aus. Als du den Kiesweg hinunterkommst, bleibt er stehen und blickt dir entgegen. Herr Budau aber, der Chauffeur, der Mann mit dem roten, freundlichen Gesicht, sitzt da, als habe er einen steifen Nacken.

»Steig ein, meine Tochter«, sagt Papa.

Du zögerst.

»Nun steig schon ein, Christina«, sagt dein Vater, »wir müssen uns beeilen, sonst versäumen wir den Zug.«

Du beugst dich zu dem Hund hinunter. Er hat die Eigenart zu lachen, wenn er etwas Böses ahnt, und jetzt wirft er den Kopf zurück und zieht die Oberlippe hoch. Du sagst zu ihm: »Ich komme ja bald wieder, Benni«, und drückst ihn an dich. Und als du ihn an dich drückst und das drahtige Fell unter deinen Händen spürst und seine Zunge, die dir über das Gesicht fährt, da fängst du an zu weinen, hilflos und herzgebrochen. Dein Vater schiebt dich sanft in den Wagen.

Er setzt sich neben dich, legt den Arm um deine Schultern und zieht dich dicht zu sich heran. Herr Budau fährt los. Du willst dich nach dem Haus umdrehen, aber der Arm deines Vaters hindert dich daran und du möchtest ihn nicht wegschieben.

Dein Vater schweigt, doch an seinem ernsten, gesammelten Gesichtsausdruck erkennst du, daß er sich zum Sprechen vorbereitet. Du schaust zu ihm auf und wartest. Schließlich räuspert er sich und sagt: »So, meine Tochter, jetzt machen wir zusammen eine schöne, kleine Ferienreise. Du wirst deine Mutter wiedersehen und ein neues Land kennenlernen. Ein hübsches Land, in dem die Sonne viel öfter und viel wärmer scheint als in Deutschland. Es gibt dort niedliche Esel, sogar in den Straßen der Hauptstadt, stell dir vor, und große Rosenfelder. Ja, es ist ein hübsches Land, es wird dir gefallen.«

Du nickst eifrig. Du bist jetzt entzückt und gar nicht mehr traurig. Du fährst mit deinem Vater zu deiner Mutter. Ihr werdet wieder zusammensein. Es wird eine schöne, kleine Ferienreise, die schönste deines Lebens, denkst du.

Ich laufe. Mein Mund ist so trocken, daß die Lippen aufeinander kleben, und vor meinen Augen tanzt ein unruhiges Muster aus Rot und Violett. Glücklicherweise sind es nur noch ein paar Schritte bis zu Ruth Liebermanns Haus, einem alten arabischen Haus, das mit seinen dicken Mauern und kleinen, vergitterten Fenstern Schutz und Kühle verspricht. Ich gehe durch den schattigen Vorgarten, in dem Agaven, Oliven- und Eukalyptusbäume wachsen, und dann durch die offenstehende Tür in die große, dämmrige Eingangshalle, die auch als Wartezimmer dient. Sylvia, Ruths Tochter, sitzt auf einem zierlichen, zerkratzten Louis-seize-Kanapee und strickt.

»Schabbat Schalom, Sylvia«, sage ich und strebe dem nächsten Stuhl zu, »ich habe ein merkwürdig weiches Gefühl in den Knien.«

»Auch eine merkwürdig blasse Nase«, sagt Sylvia, legt ihr Strickzeug beiseite und erhebt sich. Sie ist ein großes Mädchen mit schwarzem Haar und grauen Augen, etwas schwer um Hüften und Busen, aber sehr reizvoll.

»Soll ich Ihnen ein Glas Wasser bringen?« fragt sie.

»Ja, bitte, und außerdem eine Vase. Die Blumen hier sind einer Ohnmacht noch näher als ich.«

Ich setze mich, die Blumen krampfhaft in der Hand, die Augen auf den Biedermeierschrank mit der Glastür geheftet. Vor meinen Augen dreht sich Ruths altes, verschnörkeltes Porzellan.

Sylvia kommt in Begleitung von drei Katzen zurück, gibt mir das Glas, stellt die Vase auf den Tisch und tut beide Sträuße hinein.

»Der eine war zwar für Ibi gedacht«, sage ich, »aber macht nichts. Bis der bei ihr ankommt, ist er sowieso tot.«

»Hauptsache, Sie kommen noch lebendig an.«

»Ich weiß gar nicht, ob das so wünschenswert ist.«

»Denken Sie an Ihre arme Katze! Was soll aus ihr werden, wenn Sie nicht mehr sind?«

Ich habe Sylvia kennengelernt, als sie elf Jahre alt war, ein aufgewecktes, kleines Mädchen, das von ihrer Großmutter und Mutter vergöttert und für das Genie der Familie gehalten wurde. Heute ist sie dreiundzwanzig, Studentin der Jurisprudenz und Freundin eines Phantom-Piloten. Für mich jedoch ist sie das kleine Mädchen geblieben, mit dem man sich dank seiner Intelligenz nicht ganz wie mit einem Kind und infolge seines Alters auch nicht ganz wie mit einem Erwachsenen unterhalten kann. Als Ausweg aus diesem Dilemma habe ich mich in einen schnoddrigen, alles ironisierenden Umgangston gerettet, den sie mit Vergnügen aufgenommen und, da sie ein tadelloses Deutsch spricht, im Laufe der Jahre vervollständigt hat.

Sie läßt sich jetzt vor mir auf dem verblichenen Perserteppich nieder, und das veranlaßt die Katzen, ihr zu Leibe zu rücken. Es sind halbwilde Straßenkatzen mit spitzen, langnasigen Gesichtern, dünnen Schwänzen und hohen Beinen, und allein ihre lautlose Grazie, ihr kalter, intensiver Blick läßt mich zuweilen ihre Häßlichkeit vergessen.

»Also Christina«, sagt Sylvia und schaut mit diesen verblüffend hellen Augen zu mir auf, »und wie geht es Ihnen jetzt? Besser?«

»Was erwartest du? Daß dein albernes Glas Wasser Wunder wirkt?«

»Natürlich. Jerusalemer Wasser! Schmeckt scheußlich, aber wirkt Wunder. Hätte meine Mutter ihre Patienten damit behandelt, viele von ihnen wären noch am Leben.«

»Wo steckt deine Mutter eigentlich? In der Klinik?«

»Nein, unter der Dusche. Sie glaubt auch an die heilende Kraft des Jerusalemer Wassers. Arme Mammi! Wenn sie so weiterschuftet und sich aufregt, wird es mit ihr noch ein schnelleres Ende nehmen als mit Ihnen.«

Ich finde, daß sie in ihrer Kaltschnäuzigkeit nun doch etwas zu weit geht, und sage scharf: »Die einzige, die nicht umzubringen ist, bist du, nicht wahr? Geht dir denn überhaupt nichts an die Nieren?«

»O doch, einiges. Aber ich halte nichts davon, es alle Welt wissen zu lassen. Von dieser Sorte gibt es zur Zeit leider schon zu viele. Sie jaulen und klagen und flüstern und streuen dumme Gerüchte aus und schlagen sich an die Brust und schreien: Mea culpa. Wen interessiert das? Und was ändert das?«

Sie greift nach einer kleinen schwarzen Katze, die ihr den Rücken hinaufzukrabbeln versucht, legt sie sich auf die Knie und krault ihr den Bauch.

»Nichts ändert das«, fährt sie fort, »überhaupt nichts! Im Gegenteil, es macht die Sache nur noch schlimmer, es verwirrt die Leute und untergräbt die Moral. Was passiert ist, ist passiert. Natürlich hätte es nicht passieren dürfen, nicht in dieser Form. Es sind schreckliche Fehler gemacht worden, aber nur, was unsere Sicherheit, nicht, was unsere Araberpolitik betrifft. Leider ist es so, daß die Araber nie an eine friedliche Lösung gedacht haben und nie daran denken werden. Wir hätten sie wie Freunde behandeln können und wie Brüder, wir hätten ihnen die besetzten Gebiete zurückgeben können und noch einiges als freundliche Beigabe dazu, an ihrer Grundeinstellung Israel gegenüber hätte das nichts geändert. Sie wollen kein Israel; Punkt. Also schön, geben wir ihnen das ganze Land, verstreuen wir uns wieder in der Welt, werden wir wieder Pazifisten, lassen wir uns wieder totschlagen; das Wichtigste ist, wir leben in guten Beziehungen mit den Arabern. So ist es doch, nicht wahr?«

»Ich weiß nicht, wie es ist!« sage ich verzagt, »ich habe keine Ahnung. Ich habe im Lauf dieses Vormittags so viele verschiedene Ansichten gehört, daß ich mir überhaupt kein Bild mehr machen kann.«

»Das meine ich, wenn ich sage, daß es schon zu viele gibt, die ihre Ansichten und Stimmungen und Befürchtungen und was nicht noch ausposaunen. Geht's gut, reden sie alle dasselbe. Bla-bla-bla, geht's schief, hat jeder seine eigene blödsinnige Meinung.«

Sie schüttelt die Katze von ihren Knien und steht auf. »Ich werd' mal nachsehen, ob sich Mammi inzwischen aufgelöst hat«, sagt sie.

Ich sitze in diesem Mischmasch aus orientalischem Baustil, europäischem Dekor und israelischer Wartezimmeratmosphäre und habe das Gefühl, auf eine Bühne und da mittenhinein in eine Farce geraten zu sein. Die drei Katzen haben sich in einer Ecke zusammengerottet und fixieren mich mit starrem, grünem Blick. Eine vierte, von der Farbe einer schmutzigen Mohrrübe, kommt zur Tür herein, läuft behende auf mich zu und reibt ihren großen Tigerkopf an meinem Bein. Zwei weitere schreien im Garten, und man weiß nicht, ob es sich um Streit oder Liebe handelt.

Die Zahl der Liebermannschen Katzen ist unfeststellbar, denn sie hängt sowohl von den Paarungszeiten als von dem Ausbruch verschiedener Epidemien und Vertilgungsaktionen ab. Manchmal sind es fünfzehn Stück, die von Küche, Schränken und Betten Besitz nehmen, dann wieder nur drei verlassene Katzenkinder, die liebevoll mit der Flasche großgezogen werden.

»Die Dr. Liebermann ist doch meschugge«, hatte mir einmal eine gepflegte Dame Rechavias gesagt und damit ein allgemeines Urteil ausgesprochen, »wie kann man denn alle diese häßlichen, schmutzigen Tiere in sein Haus lassen.«

»Ja«, hatte ich erwidert, »das können eben nur Menschen mit einem sehr, sehr großen Herzen. Menschen wie Ruth Liebermann.«

Als sie die Halle jetzt mit sehr geradem Rücken durchquert, mich in die Arme nimmt und küßt, fühle ich mich sofort in Sicherheit.

»Schön, daß du da bist«, sagt sie, »ich weiß nicht, ob für dich, aber für mich auf jeden Fall.«

Es hat gut zehn Jahre gedauert, bis sie die Hürde genommen und sich über gemessene Worte, einen herzlichen Händedruck, eine zärtliche Gebärde hinaus zu etwas so Zügellosem wie einem Kuß, zu etwas so Distanzlosem wie einem »Du« hat hinreißen lassen.

Ruth Liebermann, von Natur aus warm, liebe- und temperamentvoll, stammt aus einer alteingesessenen deutschjüdischen Großbürgerfamilie und wurde dementsprechend schon in jungen Jahren zu einer höheren Tochter zurechtgestutzt. Ihre Eltern zählten zu jener sehr verbreiteten Schicht deutscher Juden, die, bis die Nazis sie eines Besseren belehrten, jüdisches Bewußtsein und deutsche Vaterlandsliebe in sich vereinen zu können glaubten. So waren sie auf der einen Seite religiös und glühende Zionisten, auf der anderen bis ins Mark assimiliert und deutschnational. Der Vater, ein berühmter Frankfurter Anwalt, war sowohl aktives Mitglied einer deutsch-patriotischen

Partei als auch Vorsitzender einer zionistischen Organisation; die Mutter, eine vornehme, zierliche Dame, verehrte mit derselben Leidenschaft Theodor Herzl und Kaiser Wilhelm II.; Ruth, das einzige Kind und fügsam, wie es Kinder zu jener Zeit zu sein pflegten, wurde in diesem Geist erzogen, einem Geist, der sie trotz jahrzehntelanger Selbständigkeit noch heute wie ein eisernes Korsett umschließt.

So sagt sie jetzt auch mit echtem Unbehagen: »Entschuldige bitte, daß ich dich in diesem alten Bademantel empfange, aber ich hatte im Moment nichts anderes zur Hand. Geh schon ins Zimmer, ich mach' mich schnell repräsentabel.«

Ich gehe ins Wohnzimmer, das ebenso dunkel und ähnlich eingerichtet ist wie die Halle, und setze mich auf das Kanapee aus grünem Samt, auf dem die Sitzflächen vieler Menschen und die Krallen vieler Katzenpfoten ihre Spuren hinterlassen haben. Das Kanapee ist mein Stammplatz. Hier habe ich bereits Hand in Hand mit Ruths siebenundachtzigjähriger Mutter gesessen und mir in aller Ausführlichkeit von seiner Majestät Kaiser Wilhelm dem Zweiten erzählen lassen, vom schönen Frankfurt und von Kuraufenthalten in Marienbad, von glanzvollen Opernaufführungen und kultivierten Abendgesellschaften; hier hatte ich, vom langen Zopf bis zum kurzen Lockenkopf, durch alle klassischen Entwicklungsphasen Sylvias gesessen und durch nervenaufreibende Abende mit meinem verdrossen schweigenden Sohn, meinem ritterlich galanten Mann, meinem launenhaften Serge. Und Ruth hatte mir gegenüber gesessen, vom Scheitel bis zur Sohle höfliche Zuvorkommenheit und unerschütterliche Haltung.

Doch als sie jetzt ins Zimmer kommt, mit dem kontrollierten Gesicht eines Menschen, von dem sich andere Hilfe und Zuspruch erwarten, in einem jener biederen Sommerkleidchen, die sie in mittelmäßigen Geschäften zu kaufen pflegt, stelle ich fest, daß sie einen Riß bekommen hat und in den zwei Wochen, die ich sie nicht gesehen habe, um Jahre gealtert ist.

»Ich weiß«, sagt sie, meinen Blick auffangend, »ich sehe aus wie hundert, und ich fühle mich wie hundert. Gegen das Krankenhaus muß die Hölle ein Kinderspielplatz sein, und dies ist erst der Anfang.«

»Und wie wird das Ende sein?«

»In jedem Fall furchtbar. Aber sprechen wir jetzt nicht davon.«

»Ob man davon spricht oder nicht, es ist immer da. Also ist es noch besser, man spricht es sich von der Seele.«

»Mein liebes Kind, das Sich-hinterher-›von-der-Seele-Sprechen‹ ist in diesem Fall das Erbärmlichste. Man hätte es sich vorher in seine Herzen und Köpfe einbrennen sollen.«

Sie läuft im Zimmer umher wie eine ihrer halbwilden Katzen.

»Suchst du eigentlich was, oder läufst du nur so rum?« frage ich schließlich.

»Ich suche die Schokolade, die uns Sylvias Vater aus der Schweiz geschickt hat.«

Sylvias Vater lebt zur allgemeinen Zufriedenheit seit zwanzig Jahren in Zürich und schickt in regelmäßigen Abständen Schweizer Leckerbissen.

»Ich möchte keine Schokolade«, sage ich, »bitte setz dich doch.« Sie setzt sich, so, wie sie sich ein Leben lang gesetzt hat, in guten und in bösen Zeiten, in den Salons feiner Frankfurter Bürger und an die Betten sterbender Patienten: das Kreuz durchgedrückt, die Knie aneinandergeschmiegt, die Hände im Schoß, den Kopf ein wenig gesenkt. Wir sehen uns an, schwankend zwischen einem privaten Lächeln und einer generellen Verzweiflung, dann befeuchtet Ruth mit flinker Zungenspitze ihre Lippen und sagt das Erstaunlichste, das ich jemals aus ihrem Munde gehört habe: »Scheiße«, sagt sie. Und mir ist, als würde Rechavia von einem Erdstoß erschüttert. Ich schaue zu den goldgerahmten Porträts ihrer würdigen Ahnen hinüber und dann zurück zu ihr. Sie ist nicht einmal rot geworden, sondern zündet sich in aller Seelenruhe eine Zigarette an.

»Sag das noch mal«, fordere ich sie auf.

»Was?« fragt Sylvia, die gerade mit einem Tablett ins Zimmer kommt. »Hat Mammi etwa ein Bonmot von sich gegeben? Das sollte mich wundern.«

Sie stellt eine Tasse Kaffee und ein Glas Tee auf den Tisch, mustert mich mit belustigtem Blick und sagt: »Na, Gott sei Dank, Sie sehen ja schon gar nicht mehr ohnmächtig aus.«

Ich mache ihr mit den Augen ein Zeichen zu schweigen, aber da fragt Ruth bereits: »Wieso ohnmächtig?«

»Von Ohnmacht kann keine Rede sein«, protestiere ich, »mir war vorhin nur etwas schwindlig.«

»Und das sagst du mir jetzt erst?« tadelt Ruth.

»Sie wollte noch eine Henkersmahlzeit bei Ibi einnehmen, bevor du die Sache professionell in die Hand nimmst, Mammi.«

»Halt deinen frechen Schnabel«, sagt die Mutter, von der Tochter entzückt.

»Ich hab' zuviel Sonne abgekriegt«, sage ich.

»Und zu viele Informationen über die hoffnungslose Lage Israels«, ergänzt Sylvia.

»Da von euch nichts Gescheites herauszubekommen ist«, sagt Ruth, »werde ich dich mir nachher mal ansehen, Christina.«

»Fliehen Sie«, schlägt Sylvia vor. »Mammi ist zur Zeit zu schwach, Sie zu verfolgen.«

»Genug, Sylvia«, sagt Ruth, und um den Stolz in ihren Augen zu verbergen, senkt sie den Kopf.

»Wenn es genug ist, kann ich ja wieder stricken gehen«, erklärt Sylvia und verläßt das Zimmer.

»Ein unmögliches Geschöpf«, sagt Ruth, die es nach dreiundzwanzig Jahren immer noch kaum fassen kann, ein so intelligentes, hübsches, begabtes Menschenkind in die Welt gesetzt zu haben, »aber im Moment muß man sehr viel Geduld und Nachsicht mit ihr haben. Sie hilft im

Krankenhaus aus, und ich muß sagen, sie benimmt sich großartig. Trotzdem ist sie natürlich in einem bösen Zustand.«

»Den versteht sie aber sehr gut zu verbergen.«

»Ja, so ist sie, so sind sie alle, die jungen Israelis. Sie können unglücklich sein und innerlich zerrissen, aber es zeigen und darüber sprechen, das tun sie nicht.«

»Warum eigentlich? Halten sie unglücklich und zerrissen sein für eine Schande? Oder glauben sie, es zu zeigen, ist ein Zeichen der Schwäche?«

»Sie lassen sich nichts durchgehen«, sagt Ruth in einem Ton, der Beifall ausdrückt.

»Bravo«, sage ich mit einer Bitterkeit, die sich seit langem in mir angestaut hat, »bravo! Die neue, selbstbewußte Generation ist stark, stark und schweigsam, trägt den Kopf hoch erhoben, hat das Herz am richtigen Fleck, aber immer unter Kontrolle. Glaubst du, das tut ihnen gut? Glaubst du, das bringt sie weiter? Ich glaube es nicht. Ich glaube, es täte ihnen besser, wenn sie sich ab und zu in Frage stellen, wenn sie ihre Zweifel, Ängste und Nöte nicht dauernd verdrängen und die Dinge, die in ihnen und um sie herum passieren, aufdecken, kritisieren und mit anderen diskutieren würden. Du lieber Gott, man kann doch sein Leben nicht damit verbringen, sich burschikos auf die Schultern zu schlagen und sich mit einem ›Haha‹ oder ›Alles in Ordnung‹ gegenseitig seiner guten Laune und Problemlosigkeit versichern. Man kann doch aus diesem verdammten ›no problems‹ keine Weltanschauung machen und aus schwarzen Katzen weiße. Man kann doch seine Interessen nicht nur noch auf Kinder machen, Kinder kriegen, Kinder erziehen beschränken oder auf Beruf, Geld und Neuanschaffungen. Das kann man doch nicht! Und da sitzt dann die gesamte alte Generation, sitzt da wie hypnotisiert und findet das auch noch gut und richtig und reizend und unterstützt es und ist stolz auf ihre ausgeglichenen, starken Kinder, diese armen Kinder, die sich wahrscheinlich schon gar nicht mehr anders ausdrücken können als in positiven Phrasen. Und keiner von euch nimmt sie sich vor und schüttelt sie und schreit sie an: ›Nun sprecht doch endlich, los! Sagt, was ihr wirklich denkt und fühlt und wollt. So rosig ist das doch alles gar nicht, besonders nicht für euch, die ihr von einem Krieg zum anderen lebt.‹«

Ich beuge mich vor und frage eindringlich: »Sag mir, was fürchtet ihr alle? Daß die ganze Fassade zusammenkracht?«

Ruth läßt ein nervöses Räuspern hören, fährt sich dann mit der Zungenspitze über die Lippen und sagt: »Christina, ich will nicht behaupten, daß du es falsch siehst, aber du siehst es aus europäischer Sicht und mißt es an europäischen Maßstäben. Und genau das darf man nicht. Du kennst Israel sehr gut, keine Frage, aber das genügt in diesem Fall nicht. Man muß es erleben, am eigenen Leib und an dem seiner Kinder, Tag um Tag, Jahr um Jahr, ein Leben, in dem alles selbstverständlich ist, nur nicht das Leben selbst. Du sagst zwar sehr richtig, daß die jungen Menschen – und nicht nur die – von einem Krieg zum anderen leben, aber was das bedeutet, was das für ungeheure Auswirkungen hat und wie es das Leben und Wesen jedes einzelnen beeinflußt und prägt, das kannst du gar nicht erfassen. Ein Volk, dessen Existenz ständig bedroht ist, muß zwangsläufig andere Kriterien haben und anderen Gesetzen folgen als ein Volk, dessen Existenzberechtigung nie in Frage gestellt wurde. Zweifel, Ängste und Nöte zu analysieren und zu diskutieren ist ein Luxus, den man sich leisten kann, wenn man in Frieden und Sicherheit lebt. Unsere Kinder haben Frieden und Sicherheit nie gekannt, dafür kennen sie Verantwortung, schwere, drückende Verantwortung für ein ganzes Volk. Und wenn sie sich nichts durchgehen lassen, wenn sie schweigen, wenn sie einen geradezu fatalistischen Optimismus zur Schau stellen, dann nicht, weil sie das alles so herrlich finden, sondern weil es eine Notwendigkeit ist.«

»Ich weiß«, sage ich, »ich weiß, nur werden in diesem

Land zu viele Mißstände zur Notwendigkeit abgestempelt. Während andere Notwendigkeiten schlichtweg für null und nichtig erklärt werden. Nun bin ich aber der Meinung, daß der längst fällige Versuch, die Dinge so zu sehen, wie sie sind, sie beim Namen zu nennen, offen darüber zu sprechen und sie zu kritisieren, ebenfalls eine Notwendigkeit ist, noch dazu eine, die die von dir genannten nicht unbedingt ausschließt. Aber offenbar ist das auch aus europäischer Sicht gesehen. Hier sieht man die Dinge, wie man sie zu sehen wünscht, spricht nur noch in Klischees und glaubt, daß Kritik üben gleichbedeutend mit Verrat ist. Und zu den Kindern hat man ein völlig unnatürliches Verhältnis, treibt Kult mit ihnen, behandelt sie etwa so, wie die Inder ihre heiligen Kühe. Sie tragen die Verantwortung für ein ganzes Volk, nebbich, Ruth, sie tragen auch die Verantwortung für sich selber. Und was sie tun, denken und sagen, ist nicht immer heilig.«

Ruth sitzt da, sehr aufrecht, die Knie noch etwas fester zusammengepreßt, die Hände im Schoß verkrampft, Kopf und Blick gesenkt.

»Schau, Christina«, sagt sie, »das alles ist doch eine Reaktion auf die Vergangenheit. Gerade du solltest das verstehen.«

Und jetzt hebt sie die Augen und blickt mich bittend an.

»Würde ich es nicht verstehen«, sage ich, »würde ich nicht hier sitzen, und würde ich nicht hier sitzen, würde ich mich nicht aufregen, und würde ich mich nicht aufregen, würde ich Israel nicht lieben, und würde ich Israel nicht lieben, hätte ich endlich meine Ruhe.«

Ruth lacht, und ich sage: »Entschuldige, das war nun wirklich der falsche Ort und der falsche Moment, das alles vom Stapel zu lassen, aber deine strickende Tochter, die sich nichts durchgehen läßt, war zuviel für mich. Was, zum Teufel, strickt sie eigentlich? Socken für den sibirischen Winter?«

»Nein, eine Mütze. Alle Mädchen stricken zur Zeit.«

»Das war schon 1618 so. Der Krieg bricht aus, die

Frauen stricken... Gib Israel Zeit, es holt alle Tugenden und Untugenden anderer Länder nach.«

»Du bist ein genauso unmögliches Geschöpf wie Sylvia.«

»Mit dem Unterschied, daß ich mir vieles durchgehen lasse und nicht stricke.«

Es gibt ein typisch deutsches Mittagessen: Suppe, Fleisch mit Kartoffeln, Gemüse und Salat, Kompott. Auf dem Tisch steht der unvermeidliche Transistor, dieser Furcht oder Hoffnung spendende Apparat, dem ganz Israel hörig geworden ist. Ibi trägt ein langes, großgeblümtes Hauskleid und silberne Pantöffelchen. Ihre Stimme ist gedämpft und klingt ohne die hellen, gläsernen Töne des Optimismus wie die einer Erwachsenen. Auf ihrem Gesicht liegt der Ernst der Situation und läßt die Züge noch feiner erscheinen. Eine Locke, schwarz glänzend wie Lack, ist ihr in die Stirn gefallen. Daniel, dem man selbst in den peinlichsten Lebenslagen den Mann aus gutem, reichem Haus ansieht, hat die Maske des Diplomaten übergestreift: vornehme Ruhe, geschliffene Fassung, hin und wieder das automatische Lächeln der Höflichkeit. Doch in Momenten, in denen er sich unbeobachtet glaubt, verrutscht die Maske, und dahinter kommt ein Ausdruck hilfloser Verwirrung zum Vorschein.

»Noch etwas Suppe, Daniel?«
»Nein danke, Ibi.«

Daß sie sich mit ihren Vornamen anreden anstatt wie gewöhnlich mit Kosenamen, ist ein weiterer Hinweis auf den Ernst der Situation. Daniel reicht Ibi seinen Teller, lächelt und fährt sich mit der Serviette über den Mund. Ibi erhebt sich, ich mich ebenfalls.

»Nein, Tinalein«, sagt sie, »du bleibst sitzen und unterhältst dich mit Daniel.«

Genau dem möchte ich entkommen. Schon unter normalen Umständen ist es nicht leicht, sich mit Daniel zu unterhalten, da seine Themen immer aufbauend sind und meine sehr oft zersetzend. Da Daniel aber ahnt, daß mich Themen seiner Art nicht sonderlich interessieren, und ich weiß, daß er meine nicht schätzt, zeichnen sich unsere Unterhaltungen durch einen etwas zähflüssigen Ablauf aus. Das tut meiner tiefen Zuneigung zu Daniel zwar keinen Abbruch, aber die Geduld, die ich mir beim Zuhören, die Zensur, die ich mir beim Sprechen auferlegen muß, ist schon in guten Zeiten beschwerlich. Wie da erst in bösen.

Ich zerpflücke also nervös ein Stück Brot, und Daniel nimmt die Brille ab und putzt sie an seiner Serviette. Ohne die Gläser sieht sein Gesicht schutz- und hilflos aus und erinnert mich an den Vogel, den ich eines Tages mit gebrochenem Flügel auf der Straße gefunden und mit nach Hause genommen hatte. Diese Ähnlichkeit rührt mich und macht ihn mir besonders liebenswert.

»Weißt du«, sage ich spontan, »es wird nichts so heiß gegessen, wie es gekocht wird.«

Ich weiß nicht recht, was ich damit sagen möchte, aber Daniel versteht mich offenbar über mich selber hinaus, nickt zustimmend, setzt die Brille wieder auf und erwidert: »Ja, das ist richtig, aber es geht hier jetzt nicht mehr allein um die militärische Seite des Krieges, sondern auch, und ich würde fast sagen vor allem, um die moralische. Der Schock, den er in allen Bevölkerungsschichten ausgelöst hat, darf nicht unterschätzt werden.«

»Nein«, sage ich.

»Er wird, wenn er erst einmal überwunden ist, seinen Vor- und Nachteil haben. Der Nachteil ist, daß er im Volk eine große Unsicherheit hinterlassen wird, und die ist in Anbetracht unserer exponierten politischen Lage gefährlich. Ein sicheres Volk ist stark, ein unsicheres Volk bietet in jeder Beziehung viele Angriffsflächen.«

»Ja«, sage ich.

»Aber da ist, wie schon gesagt, auch ein Vorteil, und den möchte ich folgendermaßen definieren: Der Schock wird uns zum Nachdenken anregen, und insofern kann er heilsam sein. Denn wir haben Fehler gemacht, das läßt sich nicht abstreiten. Ja, wir haben Fehler gemacht...« Er legt beide Hände flach und nachdrücklich auf den Tisch. »...Und ich spreche jetzt nicht von militärischen, sondern von Fehlern im ethischen Sinne.«

Ich schweige. Es kommt zu plötzlich. Daniel war, wie die meisten seines Kreises, ein Anhänger Groß-Israels, ein sogenannter Falke, der heftig mit den Schwingen schlug und die Stimme erhob, wenn jemand wagte, die Politik seines Landes, die Werte seines Volkes anzugreifen. Jetzt, hat es den Anschein, ist er zur Taube zusammengeschrumpft oder besser noch, zu jenem kleinen Vogel, der sich den Flügel gebrochen hatte.

Ibi, einen Teewagen vor sich herschiebend, kommt zurück.

»Warum sprecht ihr denn nicht?« ruft sie, denn nichts verträgt sie schlechter als Schweigen.

»Wir haben uns eben sehr gut unterhalten«, beteuert Daniel.

»Worüber?« will Ibi wissen.

»Über den Schock«, sage ich, »und die Fehler im ethischen Sinne.«

Sie setzt sich, und auf ihrer Stirn erscheinen Falten, so fein wie mit einem Federmesser eingeritzt.

»Ich habe der Kleinen meinen Standpunkt erklärt...«, beginnt Daniel, aber Ibi unterbricht ihn.

»Den kenne ich, und ich halte ihn für falsch. Wenn wir einen Fehler gemacht haben, dann den, daß wir zu lange gewartet und uns dann auch noch von den Arabern haben überrumpeln lassen. Alles andere ist Humbug.«

»Aha«, sage ich, und Daniel schweigt. Vielleicht schweigt er, weil er in Ruhe sein Mittagessen verspeisen will, vielleicht aber auch, weil sein Grundsatz noch nicht fest genug verankert ist.

»Es ist doch ganz unmöglich«, fährt Ibi fort, »eine jahrzehntelange Einstellung über den Haufen zu werfen, nur weil am Anfang des Krieges bei uns was schiefgelaufen ist. Als ob das nicht jedem passieren könnte!«

Sie nimmt eine Platte vom Teewagen und stellt sie auf den Tisch.

»Nimm dir, Tinalein, und erzähl uns dann ganz genau, wie die Premiere von Serges Film war. Man muß ja auch mal an etwas anderes denken, nicht wahr?«

»Ja«, sage ich, nehme mir ein Stück Fleisch, ein Stück Blumenkohl und beginne zu erzählen. Die Geschichte mit allen Fragen, Erklärungen und Abweichungen dauert genauso lange wie das Mittagessen, und so hatte ich es geplant. Erst als wir im Wohnzimmer sitzen, und Daniel sich zu einer Siesta zurückgezogen hat, kommt Ibi wieder auf das brennende Thema zurück.

»Du weißt ja«, sagt sie, und zündet sich, wie nur in seltenen, prekären Fällen, eine Zigarette an. »Daniel ist so ein Guter und darum immer bereit, die Dinge zu revidieren. Aber ich finde, in diesem Fall gibt es wirklich nichts zu revidieren, im Gegenteil! Was sich die Araber diesmal an Heimtücke und Gemeinheit geleistet haben, ist überhaupt nicht mehr zu überbieten. Und da sollen wir dann auch noch bei uns den Fehler suchen. Na, ich bitte dich, wenn das nicht zu weit geht!«

Ich schaue stumm an ihr vorbei auf das Kinderporträt, das sie als kleines Mädchen im weißen Kleid zeigt. Schon damals hatte ihr feines Gesicht einen unerbittlichen Ausdruck.

»Also nun sei nicht so langweilig«, sagt Ibi, »und erzähl mir, was dein Eindruck ist.«

»Ich habe keinen. Ich bin erst gestern nacht angekommen.«

»Aber du hast doch bestimmt schon mit Menschen gesprochen, oder hast du bis jetzt geschlafen!«

»Nein, ich bin seit sieben Uhr auf und jetzt todmüde.«

»Ich lasse dich ja auch gleich gehen, aber erzähl mir zuerst, wen du gesprochen und gesehen hast und was man gesagt hat.«

»Also gut«, denke ich gereizt, »sie will es so haben, soll sie es haben!«

»Ich habe mindestens ein Dutzend Leute gesehen und gesprochen. Und alle haben in dieser oder jener Form das gesagt, was ausgerechnet Ruth Liebermann in einem einzigen Wort zusammengefaßt hat: ›Scheiße!‹«

Ibi hat mir mit versteinertem Gesicht zugehört. Jetzt drückt sie ihre Zigarette aus und schaut mich mit einem Blick an, aus dem sowohl die tapfere Zionistin als die enttäuschte Mutter spricht. Ihre Augen sind so schwarz, daß sich die Pupillen nicht von der Iris abheben, und in der Locke, die sich auf ihrer Stirn ringelt, entdecke ich ein einziges silbernes Haar. An diesem Haar halte ich mich fest.

»Christina«, sagt sie feierlich, »du siehst und kennst nicht die Schwere der Zeit und nicht die Ängste der Menschen, deren Söhne, Väter, Männer und Brüder an der Front kämpfen. Man kann an diese Katastrophe nicht zynisch herangehen, Christina, es ist todernst.«

»Ibi«, antworte ich kalt, »du wolltest wissen, was man sagt. Wenn dir das, was gesagt wird, nicht behagt, dann ist das deine Sache und nicht meine. Wenn dir mein Ton nicht gefällt, dann stelle mir keine Fragen. Und was die Schwere der Zeit angeht, die ich angeblich nicht sehe und kenne, und die Ängste und die Notwendigkeiten, und ich weiß nicht, was noch alles, und ich aus diesem Grund nicht das Recht habe, den Mund aufzutun, so kann ich dazu nur sagen: Eure Hybris hilft gewiß nicht, Katastrophen zu verhüten.«

»Ich weiß überhaupt nicht, was in dich gefahren ist«, sagt Ibi, und jetzt ist ihre Stimme wieder sehr hell und gläsern, aber nicht aus Optimismus, sondern aus Zorn.

»Okay«, sage ich, »ich gehe jetzt.«

Ibi schweigt und schaut mich an wie eine Fremde, der sie mißtraut. Sie hat die Ringe von ihren Fingern gestreift und spielt mit ihnen. Sie hat die Pantöffelchen ausgezogen und bewegt die Zehen ihrer Füße. Plötzlich schlägt mein Ärger in Traurigkeit um.

»Ibi«, denke ich, »mein Gott, Ibi, wie oft haben wir so gesessen, du und ich, schwatzend, albernd, lachend, Neuigkeiten oder alte Erinnerungen austauschend. Warst du nicht der rote Faden meines Lebens – ein Stück Vergangenheit, ein Stück Heimat, ein Stück Mutter? Geht denn plötzlich alles in die Brüche? Hält nichts der Wirklichkeit stand, nicht Freundschaft, nicht Liebe, nicht tiefe, schicksalhafte Verwandtschaft? Waren es tatsächlich alles nur Träume, Wünsche, Vorstellungen, die jetzt, an einem Moment der Wahrheit, zerschellen?«

Ich stehe auf, gehe zu ihr hinüber und setze mich auf die Lehne ihres Sessels.

»Jetzt weiß ich, Ibi, was in mich gefahren ist«, sage ich, »der ›Dibbuk‹, der böse Geist Europas.«

Sie lacht zum Glück und ich mit ihr.

Ich fahre in die Tschernichowsky. Das Haus mit den dunklen Vierecken der Fenster sieht aus, als sei es nicht mehr bewohnt. Meine Wohnung ist leer. Auf dem Tisch liegt ein Zettel von Janine: »Ich habe im Kibbuz angerufen. Amos ist verletzt. Man hat mich geholt. Tausend Dank für alles. Ich umarme Sie. Janine.«

Es ist ein Schock, ganz allein in der Wohnung zu sein. Der Gedanke, Janine vorzufinden, mit ihr zu sprechen, ihr ein wenig über die Angst und Unsicherheit zu helfen, hatte mich getröstet. Jetzt, da niemand mehr da ist, mit dessen Problemen ich mich beschäftigen und so den eigenen ausweichen kann, gerate ich in Panik.

Die Dunkelheit drückt auf mich, die Hitze, die Enge, das Gefühl, gefangen zu sein. Die Wände sind nah, die Grenzen sind nah. Die Straßen enden im Meer, in der Wüste, im Niemandsland.

»Wir sind eingeschlossen«, sage ich laut, »wir stehen mit dem Rücken zur Wand.«

Ich schalte die Nachttischlampe an, aber ihr kümmerliches Licht vermag die Vorstellung nicht zu vertreiben. Im Gegenteil. Die plumpen Möbel, die wie Ungetüme aus dem Dämmer des Zimmers treten, wecken neue traumatische Erinnerungen. Ich schließe schnell die Augen, aber das Bild hat sich bereits in meinem Kopf festgesetzt, überdeutlich, unentrinnbar: ein enges Zimmer, plumpe Möbel, heruntergelassene Jalousien, auf dem Nachtkasten eine brennende Lampe und ein Telefon. Ein anderes Land, ein anderes Jahr, aber dieselbe Kulisse.

Meine Mutter sitzt auf der Kante des Bettes. Ihr Gesicht hat nur Augen, riesige entsetzte Augen, die Dinge sehen, die ich nicht sehe. Sie reißt sich die Haut von den Nagelbetten, bis sie bluten. Ich sage: »Mutti, was ist, sag mir doch, was ist? Warum bist du so?«

Sie schaut mich an, und es dauert einen Moment, bis sie mich zu erkennen scheint. Als sie mich erkennt, schüttelt sie den Kopf. Doch ihre Angst und das Bedürfnis, sich einem menschlichen Wesen – wie klein und verletzbar auch immer – mitzuteilen, ist stärker als das, mich zu schonen.

Sie sagt: »Man hat mich angezeigt, Tina, man hat herausbekommen, daß ich Jüdin bin.«

»Und was wird man jetzt mit dir tun?« frage ich, und mir ist plötzlich so kalt, daß ich zu zittern beginne.

»Ich weiß es nicht.«

»Wir müssen fliehen«, sage ich.

»Wohin?«

»In ein Land, wo keine Deutschen sind.«

»Die Deutschen sind überall, überall in Europa.«

Ich stehe da, und jetzt schlagen mir die Zähne aufeinander. Ich werfe mich an die Brust meiner Mutter und flehe: »Nimm mich mit, Mutti, bitte, bitte, nimm mich mit.«

»Was redest du denn da, mein Kleines?« fragt sie und streicht mir abwesend über das Haar. »Wohin soll ich dich mitnehmen?«

»Wenn man dich abholt und wegbringt wie Omutter und Opapa, dann nimmst du mich mit, nicht wahr? Ich werde ganz vernünftig sein und dir keine Schwierigkeiten machen. Ich verspreche es dir.«

Da erst wird meiner Mutter klar, was sie angerichtet hat, und sie nimmt mein Gesicht in beide Hände, schaut mir fest in die Augen und sagt: »Denk nicht an so etwas, mein

Geliebtes, denk nie an so etwas. Gleich wird ein Anruf für mich kommen, und danach wird alles geklärt sein und alles gut. Setz dich jetzt ein bißchen ins Wohnzimmer und lies in deinem Buch, und danach gehen wir in das Café am Zar Oswoboditel und essen ein Eis, ja?«

Ich gehe ins Wohnzimmer. Meine Beine sind schwer, und mein Herz schlägt bis in die Schläfen hinauf. »Wir werden nie wieder in dem Café am Zar Oswoboditel Eis essen«, denke ich. Ich setze mich auf einen Stuhl, steif wie eine Puppe, und warte. Eine Fliege schwirrt in hektischem Zickzack über die Fensterscheibe, die sie in ihrer trügerischen Durchsichtigkeit von der Außenwelt trennt. Ich beobachte sie, und plötzlich kommt mir der Gedanke, daß die Juden nicht mehr Wert haben als die Fliegen: Man kann sie erschlagen, man kann sie verjagen, man kann ihnen ein Bein ausreißen, man kann sie, so wie ich es früher getan habe, in ein leeres Marmeladenglas sperren, um sie zu studieren. Man kann alles mit ihnen machen, alles, und denkt sich gar nichts dabei und fühlt nichts dabei und wird nicht dafür bestraft. Und dann frage ich mich, warum das so ist, weil wir doch keine Fliegen sind, sondern Menschen. Ich stehe auf, öffne das Fenster und lasse die Fliege hinaus. Sie fliegt davon, und ich stelle mir vor, wie glücklich sie jetzt ist, und sage mir, daß es noch Menschen gibt, die Fliegen und Juden die Freiheit schenken. Aber im Grunde meines Herzens glaube ich es nicht. Ich schleiche zur Tür, hinter der meine Mutter sitzt, und schaue durchs Schlüsselloch. Ich sehe ihren gekrümmten Rücken und ihren Kopf, den sie mit beiden Händen hält. Ich lasse mich da, wo ich stehe, auf die Knie fallen und beschwöre Gott, meinen lieben, alten Gott, meiner Mutter die Freiheit zu schenken oder mir das Leben zu nehmen. Die unablässige rhythmische Wiederholung dieser Worte versetzt mich in eine Art Trance. Ich höre nicht das Klingeln des Telefons und nicht das Öffnen der Schlafzimmertür. Erst die Stimme meiner Mutter höre ich, die mich anruft: »Kind, was machst du denn da?«

»Gar nichts«, sage ich mit zusammengekniffenen Augen und an die Wangen gepreßten Fäusten.

Ich spüre ihre Arme, die mich umschließen und zu sich hochziehen, ihren weichen, rundlichen Körper, ihre Wange, die sich mit festem Druck an meine legt.

»Es ist alles in Ordnung«, sagt sie, »sei ruhig, mein Engel, bitte, sei ganz ruhig. Es wird uns nichts passieren.«

Ich öffne die Augen.

»Glaubst du«, frage ich, »daß Fliegen große Angst haben können und auch große Freude?«

»Ja, das könnte ich mir eigentlich vorstellen.«

Ich nicke. Jetzt ist mir klar, warum Gott mein Gebet erhört hat. Ich habe eine Fliege aus ihrer Angst und Not befreit und ihr Freude geschenkt.

»Nimm deine Jacke, mein Häschen«, sagt meine Mutter, »wir gehen Eis essen.«

Ich greife nach dem Telefonhörer und wähle Serges Nummer. Es meldet sich niemand.

»Es ist besser so«, denke ich, »ich hätte es ihm ja doch nicht erklären können.« Wie kann man einem Menschen, der Tausende von Kilometern weit entfernt in einer Stadt wie Paris sitzt, die makabre Atmosphäre Jerusalems vermitteln, die Ängste, die bis in die Kindheit, vielleicht sogar bis in den Leib der Mutter hinabreichen, den kausalen Zusammenhang zwischen dem einen und dem anderen. Das einzige, was ich sagen könnte, wäre: »Bitte, komm sofort, ich brauche dich!« Aber das würde ich nicht sagen. Ich kann es nicht. Ich bin unfähig, Druck auf einen Menschen auszuüben, sei es, weil ich niemand in Bedrängnis bringen möchte, sei es, weil ich mich zu sehr vor einer negativen Antwort fürchte. Und außerdem müßte ich dem »Bitte, komm sofort, ich brauche dich« auch noch eine Erklärung hinzufügen, und mit der wäre ich dann wieder mitten in dem Wust latenter Ängste. Ängste, so sie nicht einen greifbaren und damit für andere legitimen Grund haben, lassen sich nicht übermitteln, lassen sich nicht einmal definieren.

Sie sind da – Gedanken wie Fledermäuse, die die Orientierung verloren haben und gegen Mauern fliegen; Visionen wie Blitze, die den Himmel zerreißen, ein plötzlich schauderndes Erkennen von dem, was war, von dem, was sein wird. Und man ist allein, alleine wie im Tod, unerreichbar.

»Ich muß hier raus«, denke ich angstvoll, »aus dem Gefängnis dieser Wohnung, raus aus dem Totenreich der Vergangenheit.« Und ich stehe auf, lösche das Licht und taste mich aus dem Zimmer.

Alex Stiller wohnt in Rechavia, im obersten Geschoß eines dreistöckigen Hauses. Die schmale Treppe führt außen am Haus hinauf, und um sie zu erklimmen, muß man im zweiten Stock einen kolossalen kastrierten Kater und auf den Stufen zum dritten die Zweige eines Baumes beiseite schieben. Dann erreicht man eine große Terrasse, von der aus man einen tiefen Einblick in verschiedene Wohnungen gewinnt, und so etwa Rav Mendele mit seinen Jüngern beim Studium des Talmud oder Familie Hoffnung beim Zubettgehen beobachten kann.

Heute natürlich nicht, denn Fenster und Balkontüren sind hermetisch verschlossen. Auch die Tür zu Alex Stillers Wohnung, die sonst immer gastfreundlich offensteht, ist verriegelt, die Jalousien heruntergelassen.

Da die Klingel schon seit Jahren nicht funktioniert, hämmere ich mit dem Stiel meiner Taschenlampe an die Tür, und das veranlaßt Alex' zwei Dackel, in hysterisches Gebell auszubrechen.

»Ruhe«, höre ich nach geraumer Zeit Alex Stillers heisere Stimme, darauf das Schlurfen von Sandalen, eine längere Pause, während der er wahrscheinlich an der Tür lauscht oder durchs Guckloch späht, schließlich drohend: »Wer da?«

»Terroristen«, sage ich. »Nun mach schon auf, du Held.«

Er dreht den Schlüssel zweimal im Schloß, öffnet die Tür, packt mich am Arm und zieht mich unsanft in die

Wohnung. Da es so dunkel ist, daß ich die Hand nicht vor Augen sehe, knipse ich die Taschenlampe an.

»Mach das Ding aus«, schreit mich Alex an, »oder hast du noch nichts von Verdunklung gehört?«

»Menschenskind, Alex, du tust, als wären wir an der vordersten Frontlinie.«

»Na, und wie weit ist die Front von hier entfernt? Keine hundert Kilometer.«

»Dann zieh dir doch am besten eine Tarnuniform an und setz den Helm auf.«

»Kuss ortach, du hast mir gerade noch gefehlt! Da geh rein und tu mir einen Gefallen: Verdreh mir nicht die Eier.«

Er öffnet die Tür zum Schlafzimmer, aus dem mir rotes Licht entgegenkommt, die gestaute übelriechende Hitze des Tages und die zuversichtlichen Stimmen zweier Fernsehsänger, interpunktiert von den schrillen Schreien der Dackel.

»Wo bin ich hier eigentlich?« frage ich. »In einem Puff, einer Sauna, einem stinkenden Hundezwinger oder...«

»Ich hab' dir doch gesagt, du sollst mir nicht die Eier verdrehen. Willst du vielleicht, daß ich wegen dir die Festbeleuchtung anschalte, die Fenster aufreiße und die Hunde vom Balkon werfe?«

»Das wäre angebracht, aber wohl zuviel verlangt«, sage ich und lege ihm mit feierlicher Schwere die Hand auf die Schulter. Sein Mund, ein heller Streifen in dem Gestrüpp seines rostroten Bartes, verzieht sich wider Willen zum Grinsen.

»Du dumme Schrippe«, sagt er, »ist doch ganz hübsch, daß du wieder da bist.«

»Beruf's nicht zu früh!«

Ich küsse ihn auf die unbehaarten Stellen seiner Wangen, dann trete ich einen Schritt zurück und betrachte ihn. Er trägt eine grasgrüne Badehose und ein offenes Hemd, das dem weiten Schnitt und grellen Muster nach nur aus Amerika sein kann. Ich lache.

»Was ist nun schon wieder?«

»Nun laß mich doch lachen. Ich finde das alles sehr komisch. Zum erstenmal an diesem Tag finde ich etwas komisch.«

»Ja, irrsinnig komisch, ha, ha, ist das komisch! Schade, daß du den Kriegsausbruch versäumt hast, der war ja das Allerkomischste. Mensch, habe ich gelacht!« Er hüpft und stampft wie ein erzürnter Gnom und starrt mich dabei wildäugig an. »In die Hose habe ich mir vor Angst geschissen, wenn du's genau wissen willst, und das war noch das geringste Übel. Steh' da gerade auf meiner Terrasse und denk' mir, na, da tut sich doch was, wenn am heiligen Jom Kippur die Autos durch die Straßen rasen und die Sirenen gehen los. Wie gesagt, ich bin nicht mehr bis zum Klo gekommen und den Rest des Tages nicht mehr runter. Jom Kippur! Mir hat nicht umsonst immer vor diesem Tag gegraust. Wir haben ja auch nichts Besseres zu tun, als zu fasten und zu beten und uns an die Brust zu schlagen und die Araber – der Teufel soll sie holen – in Ruhe ihren Angriff vorbereiten zu lassen. Und der da oben lacht sich ins Fäustchen und schickt uns, per Expreß, die Belohnung.«

»So findet jeder seinen Sündenbock«, sage ich, lasse mich aufs Bett und da unglücklicherweise auf einen Dackel fallen. Der Dackel schnappt und quietscht, und Alex, auf dem Höhepunkt seiner Empörung, schüttelt die Fäuste und brüllt: »Ach, laß doch ab! Jede Religion ist Scheiße und jeder Fromme in seinem Fanatismus eine Gefahr für die Welt. Millionen Menschen sind wegen dieser verdammten Religion umgebracht worden – im Namen der Liebe, hörst du, im Namen des Glaubens!«

»Alex«, sage ich, »es ist doch ganz wurscht, in welchem Namen, Hauptsache, sie werden umgebracht.«

»Hast du auch wieder recht«, sagt er ernüchtert, nimmt ein Handtuch vom Stuhl und wischt sich damit den Schweiß von Gesicht und Brust. »So, jetzt muß ich was trinken, du auch?«

»Was denn?«

»Brandy, was anderes hab' ich nicht. Zu essen hab' ich auch nichts. Seit dem Krieg kann ich kaum noch essen. Am Anfang kam's immer wieder hoch, jetzt geht's schon runter, aber da liegt es dann wie ein Ziegelstein. Das einzige, was mir bekommt, ist Brandy Soda. Ich trinke einen nach dem anderen.«

»Sehr schlecht für die kleinen, grauen Gehirnzellen und die Potenz.«

»Ach hör mir doch auf mit der Potenz. Mein Schmock hat solchen Schreck gekriegt, daß ich ihn, um zu pinkeln, mit der Lupe suchen muß.«

»Wird schon wieder zum Vorschein kommen. Also gib mir einen Brandy Soda.«

Er watschelt in die Küche, und ich folge ihm. Das Fenster ist mit dicker Pappe vernagelt, der Kühlschrank bis auf ein paar vertrocknete Käsereste leer, der Herd verlassen. Die Töpfe und Pfannen, in denen sonst immer phantasievolle Gerichte auf Gäste warteten, sind ineinander geschichtet.

»Kommt denn gar kein Besuch mehr?« frage ich.

»Wer hat dafür noch Nerven? Busse gibt's nicht, Licht gibt's nicht, Frau Fuchs unter mir hat sich schon das Steißbein gebrochen. Da schau mal...«, er deutet aufs Fenster, »hab' ich das nicht gut verdunkelt?«

»Ich finde, Alex, du übertreibst.«

»Das hat nichts mit Übertreibung zu tun, mein Kind, sondern mit Schiß. Ich war mein Leben lang ein Feigling. Als ich zehn war oder zwölf, damals in Berlin, lauerte mir auf dem Schulweg ein Junge auf, der mich unbedingt verprügeln wollte. Weiß nicht, warum, vielleicht hat ihm mein Gesicht nicht gefallen, mir ja auch nicht. Auf jeden Fall stand er Tag für Tag an einer bestimmten Ecke, und ich, anstatt ihm einen Tritt in den Arsch zu geben, bin auf kilometerweiten Umwegen zur Schule gelaufen. Ich hab' mich vor mir selber zu Tode geschämt, aber die Angst war stärker, verstehst du. Und dann, als ich im Kibbuz war und Nachtwache halten mußte: Na, ich kann dir sagen, vor jedem Schatten und jedem Geräusch bin ich fast in Ohnmacht gefallen. Hab' mich bis unter die Zähne bewaffnet, und wär' was passiert, ich hätt' mich in der Panik vermutlich selber erschossen.«

Er gießt Kognak in zwei Gläser und füllt sie mit Soda auf.

»Glaubst du, ich bin nicht ganz normal?« fragt er ehrlich besorgt.

»Motek, ich halte Angst für die einzige normale menschliche Regung in diesem Leben.«

»Was du für normal hältst, Motek, ist bestimmt nicht normal, da du nicht normal bist.«

»Das entbehrt nicht einer gewissen Logik. Prost! Trinken wir auf unsere Anormalität und Feigheit, und lassen wir andere normal und mutig sein. Weit hat uns letzteres gebracht.«

Wir gehen ins Zimmer zurück. Die Sänger zieren immer noch den Fernsehschirm. Sie zupfen ihre Gitarren und strahlen ein Maximum an Männlichkeit und ein Minimum an Intelligenz aus. »Einen langen Atem haben die Israelis ja schon immer gehabt«, sage ich, »fangen sie mal mit was an, hör'n sie so schnell nicht wieder damit auf. Kannst du das Ding da nicht abstellen?«

»Bist du verrückt? Gleich kommen Nachrichten.«

Er legt sich lang aufs Bett, stopft ein Kissen in den Nakken, schiebt die Hunde mit dem Fuß ein Stück zur Seite und reißt den Mund in einem geräuschvollen Gähnen auf.

»Gott, bin ich müde, aber wenn ich dann schlafen soll, kann ich nicht. Jeden Morgen schon um fünf Uhr auf und um zwei noch wach.«

Ich ziehe mir die Bluse aus, dann die Hose. Ein trällerndes Mädchen hat sich zu den zwei Sängern gesellt und die Arme um ihre Schultern gelegt. Sie ist so neckisch, daß es mir peinlich ist, hinzuschauen.

»Hübsches Radieschen«, stellt Alex fest.

»Wen meinst du?« frage ich. »Die oder mich?«

Er wirft einen abschätzenden Blick zu mir hinüber und

meint dann sachlich: »Hast immer noch eine sehr gute Figur. Zieh mal den Büstenhalter aus.«

»Ich denke nicht dran.«

»Warum nicht? Ich hab' dir doch gesagt, daß ich impotent bin, und außerdem hast du nicht die erfrischende Dämlichkeit von diesem Mädchen da. Du hast mich mit deinem Sarkasmus schon impotent gemacht, bevor ich's war.«

Ich zünde mir eine Zigarette an und lege mich auf den Bauch.

»Hübscher Arsch«, sagt er und legt seine Hand drauf. »Zieh mal den Slip aus.«

»Alex, mir sind impotente Männer ein Greuel, und darum...«

»Die Nachrichten«, schreit er, »sei jetzt um Gottes willen still, oder ich bring' dich um.«

Ich höre die kühle Stimme des Sprechers, fühle an meinen Fußsohlen die feuchte Schnauze eines Dackels und schließe die Augen.

»Ha!« ruft Alex aus. »Am Suezkanal findet seit achtunddreißig Stunden eine Panzerschlacht statt... Werden schon bald wieder da sein, wo sie hingehören, die ägyptischen Fellachen... Verluste auf beiden Seiten, ist ja wohl auch nicht anders zu erwarten... An der syrischen Front momentaner Stillstand... Wahrscheinlich dämmert's denen jetzt endlich, daß sie sich verrechnet haben... Na, schöne Kloppe werden die noch kriegen... Die Arschlöcher von den United Nations sind mal wieder zu einer Emergency-Sitzung zusammengetreten... Merkt man eigentlich nicht, daß diese Vollidioten mehr Unheil anrichten als verhindern?... Die Amerikaner schicken uns neue – also, wie heißen die Dinger denn auf deutsch, ist ja auch egal... Irgendein ägyptischer Holzkopf hat erklärt, daß das Ziel der Araber nicht ein schneller, sondern ein totaler Sieg ist... fuck him... Und General Elazar hat erklärt, daß wir die Situation jetzt wieder voll und ganz beherrschen und optimistisch in die Zukunft blicken können... Hörst du überhaupt, was ich sage?«

»Daß wir jetzt wieder optimistisch in die Zukunft blicken können, hast du gesagt.«

»Fuck you too...« Er schnellt hoch. »Ah, jetzt zeigt man den Sinai... Eine Frontreportage. Schnell, schau mal – nun schau doch schon... Willst du nicht schauen?«

»Was muß man da schauen, man hört's doch.«

»Ach, du bist ja nicht zu retten.«

»Frontreportagen, Kriegsfilme, Boxkämpfe und Fußballspiele sehe ich mir prinzipiell nicht an. Erstens verstehe ich nie, was sich da überhaupt tut, und zweitens...«

»Sheket!* Wenn du schon zu doof bist zu verstehen, dann laß wenigstens andere verstehen.«

Er gießt die Hälfte des Kognaks in den Mund, die andere vor Aufregung in den Bart. »Na, das ist ja toll! Man kann alles ganz genau verfolgen. Da, das sind unsere Panzer, und die da hinten... Mensch, der geht vielleicht los, siehst du das? Wußte gar nicht, daß Panzer so ein Tempo haben... Und jetzt, paff! Der ist im Arsch, Mohammed erbarme sich ihrer Seele...«

»Alex«, sage ich, »mußt du deinen Mangel an Mut eigentlich in einen Strom männlich rauher Bemerkungen umsetzen?«

Er wendet blitzschnell den Kopf und sieht mich an. In seinen Augen ist ein Ausdruck peinlicher Überraschung.

»Ach, laß mich doch in Ruhe«, sagt er dann und heftet den Blick wieder auf den Bildschirm.

Eine Zeitlang herrscht Schweigen, aber als ein Luftkampf gezeigt wird, geht es wieder mit ihm durch.

»Da, sieh mal, sieh doch mal, das ist eine von unseren Maschinen, eine Mirage.«

Ich hebe den Kopf und sehe ein Flugzeug, unscharf und nicht größer als eine Fliege. Dann ein zweites, das sich in eine schwarze Rauchwolke auflöst.

»Und das da«, triumphiert Alex und schlägt sich auf die Schenkel, »das war eine syrische MiG.«

---

* Ruhe!

»Und wenn es umgekehrt war?«

»Weißt du, du bist wirklich nicht zu ertragen.«

»Du auch nicht. Du benimmst dich wie ein bayerischer Metzger beim Kegeln.«

»Und du mit deinem aristokratischen Zartgefühl möchtest wohl, daß all die lieben kleinen Araber am Leben bleiben und all die miesen kleinen Juden ins Meer werfen.«

»Auf dieses Klischee habe ich gewartet. Du solltest bei deinen Witzen bleiben, Motek, die sind amüsanter und stehen dir besser. Da, sieh schnell hin, ein zweites Flugzeug ist im Arsch. Warum springst du nicht auf, grölst und klatschst? Ein guter Araber ist ein toter Araber, nicht wahr?«

»Weißt du, ich habe den Eindruck, du hast dich im Land geirrt. Vielleicht wolltest du auf die andere Seite?«

»Sag das noch einmal, und ich hau' dir eine runter, ich hau' dir eine runter, daß dir der Kopf wackelt. Ich habe es satt, nachsichtig wie eine arme Irre oder schief wie eine Nichtdazugehörige oder mißtrauisch wie eine Verräterin angesehen zu werden, nur weil ich es wage, zu gewissen Dingen eine andere Einstellung zu haben.«

Ich sitze da in Büstenhalter und Höschen und bebe vor Wut, und er springt auf, als habe ihn ein Skorpion in den Hintern gestochen, und kreischt: »Mit dieser Einstellung säßen wir längst nicht mehr hier, darauf kannst du Gift nehmen. Also behalt sie für dich.«

»Das ist es, was euch langsam, aber sicher ins Unglück treibt, das! Diese Borniertheit und Intoleranz, mit der ihr keine andere Meinung, keinen anderen Gedanken mehr gelten laßt.«

»Wenn du unter Toleranz verstehst, daß wir den Arabern mit einem: ›Entschuldigung, es war ein Mißverständnis‹ das Land räumen sollten...«

»Himmel Herrgott, zwischen Land räumen und einen Modus vivendi finden besteht doch wohl ein kleiner Unterschied, oder? Oder!«

Er wirft die Arme in die Luft und schreit: »Hat man das

nötig? Ist noch nicht beschissen genug, was? Müssen da die Neunmalklugen kommen und uns sagen, daß wir alles falsch gemacht haben. Natürlich haben wir mal was falsch gemacht, wer macht nicht mal was falsch? Oder sind wir, ausgerechnet wir, unfehlbar? Vielleicht glaubst du wirklich, wir sind das auserwählte Volk, vielleicht glaubst du, wir müßten alle Zaddikim* oder Genies oder Märtyrer sein. Sähe dir mit deinen verknackten Vorstellungen von den Juden auch ähnlich. Hör zu, mein Kind, die Juden sind Menschen, große und kleine, dicke und dünne, dumme und kluge, gute und schlechte. Die Juden haben große Leistungen vollbracht – hat man ihnen auch nie verziehen –, und die Juden haben große Fehler und Schweinereien gemacht – hat man ihnen ebensowenig verziehen. Davon abgesehen, steht es ihnen genausoviel oder genausowenig zu, wie jedem anderen. Die Tatsache, daß sechs Millionen von uns umgebracht worden sind, bedeutet nicht, daß wir Heilige sind. Wir sind es nicht, und wir haben auch gar keine Ambitionen, es zu sein. Wir wollen leben, hörst du, die, die übriggeblieben sind, wollen leben. Das ist alles.«

»Ich weiß nicht«, sage ich erschöpft, »vielleicht liegt's wirklich an mir.«

»Darauf kannst du dich verlassen. Du bist doch total überkandidelt. Gehst rum wie eine Schlafwandlerin und bildest dir ein, das sei das Leben. Und wenn man dich aus deiner Trance weckt, dann fällst du vom Dach, oder wo du dich gerade befindest, stehst auf wie eine Katze und sagst: Dieses verdammte Dach hab' ich mir aber ganz anders vorgestellt.«

»Nein, nein, so ist das nicht. Ich sehe die Dinge sehr genau, zu genau.«

»Das ist nun wieder deine Schizophrenie. Du siehst sie genau und kannst sie auf einem Blatt Papier genau beschreiben, aber leben kannst du sie nicht.«

»Ich kann überhaupt nicht leben. Punkt.«

---

* Gerechte

»Dann bring dich um, Kind, aber mach andere unschuldige Menschen nicht verrückt.«

Ich stoße ihm die große Zehe in den Bauch.

»Und was würdest du ohne mich machen?« frage ich.

»Mir in Ruhe mein Fernsehprogramm angucken, du blöde Schrippe.«

Wir brechen in irre klingendes Gelächter aus, und die Dackel, die an einem ewig schlechten Gewissen leiden und sich für alles, was um sie herum passiert, verantwortlich fühlen, senken schuldbewußt die Köpfe.

»So, jetzt ist's aber endgültig genug«, keucht Alex, wirft sich aufs Bett und stopft sich das Kissen in den Nacken. »Du gehörst doch in eine Gummizelle, mein Gold, du bist doch gemeingefährlich. Ich frage mich, warum zieht es nur die Verrückten dieser Welt nach Israel?«

»Weil man hier unter sich ist und es gar nicht weiter auffällt. Außerdem sind die Verrückten immer die Besten.«

»Na, ich danke!«

Ich zünde mir eine Zigarette an und lege mich neben ihn auf den Bauch.

»Gott sei Dank, da sind wir ja wieder in der Ausgangsposition«, sagt Alex, »aber ich warne dich, wenn du jetzt wieder... Ha, jetzt wird's interessant, man zeigt einen syrischen Gefangenen... So, jetzt verbindet man ihm die Augen, um ihn rüberzuführen... Du, hör mal, hör doch mal: Der israelische Offizier, der ihm die Binde umgelegt hat, hat ihm über den Kopf gestrichen.«

Er dreht sich mit triumphierendem Blick zu mir um und fragt: »Na, und wie findest du das?«

»Motek«, sage ich, »mit meiner verknacksten Vorstellung von den Juden finde ich das ganz normal.«

Als ich von Alex Stiller nach Hause komme, ist es halb elf. »Vierundzwanzig Stunden bin ich jetzt in Israel«, denke ich, »genau vierundzwanzig Stunden.«

Mir ist, als seien Jahre vergangen seit meiner Ankunft, mir ist, als habe mich die Wirklichkeit, der ich mit Zehn davongelaufen bin, wieder eingeholt und stehe jetzt vor mir, drohend und im Begriff, mir die letzten Waffen zu entreißen, mit denen ich glaubte, sie geschlagen zu haben: meine Träume, meinen Zynismus und meine Arroganz.

Ich gehe in die Küche, nehme die Flasche Kognak, gieße ein halbes Wasserglas voll und gehe damit ins Zimmer zurück. Ich zünde die Kerzen auf der Menora an, stelle sie auf den Tisch und gruppiere davor die Fotografien meiner Eltern und meines Bruders: die Bilder meiner Mutter und Michaels nebeneinander, das Bild meines Vaters ein wenig im Hintergrund. Ich trinke einen großen Schluck Kognak und betrachte das Arrangement. Sehr schön, sehr eindrucksvoll, aber irgend etwas fehlt. Ja natürlich, eine Blume. Ich nehme eine rote, angewelkte Rose und stelle sie dazu. Dann suche ich die Katze und finde sie im Waschbecken.

»Komm, meine Schönste«, sage ich, »ohne dich ist der Altar nicht vollständig.«

Ich trage sie ins Zimmer und setze sie auf die andere Seite des Tisches. Sie mustert lange und nachdenklich das Stilleben, und da es ihr zu gefallen scheint, steht sie auf, um es sich aus der Nähe zu betrachten. Sie blinzelt in die Kerzenflamme, beschnuppert die Bilder, leckt sanft an der Rose. Schließlich legt sie sich davor nieder.

»Du hast eben auch Sinn für Familienkult«, sage ich und streiche ihr über den Kopf. Dann setze ich mich an den Tisch, genau vor die Schreibmaschine. Es ist eine elektrische Schreibmaschine, eine der ersten, die es zu kaufen gab. Ich habe sie mir nach der zweiten Sehnenscheidenentzündung an der rechten Hand zugelegt; aber kaum stand sie da, konnte ich nicht mehr schreiben. Sie hat mir kein Glück gebracht, trotzdem hänge ich an ihr. Ich streiche ihr über die Tasten, so wie ich meiner Katze über den Kopf gestrichen habe, traurig und zärtlich.

»Wenn alles schiefgeht«, sage ich zu ihr, »bist du meine letzte Hoffnung. Also halte dich bereit.«

Ich trinke einen zweiten großen Schluck, nehme ein Blatt Papier und spanne es ein.

»Serge...«, tippe ich und weiß nicht mehr weiter. Ich lehne mich auf dem Stuhl zurück und betrachte lange das kleine schwarze Wort auf der großen weißen Seite.

»So, meine Alte«, sage ich zur Schreibmaschine, »jetzt kann ich nicht einmal mehr einen Brief schreiben, und wenigstens Briefe haben wir doch noch immer sehr gut zusammen geschrieben, nicht wahr?«

In Panik beuge ich mich vor und tippe: »Serge, ich habe beschlossen, mich mit einem Dutzend Perserkatzen an einen einsamen Ort zurückzuziehen – ich weiß noch nicht, welchen, aber auf keinen Fall in Europa. In einem Jahr werde ich mindestens fünfzig Perserkatzen haben: schwarze, weiße, silbergraue, schildpattfarbene, cremefarbene... Kannst Du Dir mein Glück vorstellen? Ich werde nicht mehr wissen, was Menschen sind. Ich werde ihre Sprache vergessen, ihre Prätentionen, ihre Lügen, ihre Brutalität. Tagsüber werde ich die Katzen ansehen und streicheln, nachts werde ich mich mit ihnen zudecken. Ich finde Fell so viel schöner als Haut, und außerdem hat es einen unschätzbaren Vorteil: Man sieht keine Falten...«

Ich lese durch, was ich geschrieben habe, lache, trinke.

»Ah, das ist gut«, sage ich, »ich sollte wieder zu trinken anfangen, es befreit doch ungeheuer. Ich hätte erst gar nicht damit aufhören sollen, dann wäre ich jetzt schon tot, dem Leben von der Schippe gesprungen.«

Ich krümme mich vor Lachen, und die Katze schaut mich mit ernstem Vorwurf an.

Ich zünde mir eine Zigarette an, rauche und betrachte das Foto meiner Mutter. Mein Gott, hatte sie Augen, die schönsten, die ich jemals gesehen habe. Groß und tief und leuchtend, mit hohen, glatten Lidern. Einmal hatte sie mir von ihren Erfolgen erzählt – o ja, es waren viele gewesen –, und ein Satz hatte mir besonders gut gefallen: »Wenn man einmal in deine Augen hineinfällt, Ester«, hatte ein Verehrer zu ihr gesagt, »kommt man nie wieder heraus.« Und dann hatte sie in Sofia die Fazialisnervlähmung bekommen, und die linke Seite ihres Gesichtes lebte nicht mehr, auch das Auge nicht. Ich habe den Schock nie überwunden.

»Du«, sage ich zu dem Foto, »du warst die furchtbarste und die großartigste Mutter der Welt. Was du allein bei mir für Schaden angerichtet hast, ist gar nicht zu beschreiben, und trotzdem kann ich es dir nicht übelnehmen. Du warst eben eine Naturgewalt, und du warst echt. Du hattest das Recht, Schaden anzurichten, aber wer hatte das Recht, dich langsam, aber sicher zu Tode zu quälen?«

Ich schreibe: »Serge, ich glaube, ich liebe Dich mit derselben Intensität, mit der ich meine Mutter geliebt habe, und das will was heißen. Denn ich habe keinen Menschen so geliebt wie meine Mutter. Ich habe Dich nach ihr gewählt: ihr Blut, ihr maßloses Temperament, ihre Stärke und Schwäche. Selbst ihre Augen hast Du, nicht in der Farbe, aber im Schnitt und Ausdruck. Die Männer vor Dir waren Väter, ein Vater nach dem anderen; und jeder hat die Rache einer tödlich verletzten, nicht verzeihenden Tochter zu spüren bekommen. Aber Du, auch wenn Du mir weh tust, was Du unabsichtlich oft tust, und immer tun wirst, bist trotzdem nie mein Vater. Mein Vater...«

Ich greife nach meinem Glas.

»Prost, Papa«, sage ich, »was kannst du dafür? Du warst eben ein deutscher Idealist und so sehr Produkt dieser Epoche, daß du ihr dickes Ende überhaupt nicht kapiert hast. Armer Papa!«

Ich spüre eine mit Alkohol getränkte Stichflamme des Mitleids in mir hochschlagen und beuge mich vor und streiche mit der Fingerspitze über sein Foto.

»Du kannst nichts dafür, nein. Auch nicht dafür, daß dich ein überspanntes kleines Mädchen für ein höheres Wesen hielt, eine Art Reinkarnation all der Märchenprinzen und Sagenhelden, über die es so schöne Geschichten gelesen hat. Man wird einer solchen Bewunderung und Verehrung nie gerecht, besonders dann nicht, wenn man in eine Katastrophe hineingeschleudert wird.« Ich lache. »Nein, Papa, ein Held warst du nicht, aber gut warst du und schön und sehr vornehm. Lassen wir's dabei, nicht wahr?«

»Serge«, schreibe ich, »ich war schon Anfang Zwanzig, als ich den Begriff ›Wahrheit‹ entdeckte, und natürlich war ich fasziniert von dem großen, stolzen Inhalt dieses Wortes. Ich zog aus, die Wahrheit zu finden, wie der Ritter auf der Suche nach dem Heiligen Gral. Wirklich, ich habe geglaubt, die Wahrheit sei ein Rundes, Ganzes, ein Schatz, der kostbarste aller Schätze, und wenn man einmal in ihrem Besitz ist, dachte ich, kennt man das Codewort zum ›Sesam, öffne dich‹. Ich habe dann sehr schnell festgestellt, daß die Wahrheit eher der Zerrspiegel in einem Lachkabinett ist als ein kostbarer Schatz. Auch das war ein Schock. Warum schreibe ich Dir das alles? Ich weiß nicht, vielleicht weil ich betrunken bin, vielleicht auch, weil ich heute so tief in den Zerrspiegel der Wahrheit geguckt habe...

Ich glaube, ich höre jetzt auf, mein sehr geliebter...«

Ich höre das Geräusch eines Hubschraubers. Es hört sich an wie nasse Wäsche, die im Wind flattert. Ich stehe auf, gehe ins Schlafzimmer, ziehe die Jalousien ein Stück hoch und krieche darunter durch auf den Balkon. Ich sehe keinen Hubschrauber, aber die Richtung, in der sich das Geräusch entfernt, stimmt. Er fliegt zum Hadassah*, um Schwerkranke abzuliefern. Ich lege den Kopf zurück, schwanke ein wenig, halte mich am Geländer fest.

»Ah«, sage ich, »die Nacht, der Himmel, die Sterne. Jerusalem, Stadt aller Städte, auch wenn man dich im Moment nicht sieht. Der da oben im Hubschrauber wird dich wahrscheinlich nie mehr sehen, wenn der Morgen anbricht, werden dich Hunderte nicht mehr sehen. Mein Bruder hat dich auch nicht mehr gesehen und hatte doch nur einen Wunsch gehabt, all das wiederzusehen, was er so sehr geliebt hat: seine Mutter, seine Schwestern, seine

---

* größtes Krankenhaus in Jerusalem

Freunde, Palästina. Einer unter Millionen, die nicht mehr sehen durften, was sie geliebt haben. Wenn man ›Millionen‹ denkt, kann man sich nichts darunter vorstellen, gar nichts...«

Der Himmel mitsamt seinen Sternen fällt auf mich zu. »Halt«, rufe ich leise, »halt, nicht so schnell!« und flüchte in die Wohnung zurück.

Im Bad drehe ich den Wasserhahn auf und halte mein Gesicht lange unter den Strahl. Als ich es wieder hebe, begegne ich ihm im Spiegel und habe zwar den guten Einfall, nicht aber die Barmherzigkeit, mich schnell abzuwenden.

»Na ja«, sage ich, »warst auch schon mal schöner... warst wirklich mal schöner. Jetzt hat dich das Leben eingeholt. Die guten Jahre, die du noch hast, sind an einer Hand abzuzählen. Und was dann? Das willst du dir nicht vorstellen, nicht wahr? Ich nehme ein Röhrchen mit Schlaftabletten aus dem Apothekenschrank und gehe ins Wohnzimmer. Zwei Kerzen sind auf der Menora ausgebrannt, die Katze hat sich lang ausgestreckt und dabei das Glas mit der Rose vom Tisch geworfen.

»Verheerung überall«, sage ich und kichere.

Ich setze mich wieder hinter die Schreibmaschine, lege eine Tablette auf die Zunge und spüle sie mit dem letzten Schluck Kognak hinunter. Dann schreibe ich: »Serge, natürlich hätten wir uns damals in der judäischen Wüste umbringen sollen, damals auf dem Höhepunkt unserer Leidenschaft, auf dem Höhepunkt Israels. Es wäre der einzig richtige Moment gewesen. Nie wieder werde ich Jerusalem, nie wieder werde ich Dich so erleben, wie ich Euch damals erlebt habe. Ich liebe Euch um keine Spur weniger als damals, aber der Schwung, weißt Du, der Rausch, der einem Flügel wachsen läßt und Sensibilitäten weckt, von denen man gar nicht wußte, daß sie in einem sind, der ist nicht mehr. Und er wird nie wieder sein. Denn das, was war, war einmalig und ist unwiederbringlich. Und darum, Serge, ist das jetzt in seiner Art ein Tod, noch dazu einer, den man sich nicht gewählt hat. Ach, Serge, ich liebe Dich so. Die Straße, die durch die judäische Wüste zum Toten Meer führt, ist gesperrt. Erinnerst Du Dich an unsere erste Fahrt hinunter und an Nebi Musa, das verlassene mohammedanische Kloster mit seinen ockerfarbenen Mauern und Kuppeln, über das der Wind strich und sang...«

Ich beuge mich zu der Katze und lege meine Wange auf ihren Leib. Die Tablette und der Alkohol tun ihre Pflicht. Ich spüre, wie mich der Schlaf mit sich fortzieht, und lasse mich treiben in jene Welt, die dem Tod so ähnlich ist. In zehn Minuten werde ich erlöst sein.

Ich richte mich wieder auf und tippe sehr langsam und mühsam:

»Mein Engel, man fühlt den Tod in Jerusalem, nicht nur den der Soldaten an der Front, sondern den eigenen und den der Menschen, die man geliebt hat. Sie sterben heute zum zweiten Mal. Und vieles andere in einem stirbt auch.«

Ich ziehe das Blatt Papier aus der Maschine und zerknülle es. Ich werfe es der Katze zum Spielen zu, aber sie streckt nicht einmal die Pfote danach aus.

»Gehen wir«, sage ich, lösche die Kerzen, trage die Katze ins Schlafzimmer und lege sie auf das Kopfkissen neben meinem. Dann ziehe ich die Jalousien hoch und öffne weit Fenster und Balkontür. Ich lege mich nackt aufs Bett, eine Hand im Fell der Katze. Ein warmer Luftzug streicht über meine Haut, und ich sehe in weiter, weiter Ferne die Berge der judäischen Wüste, die ockerfarbenen Mauern und Kuppeln des mohammedanischen Klosters und höre den Wind in meinen Ohren, einen schwellenden, singenden Ton, und fühle mich fallen, ganz langsam, ganz sachte in ein weiches, schwarzes Nichts.

An Simchat Thora, dem Fest der Thora, herrscht in den Synagogen fröhliche Stimmung. Die Chassidim, Greise, Männer, Knaben, holen die Thorarollen aus den Schreinen, pressen sie in zärtlicher Verzückung an die Brust, tanzen mit ihnen, singen und trinken. Man hat den letzten Abschnitt des Deuteronomiums gelesen und beginnt sogleich wieder mit dem ersten der Genesis. Das Jahr hat sein Ende gefunden und seinen Anfang.

An diesem Tag religiöser Exaltation geht der Krieg in die zweite Woche. Er ist sehr nah, dieser Krieg und trotzdem macht er sich innerhalb des Landes kaum bemerkbar. Er füllt den Fernsehschirm, die Zeitungen, die Rundfunknachrichten; er teilt sich einem in den bedrückten Gesichtern der Menschen mit, in den Schlangen junger Soldaten, die an den Ausfahrtsstraßen auf einen Lift warten, in einer Verstärkung des Zivilschutzes, der durch die Stadt patrouilliert und vor den öffentlichen Gebäuden die Taschen kontrolliert, in Gruppen kleiner Jungen, die in den Straßen Krieg spielen; er manifestiert sich in ein paar Sandsäcken, die umsichtige Bürger vor ihren Kellerfenstern aufgestapelt haben, in Personalmangel, verlassenen Baustellen, geschlossenen Restaurants und Kinos. Ein einziges Mal heulen gegen Mittag die Sirenen, aber nach einer halben Stunde allgemeiner Aufregung und Ratlosigkeit folgt die Entwarnung. Der Krieg bleibt uns in seiner Nähe fern. Tod und Verheerung finden allein an den Fronten statt.

Die Bevölkerung gewöhnt sich an die Unannehmlichkeiten des Krieges, etwa an die Finsternis, die einen ab fünf Uhr in die Häuser verbannt, an die stickige Hitze in den verdunkelten Wohnungen, an die unheimliche Stille in den Straßen. Sie gewöhnt sich sogar an die langen Stunden untätigen Wartens. Die Angst hat mit der Gewohnheit ihre Schärfe verloren, die anfängliche Panik ist in Resignation umgeschlagen. »Besseder*« ist zu einem Schlagwort geworden. Jeder Mensch, den man leichtsinnigerweise nach seinem Befinden fragt, hält es schußbereit im Munde, denn es hat sich herumgesprochen, daß Klagen einen schlechten Eindruck macht und ein Zeichen mangelnder Disziplin und Zivilcourage ist.

Dann, am Sonntag, dem 14. Oktober, wird endlich die erste Liste der Gefallenen bekanntgegeben. Sie beträgt

* in Ordnung

sechshundertundsiebzig Tote. Die Ziffer löst einen immensen Schock in der Bevölkerung aus und richtet sich als ein einziger Wutschrei gegen die Regierung. Der gesamte Sechs-Tage-Krieg hatte keine sechshundert Tote gekostet, und sein glorreicher Sieg hatte die Trauer gedämpft. Das Ende des Jom-Kippur-Krieges ist, weder was die Zahl der Toten noch die militärischen und moralischen Folgen betrifft, nicht abzusehen.

»Was wird werden?« und »Wie konnte das geschehen?«
Um diese zwei Fragen, die eine an das Schicksal, die andere an das Gewissen, drehen sich die Gedanken und Gespräche eines ganzen Volkes. Die erste gibt zu zahlreichen düsteren Prognosen Anlaß, die zweite wird nach Aufdeckung militärischer und politischer Fehler bis in metaphysische Tiefen untersucht. Das Ergebnis dieser Untersuchung ist zum erstenmal nicht rechtfertigender, sondern bekennender Natur: »Wir waren unbescheiden«, heißt es. »Wir waren kurzsichtig, arrogant und selbstherrlich.« Und damit steht man gebannt in dem grellen, kalten Licht der Einsicht, sieht seine Welt um sich zusammenkrachen und Ideale, Überzeugungen und Hoffnungen eines ganzen Lebens unter ihren Trümmern begraben. Die Falken fliegen erschrocken auf und kommen als Tauben zurück.

»Wir müssen ganz neu anfangen«, sagen die in Tauben verwandelten Falken, »wir müssen neue Werte finden.«

»Nebbich«, sagen die, die immer Tauben gewesen waren.

In dieser zweiten Woche des Krieges wendet sich das Blatt. Die Offensive der Ägypter und Syrier ist gestoppt, die israelische Armee geht zum Gegenangriff über und schlägt die Araber zurück. Die Berichterstattung wird mit jedem Tag präziser und ausführlicher. Im Fernsehen erscheint allabendlich der ehemalige General Chaim Herzog und unterrichtet das aufmerksam lauschende Volk in ernsten, aber ermutigenden Worten über die Vorgänge an den Fronten. Es gibt neue Helden, neue taktische Glanzstücke, neue Wunder kleineren Formats. Ein paar der früheren Falken heben die Köpfe und begegnen trotzig dem warnenden Blick der Tauben: »Da seht ihr's«, triumphieren sie, »unsere Kinder, unsere Jungen haben es wieder mal geschafft. Unvorbereitet sind sie von einer Übermacht überfallen worden, und jetzt schlagen sie sie zurück, Schritt für Schritt, Meter für Meter. Es ist phantastisch, was sie leisten. Dieser Mut, dieses Heldentum!«

Ja, die Kinder, die Jungen, sie kämpfen den bittersten Krieg Israels, kämpfen ihn mit dem Mut der Verzweiflung und dem Heldentum derer, denen keine andere Wahl bleibt, kämpfen ihn mit dem Gift des Zweifels, mit den Tränen der Angst, mit den Schreien des Schmerzes, mit dem Schweigen des Todes.

Am Ende der zweiten Woche ist die Zahl der Gefallenen auf eintausendfünfhundert angestiegen.

Ich verbringe die Abende bei meinen verschiedenen Freunden – und die Tage allein, auf ruhelosen Märschen durch die Stadt. Gewöhnlich treffe ich Bekannte, die mich ins nächste Café schleppen und dort eine ihrer politischen Analysen auf mich loslassen. Nach solchen Unterbrechungen laufe ich noch schneller und kopfloser durch die Straßen. In die Altstadt wage ich mich nicht mehr, dafür aber in das orthodoxe Viertel Mea Sche'arim, wo man von Kriegen zwischen den verhaßten Zionisten und verachteten Arabern keine Kenntnis nimmt. Hier, wo die Zeit stillsteht, wo die Gassen, Häuser und Menschen das Bild eines Stettls des 18. Jahrhunderts widerspiegeln, setze ich mich auf eine Mauer und träume von einem gottgeweihten Leben. Ich sehe mich, die gelockte Perücke oder das tief gebundene Tuch auf dem kahl rasierten Kopf, in formlosen Kleidern am fett gewordenen Leib vor dem Herd stehen und eins der schweren ostjüdischen Gerichte zubereiten, sehe mich am achten Tag nach der Menstruation in die Mikwe* gehen und am selben Abend, im Schutz der Dun-

---

* rituelles Bad

kelheit und eines rauhen, hochgeschlossenen Leinenhemdes, mit meinem chassidischen Mann den hastigen ehelichen Akt ausüben. Und ich schaue den unförmigen Frauen nach, die, von ihrer Brut umringt, an mir vorüber trotten und über mich, die gottlose Fremde, verächtlich hinwegblicken.

»Nein«, denke ich, »aus einem gottgeweihten Leben wird wohl auch nichts mehr.«

Am vierten Tag überkommt mich bei dem Gedanken, von neuem durch die Stadt zu ziehen, ein Gefühl der Klaustrophobie. Sie ist so eng geworden, jetzt, da Ost-Jerusalem für mich wegfällt, eine Stadt ohne Hinterland, ohne Struktur, ohne Harmonie.

Ich möchte raus aus der Stadt, möchte Land sehen, offenes, weites Land.

Ich verlasse die Wohnung und setze mich ins Auto. Die einzige offene Straße, die aus Jerusalem herausführt, ist die nach Tel Aviv. Gut, dann muß ich eben die nehmen, irgendwo abbiegen und weiter nach Ashdod oder vielleicht Aschkelon fahren. Ich komme bis zur letzten Ampel vor der Ausfahrtsstraße. Die steht auf Rot, und ich muß halten. Eine Gruppe Soldaten stürzt sich auf meinen Wagen. Zwei von ihnen öffnen bereits die hinteren Türen, der neben mir am Fenster fragt noch, ob ich nach Tel Aviv führe. Ich kann ihm nicht auseinandersetzen, daß ich nicht wüßte, wohin ich fahre, darum nicke ich. Er geht um den Wagen herum und setzt sich, die Maschinenpistole zwischen die Beine gepflanzt, neben mich.

»Schalom«, sagt er.

Auch die auf dem Rücksitz sagen artig »Schalom«, und ich entdecke zu meiner Überraschung, daß es nicht zwei sind, sondern drei. Ich habe jetzt also vier Soldaten, vier Maschinenpistolen und vielleicht auch noch ein paar Handgranaten im Wagen und stelle fest, daß meine sinnlos begonnene Fahrt als patriotische Mission endet. »Ausgezeichnet«, denke ich, »endlich bin ich in diesem Krieg doch noch zu etwas nutze.«

Von diesem Tag an fahre ich täglich zu der Ampel an der Ausfahrtsstraße, lade mein Auto voll Soldaten, achte darauf, daß sie gut sitzen, sich anschnallen und die Sicherheitsknöpfe an ihren Türen niederdrücken, und mache mich auf den Weg. Ich fahre nach Tel Aviv, manchmal auch weiter, Richtung Haifa, lasse an einem Ort welche heraus, am anderen neue herein. Sie sagen »Schalom« und »vielen Dank«. Und zwischen diesen zwei Worten schlafen sie, schlafen, kaum daß sie sitzen, die Köpfe schlaff nach vorne fallend, die Hände um den Kolben ihrer Maschinenpistole geklammert, die Gesichter zu Tode erschöpft. Die meisten sind kaum älter als mein Sohn, sind halbe Kinder noch und trotzdem schon vom Krieg gezeichnet. Ich frage mich, was sie von ihrem kurzen Leben gehabt haben. Haben sie schon eine Frau geliebt, ein anderes Land gesehen, eine Begegnung oder ein Erlebnis gehabt, das sie bis ins Mark erschüttert hat? Oder werden sie sterben, bevor sie das Leben entdeckt haben? Und ich fahre mit meiner schlafenden Fracht – fahre, als hätte ich rohe Eier im Auto, und denke mit würgendem Zorn: »Auf daß die Eier heil an die Front kommen.«

Am Ende der dritten Woche beträgt die Ziffer der Toten zweitausend.

Und dann endet der Krieg ebenso plötzlich, wie er begonnen hat. Die Nachricht wird mir um halb acht Uhr früh von Ibi übermittelt.

»Tinalein«, jubelt sie, noch bevor ich den Hörer am Ohr habe, »wach auf, es ist Waffenstillstand!«

»Kaum gewöhnt man sich an den Krieg«, sage ich, »ist Waffenstillstand.«

»Also, das ist von all den Reaktionen, die ich auf meine Nachricht bekommen habe, die unmöglichste.«

»Woher hast du überhaupt die Nachricht?« frage ich skeptisch.

»Aus dem Radio, du Dussel! Wir haben sofort angenommen.«

»Was?«

»Den Waffenstillstand natürlich.«

»Ach so, ja... und die anderen?«

»Auch. Bis halb sieben abends darf noch geschossen werden.«

»Wie schön.«

»Und bis dahin können wir auch noch unsere Positionen befestigen. Ist das nicht alles wunderbar?«

»Herrlich!« sage ich.

Kaum habe ich eingehängt, ruft Ada an.

»Haben Sie schon gehört?« fragt sie in der Hoffnung, daß ich es noch nicht gehört habe.

»Ja«, sage ich, »schön, nicht wahr?«

»Ach, ich weiß nicht. Es ist alles so verworren. Ich habe kein gutes Gefühl.«

»Aber es ist doch Waffenstillstand.«

»Sogenannter. Die Araber haben sich noch nicht dazu geäußert.«

»Ich habe von Ibi gehört, sie hätten ihn angenommen.«

»Ibi«, ruft sie aufgebracht, »typisch Ibi! Telefoniert in der Weltgeschichte herum und erzählt Märchen.«

Nach diesem Anruf sitze ich eine Weile auf der Bettkante und überlege, warum man in diesem Land nie eine klare Auskunft bekommt. Als ich darauf keine Antwort finde, wähle ich Alex Stillers Nummer.

»Ja«, brüllt er.

»Es ist Waffenstillstand«, sage ich und hoffe, mit dieser eindeutigen Behauptung jeden Zweifel oder Gegenbeweis auszuschalten.

»Du hältst dich wohl für den himmlischen Boten mit der frohen Kunde. Hör mal, ich weiß das schon seit sechs Uhr früh, und außerdem weiß ich noch was.«

»Was denn?« frage ich gespannt.

»Ich weiß, daß es immer wieder dasselbe Theater ist. Solange es aussieht, als ob die Araber siegen, schaltet sich keiner ein, aber in dem Moment, in dem die Israelis siegen, schaltet sich die ganze Welt ein und verhindert eine militärische Entscheidung.«

»Wie immer, es ist Waffenstillstand.«

»Ja, und man schießt weiter.«

»Aber nur bis halb sieben abends.«

»Man wird auch danach weiterschießen.«

Ich nehme eine kalte Dusche, und so erfrischt mache ich einen letzten Versuch. Ich rufe Ruth Liebermann an. Sylvia ist am Apparat und erklärt, daß ihre Mutter bereits ins Krankenhaus gegangen sei.

»Macht nichts«, sage ich. »Du bist sowieso die Kompetentere in Fragen des Krieges. Also, was ich jetzt unbedingt wissen muß: Ist Waffenstillstand oder nicht?«

Sie antwortet knapp und präzise: »Die Verhandlungen laufen noch. Israel hat die Waffenstillstandsbedingungen sofort angenommen; die Iraker haben rundweg abgelehnt; die Ägypter und Syrer haben sich bis jetzt weder positiv noch negativ dazu geäußert. In einigen Stunden werden wir mehr wissen.«

»Und was glaubst du, wird bei den Verhandlungen herauskommen?«

»Waffenstillstand.«

»Wirklich, Sylvia«, sage ich beeindruckt, »du bist die einzige in diesem Land, die eine klare Auskunft geben und logisch denken kann.«

»Das sage ich auch immer«, erwidert sie.

Der Tag ist ins unreine geraten, aus meiner patriotischen Dienstfahrt wird heute nichts. Ich bin nicht darauf eingestellt, muß mich erst an die neue Situation gewöhnen. Der Krieg ist so gut wie beendet, die Lichter werden wieder angehen, und abends trifft Serge ein. Ich sollte mich über all das freuen. Warum also freue ich mich nicht? Warum ist alles so tot in mir? Warum fühle ich nicht das leiseste Flattern einer Hoffnung? Liegt es an mir? Ist es eine normale Reaktion auf die Spannungen der letzten Tage? Sicher, so ist es: Erst wenn es vorbei ist, kommt die Depression. Schön, gut, aber ich muß mich zusammennehmen, ich muß an die denken, die wirklich gelitten, die einen Menschen verloren haben. Ich habe nicht das Recht, deprimiert zu sein. »Die weisen Worte des Pfarrer Otto«, würde Alex Stiller dazu sagen. Warum, zum Teufel, habe ich nicht das Recht, deprimiert zu sein? Jeder Mensch, der in diese verdammte Welt hineingeboren wurde, hat das Recht, deprimiert zu sein. Nein, er hat nicht nur das Recht, er hat die Pflicht.

Und mit diesem tröstlichen Gedanken beginne ich den Tag.

Es kommt, wie Sylvia vorausgesagt hat: Im Laufe einiger Stunden klärt sich das Bild. Die Ägypter und Syrier nehmen die Bedingungen an, der Waffenstillstand wird proklamiert. An den Fronten haben die Soldaten noch zwölf Stunden Zeit, sich gegenseitig totzuschießen und ihre Stellungen zu befestigen, aber für die Zivilbevölkerung ist der Krieg überstanden. Am Abend flammt die Straßenbeleuchtung auf, und wie auf Kommando erhebt sich der erste kühle Westwind. Mit dem Ende des Krieges naht für Jerusalem auch das Ende des Sommers. Die Menschen öffnen Türen und Fenster, lassen Luft herein und Licht heraus. Sie atmen zaghaft auf.

Ich bereite mich auf Serges Empfang vor, indem ich mir die Haare wasche, die Nägel frisch lackiere und mit stumpfem Ausdruck in den Spiegel starre, um festzustellen, wie sich ein Gesicht, das nicht von innen heraus leuchtet, von außen beleben läßt. Ich höre durch die weit geöffneten Fenster das Winseln des Windes und aus den benachbarten Wohnungen verschiedene Fernsehapparate, die alle auf Chaim Herzog eingestellt sind. Wahrscheinlich erklärt er dem Volk die Positionen: die, die schon befestigt wurden, und die, die in den nächsten zwölf Stunden noch befestigt werden.

»Scheiße«, sage ich teils zu meinem entmutigenden Gesicht, teils zu dem ermutigenden Chaim Herzog, stehe auf und gehe auf die Terrasse hinaus. Ja, Jerusalem ist wieder beleuchtet, aber wie klein die Lichter sind, wie schwach, wie weit das eine vom anderen entfernt. Ein scheues Flimmern in der schwarzen Nacht, sonst nichts. Ich habe die Stadt viel heller in Erinnerung, viel strahlender. Liegt es tatsächlich an der Beleuchtung oder an meinen Augen, die nur noch dunkel sehen? Ich schlinge die Arme um meinen Oberkörper. Ich friere. Der Wind bläst kalt, jagt tief hängende Schleierwolken vor sich her über den Himmel.

»Wo sind deine Sterne, Jerusalem? Wo ist die Höhe deines Himmels? Wo das Versprechen, das du jenen gibst, die dich lieben?«

Ich frage es leidenschaftslos, frage es aus der Leere in mir in die Leere der Nacht. Da ist keine Liebe mehr und keine Antwort.

Die Flughalle ist voll von Soldaten. Sie sind sehr still, sprechen kaum, lachen nicht, bewegen sich mit einer gewissen Vorsicht, so als wären sie noch immer an der Front. Ihre Gesichter sind abgespannt, die Blicke teilnahmslos, einige sind auf den unbequemen Plastiksitzen eingeschlafen. Mir fallen die Worte von Frau Dr. Eisenbart ein, die sich in einem Café zu Ada und mir an den Tisch gesetzt und frohgemut verkündet hatte: »Die Soldaten, die in unserem Hospital liegen, sind phantastisches Material. Ob Sephardim oder Aschkenasim, alle groß und stark wie die Baumstämme. Und die Moral, ich sage Ihnen...«

Weiter war sie nicht gekommen, denn Ada, von mir gefolgt, hatte wortlos den Tisch verlassen.

Ich gehe zur Information und erkundige mich, ob die EL AL aus Paris Verspätung hätte.

»Die Maschine ist bereits gelandet«, erklärt das Mädchen.

Ich schaue auf die Uhr und stelle fest, daß es zehn Minuten nach der Ankunftszeit ist.

»Merkwürdig«, denke ich, »mindestens fünfzig Mal

habe ich auf diesem Flugplatz Serge erwartet, und immer war ich zu früh da und er zu spät. Heute, zum ersten Mal, ist es umgekehrt.«

Sehr langsam gehe ich zu der Glaswand, die die Wartenden von der Ankunftshalle trennt. Ich lausche in mich hinein, aber alles bleibt tot. Kein schnellerer Herzschlag, keine Wärme, die mir vom Bauch in den Kopf steigt, keine Unruhe, als er nicht unter den ersten Passagieren ist, nichts, nur lähmende Gleichgültigkeit. Neben mir stehen, zu einer dichten Gruppe zusammengedrängt, die Schüler einer Jeschiwa, schmächtige, bleiche Jünglinge mit den Pickeln der Pubertät und den greisen Augen Methusalems. Sie tragen Kaftane und flache, breitrandige Hüte. Ihre Schläfenlocken hängen zu festgedrehten Schnüren bis auf die Schultern hinab. Aufmerksam spähen sie durch die Scheibe, zupfen das spärliche Moos an ihrem Kinn, drehen die Locken zwischen Zeigefinger und Daumen noch fester. Dann taucht am fernen Ende der Ankunftshalle eine identische Gruppe auf und flattert wie ein Schwarm schwarzer Vögel auf die Glaswand zu. Die Jünglinge neben mir geraten in kindliche Erregung. Sie plappern, lachen, winken und klopfen an das Glas, bis ihnen die Freunde, einem Spiegelbild gleich, gegenüberstehen.

Ich bin mit Blicken und Gedanken so sehr bei dieser Szene, daß ich Serge erst bemerke, als er wenige Meter von der Scheibe entfernt stehenbleibt. Er ist wie immer tadellos gekleidet: ein leichter, dunkelblauer Anzug, ein hellblaues Hemd, eine schöne gemusterte Krawatte, schwarze Schuhe. Das frisch gewaschene Haar fällt ihm weich in die Stirn, das Gesicht ist glatter und jünger, als es sich bei meiner Abfahrt eingeprägt hatte, seine Augen sind mit einem Ausdruck kühler Wachsamkeit auf mich geheftet.

»Ja, mein Lieber«, sage ich leise, »erinnerst du dich an all die Male, die du angekommen bist und ich dich hier erwartet habe? Erinnerst du dich an das Glück, die Sehnsucht, die Leidenschaft? Wie viel oder wie wenig ist davon geblieben?«

Er setzt die Brille auf und fährt fort, mich anzusehen. Ich stehe da, bewegungslos, mit leerem Gesicht. Die uns trennende Glaswand, befleckt mit den Fingerabdrücken, dem Atem zahlloser Menschen, wird zum Symbol.

»Wir haben es nicht geschafft, nicht wahr?« frage ich.

Er sieht, daß ich die Lippen bewege, zieht die Brauen hoch, zuckt die Schultern und wendet sich ab, um sein Gepäck zu holen. Ich bleibe noch eine Weile stehen, schaue ihm nach und habe dabei das Gefühl, er komme nicht an, sondern reise ab. Dann, die Halle verlassend, gehe ich zum Passagierausgang, wo der übliche Tumult freudiger Begrüßung herrscht. Ich zünde mir eine Zigarette an, warte.

Serge kommt als einer der letzten. Er schiebt einen Wagen vor sich her, auf dem sich seine gesamte Habe zu türmen scheint; und wüßte ich nicht, daß er nur eine Woche bleibt, könnte ich annehmen, er habe meinen sehnlichsten Wunsch doch noch erfüllt und sei für immer gekommen. Ich gehe ihm ein paar Schritte entgegen, im Gesicht das schmallippige Lächeln einer konventionellen Begrüßung.

»Schalom«, sagt er, packt meinen Arm und steuert Wagen und mich einem ruhigeren Platz zu. Dort angekommen macht er halt und dreht mich zu sich um.

»Alors!« sagt er.

»Alors, was?«

»Deine Freude, mich zu sehen, ist überwältigend. Warum hast du mir nicht schon am Telefon gesagt, ich solle in Paris bleiben?«

»Bitte, fang nicht gleich wieder an, die Dinge zu dramatisieren.«

»Das Drama scheint bereits in vollem Gange zu sein, und ich komme mir vor wie jemand, der in letzter Minute für den gestorbenen Hauptdarsteller einspringen muß und keine Ahnung hat, was sich da auf der Bühne abspielt. So was passiert eigentlich nur in Alpträumen.«

»Ich hole schnell das Auto«, sage ich.

Er hält mich mit schmerzhaftem Griff am Arm fest.

»Ich hatte die ganze Zeit solche Angst um dich«, sagt er, »und ich habe mich so auf dich gefreut.«

»O Serge!« Ich werfe mich nach vorne und hänge schwer und schlaff wie eine Bewußtlose an seinem Hals, spüre seine Arme, aber keinen Trost, seinen Mund, aber keine Erleichterung.

»Warum bist du nicht früher gekommen?« murmele ich, »ich hätte dich so gebraucht.«

Er läßt mich so plötzlich los, daß ich taumele.

»Können wir mit diesem Thema nicht noch wenigstens warten, bis wir in Jerusalem sind?« fragt er gereizt.

»Keine Angst«, sage ich, »das Thema ist tot.«

»Wie ist die Stimmung in Israel?« fragt Serge, als wir auf der Straße nach Jerusalem sind.

»Wie kann sie schon sein? Deprimiert, um es milde auszudrücken. In etwas stärkeren Worten: ›Alles Scheiße, deine Emma‹.«

»Deine was?« fragt er lachend.

»Alles Scheiße«, wiederhole ich, »die Emma kannst du weglassen.«

»Und was sagt man zum Waffenstillstand?«

»Daß er den Israelis aufgezwungen wurde, weil sie am Siegen waren.«

»Stimmt auch. Davon abgesehen, werden sie sich nicht daran halten.«

»Ich bitte dich, red doch nicht solchen Unsinn! Die Israelis haben als erste die Waffenstillstandsbedingungen angenommen und warum? Weil sie keine Soldaten mehr verlieren wollten. Gott sei Dank ist das der großen Mehrheit des Volkes wichtiger als alles andere. Weißt du, wie viele sie verloren haben?«

»Zweitausend, glaube ich.«

»Ja, und dreitausend sind verletzt, und die Zahl der Vermißten und Gefangenen weiß man noch gar nicht. War das nötig, frage ich mich, war das um Himmelherrgotts willen nötig!«

»In diesem Fall ja, denn sie mußten sich verteidigen.«
»Aber dieser Fall ist doch nur eine Konsequenz von vielen vorhergegangenen Fällen.«
»Chérie, das mußt du mir nicht erklären, sondern deinen israelischen Freunden.«
»Ach was. Das wissen die inzwischen auch schon. Die meisten jedenfalls. Der Schock hat sie zur Besinnung gebracht, für wie lange, weiß man natürlich nicht. Aber im Moment... na, du wirst dich wundern, wenn du die neuesten Parolen hörst: ›Wir waren größenwahnsinnig, und unsere Politik war starrköpfig, und dieser Krieg ist das Resultat einer verantwortungslosen Regierung, und wir müssen endlich runter von unserem hohen Roß, und wir müssen neue Werte finden...‹ Das mit den Werten hat mein Mann, Udo, übrigens auch immer gesagt, wenn ihm was danebengegangen ist.«
Serge lacht.
»Du lachst«, sage ich, »aber finde du mal so schnell neue Werte. Die meisten sind für weniger Wohlstand und mehr Geist. Wäre ja wohl auch sehr angebracht, besonders der Geist, findest du nicht? Also dann man los! Weg mit den Autos und Farbfernsehern und her mit den Kafkas und Einsteins. Weg mit den alten Idolen und her mit den neuen. Gott zum Beispiel eignet sich eigentlich recht gut zu einem neuen Idol. Man sagt, daß jetzt viel mehr Männer als früher wieder eine Kipa tragen, und nennt das Rückkehr zur Religion.«
»Tu es adorable«, sagt Serge.
»Meine Freunde finden mich gar nicht adorable, wenn ich so rede. Sie finden mich zynisch und sagen, ich sähe eben alles aus europäischer Sicht und kenne nicht den ewigen Druck der Gefahr und begreife nicht die Schwere der Situation und so weiter und so weiter. In anderen Worten: Ich gehöre nicht dazu und darf deshalb auch nicht mitreden.«
»Macht dir das Kummer?«
»Ja, denn ich habe immer geglaubt, ich gehöre dazu.«

Serge hält, zieht mich quer über seine Knie, küßt mich und sagt: »Mon amour, deine Stärke ist, nirgends dazuzugehören.«

»Das sagt sich so leicht, aber für diese Stärke muß ich teuer bezahlen. Komm, laß uns nach Hause fahren.«

Als wir in Jerusalem ankommen, wird Serge von einer Art Panik ergriffen. Der Anblick der ausgestorbenen Stadt und des bedeckten Himmels ist zuviel für ihn. Serges Liebe zu Jerusalem steigt und fällt mit dessen Temperatur, verklärt oder verdüstert sich mit dessen Licht. Ich, die ich während der kalten Stürme und Wolkenbrüche meines ersten israelischen Winters eine ähnliche Phase durchgemacht habe, wollte die Hoffnung nie aufgeben, daß er, so wie ich, die Probe bestehen und das trübe, einsame Jerusalem ebenso lieben würde wie das heiße, exotische. Jetzt, als er erst die Hand, dann den Arm und schließlich den Kopf aus dem Fenster streckt und dann mit entrüsteter Miene wieder zurückzieht, gebe ich diese Hoffnung zusammen mit allen anderen auf.

»Es ist eiskalt«, sagt er mit der üblichen Übertreibung.

»Der Kamsin ist heute Mittag gebrochen. Bis dahin waren es fünfunddreißig Grad im Schatten.«

»Immer wenn ich komme, bricht der Kamsin.«

»Das tut er nur, um dich zu ärgern. Wir hier haben uns allerdings gefreut. Wenn man eine Woche lang, Abend für Abend, bei hermetisch geschlossenen Fenstern in der Wohnung sitzt...«

Der leidende Ton, in dem ich spreche, geht mir ebenso auf die Nerven wie Serges gekränktes Gesicht, und ich schweige. Erst als er das rote Licht der Ampel nicht mehr beachtet, sage ich: »Bitte, laß das, es kann auch mal schiefgehen.«

»Ich wüßte nicht wie, da weit und breit kein zweites Auto zu sehen ist. Ziemlich beklemmend, die Atmosphäre hier.«

»Ach nein! Findest du?«

»Ist es am Tag genauso?«

»Am Tag ist es sehr lustig. Da fahren Frauen und Greise und gefährden die Fußgänger. Wie du eigentlich wissen solltest, sind die meisten Männer im Krieg, die Autos offenbar auch. Ah ja, da fällt mir ein Witz zu deiner Erheiterung ein: ›Am Suezkanal stehen sich die Ägypter und Israelis gegenüber. Die Ägypter, Panzer neben Panzer neben Panzer; die Israelis, ein Panzer ein Chevrolet, ein Panzer ein Chevrolet, ein Panzer ein Chevrolet...‹ Findest du nicht komisch, nein? Ich auch nicht besonders.«

An der nächsten roten Ampel hält er, öffnet von neuem das Fenster und streckt den Kopf heraus.

»Immer noch nicht wärmer?« erkundige ich mich in dem sauren Ton der Wut.

»Ich werde an den Suezkanal fahren«, verkündet Serge – und ich frage mich gehässig, ob es der Witz ist oder das Jerusalemer Klima, das ihn auf diesen Einfall gebracht hat – »und auch auf die Golanhöhen.«

»Zu spät, zu spät«, seufze ich, »weder der Krieg noch der Kamsin haben auf dich gewartet.«

Er überhört meine Bemerkung und fährt mit wachsendem Eifer fort: »Die Erlaubnis gibt man mir sicher, und ich finde, wenn man schon mal hier ist, muß man es gesehen haben.«

»Unbedingt! Aus welchem Grund wärest du sonst wohl gekommen?«

»Chérie«, sagt er besänftigend und legt zu allem Überfluß auch noch die Hand auf meinen Schenkel, »erstens weißt du ganz genau, aus welchem Grund ich gekommen bin, und zweitens weißt du, daß ich nicht der Mensch bin, der sich aus Gründen der Sensationslust so was ansieht.«

»Sondern?«

»Ich habe diesen Krieg drei Wochen lang mit größter Angst verfolgt.«

»Ach hör doch auf«, bricht es aus mir heraus, »du bist das typische Beispiel eines Journalisten, und von dieser Sorte kenne ich leider genug. Sie sind alle gleich.«

»Bravo«, sagt er, »du hast mich mal wieder richtig erkannt. So, da sind wir.«

Wir steigen aus und werden von einem heulenden Windstoß empfangen.

»Merde«, sagt Serge mit einem anklagenden Blick zum Himmel, »merde alors, und nicht ein einziger Stern!«

Der Kamsin bricht, wenn er kommt; die Sterne verstecken sich; die jungen Männer und Autos sind an der Front. Seine Indignation erreicht einen Höhepunkt.

»Laß uns noch irgendwo hingehen und etwas trinken«, sagt er und ist mit einem Bein schon wieder im Wagen.

»Es gab Zeiten, in denen wir auf schnellstem Wege nach Hause und ins...«

Ich unterbreche mich.

»Wohin möchtest du gehen?« frage ich.

»In Hirschs Bar. Ich dachte, es würde dir Spaß machen.«

»Mir? Ach ja, natürlich. Aber leider ist die Bar heute noch nicht geöffnet. Immerhin war gestern noch Krieg.«

»Und die Bar im King David?«

»In die bin ich aus Versehen mal hineingeraten. Ein trostloser Mensch hinter der Bar, einer davor. Aber wenn dich das lockt...«

Da es ihn nicht lockt, sagt er: »Ich möchte nichts anderes als mit dir zusammensein und noch einen Schluck trinken. Komm, gehen wir nach oben.« Er beginnt das Gepäck aus dem Wagen zu zerren: zwei sehr große Koffer, zwei kleinere, eine unförmige Reisetasche, einige Plastiktüten.

»Interessant«, sage ich, »gehst du von hier auf eine Weltreise?«

»Ich wußte nicht, wohin mit dem Zeug.«

»Du hättest es doch in deinem Zimmer lassen können.«

»Das Zimmer bin ich, Gott sei Dank, los.«

»Wie bitte?«

»Ich erkläre dir das alles später.«

»Warum kannst du mir das nicht jetzt in einem Satz erklären?«

»Weil ich friere und diese verdammte Schlepperei erst

hinter mir haben möchte. Kannst du die leichten Sachen nehmen?«

Ich nehme die Tüten und einen kleinen Koffer und folge ihm.

Meine Gleichgültigkeit ist dahin. Sie, die über jegliche Freude triumphiert hat, wird plötzlich von der Angst hinweggeschwemmt, einer Angst, so heftig und irrational, daß sie sich allen vernünftigen Überlegungen verschließt, um mir nur einen Gedanken wie einen spitzen Nagel in den Kopf zu jagen: »Serge hat sein Zimmer aufgegeben, weil er sich von mir trennen will.«

Als wir oben angelangt sind, stecke ich zweimal den verkehrten Schlüssel ins Schloß, und Serge, voller Ungeduld, reißt ihn mir aus der Hand und sperrt auf.

»Katzenweib'schen«, ruft er auf deutsch, »Goldauge, Pelzhose, wo bist du? Komm her, meine Musche, komm!«

Die Katze liegt auf dem Tisch, und als sie ihren Rivalen sieht, dieses große, ungelenke Geschöpf, das sie tagsüber aus meinen Gedanken und nachts aus unserem gemeinsamen Bett verdrängt, verdüstert sich ihr Gesicht. Serge, dessen ungeachtet, stürzt sich auf sie, reißt sie an seine Brust und küßt ihr die Pfoten und das Schnäuzchen.

»Oh, la belle«, flüstert er, »la belle.«

Die Schöne, die all das für eine besonders ausgetüftelte Art von Tierquälerei hält, holt blitzschnell aus und schlägt ihm ins Gesicht.

»Sie hat mich gekratzt«, ruft Serge entzückt, »hier schau mal, direkt über der rechten Braue.«

»Ja«, sage ich, und da mir die Tränen in die Augen steigen, beuge ich mich schnell über eine der Tüten.

»Ist hier der Whisky drin?« frage ich.

»Ja, pack ihn schon aus und bring etwas Eis und Soda. Ich hole schnell den Rest der Sachen.«

Ich stelle die Flasche und zwei Gläser aus blauem Hebronglas auf den Tisch und gehe zur Küche, um Eis und Soda zu holen. Auf halbem Weg bleibe ich stehen, drehe mich um und blicke ins Zimmer zurück. Ich betrachte es

477

langsam, Stück für Stück: das lächerliche Sofa, das mit seiner rotgeblümten Sitzfläche und weißen Rückenlehne in ein Kinderzimmer gehört, den schwarzen, auf alt gequälten Eßtisch mit den vier Stühlen, die billigen Vorhänge, die bunten Schafwollteppiche, die steife Stehlampe mit dem winzigen runden Tisch darunter und schließlich das Prunkstück – der neu bezogene goldgelbe Sessel.

Zwei Tränen laufen mir zu beiden Seiten der Nase hinab, und ich lasse sie als Zeichen meines Unglücks laufen. »Wie«, frage ich mich, »habe ich mir jemals einbilden können, daß Serge es länger als ein paar Tage in dieser engen, mediokren Wohnung aushalten würde. Er, der fünfundvierzig Jahre in Paris gelebt hat, der in der ganzen Welt herumgereist ist, der so viel Auslauf, Abwechslung und Anregung braucht. Er, der nicht eine Stunde an derselben Stelle sitzen und nicht zwei Stunden denselben Menschen ertragen kann. Himmel, ich muß verrückt gewesen sein!«

Serge kommt zurück, stellt die Koffer ab und geht mit zielsicherem Schritt auf den goldgelben Sessel zu.

»Ah«, sagt er, sich setzend, »das ist sehr angenehm hier.«

»Findest du?«

»Warum fragst du so komisch? Mache ich den Eindruck, als ob es mir hier nicht gefiele? Du weißt doch, daß ich im ersten Moment der Ankunft immer Angstzustände bekomme, ganz egal wo, am schönsten Ort, im schönsten Haus...«

»Wie da erst in einer solchen Wohnung!«

»Was hast du plötzlich gegen die Wohnung?«

Ich gieße uns einen Whisky ein und setze mich mit einem Glas aufs Sofa.

»Bist du jetzt soweit, mir die Geschichte mit deinem Zimmer zu erklären?« frage ich.

»Unter der Bedingung, daß du nicht gleich losschreist, sondern mich ausreden läßt.«

»Ist es so schlimm?«

»Überhaupt nicht, aber bei dir weiß man doch nie.«

Er trinkt einen Schluck, zündet sich eine Zigarette an, und so gewappnet, verkündet er: »Ich habe ab ersten November eine Wohnung gemietet.«

Der Schreck, im Vergleich mit dem, was ich erwartet hatte, ist zunächst einmal gar nicht so groß.

»Eine Wohnung«, sage ich, »aha!«

Er beobachtet mich, teils ängstlich, teils erwartungsvoll, wie ein kleiner Junge, der im Zweifel ist, ob sein Streich Belustigung hervorruft oder Ärger. Aber mein Gesicht bleibt ausdruckslos, und er fährt fort: »Eine sehr schöne Wohnung, wirklich, sie wird dir gefallen. Drei große, helle Zimmer, das eine fast vierzig Quadratmeter. Du hast dir doch immer große Räume gewünscht, viel Platz und Einbauschränke. Das hast du da alles.«

»Das habe ich da alles«, denke ich und nicke.

»Außerdem ist die Wohnung halb eingerichtet. Das, was man unbedingt braucht, ist drin: eine Waschmaschine und ein elektrischer Trockenschrank... sehr praktisch, weißt du... und natürlich Herd und Frigidaire. Und ein paar Möbel, darunter ein riesiges Bett, zwei auf zwei Meter.«

Er macht eine Pause und sieht mich an, nicht mehr ängstlich jetzt, nur noch erwartungsvoll.

»Ja«, sage ich, »das ist groß.«

»Enorm! Und die Matratze ist tadellos.«

Er trinkt seinen Whisky aus, steht auf und setzt sich zu mir aufs Sofa.

»Sei nicht traurig, mon amour«, sagt er, zieht meinen Kopf an seine Schulter und streicht mir zärtlich über das Haar, »und hab keine Angst. In einer so schönen großen Wohnung kann man leben, sogar in Paris, glaub mir das. Das Haus ist neu und hat nach hinten hinaus sogar einen hübschen kleinen Garten, für Musche, weißt du, die kann dann endlich wieder Gras und Erde riechen und auf Bäume klettern. Und das Viertel ist besonders sympathisch. Überhaupt nicht versnobt, wie damals die Ile Saint-Louis, sondern lebhaft und volkstümlich, mit einer Schule quer über die Straße, mit einem Markt ein paar Schritte weiter und allem, was man braucht: Schuster und Tapezierer und Tischler. Eine Tierhandlung ist auch da, mit jungen Hunden und Katzen im Fenster. Ich war in ein paar Geschäften und habe mir die Leute angesehen. Sie sind so nett und freundlich, daß man gar nicht den Eindruck hat, in Paris zu sein.«

Ich sitze da, den Kopf an seiner Schulter, und lausche dem mächtigen Klagegesang des Windes.

»Woran denkst du?« fragt Serge.

»An Jerusalem.«

»Du wirst Jerusalem nicht verlieren. Du kannst herkommen, wann immer du willst. Aber wir müssen endlich eine feste Bleibe haben. Du hier, ich da, das geht nicht mehr. Ich will mit dir zusammenleben.«

»In Paris.«

»Alles andere sind Träume.«

»Warum hast du mir das nicht schon längst gesagt?«

»Weil ich feige war und immer gehofft habe, daß du eines Tages von alleine aufwachst. Aber den Gefallen hast du mir nicht getan.«

»Und wenn ich nicht leben kann, ohne Träume?«

»Dann mußt du mit deinen Träumen leben, aber ohne mich.«

Ich schlafe nicht in dieser Nacht, und in der ersten Phase, der des stoischen Gleichmuts, liege ich flach auf dem Rücken und sage mir: »Na, wenn schon! Ob ich schlafe oder nicht, was ändert das? Mein Dilemma ist so oder so unlösbar und diese Nacht eine gute Übung für die Nächte der Zukunft – ohne Serge in Jerusalem, mit Serge in Paris. Oder kann mir vielleicht ein Zwei-auf-zwei-Meter-Bett die warmen Nächte und strahlenden Morgen auf meiner Terrasse ersetzen, der elektrische Trockenschrank die Sonne, der hübsche kleine Garten die Hügel Judäas? Und kann mir wiederum all dies Serge ersetzen, seine großzügige Liebe, seine explosiven Zärtlichkeiten oder auch nur den verschmitzten Funken in seinen traurigen Augen? Nein, es ist ausweglos. Das einzige, was mir noch bleibt, ist, auf den Deus ex machina zu warten und zu hoffen, daß er den entscheidenden Moment nicht verpaßt und die Dinge in die Hand nimmt.«

Etwa ein bis zwei Stunden später, in der zweiten Phase, der der Erbitterung, werfe ich mich auf die linke Seite, starre auf Serges Rücken, der sich einer großen kahlen Insel gleich aus dem Dunkel hebt, und fauche: »Ja, und du schläfst, schläfst den Schlaf des Gerechten und Entschlossenen, schläfst immer dann besonders fest, wenn ich, mich innerlich zerfressend, kein Auge zutun kann. Über deinem Film hast du wach gelegen, aber über meinen Problemen schläfst du ein. Du bist ein altmodischer Mann, Serge, hoffnungslos altmodisch, hast keine Ahnung von Frauen und gibst es auch noch ungeniert zu. Was sich in ihnen tut, langweilt dich oder macht dich nervös. Du glaubst, ihre Seele sitzt im Unterleib und ist durch die Vagina erreichbar. Du magst Frauen, du brauchst sie, aber du nimmst sie nicht ernst. Frauen sind eben nur Frauen oder, wenn ungewöhnlich klug und tüchtig, Frauen mit männlichen Eigenschaften. Ja, schnarch nur, schnarch! Für dich ist das Problem gelöst. Du liebst mich, du willst mit mir zusammenleben, du hast zu diesem Zweck eine Wohnung in Paris gemietet. Die Frau folgt dem Mann, so war es seit je, und alles andere sind Träume.«

Die dritte Phase ist Verzweiflung. Sie kommt so plötzlich über mich, daß ich gerade noch Zeit habe, eine zweite Schlaftablette zu schlucken, die Decke über den Kopf zu ziehen und mich in der Bauchhöhle des Bettes zu einem Embryo zusammenzurollen.

»Ich kann nicht«, stöhne ich, »ich kann nicht, ich kann nicht, ich kann nicht. Ich habe dieses Land gewählt, ich kann es nicht verlassen. Ich kann nicht zurück nach Europa, zurück ins Exil. Ich kann nicht wieder von vorne anfangen, eine neue Sprache lernen, neue Freunde suchen. Ich bin nicht mehr jung, nicht mehr stark, nicht mehr mutig genug. Und ich kann nicht mehr alleine leben, ohne Liebe, ohne das einzige, was dieses Leben erträglich macht. Ich kann nicht mehr alleine im Bett liegen, alleine vor einem Teller am Tisch sitzen, alleine in eine leere Wohnung zurückkehren. Ich kann der Zeit nicht mehr ins Auge sehen, dieser immer schneller davonlaufenden Zeit. ›Oh, du großer, zynischer jüdischer Gott, der du mir diesen bösen Streich spielst und mich zwingst, zwischen einem jüdischen Mann und einem jüdischen Land zu wählen, ich kann es nicht, hörst du, ich kann es nicht!‹«

Mit der Morgendämmerung, die als fahle Streifen durch die Ritzen der Jalousien fällt, gleite ich in die vierte Phase über, jenen fließenden Zustand zwischen Wachen und Schlafen. Ich liege halb, halb sitze ich, ein Kissen im Nakken, das Kinn auf der Brust, die Augen geschlossen. Mein Kopf ist winzig wie ein Stecknadelkopf, dann wieder groß wie ein Fesselballon, und mein Körper hat sich aufgelöst. Nur manchmal fühle ich ein Bein, das ins Bodenlose tritt, so daß ich das Gleichgewicht verliere und aufschrecke. Aber dann schwebe ich wieder leicht wie eine vom Wind getragene Feder, die Arme ausgebreitet, die Füße aneinandergeschmiegt, schwebe und weiß, mit einem Gefühl unbeschreiblicher Seligkeit, daß ich gleich am Ziel all meiner Wünsche und Träume sein werde: gleich, gleich... ah, da bin ich schon – ein kleines Mädchen, in dem breiten Bett meiner Mutter, in dem ich liegen darf, wenn ich krank bin. Der Regen schlägt leise Trommelwirbel an die Fensterscheiben, und die Lampe mit dem bernsteinfarbenen Schirm verbreitet ein warmes, behagliches Licht. Mutti sitzt neben mir und liest mir ein Märchen vor. Sie hält in der einen Hand das Buch und mit der anderen mein Handgelenk, den Daumen auf meinem Puls. Ich spüre sein schnelles, heftiges Pochen in ihrem Finger, und mir ist als teilten wir ein Herz. Ich liege da, glühend im Feuer des Fiebers, glühend im Feuer der Freude. Die Gegenstände um mich herum entfernen sich, verschwimmen, meine Mutter aber kommt näher, ihre Arme in den weißen, weiten Ärmeln heben sich wie Flügel, ihr großes, schönes, dunkles Gesicht senkt sich auf mich herab, ihre Lippen berühren meine Stirn. Und ich, unter dem Vorhang ihrer rotbraunen Locken, lächele selig.

»Mutti...«, sage ich, verliere den Boden unter einem meiner Füße und fahre hoch. Licht schießt mir wie grelle Pfeile in die Augen, Vögel kreischen, irgendwo kracht eine Tür ins Schloß. Es ist Tag. Ich wende vorsichtig den Kopf nach rechts und schaue auf die Uhr. Acht Uhr zehn Minuten. Ich wende ihn vorsichtig nach links und schaue auf Serge hinab. Er liegt jetzt lang ausgestreckt unter dem weißen Laken, die Hände auf der Brust gefaltet, die Augen geschlossen. Er schläft, aber er könnte auch tot und in einem unbewachten Augenblick aufgebahrt worden sein. Es schreckt mich nicht. Nichts schreckt mich mehr außer dem Tag. Ich bleibe sitzen, den mit Blei gefüllten Kopf in beide Hände gestützt. Nach einer Weile betritt die Katze das Zimmer, steuert entschlossenen Schrittes auf das Bett zu, kratzt ausgiebig an der Ecke meiner Matratze und entfernt sich entschlossenen Schrittes. Da ich weiß, daß sie dieses Manöver alle paar Minuten wiederholen wird, und ich das Geräusch reißenden Stoffes schon in gutem Zustand nicht ertragen kann, setze ich die Sonnenbrille auf und mache mich auf den beschwerlichen Weg in die Küche.

Bonni sitzt bereits auf dem Tisch und blickt mir mit der Miene einer strengen Gouvernante entgegen. Ich murmele eine Entschuldigung, gebe ihr das Frühstück, nehme zwei Kopfwehtabletten und krieche zurück ins Bett. Serge verharrt immer noch in Leichenpose, und ich habe den Verdacht, daß er sich totstellt, jenen schlauen Käfern ähnlich, die damit ihr Leben zu retten versuchen.

»Ich wünschte, ich könnte das auch«, sage ich laut.

Er öffnet einen Spalt weit die Augen, sieht mich an und schließt sie schnell wieder. Ich gebe zu, daß ich kein ermutigender Anblick bin. Die große dunkle Brille und der tragische Zug um den Mund würden sogar sonnig Erwachende erschrecken, wie da erst Serge, der jeden neuen Morgen für ein persönliches Mißgeschick hält.

Mir ist, als spiele jemand auf meinen Nervensträngen Gitarre und versuche, ihnen einen besonders hohen Ton zu entlocken. Ich sage: »Neun Stunden Schlaf sollten eigentlich genug sein.«

Er sagt, die Hände fest gefaltet, die Augen geschlossen: »Ich habe miserabel geschlafen, fast überhaupt nicht. Ich fühle mich wie gerädert.« Da ist jetzt der hohe Ton in mir, schrill und vibrierend, und als ich spreche, ist er in meiner Stimme: »Da ich die ganze Nacht wach gelegen habe, kann ich sehr gut beurteilen, ob du geschlafen hast oder nicht. Du hast wie ein Klotz geschlafen.«

Jetzt entschließt er sich, das Wagnis einzugehen, die Augen zu öffnen und einen längeren Blick auf mich zu werfen.

»Und warum hast du die ganze Nacht wach gelegen?« fragt er und gähnt.

»Wenn du das nicht weißt, mein Lieber.«

»Hattest du etwa Schmerzen, Chérie?«

»Wieso Schmerzen, was für Schmerzen?«

»Na, du hast doch die dunkle Brille auf, und da dachte ich, vielleicht hast du wieder deine Neuralgien gehabt.«

»Kopfschmerzen, Bauchschmerzen, Unterleibsschmerzen, das ist alles, was dir bei dem Gedanken an eine Frau in den Sinn kommt. Es ist zum Wahnsinnigwerden, und wenn du es genau wissen willst, ich bin auf dem besten Wege dahin.«

Er reißt sich das Laken vom Leib, springt aus dem Bett und steht da, splitternackt, die Hände zu Fäusten geballt.

»Merde«, brüllt er, »kannst du mit deinen verdammten Vorwürfen nicht wenigstens warten, bis ich Kaffee getrunken habe? Wenn du so weitermachst, bin ich noch vor dir wahnsinnig, und das wäre dir nur recht. Wahnsinn ist dir lieber, Selbstmord, Trennung, alles ist dir lieber als ein normales Leben mit mir. Also bitte, mach, was du willst, aber laß mich endlich in Ruhe!«

Und damit stapft er aus dem Zimmer. Keine Minute später ist er wieder da.

»Es ist herrliches Wetter«, gibt er freudig bekannt, »ich hätte große Lust, baden zu gehen, du auch?«

»Nein«, sage ich.

»Wasser würde dir aber sehr gut tun.«

»Ja, vorausgesetzt, daß man mich als Leiche wieder rauszieht.«

»Mon amour, ich bitte dich, was hast du denn?«

»Nichts, Serge, gar nichts.«

»Ich glaube, du brauchst erst mal einen starken Kaffee.«

»Ich trinke keinen Kaffee, falls dir das in den drei Jahren noch nicht aufgefallen sein sollte.«

»Ich meine ja auch Tee.«

»Dann mach ihn mal, und dir den Kaffee. Ich bin heute nicht dazu in der Lage.«

»Sollst du ja auch gar nicht. Ich mache alles. Sag mir nur, wo die Sachen stehen und wie du das mit dem Filter...«

»Bevor ich dir das alles erkläre, mache ich es selber.«

»Nein, nein, ich schaff' es schon«, sagt er eilig und verläßt das Zimmer. Gleich darauf höre ich ihn in der Küche hantieren, mit viel überflüssigem Lärm, Gebrummel und empörten Ausrufen, die offenbar widerspenstigen Objekten gelten. Es dauert erstaunlich lange, bis er mit einer Teekanne ohne Deckel in der einen Hand und einer goldgemusterten Tasse in der anderen erscheint. Er hat genau das Geschirr erwischt, das ich seit langem nicht mehr benutze.

»Warum nimmst du denn kein Tablett?« frage ich mit der Stimme der Verzweiflung, »man kann doch die Sachen nicht ins Bett stellen.«

»Es gibt kein Tablett.«

»Es steht groß und breit auf dem Kühlschrank.«

Er macht wieder kehrt und schlurft, als trage er einen explosiven Gegenstand, der bei Erschütterung losgehen kann, in die Küche zurück. Dann, bevor er noch das Tablett gefunden und mir den ersehnten Tee gebracht hat, klingelt das Telefon.

»Wenn es für mich ist«, rufe ich, »sag, bitte, ich sei gestorben.«

»In Ordnung«, sagt er, ist wie ein Blitz am Apparat und meldet sich. Er spricht französisch, woraus ich schließe, daß das Gespräch für ihn ist, und er überschüttet den Menschen am anderen Ende mit Kosenamen, was bedeutet, daß er ihn für einen Dummkopf hält. Da die Unterhaltung kein Ende nimmt, stehe ich auf, gehe in die Küche, nehme das Tablett vom Kühlschrank, stelle die Kanne drauf, die Zuckerdose und eine grüne Tasse mit passender Untertasse. Als ich damit ins Schlafzimmer zurückgehe, hält Serge die Hand über die Sprechmuschel und sagt: »Aber Chérie, ich hätte das doch getan.«

Ich spüre ein Zittern in den Händen, überlege, ob ich dem nachgeben und das Tablett auf seine Füße fallen lassen soll, beherrsche mich dann aber und gehe stumm an ihm vorbei. Weitere fünf Minuten später hängt er mit einem »à tout à l'heure« ein und kommt zu mir ins Zimmer. Sein Gesicht, vor kurzem noch vom Schlaf benommen, von mir und der Last des Morgens zerdrückt, sieht aus wie frisch gebügelt, in seinen weit geöffneten Augen hüpft der verschmitzte Funke.

»Das war Jehuda ben Zwi«, sagt er, »dieser Kretin vom Kultusministerium, und weißt du, was er mir erzählt hat?«

Er wirft sich aufs Bett, das ein unheilvolles Krächzen hören läßt, und ich sage: »Bitte, tu das nicht, das Bett ist schon zweimal zusammengebrochen.«

»Also, du wirst es nicht glauben«, fährt er von meiner Warnung unbeeindruckt fort, »aber ich habe es dir ja gleich vorausgesagt. Der Krieg ist nicht aus: Die Israelis kämpfen wie die Teufel weiter, die Araber schreien Zeter und Mordio; die Russen wollen Truppen zu ihrer Unterstützung schicken; und die Amerikaner drohen, daß sie in diesem Fall nicht vor einem Atomkrieg zurückschrecken werden. Was sagst du dazu?«

»Daß das die allerbeste Lösung ist.«

»Was?«

»Ein Atomkrieg. Ich bin hundert Prozent dafür.«

»Wirklich?« fragt Serge, von meiner Reaktion überrumpelt.

»Natürlich. Ein fabelhafter Ausweg! Wäre nie darauf gekommen. Ein Glück, daß es Politiker gibt.«

Jetzt bricht er in Lachen aus, greift nach mir und versucht, meinen Kopf zu sich hinabzuziehen.

»Laß das«, sage ich, »ich habe Reißnägel im Kopf. Und mach dir doch endlich deinen Kaffee.«

»Ich werde mir einen Nescafé machen«, beschließt er, »das geht schneller und leichter.«

In der nächsten Stunde höre ich ihn die Katze begrüßen, die Koffer öffnen, telefonieren, das Radio ein- und nach einer Weile wieder ausschalten, die Zähne putzen, duschen und dazu in dramatischem Ton einige Zeilen eines französischen Gedichtes deklamieren. Und mit jedem dieser Geräusche, die für mich Aktion und Tatendrang ausdrücken, gleite ich tiefer in eine Depression, fühle mich auf ein totes Gleis abgeschoben und dort liegengelassen – ein ausgelaugter Körper, eine morbide Seele, ein unproduktiver Geist. Als er schließlich ins Zimmer kommt, frisch gewaschen und rasiert, kauere ich, zu einem häßlichen Häuflein Elend zusammengeschrumpft, im Bett, reiße mir die Haut von den Fersen und rieche nach Schweiß und Verzweiflung.

»Christine«, schreit er mich an, »hör auf, dir die Füße zu zerfetzen. Du weißt doch, daß mich das rasend macht. Hast du denn nichts Besseres zu tun?«

»Nein«, sage ich und reiße weiter.

Er ist mit zwei Schritten bei mir, nimmt mich bei den Schultern und schüttelt mich erbarmungslos. Die Sonnenbrille fliegt durchs Zimmer, und mein Kopf ist in Gefahr, aus dem Scharnier zu springen. Ich wimmere leise.

»Bordel de dieu«, brüllt er, »steh endlich auf, nimm eine kalte Dusche, zieh dich an und tu etwas. Komm mit mir mit, oder geh an die Klagemauer, oder fahr nach Tel Aviv, aber hör endlich auf, dich immer weiter in diese unbegründete Tragödie hineinzusteigern, uns die Hölle zu machen und alles willkürlich zu zerstören!«

Er hört auf, mich zu schütteln, und starrt mir ins Gesicht. Etwas darin scheint ihn unsicher zu machen, und er streicht mir mit festem Druck das Haar aus der Stirn, legt die Hand an meine Wange und fragt: »Hast du vielleicht Fieber?«

»Ich weiß es nicht.«

»Du fühlst dich heiß an, und deine Augen... Chérie, mon amour, schau mich doch bitte nicht mit diesem blinden Nachtvogelblick an.«

»Aber ich bin doch ein Nachtvogel«, sage ich. »Am Tag sehe ich nicht und verkrieche mich, und in der Nacht schlafe ich nicht und fliege. Du kannst dir nicht vorstellen, wohin ich heute nacht geflogen bin. Es war so schön, so schön...«

»Komm, leg dich hin«, sagt er jetzt ernstlich besorgt und versucht, mich mit behutsamer Ungeschicklichkeit in eine horizontale Lage zu bringen. »Du hast bestimmt Fieber und bleibst im Bett. Soll ich Ruth Liebermann holen?«

»Nein, auf keinen Fall. Ich habe keinen Virus, und hier versteht man nur was von Viren.«

»Was hast du dann?« fragt er, nimmt meine beiden Hände und küßt sie.

»Sehnsucht«, sage ich, »entsetzliche Sehnsucht.«

»Nach was?«

»Nach den Momenten, in denen ich glücklich war, nach den Menschen, die ich mal geliebt habe.«

»Und jetzt hast du keine Momente mehr, in denen du glücklich bist, und keinen Menschen, den du liebst?«

»So kommt es mir vor.«

»Na schön«, sagt er, läßt meine Hände los und steht auf.

Haben ihn meine Worte wirklich so tief getroffen oder benutzt er sie nur als Vorwand, mir mit gutem Gewissen davonlaufen zu können? Ich bin mir darüber nicht schlüssig, schwanke zwischen Angst und Empörung und weiß nicht, ob ich das eine oder andere zum Ausdruck bringen soll. Schließlich frage ich mit noch neutraler Stimme: »Gehst du weg?«

»Ja«, sagt er kalt, »ich gehe weg, es gibt keinen Grund, warum ich hier bleiben sollte.«

Jetzt siegt die Empörung.

»Natürlich«, sage ich, »wenn sich jemand so elend fühlt, daß er nicht mehr aufstehen kann, ist das bestimmt kein Grund, um da zu bleiben.«

»Nicht nach dem, was du eben gesagt hast. Du bist zu weit gegangen, Christine.«

»Wie oft bist du zu weit gegangen...«, bringe ich noch hervor, und dann schlägt die Empörung in Panik um. Ich spüre, wie sich mein Gesicht verzerrt und mein Körper steif wird wie ein Brett, und ich höre ein merkwürdiges Klingeln in meinem Kopf und eine hohle Stimme, die sagt: »Bleib, bitte bleib!«

»Wozu? Damit du mir weiter so hübsche Sachen sagen kannst?«

Ich greife nach seinem kurzen weißen Kimono und klammere mich daran fest.

»Geh nicht weg, ich flehe dich an, hilf mir!«

Er schaut ratlos auf mich herab. Hysterische Frauen jagen ihm dieselbe Angst ein wie mir betrunkene Männer.

»Was kann ich tun, um dir zu helfen?« fragt er verzagt.

»Bleib hier und komm zu mir ins Bett.«

»Glaubst du, daß dir das hilft?«

»Ja, komm«, sage ich und zerre mir das Nachthemd über den Kopf, »halt mich fest, schlaf mit mir... nur so kann ich vielleicht noch fühlen, daß du da bist.«

Er zögert einen Moment, und als er dann den Kimono auszieht, sich zu mir ins Bett legt und mich in die Arme nimmt, tut er es mit den automatischen Bewegungen, mit denen er sich an eine ebenso unwillkommene wie unausweichliche Aufgabe heranmacht.

»Ma petite«, murmelt er und streicht mir fahrig über den Rücken, »was ist denn? Was hast du denn?«

»Jetzt hat er Mitleid«, denke ich, »Mitleid anstatt Verlangen. Das klassische Ende einer Liebe.«

Ich beiße die Zähne zusammen, bohre meine Finger in das Fleisch seiner Schultern. Unsere Körper pressen sich aneinander in trostloser Leidenschaftslosigkeit, und ich spüre nichts anderes als den Krampf in meinen Muskeln, den Wunsch, diesem Alptraum durch einen schnellen Tod zu entkommen.

»Es hat keinen Zweck«, murmele ich, »laß es, es hat keinen Zweck.«

»Halt den Mund«, sagt er grob, stößt mir das Knie zwischen die Schenkel, die Zunge zwischen die Zähne und versucht, den Mangel an Lust durch schmerzhafte Heftigkeit auszugleichen. Mein Körper ist glitschig wie der eines Fisches, meine Zunge trocken und rauh wie Bimsstein, meine Augen verfolgen eine Fliege an der Decke. Die Verzweiflung nimmt mir den Atem. Mit einem Ruck ziehe ich den Kopf weg, und er läßt mich los, versetzt mir einen Stoß und rollt sich auf den Rücken. Einen Augenblick liegen wir wie betäubt auf dem zerknitterten, schweißfeuchten Laken, dann sage ich: »Na schön, jetzt klappt das eben auch nicht mehr, und das war das einzige, was noch wirklich zwischen uns geklappt hat.«

»Schweig«, knurrt er, »schweig um Gottes willen! Ich kann dein dummes Gerede jetzt nicht ertragen.«

»Warum dummes Gerede? Die Wahrheit ist es. Es klappt nicht mehr. Schluß.«

»Was klappt nicht mehr, imbécile? Ma queue ou ta tête? Was erwartest du unter solchen Umständen eigentlich von einem Mann? Zügellose Leidenschaft?«

»Aber nein, die erwarte ich schon lange nicht mehr. Nach drei Jahren wäre das ja wohl auch zuviel erwartet, oder?«

»Ich spreche nicht von der Zeit, ich spreche von den Umständen.«

»Ach ja, die Umstände. Welche Umstände?«

»Merde, Christine, du verstehst vom Mann genausowenig wie ich, deiner Meinung nach, von der Frau. Nach einem tötenden Morgen wie diesem, nach Weltschmerz, Szenen, hysterischen Anfällen und der reizenden Mitteilung, daß du mich nicht mehr liebst, verlangst du, daß ich mich dir zu therapeutischen Zwecken zur Verfügung stelle, legst dich hin wie ein Stück Holz und erwartest das Beruhigungszäpfchen. Mein liebes Kind, ein kräftiger Matrose, der nach zwei Jahren Seefahrt wieder an Land kommt, würde bei dir impotent werden.«

Er fährt hoch, stößt sich den Kopf an der Rückwand des Bettes und brüllt: »Schon dieses verdammte harte Bett mit seinen Ecken und Kanten und Leisten in der Mitte ist genug, um einem jede Lust vergehen zu lassen.«

»Es gab mal eine Zeit«, sage ich leise, »da hätte kein Bett und kein Grund der Welt dir die Lust nehmen können. Es gab mal eine Zeit, da haben wir bei vierzig Grad Hitze in einer Schlucht im Negev geschlafen und auf der alten Stadtmauer von Jerusalem und in Parkanlagen, Fahrstühlen und Toreingängen. Wir hatten Kräche, daß die Fetzen flogen, ich hatte Depressionen, und du hattest Krisen verschiedenster Art. Aber nichts von all dem hat dich impotent gemacht. Wie erklärst du dir das?«

»Überhaupt nicht. Stell dir vor, es interessiert mich nicht.«

»Ah, es interessiert dich nicht!«

»Nein, ich führe nicht Buch darüber, wie oft ich dich vor drei oder zwei Jahren, vor einem Monat oder einer Woche gevögelt habe, auf welche Art und unter welchen Umständen. Ich halte es nicht für das Kriterium einer Liebe, im Gegensatz zu dir, die du nie über das Stadium der Verliebtheit hinausgekommen bist. Deine ganzen Männergeschichten hatten immer wieder dasselbe Schema: eine Zeitlang Leidenschaft und Illusion, dann der Moment der Wahrheit, der schnelle, unwiderrufliche Abstieg, die endgültige Zerstörung. Mit mir, hast du dir eingebildet, sei es anders. Aber da das wieder nicht der Fall ist und dir, nach all deinen großen Versicherungen, peinlich, versuchst du jetzt, deine Gefühle auf mich zu projizieren.«

»Das stimmt nicht!«

»Es stimmt. Aber es wird dir nicht gelingen. Was seit einiger Zeit zwischen uns passiert, ist allein dein Problem. Ich kann dir da weder helfen, noch bin ich bereit, dieses traurige Spiel mitzuspielen. Hast du mich verstanden, Christine?«

»In anderen Worten: Du bist, wie immer, schuldlos, und ich trage für alles, was geschehen ist, geschieht und geschehen wird, alleine die Verantwortung.«

»So ist es. Und noch eins: Sich zu verlieben ist ein glücklicher Zufall, aber zu lieben ist ein schwerer Entschluß. Du hast diesen Entschluß nie gefaßt.«

Er steht auf.

»Ich muß gehen«, sagt er, »ich habe eine Verabredung mit diesem Mann vom Kultusministerium. Bin sowieso schon zu spät. Bleibst du im Bett?«

»Ich weiß es nicht.«

»Es dauert nicht lange bei mir. Wenn du weggehst, hinterlaß mir eine Nachricht, wo du bist.«

Der Tag steht im Zeichen der Atombombe, und in Israel macht sich eine eigentümliche Stimmung bemerkbar. Es ist weniger Angst, die die Menschen befällt, als Zorn, eine Art Urzorn auf die ganze Welt. Warum, heißt es, mischt sie sich immer nur dann ein, wenn wir die Überlegenen sind? Hat sie sich vielleicht eingemischt, als wir, unschuldig und wehrlos, zu Millionen umgebracht wurden? Nein, damals hat sie sich ebenso schweigend von uns abgewandt, wie sie uns jetzt zeternd und drohend anprangert. Soll sie in die Luft gehen, diese Welt, die uns haßt und über Jahrhunderte auszurotten versucht. Wir lassen uns nichts mehr gefallen.

Es sind diese teils bewußten, teils uneingestandenen Motivationen, mit denen der Waffenstillstand gebrochen, die dritte ägyptische Armee vollends eingekreist und ein letzter Sieg errungen wird.

Für mich ist dieser Tag ohne Konturen, farblos fast, wie eine überbelichtete Fotografie. Völlig in mich verkapselt, nehme ich Dinge und Ereignisse nur am Rande wahr, habe den Eindruck, daß meine Augen und Ohren falsch eingestellt sind. Von Menschen sehe ich nur auffallende Details, etwa eine Reihe großer roter Knöpfe auf einem hoch gewölbten Busen, oder ein Nasenloch, aus dem ein Büschel Haare wächst; und von Gesprächen greife ich immer nur den Tonfall auf, merkwürdig formulierte Sätze, bizarr klingende Worte. Ich weine oft, beim Anblick einer mageren, räudigen Katze zum Beispiel, einer abgerissenen Blüte, eines blinden Bettlers. In vielen Fällen ohne jeden Anlaß. Die Grelle des Lichtes, die Glut der Sonne quält mich, und ich ertappe mich immer wieder bei dem sehnsüchtigen Gedanken an Landschaft und Gärten im dunstigen Licht eines Herbstmorgens, an buntes Laub, verhangenen Himmel, feuchte Wiesen.

Ich weiß nicht, wie lange ich durch die Straßen renne und schließlich auf einer niedrigen Mauer im spärlichen Schatten eines Baumes sitze. Ich weiß nicht, wie ich die Kraft finde, ein Taxi aufzuhalten. Ich setze mich auf den Rücksitz und nicht, wie gewöhnlich, neben den Fahrer, denn ich fürchte seinen Blick und schlimmer noch, eine Ansprache. Nach einem entsetzlichen Moment, in dem ich mich frage, wohin ich nun eigentlich will, gebe ich meine Adresse an, und der Mann fährt los. Er ist nicht mehr jung, aber kräftig, und er pfeift. Und als ich die Töne höre, die sich satt und zufrieden zu einer kleinen Melodie abrunden, komme ich mir mehr denn je von Gott und der Welt isoliert vor. Vor mir sitzt ein Mensch, der geschlafen, gegessen und sich, dem Kragen seines weißen Nylonhemdes nach, gewaschen hat, der am Leben teilnimmt und seinen Anforderungen gewachsen ist, der sich für die Ereignisse des Tages interessiert, eine Meinung hat, eine Verantwortung trägt, der seine Pflicht tut, Geld verdient und gewisse Menschen und Dinge liebt. Der Mann fühlt sich wohl in seiner Haut, warum würde er sonst pfeifen? Und die Leute auf der Straße, sie pfeifen auch, selbst wenn sie nicht die Lippen gespitzt haben und Töne von sich geben. Innerlich pfeifen sie. Sie alle wissen, wohin sie gehen und wohin sie gehören, sie kennen ihren Platz, sie haben sich ins Leben eingeordnet. Nur ich habe es nicht getan, und jetzt stehe ich außerhalb, von allem abgeschnitten, unfähig, mit den leichtesten Aufgaben fertig zu werden, ein physisches und psychisches Wrack. Und plötzlich ist mir, als säße ich in einem hermetisch verschlossenen Glaskasten und starre hinaus in eine Welt, die mir nicht mehr zugänglich ist.

Als ich die Wohnung betrete, schmutzig, schwitzend, die Schultern hängend, und die Füße am Boden schleifend wie eine alte Frau, kommt mir Serge aufgeregt entgegen.

»Christine«, ruft er, »endlich bist du da! Ich habe schon überall angerufen in meiner Angst. Wo, um Himmels willen, warst du denn?«

»Spazieren.«

»Du hättest lieber im Bett bleiben sollen, du siehst gar nicht gut aus.«

Er legt die Arme um mich, und diese Geste, aus der ich berechtigtes Mitleid herausspüre, läßt mich auf der Stelle in Tränen ausbrechen.

»O Chérie, Chérie«, seufzt er, »ich weiß nicht mehr, was ich mit dir tun soll. Komm, gehen wir zu Ruth Liebermann. Ich habe ihr sowieso versprochen, mit dir vorbeizukommen, und sie kann dich dann gleich untersuchen.«

»Ich will nicht untersucht werden.«

»Na gut, dann gehen wir nur so hin. Ada will uns übrigens auch sehen und Ibi. Sie versteht gar nicht, warum du nicht anrufst.«

»Ich kann jetzt nicht zu irgendwelchen Leuten gehen.«

»Aber, mon ange adoré, das sind doch nicht irgendwelche Leute. Das sind doch deine Freunde.«

»Freunde...«, sage ich, mache mich aus seinen Armen frei und gehe ins Schlafzimmer. Die Katze liegt auf dem Bett, und ich lege mich daneben und tauche mein Gesicht in ihr Fell. Serge kommt mir nach, nimmt mich hart am Arm und zieht mich hoch.

»Los«, sagt er, »wir gehen.«

»Wohin?«

»Ganz egal wohin, aber hier raus. Wenn du keine Leute sehen willst und zu müde bist zu laufen, können wir spazierenfahren.«

Ich nicke.

»Na siehst du«, sagt er erleichtert, »wir fahren gemächlich durch die Gegend, vielleicht bis ans Meer. Das wird dir guttun.«

Stumm und apathisch sitze ich neben ihm, den Kopf dem Fenster an meiner Seite zugewandt, den Blick passiv in die Ferne gerichtet. Serge macht keinerlei Versuche, das Schweigen zu brechen. Er hält meine Hand, ein paarmal sagt er mir, daß er mich liebt. Irgendwann erreichen wir das Meer, und Serge erklärt, baden zu wollen. Ich lege mich in den Sand, und er läuft entschlossen ins Wasser. Als er zurückkommt, ist er erfrischt und von seiner Tat befriedigt. Er schüttelt mir ein paar Tropfen ins Gesicht und streckt sich dann neben mir aus. Die kurze Dämmerung kommt und dann die Nacht. Wir fahren zurück, so wie wir gekommen sind, stumm, Hand in Hand. Serge nimmt die alte Straße nach Jerusalem, die, die man vor dem Sechs-Tage-Krieg fuhr. Sie ist zehn Kilometer länger als die neue, aber wir mögen sie lieber und halten ihr die Treue. Es ist unsere Straße, und der kleine rachitische Wald, den, wie ein Schild anzeigt, Max und Ida Zuckerwiese dem Staate Israel gestiftet haben, ist unser Wald. Dort waren wir jedesmal abgebogen, um uns, gerührt von der Schmächtigkeit der Bäumchen, bestürzt von der Heftigkeit unseres Verlangens, zu lieben. Heute fahren wir daran vorbei. Serge hat das Schild nicht einmal bemerkt. Er ist von einer Lastwagenkolonne gefesselt, die mit Kisten beladen vor uns herkriecht. »Attention explosives«, warnt eine große schwarze Aufschrift.

»Da schau mal«, sagt er beeindruckt, »all das ist Munition.«

»Ja«, sage ich, »und das da hinten ist der Wald von Max und Ida Zuckerwiese.«

Es ist das einzige, was sich mir von dieser Fahrt eingeprägt hat: aufeinandergeschichtete Kisten mit Munition, der verschwommene Umriß eines kleinen Waldes.

In dieser Nacht kann ich wieder nicht schlafen, und als Serge am Morgen erwacht, sitze ich bereits aufrecht im Bett, das Gesicht in Tränen gebadet, die Hände zu einem Knoten verschlungen. Er sieht mich eine Weile benommen an, steht dann auf und verschwindet wortlos im Bad. Als er wieder im Zimmer erscheint, trägt er ein dunkelblaues Hemd, dessen obersten Knopf er bieder geschlossen hat. Es ist dieser Knopf, der mich zum Schluchzen hinreißt.

»Wenn du diese Sintflut einen Moment lang stoppen könntest«, sagt er und klimpert mit dem Kleingeld in der Hosentasche, »wäre ich dir sehr dankbar.«

»Ich kann nicht aufhören«, würge ich hervor, »ich kann nicht.«

»Dann heule weiter«, sagt er, die Stimme hebend, »aber hör mir wenigstens zu: Ich bin nicht dein Psychiater, und ich will es auch nicht sein. Ich fliege heute nach Paris zurück, und sollte ich keinen Flugplatz mehr bekommen, ziehe ich in ein Hotel. Wenn ich dir noch mit irgend etwas helfen kann, dann damit, daß ich verschwinde. Im Grunde willst du das, auch wenn du dich noch nicht traust, es dir einzugestehen. Wo und wie und warum die Sache zwischen uns schiefgegangen ist, weiß ich nicht, will es auch gar nicht wissen. Die Tatsache, daß du mich nicht mehr liebst, genügt mir. Ich bin nicht der Mann, der darüber Aufklärung verlangt, und auch nicht der, der um eine verlorene Sache kämpft.«

Er geht zur Tür, dreht sich noch einmal um und sagt: »Nach diesem Krieg fallen alle Masken, auch die im persönlichen Leben. Schalom, Christine.«

»Nicht«, sage ich mit dünner Stimme und kann noch

nicht glauben, daß er es ernst meint und geht, »bitte nicht.«

Seine Schritte entfernen sich, die Tür klickt ins Schloß.

»Nicht!« schreie ich und springe auf, um ihm nachzulaufen.

Das Zimmer beginnt sich zu drehen wie ein grellfarbiger Kreisel auf schwarzem Hintergrund, in meinen Ohren rauscht die Brandung eines stürmischen Meers, und ich fühle mich aufs Bett zurückkippen.

Die Tür zu Ruth Liebermanns Wohnung steht offen, und ich betrete die Halle. Sie ist leer. Aus der Küche kommt Katzengeschrei, und dem gehe ich nach. Ruth sitzt am Tisch, vor sich einen Teller mit einem undefinierbaren Gericht, um sich herum ein halbes Dutzend hektischer Katzen.

»Christina«, ruft sie überrascht, tupft sich den Mund an der Serviette ab und steht auf.

»Entschuldige...«, sage ich mit zerkratzter Stimme. Dann weiß ich nicht weiter.

»Wofür entschuldigst du dich?« Sie drückt einen festen Kuß auf meine Wange. »Du kannst kommen, wann du willst, ich freue mich immer.«

Zwei Katzen landen gleichzeitig in dem Teller mit dem undefinierbaren Gericht, die anderen machen Anstalten zu folgen.

»Mistviecher!« schreit Ruth, öffnet die Tür zum Garten und scheucht die Katzen hinaus. »Na, wenigstens ist damit das Problem des Essens gelöst. Hat mir sowieso nicht geschmeckt. Komm, verlassen wir diese unwirtliche Küche.«

Wir gehen ins Wohnzimmer, und ich setze mich automatisch auf das grüne Samtkanapee. Ruth setzt sich mir umständlich gegenüber. Sie hält Kinn und Blick gesenkt, und ich weiß, daß sie meinen Zustand längst erkannt hat, aber aus Gründen des Taktes wartet, bis ich spreche.

Ich sage: »Ruth, es geht mir hundsmiserabel«, und

schon stauen sich die Tränen in meinen Augen und beschlagen die dunklen Brillengläser.

»Ja«, sagt sie, ohne Kinn und Blick zu heben, »ich habe es bemerkt. Was ist los, Christina?«

»Ich kann nicht mehr aufhören zu heulen«, sage ich und heule. Jetzt, da ich sie offen mit meinem Zustand konfrontiert habe und sie nicht mehr fürchten muß, mich in Verlegenheit zu bringen, schaut sie mich an, steht dann schnell auf und setzt sich neben mich.

»So geht es im Moment sehr vielen, meine Kleine«, tröstet sie, »jetzt, da auch der letzte Schock überstanden ist und wir keinen dritten Weltkrieg, sondern wirklich Waffenstillstand haben...«

»Siehst du, nicht mal das wußte ich und heule trotzdem.«

Sie lächelt und legt mir die Hand auf die Stirn.

»Du scheinst Fieber zu haben... nimm doch mal die Sonnenbrille ab.«

Ich nehme die Brille ab, und als sie meine Augen sieht, oder besser gesagt das, was davon übriggeblieben ist, steht sie auf und befiehlt: »Komm mit, Christina, ich möchte dich untersuchen.«

Ich folge ihr in einen kleinen, düsteren Raum, in dem ein Paravant und eine altmodische Waage darauf hinweisen, daß es sich hier um das Sprechzimmer eines Arztes handelt. Widerspruchslos lasse ich alle Routineuntersuchungen über mich ergehen und warte auf den Moment, da sie mir eröffnet, ich sei das soundsovielte Opfer eines mysteriösen Virus, der in Israel zur Zeit sein Unwesen treibe. Aber der Moment kommt nicht, und als sie mir den Blutdruck mißt und mit emporgezogenen Brauen feststellt, daß er die unterste Grenze erreicht hat, sagt sie: »Kein Wunder, daß du nicht aufhören kannst zu weinen. Fragt sich jetzt nur, was Ursache ist und was Wirkung. Also erzähl mir bitte, wann hat es angefangen?«

»Damals schon, in Paris«, sage ich, »zusammen mit dem Jom-Kippur-Krieg. Ich glaube nicht, daß der der einzige Grund ist, aber ein auslösendes Moment war er bestimmt.

Na ja, und dann ist es schlimmer geworden, die Angst, weißt du, die Verzweiflung und Depression und schließlich, an dem Abend, an dem Serge eintraf, war es ganz aus.«

»Hat es etwas mit Serge zu tun?«

»Mit Serge und mit allem. Hauptsächlich mit mir selber. Ich werd' mit dem Leben nicht fertig, bin ja nie damit fertig geworden, aber jetzt... ich weiß nicht, was passiert ist. Ich habe den Eindruck, daß ich immer mehr Kind werde und in einem Glaskasten sitze, von allem abgeschnitten und isoliert. Wahrscheinlich werde ich als Embryo in einem Einmachglas enden.«

Sie lacht, aber es klingt nicht ganz echt.

»Gut, Christina«, sagt sie und streicht mir über den Kopf, »geh schon ins andere Zimmer, ich komme gleich.«

Es dauert ziemlich lange, bis sie erscheint. Sie hat sich umgezogen und trägt jetzt eines ihrer adretten Waschkleider.

»Ich habe einen guten Bekannten von mir angerufen«, sagt sie und beginnt, die Fensterläden zu schließen, »Dr. Maier, ein Psychoanalytiker. Er arbeitet vormittags in der Klinik hier schräg gegenüber. Ein sehr netter, tüchtiger Mann, ein Jecke. Er hat jetzt gerade eine halbe Stunde Zeit und will sich mit dir unterhalten.«

»Warum?« frage ich mißtrauisch.

»Schau, mein Kind, ich bin nur praktische Ärztin und glaube, du brauchst im Moment...«

Was ich im Moment brauche, erfahre ich nicht, denn Ruth, wie immer, wenn sie die richtigen Worte nicht findet oder anzuwenden wagt, flüchtet sich in ein ausgiebiges Räuspern.

»Sprich mal mit dem Mann«, sagt sie schließlich, »schaden kann es auf keinen Fall.«

Die Klinik, weit von der Straße zurückgesetzt, liegt in einem ungepflegten Garten. Das Haus ist groß und alt und stammt gewiß noch aus der Mandatszeit. Die Fenster im zweiten Stock sind vergittert.

»Was ist denn das für eine Klinik?« frage ich.

»Eine psychiatrische«, entgegnet Ruth, und es klingt, als habe sie das »nur« vergessen.

Ich schaue verstohlen zu den Fenstern hinauf und erwarte jeden Augenblick einen unmenschlichen Schrei, ein irres Gelächter. Der Wahnsinn, mit dem ich mich abstrakt häufig beschäftigt habe, wird jetzt, da er in unmittelbare Nähe rückt, bedrohlich.

Von innen macht das Haus einen unproportionierten Eindruck, was vielleicht daran liegt, daß es als Wohnsitz eines reichen Arabers gedacht war und nicht als Anstalt für Verrückte. Eine junge, rundliche Schwester sitzt an einem Pult und flirtet mit einem daneben stehenden Arzt. Ruth unterbricht sie, erklärt, wer sie sei und was sie wünsche, und als sich die Schwester entfernt hat, legt sie die Hand auf meine Schulter und fragt: »Kann ich Serge irgendwo erreichen?«

»Warum? Wird man mich gleich hierbehalten?«

»Unsinn, Kind, aber ich möchte, daß du, wenn du hier fertig bist, wieder zu mir kommst, und er muß doch schließlich wissen, wo du bist.«

»Ich weiß nicht, wo er ist, und ihn wird es nicht sonderlich interessieren, wo ich bin.«

»Da bin ich aber ganz anderer Meinung.«

Die Schwester kommt zurück, öffnet eine Tür und versichert, daß Dr. Meier sofort bei mir sein werde.

»Also bis gleich«, sagt Ruth, »und... Kopf hoch.«

Der Raum, in dem ich warte, ist groß, aber welchem Zweck er dient, läßt sich nicht feststellen. Ein paar Stühle stehen herum und auch zwei Tische aus unpoliertem Holz. Die Wände sind kahl, vor den Fenstern hängen keine Vorhänge, der Fußboden ist mit den üblichen sandfarbenen Fliesen ausgelegt. Ich setze mich auf einen der Stühle und weine, erstens über den Anblick des Zimmers, zweitens über meine Situation. Endlich kommt Dr. Maier. Er ist nicht viel älter als ich, auch nicht viel größer und neigt zur Fettleibigkeit. Sein kürbisgelbes Haar lichtet sich am Hinterkopf zu einer Glatze, und in seinem weich auseinanderlaufenden Gesicht stecken zwei helle, kühle Kieselsteinaugen. Er kommt mit trägen Schritten auf mich zu, und als ich mich erhebe und ihm die Hand gebe, habe ich das Gefühl, einen toten Fisch zwischen den Fingern zu halten.

»So«, sagt er, zieht einen Stuhl zu sich heran und setzt sich mir mit leicht gespreizten Beinen gegenüber, »und was kann ich für Sie tun?«

»Das weiß ich leider auch nicht«, sage ich, denn der Mann ist mir ausgesprochen unsympathisch. Er schaut mich eine Weile nachdenklich an, holt dann eine schon gestopfte Pfeife aus der Tasche seines weißen offenstehenden Kittels, steckt sie in den Mund, drückt den Tabak mit dem Daumen fest, zündet ihn an, zieht einmal, zweimal und entläßt beim dritten Mal die mit Rauch gemischten Worte: »Frau Dr. Liebermann hat mir gesagt, Sie hätten alle Symptome eines milderen Nervenzusammenbruches.«

»Ach. Mir hat sie das nicht gesagt.«

»Wahrscheinlich wollte sie erst mein Urteil hören.« Er nickt mir auffordernd zu: »Also, fangen Sie an. Was ist Ihr Problem.«

Ich erstarre. Sitzt mir da dieses prätentiöse Arschloch gegenüber und fragt mich mir nichts, dir nichts, was mein Problem ist. Als ob ich es bereits analysiert und mundgerecht für ihn bereit hätte. Als ob es sich in einen Satz fassen ließe. Als ob es aus einem Block gemacht sei, anstatt aus zahllosen Splittern. Und was bedeutet dieses Wort »Problem« eigentlich, dieses törichte Wort, das sich sowohl auf Verstopfung als auf ausweglose Situationen anwenden läßt? Meine Wut auf Dr. Maier lenkt mich von mir selber ab, und das empfinde ich als derart wohltuend, daß ich zum ersten Mal in achtundvierzig Stunden einen Ton hören lasse, der fast einem Lachen gleicht.

»Mein Problem...«, sage ich gedehnt, »wahrhaftig, mir fällt im Moment keins ein.«

Er beobachtet mich schweigend. Schweigen ist seine Stärke. Aggressive Antworten meine Schwäche.

»Sie müssen mir schon ein paar Anhaltspunkte geben«, sagt er, »schließlich sehe ich Sie zum ersten Mal und kenne auch nicht Ihre Vorgeschichte.«

»Meine Vorgeschichte ist leider etwas lang geraten.«

»Das macht nichts. Sie brauchen dieses Mal noch nicht in Einzelheiten zu gehen.«

Ich frage mich, was er mit »dieses Mal« meint. Hält er mich für einen so schweren Fall, oder glaubt er, ich würde freiwillig noch einmal zu ihm oder irgendeiner anderen Person seiner Art gehen? Ich bin drauf und dran aufzustehen und mich mit einem »ach, lassen wir das« zu verabschieden, aber der Gedanke an Ruth hält mich zurück.

»Wo soll ich anfangen?« frage ich.

»Wo Sie glauben, daß es nötig ist, anzufangen.«

Der Mann ist keine Hilfe, sondern eine versetzte Blähung. Ich sage: »Am Anfang.«

»Bitte schön.«

Er saugt an seiner Pfeife und macht den Eindruck, als döse er ein. Ich erzähle meine Geschichte etwa so, wie ich ein Telegramm an meinen Anwalt aufsetze: kein überflüssiges, emotionelles Wort, keine unklare oder gar dramatische Formulierung. Sauber, sachlich, kurz. Mir ist, als lasse ich die Luft aus einem großen, prallen Luftballon und entdecke plötzlich, daß überhaupt nichts dran war. Fast möchte ich wieder lachen. Erstaunlich, wie ein Leben an Gewicht verliert, wenn man die falschen Zeugen der Gefühle nicht zu Wort kommen läßt. Als ich mit einem »das ist es« geendet habe, zündet sich Dr. Maier die ausgegangene Pfeife an, richtet seine glatten Kieselsteinaugen auf mich und fragt: »Waren Sie schon einmal in einer Analyse?«

»Nein«, sage ich.

»Hatten Sie bestimmte Gründe, die dagegen sprachen?«

»Ich stehe sowohl der Analyse als auch den Analytikern mit größtem Mißtrauen gegenüber.«

»Aha.« Er schaut auf die Uhr. »Kommen wir jetzt zu Ihrem akuten Problem.«

»Akutes Problem, chronisches Problem, latentes Problem, Scheißproblem«, denke ich und schaue ebenfalls auf die Uhr. Wenn er die Spielregeln einhält, bleiben nur noch zehn Minuten. Gott sei Dank!

»Haben Sie unbegründete Angstzustände?« erkundigt er sich.

»Angstzustände habe ich immer. Ich weiß nur nicht, ob sie unbegründet sind.«

»Und Halluzinationen?«

»Ich glaube nicht.«

»Selbstmordgedanken?«

»Ja, aber man kann sie nicht ernst nehmen.«

»Wie meinen Sie das?«

»Daß ich nicht den Mut zum Selbstmord habe.«

»Können Sie essen?«

»Seit zwei Tagen kaum.«

»Schlafen?«

»Überhaupt nicht.«

»Sie funktionieren also nicht.«

»So kann man es auch nennen.«

Ich ärgere mich über das Wort »funktionieren«, so wie ich mich über die Frage nach meinem Problem geärgert hatte. Funktionieren! Was glaubt dieser Mensch eigentlich? Ich sei eine Kuckucksuhr oder ein Bügeleisen?

»Gut«, sagt er, legt seine Pfeife auf den Boden und zieht Block und Stift aus der Kitteltasche, »zur Zeit wird es zwar sehr schwierig sein, aber ich werde trotzdem versuchen, ein Bett für Sie zu bekommen.«

»Was für ein Bett?«

»Ein Bett in einem Hospital. Es kämen da drei in Frage, und ich glaube ...«

»Sie wollen mich in ein Krankenhaus bringen?«

»Wenn Sie nicht mehr funktionieren, muß das Notwendige getan werden«, sagt er und schreibt etwas auf den Block.

Ich stehe auf, blicke auf die Lichtung in seinem kürbisblonden Haar hinab und sage: »Woher wissen Sie, Dr. Maier, was für mich notwendig ist?«

Er überhört die Frage und schreibt weiter. Für ihn ist der Fall abgeschlossen.

»Können Sie mir wenigstens sagen, was ich habe«, frage ich empört.

»Sie sind in einem Zustand nervöser und psychischer Erschöpfung mit stark herabgesetzten Reaktionen und funktionellen Störungen. Die volkstümliche Bezeichnung dafür ist: Nervenzusammenbruch.«

Er reißt ein Blatt vom Block und hält es mir hin: »Ich habe Ihnen hier drei verschiedene Medikamente aufgeschrieben: Schlaftabletten, davon nehmen Sie abends eine, wenn nötig zwei, bitte, auf keinen Fall mehr! Beruhigungstropfen, dreimal täglich, dreißig... und antidepressive Tabletten, auch dreimal täglich eine. Das sollte zur Überbrückung reichen.«

»Werde ich nach all diesen Medikamenten überhaupt noch aufwachen?«

»Je mehr Sie schlafen«, sagt er ungerührt, »desto besser. Ich werde Frau Dr. Liebermann heute im Laufe des Nachmittags anrufen und über alles in Kenntnis setzen.«

»Vielen Dank«, sage ich, »wieviel schulde ich Ihnen?«
»Hundert Pfund.«

Ich gebe ihm das Geld und weiß nicht, ob es das ist oder die Freude, mich loszuwerden, die ihn zum ersten Mal zu ein paar menschlichen Worten hinreißt: »In einer Welt wie dieser«, sagt er, »wäre es verdächtig, physisch und psychisch heil zu bleiben. Also machen Sie sich keine Sorgen.« Und er reicht mir den toten Fisch seiner Hand.

Ich liege im Bett, auf der Decke drei der sympathischsten Katzen, die Ruth aus ihrer Schar ausgewählt und mir auf meinen Wunsch gebracht hat, neben mir auf dem Tischchen ein Glas Tee und mit Butter bestrichenen Zwieback. Das Zimmer ist angenehm kühl und dunkel und riecht leicht nach Mottenpulver. Früher einmal hat es Sylvia gehört, und man kann anhand der Requisiten die verschiedenen Stadien ihrer Kinder- und Jungmädchenzeit zurückverfolgen. Da ist ein abgewetzter Plüschbär mit einem Ohr, unbeholfene Bildchen, die sie selber gemalt hat, Nesthäkchen-Bücher und ein kleiner Korb mit Muschelschalen und Seesternen; dann ein großer Sprung und die Fotografien der Beatles und anderer, mir unbekannter Popsänger, zwei, drei Poster und schließlich das olivgrüne Käppchen aus der Zeit ihres Militärdienstes.

Während ich trinke und an einem Zwieback knabbere, betrachte ich diese Andenken einer behüteten, organisch verlaufenen Jugend und denke an die meine; denke an Sofia mit seinem schlohweißen Zarenschloß und der goldbekuppelten Kathedrale, an das verkommene Zigeunerviertel und den orientalischen Markt, auf dem lebendiges Federvieh, tote, unzerteilte Schafe und billige, minderjährige Dienstmädchen angeboten wurden; denke an die häßliche schwarz möblierte Wohnung, in der es nach Kater Paul und weißen Bohnen roch, an den Hinterhof, in dem ich zahllose Katzen mit Brotsuppe fütterte, an die schwarze Schürze und dicken langen Strümpfe, die ich zur Schule tragen mußte, an die deutschen Offiziere, die auf dem Weg zur Kantine täglich unter unserem Fenster vorbeigingen; denke an den deutschen Soldaten, der während des entsetzlichen Nachtangriffes in unseren Keller gestürzt war und mich, die meine Mutter in Panik aus dem schwankenden Haus ins Freie zerren wollte, wieder zurück und an seine Brust riß. Und ich erinnere mich, so als sei es gestern gewesen und nicht dreißig Jahre her, an seine leise beruhigende Stimme, den festen Druck seiner Arme, den rauhen Stoff seines Mantels und an das Gefühl der Geborgenheit und Seligkeit, das ich in diesem Augenblick empfunden hatte. Mein Vater war zurückgekehrt, mein Vater hielt und schützte mich; was immer jetzt geschehen, ob ich leben oder sterben würde, es war gut.

Ich erwache mit einem schweren Gewicht auf der Brust

und spüre, wie sich etwas Warmes, Kantiges in mein Gesicht drückt.

»Mon amour, oh, mon amour«, höre ich eine weit entfernte Stimme und dann eine andere, noch vager, noch weiter entfernt: »Lassen Sie sie schlafen, Serge, sie braucht den Schlaf.«

Serge ist das Gewicht auf meiner Brust, das Warme, Kantige in meinem Gesicht. Ich möchte ihn ansehen und etwas sagen, aber meine Augen und Lippen sind zugeklebt. Ich ziehe mühsam einen Arm unter der Decke hervor und lege ihn auf Serges Rücken.

»Bist du wach, mon fils adoré?« fragt er.

Ich nicke und lächele.

»Ruth«, ruft er, und seine Stimme klingt, als habe er eine Tote ins Leben zurückgerufen, »sie ist aufgewacht!«

»Kein Wunder«, sagt Ruth, und ich höre, wie sich eine Tür schließt. Ich versuche mit dem Stück Pelz, das meine Zunge zu sein scheint, die Lippen zu befeuchten.

»Möchtest du etwas trinken, Chérie?«

Ich nicke.

Er legt einen Arm unter meinen Kopf, hebt ihn leicht an und hält mir ein Glas Wasser an die Lippen. Ich trinke es in einem Zuge aus, und danach gelingt es mir zu sprechen.

»Mein Kopf ist so leicht, daß er gleich wegfliegt«, sage ich.

»Das kommt von den Medikamenten, die du genommen hast.«

»Ach ja.«

Jetzt erinnere ich mich, daß Sylvia gleich nach meiner Rückkehr in die Apotheke geschickt worden war, um mir die von Dr. Maier verschriebenen Tabletten zu holen, und daß ich zwei davon geschluckt hatte.

»Und wie fühlst du dich sonst, mon amour?«

»Merkwürdig. Wie in einem Rausch. Nicht unangenehm, aber gar nicht richtig da. Diese Psychiater und Analytiker und was noch, geben einem immer solche mörderischen Mittel... einer einmal, ein Nervenarzt, hat mich fast umgebracht mit einer Schlafkur. Man muß schon sehr stark sein, wenn man zu ihnen geht, sonst bringen sie einen um. Sind alle verrückt, weißt du, und arrogant obendrein. Dieser Dr. Maier auch... In eine Klinik will er mich bringen und...«

»Ich lasse dich in keine Klinik«, ruft Serge und wirft sich über mich, so als wären sie bereits gekommen, um mich zu holen, »nie und nimmer lasse ich dich in eine Klinik!«

Oh, es ist gut, so zu liegen, geborgen und beschützt und geliebt, mit federleichtem Kopf und dem Gewicht seines Körpers auf dem meinen. Sein Haar riecht nach Wald und sein Hals nach M. Balmain, und als ich einen kleinen Spalt die Augen öffne, sehe ich an der Decke einen goldenen Fleck, einen kleinen, zitternden Sonnenreflex.

Ich sage: »Serge, es ist gut. Es wird alles gut werden. Es mußte so kommen, weißt du. Es mußte ja mal aus mir heraus. Es war zuviel, die Angst, dich, die Angst, Israel, die Angst, ein zweites Mal meine Kindheit zu verlieren. Aber jetzt ist es endlich überstanden: Der Krieg ist aus, der Film ist fertig und meinen Traum... tja, mein Engel, den werden wir in der judäischen Wüste begraben und auf den Stein die Worte des Talmudisten Berechiahs setzen: ›Nur der Teil eines Traumes kann sich erfüllen, der ganze nie.‹«

Und jetzt weine ich wieder, aber es sind erlösende Tränen, die letzten, fühle ich, für lange, lange Zeit.

Ich habe die Wohnung in der Rechow Tschernichowsky aufgegeben, die Koffer gepackt, einen Teil der Haushaltssachen und Bücher bei Ibi, den anderen bei Ruth Liebermann untergestellt. Ich habe die elektrische Schreibmaschine sorgfältig in einen Kasten mit Holzwolle gebettet, die Familienfotos und die siebenarmige Menora in einer Reisetasche verstaut. Ich habe den Katzenkorb bereitgestellt, das vergitterte Türchen sogar schon geöffnet. Ich habe mich verabschiedet, habe Küsse und Umarmungen erwidert, viele gute Wünsche entgegengenommen, Ratschläge und die Versicherungen, daß mir Türen und Herzen in Jerusalem offenstünden, wann immer, für immer. Ich habe mit Serge unseren alten, rituellen Spaziergang gemacht: durch mein Rechavia-Ghetto bis hinunter zur Altstadt, dort durchs Jaffator, rechtsab in das armenische Viertel und weiter, an der Stadtmauer entlang, bis zur Klagemauer. Dort haben wir lange gestanden, Hand in Hand.

»Im Frühjahr sind wir wieder hier«, hatte Serge gesagt, »es ist kein Abschied, mon amour.«

»Mein Engel«, hatte ich erwidert, »jetzt, da ich mich endlich von meinen Träumen losgerissen habe, willst du sie mir retten.«

Wir hatten uns angesehen und gelächelt, er schmerzlicher als ich.

Jetzt fahre ich die Straße, die durch die judäische Wüste hinab zum Toten Meer führt, fahre sehr langsam und versuche, mir die Brillanz des Lichtes einzuprägen, die Klarheit des Himmels, die phantastischen Formen und Farben der kahlen Hügel, den Zug einer Herde schwarzer Ziegen, die hohe Gestalt eines Beduinenhirten in wehendem dunklem Umhang, das Gefühl von Unendlichkeit und Ewigkeit.

Ich fühle, wie die Stimmung auf mich übergreift, von mir Besitz nimmt, mich ganz ausfüllt. »Und wenn man ihn jahrzehntelang gesucht hat, seinen Gott«, denke ich, »in allen Gotteshäusern dieser Welt, in Stunden finsterster Not und Augenblicken höchster Seligkeit, hier in der furchtbaren Schönheit der judäischen Wüste kann man ihn finden. Hier hört man die Stimme der Propheten, ahnt man die mit Schrecken gemischte Exaltation eines Volkes, das einen Gott erschaffen, ihn zum Wort, zum Gesetz, zum unbeirrbaren Glauben hat werden lassen.« Ja, hier müßte man halten und aussteigen, und über die Hänge und Kuppen der Hügel davonziehen; müßte eins werden mit Licht und Himmel, mit den malvenfarbenen Schatten und der rostroten Erde, mit der göttlichen Stille und Einsamkeit.

Über den Innenhof des verlassenen arabischen Klosters Nebi Musa streicht ein sanfter, singender Wind. Es ist die einzige Bewegung, das einzige Geräusch in dieser versunkenen Welt leerer Mönchskammern und ockerfarbener Mauern. Der zahnlose Wächter in seinem langen, fleckigen Hemd ist nicht da, auch nicht der große, sehnige Kater, der die Farbe der Wüste angenommen hat. Ich gehe an dem ausgetrockneten Brunnen vorbei auf das stämmige Minarett zu. Da ist die Stechpalme, daneben die Treppe aus festgetretenem Lehm, auf der ich so oft gesessen habe. Ich lasse mich darauf nieder, lehne Kopf und Schultern an die Wand, strecke die Beine weit von mir.

»Wir haben es geschafft«, sage ich und empfinde die Ruhe und Erschöpfung eines Menschen, der nach langer, schwerer Wanderschaft ein Ziel erreicht hat, die Wehmut einer Frau, die Abschied nimmt, Abschied von der Vergangenheit – ihrer Leidenschaft, ihren Wünschen und Träumen.

Die rotgoldene Kugel der Sonne und der blasse Hauch eines Halbmonds treffen sich am Himmel, als ich Nebi Musa verlasse. Der Wind hat sich gelegt, und mit dem Erlöschen der einzigen Bewegung, dem Verstummen des einzigen Geräusches, stehen Himmel und Erde still.

Das ist sie, die kurze Stunde zwischen Tag und Nacht.

Angelika Schrobsdorff im dtv

© Isolde Ohlbaum

Die Reise nach Sofia

Die Begegnungen zweier Jugendfreundinnen, von denen die eine heute in Paris, die andere in Sofia lebt, werden zum Ausgangspunkt amüsant geplauderter, aber mit analytischer Ironie erfaßter Beobachtungen über Konsum und Liebe, Freiheit und Glück in Ost und West. »Der Sinn dieser Geschichte ist so uneindeutig wie die Wirklichkeit selbst. Sie gestatten dem Leser, zu seinem größten Vergnügen, sie durch seine eigenen Gedanken, seine eigene Phantasie weiterzuspinnen«, schrieb Simone de Beauvoir in ihrem Vorwort. dtv 10539

Die Herren
Roman

Die Herren, das sind nicht nur die politischen Machthaber, sondern auch die Männer, die das Leben der jungen Eveline Clausen geprägt haben: Boris, die erste Liebe, der Engländer Julian, der amerikanische Offizier, der sie heiratet, der Regisseur Werner Fischer, an dem ihre Ehe zerbricht und dessen Künstlerpathos sie doch so rasch leid wird. dtv 10894

Jerusalem war immer eine schwere Adresse

Der Staat Israel ist in den Augen von Angelika Schrobsdorff »das interessanteste, irrwitzigste Land der Welt«, er fasziniert und erschreckt sie zugleich. Ihre genaue Beobachtungsgabe, ihre Ehrlichkeit und ihre sanfte Ironie geben diesem Bericht über einen scheinbar aussichtslosen Konflikt zweier Völker seine befreiende Wirkung. dtv 11442

Der Geliebte
Roman

Zwei Menschen von gänzlich verschiedener Lebensauffassung suchen nach einer Perspektive für ihre Beziehung. Während er sich energisch bemüht, eine dunkle Vergangenheit zu vergessen, weiß sie, daß die einfachen Lösungen nicht für sie taugen. – Im Schicksal der Personen spiegeln sich, Angelika Schrobsdorffs Züge aus eigenem Leben. dtv 11546

Doris Lessing
im dtv

Foto: Isolde Ohlbaum

Martha Quest
Die Geschichte der Martha Quest, die vor dem engen Leben auf einer Farm in Südrhodesien in die Stadt flieht. dtv/Klett-Cotta 10446

Eine richtige Ehe
Unzufrieden mit ihrer Ehe sucht Martha nach neuen Wegen, um aus der Kolonialgesellschaft auszubrechen. dtv/Klett-Cotta 10612

Sturmzeichen
Martha Quest als Mitglied einer kommunistischen Gruppe in der rhodesischen Provinzstadt gegen Ende des Zweiten Weltkriegs.
dtv/Klett-Cotta 10784

Landumschlossen
Nach dem Krieg sucht Martha in einer Welt, in der es keine Normen mehr gibt, für sich und die Gesellschaft Lösungen.
dtv/Klett-Cotta 10876

Die viertorige Stadt
Martha Quest geht als Sekretärin und Geliebte eines Schriftstellers nach London und erlebt dort die politischen Wirren der fünfziger und sechziger Jahre.
dtv/Klett-Cotta 11075

Vergnügen · Erzählungen
dtv/Klett-Cotta 10327

Wie ich endlich mein Herz verlor
Erzählungen
dtv/Klett-Cotta 10504

Zwischen Männern
Erzählungen
dtv/Klett-Cotta 10649

Nebenerträge eines ehrbaren Berufes · Erzählungen
dtv/Klett-Cotta 10796

Die Höhe bekommt uns nicht
Erzählungen
dtv/Klett-Cotta 11031

Ein nicht abgeschickter Liebesbrief
Erzählungen
dtv/Klett-Cotta 25015 (großdruck)

Die andere Frau
Eine auf den ersten Blick klassische Dreiecksgeschichte, die bei Doris Lessing jedoch einen ungewöhnlichen Ausgang findet.
dtv/Klett-Cotta 25098 (großdruck)